MA RAISON D'ESPÉRER

À propos de l'autrice

Quand Rebecca Donovan se lance dans un projet, c'est toujours à cent pour cent. Elle a tout abandonné pour se lancer à corps perdu dans l'écriture et raconter l'histoire d'Emma et Evan. Rebecca vit en Nouvelle-Angleterre où elle écrit ses romans face à l'océan. C'est aussi une grande voyageuse qui aime, pendant son temps libre, partir à la découverte de l'Europe ou se rendre dans des festivals de musique.

DE LA MÊME AUTRICE

Ma raison de vivre
Ma raison d'espérer
Ma raison de respirer

Et si…

REBECCA DONOVAN

MA RAISON D'ESPÉRER

Traduit de l'anglais (États-Unis)
par Catherine Nabokov

POCKET JEUNESSE
PKJ·

Titre original :
BARELY BREATHING

Collection « Territoires » dirigée
par Pauline Mardoc

Loi nº 49-956 du 16 juillet 1949 sur les publications
destinées à la jeunesse : août 2019.

ISBN : 978-2-266-29281-8
Dépôt légal : août 2019

Pour ma talentueuse amie, Elizabeth.
En cherchant mes mots, je t'ai trouvée toi, une collaboratrice idéale et une amie magnifique.

Prologue

Il y a six mois, j'étais morte. Mon cœur ne battait plus. L'air ne passait plus entre mes lèvres. C'était fini.

Même si, ces dernières années, j'ai tout fait pour qu'on m'oublie, l'idée que, pendant un instant, j'ai cessé d'exister n'en est pas moins intolérable. Alors j'ai choisi de chasser cet épisode de ma mémoire.

Ma psy m'a dit de noter mes pensées et mes sensations dans ce journal. J'ai mis plusieurs mois à me décider, je n'ai rien à perdre. Cela m'aidera peut-être à retrouver le sommeil. Je suis sceptique, mais prête à tout essayer.

Honnêtement, je ne me rappelle pas ce qui s'est passé cette nuit-là. Des flashs et des accès de panique hantent mes cauchemars, mais les détails m'échappent. Et je ne tiens pas à me les remémorer.

Tout ce que je sais, c'est que je me suis réveillée sur un lit d'hôpital. Je pouvais à peine parler. Mon cou était couvert d'hématomes, et mes poignets bandés pour protéger la peau à vif. J'avais le bras en écharpe, pour soulager mon épaule démise, et la cheville dans le plâtre – elle avait été opérée pour une fracture. Je n'avais pas la moindre idée de ce que j’avais subi pour me retrouver dans cet état. Tout ce qui comptait, c’était que je respirais.

La police m’a posé des questions. Les médecins aussi. Et les avocats, bien sûr. Dès qu’ils devenaient trop précis, je débranchais mon cerveau, j’évacuais les images au moment où elles rejaillissaient. À ma demande, Evan et Sara m’ont épargné les détails. Ils n’étaient pas présents, cette nuit-là, mais ils étaient dans le tribunal tout au long du procès.

Carol…

Le simple fait d’écrire son nom est une épreuve. Elle a plaidé coupable. Je n’ai pas eu à la voir. On ne m’a pas obligée à témoigner. Ni à écouter les témoignages des autres. Je n’ai pas eu la force de m’y rendre, alors que les avocats me l’avaient demandé.

Et George… D’après ce que j’ai compris, il était là. C’est lui qui a appelé l’ambulance. Ils n’ont pas retenu de charges contre lui. Je les ai suppliés de ne pas le faire. Leyla et Jack ont besoin de leur papa. Et maintenant… Maintenant, je ne sais même pas où ils sont. ~~J’espère qu’ils se rappellent à quel point~~ Non. Je ne peux pas parler d’eux, ni penser à eux. C’est trop douloureux.

Depuis cette nuit, Sara et Evan ne m’ont plus quittée. J’ai essayé de les convaincre que ça allait, mais les gros cernes sous mes yeux prouvent bien que ce n’est pas le cas. Pour être sincère, j’ai peur de rester seule.

La presse a bien évoqué l’affaire. Mais comme je suis mineure, les audiences se sont tenues à huis clos et le procès n’a pas duré longtemps. Les journalistes n’avaient donc pas grand-chose à se mettre sous la dent.

La nouvelle de la tentative d’assassinat s’est tout de même répandue à la vitesse d’une traînée de poudre.

Le retour au lycée a été pénible. Sortir dans Weslyn aussi. Les messes basses. Les doigts pointés et les regards braqués sur moi. La curiosité malsaine. J'étais devenue une célébrité : la fille qui avait échappé à la mort.

Même les professeurs me traitaient autrement. Comme s'ils craignaient que je ne me brise en mille morceaux. Le petit groupe de ceux qui m'avaient convoquée ce jour-là est particulièrement méfiant. C'est leur intervention qui a tout déclenché : ils ont prévenu la direction avant de me parler, puis ils ont téléphoné à George avant que je rentre à la maison.

Carol a dû le découvrir. À moins que quelqu'un de l'administration n'ait souhaité la joindre pour vérifier certaines allégations. De toute façon, elle voulait que je disparaisse. Pour toujours. Peu importe ce qui l'a poussée à agir. Elle ne peut plus me faire de mal, à présent.

Et pourtant, je souffre. Je ne peux pas le nier. Pas dans ce journal. D'autant que personne ne le lira jamais. Ma cheville ne guérira jamais tout à fait et les séquelles seront toujours là pour me rappeler ce que j'ai traversé. Je me suis battue pour récupérer lors des séances de rééducation, et j'ai repris l'entraînement quatre mois plus tard, malgré ce qui m'attendait. Les premiers temps, après chaque match, je pleurais sous la douche. La douleur était insoutenable. Maintenant, je la remarque à peine.

Mais rien de ce que je vois ou ressens n'est plus comme avant. Je ne sais pas très bien comment l'expliquer à Sara et Evan. Je ne suis pas sûre qu'ils puissent comprendre. Moi-même je suis perdue.

Elle voulait que je meure.

Je passe mon temps à me répéter qu'elle est partie, qu'elle est en prison, et qu'elle y restera probablement pour le restant de ses jours. Mais je ne me sens pas rassurée. Surtout le soir, quand je ferme les yeux, et qu'elle est là, à me guetter.

Je dois quitter Weslyn. M'en aller loin des regards curieux. Des fantômes qui continuent de me hanter. De la douleur qui me paralyse au moment où je m'y attends le moins. Plus que six mois, et tout ça sera derrière moi. Je pourrai recommencer à zéro, avec les deux personnes que j'aime le plus au monde.

Mais ma vie est tout sauf prévisible. En six mois, il peut se passer beaucoup de choses.

1

Essayer, encore

C'est juste un rêve. Je me suis accrochée à cette pensée et j'ai tenté de me dégager des mains qui m'entraînaient dans les profondeurs. Mais la panique a été la plus forte, et j'ai donné un violent coup de pied.

C'est juste un rêve, a répété la voix pour me réveiller.

Sauf que j'avais la tête sous l'eau. L'air me brûlait les poumons. Les mains étaient devenues des mâchoires d'acier et, tandis que je me débattais pour leur échapper, l'une d'elles s'est refermée sur ma cheville, pour m'entraîner encore plus profondément. Le sang formait un nuage sombre. J'ai eu beau lutter, je n'ai réussi qu'à m'enfoncer davantage. J'ai hurlé de douleur, et des dizaines de bulles d'air ont jailli de ma bouche. J'étais sur le point de me noyer, quand quelque chose m'a heurté le visage.

Ça n'était plus un rêve.

Je me suis redressée d'un bond, et l'oreiller qui recouvrait ma tête est tombé sur la couette. Le souffle court, j'ai regardé autour de moi.

— Désolée, je n'aurais pas dû te jeter cet oreiller, a murmuré Sara, assise dans son lit. Je t'ai entendue parler. Je croyais que tu étais réveillée.

J'ai pris une grande inspiration pour évacuer la panique.

— Je suis désolée, a répété Sara.

— C'est bon, ai-je lâché d'une voix tremblante. Ce n'était qu'un rêve. Tout va bien.

Après une autre inspiration, celle-ci pour calmer les battements de mon cœur, j'ai rabattu les draps trempés de sueur et j'ai pris un ton désinvolte :

— Bonjour, Sara !

— Bonjour, Emma, a-t-elle aussitôt répondu en retrouvant le sourire.

En un rien de temps, tout était redevenu normal.

— Je vais prendre une douche, a-t-elle ajouté. Il faut qu'on se dépêche. On part dans une heure.

Depuis plus d'un mois, j'essayais de me préparer à ce jour. En vain. Rien que d'y penser, j'étais tétanisée. Et maintenant, je ne pouvais plus reculer.

Je me suis laissée retomber sur le lit, les yeux fixés sur les bandes de lumière qui striaient le plafond. Le soleil matinal perçait derrière la neige.

J'ai balayé la pièce du regard, des photos d'amis tout sourire étaient scotchées sur le miroir, et des dessins colorés ornaient les murs. Aucun souvenir de ma vie d'avant – avant que j'emménage chez Sara. C'était ici que je venais me cacher. Me mettre à l'abri des jugements, des messes basses et des regards.

Les McKinley, toujours prêts à m'accueillir, étaient ma seule famille, et je leur en serais éternellement reconnaissante. Sauf qu'ils n'étaient *pas* ma seule famille. Pas vraiment.

Sara était encore sous la douche quand le téléphone a sonné. J'ai pris mon courage à deux mains et décroché.

— Salut.

— Ah, tu es là ! s'est exclamée ma mère, prise de court. Je suis tellement heureuse de pouvoir enfin te parler ! Comment vas-tu ?

— Bien, ai-je répondu, le cœur bondissant dans ma poitrine. Et… euh… tu as des projets pour ce soir ?

— Une petite fête avec des amis, a-t-elle enchaîné, aussi mal à l'aise que moi. Je… je me disais qu'on aurait pu essayer de… Enfin… Tu sais, je vis à Weslyn, maintenant… Et si jamais tu voulais…

— Justement, l'ai-je coupée avant de changer d'avis. Je pensais venir vivre avec toi, si ça te va.

— Oh… euh… très bien, a-t-elle lâché avec un soulagement perceptible. Tu es sûre ?

— Certaine, ai-je répliqué en m'efforçant de paraître le plus sincère possible. Je vais bientôt partir pour l'université, alors autant essayer de renouer maintenant, plutôt que quand je serai à l'autre bout du pays, non ?

Je venais de m'inviter chez elle. Vu son silence, elle digérait, comme moi, l'information.

— Formidable ! Tu penses venir quand ?

— Je reprends le lycée lundi. Donc dimanche ?

— Tu veux dire *ce* dimanche ? Dans trois jours ?

Sa voix vibrait de panique, et mon cœur a eu un loupé. Était-elle vraiment prête à vivre à nouveau avec moi ?

— Je n'ai pas besoin de grand-chose, ne t'inquiète pas. Juste un lit, ou même un canapé. Mais si c'est trop compliqué… Désolée, je n'aurais pas dû…

— N-non ! a-t-elle bégayé. C'est parfait. J'ai largement le temps de préparer ta chambre. Donc, oui… On dit dimanche. J'habite Decatur Street. Je vais t'envoyer l'adresse par texto.

— OK. À dimanche, alors.

— D'accord, a-t-elle dit, encore déconcertée. Bonne année, Emily.

— À toi aussi.

Quelle mouche m'avait piquée ? Pourquoi avoir proposé un truc pareil ?

J'ai ramassé mes vêtements et, luttant contre la panique qui m'envahissait, je suis allée remplacer Sara dans la salle de bains. Le temps de prendre ma douche, je m'étais réconciliée avec moi-même : j'avais pris la bonne décision.

— Bon, j'ai un truc à vous dire, ai-je annoncé en m'installant à côté de Sara à la table de la cuisine pendant que sa mère, Anna, se versait une tasse de café. J'ai parlé avec ma mère, ce matin…

— Il était temps ! m'a aussitôt interrompue Sara. Ça fait à peu près six mois que tu l'ignores.

— Qu'est-ce qu'elle voulait ? m'a encouragée Anna, sans relever la sortie de sa fille.

— Eh bien… Je vais emménager chez elle dimanche.

J'ai retenu mon souffle et guetté leur réaction.

Sara a laissé tomber sa cuillère dans son bol de céréales, sans un mot.

— Qu'est-ce qui t'a décidée ? m'a demandé Anna d'un ton calme.

Une manière comme une autre de rompre le silence désapprobateur de Sara.

— Après tout, c'est ma mère, ai-je répondu avec un haussement d'épaules. Je vais bientôt partir pour l'université, c'est le moment ou jamais de nous réconcilier. Elle s'efforce de maintenir un lien entre nous et je ne lui ai jamais vraiment donné sa chance. Je me suis dit que c'était la meilleure chose à faire.

Anna a hoché la tête tandis que Sara se levait pour se diriger vers l'évier d'un pas raide. Elle a posé son bol. Toujours sans un regard pour moi.

— Étant donné que nous sommes tes tuteurs jusqu'à ta majorité, je dois parler de ça avec Carl, a repris Anna. Et je tiens absolument à rencontrer ta mère avant de finaliser quoi que ce soit. OK ?

J'ai acquiescé. Cela faisait longtemps que je n'avais plus de parents pour s'occuper de moi et je ne m'attendais pas à cette réponse. Je ne savais pas quoi dire.

— Je comprends tes motivations, m'a rassurée Anna. Nous avons juste besoin d'en discuter d'abord, c'est tout.

— Merci, ai-je dit avec un pâle sourire. C'est important pour moi d'essayer de retrouver ma mère.

Sara, toujours mutique, a grimpé les marches quatre à quatre. J'ai pris une profonde inspiration avant de la suivre.

— Parle-moi, Sara.

— J'ai rien à dire, a-t-elle répliqué.

En réalité, si. Seulement, elle a eu besoin d'un trajet de trois heures en voiture jusqu'à l'hôtel et d'une journée à se faire pomponner avant de lâcher le morceau.

Lorsque nous sommes revenues dans notre chambre, j'étais déjà épuisée. Et la fête n'avait même pas commencé. Peut-être était-ce cette décision imprévue qui m'avait vidée de toute mon énergie. Quoi qu'il en soit, la simple perspective de la soirée me terrifiait.

— Je ne comprends pas pourquoi tu veux habiter chez elle, m'a tout à coup lancé Sara, en me mettant du fard à paupières. Tu ne pourrais pas commencer par… lui *parler* d'abord ? Ça ne me plaît pas, ton histoire. Elle t'a abandonnée ! Pourquoi veux-tu y retourner ?

— Sara, s'il te plaît… Je dois le faire. Je sais ce que tu penses, mais c'est important pour moi. Je ne te laisse pas tomber. Et puis, si c'est vraiment horrible, je reviendrai habiter chez toi. Disons que je lui dois une seconde chance, c'est tout.

Elle a poussé un profond soupir.

— Je reste persuadée que c'est une mauvaise idée. Mais…

Elle s'est tue un instant avant de poursuivre :

— Je ne connais pas plus têtue que toi, alors si tu as pris ta décision, je sais que je n'ai aucune chance de te faire changer d'avis. Bon, tu peux ouvrir les yeux maintenant.

J'ai obéi et battu des paupières à plusieurs reprises pour décoller le mascara.

Sara m'a regardée en silence avant de se résigner.

— OK. Va vivre avec elle. Mais, je te préviens, elle a intérêt à se tenir à carreau. Je te rappelle qu'elle t'a quand même laissée seule avec l'autre psychopathe.

Son instinct de protection, toutes griffes dehors, avait quelque chose de réconfortant.

— Merci, ai-je répondu avec un grand sourire. Alors, de quoi j'ai l'air ?

— Magnifique, évidemment ! a-t-elle décrété, très fière de son travail. Bon, je vais mettre ma robe, et on sera prêtes pour rejoindre les garçons.

Pendant qu'elle s'habillait, j'ai pris le mot qui avait été déposé à la réception de l'hôtel à notre intention et j'ai passé le doigt sur l'élégante écriture.

Chères Emily et Sara,

Je suis ravie que vous soyez bien arrivées et j'espère que vous avez passé un bon après-midi toutes les deux. J'ai hâte de vous retrouver. Une voiture viendra vous chercher à 18 h 45, ainsi qu'Evan et Jared, pour notre réservation de 19 heures.

Je suis sûre que vous allez adorer la soirée !

Bien à vous,

Vivian Mathews

— J'espère que ma présence ne va pas la gêner, ai-je crié à travers la porte de la salle de bains.

— Arrête de stresser, a répliqué Sara. Vivian tient à ce que tu sois là. Elle a même convaincu Jared de m'inviter pour que je puisse être avec toi.

Sa remarque m'a amusée : à mon avis, il n'avait pas dû se faire prier.

— Alors, a-t-elle repris. Comment tu te trouves ? Tu ne m'as rien dit !

— Ah… Euh…

Je me suis placée devant le miroir, et un léger sourire s'est dessiné sur mes lèvres. Oubliés le jean et la queue de cheval, la fille que j'avais sous les yeux était joliment maquillée : sous les longs cils noirs, l'éclat des prunelles noisette était rehaussé par le rose des pommettes, tandis qu'un gloss nacré ourlait délicatement la pulpe des lèvres.

Je me suis tournée pour voir mon profil et les volants de mousseline de ma robe ont virevolté avec grâce. Du bout du doigt, j'ai suivi le dessin de la broderie rose qui courait sur le bustier. Sara avait choisi la même nuance de rose pour le ruban de velours qui retenait mes cheveux. Elle avait fait un nœud aussi élégant qu'un bijou, et laissé quelques boucles tomber harmonieusement de chaque côté de mon visage. Sur la coiffeuse, j'ai pris ce qui devait apporter la touche finale à ma tenue : un pendentif en diamant. Après l'avoir attaché, j'ai effleuré la pierre avec la même émotion que le jour où Evan me l'avait offert.

Lorsque Sara est sortie de la salle de bains, j'ai pivoté vers elle, les joues roses de bonheur, pour la remercier de la métamorphose qu'elle avait opérée sur moi. Mais je suis restée sans voix. Sa robe bleu nuit épousait les courbes sublimes de son corps, et ses magnifiques boucles auburn tombaient en cascade sur son épaule droite. Elle était juste… adorable.

— Jared est mal barré, ai-je lâché dans un souffle. Tu es carrément trop belle !

Pourquoi étais-je à ce point surprise ? Même si j'avais tendance à l'oublier, ça n'était pas un hasard si mon amie était la fille la plus courtisée du lycée. Impossible de ne pas être frappée par la perfection de son visage et sa beauté intemporelle.

Un large sourire, d'une blancheur éclatante, a étiré ses lèvres.

— Peut-être…

— Sara ! me suis-je exclamée. Ne me dis pas que tu vas coucher avec lui !

— Mais non, ne t'en fais pas, a-t-elle répondu en levant les yeux au ciel. Mais ça ne nous empêche pas de nous amuser.

Mon portable a vibré et j'ai tourné la tête. C'était un texto d'Anna.

Ai parlé avec Carl et avons contacté Rachel. Elle est gentille, et je crois qu'elle veut la même chose que toi. On la voit samedi, mais tout a l'air déjà prêt pour dimanche.

Sara m'a tendu mon manteau et le sac avec le cadeau pour Evan.

— Tes parents sont OK pour que j'emménage chez ma mère, ai-je annoncé.

— Alors c'est officiel ?

Elle m'a tenu la porte pour sortir.

— On dirait, ai-je répondu, la gorge nouée.

Quand je l'ai aperçu dans le hall, de dos dans son costume noir, j'ai cru que mes genoux allaient se dérober sous moi.

Ses cheveux, d'habitude en bataille, étaient peignés avec soin, ce qui lui donnait un air distingué. Il était en pleine discussion avec son frère et ne nous a pas tout de suite remarquées. Mais quand il a vu Jared se figer, bouche bée, il s'est arrêté net.

Evan s'est retourné, et mes jambes, déjà flageolantes, sont devenues toutes molles. Un sourire lumineux s'est dessiné sur sa bouche et dans ses yeux gris acier, et mon cœur a loupé un battement. Une vague de chaleur a envahi mes joues. Il n'était parti que deux semaines à la montagne, et pourtant, j'avais l'impression de le voir pour la première fois.

— Salut, ai-je murmuré.

Il s'est avancé pour me prendre la main et, dès l'instant où nos yeux se sont rencontrés, le lien entre nous s'est rétabli, comme si nous ne nous étions jamais quittés.

— Salut, a-t-il répondu en souriant de plus belle.

Il s'est penché pour m'embrasser, mais Sara nous a interrompus.

— Il faut qu'on parte, sinon on va être en retard.

— OK, a répondu Evan, nous renvoyant aussitôt à la réalité : un hall d'hôtel rempli de gens bien habillés qui, comme nous, s'apprêtaient à sortir.

Il m'a aidée à mettre mon manteau. J'ai enfilé mes gants et repris sa main.

— Qu'est-ce que c'est ? m'a-t-il demandé en montrant le sac que je tentais de lui cacher.

— Une surprise.

J'avais beau minauder, je mourais d'envie de lui offrir son cadeau.

— Moi aussi, j'en ai une.

Avec un sourire en coin, il m'a tenu la porte.

Je suis montée dans la limousine et je me suis assise à côté de Sara. Comme elle était face à Jared, Evan a été obligé de se glisser à côté de son frère. Et de me lâcher la main. J'ai levé les yeux, et nous avons échangé un regard qui signifiait « j'aurais préféré être à côté de toi ».

Quelques instants plus tard, la voiture s'est arrêtée au bout d'une allée pavée, puis le chauffeur nous a ouvert la portière. Le bâtiment, avec ses nombreuses fenêtres et ses corniches sur la façade, ressemblait plus à un hôtel particulier qu'à un restaurant.

Un majordome nous a escortés jusqu'à une véranda qui offrait une vue spectaculaire sur la mer.

— Vous voilà ! s'est exclamée Vivian en nous accueillant les bras ouverts.

Ses fils l'ont embrassée l'un après l'autre, puis ils nous ont aidées à enlever nos manteaux. Après quoi, elle nous a contemplées, Sara et moi, d'un air ravi.

— Vous êtes délicieuses, a-t-elle déclaré en nous serrant chacune contre elle. Venez vous asseoir.

Stuart, qui ne nous avait pas adressé un seul regard, est resté immobile. Un verre de whisky à la main, il contemplait l'océan, imperturbable.

Sur l'invitation de Vivian, nous avons pris place autour de la table rectangulaire. Je me suis débrouillée pour être à côté d'Evan. Il a pris ma main sous la table, ce qui m'a aussitôt apaisée.

Une conversation légère s'est rapidement engagée. J'y ai participé le moins possible – uniquement lorsqu'on me posait une question ou si on attendait un commentaire de ma part. Et, bien sûr, chaque fois que c'est arrivé, j'avais la bouche pleine. Sara avait du mal à retenir ses fous rires, ce qui me mettait, évidemment, encore plus mal à l'aise.

J'ai finalement survécu et, à la fin du dîner, je me suis excusée pour disparaître aux toilettes, non sans avoir prévenu Evan que je le retrouverais dans l'entrée.

Empêcher les volants de ma tenue de tomber dans la cuvette n'a pas été une mince affaire. J'ai lissé une dernière fois ma robe du plat de la main avant de franchir la porte.

— Je ne veux plus parler de ça.

Je me suis arrêtée net. Je me demandais encore si je devais révéler ma présence ou attendre, quand la voix a continué :

— Il est temps que tu comprennes qu'elle n'est pas faite pour toi, Evan. Je ne te laisserai pas renoncer à Yale pour suivre une fille – surtout celle-là – à l'autre bout du pays.

Heureusement que je n'avais pas bougé.

— Ce n'est pas toi qui vas choisir pour moi, papa, a répliqué Evan. Et *je* ne m'attends pas à ce que *tu* me comprennes.

— Stuart, qu'est-ce que tu fais ? a demandé Vivian de loin. On va être en retard.

Chancelante, je me suis adossée au mur. Que venait-il de se passer, exactement ? J'avais remarqué, pendant le dîner, le manque d'enthousiasme de Stuart, pour ne pas dire sa froideur, mais je n'avais pas imaginé une seule seconde que j'en étais la cause. Mon menton s'est mis à trembler.

Je me suis mordu les lèvres et j'ai pris une profonde inspiration. Les idées un peu plus claires, j'ai repris mon chemin. En débouchant dans l'entrée, devant Evan qui m'attendait, mon manteau à la main, je me suis forcée à sourire.

— Tout va bien ? m'a-t-il demandé en scrutant mon visage.

J'ai souri de plus belle et hoché la tête. Puis j'ai glissé mon bras dans la manche du manteau qu'il me tendait, soulagée de lui tourner le dos pour qu'il ne puisse pas lire dans mes pensées.

Il m'a pris la main.

— Tu trembles ?

— Il fait froid, ai-je menti.

Il a passé son bras autour de mes épaules pour me réchauffer et je me suis blottie contre lui.

— Waouh ! s'est exclamée Sara quand la limousine s'est arrêtée quelques minutes plus tard devant la villa illuminée.

J'ai senti mon estomac faire un salto.

— Ce sont juste des gens, m'a chuchoté Evan.

Juste des gens… couverts de bijoux, en robe de soirée ou en smoking, et la tête pleine de jugements et de commentaires narquois.

Nous nous sommes frayé un chemin au milieu de ces silhouettes aux costumes chatoyant à la lumière des bougies. Dans la salle de bal, au-dessus du brouhaha, un orchestre de jazz donnait le rythme.

Partout où mon regard se posait, je voyais briller de l'or, de l'argent, des pierres précieuses.

— C'est magnifique, madame Mathews ! s'est exclamée Sara, ébahie. Je n'ai jamais rien vu d'aussi beau.

— Je ne suis pas certaine que mes fils soient d'accord, a répondu Vivian avec un grand sourire.

Evan m'a pressé la main, et je me suis sentie rougir.

— Cette soirée dépasse déjà mes espérances, a-t-elle poursuivi. Je suis si heureuse de vous avoir tous avec moi ! Je dois saluer quelques invités, mais ensuite, Evan, j'espère que tu m'accorderas une danse.

Elle a esquissé un sourire en croisant le regard de son fils, avant de s'éloigner dans les froufrous légers de sa robe en soie ivoire. Avec ses longs cheveux blonds relevés en chignon, élégante et gracieuse, Vivian était la sophistication incarnée. J'admirais sa capacité à être gaie et calme en toute occasion.

Sara s'est plantée devant Evan.

— Qu'est-ce qu'elle veut dire ? Tu es un expert en danse, ou quoi ?

Jared a éclaté de rire et Evan l'a fusillé du regard.

— Evan est le cavalier privilégié de maman. Mon père ne danse pas et moi j'ai séché les leçons…

— Tu as pris des leçons ? l'a coupé Sara, toujours tournée vers Evan.

— Oui, a-t-il avoué. Ma mère adore danser. Et, visiblement, je suis le seul à ne pas lui marcher sur les pieds.

Il a lancé un coup d'œil à Jared qui a ricané.

— J'ai trop hâte de voir ça ! s'est réjouie Sara.

Nous avons trouvé un coin tranquille dans un des salons et, à l'écart des conversations, nous avons écouté Jared et Evan nous raconter leurs vacances.

— Au fait, Em, tu as annoncé la nouvelle à Evan ? a soudain lancé Sara.

— Non, ai-je répondu sourcils froncés, la soupçonnant de parler du cadeau d'Evan.

Puis je me suis brusquement souvenue.

— Ah oui, c'est vrai : j'emménage chez ma mère, ce week-end, ai-je dit d'un air désinvolte.

Exactement comme si j'avais annoncé que je m'étais acheté un nouveau tee-shirt.

Jared n'a pas eu l'air de saisir l'importance de l'information. Evan, lui, a plissé le front.

— Tu vas quoi ? a-t-il demandé.

— Ta mère te cherche, l'a interrompu Stuart, derrière nous.

Evan s'est tourné pour voir Vivian scruter la foule et lever la main en le voyant.

— Je reviens tout de suite, a-t-il lâché en se levant pour la rejoindre.

Je me suis tournée vers Sara, mais elle était déjà en train de se faufiler entre les invités, avec Jared, pour ne pas manquer le spectacle. Je me suis retrouvée toute seule. Avec Stuart. Me lever et partir sans un mot aurait été très impoli, j'ai donc essayé de trouver quelque chose d'intelligent à dire. Au lieu de ça, j'ai bafouillé :

— C'est… euh… une belle soirée, n'est-ce pas ?

Il m'a dévisagée de haut en bas comme si je parlais une langue étrangère, a secoué la tête et s'est éloigné.

D'un coup d'œil autour de moi, j'ai vérifié que personne n'avait suivi cette scène humiliante, avant de me rendre à mon tour dans la salle de bal. Parmi les nombreux couples sur la piste, un seul captait tous les regards. Il évoluait avec grâce et légèreté sur une chanson de Sinatra, interprétée par un crooner dégingandé.

— Incroyable ! a soufflé Sara, une coupe de champagne à la main, au moment où je la rejoignais. Il danse *pour de vrai*.

Je suis restée bouche bée : Evan menait Vivian d'une main de maître. Elle avait les yeux brillants, tandis qu'ils virevoltaient d'un bout à l'autre de la piste.

— Je vous l'avais dit, a observé Jared. Pas mal, hein ?

— C'est sûr, ai-je lâché.

Visiblement, beaucoup d'aspects de la vie d'Evan m'étaient encore inconnus.

La chanson a pris fin, et un concert d'applaudissements s'est élevé dans la salle. Evan semblait mal à l'aise, mais Vivian était radieuse. Au même moment, une femme aux cheveux blancs coupés court et vêtue d'une longue robe noire est venue remplacer le crooner au micro. Stuart a rejoint Vivian tandis qu'Evan s'est dirigé vers nous.

— Dingue ! ai-je murmuré quand il a passé son bras autour de ma taille.

Il a haussé les épaules et reporté son attention sur la femme qui parlait dans le micro.

Celle-ci rappelait l'engagement de Vivian au sein de nombreuses œuvres caritatives, depuis des années, et saluait son dévouement et sa réussite dans ses nobles combats. Non seulement elle donnait son temps sans compter, mais elle s'y consacrait avec passion. Une salve d'applaudissements a ponctué le discours, puis Vivian s'est vu remettre un trophée en cristal.

Après cet intermède, la musique a repris de plus belle et nous sommes allés la retrouver.

Elle était entourée de dizaines de personnes qui la félicitaient chaleureusement. Evan l'a serrée dans ses bras, imité par Jared, puis Sara. Quand je me suis, à mon tour, approchée d'elle, elle m'a étreinte longuement.

— Je suis tellement heureuse que tu sois ici avec nous, m'a-t-elle murmuré à l'oreille.

Mes yeux se sont aussitôt remplis de larmes. Elle s'est écartée de moi et a été immédiatement happée par d'autres bras enthousiastes.

Evan m'a pris la main pour me guider à travers la foule. J'étais encore sous le coup de l'émotion, bouleversée par les paroles de Vivian.

— Sortons d'ici, m'a-t-il glissé.

— Quoi ? Tu veux partir ?

— Oui. Je veux te montrer quelque chose.

— D'accord, ai-je répondu, un peu décontenancée.

Nous avons récupéré nos manteaux, et il m'a entraînée dehors sans dire au revoir à personne.

2

Feux d'artifice

Après avoir longé l'allée bordée de dizaines de limousines, nous sommes arrivés sur le parking, où j'ai reconnu la BMW d'Evan.

— Comment est-elle arrivée ici ? ai-je demandé, étonnée.

— Je l'ai amenée plus tôt, a-t-il avoué avec un demi-sourire.

Cela faisait donc partie du plan.

Il a ouvert la portière côté passager et sorti un sac à dos. Il a pris dedans une paire de baskets qu'il m'a tendue. Je l'ai dévisagé d'un air méfiant. Ces chaussures appartenaient à Sara ; ce qui signifiait qu'elle aussi était dans le coup.

— Elles seront plus confortables que tes talons, a-t-il expliqué.

Il a retiré sa veste de smoking, son nœud papillon et ses chaussures de soirée, et enfilé des tennis. Je me suis assise sur le siège et j'ai changé de chaussures.

J'avais essayé de deviner ses plans, par le passé, sans succès. Alors j'avais appris à suivre ses instructions, sans poser de questions. À moins qu'il ne décide cette fois de me faire grimper en haut d'une falaise et me dise de sauter. Là, j'aurais sûrement quelques objections.

Il m'a de nouveau pris la main, et nous nous sommes dirigés vers la rue pavée, bordée de lampadaires. L'air était frais et sec, le ciel clair, et la pleine lune éclairait notre chemin.

Au bout de quelques mètres, il m'a fait passer au travers de la haie.

— Evan, on va où ? ai-je demandé, inquiète que nous nous introduisions en douce dans une propriété privée.

— Il n'y a personne, m'a-t-il assuré.

Nos pas crissaient dans la neige immaculée. Nous avancions vers une grande et haute demeure, plongée dans l'obscurité.

— Mais il y a sûrement une alarme ou un truc du genre, ai-je protesté.

J'ai regardé autour de moi, guettant d'un œil inquiet l'arrivée de gyrophares. J'ai continué à le suivre, en dépit de mes doutes et de la neige épaisse qui m'obligeait à monter haut les genoux.

— Arrête de stresser, m'a-t-il dit en riant, tout en me tenant le coude pour m'aider. Ma mère connaît les gens qui habitent là, elle les a même invités à la fête. Sauf qu'ils sont au Brésil. Je les ai prévenus, tout va bien. On ne va pas entrer chez eux, de toute façon.

— Promis ? ai-je insisté, méfiante.

— Promis, a-t-il confirmé avec un sourire. Fais-moi confiance.

Nous avons longé la maison jusqu'à une terrasse abritée, à l'arrière. Je me suis arrêtée net en apercevant une lumière.

— Tu viens de dire qu'il n'y avait personne !

— C'est le cas ! s'est-il esclaffé. C'est pour nous. J'ai payé le chauffeur de la limousine pour qu'il allume le feu et apporte nos sacs.

— Ah…

L'aménagement était charmant : sous un auvent, deux fauteuils en teck étaient disposés devant une cheminée en pierre. À côté, sur une petite table, se trouvaient une enceinte Bluetooth, ainsi qu'un paquet cadeau.

— C'est vraiment joli. J'aime beaucoup.

Nous nous sommes approchés de la cheminée, Evan s'est mis derrière moi et a passé ses bras autour de ma taille pour me serrer contre lui. J'ai tourné mon visage vers lui et sourit :

— Tu m'as manqué.

— Toi aussi, a-t-il murmuré en se penchant.

Le bout de son nez était tout froid contre ma joue, mais son souffle sur mes lèvres m'a embrasée. Sa bouche s'est posée sur la mienne et s'y est attardée un long moment avant de s'écarter. J'ai gardé les yeux fermés, pour mieux savourer le souvenir de son baiser.

— Je suis heureux que tu sois venue ce soir, a-t-il repris en reculant légèrement. Je sais que ça t'a coûté, mais c'était important pour ma mère.

— Moi aussi je suis contente d'être venue. Et d'avoir entendu tout ce qui a été dit sur elle. Elle est formidable. Je n'imaginais pas à quel point !

Il m'a embrassée de nouveau, la main posée sur ma joue.

— Tu veux ton cadeau ? m'a-t-il demandé ensuite.

Mon sourire, à peine esquissé, s'est effacé. Il a froncé les sourcils.

— Tu ne veux pas ?

Tout à coup, je n'entendais plus que les mots désagréables de Stuart Mathews, et je n'étais plus si sûre de vouloir lui offrir mon propre cadeau.

— On peut attendre un peu ? ai-je demandé, mal à l'aise.

— Euh… non, a-t-il répliqué en attrapant sur la table le paquet rectangulaire.

Je l'ai pris d'une main crispée.

— Allez, ouvre-le, a-t-il insisté, impatient.

J'ai déchiré le papier argenté. Une belle boîte en argent est apparue. J'ai soulevé le couvercle en retenant mon souffle. Mon visage s'est illuminé lorsque j'ai pris les deux billets pour le concert.

— Evan ! me suis-je exclamée en lui sautant au cou. C'est génial ! Le meilleur cadeau au monde ! Merci.

— Tant mieux, a-t-il répondu en me serrant dans ses bras. Je voulais que tu ailles avec moi à ton premier concert.

— C'est quand ? ai-je demandé en cherchant la date sur le billet. À la fin du mois, super ! Je n'aurai pas à attendre trop longtemps.

— J'ai failli en acheter un troisième pour Sara, parce que je sais à quel point elle aime ce groupe, et puis je me suis dit que j'avais envie qu'on soit juste tous les deux.

J'ai éclaté de rire : j'imaginais déjà le grognement de Sara quand je lui montrerais les billets pour un concert auquel elle rêvait d'aller et qui était archi complet. Je les ai remis dans la boîte, que j'ai glissée dans la poche de mon manteau. Evan suivait mes gestes du regard. J'ai bien tenté de trouver un prétexte pour ne pas lui donner son cadeau, mais je n'avais pas le choix.

— Bon, j'espère que tu vas l'aimer…

J'ai sorti de mon sac le paquet vert métallisé, et je le lui ai tendu. Les yeux rivés sur lui, je l'ai regardé l'ouvrir. Après avoir soulevé le couvercle, son regard est passé du cadeau à moi, puis de nouveau au cadeau, puis à moi.

— Est-ce que ça veut dire que… ?

Le regard brillant, et un immense sourire aux lèvres, il a posé la boîte sur le fauteuil. J'ai eu beau essayer de me retenir, je n'ai pas pu m'empêcher de sourire à mon tour : son excitation était contagieuse.

— Tu es admise !

Il m'a prise dans ses bras et m'a soulevée de terre.

— Em, je suis tellement content pour toi ! Quand est-ce que tu l'as su ?

— Il y a dix jours.

— Waouh ! Stanford ! Tu le mérites tellement. Et tu n'as rien dit à personne ! Ça n'a pas dû être facile.

Il m'a regardée, impressionné. Il savait à quel point j'en rêvais.

J'ai baissé les yeux d'un air penaud.

— C'était dur. Mais je l'ai quand même dit à Sara… Désolée.

— Quand je disais « personne », c'était excepté Sara ! Elle, c'est évident. Je n'ai plus qu'à savoir quelle université m'acceptera pour te rejoindre en Californie.

Mon sourire s'est envolé.

— Qu'est-ce qu'il y a ? s'est-il inquiété.

J'ai ouvert la bouche, puis l'ai aussitôt refermée.

— Allez, dis-moi, a-t-il insisté. Laisse-moi entrer dans ta petite tête avant que tu ne commences à échafauder des bêtises.

— Trop tard, ai-je soupiré en haussant les épaules.

J'ai attendu avant de poursuivre :

— J'ai surpris ce que ton père t'a dit.

Evan a aussitôt voulu protester, probablement prêt à lâcher des mots durs, mais je l'ai interrompu.

— Il a raison.

Il m'a dévisagée.

— À quel propos ?

— Tu ne peux pas prendre une des décisions les plus importantes de ta vie en fonction d'une fille.

Il a eu un sourire amusé. Pas exactement la réaction à laquelle je m'attendais.

— C'est vrai.

J'ai écarquillé les yeux, mais il a enchaîné :

— Stanford et Berkeley sont des universités absolument *pourries*, c'est bien connu, et je vais gâcher mon avenir si j'y vais. Tu as raison. D'ailleurs, à quoi bon continuer, autant rompre tout de suite, puisqu'il n'est pas question de tenir compte l'un de l'autre dans nos projets.

— Evan !

J'ai roulé en boule le papier cadeau et je le lui ai lancé à la figure. Il l'a intercepté en riant et l'a jeté dans le feu.

— Ce n'est pas ce que je voulais dire, ai-je répliqué.

— Je sais, s'est-il moqué en m'attirant à lui. Mais tu ne dois pas écouter mon père. Il *croit* savoir ce qui est le mieux pour moi alors qu'il ne me connaît même pas.

Il a déposé un baiser sur le sommet de ma tête avant d'ajouter :

— Je ne prendrai jamais une décision aussi importante en fonction d'une fille.

Il a attendu un moment, le temps qu'un souffle de panique m'envahisse, avant de poursuivre :

— Mais tu n'es pas n'importe quelle fille. Je… *Nous* irons en Californie.

J'ai appuyé mon visage contre sa poitrine et je l'ai enlacé.

— Yale est la meilleure université de droit du pays, lui ai-je rappelé, sans grande conviction.

— Et qui a dit que je voulais être avocat ? a-t-il rétorqué.

Il s'est écarté et a déclaré :

— Je veux t'apprendre à danser.

Mon cœur a cessé de battre.

— Quoi ?

Il a éclaté de rire.

— J'en suis incapable.

— Je sais, c'est pour ça que je vais t'apprendre.

J'ai poussé un gémissement en le voyant se diriger vers l'enceinte. Pendant qu'il branchait son iPhone et choisissait un morceau, j'ai jeté un coup d'œil autour de moi, dans l'espoir de trouver un moyen de le dissuader. Malheureusement, la terrasse était dépourvue de tout obstacle. Consternée, j'ai baissé les yeux sur mes jambes. Ma robe et ses nombreux volants, ça promettait d'être comique.

Les accords d'une guitare électrique ont retenti, suivis du son d'une batterie. Evan, battant la mesure avec sa tête, est venu d'un pas lent vers moi. Il a posé les mains sur mes hanches et m'a fait tanguer de droite à gauche au rythme de la musique.

— Prête ? a-t-il lancé en me saisissant la main pour me faire tourner sur moi-même.

Lorsque je me suis retrouvée de nouveau face à lui, il s'est mis à faire des bonds rapides, m'obligeant à l'imiter. Tout à coup, une surprenante vague d'énergie m'a traversée et je me suis mise à sauter en même temps que lui, avec entrain. Il a souri d'un air approbateur tout en continuant de hocher la tête en rythme. Emportée par mon élan, je me suis balancée d'un pied sur l'autre avant de faire un nouveau tour sur moi-même. Ma robe a virevolté autour de mes jambes.

La chanson suivante a été l'occasion d'une session de pogo sur toute la terrasse, à la fin de laquelle je me suis écroulée dans un des fauteuils, à bout de souffle et la tête à l'envers.

— Tu es géniale !

Les joues rouges, debout devant moi, Evan me dévisageait avec admiration.

— Là tout de suite, ça m'étonnerait, ai-je répliqué en repoussant une mèche de cheveux qui me tombait sur le nez tandis qu'une goutte de sueur dégringolait le long de ma tempe.

— Si, si, tu *es* géniale !

Me sentant rougir, j'ai esquissé un sourire gêné.

— Qu'est-ce que j'ai fait ?

— Rien. C'est juste… toi. Tout en toi est génial.

Il m'a tirée hors du fauteuil pour me serrer contre lui et m'embrasser. Des milliers d'étincelles ont jailli. Un véritable feu d'artifice. J'entendais même les crépitements… J'ai brusquement ouvert les yeux. Des myriades de petites lumières scintillaient dans le ciel. *C'était* bel et bien un feu d'artifice ! Nous sommes descendus de la terrasse pour profiter du spectacle.

— Bonne année, m'a murmuré Evan à l'oreille avant de m'embrasser.

C'était le plus beau feu d'artifice que j'avais jamais vu. À chaque explosion, mon cœur bondissait dans ma poitrine et j'avais l'impression que les milliers de points lumineux allaient se répandre sur nous. Chaque fois que je me tournais vers lui, c'était pour découvrir qu'il me dévorait du regard. Au bout d'un moment, il a fini par se concentrer un peu plus sur la pluie de lumière qui illuminait le ciel.

Après le bouquet final, mes chaussures étaient trempées à cause de la neige, et je frissonnais de la tête aux pieds. Je ne m'étais pas rendu compte que la température avait chuté pendant le spectacle.

— Allons-y, a dit Evan en me frottant vigoureusement les bras pour me réchauffer. Sinon, tu vas finir congelée !

Nous sommes revenus sur la terrasse. Le feu n'était plus qu'un amas de braises rougeoyantes. Il est allé remplir une cruche au robinet d'arrosage pour les éteindre pendant que je rangeais l'enceinte dans son sac.

En arrivant de l'autre côté de la maison, j'ai aperçu sa voiture, garée devant le portail.

— Encore le chauffeur de la limousine ?

— Une vraie perle, celui-là !

Dans la voiture, où régnait une délicieuse chaleur, j'ai enlevé mes gants pour mettre mes mains devant la soufflerie du chauffage.

— Et maintenant, on va où ?

— À l'hôtel ? ai-je suggéré sur le ton le plus dégagé possible.

— Le tien ou le mien ? a-t-il souri.

Cette question m'a brusquement rappelé Sara. Je me suis demandé comment s'était passée sa soirée et où Jared et elle se trouvaient en ce moment.

— Tu penses qu'ils sont où ? m'a demandé Evan, comme s'il lisait dans mes pensées.

— Tu ne crois pas qu'ils sont en train de…

— Il était hyper impatient de la revoir. Et elle était super canon, ce soir…

— Carrément ! Mais tu ne crois pas qu'ils vont… Si ?

Il a haussé les épaules.

— On n'a qu'à aller dans une des chambres en espérant qu'elle soit vide.

Il s'est penché vers moi. Le doux baiser s'est transformé en une étreinte plus pressante, chargée de désir. L'appréhension de me retrouver seule dans une chambre d'hôtel avec lui a laissé place à l'envie d'y arriver le plus vite possible.

Il s'est écarté, le souffle court.

— La tienne, a-t-il glissé.

Après avoir attaché sa ceinture, il a mis le contact et s'est engagé le long de l'allée. Nous avons rejoint la longue file de limousines qui, depuis le lieu de la fête, avançaient au pas.

— C'est pas vrai, a grommelé Evan en laissant aller sa tête contre l'appui-tête d'un air énervé.

Au bout de quelques instants à cette allure d'escargot, il a repris :

— Je pense que cette année va être super, Em.

— J'espère, ai-je répondu en serrant sa main posée sur mon genou.

Elle ne risque pas, en tout cas, d'être pire que la précédente.

— Ça va être différent, c'est sûr, a-t-il poursuivi. Surtout si tu vas vivre chez ta mère. D'où ça t'est venu, d'ailleurs ?

— Je me suis dit qu'il était temps d'admettre que j'ai une mère.

Il a hoché la tête.

— Mais pourquoi ce week-end ? Tout d'un coup, c'est ça ?

— Qu'est-ce que tu veux dire ?

— Que tu ne fais pas les choses à moitié. Quitte à renouer avec ta mère, autant emménager direct chez elle. Je me trompe ?

J'ai haussé les épaules. Je n'avais jamais vraiment pris conscience de ce trait de caractère chez moi, mais il avait raison. J'étais perfectionniste, je visais l'excellence dans tout ce que je faisais, notamment en classe. Alors pourquoi pas dans ce domaine aussi ?

— Et ta psy ? a-t-il repris. Que pense-t-elle de cette décision ?

Devant mon silence, il s'est tourné vers moi.

— Tu as arrêté de la voir, n'est-ce pas ?

Sachant ce qu'il pensait de cette thérapie, je n'ai pas répondu.

— Et pourquoi ?

— Je vais bien, ai-je répliqué, sur la défensive. Je ne vois pas où est le problème. Et puis Sara vaut tous les psys du monde. Et elle ne m'oblige pas à écrire tout ce qui me passe par la tête.

Evan a rigolé.

— C'est pas faux.

Puis, redevenant sérieux :

— Tu sais que si tu as besoin de parler…

— Je ne suis pas une grande bavarde.

J'ai regardé par la fenêtre pour éviter de lâcher le flot de pensées que je m'étais promis de garder pour moi.

— Je sais, a-t-il accepté d'une voix douce.

Puis, après un moment de silence, il a repris :

— Au lycée aussi ça va aller mieux.

Je lui ai lancé un regard dubitatif.

— Je t'assure. Il s'est passé des choses capitales en ton absence. Genre : Machine s'est fait refaire le nez et Truc a couché avec la copine de son meilleur ami. Ils ont la mémoire courte, tu sais bien.

Il m'a pressé la main, et j'ai espéré de tout mon cœur qu'il disait vrai.

J'ai recommencé à avoir des nœuds dans l'estomac lorsque nous sommes arrivés devant l'hôtel. En attendant le voiturier, Evan m'a dit :

— On reste zen, hein ? Pas trop d'attentes ni trop de pression, on va juste faire comme ça vient. Naturellement.

Je l'ai regardé droit dans les yeux.

— Pas d'attentes, tu plaisantes ? J'ai des attentes, moi. Ça fait presque six mois que *j'attends* de passer la nuit avec toi !

— D'accord, a-t-il répondu dans un sourire. On est sur la même longueur d'onde, alors.

J'ai éclaté de rire, et je me suis aussitôt sentie mieux.

Jusqu'à l'ascenseur, il ne m'a pas lâché la main une seule seconde. J'étais trop tendue pour articuler le moindre mot.

À la porte de ma chambre, Evan s'est placé devant moi.

— Ferme les yeux.

J'ai obéi.

— Respire.

J'ai pris une profonde inspiration et je me suis forcée à détendre mes épaules pendant que j'expirais. Puis, les paupières toujours closes, j'ai attendu l'instruction suivante. Au lieu de quoi, j'ai senti sa bouche se poser en douceur sur la mienne. Sous l'effet de la surprise, mon cœur s'est emballé, et mes jambes ont tremblé. J'ai écarté les lèvres. Sa langue, douce et volontaire, s'est mêlée à la mienne. J'ai fouillé ma poche à la recherche de la clé, en essayant de ne pas rompre ce baiser. Sans succès.

Je me suis écartée, le temps de glisser la clé dans la serrure, et j'ai ouvert la porte. Puis, me rapprochant d'Evan, je me suis emparée à mon tour de sa bouche. Il a commencé à déboutonner son manteau, pendant que j'entrais dans la chambre à reculons. C'est là que j'ai entendu :

— Ah, te voilà !

J'ai repoussé vivement Evan et fait demi-tour en lui claquant la porte au nez.

— Coucou, Sara, ai-je lancé en m'efforçant de retrouver mon souffle.

Puis j'ai entrouvert la porte. Evan, de l'autre côté, se frottait le front.

— Sara est là. Euh… je crois qu'on se verra plutôt demain matin.

— Ah… bon… d'accord, a-t-il bafouillé, déconcerté. Bon, à demain, alors.

J'ai refermé la porte, sans même lui laisser le temps de me dire bonne nuit.

— Qu'est-ce qui t'arrive ? a demandé Sara derrière moi. Tu aurais pu le laisser entrer.

— Non, il est tard.

J'ai enlevé mon manteau, les joues en feu.

— Oh, mais je comprends ! s'est-elle exclamée tout à coup. Vous pensiez avoir la chambre pour vous. Oh, Em, c'est la meilleure !

Elle est partie dans un grand éclat de rire.

— Sara ! me suis-je énervée. Ça n'a rien de drôle.

— Ah si, carrément ! Pour la première fois de ma vie, j'aime vraiment bien un type, et je ne couche pas avec lui. Et toi, tu devais enfin le faire, et ça n'a pas marché ! Non, mais franchement, c'est énorme ! Em, s'est-elle reprise une fois calmée, je suis vraiment désolée.

J'ai poussé un vague grognement et je me suis affalée sur le lit à côté d'elle.

— Pourvu que ce ne soit pas à l'image de ce qui m'attend cette année.

Elle a posé la tête sur mon épaule.

— C'est la fin de la terminale. Ensuite, on sera à l'université. Ça va être la meilleure année de notre vie, crois-moi !

Sans commentaire. Je n'étais pas aussi optimiste qu'elle.

3

Toujours aimée

— On peut parler de ce qui s'est passé hier soir ? ai-je demandé à Sara en quittant le restaurant où nous venions de partager un copieux petit déjeuner en compagnie de Jared et Evan.

— De quoi ? Du fait que tu t'étais *enfin* décidée à perdre ta virginité et que j'ai tout fait foirer ?

— Mais non, pas de ça. Du fait que tu aimes, je te cite, « vraiment bien » Jared. Qu'est-ce qui s'est passé entre vous ?

— Ou sinon on discute d'autre chose ?

Je lui ai jeté un regard de travers. Ce n'était pas son genre de ne pas vouloir parler d'un garçon.

— Je ne comprends pas…

— Il vit à New York, a-t-elle expliqué les yeux rivés à son téléphone. Moi, je suis encore au lycée. Sans parler du fait qu'on va s'installer en Californie à la rentrée. Je ne peux pas continuer à me torturer comme ça. Il faut que je l'oublie. Une fois de plus.

Puis, sans transition :

— C'est gentil de conduire, a-t-elle dit en rangeant son téléphone dans son sac. Si ça ne t'ennuie pas, je vais dormir un peu.

Ça aussi, c'était bizarre, mais je n'ai pas relevé.

— Pas de problème, ai-je répondu.

Le trajet me laissait le temps de réfléchir. Ce qui n'était pas forcément une bonne chose. Trois heures en tête à tête avec moi-même, c'était beaucoup. Presque effrayant. Mais, au final, je n'ai pas regretté ma tranquillité : que j'aie tort ou raison d'emménager avec ma mère, j'étais décidée à tenter le coup.

— Et si on restait peinardes à regarder des films, aujourd'hui ? a proposé Sara tandis que nous sortions nos sacs du coffre.

— Ça me va !

Evan avait dû raccompagner Jared à New York. Toutes seules en ce premier jour de l'année, nous avons donc passé la journée avachies devant la télévision, à nous gaver de comédies romantiques.

Le portable de Sara a vibré.

— Tu veux aller à une fête, ce soir, Em ? m'a-t-elle demandé en levant les yeux du texto qu'elle venait de recevoir.

— Bah, je crois pas, non, ai-je répondu du tac au tac.

— Tu as l'intention de retourner à une fête avec des gens du lycée au moins une fois dans ta vie ?

— Je ne sais pas, ai-je répondu avec un soupir. Je n'ai pas envie de me retrouver en face d'un type bourré qui me dit des trucs que je n'ai pas envie d'entendre. Je ne veux plus être la bête curieuse.

— Ils doivent dépasser ça, et toi aussi. Tu ne peux pas rester toute ta vie à l'écart. Il y aura toujours des cons. Qu'ils aillent se faire foutre. Qu'est-ce que ça peut faire ?

J'ai souri. Elle avait bien raison.

— OK, mais pas ce soir, d'accord ?

— D'accord.

Elle a haussé les épaules, comme si elle s'en fichait, mais je voyais bien qu'elle était déçue. En six mois, je ne l'avais pas accompagnée à une seule soirée.

— Tu peux y aller, ai-je repris. C'est pas parce que je la joue solitaire que tu dois faire la même chose.

— Tu es sûre ? m'a-t-elle demandé d'une voix inquiète.

— Certaine.

Son visage s'est éclairé et elle s'est mise à pianoter sur son portable.

Au même moment, la voix de sa mère a retenti au pied de l'escalier :

— Coucou, les filles ! On est rentrés. Vous venez nous raconter votre réveillon ?

Sara a sauté sur ses pieds et dévalé l'escalier quatre à quatre. Je l'ai suivie, toujours pas habituée à cette famille qui partageait tout. Anna et Carl se montraient très patients avec moi, ils me brusquaient le moins possible, mais la plus anodine des questions me mettait aussitôt sur la défensive.

Sara s'est assise en tailleur à sa place habituelle : au centre du lit de ses parents, tandis que je suis restée sur le bord, davantage dans un rôle de spectatrice.

Anna déballait leur valise, et Carl passait le courrier en revue. Il a sorti une lettre du paquet.

— Tiens, Emma, c'est pour toi.

— Merci.

J'ai examiné l'enveloppe – ordinaire, sans adresse d'expéditeur – pendant que Sara racontait la soirée avec une foule de détails incroyables.

Je passais les doigts sur le cachet de la poste, « Boca Raton, Floride », lorsque j'ai entendu :

— Et comment a réagi Evan quand tu lui as dit pour Stanford, Emma ?

J'ai levé les yeux. Ils me regardaient tous les trois, impatients d'entendre ma réponse. Je me suis alors aperçue que Sara et moi n'en avions même pas parlé.

— Il est très content, ai-je répondu, embarrassée.

Ils ont attendu quelques instants, puis, comprenant qu'il n'y aurait rien de plus, Anna a dit :

— J'ai hâte de rencontrer ta mère demain matin.

Mon ventre s'est instantanément noué.

— J'ai pensé qu'on pourrait faire un peu de shopping toutes les trois aujourd'hui.

— Maman, s'est exclamée Sara, tu devrais savoir, depuis le temps, qu'Emma déteste ça ! Mais moi je suis partante !

Carl m'a regardée d'un air compréhensif.

— Un match de foot, plutôt ?

J'ai accepté d'un hochement de tête soulagé.

— Qu'est-ce que vous faites ce soir ? a repris Anna. Il n'y a pas une fête chez Marissa Fleming ?

Qu'elle soit au courant n'aurait pas dû me surprendre : elle semblait connaître les emplois du temps de chacun des habitants de cette ville.

— Oui, et j'y vais avec les filles, s'est empressée de répondre Sara, radieuse.

— Et toi, Emma ? m'a demandé Anna en accrochant une robe dans l'armoire.

— Je vais rester là et bouquiner, ai-je lâché d'une petite voix.

Sara est descendue du lit.

— Il faut que tu m'aides à choisir ce que je vais mettre.

Je savais pertinemment que je n'aurais aucune influence sur le choix final, mais ça ne m'a pas empêchée de la suivre.

Une fois Sara partie à la soirée, je me suis bien installée sur les coussins, au pied de sa gigantesque bibliothèque, la mystérieuse lettre à la main. C'était une enveloppe ordinaire, envoyée à mon intention chez les McKinley, l'adresse avait été écrite à la main.

Lorsque j'ai sorti la feuille pliée en quatre, j'ai cru que mon cœur allait s'arrêter de battre. Je l'ai dépliée d'une main tremblante. On y voyait une photo de mauvaise qualité sur laquelle figuraient un garçon, une fille, un homme et une femme aux cheveux gris, debout devant un arbre de Noël rose. Sous la photo était écrit « Joyeux Noël, Emma. Tu nous manques ! » en grandes lettres enfantines. Au verso de la page : « On t'aimera toujours, Leyla et Jack. »

Les mots se sont mis à danser devant mes yeux. Une grosse boule s'était formée dans ma gorge, et les larmes n'ont pas tardé à rouler sur mes joues. Mais les larges sourires sur leurs visages et la montagne de cadeaux au pied du sapin me rassuraient.

L'homme, c'était George, je n'avais aucun doute là-dessus. Mais je n'arrivais pas à identifier la femme. C'était peut-être la mère de Carol, Janet. Sauf qu'elle n'avait pas les cheveux gris. J'ai écarté cette hypothèse. C'était peut-être une institutrice, ou quelqu'un qu'ils avaient connu en Floride. Ce qui comptait, c'était que je savais où ils étaient, maintenant. Ça n'était pas comme si je ne les reverrais jamais.

Cette réflexion a été la goutte d'eau. Je me suis effondrée dans les coussins et j'ai pleuré, pleuré, jusqu'à ce que je sente une main me caresser le dos. J'ai levé la tête. Agenouillée à côté de moi, Anna me regardait avec tendresse. Elle a vu la photo que je tenais encore à la main et elle s'est assise.

— Ils ont l'air heureux, a-t-elle dit gentiment en relevant une mèche de cheveux tombée devant mes yeux. C'est ce que tu leur souhaites, n'est-ce pas ?

J'ai brusquement compris que Sara, après tout ce qui s'était passé en mai, s'était confiée à sa mère. Comment aurais-je pu lui en vouloir ? Elle savait donc que j'avais dû rester *là-bas* pour que Leyla et Jack ne soient pas retirés à leurs parents. Au moins, ils avaient toujours leur père auprès d'eux.

— Oui, ai-je lâché d'une voix brisée.

— C'est bien qu'ils t'aient envoyé cette lettre. Ça montre que les enfants t'aiment toujours autant.

Je voyais qu'elle essayait de me consoler, mais l'idée que je puisse leur manquer me bouleversait, et mes larmes ont redoublé. Anna m'a serrée contre elle. Au lieu de lutter, je me suis laissée aller au réconfort de cette étreinte et, bercée par l'odeur fruitée de son parfum, je me suis autorisée à ressentir l'immense chagrin que leur absence me causait.

Au bout d'un moment, lorsque mes sanglots se sont taris, je me suis redressée et j'ai essuyé mes joues du revers de ma manche.

— Je comprends que tu aies envie de t'installer avec ta mère, a-t-elle finalement dit. Et j'espère de tout mon cœur que vous retrouverez ce lien perdu durant toutes ces années. Mais si, pour une raison ou une autre, ça ne marchait pas, n'oublie pas que tu seras toujours chez toi ici. Toujours. Nous n'allons pas prévenir l'assistante sociale de ton déménagement, cela ne nous apporterait que des tonnes de paperasse en plus ; et puis tu vas bientôt avoir dix-huit ans. On va juste continuer les rendez-vous téléphoniques habituels. D'accord ?

J'ai opiné, la gorge trop nouée pour émettre le moindre son.

Elle a hésité un instant avant d'ajouter :

— Je t'aime, Emma. Nous t'aimons tous. Nous ferons ce qu'il faut pour que tout aille bien désormais. Il te suffit de demander. Tu as bien compris ?

— J'ai compris, ai-je murmuré d'une voix étranglée. Merci.

Un immense sourire – le même que Sara – s'est dessiné sur ses lèvres, pour aussitôt illuminer ses yeux bleus, et, histoire de détendre l'atmosphère, elle a lancé d'un ton joyeux :

— Et si on allait manger un peu de glace !

Je n'ai pas pu m'empêcher de sourire à mon tour et, prenant la main qu'elle me tendait, je me suis levée pour la suivre dans la cuisine.

⁂

— C'est tout ? a demandé Carl en regardant d'un œil dubitatif le sac à dos et les deux petits sacs de voyage que je venais de mettre dans le coffre du 4 × 4 d'Anna.

— Je n'ai pas beaucoup d'affaires, ai-je répondu.

Sara et Anna étaient déjà dans la voiture. Il a fermé le coffre et je me suis tournée vers lui.

— Merci pour tout, ai-je dit.

— C'était formidable de t'avoir avec nous, Emma.

Il a hoché la tête et m'a serrée dans ses bras, puis il est parti vers la maison sans se retourner. Je suis restée immobile quelques instants, encore sous le choc de cette étreinte à laquelle je ne m'attendais pas.

— Prête ? a crié Sara par la vitre.

— Ouaip ! ai-je lancé avant de monter dans la voiture.

J'ai regardé, le cœur serré, la grande villa s'éloigner. Je ne m'y étais jamais sentie tout à fait chez moi, mais je m'y savais en sécurité.

Un sentiment que je n'avais pas souvent connu jusque-là.

4

« Chez moi »

Derrière Anna, au volant de la voiture que Carl m'avait aidée à trouver quelques mois plus tôt, lorsque j'avais *enfin* décroché mon permis, je faisais de mon mieux pour mémoriser le trajet. Jusqu'à présent, Evan et Sara me servaient de chauffeurs. Mais, à partir d'aujourd'hui, c'était fini – j'irais au lycée toute seule.

Nous avons mis une vingtaine de minutes pour rejoindre la banlieue de Weslyn où ma mère louait une maison. Le quartier était très différent. Ici, c'était un labyrinthe de ruelles et de petites maisons parfois délabrées, tandis que, chez Sara, les grandes villas impeccables s'alignaient le long de larges avenues. Comme il y avait peu de clôtures, les enfants couraient d'un jardin à l'autre au milieu de la neige.

Anna s'est garée devant une maison située tout au fond d'une impasse. Avec une seule petite bâtisse pour unique voisinage, et la forêt de l'autre côté, la maison de ma mère était assez isolée.

C'était un petit pavillon jaune d'un étage, avec des volets et une véranda qui avaient dû être blancs autrefois. La porte d'entrée s'est ouverte et ma mère est apparue sur le seuil. Les bras croisés, frissonnant dans le froid hivernal, elle a attendu que nous prenions les sacs dans le coffre.

— Coucou, Emily, m'a-t-elle dit au moment où je la rejoignais. Je suis contente que tu sois là.

J'ai évité de croiser son regard. J'avais trop peur de lire le contraire dans ses yeux bleus.

— Merci de me laisser habiter chez toi, ai-je répondu, mal à l'aise.

— Il n'y a pas de quoi, a-t-elle lancé d'un ton qui trahissait sa nervosité. C'est aussi ta maison, maintenant. Tu as même ta propre chambre.

— Oh, mais il faut que tu la voies ! s'est exclamée Sara en me prenant par la main pour m'entraîner à l'intérieur.

Derrière moi, le rire léger d'Anna m'a fait soupçonner qu'elles n'avaient pas fait que du shopping, la veille.

Un escalier s'élevait dès l'entrée, et menait à un petit palier qui desservait trois portes. La première, en face, était celle de la salle de bains. Les deux autres, de chaque côté, étaient fermées. Sara a ouvert celle de droite et allumé la lumière. Je l'ai suivie d'un pas prudent.

Trois des murs étaient blancs, le quatrième – où se trouvait la porte – était peint en noir. Humant l'odeur de peinture fraîche, j'ai fait un tour sur moi-même pour admirer l'ensemble de la pièce. Un sourire s'est dessiné sur mes lèvres.

Un lit deux places trônait en face de la porte, recouvert d'une couette aux motifs géométriques noir et blanc. De grands coussins noirs bordés de blanc étaient alignés le long de la tête de lit. Au-dessus, suspendus au plafond par des fils noirs, des dizaines de petits papillons.

De l'autre côté, le bureau était composé d'un plateau en verre, posé sur deux petites étagères ornées de fleurs noires et de papillons. Au-dessus, un tableau d'accrochage dont le cadre reprenait les motifs noir et blanc de la couette affichait une feuille de papier sur laquelle était tracé, de l'écriture facilement reconnaissable de Sara : « Bienvenue chez toi, Emma ! »

— Tu aimes ?

J'ai fait demi-tour. Sur le pas de la porte, Anna et ma mère guettaient ma réaction.

— Si j'aime ? Je ne peux pas croire que vous ayez fait tout ça ! Merci, merci mille fois.

— De rien, a répondu Anna.

Ma mère, un peu en retrait, nous regardait.

— Vous voulez boire quelque chose ? a-t-elle demandé à Anna, tandis que Sara déballait mes quelques affaires.

Elles sont redescendues et je me suis tournée vers mon amie.

— Merci, lui ai-je répété, c'est tellement adorable.

Elle a sorti une pile de tee-shirts.

— Je savais que cet emménagement te stressait, m'a-t-elle expliqué. Même si tu ne voulais pas l'admettre. Et ma mère voulait aussi rencontrer la tienne. Alors voilà, on a passé la journée ensemble, hier, à faire des courses, peindre et décorer.

Elle a posé mes tee-shirts dans un tiroir de la commode avant d'ajouter :

— Ne t'en fais pas, Rachel est encore plus inquiète que toi.

Je doutais que ça soit possible, mais je l'ai gardé pour moi.

Après avoir rangé mes vêtements, posé mes livres sur les étagères et démarré l'ordinateur que Carl et Anna m'avaient offert pour Noël, elle a déclaré :

— Bon, je crois que tout est à sa place.

Comprenant qu'elle s'apprêtait à partir, j'ai essayé de trouver un moyen de la retenir, mais Anna, en bas de l'escalier, a crié :

— Sara, tu es prête ?

J'ai senti mon cœur se serrer. Moi, je n'étais pas prête à me retrouver seule avec ma mère. En la voyant se triturer nerveusement les mains au bas des marches, j'ai compris qu'elle ne l'était pas davantage que moi. Et cela n'avait rien de rassurant.

Nous sommes restées sur le perron jusqu'à ce que la voiture d'Anna disparaisse au coin de la rue.

— Tu… peux visiter, si tu veux, a proposé ma mère d'un ton hésitant en refermant la porte.

— Euh… d'accord.

J'ai pivoté à droite pour aller dans la cuisine. Ma mère, restée dans l'entrée, m'observait.

Mis à part une couche récente de peinture jaune pâle, la pièce n'avait pas l'air d'avoir changé depuis la construction de la maison. Au-dessus d'un plan de travail en formica usé était accroché un placard en bois dont les portes fermaient mal. Sous la fenêtre, qui donnait sur les bois, l'évier à deux bacs, en porcelaine, était d'une blancheur douteuse. Le réfrigérateur, qui m'arrivait à peine au-dessus de la taille, ronronnait bruyamment. Collée contre lui, la cuisinière à gaz devait elle aussi dater de Mathusalem. Le reste de l'espace était occupé par une petite table ronde et quatre chaises dépareillées, l'ensemble poussé contre le mur pour dégager le passage.

— Sers-toi, si tu as envie de quelque chose, m'a proposé ma mère dans l'encadrement de la porte.

La pièce n'était pas assez grande pour deux.

J'ai ouvert le réfrigérateur : à part les restes d'un repas chinois, visiblement abandonnés depuis quelques jours, il ne contenait que des pots de moutarde, ketchup et autres condiments.

— Merci, ça ira, ai-je répondu en refermant la porte.

— On devrait faire quelques courses, hein ? a-t-elle lancé avec un rire nerveux.

Les mains dans les poches de son jean, elle a reculé pour me laisser le passage. J'ai traversé l'entrée pour me rendre dans le salon. Je sentais ses yeux suivre chacun de mes gestes, ce qui ne faisait qu'augmenter mon stress. J'aurais dû dire quelque chose, mais mon cerveau semblait aux abonnés absents.

Plantée au milieu du salon, je me suis donc contentée de balayer la pièce du regard. Devant la télévision étaient disposés un canapé marron et un fauteuil. À côté de la fenêtre se trouvait un vieux fauteuil à bascule. Mes yeux se sont attardés dessus un moment. Il m'a fallu quelques instants avant de comprendre pourquoi il m'était familier. Il était dans ma chambre, quand je vivais avec ma mère et mon père.

Je ne m'étais pas préparée à ce genre de souvenirs. J'ai voulu m'approcher pour le toucher. Le contact du bois, de ses courbes, me rappellerait peut-être le bonheur de cette époque lointaine. Toutes les histoires que j'écoutais, blottie dans des bras forts et protecteurs, les promesses et les mots tendres murmurés tandis que je m'endormais, la tête sur sa poitrine, bercée par le mouvement de va-et-vient et les battements réguliers de son cœur. Mais, les yeux rivés sur le fauteuil, perdue dans ma rêverie, je n'ai pas fait un geste.

— J'ai des tonnes de films.

La voix de ma mère m'a brutalement ramenée à la réalité. Il m'a fallu quelques secondes pour intégrer ce qu'elle venait de dire. J'ai hoché la tête en remarquant les rayonnages chargés de DVD.

— Ah, super.

À l'autre bout de la pièce se trouvait un grand buffet sur lequel étaient posées une chaîne hi-fi ainsi que des dizaines de photos encadrées. Je me suis approchée, persuadée qu'il n'y aurait que peu d'images de moi. J'ai eu un frisson : il n'y en avait aucune. J'ai recherché un signe de mon existence, ou de sa vie avec mon père. Mais je n'ai rencontré que des visages étrangers.

— Des photos de mes amis, a-t-elle lâché, laconique.

J'ai opiné sans dire un mot de peur que ma voix ne trahisse ma souffrance.

— Alors ? Prête à reprendre les cours ?

— Pas vraiment, ai-je répondu.

Consciente de ses efforts pour amorcer une conversation, je pouvais, à défaut d'être bavarde, au moins me montrer sincère.

— Et quand aura lieu ton prochain match de basket ?

— Vendredi.

Je continuais à laisser flotter mon regard à travers la pièce.

— Ça t'ennuie si je viens ?

La nervosité de son intonation, plus que sa brusquerie, a attiré mon attention.

— Non, tu peux venir, ai-je acquiescé avec un sourire gêné en me résignant enfin à poser les yeux sur elle.

Son anxiété a baissé d'un cran.

— Super, merci !

Cette réponse a semblé la libérer et, tout à coup, elle s'est mise à raconter toutes sortes de choses sur les personnes qui étaient sur les photos – où habitait untel, comment elle avait connu telle autre, ce que faisait un troisième… Elle a ensuite sorti quelques CD, et insisté pour que je les écoute, parce qu'ils « donnaient la pêche ».

Je ne disais pas grand-chose. De toute manière, même si j'avais voulu, j'aurais difficilement pu placer un mot. J'écoutais ses histoires et je l'observais en tentant de faire le lien entre la femme qui se trouvait devant moi et celle qui avait été un jour ma mère.

— Alors, ta chambre te plaît ? a-t-elle fini par me demander après avoir introduit un CD dans le lecteur.

— Oui.

— Je n'ai pas beaucoup aidé à son aménagement, a-t-elle avoué en rougissant. J'ai laissé faire Anna et Sara.

Elle cherchait la chanson qui lui rappelait son voyage à La Nouvelle-Orléans l'année précédente, quand on a frappé à la porte. L'air étonnée, elle est allée ouvrir.

— Euh… Bonjour, l'ai-je entendue saluer.

— Bonjour, madame Thomas. Je m'appelle Evan. Je viens voir Emma.

J'ai sauté sur mes pieds et, en moins d'une seconde, j'étais devant la porte.

— Salut ! ai-je lancé sans laisser le temps à ma mère de réagir.

Un large sourire a illuminé le visage d'Evan, et mon cœur s'est aussitôt emballé. Dire que j'étais soulagée de le voir était un euphémisme !

— Eh bien, entre, l'a invité ma mère en s'écartant. Je suis Rachel. Surtout, ne m'appelle pas madame Thomas ! Mme Thomas, c'était le nom de la mère de Derek, qui ne m'appréciait pas beaucoup. Mon nom de famille est Walace. Donc, si tu tiens absolument à m'appeler madame, c'est madame Walace. Mais je préférerais que tu dises Rachel…

Nous la regardions, sidérés par le nombre de mots à la seconde qu'elle était capable de débiter, sans même reprendre son souffle. S'apercevant de notre réaction, elle s'est mise à rougir avec un rire gêné.

— Oups ! Je ne sais pas pourquoi je raconte tout ça. D'habitude, je ne suis pas aussi nerveuse. Enfin… si !

Elle s'est tue une seconde, avant d'ajouter :

— Je suis désolée.

— Pas de problème, l'ai-je rassurée – après tout, côté nervosité, j'en connaissais un rayon. Est-ce que je peux faire visiter la maison à Evan ?

— Oh oui, bien sûr ! s'est-elle exclamée avant de retourner dans le salon.

Je l'ai donc pris par la main pour l'emmener dans ma chambre, et j'ai fermé la porte derrière nous.

— Sympa, ta chambre ! a-t-il commenté en baissant la tête sous le plafond mansardé pour s'asseoir sur le lit. Comment ça se passe ? Elle a l'air cool.

— Ouais…, ai-je répondu, ne sachant pas trop quoi dire. Ça va… Elle est chouette.

— Toi aussi, tu m'as l'air un peu stressée, non ? a-t-il remarqué en riant. Maintenant, je sais d'où tu tiens tes joues rouges.

— Très drôle ! ai-je répliqué.

« Stressée » était loin de décrire la panique qui m'engloutissait. Au fond, je n'avais qu'une peur : l'entendre me dire qu'elle regrettait de m'avoir laissée venir, qu'elle s'était trompée et qu'elle ne voulait pas faire de nouveau partie de ma vie. Cette crainte m'empêchait de me détendre et d'apprécier ma présence ici, avec elle.

— Je suis un peu tendue, j'avoue.

— Tout va bien se passer, m'a rassurée Evan en me pressant la main. Ah, j'ai quelque chose pour ta chambre !

De la poche de son manteau, il a sorti une grande enveloppe qu'il m'a tendue. Elle contenait un paquet de photos. J'ai souri : c'était lui qui les avait prises. Sur certaines, on me voyait en pleine action pendant des matchs de foot. Sur d'autres, j'étais avec Sara en train de rire. Il m'avait saisie assise sur le perron devant chez lui, perdue dans mes pensées. Il y avait même quelques clichés de nous deux, pris lors d'un pique-nique, l'automne précédent, où il me tenait par l'épaule.

Je me suis penchée pour l'embrasser.

— C'est exactement ce dont j'avais besoin.

Je les ai aussitôt épinglées sur le tableau au-dessus de mon bureau.

Un coup a retenti contre la porte. Avant que j'aie eu le temps de dire quoi que ce soit, ma mère a ouvert.

— Je vais commander une pizza. Vous avez faim ?

— Oui, c'est super, merci ! a répondu Evan pour nous deux.

Pendant que nous mangions, assis à la table de la cuisine, je suis restée silencieuse. Ma mère était encore un vrai moulin à paroles. Elle questionnait Evan sur à peu près tout. Ce tir nourri l'aidait sans doute à surmonter le malaise qui persistait entre nous. Suspendues comme nous l'étions à ses lèvres, nous n'étions pas obligées de nous parler. De son côté, comme d'habitude, Evan supportait la pression avec calme. Il faisait semblant de ne pas remarquer l'atmosphère saturée d'anxiété. Mais dès son départ, le malaise est revenu en force.

— Tu veux voir un film ? m'a demandé ma mère pendant que je rangeais les restes de pizza dans le réfrigérateur.

— Bah… En fait, j'ai un devoir à finir. C'est pour demain.

Gros mensonge.

Elle a hoché lentement la tête, et j'ai eu peur qu'elle n'ait deviné la vérité.

— D'accord, a-t-elle finalement lâché, l'air déçu.

Je suis montée dans ma chambre, pétrie de culpabilité, mais j'avais trop envie d'être seule.

Je me suis allongée sur mon lit et, les bras croisés sous la tête, j'ai contemplé le plafond. Toutes sortes d'émotions étranges bouillonnaient en moi. J'avais besoin d'un peu de temps pour y voir plus clair. En cinq ans, je n'avais pas échangé plus d'une dizaine de mots avec cette femme, et je me retrouvais maintenant sous son toit. J'avais l'impression d'être sa colocataire. Elle m'avait raconté des histoires sur ses amis et sur ses voyages comme si elle s'était adressée à quelqu'un qu'elle venait de rencontrer. Pas à sa fille. J'ai repensé aux moments que j'avais traversés pendant qu'elle s'amusait, et ça m'a noué le ventre.

Tout le temps qu'avait duré mon calvaire, ma mère voyageait, rigolait, profitait de la vie en toute liberté. Pas une seule fois elle n'avait mentionné le fait qu'elle m'avait abandonnée. Elle n'avait pas non plus parlé de Carol et George, et de ce qu'ils m'avaient fait subir. Comme si l'enfer que j'avais vécu n'avait pas eu lieu et que nous reprenions à zéro. Sauf que j'avais du mal à tourner la page.

En fait, je n'avais pas réfléchi à ce qu'impliquait de vivre avec elle. Bien sûr, je n'espérais pas ressusciter une relation qui n'avait, de toute façon, jamais existé. Mais je ne m'attendais pas non plus à découvrir que j'avais été rayée de sa vie – physiquement et affectivement – ces cinq dernières années.

Je suis restée dans ma chambre toute la soirée. C'est seulement vers minuit que je suis allée faire ma toilette dans la minuscule salle de bains – à peine plus grande qu'un placard. La télévision était allumée dans le salon.

— Bonne nuit, ai-je crié, du haut de l'escalier.

Je l'entendais parler et rire dans la cuisine. Elle était visiblement au téléphone.

J'ai fermé ma porte sans attendre sa réponse. Je me suis glissée dans les draps tout neufs et j'ai remonté la couette jusqu'au menton.

Sur la table de nuit, mon portable a vibré. Sara m'avait écrit :

J'espère que tu vas faire de beaux rêves dans ta nouvelle chambre !

J'ai éteint la lumière sans même lui répondre.

Une bourrasque de vent a fait trembler les vitres. J'ai fermé les yeux pour aussitôt les rouvrir. Ma mère a fait craquer l'escalier en bois avant de fermer la salle de bains à côté.

J'aurais bien aimé être happée par le sommeil, mais le bois continuait de craquer. Tout seul. Je suis restée éveillée une bonne partie de la nuit. Des bruits sinistres emplissaient la maison, l'air glacial sifflait sous les fenêtres disjointes un écho aux pensées désordonnées qui me traversaient l'esprit.

5

LES GENS CHANGENT

— Tu t'es levée du pied gauche, on dirait, s'est moqué Evan en m'ouvrant la portière.

J'ai esquissé un vague sourire avant de déposer un rapide baiser sur ses lèvres.

— Désolée, mais je n'ai pas bien dormi. Cette maison craque de partout.

Vu mon état de fatigue, j'étais contente qu'il m'ait proposé de m'accompagner pour mon premier jour au lycée.

— Qu'est-ce que tu fais après l'entraînement, ce soir ? Tu veux passer chez moi ?

— Ça marche, ai-je répondu avant de me reprendre aussitôt. Ah non, je ne peux pas.

Il m'a lancé un regard étonné.

— Je dois aller faire des courses avec ma mère. Elle ne sait pas ce que j'aime, alors elle m'a demandé de l'accompagner.

— Comment ça s'est passé après mon départ ? Vous étiez plutôt marrantes toutes les deux : elle qui n'arrêtait pas de parler, et toi muette comme une carpe.

— C'était atroce, non ?

— Non, ça allait ! C'était sans doute bien pire pour toi.

— En fait, je ne sais pas… quoi lui dire, ai-je reconnu.

— Alors laisse-la parler, m'a-t-il dit en souriant.

J'ai passé le trajet à rêvasser, le regard perdu au-dehors, et je n'ai compris que nous étions arrivés qu'au moment où il a serré le frein à main sur le parking. À la vue des autres élèves qui descendaient de leurs voitures, une vague de panique m'a envahie. Evan s'est tourné vers moi.

— Je sais que tu n'as aucune envie d'être ici, mais ça ne va pas être comme avant, j'en suis sûr.

Je suis sortie sans un mot.

Avant, j'avais hâte d'aller au lycée. Pas pour retrouver mes amis, mais pour fuir la maison. Maintenant, je redoutais de pénétrer dans mon ancien refuge.

Les yeux sur le grand bâtiment de brique, j'ai pris une bonne inspiration avant de claquer la portière et, mon sac sur l'épaule, je me suis préparée à affronter les regards. Evan m'a pris la main et sa chaleur m'a donné du courage. Sara nous attendait à la porte de derrière, un large sourire aux lèvres. Comme d'habitude, elle répondait à tous les saluts des élèves qui passaient devant elle.

— Coucou ! s'est-elle exclamée avant de froncer les sourcils. Tu n'as pas bien dormi, on dirait.

— Bien vu, ai-je répliqué. J'ai une si sale tronche ?

— Pas du tout, s'est empressé d'intervenir Evan pour couper court au commentaire, évidemment sincère, que Sara s'apprêtait à émettre.

— Menteur ! nous sommes-nous exclamées toutes les deux.

J'ai croisé son regard et nous nous sommes esclaffées. M'entendre rire m'a fait tout drôle. Soudain, j'ai entendu dans mon dos :

— Salut, Emma.

J'ai tourné la tête : Jill était à côté de nous.

— Vous avez passé un bon réveillon ?

Avant même que nous ayons eu le temps de répondre, ou de chasser nos airs stupéfaits, elle a enchaîné :

— Vous êtes au courant pour la soirée de Michaela ? Ses parents ont débarqué en plein milieu de la fête. Évidemment, tout le monde était bourré. Mais le pire, c'est quand ils ont surpris Nick et Tara en train de baiser sur leur lit. Michaela est trop dégoûtée.

Et voilà, d'un seul coup, c'était comme si les sept derniers mois n'avaient jamais existé. Jill et Sara ont continué à parler de la fête et Evan et moi leur avons emboîté le pas, lui avec son petit sourire je-te-l'avais-bien-dit, et moi incapable de ne pas le lui rendre. Je n'ai pas tardé à me rendre compte, tandis que nous avancions dans les couloirs, que les regards avaient disparu. Personne ne chuchotait sur mon passage. Parfois, quelqu'un nous adressait même un « salut » ou un « coucou » avec un geste désinvolte de la main. Ça m'a fait flipper. Tout le monde était passé à autre chose… ou, en tout cas, faisait semblant.

— Content de voir que tu as survécu, a lancé une voix au milieu de la foule.

Tout le monde ou presque…

Evan, qui avait sursauté à ces mots, a fait volte-face et plaqué le type contre un casier, le bloquant de son avant-bras. J'étais sous le choc. Le couloir entier s'est tu.

— Qu'est-ce que tu as dit ?

Ce n'était pas Evan qui avait posé la question. D'autres terminale entouraient le type, qui, vu sa taille, devait être en troisième. Joel Roderick s'est penché vers lui pendant qu'Evan le maintenait. Le mec les regardait, affolé. La sueur perlait sur son front.

— Rien, a-t-il répondu d'une voix tremblante.

— C'est bien ce que je pensais, a menacé un autre terminale.

— Ne mets plus jamais un pied dans le couloir des terminale, a sifflé Evan entre ses dents.

— Qu'est-ce qui se passe ? a demandé une voix autoritaire, derrière l'attroupement.

Evan a relâché son prisonnier et, tandis que les autres s'écartaient, le type a filé comme un dératé à la recherche de sa bande qui l'avait abandonné.

— Connard ! a crié Jill derrière moi.

Les élèves se sont remis en route et les conversations ont repris. Je suis restée immobile, le temps de digérer ce qui venait de se passer.

— Désolé, m'a dit Evan en me reprenant la main.

— Ça ira, ai-je répondu en sortant lentement de ma torpeur. Merci.

Il m'a dévisagée, un peu décontenancé, puis il a souri et s'est penché pour m'embrasser.

— Eh, vous êtes en plein milieu du couloir ! s'est exclamée Sara en jouant les vierges effarouchées.

— Depuis quand ça te gêne qu'Evan m'embrasse dans un couloir ? lui ai-je demandé quelques instants plus tard, tandis que nous rejoignions toutes les deux nos casiers.

— Ce n'est pas toi qui m'as dit que tu ne voulais pas te faire remarquer ? m'a-t-elle répondu du tac au tac.

— Il y a un problème, Sara ?

— Non, tout va bien.

Elle a fermé son casier avec un sourire.

Je l'ai regardée s'éloigner, convaincue qu'elle ne me disait pas la vérité.

Lorsque je suis rentrée à la maison, après l'entraînement de basket, ma mère était assise à la table de la cuisine en train de dresser la liste de ce dont nous avions besoin – c'est-à-dire à peu près tout.

— Salut, m'a-t-elle lancé. Je crois que j'ai quelques idées de repas. Est-ce qu'il y a des choses que tu n'aimes pas ?

— Non, je mange de tout.

J'ai frissonné au souvenir d'un épisode particulièrement dur chez Carol.

— Sauf les boulettes de viande, ai-je ajouté. Mais tu n'es pas obligée de cuisiner des trucs compliqués. En plus, je rentre souvent tard à cause du basket.

— On peut prendre des plats faciles à faire, si tu veux. Comme ça tu pourras te débrouiller si je dois rester au bureau et que tu es seule.

J'étais à peine capable de me préparer un sandwich, alors imaginer autre chose…

— Qu'est-ce qu'il y a ? m'a-t-elle demandé avec anxiété.

— Ben… Je suis pas très douée pour tout ça, ai-je avoué.

— Tu ne sais pas faire la cuisine ?

— En dehors des plats à réchauffer, pas vraiment…

Elle a éclaté de rire.

— OK. Dans ce cas, on fera aussi un tour du côté des surgelés !

Nous avons pris sa voiture pour nous rendre au supermarché. Durant le trajet, elle a passé sa liste en revue et m'a demandé si j'avais d'autres suggestions. Je n'en avais pas beaucoup, on ne m'avait jamais consulté pour les courses, jusque-là.

— Tu as remarqué que je ne suis pas tout à fait au point pour ces trucs de mère de famille, n'est-ce pas ? a-t-elle glissé en choisissant des pommes.

Je ne savais pas quoi lui répondre : je ne m'attendais pas à démarrer une conversation de ce genre au beau milieu d'un supermarché.

— Je ne veux pas que tu croies… Enfin, je n'ai pas l'intention de débarquer comme ça dans ta vie et de tout diriger.

Sa voix était chargée d'angoisse.

— Je veux juste… Enfin, je pense que ce serait bien si… on était… amies. Au lieu de…

Elle m'a regardée, d'un air tendu, avant d'ajouter :

— Je veux juste apprendre à te connaître. Qu'est-ce que tu en dis ?

J'étais surtout soulagée. Je ne savais pas exactement comment me comporter en tant que fille, alors c'était une bonne surprise.

— Cool, ai-je souri. Ça me va.

— Alors tu es d'accord pour m'appeler Rachel ? m'a-t-elle demandé avec appréhension. Parce que maman, pour être sincère, ça fait bizarre...

Un peu surprise, j'ai eu un rire gêné.

— Je peux essayer.

Elle a esquissé un sourire et respiré un grand coup pour évacuer son stress.

— Super ! Maintenant, dis-moi : qu'est-ce que tu manges pour le déjeuner ?

Je l'ai suivie à travers les rayons en poussant le chariot dans lequel elle déposait les produits après m'avoir demandé mon avis. À la fin, nous avions de quoi manger pour un mois. Heureusement, une bonne partie était des surgelés.

— Tu veux apprendre à cuisiner ? m'a questionnée ma mère en déposant nos achats sur le tapis de caisse. Je pourrais te montrer.

— Yep !

Je n'avais pas le cœur de lui avouer qu'Evan avait déjà fait plusieurs tentatives, qui avaient toutes tourné au désastre. Je pouvais au moins *essayer*.

Nos courses chargées dans la voiture, nous sommes reparties à la maison.

— Et sinon, vous êtes ensemble depuis combien de temps, Evan et toi ?

— Officiellement... presque dix mois, ai-je calculé.

— Comment ça « officiellement » ?

— Eh bien...

J'ai hésité. Je ne voyais pas très bien comment lui expliquer, en deux mots, que nous avions flashé l'un sur l'autre dès le premier jour, mais qu'à cause de certains malentendus, il nous avait fallu pas mal de temps avant de sortir ensemble.

— C'est un peu compliqué, ai-je fini par lui répondre. Pour faire court, disons qu'on a commencé en mars dernier.

— Ah, d'accord…, a-t-elle opiné, un peu déconcertée. Il a l'air gentil.

— Il l'est, ai-je confirmé.

— Moi je cherche encore, a-t-elle lâché dans un soupir. Je ne retrouverai jamais quelqu'un comme Derek.

Je me suis raidie. Nous avions beau avoir décidé d'être amies, elle était quand même ma mère. Et l'entendre évoquer le candidat potentiel à la succession de mon père décédé m'a donné un coup au cœur.

— Tu veux m'aider à préparer le dîner ?

— Hein ? ai-je lâché, encore sous le choc.

— Tu veux commencer tes leçons de cuisine ?

— Oh, on ne peut pas remettre ? Je préfère attendre un peu avant de montrer l'ampleur du désastre.

Elle a eu un rire léger.

— Ce n'est sûrement pas aussi terrible que ça !

— Tu n'imagines même pas, ai-je marmonné, et elle a ri de plus belle.

— OK, un autre soir, alors.

Assise dans la cuisine, je regardais ma mère farcir des côtelettes de porc pendant qu'elle m'expliquait le processus étape par étape. Je hochais la tête d'un air attentif, mais je savais bien que ça ne servirait à rien. J'étais capable de résoudre des équations hyper compliquées ou de comprendre sans problème le fonctionnement du système nerveux, mais si on me demandait d'émincer un oignon ou de râper une carotte, c'était la panique.

Ma mère a posé les assiettes sur la table que j'avais dressée. Cette tâche au moins était à ma portée.

J'ai levé les yeux pour me rendre compte qu'elle m'observait avec attention. J'ai eu envie de disparaître sous la table.

— J'avais oublié à quel point tu lui ressemblais.

Son regard était ailleurs. Elle me dévisageait sans me voir réellement. J'ai baissé la tête pour échapper à la tristesse de son expression.

— Sara a l'air d'être une amie incroyable, a-t-elle lancé, retrouvant une voix normale.

J'ai hasardé un coup d'œil : elle était en train de couper la viande.

— Moi aussi, j'en ai une, a souri ma mère. Sharon. On a fait les quatre cents coups toutes les deux. Elle a le chic pour m'attirer dans les embrouilles, mais je lui dois de sacrés bons moments.

Tandis qu'elle riait de bon cœur, j'ai essayé de me rappeler cette femme qui semblait jouer un rôle important dans sa vie. Sans succès. Je me suis alors rendu compte que je ne savais pas grand-chose sur ma mère, malgré les douze années que j'avais passé avec elle.

Cette nuit-là, ce n'est ni le vent ni les craquements de la maison qui m'ont sortie de mon lit mais un drôle de bruit métallique sur le palier. J'ai ouvert ma porte et découvert ma mère à genoux, en train de ramasser des photos encadrées éparpillées autour d'elle. Elle parlait toute seule et empilait les cadres les uns sur les autres. Je me suis penchée pour l'aider et j'ai compris qu'elle pleurait.

— Ça va ? lui ai-je demandé, hésitante.

— Hein ?

Elle a levé la tête.

— Oh, Emily... Je suis désolée.

Elle a reniflé, puis essuyé ses joues avec sa manche avant d'ajouter :

— Je t'ai réveillée...

J'ai vu son regard vitreux, ses paupières lourdes... Ça m'a soudain sauté aux yeux : elle était saoule. Je me suis laissée tomber par terre. Sur la dernière marche de l'escalier traînait une bouteille de vodka. Un sentiment de désespoir m'a envahie.

— Je voulais juste... m-me souvenir..., a-t-elle bafouillé.

Elle était accroupie, en équilibre instable, essayant de tenir la pile de cadres, lorsqu'elle est tombée à la renverse.

— Merde ! a-t-elle grommelé en soufflant sur une mèche de cheveux qui lui tombait devant les yeux.

Les photos dans une main, elle a tenté d'attraper la bouteille de vodka de l'autre. Comme elle était trop loin, elle a rampé pour la prendre et, après s'être péniblement assise en haut des marches, elle a bu une longue gorgée. Ensuite, d'un revers de main agacé, elle a repoussé les cheveux qui lui tombaient devant la figure.

J'ai ramassé les cadres qui lui avaient échappé et je me suis assise à côté d'elle. Toutes les photos représentaient mon père.

Elle a fourragé parmi celles qui étaient sur ses genoux et en a fait valser une en bas des marches.

— Fait chier.

Elle a continué de pester, mais quand elle a trouvé la photo qu'elle voulait, elle s'est tue et l'a brandie devant elle. De grosses larmes se sont mises à rouler sur ses joues. C'était une photo d'elle et de mon père, sur un voilier.

— Je sais que tu les cherchais, a-t-elle bredouillé en s'essuyant le nez du revers de la main. J'aurais dû les sortir du placard, mais je n'y arrivais pas…

Elle s'est interrompue. Ses yeux étaient rouges et gonflés et son mascara lui dégoulinait sur les joues. Elle était en piteux état, mais l'alcool n'arrivait pas à noyer l'immense tristesse qui la dévorait. J'en ai eu le cœur serré.

— Tu me fais penser à lui.

— Je suis désolée, ai-je murmuré, ne sachant pas de quelle façon la réconforter.

— J'avais oublié à quel point il me manquait, a-t-elle lâché en s'adossant contre le mur.

Un autre cadre a glissé pour s'écraser au bas des marches.

— Putain ! a-t-elle hurlé.

D'un seul coup, elle a pris toute la pile de cadres et les a jetés violemment dans l'escalier. J'ai sursauté. Après avoir rebondi de marche en marche, ils sont allés se briser sur le sol les uns après les autres.

— Pourquoi ? a-t-elle gémi en se laissant tomber à terre. Mais pourquoi ? *Pourquoi ?*

J'étais tétanisée, les yeux rivés sur les débris qui jonchaient le sol au bas des marches, puis sur la femme qui s'effondrait sous mes yeux.

— Ça va aller, ai-je chuchoté, le cœur battant.

Je ne suis pas sûre qu'elle m'ait entendue, mais elle s'est redressée et a tendu la main pour attraper la bouteille et boire une nouvelle gorgée. Puis elle s'est laissée aller contre le mur, les yeux mi-clos. La bouteille, qu'elle essayait de reposer, lui a échappé des mains. Je l'ai rattrapée de justesse et mise à côté de moi pour éviter de la voir rejoindre le cimetière à nos pieds.

— Je vais t'aider à te coucher, ai-je proposé d'une voix douce.

J'ai posé les cadres que je tenais encore à la main, et je me suis glissée près d'elle pour passer son bras par-dessus mon épaule.

— Mmm ? a-t-elle grogné sans même lever la tête.

— Voilà, très bien…, ai-je dit en l'aidant à se mettre debout.

Je me suis concentrée sur la porte de sa chambre en espérant qu'elle ne s'écroule pas avant. J'avais beau faire une bonne dizaine de centimètres de plus qu'elle, si elle tombait, je dégringolais à sa suite.

Je l'ai emmenée jusqu'à son lit, où elle s'est écroulée, la tête dans l'oreiller. Elle s'est mise à ronfler dès que je l'ai recouverte avec la couette. La laissant à son sommeil artificiel, je suis sortie sur la pointe des pieds et j'ai refermé la porte derrière moi.

Du haut de l'escalier, j'ai regardé le bazar qui régnait en bas, puis j'ai secoué la tête et, refoulant les larmes qui menaçaient de couler, j'ai récupéré la bouteille responsable de ce cataclysme. Faire le vide. Ne rien ressentir. Le souffle court, j'ai descendu l'escalier pour aller dans la cuisine vider le reste de la bouteille dans l'évier. Après un grand soupir, je suis allée ramasser les débris.

Je n'avais pas prévu ce genre de scènes, j'aurais pourtant dû m'y attendre. Je l'avais vue sobre un soir, un an auparavant, devant le lycée. Je savais pertinemment que la partie n'était pas gagnée. Elle n'avait en effet peut-être pas bu *ce soir-là* ; mais rien ne prouvait qu'elle ne l'avait pas fait les soirs précédents ou qu'elle n'allait pas le faire les soirs suivants. Je le savais. Au fond de moi, je savais que ça arriverait. J'avais seulement voulu croire que je me trompais.

Quand j'ai pris la photo d'elle et mon père sur le voilier, ma gorge s'est serrée. J'ai fermé les yeux et je me suis concentrée sur ma respiration pour repousser la tempête qui montait en moi. J'ai attendu un moment avant de les rouvrir.

J'ai alors fait le tri, mettant les photos d'un côté et jetant les plus gros morceaux de verre et de bois dans un sac-poubelle, puis j'ai balayé les restes. Après avoir mis le sac dans le conteneur, dehors, j'ai emporté les images dans ma chambre. Je les ai cachées sous une pile de sweat-shirts, dans mon placard. Moi non plus, je n'étais pas prête à affronter ces souvenirs.

Je me suis glissée dans mon lit. Allongée sous la couette, j'ai fixé le plafond. Les larmes ont glissé le long de mes tempes. Je les ai laissées couler. Mais le nœud que j'avais dans la gorge persistait. Je n'arrivais pas à oublier l'horrible tristesse et la souffrance que j'avais vues dans les yeux de ma mère.

6

Modes de vie

Le lendemain matin, quand je me suis levée, épuisée, ma mère était déjà partie. Elle m'avait envoyé un texto.

Vraiment désolée pour cette nuit. Tu n'aurais pas dû voir ça. On dîne ensemble ce soir ?

À quoi j'ai répondu :

OK. À ce soir.

Mais de retour à la maison, après l'entraînement, je l'ai surprise en train de mettre des boucles d'oreilles, visiblement pressée. Elle portait une jupe courte et un haut à fleurs, et ses cheveux bruns retombaient en grosses boucles sur ses épaules.

— Coucou, m'a-t-elle lancé.

Perchée sur des talons hauts, elle a trébuché, manquant de s'étaler.

— Euh… J'espère que tu ne m'en voudras pas, mais j'avais oublié que j'avais quelque chose, ce soir. Un truc prévu depuis des lustres, en fait.

Elle s'est arrêtée, guettant ma réaction. Elle avait l'air sincèrement désolée.

— Je peux annuler. Enfin… Je peux rester là.

— Non, vas-y ! Je vais me débrouiller, ne t'inquiète pas.

— Promis ? a-t-elle insisté, hésitant encore.

— Yep, j'ai des tonnes de devoirs ! ai-je exagéré pour la mettre à l'aise. Amuse-toi bien.

— OK, a-t-elle répondu en saisissant son sac. Prends ce que tu veux dans le congélateur.

Elle a sorti une boîte de pastilles à la menthe et en a mis quelques-unes dans sa bouche.

— Ne m'attends pas, a-t-elle ajouté en attrapant son manteau. Je vais probablement rentrer tard.

Je n'avais pas eu le temps d'enlever le mien, qu'elle était déjà dehors. Je secouais la tête, encore sidérée, quand la porte s'est brutalement ouverte derrière moi. Je me suis retournée.

— Est-ce que tu peux… euh… déplacer ta voiture ?

— Ah oui, pardon !

Je l'ai suivie dehors.

— Je suis désolée de partir comme ça, a-t-elle repris tandis que nous descendions les marches. Je suis horriblement en retard, et mes amis détestent ça.

— Pas de problème, ai-je répondu.

Mais elle était déjà dans sa voiture, impatiente que je fasse ma manœuvre. La place à peine libérée, elle a filé, sans un mot de plus.

J'ai monté mes affaires dans ma chambre puis je suis redescendue dans la cuisine pour me préparer à manger.

Je dînais, assise devant la télévision, quand je me suis rendu compte que c'était la première fois que j'étais toute seule. Je m'étais souvent sentie isolée dans la vie, parce que je me tenais à l'écart des autres, mais je ne m'étais jamais retrouvée ainsi livrée à moi-même. Avant de vivre avec Sara, je n'avais pas le droit de rester seule à la maison. Depuis que j'habitais ici, j'étais le plus souvent à l'extérieur, toujours occupée. Mais là, il n'y avait que moi ; et je n'aimais pas ce calme. Il laissait trop d'espace aux réflexions qui se bousculaient dans ma tête.

Deux heures plus tard, j'ai pris mon courage à deux mains et je suis montée dans ma chambre, en laissant la lumière extérieure allumée ainsi que celle en haut de l'escalier. Je me suis concentrée sur mes devoirs du mieux que j'ai pu. Mais je sursautais à chaque craquement, et mon cœur battait à tout rompre. Quand le vent a commencé à souffler, faisant trembler les vitres, j'ai mis de la musique pour couvrir tous ces bruits sinistres.

Je me suis couchée sans éteindre la musique, pour ne pas entendre les gémissements de cette maison qui m'empêchaient de m'endormir. J'ai fixé la porte noire en face de moi, pris plusieurs grandes inspirations… et lorsque je me suis enfin décidée à éteindre la lumière, l'obscurité a englouti la pièce.

Je me suis réveillée en sursaut, le souffle court et en nage. Des ombres bougeaient devant moi. Je les ai chassées en allumant la lampe. La porte, noire et fermée, avait l'air de me narguer.

J'ai tendu l'oreille, guettant un bruit. À l'évidence, j'avais fait un cauchemar, mais ma mère n'avait pas débarqué dans ma chambre et je ne savais pas si j'avais hurlé. Au même instant, j'ai entendu l'interrupteur, en haut de l'escalier. Un rai de lumière est passé sous ma porte, puis un éclat de rire, ainsi qu'une voix grave se sont fait entendre. Il était plus de 2 heures du matin. Où avait-elle été tout ce temps-là ? Et qui était avec elle, maintenant ?

J'ai éteint ma lampe pour qu'elle ne croie pas que je l'avais attendue. Le vent soufflait toujours et s'infiltrait sous les fenêtres. Le courant d'air faisait même bouger les rideaux noirs. Cette vieille maison ne protégeait pas du froid. J'ai tiré la couette par-dessus ma tête pour tenter de me rendormir.

⁂

« Sacrée tempête, cette nuit, n'est-ce pas, Mary ? »

Le rire du présentateur radio s'est insinué dans mes oreilles. J'ai tendu le bras pour éteindre son bla-bla. Luttant contre l'envie de replonger sous les draps, j'ai roulé sur le dos et ouvert les yeux. Le froid m'a saisie à la seconde où j'ai rabattu ma couette pour me lever.

Sur la table de chevet, mon portable a vibré.

Vive la neige ! avait écrit Sara.

La neige… Je n'avais plus qu'à rester dans mon lit jusqu'à ce que ma mère monte le chauffage.

Quelques instants plus tard, je recevais un autre texto. D'Evan.

Je viens te chercher dans deux heures.

J'ai répondu oui, trop réveillée, cette fois, pour réussir à me rendormir.

Des pas ont fait grincer le palier, suivis, quelques secondes plus tard, d'un bruit d'eau dans les tuyaux.

— C'est bon, je me lève, ai-je grommelé.

Je me suis attaché les cheveux et, après avoir enfilé une grosse paire de chaussettes pour affronter le sol glacial, je suis descendue. Mon bol de céréales à la main, je suis allée dans le salon, où j'ai réglé le thermostat à une température plus élevée pour ne plus avoir de la buée qui sortait de la bouche chaque fois que j'expirais.

J'ai allumé la télé et commencé à manger. Soudain j'ai entendu la porte de derrière se fermer et des pas marteler le sol. Je me suis penchée. Un type faisait tomber la neige de sa veste et enlevait ses chaussures. Mon cœur s'est emballé : je n'étais pas présentable et je n'avais aucune envie d'être vue dans cette tenue par quelqu'un qui se comportait comme s'il était chez lui.

Je n'ai pas eu le temps de bouger. Les yeux écarquillés, j'ai vu l'individu entrer dans le salon, les cheveux en bataille, un bol de céréales à la main. J'ai remonté mes genoux contre ma poitrine pour cacher ma tenue légère : je n'avais qu'une chemise à manches longues, et rien en dessous. Il était musclé et paraissait très jeune – à peine plus âgé que Jared.

— Salut, a-t-il lancé en s'asseyant à côté de moi dans le canapé comme s'il me connaissait depuis des années.

— Salut.

— Moi, c'est Chris, a-t-il précisé avant d'enfourner une cuillerée de céréales.

Du lait a coulé le long de son menton. Il l'a essuyé avec sa manche, sans quitter la télé des yeux.

Puis, se tournant vers moi, il a dit :

— C'est le bordel, dehors.

Je me suis contentée de hocher la tête. Je ne tenais pas à engager une conversation avec cet inconnu.

— Chris, tu es encore là ? a crié ma mère du haut de l'escalier.

— Ouais, a-t-il répondu.

— Je croyais que tu devais aller en cours, a-t-elle observé, visiblement mal à l'aise.

— Sont annulés, a-t-il indiqué, les yeux toujours rivés sur la télé.

— Ah… Tu peux démarrer ma voiture ?

— Ouais, bien sûr.

Il a posé son bol sur la table basse et il est sorti de la pièce. J'ai entendu un bruit de clés, puis celui de la porte. J'espérais disparaître avant son retour, mais la porte s'est ouverte sous mon nez à toute volée, et il s'est précipité à l'intérieur, fuyant le froid polaire.

— C'est quoi ton programme aujourd'hui ? m'a-t-il demandé en enlevant la neige de ses chaussures.

— Je sais pas encore, ai-je répondu, les bras croisés sur la poitrine.

— J'ai des amis qui font une fête ce soir. Si toi et Rachel vous voulez passer…

— Ah…

— Emily, tu es levée ! s'est étonnée ma mère en descendant l'escalier.

Elle portait une jupe longue noire, des bottes en cuir noir et un col roulé vert.

— Je croyais que les cours étaient annulés ?

— Qu'est-ce que tu es sexy dans ta tenue de bureau ! a coupé Chris sans me laisser le temps de répondre.

Elle m'a jeté un coup d'œil et a eu un petit rire gêné. Quand elle est arrivée à la dernière marche, il l'a prise dans ses bras et a enfoui son visage dans son cou. Elle a gloussé, mal à l'aise, et l'a repoussé pour aller dans la cuisine.

— Je te verrai dans quelques semaines, pendant mes vacances ? a-t-il interrogé.

— Euh…, a-t-elle bafouillé en rougissant. On verra. Tu veux du café ?

Il l'a suivie dans la cuisine, et j'ai foncé me réfugier dans ma chambre. J'y suis restée jusqu'au moment où je les ai entendus quitter la maison. Quelques instants plus tard, je recevais un texto :

Vraiment désolée. Je pensais qu'il serait parti avant ton réveil.

Que pouvais-je lui répondre ?

L'épisode Chris n'a malheureusement pas été le seul. Même si elle essayait de cacher les types qui venaient, j'entendais ses gloussements lorsqu'elle rentrait tard, après avoir probablement un peu trop bu. En général, je ne les voyais pas. Et je ne pouvais pas affirmer non plus qu'elle était saoule. C'était juste une impression. Parfois, le matin, il m'arrivait de croiser un type sur le palier. Mais j'aurais tout aussi bien pu ne jamais les rencontrer, si j'avais dormi plus longtemps.

Elle n'a jamais évoqué leur présence ni présenté ses excuses. Peut-être ne se rendait-elle pas compte que je savais ? Ils arrivaient après que je m'étais couchée, et elle les mettait dehors à la première heure. Cela n'arrivait pas chaque nuit, mais assez souvent pour que je fasse attention à mettre un soutien-gorge sous ma chemise de nuit avant de sortir de ma chambre.

Je n'avais pas vraiment été préparée à son mode de vie. Ni elle au mien.

Un craquement m'a tirée de mon sommeil. Au lieu de bouger, j'ai écouté, les yeux fermés, les assauts du vent contre la vieille maison. Puis j'ai soulevé les paupières, tous mes sens en alerte. Un autre craquement. Plus près de ma chambre.

Lentement, mes yeux se sont habitués à l'obscurité. Mais j'avais beau fixer la porte noire, je ne voyais rien. C'était comme regarder au fond d'un puits. Seul le rai de lumière qui passait dessous m'indiquait son emplacement. Une autre latte du parquet a craqué. Juste devant ma porte.

J'ai voulu appeler ma mère, en espérant que ça soit elle. Mais aucun son n'est sorti de ma gorge. La poignée a tourné et la porte s'est ouverte. La silhouette est restée sur le seuil, immobile.

Impossible de prononcer le moindre mot : j'arrivais à peine à respirer. La silhouette a avancé d'un pas. C'était suffisant pour que la lumière éclaire ses traits anguleux et son rictus affreux. J'ai regardé ses mains, elles tenaient un objet long et lourd. Quelque chose qui allait faire mal.

— Tu ne mérites pas de vivre, a sifflé la silhouette entre ses dents en levant son bras au-dessus de sa tête.

— Emily ? a crié une autre voix.

J'ai ouvert les yeux. Pétrifiée, le souffle court, j'ai essayé de comprendre où j'étais. La porte a été poussée brutalement et ma mère est entrée en trombe, paniquée.

— Qu'est-ce qui se passe ?

Elle a allumé la lumière, la main sur la poitrine.

J'ai respiré un grand coup pour calmer les battements de mon cœur.

— C'était juste un cauchemar, ai-je expliqué, assise dans mon lit.

— Oh, là là ! a-t-elle déclaré en poussant un profond soupir. J'ai failli avoir une crise cardiaque.

— Désolée, ai-je dit en passant une main sur mes tempes pour essuyer la transpiration. Tout va bien.

Elle a hésité un instant avant de s'en aller. M'a dévisagée comme si elle voulait dire quelque chose.

— Bon… Eh bien, bonne nuit, a-t-elle finalement glissé.

Puis elle a éteint la lumière et fermé la porte derrière elle.

J'ai aussitôt allumé ma lampe de chevet et je me suis allongée, les bras serrés autour de ma poitrine. Les ombres du cauchemar planaient encore. Si réalistes que j'avais peur de fermer les yeux.

Après cette nuit, elle est venue encore quelques fois dans ma chambre, alarmée par mes hurlements.

Mais elle ne pouvait pas faire grand-chose. Je me sentais coupable de la réveiller comme ça. Surtout quand je la voyais bâiller chaque matin devant son café. Je savais que ça n'était pas facile de vivre avec moi. J'avais souvent retrouvé Sara allongée sur le canapé de son salon, où elle s'était réfugiée pour échapper à mes hurlements nocturnes.

Ma psy m'avait prescrit des somnifères, mais ils n'avaient pas supprimé les cauchemars. Incapable de me réveiller, je me retrouvais prisonnière des horreurs qui venaient hanter mes nuits. Alors j'avais cessé de les prendre.

— Je suis désolée, ai-je tenté, un matin.

Ma mère a levé les yeux de son café.

— De te réveiller toutes les nuits, ai-je précisé.

Elle a haussé les épaules.

— Tu n'y peux rien.

Nous n'en avons plus jamais parlé.

7

Vie sociale

— Je sors avec un type, a lancé ma mère, un matin, tandis que je beurrais une tartine.

J'ai attendu quelques instants. Depuis mon « petit déjeuner » avec Chris, et le défilé qui avait suivi, je n'étais pas vraiment prête à écouter ses confidences. J'ai respiré un bon coup et je me suis tournée vers elle.

— Ah oui ?

J'essayais de me souvenir à quand remontait le dernier visiteur que j'avais entendu. Une semaine, une semaine et demie.

— Sauf que… il est plus jeune que moi, a-t-elle avoué après une courte hésitation. Beaucoup plus jeune. Et je ne suis pas encore très sûre de ce que j'en pense.

Elle avait l'air perplexe et semblait attendre un conseil de ma part.

— Il a quel âge ?

— Vingt-huit, a-t-elle lâché avec une grimace.

Elle guettait ma réaction, mais je n'ai rien montré. Pour être franche, il était plus vieux que je ne m'y attendais.

— Et Chris, ai-je demandé sans réfléchir. Il avait quel âge ?

Elle est devenue écarlate.

— Il était vraiment jeune… Mais ça n'était pas une vraie histoire.

— Ah, OK, ai-je acquiescé en rougissant à mon tour. Bon. Et tu l'aimes bien ?

— Oui, a-t-elle confié, les yeux brillants. Il est *tellement* gentil, et intelligent, et super tendre, et sûr de lui. Mais il est *tellement* jeune, Emily. Je ne sais pas ce que je fais…

— Et alors ? ai-je répliqué, prenant à cœur mon rôle de conseillère. Où est le problème ? Tu as l'air de l'apprécier. Si la différence d'âge ne le gêne pas, alors… sors avec lui. C'est sérieux ?

— Pas vraiment. Enfin, pas encore. On s'est vus seulement deux fois. Mais on s'éclate, ensemble. Et il veut me revoir.

— Alors accepte ! ai-je balancé.

Trop bizarre. J'étais en train de pousser ma mère à sortir avec un type plus jeune qu'elle. À sortir avec quelqu'un tout court, même. Ça me faisait un drôle d'effet.

À ces mots, son visage s'est illuminé.

— Tu vas au concert avec Evan, ce soir, c'est ça ?

— Oui, ai-je dit en considérant sa gaieté avec suspicion.

— Zut, je suis en retard ! s'est-elle exclamée en voyant l'heure sur le micro-ondes.

Elle a sauté de sa chaise, m'a dévisagée et, avant que j'aie eu le temps de m'en rendre compte, elle s'est jetée sur moi et m'a serrée dans ses bras. J'étais trop stupéfaite pour réagir.

— Merci ! s'est-elle exclamée.

Je marchais dans les couloirs du lycée avec Sara et Evan, quand ma mère m'a envoyé un texto.

Je dîne avec lui ce soir ! Trop contente !

Je n'ai pas pu m'empêcher d'éclater de rire.
— Qu'est-ce qu'il y a de drôle ? a demandé Evan.
— Ma mère sort avec un type, ai-je expliqué. Et ça la rend plus hystérique qu'une fille de mon âge.
Il a eu un air ébahi.
— Ça promet.
— Tu n'imagines même pas, ai-je répondu en levant les yeux au ciel.
— Elle a une vie sociale carrément plus intense que la mienne, a commenté Sara, à qui j'avais tout raconté.
— Elle sort beaucoup ? a interrogé Evan, qui n'était pas au courant.
J'ai lancé un coup d'œil à Sara.
— Oh, de temps en temps, ai-je éludé.
Quand Evan nous a laissées, Sara s'est jetée sur moi :
— Tu ne lui as pas dit que Rachel est tout le temps dehors ?
— J'ai un peu peur de sa réaction.
— Qu'est-ce que ça peut lui faire ? Ce n'est pas toi qui ramènes des inconnus à la maison !
— Ouais, mais j'ai peur qu'il s'inquiète de me savoir dans la même maison que ces mecs.
Elle a hoché la tête, aussi consciente que moi du côté ultra protecteur d'Evan.

— En plus, elle a vraiment l'air d'apprécier ce type. Donc la phase mec-d'une-nuit est peut-être terminée.

— Mais tu ne les as jamais vus, ces types, Em. C'était peut-être chaque fois le même.

J'ai secoué la tête.

— Je crois pas.

— Ah... Ben on n'a plus qu'à espérer que celui-là dure.

J'étais toujours en nage et mon sweat-shirt trempé lorsque je suis rentrée en courant à la maison après l'entraînement. J'ai claqué la porte et monté les marches quatre à quatre. Le coach nous avait encore torturées avec ses satanés sprints. On n'avait pourtant pas perdu le match de beaucoup, la veille.

J'ai regardé l'heure avant de sortir un jean et une chemise à manches longues du placard. J'avais vingt minutes pour me préparer. La maison semblait silencieuse : ma mère devait être à son rendez-vous.

Après ma douche, enveloppée dans une serviette, je suis sortie de la salle de bains et me suis dirigée vers ma chambre. Soudain, j'ai entendu la porte d'entrée s'ouvrir. Zut. Je n'avais pas été assez rapide.

— J'arrive tout de..., ai-je lancé du haut de l'escalier.

— Rach..., a crié un type au même instant.

On s'est arrêtés net lui et moi. Aucun de nous deux ne s'attendait à voir l'autre. Surtout pas moi, emmitouflée dans une serviette. Mes doigts ont agrippé le tissu plus fermement. Mes cheveux trempés me dégoulinaient sur les épaules.

— Ah… ! s'est exclamé le type, stupéfait. T'es pas Rachel.

— Euh… Elle n'est pas là.

Je suis restée immobile. Je n'avais qu'une envie : fuir dans ma chambre et m'y enfermer. Mais j'étais incapable de bouger.

— J'ai frappé, a-t-il précisé, l'air coupable. Désolé, je n'aurais pas dû entrer comme ça.

Le fait que je sois mouillée et à moitié nue n'avait pas l'air de le perturber plus que ça. Il n'a pas baissé le regard.

— Je suis Jonathan.

J'ai froncé les sourcils, sidérée par son aisance.

— Emma, me suis-je présentée à mon tour.

— Ravi de te rencontrer, Emma, a-t-il répondu avec un sourire sans me quitter des yeux. Eh bien je vais l'appeler. Bonne soirée.

La seconde d'après, il avait disparu. J'ai couru à la porte pour tourner le verrou. Puis j'ai grimpé l'escalier à toute allure, manquant m'étaler de tout mon long en glissant sur la flaque d'eau de la dernière marche.

J'essayais mes chaussures quand j'ai entendu frapper à la porte.

— Salut ! ai-je lancé en ouvrant avec un grand sourire, enfin capable de me réjouir de la soirée. Je ne savais pas vraiment comment m'habiller, ai-je ajouté.

Evan a fermé la porte et m'a examinée des pieds à la tête.

— Ça m'a l'air super ! Sauf que tu ferais peut-être mieux de mettre un truc à manches courtes. Il va sûrement faire chaud. Surtout près de la scène.

— OK, ai-je répondu en tournant les talons pour remonter dans ma chambre.

Il s'apprêtait à me suivre, lorsque j'ai aperçu mes vêtements par terre, sur le palier.

— Je redescends tout de suite, lui ai-je dit alors qu'il était sur la deuxième marche.

Je les ai rapidement ramassés et emportés dans la chambre avec moi. Je suis ressortie une minute plus tard avec un tee-shirt noir.

— Beaucoup mieux, a confirmé Evan. Tu es prête ?

— Absolument.

Une longue file s'étirait sur le trottoir devant l'entrée de la salle. Nous nous sommes glissés dans la queue. Evan s'est placé derrière moi, les bras autour de ma taille pour me tenir chaud. J'étais tellement excitée que je ne sentais même pas le froid. Une fois arrivés à la hauteur des types en gilet fluo qui assuraient le contrôle, ceux-ci nous ont tamponnés un grand *X* à l'intérieur du poignet après avoir scanné nos billets et vérifié nos pièces d'identité. Puis nous sommes entrés dans la vaste salle, déjà bien chauffée.

Evan m'a pris la main et nous avons joué des coudes pour avancer dans la foule. Je me suis laissé gagner par la frénésie ambiante avec un grand sourire. Quand il s'est retourné et qu'il a vu ma joie, il a souri à son tour. Il était inquiet de savoir comment je réagirais plongée au milieu de tous ces gens. Je n'étais pas effrayée : ici, personne ne savait qui j'étais, et tout le monde s'en fichait.

La première partie a démarré et nous a aussitôt emportés. Je ne connaissais pas le groupe, qui était plutôt bon. Par contre, une bande de fans, collés aux barrières juste devant la scène, hurlaient les paroles en secouant la tête avec enthousiasme.

Nous avons continué à avancer tant bien que mal jusqu'aux marches qui menaient à la fosse. Ceux qui étaient près de la scène transpiraient déjà à grosses gouttes. Surexcités, les bras levés au-dessus de la tête, ils bougeaient dans tous les sens au rythme de la musique. C'était archi chaud !

Je me suis tournée vers Evan :

— C'est trop génial !

— Attends ! Ça va être encore mieux !

En effet. Dès que les techniciens sont venus régler les balances, à la fin de la première partie, la foule a commencé à crier, et on s'est retrouvés encore plus serrés. Quelques minutes plus tard, les membres du groupe sont arrivés les uns après les autres sur scène. Ils se sont emparés de leurs instruments et ont salué le public qui les ovationnait.

Dès la première chanson, ça a été la folie : tout le monde a bougé, dansé, sauté, crié les paroles les mains levées. Cette déferlante d'énergie était contagieuse. J'ai rapidement suivi le mouvement, hoché la tête au rythme de la batterie, bondi sur place, chanté avec les autres. Evan aussi était déchaîné.

À la fin, j'étais en nage, mais je planais complètement ! Toutes ces paumes levées, ces voix à l'unisson, ces corps qui célébraient la musique : j'étais à fond. Complètement droguée. Plus rien n'existait que cet enthousiasme électrique.

— Merci ! ai-je lancé à Evan d'une voix éraillée à force d'avoir crié.

J'ai passé mes bras autour de son cou et je l'ai attiré à moi. J'ai senti, en posant mes lèvres sur les siennes, un goût légèrement salé.

— C'était trop top de te voir comme ça ! s'est-il exclamé. Te regarder danser et chanter, transportée, ça m'a filé encore plus la pêche que la musique.

Il m'a serré la main tandis que nous suivions le mouvement de la foule, encore en transe. Nous sommes sortis, cueillis par un vent qui, sur ma peau humide, m'a fait frissonner.

— Ne le dis pas à Sara, mais je suis heureuse d'être venue avec toi, lui ai-je murmuré.

Quand j'ai ouvert la porte de chez moi, la musique résonnait encore dans mes oreilles, et le souvenir de ses lèvres berçait mon cœur.

Ma mère a débarqué dans ma chambre, paniquée. Je venais de pousser un hurlement, sans doute à glacer le sang. Elle a allumé la lumière et m'est apparue, les cheveux en bataille, les yeux bouffis de sommeil.

— Mais qu'est-ce qui t'arrive ? a-t-elle crié. Tu crois que quelqu'un va te tuer, ou quoi ?

Puis elle a claqué la porte et disparu dans sa chambre.

Je suis restée figée, les yeux rivés sur la porte.

— Mais quelqu'un me tue, ai-je murmuré. Chaque fois que je ferme les yeux.

8

Intensité

— Alors, tu as survécu ? m'a lancé ma mère dans un éclat de rire au moment où je franchissais la porte.

— Euh… Bonjour…, ai-je répondu, étonnée de la voir là. Qu'est-ce que tu veux dire ?

— Ta première séance de patins à glace avec Sara. C'était comment ?

— Froid, ai-je commenté en enlevant mon manteau. Je ne savais pas que tu serais là.

Je me suis assise dans le canapé à côté d'elle, et elle a pris le verre de vin posé sur la table basse. Je l'ai regardée boire, avec un nœud dans l'estomac.

— Et le concert, c'était bien ?

— Super, ai-je dit en m'efforçant de cacher mon malaise. Et toi, ton rendez-vous ?

— Trop génial ! s'est-elle exclamée avec une voix de gamine. Il m'a emmenée au restaurant italien, et ensuite on est allés danser. Il me regardait comme si j'étais la seule fille de la salle. Et pourtant, crois-moi, *toutes* les filles l'avaient remarqué. Il est tellement…

Si elle disait « trop beau » ou « craquant », j'éclatais de rire.

— *Vibrant.*

Je savais qu'elle parlait du type que j'avais vu la veille. Je me sentais rougir rien qu'au souvenir de la nonchalance avec laquelle il m'avait regardée, à moitié nue, perchée en haut de l'escalier. Comme si c'était le spectacle le plus naturel du monde. Je n'en avais parlé à personne. Même pas à Sara. Ce n'était pas un moment que j'avais envie de revivre.

— Il a l'air bien, ai-je répliqué en la regardant avaler une nouvelle gorgée.

Elle s'est interrompue en me voyant fixer son verre. Elle l'a posé et s'est redressée.

— Je suis désolée de ce qui s'est passé l'autre soir, a-t-elle déclaré. J'aurais préféré que tu ne me voies pas dans cet état.

J'ai opiné, incapable de lui dire à quel point ça m'avait désespérée de la voir noyer son chagrin dans la vodka.

— Mais tout va bien, m'a-t-elle assuré avec un sourire. Promis. Je ne bois plus comme avant. Je connais mes limites. Cette nuit-là, j'avais mal, et je devais évacuer la douleur. Je n'étais pas prête…

— À m'avoir avec toi, ai-je fini à sa place.

Je savais qu'elle avait sorti ces photos parce que je lui rappelais mon père. Et ce souvenir la démolissait.

— Non, ça n'est pas ça du tout.

Elle s'est tue et a regardé ailleurs avant de poursuivre :

— Je me suis forcée à l'oublier, pour ne plus souffrir. C'est pour ça que tu as dû…

Elle n'a pas achevé sa phrase, mais je savais qu'elle faisait allusion au fait qu'elle m'avait laissée chez George et Carol.

— Maintenant ça va beaucoup mieux. J'ai eu une mauvaise nuit, c'est tout. Et tu n'as pas à t'inquiéter si tu me vois boire un verre ou deux. Je t'assure que je gère.

— OK.

Je n'étais pas convaincue, mais je devais reconnaître que, en un mois, je ne l'avais vue craquer qu'une seule fois. Même si j'en comprenais les raisons, j'espérais que cela n'arriverait plus.

— J'ai parlé de toi à Jonathan, a-t-elle poursuivi avec un grand sourire. J'avais un peu peur de sa réaction quand il apprendrait que j'avais une fille de dix-sept ans, mais il veut faire ta connaissance !

Elle a annoncé ça comme si c'était la meilleure nouvelle de l'année.

— Ah oui ?

J'ai failli lui dire qu'on s'était déjà rencontrés brièvement, mais je me suis retenue.

— Et pourquoi il veut me voir ?

Ma mère a haussé les sourcils, visiblement vexée que je n'aie pas compris.

— Mais parce qu'il veut être sûr que ça ne te pose pas de problème qu'on sorte ensemble.

— Ah…, ai-je répondu, comprenant enfin de quoi il s'agissait. Super !

— Qu'est-ce qu'il y a ? a demandé ma mère en voyant ma mine contrariée.

— Rien, c'est super ! ai-je répété avec un sourire forcé.

— Tu mens très mal, a-t-elle observé. Je comprends que ça t'inquiète, mais ne t'en fais pas. Il est génial, tu vas l'adorer !

— Et pour quand est prévue cette rencontre au sommet ?

— Lundi soir ! s'est-elle exclamée, les yeux brillants.

— Super, ai-je répété en m'efforçant de paraître plus enthousiaste.

Elle a levé son verre d'un air joyeux.

— Trop hâte, ai-je marmonné.

⁂

Tu me racontes dès que tu rentres. Je veux tout savoir sur lui ! m'a écrit Sara tandis que j'arrivais sur le parking.

Avant d'entrer dans le restaurant, j'ai appelé ma mère pour m'assurer qu'elle y était déjà. Elle a répondu à la troisième sonnerie.

— Coucou, Emily. Tu es là-bas ?

— Là-bas ? ai-je demandé. Tu veux dire que tu n'es pas encore arrivée ?

— Bah non… Je suis encore au bureau.

— Quoi ?! me suis-je exclamée, prise de panique. Et qu'est-ce que je suis censée faire ?

— Commencez sans moi. Ça vous donnera le temps de faire connaissance.

Je n'ai rien dit. Assise dans ma voiture, je secouais la tête.

— S'il te plaît, a-t-elle insisté. Tu vas très bien t'en sortir.

— Mmm… Il sait que tu es en retard ?

— Je viens de le lui dire. Je ne vais pas tarder, promis. Respire un bon coup. Tu vas y arriver.

Savoir qu'elle sentait mon angoisse me stressait encore plus.

— S'il te plaît, Em.

J'ai fermé les yeux et suivi son conseil.

— OK. Mais tu te dépêches, hein ?

— Juré !

Je suis entrée dans le restaurant en essayant de me rappeler à quoi ressemblait ce Jonathan. Tout ce que je me rappelais, c'était ses yeux marron et son regard intense.

— Puis-je vous aider ? m'a demandé une serveuse tandis que je jetais un coup d'œil sur la salle.

— Je… J'ai rendez-vous avec quelqu'un.

— Emma !

Debout au milieu de la pièce, un homme me faisait signe.

— C'est bon, je l'ai trouvé, merci, ai-je lancé à la serveuse avant de me précipiter vers la table.

— Bonjour, m'a dit Jonathan en tirant une chaise pour moi.

— Bonjour, ai-je répondu en posant mon manteau sur le dossier avant de m'installer.

Puis j'ai levé les yeux sur lui. Et là, j'ai failli tomber de ma chaise. Il ne ressemblait pas du tout au souvenir que j'avais de lui.

— J'avais peur que tu n'oses pas entrer, a-t-il repris en s'asseyant en face de moi.

Il semblait plus grand que ce que j'avais imaginé. L'air sportif, il avait des cheveux bruns bouclés. Mais c'était surtout son regard qui était impressionnant. Intense. *Carrément* intense. Comme s'il pouvait lire au plus profond de moi. Ça m'a rendue encore plus nerveuse et, pour y échapper, je me suis intéressée de très près à ma serviette.

— Emma ?

— Mmm ?

J'ai levé les yeux et je me suis sentie rougir en me rendant compte que la serveuse et lui attendaient une réponse de ma part.

— Pardon… Qu'est-ce que… ?

— Vous voulez boire quelque chose ? a répété la serveuse.

— Ah… Juste de l'eau, s'il vous plaît.

La grande blonde m'a décoché un regard dédaigneux avant de se tourner vers Jonathan, un grand sourire aux lèvres :

— Je vous apporte votre boisson tout de suite.

Je l'ai regardée s'éloigner, sidérée par son attitude.

— Qu'est-ce qui ne va pas ? a interrogé Jonathan en riant.

Là, je suis devenue carrément écarlate.

— Waouh ! a-t-il lâché. Et moi qui croyais que Rachel était la personne au monde qui rougissait le plus facilement !

Il a eu un petit rire avant d'ajouter :

— La serveuse a fait quelque chose de mal ?

— Non, ai-je aussitôt réagi.

Son portable a sonné. Il l'a sorti de sa poche pour lire son message.

— Visiblement elle va arriver plus tard que prévu. Elle nous dit de commencer sans elle, elle sera là pour le dessert.

— Super, ai-je marmonné.

— Tu préfères annuler ? m'a-t-il demandé sur un ton soudain très sérieux.

— Pardon, ça m'a échappé. Je suis juste un peu… stressée.

— À cause de moi ?

À sa voix, il paraissait sincèrement étonné.

J'ai haussé les épaules et me suis forcée à croiser son regard. Son air contrit a achevé de me consterner ; j'avais envie de disparaître sous la table.

— Je ne suis pas très douée pour ce genre de situation, ai-je lâché. On ne peut pas dire que je sois très sociable. Même si tu ressemblais à ça – j'ai montré un homme petit, laid et chauve assis à une table plus loin –, je serais tout aussi empotée.

Il a esquissé un sourire. Je me suis mordu les lèvres – je venais de suggérer qu'il était séduisant ! Génial ! Bravo, Em.

— Tu es exactement comme elle, a-t-il observé en m'examinant. Même si physiquement tu ne lui ressembles pas et qu'elle, quand elle est stressée, c'est un vrai moulin à paroles. Quand on s'est rencontrés, elle a renversé son café sur moi.

— Et ensuite elle s'est sûrement excusée un milliard de fois en essayant de nettoyer les taches, ai-je souri, heureuse du changement de sujet.

— Je n'avais jamais rencontré quelqu'un qui parle aussi vite.

Il a ri avant de poursuivre :

— Au début, j'ai même cru qu'elle parlait une autre langue !

À mon tour j'ai ri en imaginant la scène.

— Vous vous êtes connus dans un café, alors ?

— Non, au boulot. Je travaille pour une agence d'architectes qui a des projets communs avec sa boîte d'ingénierie. On s'est rencontrés il y a six mois, mais on a commencé à se voir il n'y a pas longtemps. Avant, elle ne voulait pas.

— Ah bon ? me suis-je exclamée, étonnée.

— À cause de la différence d'âge, a-t-il expliqué en haussant les épaules. Elle n'arrêtait pas de dire que j'étais trop jeune.

J'ai hoché la tête, c'est ce qu'elle m'avait confié quand elle m'avait parlé de lui.

— Mais ce n'est pas un problème, n'est-ce pas ? a-t-il demandé.

— Non. L'âge ne compte pas.

Il m'a dévisagée et j'ai senti mes joues s'empourprer de nouveau. Si seulement j'avais pu me vider la carafe d'eau sur la tête pour les refroidir… J'étais incapable de soutenir son regard plus d'une seconde. Ma mère m'avait dit qu'elle avait l'impression qu'elle était la seule femme dans la pièce quand il la regardait, et je n'avais pas du tout envie d'éprouver la même chose.

— Avez-vous fait votre choix ? a demandé la serveuse en posant un verre devant Jonathan.

Elle a eu un grand sourire quand il a levé les yeux sur elle.

Pendant qu'il lisait la carte, j'ai passé la salle en revue : il n'y avait pas que la serveuse qui ne pouvait s'empêcher de le regarder, beaucoup d'autres femmes l'avaient remarqué.

— Et pour vous ? m'a-t-elle questionnée en posant un quart de seconde les yeux sur moi avant de revenir à Jonathan.

— Je vais prendre un pavé de bœuf, s'il vous plaît, ai-je répondu en lui rendant la carte.

— Tout va bien ? m'a-t-il demandé lorsque son admiratrice s'est éloignée.

— Le moins qu'on puisse dire, c'est que tu captes l'attention, ai-je lâché.

Ma sortie l'a déconcerté.

— Désolée, ça m'a échappé… Je ne voulais pas dire ça.

— Tu es vraiment marrante !

— C'est tout à fait involontaire, ai-je bougonné.

— Les gens me reconnaissent à cause de la pub, a-t-il expliqué en buvant une gorgée d'un air un peu gêné.

— La pub ?

— J'ai posé pour une pub pour une marque de jeans, quand j'étais à la fac. Ça a payé mes études.

— Tu crois vraiment que toutes les filles du restaurant te matent parce que tu as eu ta photo dans des magazines il y a, quoi, cinq ou six ans ? ai-je lancé.

Une nouvelle lueur amusée a brillé dans ses yeux marron.

— Oups, ai-je glissé. Ça y est, je recommence. Je ne peux pas m'empêcher de dire des choses…

— Sincères, m'a-t-il coupée. Tu dis ce que tu penses. C'est bien.

— Des choses stupides, tu veux dire.

Il a éclaté de rire. Au moins je le divertissais. C'était toujours ça.

— Bon, s'est-il repris. Nous sommes censés faire connaissance. Parle-moi un peu de toi.

Blanc total. S'il m'avait demandé de lui dresser la liste des capitales d'Asie, je crois que je m'en serais mieux sortie.

— OK, a-t-il rectifié devant mon silence. Tu pratiques un sport ? Tennis, natation, athlétisme ?

Je me suis sentie tout de suite mieux.

— Oui, je fais du basket.

— Tu joues bien ?

— Ça va, ai-je lâché avec un petit rire.

— Donc tu joues bien, a-t-il conclu.

— Pourquoi tu dis ça ? ai-je riposté.

— Parce que tu as rigolé. Et comme tu n'aimes pas parler de toi, j'en déduis que tu es même très douée.

J'ai haussé les épaules. Comment arrivait-il à lire en moi aussi facilement ?

— Tu joues à quel poste ?

— Je suis meneuse. Et cocapitaine.

— Waouh, impressionnant ! s'est-il exclamé en hochant lentement la tête.

— Et toi ? Tu fais du sport ?

J'étais presque certaine de connaître la réponse.

La serveuse est arrivée et a posé les assiettes devant nous.

— Vous avez besoin d'autre chose ? a-t-elle demandé à Jonathan.

— Emma ? a-t-il questionné avec élégance. Tu veux quelque chose ?

— Non merci, tout va bien, ai-je répondu en réprimant un sourire.

Elle est repartie, l'air pincé.

— On parlait de quoi ?

— De sport. Je te demandais si tu pratiquais un sport ?

— Oui, du foot.

Vu son gabarit, je l'aurais parié ! J'ai eu un petit sourire.

— Quoi ? Tu t'en doutais ?

— Bah, c'est un classique. Je ne prenais pas trop de risques ! Et tu joues à quel poste ?

— Principalement sur le banc de touche.

J'ai éclaté de rire.

— Sérieux ?

— Ce n'est pas gentil de se moquer, a-t-il répliqué, faisant mine d'être vexé. Bon, j'avoue, le foot, c'est pas mon sport préféré. J'ai surtout fait de la natation. Et j'en fais encore, quand je peux.

— Dans quel club ?

— Celui de l'université de Pennsylvanie. Ça m'a permis de payer les frais de scolarité.

— Ah… tu devais être sacrément bon, alors ?

Il a haussé les épaules.

— Mais je croyais que c'était avec la pub pour les jeans que tu avais financé tes études ?

— C'était juste une fois, et ça n'était pas si bien payé que ça.

Je l'ai regardé d'un air sceptique.

— Je n'aurais pas dû te parler de ça, hein ?

— Pardon ! ai-je ri. C'est juste que je trouve marrant que tu…

— Coucou ! m'a interrompue ma mère.

Jonathan s'est aussitôt levé et l'a embrassée. J'ai baissé les yeux sur le contenu de mon assiette qui m'a soudain paru extrêmement intéressant. J'avais beau essayer de m'habituer à l'idée que ma mère sortait avec un type, je n'étais pas encore prête à assister à leurs démonstrations amoureuses. Même si je savais que j'allais devoir m'y faire rapidement.

Elle s'est assise à côté de lui et n'a pas lâché sa main. Elle a également monopolisé l'attention en parlant sans arrêt, comme toujours quand elle était stressée. J'ai remarqué que Jonathan était suspendu à ses lèvres. Régulièrement, il intervenait pour recadrer la discussion qui, sinon, partait dans tous les sens.

Elle était sous son charme, ça sautait aux yeux. Et lui se montrait très attentionné. La suite du repas s'est déroulée agréablement. À la fin, j'étais même détendue. Ma mère était heureuse, c'était le plus important.

J'ai sorti mon portable pour regarder l'heure.

— Je dois y aller, ai-je annoncé, tandis que ma mère racontait comment elle s'était ridiculisée en montrant par erreur une vidéo de chats courant dans la neige lors d'une réunion professionnelle.

— Comment ça, tu dois partir ? a-t-elle réagi, l'air déçu.

— J'ai rendez-vous avec Evan à la maison dans vingt minutes.

— Tu veux venir chez moi ? a-t-elle demandé à Jonathan.

— Parfait ! a-t-il répondu en signant le chèque pour l'addition.

Alors ? Il est comment ?

Le message de Sara s'est affiché sur mon écran au moment où je montais dans ma voiture et je lui ai répondu en vitesse.

Cool.

Quand je me suis garée, Evan était déjà devant la maison.

— Désolée, je suis en retard, ai-je lancé en sortant de ma voiture.

— Je viens juste d'arriver.

Au moment où j'ai ouvert la porte, ma mère et Jonathan tournaient le coin de la rue.

— Alors, c'était comment ? m'a demandé Evan.

— Sympa, ai-je lâché brièvement.

Sachant à quel point j'appréhendais ce dîner, il m'a lancé un regard surpris.

— Evan ! s'est exclamée ma mère en nous rejoignant dans l'entrée. Comment ça va ?

— Bien, merci, a-t-il souri en accrochant son manteau.

Jonathan est entré à son tour et ma mère a fait les présentations.

Ils ont échangé une poignée de main vigoureuse, avec un grand sourire réciproque, puis le silence est revenu. Nous étions tous les quatre, debout dans l'entrée, à nous regarder sans rien dire.

— Bon, on monte travailler, ai-je finalement déclaré en prenant Evan par la main.

La porte de ma chambre fermée, il s'est tourné vers moi.

— C'est lui ?

— Yep ! ai-je lancé en me laissant tomber sur le lit.

— Je ne m'attendais pas à ça.

— Tu t'attendais à quoi ? ai-je répliqué, étonnée par son air pensif.

— Je ne sais pas, a-t-il avoué en venant s'asseoir à côté de moi.

Il allait m'embrasser quand un coup frappé à la porte l'a interrompu.

Sara a déboulé dans la chambre.

— Salut, s'est-elle exclamée avant de s'arrêter net, les sourcils froncés.

— J'arrive au mauvais moment, c'est ça ?

— Mais non, l'ai-je rassurée en m'éloignant d'Evan pour m'adosser au mur. Qu'est-ce que tu fais ici ?

Elle a levé les yeux au ciel.

— Tu te fiches de moi ? Fallait que je voie ce type ! Ton texto était pathétique.

Elle m'a jeté un regard noir avant d'ajouter :

— Il est méga canon ! Carrément sublime, même !

Evan a pris un air amusé tandis que je secouais la tête, agacée.

— Il a quoi, vingt ans ?

— T'es dingue ! Il a vingt-huit ans.

— Bien joué, Rachel ! a-t-elle commenté d'un air envieux. Et toi, veinarde, tu vas bientôt le croiser tous les jours !

Evan s'est rembruni, et j'ai fusillé Sara du regard. Elle ne pouvait donc pas se taire ?

9

Injuste

— Je ne sais pas très bien ce que je suis en train de faire.

Adossée au comptoir de la cuisine, ma mère regardait par la fenêtre. J'ai attendu la suite. En vain.

— À quel sujet ? l'ai-je relancée.

— Jonathan.

Nouveau silence.

— Quoi, Jonathan ?

Et là, ça a été le déluge. Elle s'est mise à tourner dans la pièce en parlant sans discontinuer.

— Je ne suis pas sûre d'être prête pour ça. Ça fait une éternité que je n'ai pas eu d'histoire sérieuse. Et peut-être qu'il ne m'aime pas vraiment, hein ? De toute façon, il est trop bien pour moi. Non mais, franchement, regarde-le : il est juste magnifique. Je me demande bien ce qu'il fiche avec moi ! J'ai vu comment les filles le regardent. Elles aussi, elles doivent se demander ce qu'il fait avec moi. Je ne peux pas ! Je ne peux vraiment pas. Je ne vais pas y arriver. C'est bon, je laisse tomber. Fin de l'histoire.

Elle n'avait même pas pris le temps de respirer une seule fois pendant toute sa tirade. J'ai mis un peu d'ordre dans mes idées avant de parler.

— Attends… Tu viens de décider, d'un seul coup, de rompre avec lui ? C'est ça ?

Elle a poussé un soupir.

— C'est toi qui décides. Si tu ne te sens pas prête, OK. Mais tu ne vas quand même pas rompre avec lui juste parce que tu penses qu'il est trop bien pour toi. En plus, je te promets que, quand il est avec toi, il ne regarde pas les autres filles. Hier soir, ça m'a frappée. C'est évident que tu lui plais. Si c'est ce dont tu as envie, tu devrais lui donner sa chance. Au lieu de fuir parce que tu as peur de t'attacher à lui.

Les yeux rivés sur moi, elle est restée silencieuse quelques instants. Plus calme.

— Merci. Et dire que c'est ma fille de dix-sept ans qui me donne des conseils sur ma vie sentimentale… J'y crois pas !

Et moi donc ! En gros, je venais de coacher ma mère sur « comment gérer ses affects ». Une leçon digne de Sara.

— Bon, je vais faire comme tu dis, a-t-elle conclu. Et… euh… ça ne te gêne pas s'il passe parfois la nuit ici ?

— Bah, non…, ai-je marmonné.

En quelques secondes, on était passées de « je vais le quitter » à « je vais coucher avec lui ». Super.

— Ça ne va pas être trop bizarre pour toi ? Je ferai en sorte qu'il parte avant que tu te lèves.

— C'est bon, pas de problème.

Visiblement, elle n'avait pas la moindre idée de ce que j'avais traversé comme « bizarreries » jusque-là.

Le soir suivant, lorsque je suis rentrée de chez Sara, ma mère et lui étaient dans le salon en train de regarder un film. Je suis montée tout droit dans ma chambre pour ne pas les déranger.

— Salut, Emma ! a lancé Jonathan en m'entendant dans l'escalier.

— Salut, ai-je répondu sans m'arrêter.

J'ai passé la soirée à lire dans ma chambre. Sans le vouloir, j'ai guetté le bruit de la porte d'entrée qui m'indiquerait que Jonathan partait. Mais je me suis endormie avant.

— Tu es sûre qu'elle va bien ?

La voix de Jonathan m'a réveillée. Je me suis redressée dans mon lit et je suis restée immobile, paniquée. Il était tout près. Derrière ma porte, peut-être. J'ai sondé l'obscurité pour voir s'il était entré.

— Ça lui arrive, s'est excusée ma mère. Viens te recoucher. Ça va aller.

Nouveau silence. Puis ses pas se sont dirigés vers la chambre de Rachel. Après avoir entendu la porte se refermer, je me suis laissée tomber sur le matelas. J'avais encore fait un cauchemar et je les avais réveillés. Je me sentais coupable. Au passage, j'avais néanmoins récupéré une information : il était resté dormir.

Les yeux fixés sur le plafond, j'attendais que le soleil se lève. Comme chaque nuit, le vent faisait trembler la fenêtre. Je n'arrivais pas à me rendormir. J'ai remonté ma couette jusqu'au menton en rêvant de la chaleur californienne – tellement plus agréable que cette maison-congélateur coincée dans un hiver interminable.

Au bout d'un moment, j'ai fini par me lever. Tant pis pour le soleil. J'ai enfilé des chaussettes et préparé mes vêtements pour la journée avant de filer dans la salle de bains. Je me suis arrêtée en voyant de la lumière dans la cuisine. La cafetière ronronnait et une délicieuse odeur se répandait dans la maison.

J'étais toujours plantée sur le palier quand Jonathan est sorti de la cuisine, les cheveux humides et coiffés en arrière. Il portait une chemise et une cravate, ce qui le faisait paraître plus âgé et lui donnait un air sérieux qui m'a fait sourire. Tout à coup, il ressemblait… à un adulte. Lorsqu'il m'a vue, il s'est arrêté net.

Prise en flagrant délit d'observation, je me suis sentie rougir.

Il a mis un doigt devant sa bouche et montré la chambre de ma mère.

— Elle dort encore, a-t-il chuchoté. Je t'ai réveillée ?

— Non, ai-je répondu tout bas.

Il a pris son manteau dans le placard de l'entrée et a mis son sac sur l'épaule. Puis il m'a fait un signe de la main en guise d'au revoir et il a disparu. Je suis restée immobile un bon moment, à fixer bêtement la porte, avant de me secouer. *Qu'est-ce qui me prend ?*

— Au fait, Rachel est là, m'a prévenue Sara au moment où je m'élançais vers le terrain de basket pour un match nocturne. Ah, et Mandy organise une fête chez elle, on y va après.

Je l'ai regardée passer devant moi d'un air dégagé et, dans le gymnase, saluer quelqu'un avec enthousiasme. C'était quoi, cette bombe qu'elle me balançait juste avant un match aussi important ?!

Dès que j'ai mis le pied sur le terrain et commencé à dribbler, j'ai entendu ma mère crier mon nom. J'ai mentalement fermé mes oreilles pour me concentrer sur le jeu.

Après l'engagement, j'ai lancé le ballon à Jill qui a poussé jusqu'au panier avant de me faire une passe à l'arrière. Protégée par une autre joueuse, j'ai franchi la défense adverse et envoyé le ballon dans le panier.

Au loin, comme un bourdonnement, j'ai entendu la clameur du public.

Au terme d'un match intense, nous avons gagné avec une avance de trois points grâce au jeu offensif de Jill. J'avais aussi contribué à la victoire en marquant quelques paniers et en distribuant le jeu. J'étais soulagée et heureuse que nous ayons remporté ce match.

Je prenais mes affaires sur le banc de touche quand j'ai entendu qu'on m'appelait. Je me suis retournée.

Ma mère venait vers moi suivie, quelques mètres derrière elle, de… Jonathan ! Sous l'effet de la surprise, j'ai failli laisser tomber mon sac.

— Je suis si contente d'être venue ! s'est-elle exclamée avec un large sourire. Quel match !

J'ai esquissé une grimace en évitant de regarder Jonathan.

— Jolie performance, m'a-t-il félicitée en passant un bras autour de la taille de ma mère.

— Merci, ai-je marmonné, le cœur battant.

Pourquoi sa présence me mettait-elle dans un état pareil ? Ce n'était pas la première fois que je le voyais, pourtant.

— J'espérais que tu marquerais plus de points pour que Jonathan puisse apprécier tes super lancers.

— Leur défense était très forte. Merci d'être venus, en tout cas.

— Tu rentres à la maison ?

— Bah, Sara voulait qu'on aille à une fête…

J'ai balayé le gymnase du regard à sa recherche, mais elle devait être dans le hall avec Evan.

— Alors amuse-toi bien, a lancé ma mère. On se voit plus tard.

— Yep !

J'ai croisé le regard de Jonathan tandis qu'il me faisait un petit signe de tête en souriant. Ma mère l'a pris par la main et ils ont rejoint la foule qui se dirigeait vers la sortie.

— Non mais c'était qui ?

Jill et Casey, les yeux écarquillés à côté de moi, bavaient littéralement.

— Ma mère, ai-je répondu d'un ton dégagé.

Ma façon d'éluder leur question m'a brusquement fait comprendre pourquoi je m'étais sentie si mal à l'aise quelques minutes plus tôt : toutes les filles du lycée avaient les yeux rivés sur Jonathan. Même maintenant, alors qu'il sortait du gymnase avec ma mère. C'était pathétique.

— Mais *lui* ? a repris Jill. C'est son petit ami ?

— Faut croire, ai-je marmonné, agacée.

J'ai ramassé mes affaires et tourné les talons, laissant derrière moi mes deux coéquipières ahuries.

— Pourquoi tu as dit à Evan qu'il ne pouvait pas venir avec nous à la fête ? ai-je demandé à Sara tandis que nous sortions du parking du lycée.

— J'avais envie d'une soirée entre filles. Il a pas besoin d'être toujours collé à nous.

— Mais on va à une fête, là ! Comme « soirée entre filles », on fait mieux. Et je te signale qu'Evan n'est pas *toujours* collé à nous. Qu'est-ce qu'il t'a fait pour que tu t'excites comme ça sur lui ? Et qu'est-ce qui t'arrive ? T'es hyper bizarre depuis quelque temps.

— Mais rien, tout va bien, a-t-elle répliqué avec un soupir exaspéré.

Sa mauvaise humeur permanente me perturbait. Elle était différente. C'était flippant. Et puis, je ne voyais pas ce qu'Evan venait faire là-dedans.

Nous avons conduit jusqu'à un quartier un peu excentré de Weslyn. Pas le coin chic de la ville. La maison était normale, rien à voir avec les gigantesques villas qu'on pouvait voir du côté de chez Sara.

Depuis le jardin, on entendait la musique qui résonnait dans la cave. Nous sommes entrées par une porte sur le côté et, au milieu du brouhaha, nous avons rejoint la cuisine où un groupe avait l'air de bien se marrer : assis autour de la table, des cartes à la main et un gobelet rouge devant chacun d'eux – qu'ils remplissaient à tour de rôle avec de la vodka – ils s'obligeaient à boire cul sec selon des règles apparemment précises, mais absurdes.

La cuisine était bondée. Certains discutaient, accoudés au comptoir, d'autres ne faisaient que traverser la pièce.

Sara s'est frayé un passage jusqu'au perron derrière la maison, où se trouvait le cubi.

— Tu peux dormir chez moi, ce soir ? m'a-t-elle demandé en remplissant son gobelet.

— Bien sûr, ai-je répondu en frissonnant dans le froid.

Tout en suivant Sara à l'intérieur, j'ai envoyé un texto à ma mère pour la prévenir. Nous avons descendu l'escalier qui menait à la cave. En bas des marches, j'ai aperçu Evan sur la droite, en train de faire une partie de baby-foot. Je lui ai fait un petit signe de loin, avec un sourire d'excuse, avant de rejoindre Sara, à l'autre bout de la pièce.

En nous voyant arriver, Mandy nous a fait des grands signes et s'est faufilée jusqu'à nous. Je ne la connaissais pas très bien, c'était plutôt une copine de Sara : elles jouaient dans la même équipe de volley. Mais comme nous étions chez elle, la moindre des choses était de lui dire bonjour.

— On remonte, a lancé Sara après un regard peu emballé sur la pièce.

Je lui ai emboîté le pas en adressant un sourire désolé à Mandy quand j'ai vu la tête qu'elle faisait en nous regardant remonter les marches.

Sara voulait remplir de nouveau son gobelet. Cette fois, au lieu de la suivre comme un toutou, je me suis assise sur un tabouret, dans la cuisine, et j'ai observé la bande qui jouait aux cartes pour essayer de comprendre les règles. J'ai vite saisi que le but était surtout de picoler le plus possible et de donner des gages absurdes. Débile.

— Eh, salut ! s'est exclamée Jill en entrant dans la cuisine avec Casey, une bouteille à la main. Je ne savais pas que tu venais. Où est Evan ?

— Aucune idée, ai-je répondu, agacée par cette question. Je suis venue avec Sara.

— Ah… De la dispute dans l'air ? a voulu savoir Casey en se penchant vers moi comme si j'allais lui faire des confidences.

— Non, ai-je riposté en laissant traîner ma voix comme si je parlais à des arriérées. Je crois qu'il est en bas en train de jouer au baby-foot.

— Alors, qu'est-ce que tu sais du petit copain ultra canon de ta mère ? a lancé Jill.

— Pas grand-chose.

— Je trouve qu'il est encore plus sexy qu'Evan, a décrété Casey.

— Non, quand même pas, a commencé Jill. Enfin… peut-être que si.

— Non mais vous êtes sérieuses, là ?! me suis-je énervée.

— Oh, c'est bon, s'est défendue Jill. Je disais ça comme ça.

— C'est n'importe quoi ! Comparer mon petit copain avec celui de ma mère… Faut vraiment être tordue.

— C'est vrai, a confirmé Casey. Mais il est…

J'ai fui avant d'entendre la suite. Malheureusement, la maison n'était pas assez grande pour les semer, alors je me suis réfugiée dans les toilettes dès que j'ai vu la porte s'ouvrir. Depuis le mois de mai, c'était la première fois que j'allais à une soirée. Apparemment, je n'avais pas loupé grand-chose.

Quand je suis sortie, j'ai cherché Sara des yeux. Elle était dans un coin du salon, en pleine conversation avec un grand type blond aux sourcils bruns. Enfin, quand je dis conversation… Appuyés contre le mur, ils se parlaient à l'oreille et partaient dans des grands éclats de rire. De temps à autre, Sara se penchait vers lui et posait la main sur son épaule, en mode drague.

— C'est le cousin de Neil, a expliqué Jill, à côté de moi.

Visiblement, elle avait attendu que je sorte des toilettes pour me rejoindre.

— Il est là pour le week-end, a-t-elle ajouté. Il habite le New Hampshire.

— Ah…

Mauvais plan.

En effet, au même instant, j'ai vu le sourire de Sara s'évanouir et elle a tourné brutalement les talons. Le type est resté stupéfait avant de jeter un coup d'œil autour de lui pour voir si quelqu'un avait remarqué la scène. À côté de moi, les filles ont gloussé. Non seulement elles avaient tout vu, mais elles n'allaient pas se priver de le raconter.

Je suis allée retrouver Sara dehors.

— Hé…

Elle a continué à remplir son gobelet sans même lever les yeux. Alors que je cherchais des mots réconfortants, j'ai entendu quelqu'un crier :

— Je parie que t'es pas cap' de sauter !

J'ai tourné la tête : un type avec une chemise verte et une casquette vissée à l'envers sur le crâne se tenait debout sur la balustrade de la terrasse.

— Il est sérieux, là ?

Sara s'est mise à rire.

La seconde d'après, le type avait sauté. Je me suis précipitée. Sous la terrasse, on ne voyait que sa casquette, au sommet d'une montagne de neige.

Soudain, j'ai vu deux bras émerger de la masse blanche. Puis une tête. Et le type a poussé un cri de victoire. Il était indemne, je n'en revenais pas.

À partir de ce moment-là, évidemment, des tas d'autres gars ont voulu faire pareil. Un défilé d'abrutis s'est mis à sauter les uns après les autres dans la neige en poussant des hurlements sauvages. Je suis allée retrouver Sara à la cuisine. Evan est passé à côté de moi pour sortir voir avec ses copains ceux qui faisaient le saut de la mort. Nos regards se sont croisés, et j'ai senti sa main effleurer la mienne. C'était trois fois rien, un contact infime. Mais il a suffi à me faire frissonner de la tête aux pieds.

Sara, en jetant son gobelet par terre, m'a tirée de ma torpeur.

— On se tire.

Quelques instants plus tard, alors que nous descendions la rue, nous avons croisé deux voitures de police qui filaient à toute allure, gyrophare et sirène allumés. Des riverains avaient dû les appeler. Les maisons étaient assez proches les unes des autres, dans le coin, et le bruit de la fête devait gêner les voisins. J'ai jeté un coup d'œil à Sara. Le regard perdu au loin, la mine renfrognée, elle ne bronchait pas. J'aurais bien aimé pouvoir lui remonter le moral, mais je ne savais pas quoi lui dire. Je n'étais pas habituée à ce rôle… Au moment où j'allais ouvrir la bouche, elle a lancé :

— Le New Hampshire ! Il habite le New Hampshire, putain ! C'est une blague !

Je l'ai dévisagée, pendant que, dans un flot de paroles, elle me racontait le super moment qu'ils avaient passé tous les deux : il était vraiment top, il lui avait même proposé de se revoir pendant le week-end ; puis il avait fini par lui dire où il habitait : « le New Hampshire » ! Ce qui signifiait qu'ils ne se reverraient sûrement pas.

— Sara, qu'est-ce qui t'arrive ? Et ne me dis pas : « Rien », parce que je sais que c'est pas vrai. C'est pas juste ce type qui te met dans un état pareil.

— Tout va bien, y a pas de problème, a-t-elle répliqué sur un ton agressif.

— Ah ouais ? Eh bien moi, je crois que si, parce que tu te conduis comme une sale conne.

Silence de mort dans la voiture.

— Désolée, je voulais pas dire ça, me suis-je excusée en arrivant devant chez elle. C'est juste que je ne comprends pas ce qui se passe avec toi, et ça me saoule.

— Tout va bien, je te dis, a-t-elle lâché en claquant la portière.

En sortant de la voiture, j'ai remarqué que la neige recommençait à tomber. Génial. On sortait à peine d'une tempête. Cet hiver était vraiment pourri.

J'ai suivi Sara dans l'escalier. Elle évitait mon regard. Au moment où elle a refermé la porte de la salle de bains, mon portable a vibré. C'était un texto d'Evan :

Retrouve-moi devant la maison quand Sara sera endormie.

Je me suis réfugiée à mon tour dans la salle de bains et j'ai attendu avec impatience qu'elle parte se coucher. Au bout d'un quart d'heure, je suis sortie à pas de loup et j'ai passé la tête dans la chambre pour écouter. Son souffle était régulier : elle avait sombré dans un sommeil profond.

J'ai descendu l'escalier sur la pointe des pieds et je me suis glissée dehors. Evan était là, assis sur le perron, le manteau couvert de neige. Il s'est levé d'un bond.

— Enfin !

J'ai à peine eu le temps de fermer la porte qu'il m'avait déjà prise dans ses bras. Ses lèvres se sont posées sur les miennes. Douces. Chaudes. Réconfortantes. J'avais besoin de le toucher, de le sentir, de lui parler. De savoir qu'il existait. Savait-il à quel point j'avais besoin de lui ?

— Je t'ai manqué, on dirait…, a-t-il murmuré.

Oui, il savait.

— Vous êtes parties juste à temps, a-t-il continué. Les flics ont débarqué et la fête s'est terminée.

— Ouais, on les a vus, ai-je lâché en m'asseyant.

Je me sentais encore coupable de ce que j'avais dit à Sara. Evan s'est assis à côté de moi. Il m'a donné un petit coup d'épaule et m'a pris la main.

— Ça va ?

— Je ne sais pas ce qui se passe avec Sara, ai-je répondu, mais ça ne va pas. Ça fait un moment qu'elle est un peu ailleurs, mais là, c'est pire. Je suis sûre qu'il s'est passé quelque chose, mais elle ne veut pas me dire quoi.

Il a regardé la neige tomber en silence quelques instants.

— Je sais ce qu'il faut faire.

Je me suis tournée vers lui, pleine d'espoir. Il a sorti son portable et regardé l'écran.

— Quoi ? Qu'est-ce qu'on peut faire ?

— Attends, c'est Jared, m'a-t-il dit en écrivant un texto. Désolé.

Il a rangé son portable dans sa poche et s'est tourné vers moi.

— On peut essayer de la faire rire, déjà.

— Tout ce que tu veux, je suis partante.

Il a descendu les marches et s'est enfoncé dans la neige jusqu'au genou.

— Qu'est-ce que tu fabriques ? me suis-je exclamée.

— Et si on faisait un bonhomme de neige ?

J'ai éclaté de rire.

— T'es complètement fou !

— C'est vrai, a-t-il admis avec son petit sourire diabolique, mais c'est pour ça que tu m'aimes.

— Le pire, c'est que tu as raison, ai-je riposté en sautant à mon tour dans la neige.

Nous avons commencé à former une grosse boule. La couche de neige était si épaisse que je n'arrêtais pas de tomber. Au grand bonheur d'Evan qui se moquait de ma maladresse et rigolait de mes chutes. Si Sara m'avait vue, elle aurait piqué un de ces fous rires ! Enfin, la Sara normale… Pas celle des derniers jours. J'espérais que ce bonhomme de neige arriverait au moins à lui arracher un sourire.

Evan posait la tête sur les deux grosses boules que nous avions déjà montées, quand j'ai dérapé et commencé à glisser le long de la pente. Morte de rire, j'ai poussé un cri pour qu'il vienne à ma rescousse. Mais j'ai finalement été retenue par un obstacle. Au lieu de m'aider à me relever, il s'est allongé à côté de moi en riant.

Au-dessus de nos têtes, j'ai vu la lumière s'allumer à une fenêtre du deuxième étage et le battant s'ouvrir. Anna s'est penchée. Nous sommes restés immobiles, espérant qu'elle ne nous verrait pas.

— Emma, c'est toi ? a-t-elle demandé. Et…Evan ?

— Bonsoir, madame McKinley, a répondu Evan en faisant un geste de la main depuis sa position horizontale.

— Mais qu'est-ce que vous… ?

Elle s'est interrompue en apercevant le bonhomme de neige.

— Rentre vite, Emma. Il est tard. Et essayez de faire moins de bruit, s'il vous plaît.

— Désolée, ai-je lâché d'une petite voix.

Au moment où elle fermait la fenêtre, j'ai entendu Carl demander :

— Mais qu'est-ce qu'ils font ?

La seconde d'après, la lumière s'est éteinte et tout est redevenu silencieux.

Au-dessus de nous, le ciel s'était dégagé. Seuls quelques rares nuages filaient au milieu des étoiles. Nous sommes restés quelques instants sans rien dire, à contempler le spectacle, ma main dans la sienne.

— Je crois que je ne sens plus mes jambes, ai-je déclaré.

Le froid humide qui transperçait mes vêtements me faisait frissonner. Mais je n'avais pas envie de me lever. Evan s'est redressé. J'ai cru qu'il allait m'aider à me mettre debout, mais non. Il s'est penché sur moi et m'a embrassée. La chaleur de sa bouche a fait fondre la neige sur mon visage, et son baiser m'a instantanément réchauffée.

— Mmm…, ai-je apprécié. Tu me fais oublier que je déteste l'hiver.

— Allez, on finit le bonhomme de neige ! a-t-il lancé en me tirant.

Une fois debout, j'ai frotté mon jean pour enlever la neige, mais c'était trop tard : il était trempé.

Pendant que je consolidais les espaces entre les trois grosses boules du bonhomme de neige, il est allé dans sa voiture. Il est revenu avec un gros sac en papier rempli de bonbons.

— Quel gourmand !

— J'avoue…

On a pris des scoubidous rouges et des fraises Tagada pour dessiner la bouche et les yeux, et de la réglisse pour les cheveux. Puis il a enfoncé des branches sur les côtés en guise de bras et, pour la touche finale, j'ai enlevé mon écharpe et je l'ai nouée autour du « cou » de notre nouveau copain.

On a reculé de quelques pas pour contempler notre œuvre, et j'ai éclaté de rire. Evan, lui, était vraiment fier.

— Elle va au moins sourire. Obligé !

— J'espère, ai-je soupiré.

Tandis qu'il montait dans sa voiture pour rentrer chez lui, la neige a recommencé à tomber. Mes mains et mes pieds étaient tout engourdis, je ne les sentais plus. Dès que je suis rentrée, j'ai foncé dans la salle de bains. J'ai eu du mal à enlever mon jean durci par la neige. J'ai posé mes vêtements dans la baignoire et je me suis précipitée dans mon lit.

Blottie sous la couette, je tremblais comme une feuille.

J'ai regardé Sara, endormie dans son lit, détendue. Sur la table de nuit, mon portable a vibré.

T'inquiète pas, tout va s'arranger.

10

Distraction

Le lit de Sara était vide, quand je me suis réveillée le lendemain matin. Elle était dans la salle de jeux, un bol de céréales devant elle, en train de regarder la télé. Le visage fermé. Visiblement, elle n'avait pas encore vu le bonhomme de neige. Je suis descendue dans l'entrée et j'ai rejoint la fenêtre qui donnait sur le jardin de devant. Le choc. J'ai ouvert la porte d'entrée et je suis restée sur le perron, effondrée.

Après quelques instants, je suis rentrée en trombe dans la maison, en claquant la porte derrière moi, et j'ai monté les marches comme une furie.

— Qu'est-ce que tu as fait au bonhomme de neige ? ai-je crié, hors de moi.

— Je lui ai démoli la tronche, a-t-elle lâché sans même quitter l'écran des yeux.

J'ai tourné les talons et filé dans la chambre pour m'habiller. Après avoir pris mes affaires, je suis partie sans un mot. Mais en claquant une nouvelle fois la porte.

J'ai traversé le jardin sans oser regarder le malheureux bonhomme de neige décapité. Au bord des larmes, je suis montée dans ma voiture et j'ai filé. Je n'ai même pas eu le courage de répondre au texto d'Evan : Alors ? Tout ce que je voulais, c'était fuir cette horrible fille qui avait pris possession de Sara.

Quand je suis arrivée chez moi, la porte n'était pas fermée à clé. La voiture de ma mère était garée devant, couverte de neige. La lumière de la cuisine était allumée, mais elle était vide et je n'entendais aucun bruit. La maison avait l'air déserte. J'ai enlevé mes bottes et mon manteau dans l'entrée avant de monter à l'étage.

En poussant la porte de ma chambre, j'ai eu un choc : Jonathan était assis à mon bureau. Il s'est retourné en sursautant.

— Salut, Emma ! m'a-t-il lancé avec le sourire gêné de celui qui se fait piquer la main dans le sac.

J'étais sans voix. Jonathan. Dans *ma* chambre !

— Tu m'as fait peur, m'a-t-il dit en riant. Rachel m'a dit que je pouvais me servir de ton ordi pour lire mes e-mails. Visiblement, ça t'embête… Désolé.

Son explication et la tranquillité de sa voix m'ont forcée à fermer la bouche. Je me suis ressaisie.

— Non, c'est bon, ai-je grommelé.

Je devais être, une fois de plus, écarlate.

— Sûre ? Tu as l'air énervée.

Qu'est-ce que je disais ?

— Certaine, je t'assure. C'est bon ? Tu as regardé ?

— Quoi ?

— Ben… tes e-mails !

Nous étions aussi ridicules l'un que l'autre.

— Ah oui, merci, a-t-il dit en refermant l'ordinateur. J'avais fini. En fait, j'allais partir, mais j'ai vu les photos, sur le mur. Tu joues au foot, aussi ?

— Yep ! ai-je répondu en posant mon sac sur mon lit. Mieux qu'au basket, en fait.

— Mieux ? J'ai hâte de voir ça.

— C'est grâce à ça que je vais pouvoir aller à Stanford, ai-je avoué, mal à l'aise.

— Tu rougis toujours autant ?

— Mmm…

Je l'ai entendu glousser.

— Excuse-moi, s'est-il repris, mais c'est tellement… mignon.

Ce qui m'a, évidemment, fait rougir encore plus.

— Merci de m'avoir laissé utiliser ton ordi.

— De rien, ai-je lâché sans oser croiser son regard.

Il y a eu un court silence – qui m'a paru durer un siècle – et il a poursuivi :

— Je voulais te dire quelque chose, mais…

— Quoi ?

— À propos de la première fois où on s'est vus. Rachel m'avait dit de rentrer dans la maison, que tu ne serais pas là. Je ne voulais pas m'incruster et te troubler. Je suis désolé de t'avoir surprise et embarrassée. Je ne veux pas que tu te sentes gênée avec moi.

Maintenant qu'il en parlait, c'est sûr, j'étais carrément mal à l'aise. J'ai opiné, ne sachant pas quoi répondre.

— Je ne fais qu'empirer les choses, c'est ça ? a-t-il glissé.

— Euh… un peu, oui.

— Ce n'était pas le but. Pardon. Je me débrouille mieux, d'habitude…

J'ai souri. Cet aveu me réconfortait : tout à coup, il me ressemblait un peu.

— Qu'est-ce qu'il y a ? a-t-il questionné. J'ai encore dit un truc qui ne va pas ?

— Non, non, ai-je répondu d'un air amusé en plongeant cette fois mes yeux dans les siens.

— J'ai besoin d'un coup de main ! a crié ma mère depuis l'entrée.

Nous sommes sortis de ma chambre, et elle nous a dévisagés, étonnée.

— Ah… Qu'est-ce que vous faites ?

Elle avait posé la question d'une voix hésitante.

— Je regardais mes e-mails, a expliqué Jonathan tranquillement. Tu m'avais dit que je pouvais me servir de l'ordinateur d'Emily.

Je me suis tournée vers lui, surprise qu'il ne m'appelle pas par mon surnom. Mais, en voyant le regard interrogateur de ma mère, j'ai compris qu'il avait bien fait.

— Ah oui, c'est vrai ! s'est-elle rappelé. Merci, Em, de le lui avoir prêté.

Et tout est rentré dans l'ordre.

J'ai passé le reste de la journée enfermée dans ma chambre, à lire, travailler et écouter de la musique. Je n'aimais pas rester seule trop longtemps. Il fallait tout le temps que je m'occupe, sinon je commençais à dérailler.

C'est exactement ce qui s'est passé ce samedi soir-là. Allongée sur mon lit, j'étais en train de regarder le plafond. À un moment donné, je me suis gratté le cou. Un frisson m'a aussitôt parcourue.

J'ai eu un flash. Une image est passée devant mes yeux à la vitesse de l'éclair. La panique m'a fait sursauter et j'ai bondi sur mes pieds. J'ai secoué la tête pour chasser les souvenirs obscurs qui avaient refait surface. Ses mains glaciales. Mes appels au secours qui ne franchissaient pas mes lèvres.

L'instant d'après, c'était fini.

J'étais toute seule à la maison. Je suis descendue à la cuisine, mais il ne restait plus de surgelés. Ma mère et moi avions rarement dîné ensemble, j'avais donc épuisé mes réserves de plats à réchauffer. Une seule solution : aller chercher une pizza. L'idée d'affronter le froid polaire me faisait grincer des dents. Je détestais l'hiver. Si j'avais pu, j'aurais hiberné. Alors, pour me motiver, j'ai décidé de passer au vidéoclub pour louer un film. J'ai pris ma voiture jusqu'au quartier commerçant de la ville et je me suis arrêtée à la station-service où se trouvait une machine pour louer les DVD. Des jeunes de Weslyn traînaient dans la boutique en quête de boissons avant de se rendre à une fête. Je me suis glissée en douce derrière un type qui choisissait un film dans la machine.

— Salut, Emma !

Pas de chance, une des filles m'avait reconnue. J'ai regardé en direction du rayon des boissons énergisantes, où elle se tenait, avec deux copines. J'ai souri poliment, mais son visage ne me disait rien. Elle était peut-être avec moi en arts plastiques. Pas sûr : elle avait plutôt l'air d'être en première qu'en terminale.

— Super match, hier soir, a dit un des garçons qui l'accompagnaient.

— Merci, ai-je répondu en m'approchant de la machine pour prendre un film.

— Tu veux venir avec nous à une soirée ? a proposé une autre fille.

— Non, merci, ai-je décliné en me dépêchant de choisir. Je reste au chaud, ce soir.

— OK, bonne soirée, alors.

Je suis sortie de la boutique en faisant un petit signe de la main. C'était bizarre qu'on m'ait reconnue alors que je n'étais ni avec Evan ni avec Sara. Bizarre, mais agréable aussi. J'existais. Les gens pouvaient s'intéresser à moi. Avoir envie de traîner avec moi.

Je souriais en regagnant ma voiture.

Sur le chemin du retour, je me suis mise à envisager cette soirée en solitaire avec plus de confiance. Peut-être même un certain plaisir. À tel point que j'ai été presque déçue lorsque j'ai vu la voiture de Jonathan garée devant la maison. Il était à peine 21 heures !

J'ai ouvert la porte et entendu la télévision. Après avoir enlevé mes chaussures, je suis allée dans le salon. Jonathan était assis dans le canapé. Tout seul. Et visiblement surpris de me voir.

— Vous êtes rentrés tôt, ai-je dit en posant la pizza sur la table basse.

— Rachel est malade, a-t-il expliqué.

J'ai opiné.

— Je pensais que tu serais sortie pour la soirée.

— Non, j'avais envie de rester tranquille. Tu as faim ?

— Maintenant que tu en parles !

Il s'est levé et dirigé vers la cuisine.

— Qu'est-ce que tu veux boire ?

— Un Coca light, s'il te plaît.

Pendant que j'accrochais mon manteau dans l'entrée, il a apporté au salon des boissons, des assiettes en plastique et des serviettes en papier.

— Elle est au lit ? ai-je demandé.

— Oui. Elle a un peu forcé sur le sirop contre la toux.

Il m'a tendu la canette.

— Avec un ou deux verres de vin par-dessus, ça ne pardonne pas, a-t-il ajouté. À mon avis, elle en a jusqu'à mardi.

— Eh ben…

— Tu as choisi quel film ? a-t-il enchaîné, les yeux posés sur le DVD que je tenais à la main.

— Aucune idée, ai-je avoué en ouvrant le boîtier. C'était bondé, alors j'ai pris un truc au pif, dans les nouveautés. Tu veux le voir avec moi ?

— Ça marche !

J'ai regardé le titre et poussé un soupir.

— Un film d'horreur, super. Exactement ce qu'il me faut.

Il a éclaté de rire.

— On peut laisser les lumières allumées, si tu veux.

— Et comment !

Même si l'intrigue n'était pas passionnante, le film était suffisamment flippant pour remplir mon cerveau de cauchemars pour les trois mois à venir. Ce dont je n'avais pas franchement besoin. Les genoux contre la poitrine, je tenais un coussin dans mes mains pour me cacher le visage chaque fois que la musique annonçait une scène gore. Jonathan me racontait alors ce qu'il se passait et me prévenait quand je pouvais de nouveau regarder. Quand le générique a défilé sur l'écran, j'étais certaine de ne plus jamais réussir à dormir de ma vie.

Il a mis la chaîne sportive. Il y avait une émission sur les Jeux olympiques qui m'a aidée à évacuer les images glauques du film.

— Tu vas regarder le match, demain soir ? m'a-t-il demandé en empilant les assiettes sur le carton de la pizza.

— Sûrement.

— J'aimerais bien aussi, mais j'ai bien peur de ne pas pouvoir. On va chez des amis de Rachel, et je ne crois pas que ça soit une soirée foot !

Il a haussé les épaules et emporté les vestiges du repas dans la cuisine. Je m'étais tant crispée pendant le film que j'avais les membres endoloris. Je me suis étirée avant de me lever pour monter dans ma chambre.

— Tu vas réussir à dormir ? s'est-il inquiété en me voyant me diriger vers l'escalier.

— Pas sûr, ai-je avoué. Mais ça ne me changera pas de d'habitude…

Il m'a lancé un regard interrogateur. Je n'ai pas relevé.

— Bonne nuit.

— Bonne nuit, Emma, a-t-il dit en me regardant monter les marches.

— Emma…

J'étais dans le noir complet. Il y a eu un claquement sec. J'ai essayé de m'agripper au matelas mais les draps glissaient entre mes doigts. La chambre penchait et j'étais aspirée par le trou béant, au pied de mon lit. Un puits sans fond dans lequel je tombais, tombais… Au milieu de cris terrifiants.

— Emma, a répété la voix quelque part dans l'obscurité qui m'entourait.

J'ai donné un violent coup de pied pour tenter de remonter à la surface. Pour échapper à cet abîme.

Un nouveau claquement a résonné, plus fort.

Je me suis réveillée, assise dans mon lit. J'étais empêtrée dans ma couette, le souffle saccadé, la gorge en feu. J'ai allumé ma lampe de chevet.

— Emma ? a dit une voix, de l'autre côté de la porte. Ça va ? Tu peux ouvrir ?

Jonathan.

J'ai respiré profondément pour ralentir les battements de mon cœur.

— Tout va bien, ai-je répondu en écartant une mèche de cheveux de mon front trempé de sueur.

Je tremblais de la tête aux pieds.

— Ouvre la porte, s'il te plaît, a-t-il insisté.

— Ça va, je t'assure.

— S'il te plaît, ouvre.

J'ai hésité un instant.

— OK, j'arrive.

Je me suis levée et j'ai caché vite fait mes vêtements sous le sommier. Puis j'ai enfilé un sweat-shirt et attaché mes cheveux avant d'ouvrir la porte.

— Tu vois, ça va, ai-je affirmé en cachant derrière mon dos mes mains tremblantes. C'était juste un mauvais rêve, désolée de t'avoir réveillé.

— Tu ne devrais pas te recoucher tout de suite, m'a-t-il conseillé.

— Comment ça ?

— Après un cauchemar, c'est mieux de sortir de son lit un moment, pour faire le vide, a-t-il expliqué. Tu prends un verre d'eau et tu regardes un truc à la télé, pour te changer les idées. Comme ça, quand tu retournes te coucher, ton cauchemar n'est plus là à t'attendre.

Je l'ai écouté sans rien dire. Son regard était calme, attentif et bienveillant.

— Viens, on va se mettre devant la télé. OK ?

— OK, ai-je capitulé. Mais tu n'es pas obligé de rester avec moi.

— Ne t'inquiète pas pour moi.

Je l'ai suivi en bas et je me suis pelotonnée dans le canapé, enroulée dans une couverture. Il s'est assis dans le fauteuil et a fait défiler les chaînes. Je l'ai étudié du coin de l'œil. La lumière de la télévision découpait son profil dans l'obscurité, son nez droit et sa mâchoire carrée. Je n'aurais jamais imaginé que l'univers des cauchemars lui soit si familier. Il semblait si sûr de lui, si confiant. Si étranger à la peur.

— Les pubs, c'est presque une drogue, a-t-il commenté en jetant un coup d'œil vers moi.

J'ai aussitôt fixé l'écran, gênée d'avoir été prise en flagrant délit d'espionnage.

— Il faut s'en méfier, a-t-il continué, comme s'il n'avait rien remarqué. Sinon, tu finis par croire tout ce qu'ils racontent. Genre, le super chiffon qui, même après avoir lavé intégralement ta voiture, est assez propre pour que tu puisses ensuite nettoyer tes fenêtres avec !

J'ai hoché la tête, l'esprit ailleurs. Une partie de mon cerveau était encore encombrée des souvenirs de mon cauchemar.

— Mais ça va te faire du bien, a-t-il affirmé d'un air convaincu.

— Comment tu le sais ? ai-je répliqué en plongeant mes yeux dans son regard sombre.

— Crois-moi, ça marche, a-t-il murmuré en se détournant.

L'espace d'une seconde, j'ai vu sa confiance vaciller. Une lueur est passée dans ses yeux, qui m'a fait frissonner.

11

Tout va mieux

— Comment tu te sens ? ai-je demandé en voyant ma mère descendre l'escalier, le lendemain matin.

Avec son nez rouge et ses yeux gonflés, elle faisait de la peine.

— Pas bien, a-t-elle lâché en reniflant.

— Tu devrais te recoucher. Dis-moi ce dont tu as besoin, je te l'apporte.

— Du thé. Et un médicament contre le rhume. J'ai l'impression que ma tête va exploser.

— Je m'en vais faire un saut à la pharmacie, a proposé Jonathan en sortant de la cuisine, douché et habillé.

— Merci, a-t-elle murmuré d'une voix faible. J'aurais préféré que tu ne me voies pas dans cet état-là.

— Arrête de dire n'importe quoi ! a protesté Jonathan en souriant. Même malade, tu es très belle.

Il l'a entourée de ses bras et elle s'est réfugiée contre sa poitrine. Doucement, il a caressé ses cheveux en la berçant.

— Je t'apporte ton thé dans une minute, ai-je lancé tandis que Jonathan la raccompagnait jusqu'à sa chambre.

Il en est ressorti quelques instants plus tard.

— Je reviens tout de suite, a-t-il glissé à Rachel avant de fermer la porte.

Je suis montée peu de temps après pour lui donner son thé. J'ai posé la tasse sur la table de nuit. Les yeux fermés, elle avait remonté sa couette jusqu'au menton.

— Tu l'aimes bien ? a-t-elle demandé tandis que je m'apprêtais à sortir de la pièce.

Je me suis approchée d'elle. Elle s'est redressée sur un coude et a soufflé sur son thé brûlant.

— Qui ? Jonathan ?

Je ne m'attendais pas à cette question.

— Je l'aime vraiment beaucoup, et j'espère que toi aussi.

— Yep ! Il est sympa.

— Merci pour le thé, a-t-elle murmuré avant de disparaître à nouveau sous la couette.

Même malade, elle continuait à se conduire comme une gamine.

— On dirait que tu vas pouvoir voir le match, finalement, ai-je lancé à Jonathan quand il est revenu de la pharmacie.

— Sauf que j'ai promis à Rachel de rester près d'elle.

— Je ne sors pas ce soir. Je peux très bien m'occuper d'elle si tu préfères faire autre chose.

— J'ai plutôt envie de rester là, si ça ne t'embête pas.

— Aucun problème.

— Et où sont Evan et Sara ?

— Evan est allé voir son frère, à l'université de Cornell. Et Sara… je sais pas.

Jonathan m'a jeté un regard étonné en entendant mon changement de ton. Mais il n'a pas relevé.

Je lui ai proposé d'aller acheter de quoi dîner. Les provisions étaient épuisées, il était temps que je m'occupe du ravitaillement.

— Toute la ville a décidé de faire ses courses au même moment, j'ai cru devenir dingue ! ai-je dit à Jonathan en arrivant à la maison, les bras chargés de sacs.

— Attends, je vais t'aider.

Il s'est précipité vers moi pour prendre une partie des courses.

— Comment va Rachel ?

— Elle dort, a-t-il répondu en vidant les sacs. Je dois sortir un moment. Ça t'ennuie de prendre le relais jusqu'à mon retour ? Je serai revenu pour le début du match. Si elle se réveille, dis-lui que je suis juste allé acheter des mouchoirs, ou un truc du genre.

— Pas de souci. Tu n'as pas besoin de trouver une excuse, tu sais.

À peine ai-je prononcé ces mots que je me suis mordu les lèvres.

— Désolée…

— Non, tu as raison. Juste, je me sens mal de la laisser, dans l'état où elle est. Même si, en vrai, je ne peux pas faire grand-chose pour elle.

Mais comme elle n'arrête pas de répéter qu'elle veut que je reste avec elle…

— Malade ou pas, elle veut toujours que tu sois avec elle, ai-je répliqué.

Oups ! Décidément, j'avais du mal à me contrôler.

— Ah ouais…, a-t-il réagi en fronçant les sourcils. Tu trouves que je suis trop souvent là ?

— Non ! Ça n'est pas du tout ce que je voulais dire. Pardon, je sais pas ce que j'ai aujourd'hui, je suis débile.

— Mais non, tu es sincère. C'est bien.

Il s'est tu un instant avant d'ajouter :

— Reste comme tu es, au contraire. Promets-moi que tu me diras toujours ce que tu penses.

— Tu es sûr ? ai-je lâché d'un air hésitant. Tu vas me détester !

— Ça m'étonnerait, a-t-il rétorqué avec un grand sourire en rangeant le lait dans le frigidaire.

J'ai senti mes joues chauffer à cette dernière phrase.

— Je te laisse mon portable au cas où tu aurais besoin de quelque chose, a-t-il dit en écrivant son numéro sur un morceau de papier.

— OK, merci.

Tandis qu'il quittait la cuisine, j'ai enregistré son numéro dans mon portable.

Au cas où.

Heureusement, ma mère ne s'est pas réveillée pendant l'absence de Jonathan.

J'ai passé une partie de l'après-midi à échanger des textos avec Evan. Aucune nouvelle de Sara, en revanche. Après ce qu'il s'était passé, j'attendais qu'elle fasse le premier pas, mais son silence m'inquiétait.

Jonathan est arrivé cinq minutes après le début du match.

— Ah, zut, j'ai raté le coup d'envoi ! s'est-il exclamé en s'asseyant à côté de moi sur le canapé.

— T'inquiète, il s'est encore rien passé.

Quelque chose avait changé dans son allure, mais je n'arrivais pas à savoir quoi.

— J'ai fait une immersion dans la vraie vie, a-t-il expliqué, comme s'il avait lu dans mes pensées. Je suis passé chez le coiffeur et je suis allé courir pour être sûr que j'avais encore des muscles.

J'ai éclaté de rire.

— Super, ta coupe de cheveux !

— Merci, a-t-il répondu en me regardant de ses beaux yeux sombres.

J'ai plongé la main dans le paquet de chips pour me donner une contenance. Et penser à autre chose qu'à son physique parfait.

— J'ai pris des bières, ça ne t'embête pas ?

— Bah, non, ai-je répondu. Quel amateur de foot regarderait un match sans bière à la main !

À son tour, il a ri de bon cœur.

— Tu en veux une ? Je peux oublier ton âge, le temps de la soirée.

Devant ma moue, il a soupiré :

— Ah oui, je suis censé être l'adulte responsable, c'est ça ?

Il a secoué la tête à cette idée saugrenue et il s'est levé pour aller dans la cuisine. Il est revenu avec une bière et un Coca.

— Génial, merci, ai-je dit en prenant la canette.

Confortablement installés, nous avons regardé le match en mangeant des chips. Pendant la pub, on s'amusait à mimer les répliques à la place des acteurs en les caricaturant. À intervalles réguliers, nous montions à tour de rôle voir ma mère pour vérifier que tout allait bien.

À la fin de la première mi-temps, quelqu'un a sonné à la porte. Nous nous sommes regardés, étonnés : nous n'attendions pas de visite. Je me suis levée pour aller voir.

— Coucou, a dit Sara, dès que j'ai ouvert la porte.

Ses cheveux auburn étaient ramenés en queue de cheval et elle avait le chiffre 9 dessiné en doré sur sa joue droite. Je l'ai laissée entrer et elle s'est aussitôt dirigée vers le salon.

— Salut, Jonathan, a-t-elle lancé avec un grand sourire.

— Salut, Sara. Très réussi ton maquillage !

— Merci.

Elle s'est tournée vers moi, l'air tendu.

— J'ai essayé de t'appeler, a-t-elle expliqué en tirant sur le bas de son tee-shirt.

— Ah oui ? ai-je marmonné. Désolée, j'ai pas entendu mon portable.

— Je peux te parler ? a-t-elle poursuivi d'une voix calme en me regardant droit dans les yeux. Mais je ne veux pas vous déranger si vous êtes en plein match… Je peux passer plus tard.

— Tu plaisantes ? me suis-je exclamée. Viens, on monte dans ma chambre.

J'ai fermé la porte derrière nous et je me suis assise sur le lit. Elle a commencé à marcher de long en large dans la pièce.

— Qu'est-ce qui te prend, Sara ? Tu sais bien que tu peux toujours me parler.

— Sauf que je ne m'étais jamais aussi mal conduite avec toi, a-t-elle répliqué.

Elle s'est interrompue et m'a dévisagée d'un air piteux. Un vrai Calimero. Je me suis mise à rire.

— Qu'est-ce qui s'est passé ? ai-je demandé. Est-ce que j'ai fait un truc ?

Elle a poussé un profond soupir.

— Non, c'est moi. Je suis vraiment débile…

— Tu peux être un peu plus précise ?

— Je crois que j'étais un peu jalouse de toi, a-t-elle avoué, les yeux rivés au sol.

— Jalouse de moi ? ai-je répété, abasourdie. Ça oui, c'est vraiment débile !

Elle a respiré un bon coup avant de se lancer :

— Tu vas trouver ça encore plus stupide, mais en fait je suis jalouse de toi et Evan. De votre relation. Moi aussi, j'aimerais bien avoir un type qui fait autant attention à moi. Qui soit si proche de moi. Il est capable de comprendre ce que tu ressens même quand tu ne dis rien. Vous avez un lien incroyable ! Et ça me fait envie…

— Waouh, ai-je laissé échapper.

— C'est idiot et égoïste, j'en ai bien conscience. Et c'est mon problème, pas le tien. Je n'aurais pas dû t'en parler. Désolée.

J'étais incapable d'articuler un son. Sara McKinley. La fille la plus populaire du lycée. Celle dont tous les mecs rêvaient. Cette fille-là voulait ce que *moi* j'avais ?

— Mais tout ça est à ta portée, ai-je pensé à voix haute.

— Comment ça ?

Elle m'a dévisagée d'un air interloqué.

— Tu dois donner une chance à Jared, ai-je expliqué. C'est la première fois que je vois un mec te faire un tel effet. Tu l'apprécies au point de ne pas coucher avec lui, c'est dingue !

— Hé, c'est bon !

Elle m'a lancé un regard noir, offensée. Avant de sourire.

Puis elle est redevenue sombre.

— Je ne peux pas. Ça ne rime à rien.

— Mais si, au contraire ! Pourquoi tu n'essaies pas, au moins ? Qu'est-ce que tu as à perdre ?

— J'ai peur de souffrir, a-t-elle répliqué.

Elle a posé la tête sur mon épaule et a murmuré :

— Tu me pardonnes ?

— Tout ce que je veux, c'est que tu sois bien. Je ferais n'importe quoi pour ça.

— J'ai une idée.

Un sourire malicieux s'est affiché sur son visage.

— Et si tu m'aidais à organiser une fête le week-end prochain ?

— Une quoi ? ai-je répondu, craignant d'avoir bien entendu.

— Ça m'aiderait à évacuer mes frustrations, a-t-elle enchaîné. On peut décider d'un thème, même.

— Je ne suis pas sûre d'avoir envie d'entendre la suite…

— Je sais : « à mort l'amour » ! s'est-elle exclamée comme si c'était l'idée du siècle. Et on fixera des règles.

— Comment ça, des règles ? Depuis quand il y a des règles dans les fêtes ?

— Dans les miennes, il y en a, a-t-elle décrété fièrement. Comme c'est « à mort l'amour », les garçons n'auront pas le droit de toucher les filles, et réciproquement. Interdit de s'embrasser ou de se tenir par la main.

Je l'ai dévisagée, les yeux écarquillés.

— C'est carrément sadique !

— Alors, tu veux bien m'aider ou pas ? J'ai besoin de toi pour faire respecter le règlement. Tu m'as dit que tu voulais que j'aille mieux, eh bien *ça*, ça m'aiderait !

— Tu veux dire torturer les gens le jour de la Saint-Valentin ?

— Exactement ! s'est-elle extasiée avec un sourire diabolique.

— OK, ai-je cédé. Et comment est-on censées faire respecter le règlement ?

— Je n'y ai pas encore réfléchi, a-t-elle répondu d'un air sérieux.

— Super. Ça va être *la* fête de l'année.

— Y a intérêt !

Je lui ai lancé un coup d'œil sceptique – qu'elle a ignoré. Elle s'est mise debout :

— On va voir la fin du match ?

J'avais oublié que Jonathan était resté tout seul dans le salon. Je me suis levée à mon tour. Avant d'ouvrir la porte, elle s'est tournée vers moi et a lâché :

— Je suis désolée d'avoir shooté dans ton bonhomme de neige.

La phrase était tellement comique que nous avons éclaté de rire.

— Et moi je suis désolée de t'avoir traitée de sale conne, ai-je avoué à mon tour, entre deux rires.

— T'inquiète pas pour moi, ça va aller. Je sens que cette fête va me remettre d'aplomb.

Avant de passer le seuil, elle a ajouté :

— J'espère que tu te rends compte de la chance que tu as d'avoir Evan. C'est un mec précieux et il t'aime si fort qu'il est prêt à tout pour toi. Je te préviens : si tu gâches cette histoire, je t'en voudrai à mort.

— Promis juré craché ! ai-je répondu en me mettant au garde-à-vous, ce qui l'a immédiatement fait sourire.

Nous sommes descendues pour suivre la dernière mi-temps. Sara s'est servi une bière et, installée dans le canapé, elle s'est transformée en spectatrice déchaînée. Le volume sonore a monté d'un cran, à tel point que ma mère a fermé la porte de sa chambre. Nous nous sommes regardés tous les trois d'un air coupable avant de replonger dans l'excitation du match.

J'ai passé le week-end suivant chez Sara pour l'aider à préparer la fête. Et aussi pour laisser un peu d'intimité à ma mère et Jonathan. C'était bizarre de penser à eux de façon romantique pendant que je décorais la maison de Sara avec des cœurs transpercés par des flèches sanguinolentes.

12

Anti-Saint-Valentin

— Ça fait un peu trop gothique, non ? ai-je demandé à Sara pendant qu'elle traçait un gros trait au crayon noir sur ma paupière supérieure.

— C'est ça qui est bien, justement ! Tiens, mets ça et tu seras parfaite.

— Du rouge à lèvres noir ? Tu m'avais pas dit que c'était une fête déguisée.

Elle a levé les yeux au ciel.

— Tais-toi et mets-le. Si tu as les lèvres noires, au moins, je suis sûre que tu n'embrasseras pas Evan.

Avec un soupir, j'ai pris le bâton qu'elle me tendait.

Sara ne m'avait pas parlé de sa tenue. Lorsqu'elle est sortie de la salle de bains, j'ai failli tomber à la renverse.

— Et tu t'imagines que les mecs ne vont pas tous te sauter dessus, en te voyant comme ça ?

Avec son pantalon en cuir noir ultra moulant et son haut noir au décolleté plongeant, elle risquait de les rendre fous.

Ses lèvres, rouges et brillantes, affichaient un large sourire. Elle m'a tendu un pistolet en plastique rouge.

— Tiens.

— Et je suis censée faire quoi, avec ça ?

— Dès que tu vois un mec et une nana se toucher, tu les arroses.

— Mais je ne vais pas arroser les gens avec un pistolet à eau simplement parce qu'ils se touchent !

— Emma, tu m'as promis !

— Pffff, c'est n'importe quoi, ai-je marmonné en descendant l'escalier avec mes cuissardes noires.

Sara est restée en haut et a fermé à clé les chambres pour que les invités ne soient pas tentés de tricher en s'y cachant.

— J'ai hâte d'être à la fin de cette nuit, ai-je lancé en entrant dans la salle de jeux, où Evan installait la sono.

— Waouh, tu es sublime ! Ça va être un supplice de ne pas te toucher ! Sara est complètement malade.

— Sérieux ? Tu aimes ce look ?

— Même en gothique, tu es la fille la plus sexy du monde. Et je crois bien que…

— Evan, arrête !

Sans m'écouter, il a passé son bras autour de ma taille et a posé ses lèvres sur mon cou. J'ai eu aussitôt un vertige. Je mourais d'envie de l'embrasser, mais à cause de ce foutu rouge à lèvres noir, je ne pouvais pas. Il a passé sa main dans mon dos et m'a pressée contre lui. Son souffle chaud dans mon oreille m'a rendue dingue.

Je devais à tout prix m'échapper avant de succomber.

— Il faut que je parte, sinon je vais transgresser les fichues règles de Sara.

Il m'a laissée m'écarter avec un sourire et suivie dans la cuisine.

— Le règlement s'arrête à minuit, a-t-il annoncé.

— Qui a dit ça ?

— Moi.

Sara était tombée sur la tête : elle avait demandé aux filles de s'habiller en femmes fatales et n'avait rien dit aux mecs. Si c'était pas de la provoc… Autant dire que, dès que les types ont compris ce qui les attendait, ils ont passé leur temps à boire. Sauf que, concernant l'alcool, il y avait une autre règle : si quelqu'un était saoul, il passait la nuit sur place.

Les invités étaient triés sur le volet et placés sous haute surveillance. À leur arrivée, on leur confisquait portables, appareils photo et clés. Seuls les élèves de terminale étaient acceptés. Bien sûr, quelques première ont essayé d'entrer, mais ils se sont fait aussitôt refouler. Evan et Kyle – le petit ami de Jill – restaient près de la porte et remplissaient leur rôle de videurs à la perfection.

Jill, Sara, Karen et moi étions armées de nos pistolets à eau pour faire respecter le règlement. Casey en avait eu un, au début, mais elle avait été virée parce que Sara l'avait vue remplir son pistolet avec du punch et s'en envoyer de grandes giclées dans la bouche. Puis Mandy a remplacé Jill, qui avait glissé sa main dans le dos de Kyle. Sara lui a passé un savon en lui disant que si elle n'était pas capable de suivre le règlement elle n'était pas digne de le faire respecter. J'ai éclaté de rire quand Sara l'a aspergée.

Je circulais au milieu de la fête pour surveiller les uns et les autres et, dans l'ensemble, les gens se comportaient bien. Le premier étage avait été décoré pour l'occasion : des fleurs séchées noires étaient disposées un peu partout, et des ampoules rouges diffusaient une lumière glauque.

La salle de jeux avait été transformée en piste de danse. On avait descendu la télévision à la cave et enlevé les coussins des canapés, pour que les gens ne puissent pas se faire des caresses en cachette. Pour l'instant, la pièce était plutôt déserte. Personne n'avait envie de danser en sachant que le moindre contact était interdit. De toute manière la musique qui passait n'incitait pas à danser : AC/DC, Metallica et Nirvana…

Au bout de deux ou trois heures, la soirée a commencé à décoller. L'alcool avait fait son effet. Sara avait déjà rechargé son pistolet à deux reprises. C'était la plus motivée à traquer ceux qui ne respectaient pas la loi. J'avais cru que ça énerverait les gens, mais les types qu'elles visaient – car c'était principalement des garçons – avaient l'air de trouver agréable d'être pourchassés et douchés.

Les dérapages restaient soft – une main qui effleurait une joue ou une hanche, une fille assise sur les genoux de son copain. Le premier baiser a eu lieu vers 22 h 30 et Sara et Mandy ont aussitôt surgi, pistolet au poing, pour arroser copieusement le coupable. Trempé de la tête aux pieds, il a levé les mains en signe de reddition, au milieu des éclats de rire.

— Sara, quelqu'un t'attend à la porte, a crié Evan.

— Vas-y, ouvre, a répondu Sara en avalant une gorgée de martini.

— Non, c'est pour toi, a-t-il répliqué.

Puis il s'est approché de moi et s'est adossé au mur en prenant bien soin de ne pas me toucher.

— Je sens que ça va devenir intéressant, a-t-il murmuré.

Sara a ouvert la porte et j'ai vu la stupeur sur son visage.

— Noooon ! s'est-elle exclamée.

Sur le pas de la porte, Jared affichait un grand sourire.

— Mais qu'est-ce que tu fais là ? a-t-elle lancé, les joues rouges.

— Mauvaise Saint-Valentin, a-t-il glissé en tendant à Sara une douzaine de roses noires séchées. C'est pour toi.

— Tu vas le laisser entrer, ou quoi ? s'est excitée Jill en prenant Jared par le bras et en refermant la porte derrière lui.

— M-merci, a lâché Sara, les fleurs à la main, visiblement sous le choc.

J'ai regardé Evan. Il avait un petit sourire en coin.

— Tu joues carrément pas le jeu.

— C'est la Saint-Valentin ! a-t-il protesté. Je veux pouvoir embrasser ma petite amie, c'est normal, non ?

J'étais forcée de reconnaître qu'il s'était bien débrouillé. Sara a fusillé Evan du regard en secouant la tête. Elle n'avait pas eu de mal à découvrir le responsable.

Jared portait une guitare sur le dos.

— Qu'est-ce que tu comptes faire de ça ? a questionné Sara en l'emmenant jusqu'au bar.

— Tu verras, a-t-il répondu en prenant une bière.

Evan avait discrètement changé la musique et les danseurs étaient maintenant nombreux. Sara a tendu son pistolet à une volontaire qui s'est précipitée sur la piste de danse avec avidité.

Une heure plus tard, je me suis rendu compte qu'on manquait de glace. Le congélateur était dans la cave, et je n'avais pas les clés. J'ai cherché Sara au milieu des danseurs mais je ne l'ai pas trouvée. J'ai ensuite fait le tour du premier étage, sans succès. Je suis montée au second. La porte de la chambre de Carl et Anna était entrouverte et j'ai aperçu Sara, installée dans le fauteuil, l'air fascinée. J'allais pousser la porte, quand j'ai entendu des accords de guitare. Je me suis penchée et j'ai vu Jared, assis en face d'elle, la guitare entre les mains, en train de chanter.

— *Be my Valentine*, chantait-il en pinçant les cordes.

— *I think I'm in love*, a entonné Jill, légèrement éméchée.

Elle se tenait à côté de moi, elle avait passé son bras autour de mon cou et posé la tête sur mon épaule.

— C'est beau, l'amour, a roucoulé Casey, de l'autre côté.

Je ne les avais pas vues me suivre. J'ai vite refermé la porte et j'ai frappé pour signaler notre présence à

Sara. Même si elle nous avait probablement entendues.

— Sara, sors de là ! a crié Casey, en cognant de plus belle. Jill ne respecte plus du tout le règlement.

Sara a entrouvert la porte, protégeant soigneusement Jared de nos regards.

— Dégomme-la ! a exigé Casey le doigt pointé sur Jill. Vise carrément la tête.

Tandis que Sara la dévisageait d'un air perplexe, Casey a pris mon pistolet et a lancé une grande giclée en plein milieu du front de Jill, qui a poussé un hurlement.

— Je vais te tuer ! a-t-elle menacé Casey.

Elles se sont précipitées dans l'escalier en criant et en riant en même temps.

Sara m'a lancé un regard mi-amusé, mi-consterné.

— Il n'y a plus de glace, ai-je finalement annoncé d'un air dégagé. Tu as les clés de la cave ?

— Oui, mais je viens avec toi, a-t-elle répondu, à ma grande surprise.

Elle a fermé derrière elle et est descendue la première. J'ai jeté un regard inquiet vers la porte : pourvu que Jared ne se vexe pas.

Après avoir rempli le seau de glace, nous sommes remontées. Remarquant que la musique avait changé, Sara a lancé un regard accusateur à Evan. Avec un sourire malicieux, il a levé les mains dans un geste innocent.

— C'est toi qui es en charge de la musique, non ? a-t-elle lancé.

— Bah oui ! Et regarde : tout le monde danse. C'est plutôt une réussite, sans vouloir la ramener.

Sara a levé les yeux au ciel et est repartie vers l'escalier.

— Mais de rien ! a crié Evan dans son dos.

Elle s'est retournée et lui a tiré la langue.

— Il est presque minuit, ai-je dit en m'approchant de lui.

J'avais tellement envie de le toucher, de l'embrasser ! C'était un véritable supplice.

— Ne t'en fais pas, on va se rattraper ! a-t-il susurré, une lueur malicieuse dans les yeux.

Je me suis forcée à sourire avant de replonger dans la foule.

L'une des règles les plus strictes était : personne autour de la piscine. C'était tentant de s'y cacher avec son amoureux, et trop compliqué à surveiller. Elle avait éteint la lampe dans le bassin. Je suis passée devant pour m'assurer que la consigne était bien respectée, et j'ai vu de la lumière. Zut ! Comme je n'avais pas envie d'être la seule à désigner les coupables, j'ai fait un signe à Evan pour qu'il me rejoigne.

Une verrière surplombait la piscine pendant l'hiver. Elle était couverte de givre et, par endroits, de neige. Autour du bassin, des dizaines de petites lampes étaient allumées, projetant une lumière tamisée.

Soudain, à l'autre bout du bassin, j'ai aperçu Sara et Jared. En train de s'embrasser. Non !

— Elle va me le payer, ai-je marmonné avant de me précipiter dans l'escalier.

C'était elle qui avait mis en place ce règlement délirant, et à peine une heure après l'arrivée de

Jared, elle osait l'enfreindre ? Elle ne s'en sortirait pas comme ça !

— Vue ! ai-je crié.

Elle n'a pas eu le temps de réagir, j'étais devant elle, et je l'ai poussée de toutes mes forces. Jared a tenté de retrouver l'équilibre mais… trop tard : ils sont tombés direct dans la piscine.

Evan a éclaté de rire, et Jared et moi l'avons aussitôt imité. Toute cette agitation avait amené quelques curieux autour de la piscine.

— Toi, t'es morte ! m'a menacée Sara.

Elle n'a même pas eu le temps de sortir de l'eau qu'Evan a plongé en m'entraînant avec lui. D'autres nous ont suivis.

Quand je suis remontée à la surface, Evan était devant moi, un fier sourire aux lèvres. Il m'a emmenée un peu à l'écart. Puis il a effacé mon rouge à lèvres avec sa manche.

— Je t'avais bien dit que je réussirais à t'embrasser avant minuit, a-t-il murmuré en m'attirant à lui.

Ses lèvres avides se sont emparées des miennes. Je sentais la chaleur de son souffle. Mon corps s'est aussitôt réveillé. J'ai attrapé sa chemise et je me suis collée contre lui. Ses doigts glissaient le long de mon dos, de mes hanches. Il m'a plaquée contre la paroi de la piscine, ses mains parcourant mon corps, de plus en plus insistantes. J'ai passé mes jambes autour de sa taille tandis qu'il effleurait mes cuisses. Mon pouls battait à mille à l'heure. Je n'arrivais même plus à respirer.

Soudain, je me suis retrouvée de nouveau sous l'eau et nos corps ont été séparés. Je suis remontée, à bout de souffle.

— Et maintenant, qui ne respecte pas les règles ? a lancé Sara, la mine réjouie.

— Tu sais ce que j'en fais, de tes règles ? ai-je riposté en l'éclaboussant.

Elle m'a aussitôt répondu et une guerre générale a démarré.

La sonnerie résonnait au loin. J'ai ouvert les yeux. La chambre était plongée dans l'obscurité et je sentais le bras d'Evan autour de ma taille. Il y a eu un bip. Puis un silence. J'ai fermé les yeux pour me rendormir. La sonnerie a repris.

J'ai attrapé mon portable sur la table de nuit et j'ai décroché sans même regarder qui appelait.

— Où es-tu ? a crié ma mère d'une voix paniquée.

Je me suis redressée, stressée par son ton. Evan a poussé un grognement, il s'est tourné de l'autre côté puis rendormi.

— Comment ça, où je suis ?

— Mais t'es où ? Pourquoi tu n'es pas à la maison ?

— Je suis chez Sara, ai-je répondu, le cœur battant.

Elle avait l'air morte d'inquiétude. Avais-je oublié de la prévenir ? Non, j'étais certaine de l'avoir fait. Mais le doute était là.

— Je t'avais dit qu'elle faisait une fête, tu te souviens ? ai-je expliqué.

— Tu ne veux plus vivre avec moi, c'est ça ? a-t-elle craché sur un ton désespéré.

À sa voix pâteuse, j'ai compris qu'elle était saoule. Assise au bout du lit, j'ai senti Evan bouger derrière moi.

— Je sais bien que tu me détestes, a-t-elle lancé, totalement hystérique. C'est pour ça que tu dors jamais ici. Toi aussi tu vas me quitter, hein ?

Il y avait une telle détresse dans ses paroles que mes yeux se sont remplis de larmes.

— Qu'est-ce que tu fais, Rachel ? a dit une voix, derrière elle. À qui tu parles ?

— Elle… m'aime plus… de toute façon, a-t-elle marmonné d'une voix entrecoupée de sanglots.

— Qui ça ? a demandé Jonathan d'un ton endormi. Il est 3 heures du matin. Donne-moi ce téléphone.

— Pourquoi elle m'aime pas ? a-t-elle poursuivi d'une voix moins distincte.

— Emma ? a-t-il soufflé.

Derrière lui, ma mère continuait à gémir.

— Tu es toujours là ? a-t-il questionné.

— Oui, ai-je murmuré, la gorge nouée.

Silence. Puis un bruit de pas. Il était sorti de la chambre.

— Ça va ? a-t-il interrogé d'une voix douce.

— Non, ai-je lâché, retenant un sanglot.

J'ai écarté l'appareil un instant et fermé les yeux pour contrôler l'émotion qui me submergeait. Les larmes coulaient le long de mes joues. J'ai senti une main chaude se poser sur mon dos mais je n'ai pas bougé.

— Elle a trop bu, hier soir, m'a expliqué Jonathan. Et on s'est un peu disputés. Ça n'a rien à voir avec toi. Je suis vraiment désolé.

J'ai respiré un bon coup et essuyé discrètement mes larmes pour qu'Evan ne les voie pas.

— Emma ? Tu es toujours là ?

— Oui, ai-je articulé. Ça va.

Je luttais contre le désespoir qui envahissait ma tête.

— Ça va, ai-je répété, davantage pour me convaincre moi-même.

— Rendors-toi, a-t-il chuchoté. Demain matin ça sera passé.

— D'accord.

J'ai raccroché et reposé le portable sur la table de chevet. Evan s'est assis à côté de moi, m'a prise dans ses bras et serrée contre lui.

— Qu'est-ce qui se passe avec ta mère ? Tout va bien ?

— Oui, ne t'en fais pas. Elle avait juste oublié que je restais dormir ici et elle s'inquiétait. Elle avait peur qu'il me soit arrivé quelque chose.

Sans un mot, il s'est contenté de resserrer son étreinte, ses lèvres sur mon front. Puis il s'est allongé et m'a attirée à lui. J'ai posé la tête sur sa poitrine. J'entendais les battements de son cœur. Au bout de quelques minutes, son souffle est devenu régulier. Il s'était endormi. Une larme s'est échappée de mes yeux, a coulé le long de ma joue jusqu'à sa peau.

J'écoutais le rythme lent et paisible de son cœur. Si seulement cela pouvait apaiser la tempête qui rugissait en moi.

13

Réaction excessive

Je me suis glissée hors de la chambre avant le réveil d'Evan. Malgré l'heure matinale, j'entendais des bruits et des chuchotements au rez-de-chaussée. Je soupçonnais certaines filles de vouloir s'esquiver pour ne pas être surprises au petit matin, les traits tirés, la mine blafarde.

Gagné. En descendant, je suis tombée sur quelques-unes d'entre elles qui recherchaient leurs affaires dans le désordre général. La plupart des invités étaient déjà partis quand Sara est apparue d'un pas traînant. À voir sa tête, elle n'aurait pas dit non à trois ou quatre heures de sommeil supplémentaires.

— Qu'est-ce tu fais ? a-t-elle demandé en réprimant un bâillement.

J'ai fermé un sac-poubelle rempli de gobelets, de bouteilles et d'assiettes en plastique et l'ai posé à côté d'une bonne dizaine d'autres. Sara a lancé un coup d'œil autour d'elle. La cuisine commençait enfin à ressembler à quelque chose.

— Merci d'avoir tout rangé, a-t-elle dit en s'asseyant sur un tabouret. La femme de ménage sera là vers midi, donc ça devrait aller.

— Comment tu te sens ? l'ai-je questionnée en m'installant à côté d'elle.

Elle a relevé la tête et m'a lancé un regard morne.

— Crevée. Et toi ?

— Pareil. Ils sont presque tous partis. Il doit juste rester quelques types dans les transats, près de la piscine, et d'autres dans le canapé. Mandy, Casey et Jill sont en haut, dans la salle de jeux.

— Toutes seules, j'espère ? s'est-elle inquiétée.

— Kyle est peut-être avec eux. Mais vu l'état dans lequel était Jill, hier soir, je crois que tu n'as aucune raison de t'en faire.

— J'espère..., a-t-elle marmonné en se frottant les yeux. J'ai l'impression que ma tête va exploser, c'est horrible.

— Alors ? ai-je demandé avec un sourire. Tu me racontes ce qui s'est passé avec Jared, cette nuit ?

— Non, a-t-elle répondu, le visage enfoui dans ses mains.

— Comment ça ? Mais moi, tu me demandes toujours de tout déballer !

— Et tu ne le fais pas, a-t-elle répliqué en se redressant. Bon... À vrai dire, on s'est juste écroulés. On était morts.

— Ah... Et maintenant, il se passe quoi ?

Un large sourire a illuminé son visage, toute trace de fatigue disparue comme par magie. À la manière dont elle a haussé les épaules, j'ai su exactement ce qu'il en était.

— J'ai comme l'impression que tu vas engloutir du kilomètre, toi. Pas vrai ?

— Yep, a-t-elle exulté.

— Donc il a suffi qu'il pointe son nez à ta fête et voilà, emballée ? ai-je insisté.

— C'est pas exactement ça, a-t-elle avoué d'un air penaud.

Je n'ai rien dit, attendant qu'elle crache le morceau.

— Après le nouvel an, il m'a proposé qu'on continue à se voir.

Alors ça ! J'étais à mille lieues d'imaginer un truc pareil.

— Je ne voyais pas comment ça pouvait marcher mais il m'a relancée plusieurs fois. Il m'a appelée et m'a envoyé des e-mails pour essayer de me convaincre. Puis il a arrêté. Et là, je suis devenue dingue. Donc quand il s'est pointé hier soir…

Elle s'est interrompue un instant, avec un petit sourire.

— J'ai su que j'allais craquer ! Tu as raison : je dois au moins essayer.

— Hello, a soudain lancé Evan, derrière nous. Eh ben, on a du pain sur la planche, avant de partir, on dirait ! À quelle heure est ton avion, Sara ?

— 15 heures, a-t-elle répondu en se levant.

Elle passait une semaine en Floride pour les vacances de février. Evan, lui, partait faire du ski avec des copains. Je restais donc seule à Weslyn. Ils m'avaient l'un et l'autre invitée, mais j'avais décidé de rester avec ma mère. L'idée, en emménageant chez elle, était quand même de passer du temps en sa compagnie.

— Tu veux que je t'emmène ? a proposé Evan. Mon avion décolle à 15 h 30.

Il est venu derrière moi et m'a enlacée.

— Avec plaisir, a répondu Sara. Le seul truc, c'est que mes parents ne reviennent que dimanche, donc je n'aurai pas de voiture pour rentrer de l'aéroport.

— Je croyais que tu rentrais aussi dimanche ? ai-je lancé.

— Ben non..., a-t-elle répondu.

— Je viendrai te chercher, vendredi, a dit une voix.

Jared est entré dans la cuisine. Ceci expliquait cela.

— Super, a répondu Sara, bien réveillée tout à coup.

Sa gueule de bois semblait avoir miraculeusement disparu.

Jared et Evan ont réveillé les types qui étaient encore là. Certains d'entre eux ont donné un coup de main pour ranger les meubles de jardin éparpillés autour de la piscine, mais la plupart se sont contentés de prendre leurs affaires et de disparaître. Sara a mis de la musique à fond, obligeant les filles à émerger de la salle de jeux. La règle était simple : si elle était réveillée, tout le monde devait l'être. Après avoir ingurgité Coca et aspirine, nous avons nettoyé les vestiges de la fête. Quand la femme de ménage a sonné, la maison nous semblait à peu près présentable. Mais à son froncement de sourcils, nous avons compris que la soirée avait laissé plus de dégâts que prévu.

— C'était une super fête, a commenté Evan quand nous sommes montés dans la voiture. Mais j'aimerais bien passer une soirée tranquille avec toi. Genre resto ou ciné. Ça te dit ?

— Et comment !

Je me suis imaginée en tête à tête avec lui dans un restaurant et un rayon de soleil a inondé mon cœur.

— On fait ça à mon retour, a-t-il promis en se garant devant chez moi.

Devant la façade jaune de la maison, une angoisse sourde a chassé ma joie. J'avais peur de ce que je trouverais là-bas, après l'appel nocturne désespéré de ma mère.

— Ça va ? a demandé Evan d'un air inquiet.

— Comment ? ai-je dit sur un ton distrait, perdue dans mes pensées.

— Tout va bien, entre Rachel et toi ? Tu avais l'air mal, après son coup de fil.

— Je m'en voulais qu'elle se soit inquiétée, c'est tout, ai-je expliqué. On s'était mal comprises.

Devant son air sceptique, j'ai ajouté, en souriant :

— Tout va bien, vraiment.

— Tu me le dirais, sinon ? a-t-il insisté en me regardant droit dans les yeux.

J'ai soutenu son regard quelques instants avant de baisser les paupières.

— Bien sûr, ai-je répondu en ouvrant la portière.

Avant de descendre, je me suis penchée vers lui pour l'embrasser.

— Profite bien du ski. On se voit dimanche.

Il m'a serrée tendrement dans ses bras et a prolongé mon baiser en gardant mes lèvres prisonnières. Une semaine sans se voir ni s'embrasser – il fallait faire des réserves. J'ai finalement réussi à me détacher et à sortir de la voiture. D'un pas hésitant, je me suis dirigée vers l'entrée. Je me suis retournée pour lui adresser un dernier signe. Après avoir posé la main sur la poignée, j'ai pris un instant pour me détendre. Malgré mes efforts, au moment d'ouvrir la porte, mon cœur a fait un bond dans ma poitrine. À l'instant où je l'ai refermée, un rire a retenti. Je me suis immobilisée, stupéfaite : je m'attendais à tout sauf à ça.

— Coucou, Emily ! a crié Rachel depuis la cuisine. Comment était ta fête ?

Le bruit strident d'un mixeur a soudain couvert le son de la radio.

— Pas trop longtemps, a conseillé ma mère.

J'ai débarqué dans la cuisine et vu toutes sortes d'aliments éparpillés sur la table : tomates coupées en dés, oignons émincés, tranches de citrons, morceaux d'avocat...

— Coucou, ai-je dit timidement.

— Salut, a lancé Jonathan, très détendu. On est en train de...

— ... préparer un repas mexicain, a achevé ma mère. On va chez Heidi et nous apportons le dîner.

— Ah..., ai-je lâché, étonnée par son exaltation. Ça a l'air sympa.

— Carrément ! a-t-elle enchaînée, surexcitée. J'ai proposé à Jonathan de faire un guacamole.

Elle a examiné le contenu du bol du mixeur et froncé les sourcils.

— J'ai peut-être eu tort..., a-t-elle ajouté. Je crois qu'il vaut mieux que tu t'occupes des boissons, chéri.

En remarquant son air penaud, elle lui a donné un baiser sur la joue et il est sorti de la pièce.

— Lui non plus ne sait pas cuisiner, a-t-elle conclu. Alors ? c'était comment, ta fête ?

— C'était marrant, ai-je répondu, de plus en plus perturbée par son attitude.

Avais-je rêvé ? M'avait-elle réellement appelée en pleine nuit ?

— Mais je n'ai pas beaucoup dormi, ai-je ajouté. Je vais monter faire une petite sieste.

— C'est la preuve que la fête était réussie, a-t-elle glissé avec un sourire entendu.

Je l'ai observée à la dérobée : elle semblait en pleine forme. Rien à voir avec la femme qui me hurlait son désespoir quelques heures plus tôt.

— Où sont les boissons qu'on a achetées ? a crié Jonathan.

Il était dans le salon, en train de ranger les bouteilles et les verres dans un sac.

— Dans ma chambre, a indiqué ma mère.

Il m'a rejointe tandis que je montais l'escalier.

— Em, a-t-il lancé à voix basse au moment où j'allais entrer dans ma chambre.

Je me suis retournée.

— Comment ça va ? a-t-il questionné.

La lueur d'inquiétude dans ses yeux et le ton de sa question prouvaient que je n'avais pas rêvé ce coup de fil nocturne.

— Légèrement perdue…, ai-je avoué.

— Je crois qu'elle ne se souvient pas de ce qui s'est passé, a-t-il expliqué. J'ai un peu merdé, hier soir, et c'est toi qui as pris. C'est ma faute, je suis désolé.

— Comment ça ? ai-je demandé.

— Je lui ai annoncé que je passerais quelques nuits chez moi la semaine prochaine parce que je n'y étais pas allé depuis un moment. Je pense que ça n'était pas la meilleure chose à dire le jour de la Saint-Valentin.

— Elle a cru que tu voulais rompre, c'est ça ?

Avec un soupir, il a hoché la tête.

— Mais on en a reparlé ce matin et elle a compris. Donc je ne serai pas souvent ici cette semaine. J'ai juste besoin de… prendre mes distances.

Le choix des mots m'a immédiatement fait réagir et j'ai mieux compris la panique de ma mère.

— Attends ! Tu es en train de me dire que tu romps ?

— Non, a-t-il protesté. On passe vraiment des super moments ensemble, elle et moi…

Il était sur le point d'ajouter quelque chose lorsque ma mère est apparue au pied de l'escalier.

— Tu les as trouvées ?

Après un rapide coup d'œil dans ma direction, il a regardé ma mère.

— Oui, c'est bon, a-t-il menti.

Puis, se tournant vers moi, il a glissé rapidement :

— Je voulais simplement te dire pourquoi tu ne me verrais pas ici cette semaine. J'ai juste besoin de prendre un peu de recul.

Il a descendu les marches et ma mère est venue à sa rencontre, l'air radieux, un bol plein de guacamole dans les mains. Je me suis précipitée dans ma chambre. Tout était clair. Les boissons n'avaient été qu'un prétexte : il n'était même pas entré dans la chambre de ma mère, il voulait seulement me parler. Vérifier que j'allais bien. M'expliquer la situation.

Même s'il ne m'avait pas confié grand-chose, je savais qu'il en avait raconté encore moins à ma mère. Sinon, elle n'aurait pas eu l'air aussi gai.

Je me suis allongée sur mon lit. Mille questions tourbillonnaient dans ma tête. Était-ce une bonne idée d'habiter ici ? Je ne voulais pas rendre ma mère malheureuse. Cette nuit, elle avait semblé persuadée que je la fuyais, que je ne voulais pas d'elle dans ma vie. Comme si la vérité était sortie de son cœur. Le comble, c'est que je partageais cette même crainte : j'avais peur qu'elle ne me rejette.

— Emma, tu devrais aller te coucher, a murmuré une voix lointaine.

— Mmm…

— Il est tard, a insisté la voix.

Le brouillard s'est peu à peu dissipé dans ma tête, et j'ai compris que je n'étais pas dans mon lit. Je me suis frotté les yeux et dressée sur un coude. Les lampes étaient éteintes, seul l'écran de télévision projetait sa lumière colorée dans la pièce. C'était un match de basket.

— Désolé de t'avoir réveillée, a glissé Jonathan, assis à côté de moi. Mais je me suis dit que tu serais mieux dans ton lit.

— Quelle heure est-il ?

— 2 heures passées. Tu devrais monter te coucher.

— Ouais, ai-je soupiré.

Mais je n'ai pas bougé d'un centimètre. Retrouvant l'usage de mon cerveau, je l'ai dévisagé d'un air curieux.

— Et toi ? qu'est-ce que tu fais debout à cette heure-là ?

— J'avais besoin de me changer les idées, a-t-il répondu sur un ton évasif. Un mauvais rêve.

Pas besoin de m'en dire plus : je connaissais le problème.

Puis, soudain, je me suis rappelé :

— Mais tu m'avais dit que tu ne serais pas là cette semaine ?

— J'étais censé ne pas venir, en effet. Mais j'ai dû la raccompagner hier soir, et elle m'a demandé de ne pas partir. Je suis simplement…

Il s'est interrompu, à la recherche du mot juste.

— Elle te demandera toujours de rester, tu le sais bien, ai-je lâché.

— C'est pour cette raison que je ne dois pas le faire.

Je lui ai lancé un regard étonné. Et inquiet. Que voulait-il dire ?

— J'ai envoyé mes dossiers de candidature dans différentes universités, a-t-il déclaré. La plus proche est à Washington, à plus de sept cents kilomètres d'ici.

— Ah…

La tournure que prenait la discussion ne me plaisait pas.

— J'adore être avec elle, a-t-il poursuivi. Elle me fait rire et sa vision du monde est unique en son genre… Ce qui compte pour elle, c'est qui je suis maintenant. C'est exactement ce qu'il me faut, car je n'aime pas parler du passé. Mais le fait qu'elle soit aussi dépendante de moi me met mal à l'aise.

— Elle a toujours besoin de quelqu'un, ai-je répliqué aussitôt.

C'était sorti tout seul. J'ai essayé de me rattraper :

— Désolée, je ne voulais pas…

— Tu as sans doute raison, a-t-il coupé. Je ne suis pas certain que ce soit de moi, personnellement.

J'ai baissé les yeux.

— Mais bon, je ne vais pas discuter avec toi de ma relation avec ta mère…, a-t-il déclaré. Excuse-moi. Ça doit être bizarre pour toi.

— Un peu, ai-je avoué.

En y repensant, ma remarque était censée : ces dernières années, elle n'avait jamais été seule. Même pour de courtes périodes. Je m'étais toujours imaginé qu'elle recherchait désespérément le souvenir de mon père chez ces hommes.

J'ai observé Jonathan et je me suis demandé ce que Rachel voyait de mon père en lui. Son sourire, peut-être ? Sans m'en rendre compte, j'ai moi-même souri quand l'image de mon père est passée devant mes yeux.

— Qu'est-ce qu'il y a ? a demandé Jonathan.

— Rien, ai-je répondu en me ressaisissant. Je réfléchissais. Je peux comprendre pourquoi elle a envie que tu restes tout le temps avec elle.

— Et si moi j'ai besoin d'un peu d'espace, est-ce que ça fait de moi un sale type ?

— Non, bien sûr. À mon avis, elle ne sait juste pas comment occuper cet espace. Elle t'aime vraiment beaucoup, tu sais.

— Moi aussi. Mais tu es là, elle n'est pas toute seule.

— C'est pas pareil ! me suis-je esclaffée.

Il a plongé ses yeux dans les miens et, pour une fois, je n'ai pas détourné le regard.

— Je vais me coucher, ai-je finalement annoncé en me levant au bout de quelques instants, gênée.

Arrivée au bas des marches, je me suis retournée.

— S'il te plaît, Jonathan, fais attention à elle, ai-je imploré, la gorge serrée. Je ne veux pas la voir souffrir une nouvelle fois.

Il m'a dévisagée en silence, l'air pensif.

— Moi non plus, je ne veux pas lui faire du mal, a-t-il lâché avec un grand sourire.

Je suis montée dans ma chambre l'esprit tourmenté : je n'étais pas certaine d'avoir bien interprété sa réponse.

14

Sous la surface

— J'espère qu'il ne va pas me quitter, a lâché ma mère un soir.

Assise sur le canapé, un verre de vin à la main, elle avait les yeux rivés sur la télé. Mais ses pensées, visiblement, étaient ailleurs.

— Il tient à toi, ai-je dit, en m'efforçant d'être rassurante.

— Quand est-ce qu'Evan revient ? a-t-elle demandé, pour changer de sujet.

— Dimanche, ai-je répondu, un peu déconcertée.

— Ça serait tellement bien de pouvoir se téléporter dans un endroit quand on en a envie, a-t-elle observé d'un air rêveur.

Après un court silence, elle m'a dévisagée.

— Dis-lui de venir dîner un de ces jours.

— Euh… D'accord.

— Je vais me coucher, a-t-elle annoncé.

Je l'ai regardée monter l'escalier et l'angoisse m'a étreinte. Peu importait la décision de Jonathan, j'espérais simplement qu'il n'allait pas la démolir.

L'idée qu'elle ait à nouveau le cœur brisé m'était insupportable.

⁂

Le lendemain, j'ai retrouvé Casey et Jill. Nous avons passé l'après-midi à rigoler en mangeant des bonbons. À tel point que j'avais mal aux dents et aux abdos à la fin de la journée. Le soir, nous sommes allées au cinéma. En rentrant à la maison, après cette dose de rire et de sucre, j'avais le moral au beau fixe.

Je venais juste d'enlever mon manteau quand mon portable a sonné. Rachel.

— Coucou, ai-je répondu.

— Emily ? a interrogé une voix d'homme.

J'ai regardé une nouvelle fois l'écran pour m'assurer que j'avais bien lu le nom. C'était bien Rachel. J'ai senti mon ventre se nouer.

— Allô ? a-t-il répété.

À l'arrière, j'entendais de la musique et des bruits de voix.

— Oui, c'est moi, Emily, ai-je dit.

Dans mon cerveau ont jailli toutes sortes d'hypothèses et la panique a commencé à monter.

— Il faudrait que vous veniez chercher Rachel. Je ne peux pas la laisser conduire dans cet état.

— Ah… d'accord, ai-je soufflé, le cœur battant. Au moins, elle était en vie.

— Où est-elle ? ai-je ajouté.

— Au *Bar des amis*, route 113 à Stenton.

— Entendu. Je viens le plus vite possible.

Après avoir raccroché, je me suis laissée glisser sur le sol. La tête dans les mains, les souvenirs ont défilé à toute allure devant mes yeux. J'aurais dû m'y attendre. Quand j'étais petite, je m'étais habituée à la voir saoule. Naïvement, j'avais espéré que le problème appartenait au passé.

Surtout, ne pas me laisser submerger par les émotions. L'urgence, pour l'instant, était d'aller la chercher. Ensuite, je réfléchirais à tout ça. J'ai essayé de localiser le bar sur le GPS de mon portable, mais ça n'a rien donné. Impossible de savoir dans quel coin de la ville elle se trouvait. Je n'avais plus qu'une solution, et elle ne me plaisait guère. En plus, c'était probablement à cause de lui que Rachel était ivre.

J'ai composé le numéro et j'ai retenu mon souffle.

— Emma ? Tout va bien ?

L'inquiétude dans sa voix montrait qu'il craignait le pire.

— Pas vraiment. J'ai besoin de ton aide.

— Bien sûr ! Qu'est-ce qui se passe ?

— Je dois aller chercher Rachel, mais je ne sais pas où elle se trouve.

— Je suis là dans un quart d'heure. Ne bouge pas.

— D'accord, ai-je soupiré.

Dès que j'ai vu le pick-up de Jonathan tourner le coin de la rue, je suis sortie sur le perron et j'ai fermé la porte à clé derrière moi.

— Tu veux bien conduire ma voiture ? lui ai-je demandé en guise de bonsoir.

— Pas de problème, a-t-il répondu en prenant les clés que je lui tendais.

— Je pense qu'on va devoir l'allonger et il y a plus de place à l'arrière.

Il a vu mon air abattu et a aussitôt réagi :

— Ne t'inquiète pas. On va la récupérer et tout ira bien.

— Mmm, ai-je lâché d'un ton morne, pas du tout convaincue.

Quand je lui ai donné l'adresse, il a froncé les sourcils.

— Qu'est-ce qu'il y a ? ai-je questionné vivement.

— C'est un endroit qui craint un peu. Tu resteras dans la voiture pendant que j'irai la chercher, OK ?

J'ai hoché la tête sans un mot.

J'ai compris son inquiétude à notre arrivée. Situé au rez-de-chaussée d'un immeuble décrépit, le bar n'inspirait pas confiance. Derrière les fenêtres recouvertes d'une pellicule grisâtre, on apercevait une salle sordide éclairée par la lumière blafarde des néons. La plupart des lettres de l'enseigne lumineuse étaient éteintes et le store devant la façade était déchiré, le tissu pendait tristement. Le parking du bistrot était jonché de détritus et le bitume défoncé. Même sobre, il valait mieux faire attention où on mettait les pieds.

Devant l'entrée, quelques hommes fumaient des cigarettes en commentant les allées et venues des clients avec des rires gras. Pas rasés, les cheveux longs, l'air sales, avec leurs visages rougeauds de piliers de bar, ils collaient parfaitement avec le décor. Un frisson m'a parcouru l'échine.

— Ne bouge pas de là, je reviens tout de suite, a ordonné Jonathan en sortant de la voiture.

Je me suis recroquevillée sur mon siège pour me faire le plus discrète possible. Un autre client a rejoint le groupe. Celui-ci avait la tête rasée et une grosse moustache. Il portait un blouson de cuir et des lunettes de soleil. En pleine nuit… Les types qui traînaient ici semblaient peu recommandables. Pourquoi ma mère fréquentait-elle des endroits pareils ?

Tout à coup, un des fumeurs a regardé dans ma direction. Mon cœur s'est mis à battre à tout rompre. J'ai aussitôt baissé les yeux en priant pour qu'il ne me devine pas dans l'obscurité de l'habitacle.

— Pose pas tes putains de mains sur moi, John, a crié une voix au même moment.

Une femme vêtue d'un jean moulant et perchée sur des talons aiguilles poussait la porte du bar sous les rires gras du petit groupe. Pendant ce temps, l'homme au blouson de cuir continuait de me fixer. J'ai frémi et je me suis tassée encore un peu plus sur mon siège. Il a alors donné un coup de coude au type qui était à côté de lui – une véritable armoire à glace – et dit quelque chose en me montrant du menton. L'autre a hoché la tête avec un sourire.

— Jonathan, dépêche-toi, ai-je supplié en regardant la porte du bar, comme si cela pouvait le faire apparaître.

J'ai jeté un rapide coup d'œil vers le moustachu. Il continuait à me dévisager avec un petit sourire. Mes mains ont commencé à trembler. J'ai détourné les yeux en espérant que ça le découragerait.

— Allez, sors de cette voiture, ma jolie, a-t-il lancé.

Tous les regards se sont alors posés sur moi.

— Je te paie un verre, a-t-il ajouté.

En réaction à mon air paniqué, les rires ont fusé. J'ai vérifié que les portières étaient verrouillées et guetté le retour de Jonathan. Lorsque l'homme a fait quelques pas en direction de la voiture, j'ai cru que j'allais m'évanouir. Que faire ? Au même instant, la porte d'entrée s'est ouverte et Jonathan est sorti. Il portait ma mère dans ses bras. Le type s'est arrêté. J'ai poussé un soupir de soulagement et je me suis précipitée hors de la voiture pour ouvrir la portière arrière.

Pendant que Jonathan allongeait en douceur ma mère sur la banquette, j'ai regardé discrètement en direction du type qui se tenait maintenant devant le véhicule. Il nous observait avec un sourire détestable. Mes mains tremblaient toujours autant. Je n'avais qu'une envie : partir d'ici le plus vite possible.

— Salut, mec ! a lâché le type en s'adressant à Jonathan.

La main sur la poignée, je me suis figée. Jonathan a claqué la portière, puis a fait le tour de la voiture, sans lui prêter attention.

— Hé, toi !

Cette fois, Jonathan s'est arrêté, comprenant que l'homme l'interpellait.

— Je vais te donner un coup de main avec ces gonzesses. Celle-là, je peux lui faire passer un bon moment.

Il m'a désignée du menton.

— C'est à moi que tu parles ? a demandé Jonathan.

L'intonation de sa voix m'a terrifiée.

— Ouais, c'est à toi que je parle, a grommelé le type. J'ai envie de goûter à la marchandise.

Sous sa grosse moustache, sa bouche formait une affreuse grimace tandis qu'il me dévisageait. Je me suis collée contre la voiture, cherchant à l'aveugle la poignée de la portière sans quitter l'homme des yeux. J'avais peur qu'il ne remarque mon manège et me saute dessus.

— Si j'étais toi, je ne m'approcherais pas, a menacé Jonathan, les mâchoires crispées.

La tension est montée d'un cran et j'ai senti la panique me gagner. Les autres hommes se sont tus et ont commencé à s'avancer vers Jonathan. J'ai vu ses poings se serrer. Sans un regard pour Jonathan, le moustachu s'est approché de moi et m'a détaillée de la tête aux pieds.

— Tu dois pas être mal, toi.

Son haleine empestait l'alcool et la cigarette. J'ai baissé les paupières, tétanisée, tandis qu'il se penchait plus près. Puis, soudain, j'ai senti la voiture bouger dans mon dos. J'ai ouvert les yeux. Jonathan avait plaqué le type contre la carrosserie et le tenait par le revers de son blouson.

— Tu la touches pas, a-t-il sifflé entre ses dents.

Il était moins grand mais bien plus costaud que mon agresseur. Tous deux se sont affrontés du regard quelques instants. Puis le type a dit :

— Sinon ?

Jonathan a brandi son poing au-dessus de son visage.

— Non, Jonathan ! me suis-je écriée en sortant de ma stupeur. Laisse tomber !

Les autres hommes s'étaient regroupés, prêts à se battre. En comprenant ce qui se passait, la terreur m'a submergée et je me suis mise à trembler comme une feuille.

Jonathan a remarqué ma panique. Son expression dure et pleine de rage s'est aussitôt adoucie. Il a relâché sa prise et baissé le bras. Mais, alors qu'il s'apprêtait à laisser partir le type, celui-ci a lancé :

— Un conseil : écoute la petite. Tu ferais mieux de foutre le camp d'ici avant que je démolisse ta jolie petite gueule.

Jonathan a froncé les sourcils et une sueur froide a coulé entre mes omoplates.

— S'il te plaît, Jonathan, ai-je insisté en posant ma main sur son bras.

J'ai senti ses muscles se détendre sous mes doigts et, lentement, il a fait un pas en arrière pour laisser partir l'homme.

— Monte dans la voiture, m'a-t-il ordonné en ouvrant la portière.

Je me suis engouffrée à l'intérieur et il a refermé derrière moi, sans quitter le type des yeux. Ce dernier a remis son blouson en place, une grimace ironique sur les lèvres. Pelotonnée sur mon siège, j'ai assisté à la confrontation : Jonathan faisait le tour de la voiture pour prendre le volant, prêt à bondir s'il voyait le type faire un geste vers moi. Mon cœur battait si fort que j'ai cru que ma poitrine allait exploser.

— Si elle était pas là…, a-t-il commencé.

— On serait pas là en train de discuter, a coupé le type. Ne me cherche pas, sinon tu vas me trouver.

Jonathan s'est glissé sur le siège et a claqué la portière. Son regard sombre était rivé sur le type. Debout devant la voiture, celui-ci m'a adressé un baiser avant de lancer un sourire provocant à Jonathan. J'ai eu un frisson de dégoût.

— Laisse filer, on y va, ai-je répété.

Jonathan agrippait le volant si fort que ses articulations étaient blanches. Il a reculé à toute allure et j'ai dû m'accrocher des deux mains à la poignée pour ne pas percuter le tableau de bord. Puis il est parti dans un crissement de pneus, laissant derrière nous un nuage de poussière.

Cramponnée à la poignée, j'étais incapable de bouger ou d'émettre le moindre son. Après avoir parcouru quelques centaines de mètres, il a finalement ralenti l'allure et posé son regard sur moi. Dans ses yeux sombres, il n'y avait plus trace de la rage féroce qui avait déformé son visage quelques minutes plus tôt. Seulement de la douceur. J'ai laissé échapper un soupir, la vue brouillée par les larmes.

— Je suis désolé, a-t-il dit doucement.

Tout en conduisant, il lançait des petits coups d'œil dans ma direction. J'ai regardé par la fenêtre, luttant contre les larmes. Au bout de quelques instants, il s'est garé sur le côté de la route.

— Emma…, a-t-il murmuré. Ça va ?

Je me suis contentée de hocher la tête, la gorge nouée. Impossible de parler. Il a cherché mon regard, mais j'ai fui ses yeux. Je ne pouvais pas lui montrer à quel point j'étais bouleversée.

Au même moment, sur la banquette arrière, ma mère a bougé.

— Qu'est-ce qui se passe ? a-t-elle marmonné.

— On te ramène à la maison, a répondu Jonathan en repartant sur la route.

— Jonathan ?

— Oui ?

— Je t'ai appelé..., a-t-elle gémi. Plusieurs fois...

— Je sais, a-t-il répondu gentiment pour la tranquilliser.

Je me suis tournée vers elle. J'ai vu son regard me fixer avec un certain trouble.

— Emily ? a-t-elle tenté d'un ton hésitant.

Elle avait l'air si triste que j'ai détourné les yeux.

Une fois arrivés à la maison, Jonathan a porté ma mère jusqu'à son lit. J'ai enlevé ses chaussures et étalé une couverture sur elle, puis j'ai observé son visage calme durant quelques minutes. J'ai ensuite quitté sa chambre pour aller m'écrouler sur le canapé du salon. J'étais vidée.

— Tu devrais dormir un peu, m'a conseillé Jonathan.

— Je ne suis pas sûre d'y arriver.

Il est venu s'asseoir à côté de moi. Nous sommes restés un moment sans rien dire, dans l'obscurité de la pièce. Mon cerveau était un champ de bataille et j'essayais désespérément de comprendre ce qui s'était passé ce soir. Sans succès.

— Je ne sais pas quoi faire, ai-je avoué. Je voulais tellement que ça soit différent.

— J'aurais dû la rappeler.

Même si le besoin de « respirer » de Jonathan était à l'origine du désastre, la manière dont ma mère gérait ce genre de situations était catastrophique. Rien n'avait changé. Malheureusement.

— Ça n'est pas ta faute, ai-je répondu.

La vision de ma mère allongée sur son lit m'a traversé l'esprit. Peut-être allait-elle dépasser tout ça ? Peut-être parviendrait-elle enfin à progresser ? Elle avait juste besoin d'un peu de temps.

Et moi, combien de temps allais-je encore espérer ?

— À quoi penses-tu ? a-t-il demandé au bout d'un long silence.

— Qu'est-ce qu'elle faisait là-bas ? Dans cet endroit sordide ?

— Je ne sais pas…

J'ai rejoué dans ma tête le déroulement de la soirée : le coup de téléphone, ce bar atroce, ces types horribles.

— Est-ce que tu… ? ai-je commencé.

— Qu'est-ce que… ? a démarré Jonathan en même temps.

Nous nous sommes tus un instant.

— Dis-moi, a-t-il encouragé.

— Est-ce que tu aurais vraiment frappé ce type ?

— Tu veux dire, si tu ne m'en avais pas empêché ?

J'ai hoché la tête.

— Évidemment, a-t-il répondu sans l'ombre d'une hésitation.

Je l'ai dévisagé, sidérée par sa franchise.

Les yeux baissés, il a frotté ses mains l'une contre l'autre.

— Ça fait partie de ce fameux passé dont je n'aime pas parler.

Il a relevé la tête avant d'ajouter :

— Mais c'est la première fois que ça arrive.

— Quoi ?

— Jusqu'à aujourd'hui, personne n'avait réussi à m'arrêter. Une fois que je suis parti, rien à faire.

— Tu te bats souvent ? ai-je lâché.

Je ne m'attendais pas à cet aveu. J'ai alors remarqué qu'il avait une petite cicatrice sous le menton et une autre sous l'arcade sourcilière droite. À peine visibles.

— Je me *battais* souvent, a-t-il rectifié. Mais ça faisait longtemps que je n'avais pas été si en colère. Ça m'a même effrayé.

— Moi aussi, ai-je avoué.

Il m'a lancé un regard déconcerté.

Il a poussé un soupir, puis il s'est penché vers moi et a plongé ses yeux sombres dans les miens.

— Je ne veux plus jamais que tu aies peur à cause de moi.

L'intensité de ses paroles m'a coupé le souffle. Sans un mot, j'ai laissé mon cerveau s'en imprégner. Puis, au bout de quelques minutes, j'ai fini par me confier, le regard perdu au loin :

— Je ne vivais plus avec elle depuis presque cinq ans. Elle a déjà beaucoup souffert et je ne veux pas qu'elle traverse ça de nouveau. Il faut que ça change, que ça soit différent. Pour elle, pour moi, et pour nous.

— Et tu étais où pendant ces cinq années ? a-t-il questionné.

— En enfer, ai-je murmuré en posant ma tête contre le canapé.

Il n'a pas fait de commentaires. Lentement, je me suis laissé absorber par l'obscurité.

⁂

Quand j'ai ouvert les yeux, la pièce était inondée de soleil. J'ai refermé mes paupières, lourdes de sommeil, et je me suis pelotonnée sous la couverture. Mais, alors que je m'apprêtais à sombrer de nouveau, j'ai senti sous mes mains la jambe de Jonathan. J'ai failli bondir, terrifiée à l'idée de m'être endormie la tête sur ses genoux, mais je me suis retenue. Autant ne pas le réveiller. Je me suis redressée avec précaution. Il était assis, la tête appuyée sur le dossier du canapé, et il avait le souffle régulier du dormeur.

Mon manteau était posé sur l'accoudoir du fauteuil et mes chaussures alignées en dessous. Pourtant, je les avais sur moi lorsque je m'étais allongée dans le canapé… Je me suis frotté le visage pour chasser les brumes du sommeil, puis je me suis levée. Le parquet a grincé. Jonathan a aussitôt ouvert les yeux.

— Désolée, ai-je murmuré.

Pas de chance. J'aurais mille fois préféré ne pas être là à son réveil.

— Au contraire, il faut que j'y aille, a-t-il dit en regardant sa montre.

Il a bâillé et s'est étiré.

— Tu ne restes pas ? ai-je lancé, d'une voix plus inquiète que je ne l'aurais souhaité.

— Euh…, a-t-il hésité, perturbé par mon ton.

— Non, mais…, ai-je bredouillé. Je pensais que…

— … que je pouvais rester, a-t-il achevé.

— Mais tu n'es pas obligé, me suis-je empressée d'ajouter.

— Je ne sais pas ce qui s'est passé hier soir, a-t-il dit, les yeux au plafond. Je l'ai déjà vue ivre ou bouleversée, mais jamais aussi mal.

J'ai hésité à monter dans ma chambre pour le laisser réfléchir seul. Il s'inquiétait pour elle. Tout comme moi. J'ai fini par m'asseoir sur le canapé. En tailleur, pour lui faire face.

— Elle était contrariée, ai-je expliqué.

Il a tourné la tête pour me regarder.

— Le fait que je m'installe ici n'a pas été facile à vivre pour elle. Je lui rappelle mon père, et c'est douloureux. Je voulais qu'on se retrouve, mais en fait, je me demande si ça n'est pas à cause de moi qu'elle est mal.

À mesure que la vérité jaillissait de ma bouche, une vive émotion m'a submergée. Il m'a examinée de son regard profond.

— Tu n'es pas responsable, a-t-il affirmé. Pas plus que moi, même si je me sens également coupable parce que je ne l'ai pas rappelée.

Nous sommes restés un moment silencieux. J'ai tenté de me convaincre qu'il disait vrai, mais je ne pouvais pas m'empêcher de penser que mon retour l'avait renvoyée en arrière. Dans un passé qu'elle essayait d'oublier.

— Est-ce que je peux te demander quelque chose ? a-t-il avancé timidement.

— Bien sûr.

— Qu'est-ce que tu as eu à la cheville ?

Ses yeux étaient posés sur la cicatrice en travers de mon pied droit. J'ai pincé les lèvres, cueillie par la question. Il a ouvert la bouche pour parler, mais je l'ai devancé :

— Un cadeau d'adieu.

Il s'est tu un instant avant d'ajouter :

— De l'enfer ?

J'ai hoché la tête sans donner d'autre explication.

— J'ai la même, a-t-il lâché.

Avant que j'aie eu le temps de réagir, il a soulevé son tee-shirt. Une longue cicatrice barrait son torse.

— J'ai fait un séjour là-bas, moi aussi.

Des dizaines de questions ont jailli dans mon esprit, mais la surprise m'a empêchée de les formuler. Je me suis contentée de m'excuser avant de monter dans ma chambre.

Jonathan est resté dans le canapé. Il n'est pas parti. Mais il n'a pas non plus rejoint ma mère dans sa chambre.

J'avais beau être épuisée, je n'ai pas réussi à me rendormir. Les interrogations tournaient dans ma tête. Je me demandais s'il était encore dans le salon, éveillé, lui aussi. Peut-être était-il en train d'échafauder des hypothèses sur ce qui avait pu m'arriver ?

En tout cas, moi, je ne pensais pas à le questionner sur ses cauchemars.

15

Une nouvelle chance

— Je suis vraiment désolée, Jonathan. Je te promets que je vais faire un effort.

Mes yeux se sont ouverts d'un coup, presque malgré moi, et je suis restée immobile à écouter la suite.

— S'il te plaît, ne me quitte pas.

Sa voix s'est brisée. Des bruits de pas ont fait craquer les marches. De l'autre côté de ma porte, ses pleurs résonnaient. Je n'osais pas bouger, de crainte qu'ils ne comprennent que j'étais réveillée.

— Je ne te quitte pas, a-t-il répondu. J'ai juste besoin de m'éclaircir les idées. Je reviens ce soir et on parlera, OK ?

— Tu me promets ? a-t-elle supplié d'une voix désespérée.

En guise de réponse, j'ai entendu la porte d'entrée se fermer. Puis des sanglots.

Je souffrais pour elle. J'aurais aimé pouvoir la soulager, l'aider. Au lieu de ça, je me suis recroquevillée sous ma couette et j'ai attendu qu'elle s'apaise. Mais c'est seulement parce qu'elle a fermé sa porte que je n'ai plus entendu ses gémissements.

J'ai sauté hors de mon lit et j'ai enfilé un survêtement et une polaire. J'avais besoin de sortir. De prendre l'air. D'échapper à ce trop-plein d'émotions. J'ai mis mes tennis, pris des gants et un bonnet et je me suis glissée dehors.

Le thermomètre indiquait au-dessous de 0 °C, mais le soleil brillait, faisant fondre la glace. J'ai commencé à courir pour détendre mes muscles, évacuer les tensions. L'air frais emplissait mes poumons lors de mes inspirations et j'avais l'impression de nettoyer mon organisme, de faire circuler l'énergie. J'avais oublié mon iPod. Il m'aurait aidée à chasser les souvenirs de cette nuit qui tournaient en boucle dans ma tête.

J'ai suivi les rues les unes après les autres, explorant les alentours. À quelques pâtés de maisons de là, je suis tombée sur un petit jardin où des gamins emmitouflés dans des combinaisons de ski jouaient dans la neige. Leurs éclats de rire et leurs cris de joie ont remplacé, durant quelques instants, les pleurs et les sanglots qui occupaient mes pensées.

Après avoir tourné le coin de la rue, j'ai soudain aperçu Jonathan, assis sur un banc, le regard vague. J'ai ralenti l'allure, puis je me suis arrêtée. Au moment où j'envisageais de faire demi-tour, il a tourné la tête et m'a reconnue.

Je me suis dirigée vers lui, les mains dans les poches.

— Salut, ai-je lancé, une fois arrivée à sa hauteur. Il fait plutôt bon, aujourd'hui. Même si ça n'est pas encore la Californie, c'est agréable.

Il a hoché la tête. Je me suis assise à côté de lui et, pendant une bonne minute, nous n'avons rien dit. Je m'apprêtais à me lever pour reprendre ma course, lorsqu'il a lâché :

— Mon père ne m'aimait pas beaucoup. Je n'étais pas soumis, comme ma mère. Je ne le vénérais pas, comme mon petit frère. Je ne le laissais pas prendre le contrôle sur moi. Il voulait absolument me casser, il était prêt à tout pour ça. J'ai eu une vie compliquée et je ne peux pas…

Il s'est interrompu, le regard toujours perdu au loin.

— Je ne peux pas être là-dedans, a-t-il poursuivi. Dans ce psychodrame.

Il a pris une longue inspiration et s'est tourné vers moi.

— J'ai besoin que ma vie soit simple. Je veux savoir ce qui va se passer, pour garder les choses sous contrôle. Je ne sais pas bien gérer l'imprévu.

Il a baissé les yeux.

— Je comprends. Ça veut dire que tu arrêtes ? Que tu t'en vas ?

— Pourquoi ? Tu crois que je devrais ?

Il a posé son regard intense sur moi, guettant ma réponse.

— Je ne pense pas être la mieux placée pour te dire ce que tu dois faire. Mais je ne veux pas qu'elle souffre.

— Emma, je te promets que je ne veux pas te faire de mal… Je veux dire : lui faire du mal.

Je l'ai dévisagé, troublée par son lapsus.

— Je ne veux pas faire de mal à Rachel, a-t-il répété. Tu me crois ?

Ses yeux sombres s'attardaient sur moi ; j'ai senti ses pensées envahir les miennes. Il me rendait si vulnérable. J'ai frissonné.

— Tu me crois ? a-t-il insisté.

J'ai hoché la tête.

— Ma tante ne m'aimait pas non plus, ai-je sorti tout à coup, en posant mon regard sur la maison, de l'autre côté de la rue. Je crois même qu'elle me haïssait, en fait. Quand tu aimes un tout petit peu quelqu'un, tu n'essaies pas de l'étrangler, n'est-ce pas ?

Jonathan a écarquillé les yeux, stupéfait. Il ne s'attendait pas à une telle confidence.

— Je te balance ça tout d'un coup, c'est un peu dur, ai-je ajouté avec un rire nerveux.

— Un peu, c'est vrai…, a-t-il admis avec un sourire.

— Je n'en reviens pas moi-même de te l'avoir dit, ai-je avoué en secouant la tête, gênée. Parce que je suis loin d'avoir surmonté tout ça. Et pourtant, elle est en prison.

— Je te comprends à deux cents pour cent. Mon père est mort depuis des années et ça continue de me poursuivre.

Mon sourire s'est envolé.

— Je suis désolée, ai-je lâché.

— Pas moi.

La force de sa réponse m'a surprise. Son visage était calme, sans émotion. Durant une fraction de seconde, je l'ai envié. Mais l'instant d'après, j'ai baissé la tête, me sentant coupable d'avoir souhaité la mort de Carol.

Il a poussé un profond soupir.

— On est super déprimants, non ?

J'ai éclaté de rire.

— Alors, c'est quoi, ton programme, aujourd'hui ? a-t-il demandé pour échapper aux sujets lourds qui nous anéantissaient.

— D'abord, je vais finir mon jogging. Ensuite... Je ne sais pas. Et toi ?

— Un peu d'exercice, c'est une bonne idée, en effet. Je pourrais peut-être aller nager ? Avant de revenir chez Rachel.

— Comment tu vas faire ? ai-je questionné, inquiète.

— Ne t'inquiète pas, il n'y aura pas d'autre drame. Contrairement à ce qu'on pourrait croire, je ne craque pas facilement. Je ne vais pas rompre.

J'ai souri, soudain plus légère. L'horizon s'éclaircissait. L'espoir que ma mère parvienne à se sevrer de l'alcool pour de bon et cesse de tout tenter pour faire fuir Jonathan a même germé dans mon esprit.

Je l'ai laissé sur son banc et j'ai repris mon jogging, heureuse à l'idée de le retrouver plus tard. C'était précieux de pouvoir partager avec quelqu'un les souvenirs douloureux : moi non plus je n'étais pas prête à le laisser partir.

En arrivant à la maison, j'ai vu que j'avais raté un appel de Casey. Après avoir bu un grand verre d'eau, je l'ai rappelée.

— Tu veux bien m'accompagner à une fête, ce soir ? a-t-elle demandé avant même de dire « allô ».

— Ah... Je sais pas.

— S'il te plaît, a-t-elle insisté. Jill et Sara ne sont pas là et ça va être une soirée d'enfer ! J'ai pas envie d'y aller toute seule.

J'ai poussé un soupir avant de lâcher :

— C'est bon, je viens.

— Super ! Je passe te prendre à 21 heures, OK ?

— D'accord. Où est-ce qu'on… ?

Mais elle avait déjà raccroché. Peu importe. Les fêtes se ressemblaient toutes.

— Ce pull est ravissant, a commenté ma mère tandis que je me maquillais.

Elle venait juste de sortir de sa chambre où elle était restée presque toute la journée.

— Merci, ai-je répondu en fermant mon mascara. Mais il est très chaud, j'espère que je ne vais pas étouffer.

— C'est parce qu'il est en cachemire. Tu n'as qu'à mettre un débardeur en dessous. J'en ai un très joli qui sera parfait si tu as envie d'enlever ton pull.

— Génial !

Elle a hésité un instant avant de dire :

— J'ai encore fait n'importe quoi, n'est-ce pas ? Excuse-moi.

Avant que j'aie eu le temps de réagir, elle est allée dans sa chambre et est revenue avec un débardeur rayé, que j'ai enfilé.

— Ça te va très bien. Où a lieu la fête ?

— Je ne sais pas exactement. Tu veux que je t'appelle quand j'y serai ?

— Pas la peine. Tu es raisonnable, comme ton père.

Elle a souri, puis a fait demi-tour.

— Maman, ai-je lancé. Euh… Rachel, je veux dire.

Quand elle s'est retournée, j'ai vu, derrière son pâle sourire, son visage triste et fatigué.

— Tout va bien ?

D'un battement de paupières, elle a chassé les larmes qui perlaient au coin de ses yeux. Elle a toussoté et eu un rire forcé.

— Je me conduis comme une gamine de seize ans, c'est n'importe quoi.

Puis elle a aussitôt ajouté, avec une grimace :

— Ne le prends pas pour toi.

Je n'ai pas pu m'empêcher de sourire.

— Je savais qu'il était plus jeune que moi. Et je me connais : je m'attache vite. C'est normal qu'il ait pété un plomb.

L'air malheureux, elle a avoué :

— Je l'aime tellement…

— Je sais, ai-je murmuré.

J'aurais aimé pouvoir lui affirmer que tout irait bien. Que lui aussi voulait être avec elle. Mais je n'en étais pas convaincue.

— Tu es forte, ai-je simplement dit.

Ma remarque l'a laisséc sans voix. Elle a paru surprise. Une larme a coulé le long de sa joue. Au même instant, un klaxon a retenti dehors.

— Ah, c'est Casey ! me suis-je écriée.

Après un bref silence, j'ai ajouté :

— Tu veux que je reste ?

— Non, a-t-elle répliqué. Vas-y et amuse-toi. De toute manière, il devrait arriver d'une minute à l'autre.

En sortant de la maison pour rejoindre Casey, j'ai croisé Jonathan.

— Une fête ? a-t-il deviné.

— Yep ! À plus tard. Et sois gentil avec elle.

Quand j'ai ouvert la portière de la Mini de Casey, le rythme puissant d'une musique électronique a envahi la rue.

— Salut ! a-t-elle hurlé sans baisser le volume.

Je me suis contentée de hocher la tête.

Casey n'était pas une pipelette comme Jill. Quand on lui racontait des histoires, elle confondait tout et répétait ensuite des ragots qui n'avaient ni queue ni tête. C'était une fille gentille, mais discuter avec elle exigeait de la patience, ce qui n'était pas ma qualité première en ce moment. Je me suis donc laissé porter par la musique. Nous avons traversé les rues sombres de Weslyn, jusqu'à un quartier dont les avenues étaient bordées de hauts portails métalliques. Derrière, à l'abri des regards, se cachaient des villas somptueuses. Pas de doute : cette fête allait déchirer.

Au moment de longer une longue allée, Casey a éteint la musique. Le portail s'est ouvert automatiquement à notre arrivée. Elle m'a lancé un coup d'œil.

— Tu es fâchée ? a-t-elle demandé.

— Non, ai-je répliqué en la dévisageant d'un air méfiant. Pourquoi ?

— Tu n'es jamais venue ici ?

Nous avions franchi le portail. Devant nous se dressait un petit château. Sur l'aile droite, il y avait même une tourelle crénelée, avec des meurtrières en guise de fenêtres. Le résultat était impressionnant mais plutôt froid.

— Je me serais souvenue d'un endroit pareil, ai-je observé. Qui habite là ?

Casey s'est garée près des autres voitures et m'a répondu :

— Drew.

Avant que j'aie eu le temps d'ouvrir la bouche, elle était déjà sortie.

La colère est montée en moi d'un seul coup et je me suis ruée hors de la voiture.

— Pourquoi on est chez Drew ? Qu'est-ce qui t'a fait croire que c'était une bonne idée ? Et pourquoi tu m'as proposé de venir ?

— Oh, c'est bon, a protesté Casey. Il ne fait jamais de fête et je mourais d'envie de voir comment c'était à l'intérieur. On part dans une heure, promis. OK ?

Avec ses grands yeux écarquillés, elle avait l'air boudeur d'un gamin pris en faute. J'ai poussé un grand soupir.

— OK, ai-je grommelé. Une heure max. Mais tu ne me laisses pas tomber ?

— Juré ! s'est-elle exclamée, de nouveau tout sourire. Je l'ai suivie jusqu'à la maison. Après avoir franchi la lourde porte en bois avec son heurtoir aussi gros que ma tête, nous sommes arrivées dans une vaste entrée, au milieu de laquelle trônait une composition florale sophistiquée.

Il n'y avait pas encore beaucoup de monde et la plupart des visages m'étaient inconnus. Casey a tendu son manteau à un type qui se tenait devant un placard, puis a traversé la pièce. Je l'ai imitée, les yeux rivés sur ses cheveux bouclés pour ne pas la perdre de vue. Mais elle a tourné dans un couloir, et a disparu.

J'ai continué tout droit et débouché dans ce qui devait être le salon. Le long d'un mur étaient disposés de larges canapés en cuir marron. Face à eux, une bibliothèque remplie de livres montait jusqu'au plafond tandis que de grandes fenêtres perçaient les deux autres murs. Suspendues au plafond, des boules lumineuses éclairaient le centre de la pièce, transformé en piste de danse. Dans un coin, un type s'affairait sur un ordinateur, un casque sur les oreilles.

La pièce était presque vide : quelques rares personnes étaient vautrées dans les canapés, tandis que d'autres discutaient, debout. Pas de Casey à l'horizon.

— Où est le bar ? ai-je demandé à la première fille que j'ai croisée.

— En bas de cet escalier, a-t-elle répondu en montrant du doigt une partie de la pièce avant de suivre ses copains.

Un large pilier cachait une ouverture. J'ai découvert derrière un escalier en colimaçon qui menait en bas du donjon. J'ai descendu les marches, jusqu'à une immense pièce voûtée qui contenait la plus grande salle de jeux que j'avais jamais vue ! Deux tables de ping-pong, au moins quatre baby-foot, un billard, des paniers de basket, deux bars, des canapés, des télévisions et des consoles à foison. Des spots lumineux diffusaient une douce lumière à travers la salle.

Il y avait un peu plus de monde qu'en haut, mais ça n'était pas encore la foule. Cela dit, la pièce était si vaste qu'il aurait fallu beaucoup de gens pour la remplir. J'ai cru apercevoir Casey, accoudée au bar, à l'autre bout, et je me suis frayé un passage au travers des groupes pour la rejoindre.

— Emma ? s'est exclamé quelqu'un, derrière moi.

Je me suis retournée. Une bande de filles me dévisageaient, un verre à la main.

— J'aurais jamais cru te croiser ici. C'est dingue !

Je les ai regardées : aucun de ces visages ne m'était familier.

— On a passé le bac il y a deux ans, m'a expliqué une petite brune en remarquant mon étonnement.

— Ah, d'accord, ai-je simplement répondu, ne sachant pas quoi dire d'autre.

— Comment ça va ? a demandé une autre.

— Bah, ça va, ai-je lâché, décidée à jouer le jeu de la politesse. Je cherche Casey. Vous ne l'avez pas vue, par hasard ?

— Non, désolée, a dit la petite brune. On se voit plus tard ?

— Bien sûr, ai-je confirmé avec un sourire forcé avant de m'éloigner.

Pourquoi avais-je accepté de venir à cette satanée soirée ?

J'ai repris mon chemin en direction du bar, mais les boucles blondes de Casey s'étaient volatilisées. Bon, je n'allais pas non plus courir après elle toute la soirée. Je me suis donc installée sur un tabouret, prête à patienter une heure. Même si je ne la voyais pas d'ici là, je pourrais lui envoyer un texto pour lui fixer un rendez-vous.

— Qu'est-ce que je peux vous servir ? a questionné le type en chemise blanche et cravate noire, derrière le bar.

Il y avait même des serveurs, dans cette fête. Incroyable !

— Quelque chose avec de la caféine, ai-je répondu.

Tandis qu'il tendait le bras pour prendre une bouteille, je l'ai arrêté.

— Sans alcool, ai-je précisé.

Il a hoché la tête et m'a servi un verre de Coca.

Au-dessus du bar était accroché un écran de télévision. J'ai levé les yeux pour suivre le match de basket qui passait. Une saine occupation qui me dispenserait de faire la conversation avec des gens que je ne connaissais pas. Ou que je connaissais…

— Je lui ai dit : « T'es un connard, et tu vas le payer ! »

Cette voix détestable… Je me suis retournée par réflexe. Comme quand on entend un klaxon, dans la rue, et qu'on regarde la voiture.

Jay m'a dévisagée, les yeux ronds.

— Emma ! Merde, je savais pas que tu étais là. Désolé, je n'ai pas dit ça exprès.

C'est seulement au bout de quelques secondes que j'ai compris de quoi parlait le meilleur ami de Drew. J'ai levé les yeux au ciel et je suis descendue de mon tabouret, excédée. Sans un mot, je suis passée devant lui et ses potes qui me contemplaient d'un air stupéfait.

L'escalier était envahi par un flot continu de personnes. Je me suis dirigée à l'autre bout de la pièce tête baissée. Une porte coulissante donnait sur un patio. Je l'ai ouverte et je me suis glissée dehors. Pourquoi continuais-je à venir à ces fêtes ? Saisie par le froid, j'ai enfoncé mes mains dans mes poches et sorti mon portable pour vérifier l'heure. Encore trois quarts d'heure à tirer. Dans l'obscurité, j'ai cherché un chemin menant au parking, devant la maison. Peut-être pourrais-je attendre dans la voiture de Casey ?

Au bout du patio, j'ai vu une allée déblayée. Quelques mètres plus loin, elle se séparait en deux. Le chemin de droite menait à une piscine bâchée recouverte de neige, et celui de gauche à un long bâtiment en bois. J'ai suivi ce dernier. À l'étage, de la lumière brillait. Je me suis approchée de la porte pour jeter un coup d'œil à l'intérieur. Dès que j'ai ouvert, une odeur de caoutchouc m'a aussitôt attirée et je suis entrée. Devant moi : un terrain de basket ! Je n'ai pas été très étonnée par cette découverte, mais je me suis demandé pourquoi Drew ne m'en avait jamais parlé.

La salle était déserte. C'était une cachette idéale pour la demi-heure d'attente qui me restait. Le long des lignes noires qui délimitaient le terrain étaient disposés des bancs. À l'une des extrémités du terrain était accroché un panneau pour indiquer le score. Quand j'ai aperçu, dans un coin, une porte qui ouvrait sur des vestiaires, j'ai hoché la tête, tout sourire. C'était dingue !

J'ai ôté ma veste et mes chaussures et j'ai pris un des ballons rangés sur le côté. Le terrain était super agréable et le ballon d'excellente qualité. Je me suis amusée un bon moment à dribbler et à faire des paniers, tout en surveillant l'heure sur la grande horloge murale. Soudain, j'ai entendu la porte claquer. Je me suis arrêtée net, le ballon à la main, et je me suis tournée vers l'entrée.

— Je me doutais bien que tu serais là, a lancé Drew avec un sourire.

— Désolée, ai-je lâché, mes mains soudain moites.

— Tout va bien, ne t'inquiète pas, a-t-il dit en s'approchant. Je suis juste étonné que tu sois venue.

Il portait un sweat-shirt bleu pâle qui faisait ressortir l'éclat de ses yeux.

— Où est Sara ? a-t-il demandé.

— À Cornell.

— Tu es venue avec qui, alors ? Sûrement pas Evan.

— Casey, ai-je répondu sur la défensive, en entendant son ton moqueur.

Il a hoché la tête. J'ai bloqué le ballon contre ma hanche en me demandant comment je pouvais partir d'ici sans rendre la situation encore plus embarrassante.

— Tu veux jouer ? a-t-il proposé en levant les mains, prêt à recevoir le ballon.

— Pourquoi pas, ai-je répondu en le lui envoyant.

De toute façon, je devais partir dans quelques minutes.

Il s'est approché du panier en dribblant et a bondi pour mettre le ballon dans le filet. Du premier coup. J'ai récupéré la balle et la lui ai jetée. Il a fait quelques pas en arrière pour ajuster son tir. Direct dans le panier.

— Bravo pour le championnat, a-t-il dit.

— Merci, ai-je lâché en me concentrant sur les rebonds pour dissiper ma gêne.

— Il paraît que l'équipe de basket féminine s'en sort aussi très bien, a-t-il poursuivi tout en mettant panier sur panier.

— Ouais, c'est une bonne équipe.

Il m'a envoyé le ballon pour que je fasse moi aussi quelques tirs. Après quelques pas en dribblant, je me suis élancée et j'ai marqué à mon tour.

— Super ! s'est-il exclamé en me passant la balle.

Nouveau tir. Après avoir rebondi contre le panneau, le ballon est tombé au milieu de l'arceau. Gagné !

— Et toi ? ai-je questionné. J'ai appris que tu avais été repéré par la fédération de basket. C'est génial !

Je ne quittais pas le ballon des yeux pour éviter son regard.

— Ouais, c'est cool, a-t-il simplement dit.

Sa réaction m'a étonnée et je lui ai jeté un coup d'œil. Je savais que le basket comptait énormément pour lui, et pour son père. Puis je me suis placée pour effectuer un lancer franc. Drew s'est précipité vers moi pour me prendre la balle mais je l'ai évité de justesse et, après un dribble, j'ai mis le ballon dans le panier.

— Bien essayé ! ai-je crié en le récupérant avant de repartir à l'attaque.

Mais, cette fois, il a réussi à l'intercepter et s'est éloigné de quelques pas. Je l'ai aussitôt suivi et je me suis positionnée devant lui, en défense. Il a avancé d'un pas. J'ai voulu le contrer, mais il a fait une feinte et envoyé le ballon en plein panier.

— Veinard !

Au fur et à mesure du jeu, mon angoisse se dissipait. Drew a enlevé son sweat, révélant un tee-shirt gris avec une photo de surfeur. Comme je commençais aussi à transpirer, j'ai ôté mon pull et l'ai posé sur le banc. Lorsque je suis retournée sur le terrain, j'ai fait semblant de ne pas voir son regard appréciateur, et son petit sourire.

Il m'a lancé le ballon et j'ai fait quelques pas en dribblant pour réfléchir à ma stratégie.

— Pourquoi on n'avait encore jamais joué ensemble ? a-t-il demandé en essayant de me subtiliser le ballon d'un geste rapide.

D'un coup d'épaule, j'ai bloqué sa tentative.

— Je sais pas, ai-je répondu en tournant sur moi-même avant de sauter et de mettre le ballon dans le panier. Pourquoi tu m'avais jamais dit que tu avais un terrain chez toi ?

— Cadeau de mon père pour mon bac, a-t-il expliqué.

J'ai hoché la tête. Depuis le mois de juin, c'est sûr, je n'avais pas été capable de jouer, ni même de parler avec lui.

— Je ne peux pas courir en chaussettes, ai-je décrété après avoir glissé sur le terrain. On joue pieds nus.

— OK, a-t-il accepté en enlevant à son tour ses chaussures et ses chaussettes.

Nous avons continué en alternant les rôles d'attaquant et de défenseur. Au fil des minutes, le jeu s'est intensifié. Le score était serré et nous étions souvent au corps à corps. À un moment donné, j'ai bondi pour tirer et Drew m'a poussée avec son épaule pour dévier la trajectoire. Je me suis réceptionnée lourdement sur mon pied droit. Ma cheville a flanché et je suis tombée. J'ai aussitôt ramené mon genou contre ma poitrine et attrapé ma cheville, les mâchoires serrées.

— Désolé ! Ça va ?

— Ouais, ai-je lâché. Juste une mauvaise réception.

— Ça craint si je mets la capitaine de l'équipe sur le banc de touche juste avant un…

Il s'est interrompu en voyant ma cicatrice.

— Aïe… Em, ça va, tu es sûre ?

— Oui, c'est bon, ai-je dit en m'efforçant de prendre un ton léger.

Il m'a tendu la main pour m'aider à me relever. J'ai pris appui sur ma cheville pour la tester et je me suis dirigée d'un pas lent vers le banc.

— Je vais chercher de la glace.

Il a couru jusqu'au vestiaire. J'ai allongé ma jambe sur le banc. Une minute plus tard, il était de retour avec une poche de glace, qu'il a posée sur mon pied.

— Ça va aller, ai-je assuré, gênée par son inquiétude. Et je te rappelle que tu as des invités qui t'attendent. Tu n'es pas obligé de t'occuper de moi.

— Mes invités peuvent très bien se passer de moi, a-t-il souri. Et j'aurais préféré mieux prendre soin de toi quand on était ensemble.

Ses mots m'ont fait frémir, mais je n'ai rien montré.

— J'espère que tu me pardonnes, a-t-il ajouté d'une voix douce en s'asseyant sur le banc. Je me suis conduit comme un connard à cette foutue fête et je m'en veux terriblement. J'aimerais juste… Je veux que tu saches que je suis vraiment désolé.

J'ai croisé son regard. Sa sincérité était palpable. J'ai accepté son aveu en silence.

Mes yeux se sont soudain posés sur l'horloge.

— Zut, je suis hyper en retard !

— Comment ça ? a réagi Drew, surpris.

— Je devais retrouver Casey il y a une heure. Quelle idiote !

— Elle doit encore être là, a-t-il dit pour me rassurer.

J'ai mis mes chaussettes et mes chaussures et j'ai posé mon pied par terre. Ma cheville était encore douloureuse, mais j'avais connu pire. Après avoir attrapé ma veste, je me suis dirigée vers la porte.

— Attends-moi ! a lancé Drew en enfilant ses chaussures.

J'ai pris mon portable pour appeler Casey. Sur mon écran, s'affichaient cinq appels en absence et une série de textos. Le dernier disait : Sais pas où t'es passée. Suis partie à une autre fête. Tél moi si tu trouves personne pour te ramener.

— Super, ai-je marmonné.

— Un problème ? s'est inquiété Drew.

— Elle est partie. Comment je vais faire, maintenant ?

— Tu veux y aller ? a-t-il demandé en enfilant son sweat-shirt.

— Je préfère, oui. Le prends pas mal. C'est une chouette fête, mais…

— Je te raccompagne.

— Mais tu ne peux pas planter tes invités comme ça !

— Je ne pense pas leur avoir beaucoup manqué jusqu'à maintenant, a-t-il lâché avec un léger sourire. Je n'ai bu qu'une bière et, à mon avis, les autres sont bien plus imbibés. Tu ne bois toujours pas, toi ?

— Non.

— Alors laisse-moi te ramener chez toi.

J'ai hésité une fraction de seconde.

— OK, ai-je finalement accepté.

Nous sommes retournés à la maison pour que Drew prenne les clés de sa voiture. Se frayer un passage à travers la foule, qui était maintenant impressionnante, n'a pas été une mince affaire.

— Où avais-tu disparu ? a lancé une fille avec des longs cheveux blonds et un bustier moulant en s'adressant à Drew.

— J'étais pas loin, a-t-il répondu sans la regarder. Je reviens.

Nous sommes passés devant elle et j'ai senti son regard me transpercer tandis que je montais l'escalier. En haut des marches se tenait un homme habillé tout en noir. Il s'apprêtait à nous interdire le passage lorsqu'il a reconnu Drew.

— Bonsoir, monsieur Carson.

— Bonsoir, Frank, a répondu Drew. Tout va bien ?

— Pas de problème, tout est sous contrôle, a répondu le type.

Il était hyper baraqué et portait un micro sur le revers de sa veste.

— Tu as fait les choses en grand, ai-je observé tandis que nous longions un couloir désert.

— Je sais trop comment ça peut dégénérer, a-t-il avoué en s'arrêtant devant une porte. Tu peux venir avec moi, si tu veux.

— Non, je t'attends là, ai-je aussitôt répliqué.

Avec un petit sourire, il est entré dans sa chambre. Il est sorti quelques instants plus tard, une veste sur le dos et des clés à la main.

Nous avons rejoint une autre entrée, située sur le côté de la maison, à l'écart de la foule. La voiture de Drew était garée derrière et personne ne nous a vus partir.

— C'est gentil de me raccompagner, ai-je dit en attachant ma ceinture de sécurité.

Nous sommes restés silencieux durant tout le trajet. Je n'osais pas parler, car j'avais peur d'amorcer une conversation que je n'étais pas prête à affronter. Cela faisait déjà un petit moment que nous roulions lorsque je me suis mise à regarder autour de moi, soudain paniquée.

— Mais on va où, là ?

— Chez toi. Oh ! merde…

Mon cœur battait si vite que je n'arrivais même plus à reprendre ma respiration. Drew m'a lancé un regard désolé et s'est arrêté. J'ai fermé les yeux et respiré profondément cinq ou six fois pour tenter de me ressaisir.

— Comment j'ai pu faire un truc pareil ? a déclaré Drew en secouant la tête, la mine décomposée.

Il a fait demi-tour et est reparti dans l'autre sens.

— Tu habites où, maintenant ?

J'ai donné l'adresse de ma mère, Decatur Street. Au fur et à mesure que nous nous éloignions de cet endroit maudit, je me suis mise à respirer plus librement. Lorsqu'il est arrivé dans ma rue, Drew s'est garé derrière le pick-up de Jonathan. Puis il s'est tourné vers moi.

— C'était bien de te voir.

— Ouais, ai-je lâché en détachant ma ceinture.

— Attends, a-t-il lancé tandis que j'avais la main sur la poignée.

Malgré ma réticence, je lui ai fait face pour l'écouter.

— J'aurais bien aimé être au courant, a-t-il expliqué. De ce que tu as traversé.

J'ai senti une décharge électrique me traverser le corps. Je me suis instantanément fermée, résolue à ne pas laisser ses paroles cheminer en moi.

— Je sais que je me suis mal conduit. Pourtant, je t'assure que tu comptais beaucoup pour moi.

Ses mots m'ont touchée en plein cœur. Une forte chaleur m'a envahie.

— Je sais.

— Je suis venu te voir, quand tu étais à l'hôpital, a-t-il confié. Mais la police ne m'a pas laissé entrer. Je suis sincèrement désolé, Emma. Pour tout.

J'ai esquissé un sourire.

— Merci, Drew. Mais tu n'étais pas le seul à ne pas savoir. Personne n'était au courant.

— Est-ce que je pourrais t'appeler, de temps en temps ? a-t-il demandé d'une voix douce. Juste comme ça. Pour garder un lien.

— C'était bien de te voir, ai-je dit, évitant de répondre à sa question. Merci encore de m'avoir raccompagnée.

Je suis sortie de sa voiture. Il est resté là pendant que je me dirigeais vers la maison. J'ai ouvert la porte et l'ai refermée. Sans me retourner.

16

Prêts ?

On a frappé à la porte de ma chambre. J'ai enlevé les écouteurs de mes oreilles et posé mon magazine sur le lit.

— Coucou, a lancé ma mère avec un sourire en passant sa tête. Je peux entrer ?

— Bien sûr, ai-je répondu, intriguée par sa nervosité.

Dès l'instant où elle s'est avancée, j'ai aperçu la photo encadrée qu'elle tenait à la main.

— Je voulais que tu l'aies, a-t-elle expliqué en la posant sur mon bureau, à côté de la carte de Noël de Leyla et Jack.

Je suis descendue de mon lit pour mieux voir l'image.

— Je me suis dit qu'elle était pour toi. C'est la seule qui a survécu à mon massacre.

Mon père me portait sur ses épaules, un fier sourire aux lèvres. Vêtue d'une tenue de foot, je riais en brandissant une coupe.

— Merci, ai-je souri, émue.

— Il adorait te regarder jouer au foot.

Je l'ai examinée, sans parvenir à me rappeler le moment où elle avait été prise. Je devais avoir cinq ou six ans. Peut-être étais-je trop jeune pour m'en souvenir ?

— Tu comprends pourquoi je n'ai pas de photos de lui, n'est-ce pas ? a-t-elle demandé d'une voix mal assurée.

J'ai hoché la tête.

— Mais ça ne t'empêche pas d'en avoir.

Je ne savais pas très bien comment réagir. À l'évidence, cela lui avait coûté de partager ça avec moi. Et j'aurais bien aimé lui dire combien cela comptait à mes yeux. J'aurais dû la prendre dans mes bras. Probablement. Au lieu de ça, je me tenais devant elle, trop mal à l'aise pour croiser son regard.

— Alors, ta fête, c'était comment ? a-t-elle finalement lâché, rompant ce silence désagréable.

— Bah..., ai-je soupiré en haussant les épaules. C'était une fête, quoi.

— Est-ce que quelqu'un t'a complimentée sur ton pull ?

— Oh, non ! me suis-je exclamée en me frappant le front.

— Quoi ? s'est-elle aussitôt inquiétée.

— Le pull, je l'ai oublié, ai-je expliqué. C'est pas vrai ! Mais quelle idiote !

— Tu ne peux pas aller le récupérer ? a-t-elle questionné, étonnée par ma réaction.

— C'est que... En fait, c'était chez mon excopain. Et je ne suis pas sûre que ça soit une bonne idée.

— Chez ton ex-copain ? a réagi ma mère, le front plissé. Et Evan sait que tu y es allée ?

Je me suis mordu la lèvre, l'air coupable.

— Non. Et je ne suis pas vraiment pressée de le lui dire.

— Dans ce cas, bonne chance !

— Merci, ai-je répliqué. Je me sens tout de suite mieux…

J'ai senti mon ventre se crisper à l'idée de raconter à Evan que j'étais allée chez Drew ; *et* qu'il m'avait raccompagnée chez moi.

— Désolée, s'est-elle esclaffée.

— Prêtes ? a crié Jonathan, sur le palier.

— Prêtes pour quoi ? a interrogé ma mère en haussant les sourcils.

Au même instant, deux pistolets à eau rouge et violet ont atterri sur mon lit. Puis Jonathan est apparu dans l'encadrement de la porte, armé d'un pistolet bleu.

— Pour ça ! a-t-il souri en envoyant une giclée d'eau.

Je me suis jetée sur mon lit pendant qu'il continuait à nous tirer dessus. Ma mère a explosé de rire.

— Alors ça, tu vas le payer ! a-t-elle hurlé en attrapant le pistolet rouge avant de lui courir après.

J'ai pris le dernier pistolet et je me suis lancée à leur poursuite. J'ai perdu de vue Jonathan tandis que ma mère filait se mettre à l'abri dans la cuisine. À pas de loup, je me suis dirigée vers le salon en brandissant mon arme devant moi. Personne. J'ai alors fait demi-tour pour revenir dans l'entrée. Là, j'ai aperçu ma mère qui, d'un signe du menton, m'a indiqué le couloir plongé dans l'obscurité qui menait à la cave. Avant que j'aie eu le temps de réagir, Jonathan a bondi et, attrapant mon pistolet par le canon, il m'a placée devant lui au moment où ma mère sortait de la cuisine, prête à tirer.

Il a pointé son arme sur moi pour dissuader ma mère.

— Tu m'utilises comme bouclier, ça se fait pas ! ai-je protesté.

Tour à tour, il nous visait, ma mère et moi, décidé à arroser la première qui bougerait.

— Toi, au moins, elle ne va pas te tirer dessus, a-t-il expliqué en reculant, tandis que ma mère essayait de changer d'angle.

— Désolée, ma chérie, a prévenu ma mère en visant ma tête.

— Maman !

Je l'ai vue jeter un rapide coup d'œil vers le sol. D'un mouvement vif, je me suis dégagée pour me jeter à terre. La seconde d'après, elle le canardait abondamment. À plat ventre sur le sol, je l'ai soutenue dans son offensive en arrosant Jonathan. Il a levé un bras pour se protéger, tout en ripostant. La bataille a duré jusqu'à ce que nos pistolets soient vides. La pièce était inondée et nous étions trempés. Mais hilares.

— Pause ! a déclaré Jonathan les deux mains en l'air. On remplit les réservoirs.

Ma mère m'a pris mon arme et je me suis assise sur les marches. J'ai profité de ce répit pour essuyer mon visage dégoulinant.

— On a le droit à une longueur d'avance, a réclamé ma mère en me tendant mon pistolet, quelques instants plus tard. Jonathan, tu restes dans la cuisine et tu comptes jusqu'à vingt avant de sortir. Em, tu es prête ?

J'ai hoché la tête. Jonathan nous a lancé un regard méfiant avant d'aller dans la cuisine.

— Vite, a-t-elle soufflé. On monte.

Nous avons grimpé les marches quatre à quatre. Je me suis cachée derrière la porte de la salle de bains tandis qu'elle s'allongeait sur le palier pour se tenir en embuscade en haut de l'escalier.

— Prête ? a-t-elle demandé en me jetant un rapide coup d'œil.

L'espace d'une seconde, il m'a semblé qu'on frappait à la porte.

— Eh, tu n'as pas le droit de sortir ! a crié ma mère en entendant la porte d'entrée grincer.

Elle a commencé à tirer comme une forcenée vers le bas de l'escalier, sans même se relever. J'ai bondi hors de la salle de bains pour venir en renfort. Pile au moment où je la rejoignais, elle s'est arrêtée net. Debout, elle regardait d'un air horrifié au pied des marches.

— Je suis désolée, a-t-elle articulé.

J'ai suivi son regard et aperçu Evan, le visage trempé et la bouche ouverte. J'ai éclaté de rire.

— Mais qu'est-ce que tu as fait ? a lancé Jonathan en arrivant dans l'entrée. C'est pas très sympa d'accueillir les gens comme ça.

— Je t'ai pris pour Jonathan, a expliqué ma mère, les joues en feu. Je pensais qu'il était en train de s'enfuir.

Toujours hilare, j'ai descendu les marches à toute allure. Evan s'est essuyé le visage avec le revers de sa manche.

— C'est seulement de l'eau, tout va bien, a-t-il dit.

Il m'a regardée avec un sourire en coin.

— Et toi tu rigoles ! Tu trouves ça si drôle que ça ?

J'ai reconnu la lueur qui brillait dans ses yeux. Je n'ai même pas eu le temps de faire demi-tour pour filer : il m'avait déjà attrapée par la taille et me retenait prisonnière.

— Non, Evan ! ai-je supplié.

Je n'avais pas la moindre idée de ce qu'il avait derrière la tête, mais je savais de quoi il était capable. Jonathan observait la scène d'un air amusé. Ma mère, elle, semblait plus inquiète.

— Qu'est-ce que tu comptes faire ? a-t-elle questionné tandis qu'Evan m'entraînait dans la cuisine.

— Maman, aide…

Un rire m'a interrompue. J'ai essayé de m'échapper lorsqu'il m'a forcée à me pencher sur l'évier.

— Evan !

Il a pris la douchette, a tourné le robinet et m'a arrosée la tête. Quand j'ai enfin réussi à me libérer, mon visage et mes cheveux ruisselaient. Jonathan et ma mère s'étaient mis à l'abri, de chaque côté de la porte.

— Maintenant, c'est moi qui me marre ! s'est exclamé Evan en riant de bon cœur.

Jonathan et ma mère se sont aussitôt joints à lui.

— Merci pour votre aide, ai-je grommelé en regardant mon tee-shirt trempé.

— Pour me retrouver dans le même état que toi, merci bien ! s'est esclaffée ma mère.

— Bien joué, Evan, a commenté Jonathan. La prochaine fois, on fait équipe.

Je me suis dirigée vers l'escalier en secouant la tête. Quelques instants plus tard, je suis redescendue, vêtue d'un tee-shirt sec et les cheveux attachés. Evan était dans la cuisine, en train d'éponger l'eau.

— T'as raté un sacré truc, l'ai-je taquiné.

Il s'est tourné vers moi et, les yeux posés sur mes cheveux humides, il a souri :

— Non, je ne crois pas.

— Ha ha, tellement drôle, ai-je riposté en levant les yeux au ciel. Tu es prêt ? On y va ?

— Vous allez où ? a demandé ma mère en prenant la serpillière des mains d'Evan.

— Chez Evan.

— Ah bon ? s'est-il étonné, visiblement pas au courant.

J'ai hoché la tête.

— OK, donc on va chez moi.

— Je reviens un peu plus tard, ai-je annoncé en prenant mon manteau dans le placard.

— Bon courage, m'a glissé ma mère.

Après une seconde d'hésitation, j'ai compris à quoi elle faisait allusion. Tout bien réfléchi, il aurait peut-être été préférable de rester à la maison.

— Ça va ? s'est inquiété Evan en voyant ma mine s'assombrir.

— Ouais, ai-je marmonné. J'ai cru que j'avais oublié quelque chose.

— Pourquoi tu voulais partir ? a-t-il demandé quelques instants plus tard, en montant dans la voiture. Vous aviez l'air de bien vous amuser.

— C'est sûr, ai-je lâché, l'esprit ailleurs. Mais je ne t'ai pas vu de la semaine. J'ai envie d'être un peu seule avec toi.

C'est en tout cas ce que j'avais pensé avant que ma mère ne me rafraîchisse la mémoire. Quand nous sommes arrivés chez Evan, j'étais tellement crispée que j'en avais la nausée.

— Tu es sûre que ça va ? a-t-il répété en m'observant avec attention, tandis que nous entrions dans la salle de jeux.

Mon visage devait être pâle comme la mort.

— En fait, non, ai-je avoué, avant même d'enlever mon manteau.

J'ai pris mon courage à deux mains et je me suis jetée à l'eau.

— Tu vas sûrement en entendre parler demain, donc je préfère te le dire avant, ai-je annoncé d'une voix mal assurée.

Il s'est assis sur le canapé, les sourcils froncés, attendant la suite.

— Je suis allée chez Drew, à une fête. Je ne savais pas que c'était chez lui, sinon je n'y serais jamais allée. Je suis désolée.

Je l'ai regardé accuser le coup. Mais, contre toute attente, j'ai vu un sourire se former sur ses lèvres et la lueur d'inquiétude qui brillait dans ses yeux s'est évanouie.

— Pourquoi tu souris ?

— C'est tout ? a-t-il questionné.

— Oui… enfin, non, ai-je répondu. Il m'a raccompagnée chez moi parce que Casey était partie. Mais il ne s'est rien passé, je te le promets.

— Je sais, a-t-il simplement dit en enlevant sa veste.

Son calme me stressait plus qu'il ne me rassurait. J'avais l'impression que ma tête allait exploser.

— Comment ça, tu sais ?

Il s'est levé et m'a prise par la taille.

— J'ai confiance en toi. Peu importe à quelle fête et chez qui tu vas, même si c'est chez Drew. Est-ce qu'il s'est bien conduit au moins ?

— Oui.

— Alors parfait, a-t-il conclu en me donnant un baiser sur le front.

Puis il s'est dirigé vers le billard et a sorti les boules des filets. Je l'ai regardé faire, estomaquée.

— Mais tu vis sur quelle planète ?

— C'est-à-dire ? s'est-il exclamé en riant.

— Je n'arrive pas à comprendre qu'on soit ensemble. Ma vie est un chaos sans nom et toi, tu es là tranquille, à prendre les choses comme elles viennent.

— Je ne vois pas le problème, a-t-il commenté en disposant les boules avec le triangle, le sourire aux lèvres.

Je continuais de l'observer, déconcertée. Il s'est approché de moi et m'a prise dans ses bras.

— Tu n'as pas choisi tes parents, ni le fait que ton père mourrait quand tu étais petite ; et tu n'as pas décidé de te retrouver chez des…

Les mâchoires crispées, il n'a pas pu finir sa phrase.

— Rien de tout ça n'était ton choix. Quand tu as pu choisir, tu t'es donnée à fond – l'école, le sport, protéger les gens auxquels tu tiens. Et tu m'as choisi.

Une vague de chaleur a déferlé dans ma poitrine. J'ai eu du mal à soutenir son regard.

— Ta vie n'est pas un chaos, a-t-il insisté.

Il s'est tu un instant et a appuyé son front contre le mien.

— Je dirais même que tu t'en sors super bien, a-t-il ajouté en me donnant un baiser.

Ses bras se sont resserrés autour de moi et j'ai posé ma tête dans le creux de son épaule.

— Je t'aime, ai-je murmuré avant de relever la tête et de plonger mes yeux dans les siens.

— Ça aussi, je le sais, a-t-il glissé avec un petit sourire.

— Quel prétentieux ! ai-je répliqué en le repoussant.

Mais il m'a aussitôt ramenée à lui. J'ai fermé les paupières. Ses lèvres chaudes se sont approchées des miennes et j'ai senti un délicieux frisson me traverser. Il a posé sa main sur ma nuque en même temps que sa bouche sur la mienne.

Mon cœur s'est emballé et je me suis pressée contre lui. Sans relâcher son étreinte, il a déboutonné mon manteau, l'a enlevé et laissé tomber par terre. Ses lèvres sont descendues le long de mon cou, laissant sur leur passage des picotements qui faisaient frémir ma peau. Dans un même mouvement, je me suis hissée sur le bord de la table de billard et j'ai passé les jambes autour de sa taille pour l'attirer à moi. Sans cesser de m'embrasser, il m'a soulevée et portée jusqu'au canapé. Tandis que mon corps frissonnait entre ses mains, il m'a déposée sur les coussins avant de s'allonger sur moi.

J'ai glissé mes doigts sous son pull et il l'a enlevé d'un geste rapide. Je me suis redressée et, avec mes lèvres, j'ai suivi le contour de son épaule avant d'ôter également mon tee-shirt. Il a attrapé la couverture, au bout du canapé, pour nous couvrir. Mais je n'avais pas besoin de chaleur. Celle de nos corps était suffisamment intense pour me faire oublier toute sensation de froid. Nos lèvres se rejoignaient puis se séparaient pour explorer d'autres territoires – la naissance du cou, le creux velouté sous l'oreille, l'arrondi de l'épaule. Ses mains parcouraient mon corps, fébriles, elles effleuraient ma nuque, mon dos, remontaient le long de mes côtes. Ma peau guettait ses caresses, les buvait comme un nectar enivrant. Nos respirations s'accordaient, de plus en plus haletantes. Je sentais son cœur battre à l'unisson avec le mien, nos deux pouls mêlés comme nos corps, nos bouches, nos mains. Sous mes doigts, je sentais les muscles de son dos se contracter tandis que son souffle tiède me balayait l'oreille. Mon corps était lui aussi tendu à l'extrême. Il a poussé un gémissement et une bouffée de chaleur m'a inondée.

— Waouh ! s'est-il exclamé, en respirant profondément.

— Ah oui, ai-je lâché à mon tour en me blottissant dans ses bras.

J'ai attendu quelques instants, le temps de retrouver mes esprits, puis j'ai dit :

— Est-ce que je peux te demander quelque chose ?

— Bien sûr, a-t-il répondu en me caressant le dos de sa main chaude.

— Quand est-ce qu'on fera l'amour ?

— Ah…

Il a éclaté de rire avant d'ajouter :

— Je ne m'attendais pas à cette question.

J'ai relevé la tête pour le regarder dans les yeux.

— C'est juste que…

— Je sais, a-t-il souri. On le fera, bien sûr. Mais je n'ai pas envie qu'on bâcle ça vite fait dans un canapé ou sur la banquette arrière de la voiture. Je veux que ça se passe bien. C'est important.

— Et si ça se passe mal ? si c'est juste horrible ? Comme tu dis, c'est un moment important, et j'ai peur de ne pas savoir comment faire et de tout gâcher.

— N'importe quoi ! a-t-il réagi en riant. Il n'y a rien à « savoir ». Je ne suis pas inquiet, et tu ne dois pas l'être non plus.

Après un instant de réflexion, il a répété :

— Je ne suis pas inquiet, vraiment.

Il a soulevé mon menton et déposé un baiser sur mes lèvres.

La confiance d'Evan dans mes aptitudes sexuelles ne me rassurait pas. Cette perspective m'effrayait. J'attendais ce moment depuis si longtemps.

Ce soir-là, je me suis couchée tard. Je guettais la réponse de Sara à mon texto. C'est seulement lorsque je me suis décidée à me glisser sous la couette que mon portable a sonné.

— Qu'est-ce qui se passe ? a-t-elle lancé dès que j'ai décroché.

— Comment s'est passée ta visite de Cornell ? ai-je demandé pour gagner du temps, en regrettant de lui avoir écrit.

— C'est bon, Em, a-t-elle répliqué. Tu m'as dit que tu avais besoin d'aide. De quoi s'agit-il ?

J'ai fermé les yeux et respiré un bon coup avant de vider mon sac :

— Je voudrais coucher avec Evan.

— Ben oui, normal.

— Mais j'ai peur d'être une vraie cata…

Un immense fou rire a accueilli mon aveu. J'ai raccroché, énervée. Elle m'a immédiatement rappelée.

— Désolée, j'avais pas compris que tu parlais sérieusement, a-t-elle dit d'une voix douce. Écoute : toi et Evan, vous vous aimez. Donc ça ne peut pas mal se passer. Mais je peux te donner quelques conseils, si tu veux.

— Peut-être, ai-je lâché avec un rire nerveux.

— Ne t'inquiète pas, je ne vais pas te faire des schémas et tout le bazar. Remarque… Peut-être que si ?

— Sara, arrête !

— Mais pourquoi tu es gênée comme ça quand on aborde ce sujet ! Je ne suis certainement pas la mieux placée pour dire s'il faut coucher ou pas, mais si tu ne peux pas parler de ça avec moi, peut-être que tu n'es pas prête. Je sais que c'est une étape hyper importante pour toi. Et que, plus que n'importe qui, tu dois être prête à le vivre. Psychologiquement, je veux dire.

— Je crois que je suis prête. Mais qu'est-ce que tu entends par « psychologiquement » ?

— Tu ne fais pas facilement confiance. Même avec Evan et moi, c'est limite. Et faire l'amour est une question de confiance. Tu te dévoiles dans ton intimité la plus profonde. Quand tu l'as fait, tu ne peux pas revenir en arrière, et ça rend vulnérable. Tu as confiance en lui, n'est-ce pas ?

— Évidemment, ai-je répondu sans réfléchir.

Comment pourrait-il en être autrement ? Surtout après tout ce que nous avions traversé.

— Tu es sûre ? a-t-elle insisté. Quels que soient tes problèmes, perso ou autres, tu peux te livrer à lui les yeux fermés ?

J'ai eu une seconde d'hésitation. Un sentiment de panique m'a soudain envahie à l'idée de m'en remettre entièrement à quelqu'un. Même à Evan.

— Oui, ai-je finalement répondu, pas tout à fait convaincue.

— C'est bien ce que je pensais, a-t-elle conclu en percevant mon incertitude. Je ne te dis pas de ne pas le faire. Mais je te mets en garde pour que tu sois vraiment consciente de ce qui t'attend après. Au moment où tu te rhabilles.

— OK, merci, ai-je soupiré. On se voit demain matin ?

— Ça marche. J'ai des tonnes de trucs à te raconter !

Après avoir raccroché, je suis restée un moment allongée sur le dos, à réfléchir à la confiance. Evan était la personne la plus fiable que je connaissais. Je savais que je pouvais compter sur lui à deux cents pour cent. Qu'il serait toujours là pour moi. Malgré tout, quand Sara m'avait demandé si je croyais suffisamment en lui pour lui faire part de mes secrets les plus intimes, je n'avais pas su quoi répondre.

Comment laisser quelqu'un s'approcher de ce que j'affrontais difficilement moi-même ? La confiance n'avait rien à voir avec ça. Je n'étais pas capable de révéler mes secrets. À personne.

Pas même à moi.

17

Panique

Ce que Sara souhaitait me raconter était visiblement important, elle semblait au bord de l'implosion. Son premier geste fut pourtant de me donner une tape vigoureuse sur l'épaule.

— Hé ! ai-je protesté. Pourquoi tu me frappes comme ça ?

— Pour être allée à la fête de Drew et t'être fait raccompagner par lui. Bravo ! C'est LE ragot du jour.

— Ah, juste ça, ai-je répondu en haussant les épaules. Il ne s'est rien passé, je t'assure.

— Je sais bien. Mais tu connais ce foutu lycée et ses élèves débiles… Si tu ne veux pas qu'ils racontent des trucs sur toi, tu te débrouilles pour ne pas alimenter leur machine à rumeurs.

— Franchement, ça m'est égal. De toute façon, même si je restais sans rien faire toute la journée, ils trouveraient quand même le moyen de parler de moi.

— Tu n'as pas tort, s'est-elle esclaffée.

— On peut changer de sujet, maintenant ? Est-ce que tu vas enfin te décider à me raconter ta semaine ?

Elle ne s'en est pas privée : elle m'a noyée sous un flot de paroles, s'interrompant pendant nos cours, mais reprenant dès l'heure du déjeuner. Evan n'avait pas l'air ravi de l'entendre parler de son frère. À un moment donné, il s'est levé et a prétexté qu'il devait voir son entraîneur avant les cours.

— On se retrouve devant les casiers avant le cours d'arts plastiques, a-t-il lâché en me donnant un baiser sur la joue.

— Qu'est-ce qu'il a ? a demandé Sara après son départ.

— Tu sors avec son frère. Ça doit être bizarre pour lui, t'imagines ?

Elle m'a lancé un regard étonné, comme si cette idée ne lui avait jamais traversé l'esprit.

— Ah oui, peut-être…

Puis elle a aussitôt enchaîné sur Jared pendant encore un bon quart d'heure. Après avoir enfin épuisé le sujet, elle m'a lancé :

— Alors ? Qu'est-ce que tu veux savoir sur le sexe ?

J'ai écarquillé les yeux.

Comme ça ? En plein milieu de la cafétéria ?

— Dis-moi ce que tu as déjà fait, a-t-elle ajouté d'un air sérieux.

— Mais on va pas parler de ça ici ! Tu m'as toi-même conseillé de ne pas alimenter la machine à ragots, je te rappelle. Et je n'ai pas vraiment envie qu'on nous entende discuter de ça.

— Dans ce cas, tu n'as qu'à passer chez moi ce soir, après l'entraînement.

J'ai hésité. Pas parce que cela me gênait de discuter sexualité, mais juste… Bon, peut-être que j'étais quand même un peu mal à l'aise. À ma décharge, on ne m'avait jamais rien expliqué. Tout ce que je savais, je l'avais appris en cours de SVT. Autant dire que je ne connaissais pas grand-chose.

— Si tu continues à rougir comme ça, tu vas te faire remarquer, a observé Sara. Tu viens tout à l'heure, OK ?

— OK.

Quand nous avons regagné nos casiers, après le déjeuner, Sara a sorti un livre de son sac et me l'a tendu.

— Ça va t'aider.

J'ai ouvert des yeux grands comme des soucoupes quand j'ai lu le titre : *Notre sexualité.*

— T'es sérieuse !?

J'ai feuilleté en vitesse l'ouvrage avant de le refermer. Trop de photos.

— C'est un manuel de lycée, a expliqué Sara. J'ai pensé que les explications scientifiques te conviendraient peut-être mieux que la version glamour du truc.

— Ah… Merci.

Alors que j'allais le ranger dans mon casier, il m'a échappé des mains et il est tombé sur le sol. Ouvert.

— Attends, a dit Evan en se penchant pour le ramasser.

Je ne l'avais pas vu arriver. Le cœur battant, je me suis précipitée pour l'attraper avant lui.

— C'est quoi ? a-t-il demandé tandis que je faisais disparaître le livre dans mon sac.

— Juste quelques conseils sur comment te rendre heureux, a glissé Sara avec un sourire avant de s'éloigner.

J'ai cru que j'allais m'évanouir. Evan a haussé un sourcil interrogateur.

— Vraiment ?

— On va être en retard, ai-je lâché en claquant la porte de mon casier.

J'étais écarlate et, dans ma poitrine, mon cœur continuait sa course folle. Avec un petit rire, Evan m'a emboîté le pas.

— Tu n'as pas besoin de ce bouquin, m'a-t-il chuchoté dans le creux de l'oreille, alors que nous étions assis côte à côte.

— Evan ! ai-je répliqué tout bas en fronçant les sourcils.

— Sara ne sait pas grand-chose, n'est-ce pas ? a-t-il continué.

— On n'a pas parlé de ça, ai-je marmonné en baissant les yeux.

Il s'est mis à rire.

— Bonjour, a lancé Mme Mier en entrant dans la classe avec un grand panneau de bois qu'elle a posé sur un chevalet. Aujourd'hui, nous allons créer une œuvre en utilisant des clous.

Sur le panneau, on pouvait voir un portrait de femme réalisé à l'aide de clous. La manière dont ils étaient inclinés ou enfoncés créait des reliefs. J'étais impressionnée par la technique utilisée qui permettait de représenter des détails aussi subtils que le modelé de la pommette ou le creux de la narine.

— Prenez des clous dans la boîte qui est là, ainsi qu'une planche de bois et un marteau, a-t-elle ordonné. Vous pouvez ensuite commencer à travailler.

— Je parie que j'ai un pouce en moins avant la fin du cours, ai-je commenté en me tournant vers Evan.

Il s'est contenté de hocher la tête. Nous sommes allés chercher le matériel. Tout en remplissant mon bol de clous, j'ai réfléchi à ce que j'avais envie de créer. En retournant à ma place, j'ai vu qu'il avait le visage fermé, contemplant son marteau comme si c'était la première fois qu'il en voyait un.

— Evan, ça va ?

Blême, il n'a même pas levé les yeux. Je me suis assise à côté de lui.

— Qu'est-ce qui se passe ? ai-je insisté.

Sans un mot, il a posé le marteau sur la table et est sorti de la salle. Je suis restée quelques instants interdite. Quand j'ai compris qu'il était parti, je me suis précipitée dehors. Personne. J'étais là, bras ballants, au milieu du couloir. Perdue.

Je suis retournée en cours et je me suis rassise à ma place.

— Où est Evan ? a demandé Mme Mier quand elle a vu sa chaise vide.

— Je ne sais pas.

Je n'ai pas beaucoup avancé car je passais mon temps à surveiller la porte, guettant son retour. Mais il n'est jamais revenu. Après le cours, il n'était pas non plus devant mon casier. J'ai pris mon portable pour lui écrire un texto : Où tu es ? Ça va ? Je l'ai ensuite mis en mode vibreur avant de le glisser dans la poche avant de mon jean. Mon sweat-shirt était suffisamment large pour le cacher. Le prof de maths ne le verrait pas. Au milieu du cours, il a vibré. Je l'ai sorti en douce sous la table.

Je me sens pas bien. Je suis rentré à la maison.

J'ai relu trois fois le message.

Tu veux que je vienne après l'entraînement ?

Non. On se voit demain. OK ?

Très étrange. Il n'avait pas du tout eu l'air malade jusque-là. Visiblement, j'avais loupé quelque chose. Mais quoi ? Ne sachant pas quoi répondre d'autre, j'ai écrit : OK.

— Je vais rentrer chez moi après l'entraînement, finalement, ai-je prévenu Sara tandis que nous rangions nos affaires dans nos casiers.

— Tout va bien ? s'est-elle inquiétée devant ma mine sombre.

— J'espère. Je t'appelle plus tard.

— D'accord, a-t-elle répondu en me regardant m'éloigner.

Dès que je suis montée dans ma voiture, j'ai téléphoné à Evan. Pas de réponse. Le temps que j'arrive à la maison, j'étais morte d'inquiétude.

— Peut-être qu'il est vraiment malade, a observé Sara quand je l'ai appelée.

— Peut-être…, ai-je admis, sceptique.

— Ne commence pas à t'imaginer des trucs, hein ?

— Non, ne t'en fais pas.

Mensonge. Depuis des heures, je repassais en boucle les événements de la journée et ce qu'on s'était dit, lui et moi. Mais je n'arrivais toujours pas à comprendre ce qui avait pu le faire partir si brutalement. Quelque chose avait dû se passer pendant les quelques minutes où je m'étais éloignée de lui pour aller chercher les clous, en arts plastiques. Peut-être avait-il reçu un texto ? Mais pourquoi n'avait-il rien dit ?

— On verra demain s'il vient au lycée. Tu me fais signe si ton cerveau bouillonne et que tu as besoin de te changer les idées.

Après avoir raccroché, j'ai sorti mes livres de mon sac. J'avais besoin de penser à autre chose et les devoirs pouvaient constituer une bonne diversion. J'étais plongée dans un texte d'économie incompréhensible, quand on a frappé à ma porte, et ma mère a passé la tête.

— Coucou, a-t-elle dit en entrant dans la pièce après avoir vu que j'étais allongée sur mon lit. Je me demandais si Evan serait d'accord pour venir dîner demain soir. Qu'est-ce que tu en penses ?

Alors que j'ouvrais la bouche pour lui répondre, elle a aperçu le manuel de Sara dépasser de mon sac et l'a pris. Je suis devenue écarlate.

— Qu'est-ce que c'est que ça ? s'est-elle exclamée en feuilletant le livre. Dis donc, on vous apprend vraiment tout au lycée, maintenant.

— Ça n'est pas pour le lycée, ai-je répliqué sans même réfléchir.

Elle m'a regardée, bouche bée. J'aurais voulu disparaître sous terre.

— C'est pour toi ? a-t-elle questionné. Tu es encore vierge ?

Elle avait lancé ça comme une hypothèse, mais en voyant ma tête elle a compris qu'elle avait visé juste.

— Je pensais qu'Evan et toi…

J'ai enfoui ma tête dans l'oreiller. Quelle journée pourrie.

— Tu veux en parler ? Je ne pensais pas avoir un jour cette fameuse conversation mère-fille, mais je peux, si tu veux.

Quand j'ai relevé la tête, j'ai aperçu Jonathan sur le palier. De mieux en mieux.

— Non, ça va aller, ai-je marmonné.

— N'hésite pas à me demander si tu as besoin, a-t-elle poursuivi.

Elle s'apprêtait à s'asseoir sur mon lit pour continuer à discuter, mais Jonathan a eu la bonne idée de frapper à la porte pour signaler sa présence.

— Tu es prête ? a-t-il demandé.

La honte. Je n'ai pas pu le regarder en face.

— Oui, j'arrive, a répondu ma mère.

Elle a ajouté, en se rappelant soudain la raison de sa visite :

— Donc tu proposes à Evan de venir dîner demain, OK ?

Je me suis contentée de hocher la tête, incapable d'évoquer son malaise. Lorsqu'elle a reposé le livre, je me suis empressée de le ranger dans mon sac.

— Bonne nuit, a lancé Jonathan après avoir laissé ma mère sortir de la chambre.

— Bonne nuit, ai-je dit en levant les yeux sur lui.

Il a eu un petit sourire, je me suis aussitôt détournée, sentant le feu envahir mes joues. Quelques instants plus tard, j'ai entendu la porte d'entrée claquer. J'ai essayé de me concentrer sur mes devoirs, mais c'était mission impossible : je passais mon temps à vérifier mon portable dans l'espoir d'avoir un message d'Evan.

Il est arrivé, une heure plus tard : Désolé j'ai raté ton appel. Suis OK. Je passe te prendre demain ?

Oui.

Je savais que je ne serais pas rassurée avant de l'avoir vu.

J'avais encore du mal à m'endormir dans cette maison, et mon sommeil était toujours aussi fragile. Je me suis réveillée en sursaut et j'ai allumé ma lampe de chevet, le cœur battant. J'ai regardé la porte. La seconde d'avant, j'avais l'impression qu'un marteau était en train de faire un trou dans le panneau de bois pour qu'*elle* puisse venir me prendre. À la lumière de la lampe, la porte m'est apparue telle qu'elle était réellement : intacte, et fermée.

Je me suis levée et j'ai enfilé un sweat-shirt avant de descendre au salon. Je me suis enveloppée dans la couverture et allongée dans le canapé. J'avais beau être épuisée, je savais que le sommeil m'avait désertée pour un bon moment. Pour m'aider à me rendormir, j'ai choisi un film avec beaucoup de dialogues et peu d'action. Une demi-heure plus tard, j'ai entendu le palier grincer. Jonathan s'est arrêté un instant avant de descendre les marches.

— Hé, a-t-il lancé en entrant dans le salon.

Il a pris la couverture qui était sur le fauteuil et il est venu s'installer à côté de moi.

— Qu'est-ce que tu as mis ? a-t-il demandé en montrant la télé.

— Je sais pas trop, ai-je murmuré, à peine étonnée de le voir.

Après avoir suivi pendant quelques minutes le mélo pathétique qui défilait à l'écran, il a demandé, sans me regarder :

— Est-ce que tu fais toujours le même cauchemar ?

— Chaque fois différent, ai-je répondu. Mais la fin est toujours la même : je suis en train de mourir.

Il n'a pas commenté. Je me suis tournée : il m'observait, un doux sourire sur les lèvres.

— Les tiens ne sont pas comme ça, je parie ?

Il a secoué la tête, les yeux de nouveau braqués sur la télévision.

— Moi, c'est toujours le même, a-t-il répondu d'une voix grave.

J'ai vu ses mâchoires se crisper et son regard se durcir, tandis qu'il murmurait :

— Il m'interdit d'oublier.

Son expression s'est figée, son visage est devenu de marbre. Ses lèvres ne formaient plus qu'un mince trait et une lueur étrange brillait dans ses yeux sombres. J'ai senti un frisson me traverser. J'ai failli lui demander ce qui le maintenait ainsi éveillé nuit après nuit mais quelque chose m'en a empêchée. Je n'avais pas envie de savoir ce qui le rendait soudain si plein de haine. On aurait dit quelqu'un d'autre. Et je ne tenais pas à connaître cette personne-là. J'ai ramené mes jambes contre ma poitrine pour me réchauffer.

Il s'est tourné vers moi. Un sourire s'est dessiné sur ses lèvres et des petites rides sont apparues au coin de ses yeux. Son visage s'est instantanément modifié et il est redevenu le type qui me tirait dessus avec son pistolet à eau. J'ai fermé les paupières. Peut-être avais-je imaginé cet autre Jonathan ? Entre le manque de sommeil et la faible lumière, j'avais pu me tromper.

J'ai remonté la couverture jusqu'à mon nez.

— Je voudrais juste dormir, ai-je murmuré, les yeux explosés de fatigue.

— Je sais, a-t-il répondu en bâillant.

Mes paupières étaient de plus en plus lourdes, j'avais du mal à les garder ouvertes. J'étais en train d'envisager d'aller me coucher, quand il a soudain lancé :

— Alors ? tu as besoin des conseils d'un mec, ou pas ?

Mes yeux se sont ouverts d'un coup. Envolée, la fatigue. J'ai senti mes joues s'empourprer.

— Tu ne commences pas avec ça, ai-je menacé en brandissant un coussin.

Dans un éclat de rire, il a levé les mains pour se protéger.

— Tu aurais dû voir ta tête, quand ta mère t'a proposé d'avoir LA conversation ! J'ai eu du mal à me retenir.

— Ha ha, vraiment hilarant. Est-ce qu'on peut éviter de revenir sur le moment le plus pathétique de ma vie ?

Il s'est calmé, mais a continué d'afficher un large sourire. Ses dents brillaient dans l'obscurité.

— Désolé…

— Elles sont vraies ? ai-je lancé sans réfléchir.

— Quoi ? a-t-il demandé d'un air étonné.

— Tes dents.

Elles semblaient si blanches dans la nuit, et si régulières. C'était troublant. Je ne pouvais détacher mes yeux de leur éclat, comme hypnotisée. La fatigue, probablement.

— Drôle de façon de changer de sujet ! Et, oui, ce sont mes vraies dents.

Il a continué de me fixer en souriant.

— Quoi encore ? me suis-je exclamée.

Mais à peine avais-je posé la question que je me suis mordu les lèvres. Je n'étais pas certaine de vouloir savoir ce qui l'amusait ainsi.

— Laisse tomber. Tu ne veux pas parler de ça.

J'ai levé les yeux au ciel en poussant un soupir.

— Ma vie privée n'est pas un sujet.

— Pas ta vie privée, ta vie *sexuelle*, a-t-il corrigé.

— Je n'ai pas de vie sexuelle, ai-je rétorqué en rougissant.

— Je suis au courant, a-t-il ri.

J'ai enfoui ma tête dans le coussin en grognant.

— Pourquoi on en fait toute une affaire ? ai-je murmuré.

— Parce que c'est important, a-t-il répliqué sur un ton grave. Mais c'est sérieux, toi et Evan, n'est-ce pas ?

En relevant la tête, j'ai vu qu'il guettait ma réponse. J'ai fait un signe affirmatif.

— Et comment ça va se passer quand tu seras à Stanford ?

— J'espère qu'il y sera aussi, ai-je répondu en me redressant.

— Il est aussi intelligent que toi ?

— Dix fois plus ! Et il a aussi d'autres atouts, que je n'ai pas.

— L'argent ?

— Entre autres.

— Et des parents qui ont de l'influence, a-t-il ajouté. Ils sont d'accord avec toi ? Eux aussi veulent qu'il aille à Stanford ?

Les paroles horribles de Stuart, au nouvel an, me sont revenues en mémoire et j'ai baissé les yeux.

— Ah…, a déduit Jonathan.

— C'est son père, ai-je expliqué. Il ne m'apprécie pas beaucoup.

— Il ne t'apprécie pas ? s'est-il exclamé, incrédule. Alors c'est une question d'argent. J'ai connu ce genre de pères. Mais je suis quand même allé à l'université avec elle.

Je l'ai dévisagé attentivement, de plus en plus intéressée par ce qu'il racontait.

— Moi aussi, j'ai vécu ça. J'étais amoureux d'une fille riche. Sadie. Ses parents ont toléré ça, jusqu'au jour où ils ont compris que c'était sérieux. Malgré tout, nous avons vécu ensemble à l'université. Mais en Pennsylvanie, alors que je ne rêvais que d'une chose : quitter cette région et partir le plus loin possible.

Il a poussé un soupir avant de conclure :

— Je n'aurais pas dû rester.

— Tu as rompu ?

— En quelque sorte, a-t-il lâché, le regard perdu au loin.

Des années après, je pouvais encore lire sur son visage à quel point cet épisode avait été douloureux.

— L'université, c'est… différent, a-t-il donné en guise d'explication.

Je n'ai pas osé lui poser de questions. Mais j'espérais qu'il en dirait plus.

Il a posé un coussin sur ses genoux et a continué de contempler le mur devant lui d'un air songeur. À l'évidence, ses pensées étaient loin – en Pennsylvanie, dans un passé lointain.

— Les gens changent. Quand tu entres à l'université, tu sais à peine qui tu es. Puis tu passes ces années à te demander ce que tu veux faire de ta vie et avec qui tu veux la vivre. Et tu te rends compte que ceux dont tu pensais qu'ils seraient toujours près de toi s'éloignent. Et que la personne en qui tu avais le plus confiance n'est finalement pas celle que tu croyais.

Il a baissé la tête et s'est tu un instant avant de poursuivre :

— Et six ans plus tard, il ne te reste presque plus rien de la vie que tu avais construite.

J'ai essayé, en vain, de trouver quelque chose à dire pour chasser ces souvenirs qui avaient soudain affaissé ses épaules et assombri son visage. C'est lui qui, finalement, a rompu le silence.

— J'ai été accepté à l'université de Los Angeles ! a-t-il annoncé, tout fier.

— Sérieux ? C'est génial ! Bravo !

J'étais sincèrement heureuse pour lui, jusqu'à ce qu'une pensée surgisse dans ma tête :

— Tu ne l'as pas encore dit à ma mère, si ?

— Je vais le faire…

Puis, soudain, j'ai blêmi. Comme si on m'avait donné un coup de poing dans le ventre.

— Emma, ça va ? s'est-il inquiété.

— Stanford, ai-je articulé avec difficulté, le souffle court. Il a dû apprendre s'il est pris ou pas.

— Evan ?

Incapable de parler, j'ai hoché la tête. Je me suis repassé le film de la journée. Quand il avait quitté le déjeuner. Puis la tête qu'il faisait, peu de temps après, en arts plastiques. Il ne pouvait même pas me regarder. Ni répondre à mes coups de fil.

— Il n'a pas été accepté, ai-je lâché dans un souffle.

— Ne commence pas à stresser avant d'être sûre.

— Facile à dire.

Le monde s'écroulait, tout à coup. Plus rien n'avait de sens.

— Et s'il n'est pas accepté, qu'est-ce qui se passe ? a-t-il lancé.

Je l'ai regardé avec des yeux grands comme des soucoupes en secouant la tête. Impossible. Comment m'imaginer en Californie sans Evan ? Je ne voulais même pas y penser.

— C'est important pour toi, hein ?

Les yeux rivés au plafond, j'ai essayé de respirer profondément.

— Demande-lui, c'est plus simple. Ça t'évitera de t'angoisser peut-être pour rien. Au moins, tu seras fixée.

Ses paroles m'apaisaient.

— Et toi ? Quand comptes-tu annoncer à ma mère que tu pars ?

Son visage s'est rembruni.

— Je ne sais pas comment lui dire… C'est son anniversaire dans quelques semaines et j'aurais bien aimé être avec elle. C'est une mauvaise idée ?

— Donc tu préfères rompre après son anniversaire ? ai-je questionné, sans savoir quel scénario je préférais.

— En fait, je ne me sens pas encore prêt.

Après un court instant, il a ajouté :

— J'ai bien conscience qu'il n'y a pas de bonne solution.

— Ça ne me regarde pas. Mais elle doit être prévenue, c'est tout.

— Je sais.

Tout à coup, je me suis souvenue de son allusion à sa vie *six* ans plus tôt. Bizarre.

— Quel âge as-tu ? ai-je demandé.

— Mon vrai âge ? ou celui que j'ai donné à Rachel ?

— Comment ça ? Tu lui as menti sur ton âge ?

— Elle a déjà du mal avec le fait que je sois plus jeune qu'elle, je n'allais quand même pas lui dire que je n'avais que vingt-quatre ans. Si ?

— T'es vraiment un sale type…

— T'imagines même pas !

Nous avons éclaté de rire.

— Jonathan ? a appelé ma mère, en haut de l'escalier.

Nous nous sommes tus et nous avons échangé un regard coupable.

Après avoir allumé la lumière, elle a descendu quelques marches. Lorsqu'elle nous a aperçus tous les deux, son visage s'est fermé. Une lueur a passé dans ses yeux. Si vite, que je n'aurais pas su dire si c'était de la colère ou de l'étonnement.

— Insomnie ? a-t-elle déduit avec un sourire compatissant.

Ne sachant pas très bien à qui elle s'adressait, je me suis contentée de hocher la tête.

— Je monte dans une minute, a dit Jonathan.

Elle a fait un petit signe de tête et est retournée dans sa chambre après avoir éteint la lumière.

— Il faut que j'aille me coucher, ai-je annoncé en me levant.

— J'aime bien ça, a-t-il lâché tout à coup. Parler avec toi. J'ai l'impression que je peux te raconter beaucoup de choses. Ce que je garde pour moi, normalement. Souvent, les gens ne comprennent pas.

— Je sais.

J'ai hésité avant de me tourner vers lui. Il disait vrai. Jusque-là, je n'en avais pas pris conscience, mais j'arrivais à parler des démons qui me tenaient éveillée la nuit, à partager mes secrets ; et Jonathan saisissait mieux que personne. Lui aussi avait ses démons. Cela nous avait rapprochés.

Il a eu un petit sourire. Durant quelques secondes, je n'ai pas pu détourner le regard. J'avais plongé dans le noir de ses yeux. Ses pupilles fouillaient au plus profond de moi, à la recherche de ce qui me hantait. J'ai battu des paupières pour m'extraire de ce moment hypnotique.

— Tu restes là ? ai-je demandé.

— Je ne me sens pas encore assez fatigué, a-t-il avoué en prenant la télécommande.

— Fais gaffe aux pubs…

Cette allusion à la nuit où il m'avait secourue en plein cauchemar l'a fait sourire. Je l'ai laissé sur le canapé et je suis allée me recoucher.

La nuit a été courte. Rien à voir avec les cauchemars : je suis restée éveillée un bon moment, à réfléchir à mon futur, à espérer ardemment qu'Evan en fasse partie.

Quand je me suis levée, le lendemain matin, avant l'aube, Jonathan était encore dans le canapé. Endormi. J'ai hésité à le réveiller pour qu'il aille dans son lit. Mais il semblait si paisible.

18

Le temps d'une histoire

Un léger coup à la porte m'a fait lever la tête. J'étais dans la cuisine, en train de laver mon bol de céréales. Je n'ai pas eu le temps de répondre : elle s'est ouverte et Evan est entré.

— Salut, a-t-il dit sur un ton moins assuré qu'à son habitude.

— Salut.

Je l'ai observé, cherchant sur son visage les signes de la maladie. Il avait l'air fatigué et sombre, ce qui n'a fait qu'augmenter mon inquiétude. Derrière son léger sourire, j'apercevais une lueur soucieuse dans ses yeux. Je me suis approchée de lui à pas lents, prête à encaisser la mauvaise nouvelle.

— Tu vas bien ? a-t-il demandé en voyant mes traits tendus.

Difficile de cacher les cernes sombres sous mes yeux ainsi que l'angoisse qui me minait.

— Et toi ?

— Je m'inquiète pour toi, a-t-il répondu en m'étudiant avec attention. Tu es sûre que ça va ?

Il a tendu la main et m'a caressé la joue. J'ai fermé les yeux pour savourer la chaleur de sa peau.

— Ça va, ai-je soufflé.

C'était tout ce que ma tempête intérieure me permettait de dire. J'avais besoin de connaître les raisons de son comportement si étrange. Il s'est penché et a posé ses lèvres sur les miennes. La tension qui m'étreignait depuis vingt-quatre heures s'est légèrement atténuée.

— Je me sens déjà un peu mieux, ai-je murmuré tandis qu'il s'écartait. Est-ce que tu vas enfin me dire ce qui s'est passé hier ? C'est à cause de Stanford ? Tu n'es pas pris ?

Il m'a regardée sans comprendre. Puis un large sourire a éclairé son visage.

— Tu as cru que c'était à cause de Stanford ?

— Je ne sais pas ce qui t'est arrivé, ai-je répliqué, pas vraiment rassurée par son sourire. Et tu étais censé recevoir la réponse ces jours-ci…

— J'ai eu la lettre, en effet.

J'ai retenu ma respiration, redoutant la suite.

— Mais je ne sais pas si j'ai été accepté.

— Comment ça ?

— Oh, je suis désolé, Em, a-t-il lâché en secouant la tête. Je ne t'ai pas prévenue… Mes parents ne me diront pas dans quelle université j'irai tant que je n'ai pas reçu toutes les réponses. On attend encore celle de Yale.

— C'est eux qui vont décider pour toi ? me suis-je exclamée, horrifiée.

Si c'était le cas, vu l'avis de Stuart sur la question, il n'y avait aucune chance pour qu'il vienne en Californie.

— Non, s'est-il esclaffé en me prenant dans ses bras. L'idée, c'est que j'écrive mes trois premiers choix et que ma mère annonce ensuite à quelle université j'irai. Elle a organisé tout un truc autour de ça. On va dans un bon restaurant et elle me donne une enveloppe avec, dedans, le nom de l'université. Ne t'inquiète pas, quoi qu'il arrive, tu ne vas pas me perdre.

Il m'a embrassée sur le sommet du crâne.

— Mais pourquoi elle fait un truc pareil ?

— Elle avait inventé ça pour Jared. Il n'avait pas eu son premier choix et, pour faire passer la pilule, elle avait organisé cette cérémonie autour de l'annonce. Et elle dit qu'on doit faire la même chose pour moi. Tu viendras au dîner, hein ?

— Bien sûr.

Mais je me suis aussitôt mordu les lèvres : je n'étais pas certaine d'être capable de cacher ma déception s'il n'était pas pris à Stanford.

— Tu es soulagée ? a-t-il interrogé en plongeant son regard dans le mien.

J'ai répondu par un petit signe de tête. Il s'est penché et m'a embrassée avec douceur avant de lancer :

— On y va ?

— Je prends mon manteau et c'est bon.

Sitôt le seuil franchi, il a glissé sa main dans la mienne. Pendant le trajet, je me suis rendu compte qu'il ne m'avait toujours pas expliqué ce qui lui était arrivé la veille. Je l'ai observé du coin de l'œil tandis qu'il conduisait. Son regard ne brillait pas comme d'habitude. Quelque chose le tracassait, c'était évident.

— Qu'est-ce qui ne va pas ? Je vois bien qu'il y a un truc qui cloche.

Il a pris une profonde inspiration, comme s'il s'attendait à cette question.

— Est-ce que tu viens chez moi, ce soir ? J'ai quelque chose à te dire mais je préfère t'en parler quand on sera tous les deux.

Mon cœur s'est arrêté de battre. Son ton sérieux ne présageait rien de bon. J'ai hoché lentement la tête, rongée par la panique. Evan s'est garé et m'a lancé un coup d'œil. Je n'essayais même pas de masquer mon angoisse.

— Oh là là, je suis désolé, Em, a-t-il tenté de me rassurer. Il n'y a rien de grave. Tu ne dois pas t'inquiéter, je te promets.

Il est sorti, m'a ouvert la portière et m'a prise dans ses bras.

— Je t'aime, a-t-il murmuré en me fixant de son regard sincère. Garde ça en tête, au lieu de passer la journée à flipper. OK ?

— OK.

Alors qu'il s'apprêtait à m'embrasser, j'ai entendu :

— Ça, c'est Evan et Emma, le couple le plus solide du lycée. Evan est juste sublime, mais même pas la peine de le regarder, il ne te calculera pas.

Surprise, j'ai relevé la tête. Jill traversait le parking en compagnie d'une petite blonde aux yeux de biche et aux lèvres boudeuses. Quand j'ai croisé son regard, la fille a détourné les yeux, comprenant que je les avais entendues. Evan m'a pris la main et s'est dirigé vers elles avec un sourire amusé. Lorsqu'il a vu la nouvelle, il a lancé sur un ton chaleureux :

— Salut, Analisa.

— Salut, Evan, a-t-elle répondu, en rougissant légèrement.

Mais elle n'a pas pu s'attarder davantage : Jill l'a forcée à avancer pour pouvoir la mitrailler de questions.

— Comment tu connais cette fille ? a demandé Sara, derrière nous.

Je ne l'avais pas entendue arriver.

— Ma mère a fait travailler la mère d'Analisa dans sa nouvelle boîte de consultants, a-t-il expliqué. Ils viennent de New York.

— Je parie que mes parents ne vont pas tarder à les inviter pour leur souhaiter la bienvenue, a soupiré Sara.

— Elle est seulement avec sa mère, a précisé Evan. Je crois qu'elles viennent dîner à la maison vendredi. Je pense que tes parents seront là aussi.

— Ça ne m'étonne pas, a-t-elle lâché en levant les yeux au ciel. Elle est en première ?

— Je crois, oui.

En traversant le hall, nous sommes passés devant Jill et Analisa. J'en ai profité pour mieux regarder cette nouvelle qui suscitait tant d'attention. Elle avait une beauté pure, innocente. Avec sa peau claire, ses lèvres vermillon et ses joues roses, elle ressemblait à une poupée de porcelaine. Ses cheveux blonds lui tombaient sur les épaules et elle jouait avec une de ses boucles en l'entortillant autour du doigt d'un geste nerveux. Elle paraissait timide et baissait les yeux dès qu'elle croisait un regard. Mais je ne m'inquiétais pas pour elle : elle saurait trouver quelqu'un au lycée pour lui montrer comment bien s'intégrer.

L'idée qu'elle soit invitée chez les Mathews ne me plaisait guère. À tel point que je refusais de l'imaginer assise à leur table, dans leur salle à manger. Ça n'était que pure jalousie de ma part, et je n'en étais pas fière.

— Ma mère a proposé que tu viennes dîner ce soir, ai-je annoncé à Evan au moment de nous séparer.

— Tu te sens bien, Evan ? est intervenue Sara. Tu as l'air fatigué.

— Je sors juste d'un truc, en effet, a-t-il reconnu.

Sa réponse m'a immédiatement alertée. Que voulait-il dire par là ? J'avais hâte d'être à ce soir pour savoir de quoi il était question.

Il s'est tourné vers moi et m'a lancé :

— Super pour le dîner ce soir ! On ira chez toi après l'entraînement.

Il a déposé un baiser sur ma joue avant de filer.

— Et toi, il faut vraiment que tu t'achètes un anticerne, m'a conseillé Sara. On voit direct que tu n'as pas eu une vraie nuit de sommeil depuis très longtemps.

— Merci, c'est sympa, ai-je riposté en ouvrant la porte de mon casier. Le fait de vivre dans la maison la plus flippante au monde n'aide pas beaucoup. Et tes murs noirs, dans ma chambre, c'est très chic le jour mais je te garantis que la nuit, ça craint.

— Peut-être que tu devrais prendre les médicaments que le médecin t'a prescrits, a-t-elle observé.

Devant mon silence, elle a changé de sujet.

— Et comment va Rachel ? Ou plutôt, comment va Jonathan ?

J'ai eu un petit sourire ironique en entendant la pointe d'excitation dans sa voix.

— Bien. Sauf qu'hier soir elle a vu le manuel que tu m'avais donné. Elle était sur le point de me faire un cours complet sur le sujet quand il est arrivé, après avoir entendu notre conversation. J'ai cru que j'allais mourir de honte !

Sara a éclaté de rire.

— Tu l'as lu ?

— Non ! Et je ne vais pas le lire. Je te le rends.

— Je pensais que ça pourrait t'aider.

— Merci, mais je me débrouillerai toute seule, ai-je conclu en refermant la porte de mon casier.

Durant la journée, tout le lycée n'a parlé que d'Analisa, son nom était sur toutes les lèvres. Comme elle était en première, je n'avais aucun cours avec elle. Mais, avec ma chance habituelle, je l'ai retrouvée assise à ma table à l'atelier d'arts plastiques. À la place d'Evan, très exactement.

— Salut, a-t-elle lancé d'une voix timide tandis que je m'installais à côté d'elle.

— C'est la place d'Evan.

— Evan ne participera pas à l'atelier, aujourd'hui, a informé Mme Mier, derrière moi.

Nous nous sommes toutes les deux retournées. Elle a ajouté :

— Tu es la bienvenue à cette place, Analisa. Emma, peux-tu lui expliquer la consigne du projet sur lequel nous travaillons en ce moment, s'il te plaît ?

— Bien sûr, ai-je répondu, le cerveau paralysé – Evan ne viendrait pas.

Analisa a dû me prendre pour la fille la plus antipathique du lycée : je lui ai balancé quelques explications rapides sur le projet et je l'ai ensuite ignorée jusqu'à la fin du cours. J'étais trop occupée à essayer de deviner de quoi Evan voulait me parler et pourquoi il n'était pas là. Les deux choses étaient liées, j'en étais certaine.

— C'était sympa d'être avec toi, a-t-elle dit d'une voix douce tandis que nous rangions nos affaires.

Je me suis sentie super mal.

— Désolée, je n'étais pas très bavarde, ai-je répondu d'un air coupable. J'ai eu une drôle de journée.

— Pas de problème, je comprends.

— On se voit demain, ai-je ajouté avec un gentil sourire pour me rattraper.

— Super, a-t-elle souri en retour avant de s'éloigner dans le couloir.

Evan m'attendait devant mon casier.

— Tu as laissé tomber l'atelier d'arts plastiques, ou quoi ? ai-je lancé sans lui laisser le temps d'ouvrir la bouche.

Il a eu un instant d'hésitation.

— Non, j'ai juste demandé à travailler sur autre chose pendant quelque temps. Du coup, Mme Mier m'a donné un projet photo.

— Ah…, ai-je répondu, soulagée. Je comprends.

C'était plausible : ça n'était pas la première fois que Mme Mier lui confiait un projet de ce type. J'ai eu honte d'avoir passé le cours à imaginer toutes sortes de scénarios délirants.

En sentant son doigt sur ma cicatrice, j'ai levé les yeux de mon livre de physique. Assis l'un à côté de l'autre dans le canapé du salon, nous révisions avant le dîner. Evan était plongé dans son livre d'histoire, et caressait ma cheville sans s'en rendre compte. Chaque fois que sa peau effleurait cet endroit précis, des picotements parcouraient mon pied. Au bout d'un moment, il a remarqué que je regardais sa main. Mais il ne l'a pas retirée.

— On n'a pas pu parler, ai-je observé en posant mon livre.

— On peut encore le faire.

L'air songeur, il s'est tu un instant. Il semblait chercher ses mots.

— Quand j'ai entendu…

— Tu aimes les brocolis ? a lancé ma mère, depuis la cuisine.

Evan a souri avant de crier :

— Oui !

Puis il a posé de nouveau ses yeux sur moi.

— Donc, tu disais… ? l'ai-je encouragé.

Il a lancé un coup d'œil vers la cuisine, où ma mère, tout en préparant le dîner, accompagnait d'un mouvement des hanches la musique rock que diffusait la radio.

— Ça peut attendre.

— Tu es sûr ? ai-je insisté en tentant de déchiffrer son expression.

Attendre ne ferait que prolonger la torture, pour lui comme pour moi.

— Oui, a-t-il affirmé, en se penchant pour me donner un baiser.

Pour prolonger ce moment délicieux, j'ai passé mes mains autour de son cou.

— Hum…, est intervenue ma mère en toussant légèrement.

Evan s'est écarté. Ma mère était aussi rouge que moi. Les yeux baissés, elle a annoncé :

— Le dîner est prêt.

Au même instant, l'alarme du détecteur de fumée s'est déclenchée. Nous nous sommes précipités dans la cuisine. Ma mère a essayé d'ouvrir la fenêtre à guillotine au-dessus de l'évier pendant que j'agitais un torchon sous le détecteur pour dissiper la fumée. On commençait à avoir l'habitude : l'alarme se mettait en route chaque fois que j'essayais de cuisiner.

— Quelle catastrophe, ce four ! a-t-elle marmonné en soulevant la fenêtre avec difficulté. Il doit y avoir quinze ans de restes de nourriture carbonisée, là-dedans.

— Vous voulez que je vous aide ? a proposé Evan en s'approchant d'elle.

— C'est bon, merci, a-t-elle répondu en montant la fenêtre de quelques centimètres supplémentaires.

Puis avec un sourire, elle a montré la table :

— Asseyez-vous.

Je me suis installée, face au mur, sur une chaise qui a grincé sous mon poids. Evan s'est assis à ma droite, sur la plus solide des trois chaises. Ma mère a posé sur la table un plat de brocolis et un autre de pommes de terre écrasées. Puis elle a mis un morceau de blanc de poulet dans chacune des assiettes.

— Qu'est-ce que tu veux boire ? ai-je demandé à Evan.

— De l'eau, c'est parfait, a-t-il répondu.

Je me suis levée pour prendre la carafe et remplir nos deux verres pendant que ma mère s'asseyait, un grand verre de vin à la main. Après avoir jeté un coup d'œil à la bouteille – déjà vidée aux deux tiers –, je l'ai regardée avec inquiétude. Pour l'instant, elle avait l'air normal.

— Servez-vous, a-t-elle dit en prenant des brocolis et des pommes de terre pour donner l'exemple.

Evan a saisi les couverts qu'elle lui tendait et s'est servi à son tour.

— Comment ça va, le basket ? a-t-elle questionné sans toucher à ce qui était dans son assiette et en buvant une gorgée de vin.

Puis, sans attendre nos réponses, elle a aussitôt enchaîné :

— J'adore le basket. J'ai eu un mal fou à convaincre Emily d'en faire. Elle ne pensait qu'au football, à cause de son père, mais elle est vraiment bonne au basket. Je n'y ai jamais joué, mais j'adore regarder. Le football, je n'y comprends rien. Je ne sais jamais où est la balle et pourquoi l'arbitre siffle sans arrêt.

Elle s'est interrompue en voyant nos yeux fixés sur elle.

— Désolée, a-t-elle lâché avec une légère grimace.

— Tout va bien, a dit Evan avec un sourire, tout en me lançant un regard du coin de l'œil.

J'ai pincé les lèvres d'un air désolé. Il a pris ma main, sous la table, et l'a pressée.

— Le basket est un sport super, a-t-il renchéri.

— Est-ce que tu as joué les éliminatoires ?

Elle faisait un effort pour se concentrer et ne dire qu'une phrase à la fois. Après sa question, elle a bu une gorgée de vin. Ses joues étaient déjà un peu roses.

— À peine, a avoué Evan en posant sa fourchette pour répondre. On a une rencontre à l'extérieur, jeudi. Si on la remporte, je jouerai à Weslyn samedi soir.

— Oh, je veux absolument te voir ! s'est-elle exclamée d'une voix surexcitée. Si tu joues samedi, j'y serai.

— Super ! a répondu poliment Evan.

Je suis restée de marbre, morte de honte que ma mère propose à mon petit ami d'aller le voir jouer.

— Emma joue vendredi, a-t-il annoncé.

— Si on gagne mercredi, ai-je précisé.

— C'est sûr que vous allez gagner. Vous dominez le championnat.

— Ça serait tellement génial ! s'est écriée ma mère. Il faut vraiment qu'on fasse une fête.

J'ai froncé les sourcils et Evan a éclaté de rire.

— Qu'est-ce qu'il y a ? a-t-elle interrogé, quelque peu déroutée.

— Emma et les fêtes, ça ne fait pas bon ménage.

— Allez, a supplié ma mère. On s'amuserait bien !

— Oh non, ai-je décliné, en secouant la tête avec obstination.

— Je vais faire une soirée pour mon anniversaire, dans quelques semaines, de toute façon. Vous viendrez, n'est-ce pas ?

Les yeux brillants, elle nous a dévisagés tour à tour.

— Bien sûr, ai-je répondu, sans savoir ce que j'acceptais réellement.

— Evan, est-ce qu'Emily t'a raconté la fois où elle est tombée d'un arbre ?

Elle a eu un petit rire et a repoussé son assiette – qu'elle n'avait quasiment pas touchée. J'ai pris le plat de brocolis et je me suis levée. Evan m'a imitée.

— Je m'en occupe, reste là, ai-je dit en débarrassant son assiette.

Il m'a lancé un coup d'œil interrogateur auquel j'ai répondu par un sourire avant d'aller mettre la vaisselle dans l'évier.

— Non, elle ne m'en a jamais parlé, a-t-il observé en se rasseyant.

Pendant que je rangeais les assiettes dans le lave-vaisselle, j'ai tendu l'oreille. Moi-même, je n'étais pas certaine de connaître cette histoire.

— Emily passait son temps à courir partout, à grimper aux arbres et à revenir couverte de terre. C'est pour ça que nous lui avons fait faire du sport – pour éviter qu'elle se blesse en sautant du haut des rochers !

Tandis que je rinçais les plats, j'essayais de me rappeler.

— Nous habitions au milieu d'un bois, entourés d'arbres, d'insectes et d'autres bestioles. Un truc horrible !

Je me suis tournée et je l'ai vue frissonner.

— Désolée, je suis pas une fan des petites bêtes…

Evan a éclaté de rire.

— Bref. Un jour, elle est montée tout en haut d'un arbre et une branche s'est cassée sous ses pieds. En tombant, elle a heurté toutes les branches sur son passage. Je l'ai entendue crier et je l'ai retrouvée suspendue à plus de dix mètres de haut. Elle avait réussi à agripper la dernière branche avant de chuter sur le sol.

Perplexe, je me suis adossée à l'évier. Je n'avais aucun souvenir de cet épisode. Pourtant, en écoutant ce récit, j'avais senti mon ventre se crisper de façon désagréable.

— Derek a dû chercher une échelle pour la récupérer.

Elle s'est mise à rire. Comme si l'image de moi en train de dégringoler du haut d'un arbre et ayant besoin que mon père vienne à ma rescousse était hilarante.

— Elle ne s'est rien cassé, mais elle était couverte d'égratignures de la tête aux pieds. Après ça, elle n'a plus jamais escaladé d'arbre.

Se tournant vers moi, elle a ajouté :

— Tu as toujours le vertige ?

Soudain, je comprenais pourquoi j'avais un nœud dans l'estomac. D'une petite voix, j'ai lâché :

— Oui.

— Je ne savais pas que tu avais le vertige, a commenté Evan en scrutant mon visage pâle. Tu t'es pourtant bien débrouillée quand nous avons fait des descentes en rappel, l'an dernier.

— J'avais une trouille bleue, mais je ne voulais pas te le dire. En plus, je n'étais pas obligée de regarder en bas.

J'ai haussé les épaules. Avant d'entendre ma mère raconter cette histoire, je n'avais pas compris d'où me venait cette peur du vide. J'avais beau n'avoir aucun souvenir de cet épisode, je sentais dans ma chair qu'il avait bel et bien eu lieu. La peur et le désespoir qui s'emparaient de moi en témoignaient.

Ma mère a continué à évoquer mon enfance. Je ne me sentais pas gênée, bizarrement. Comme si elle ne parlait pas de moi, mais de quelqu'un d'autre. Au fur et à mesure qu'elle récitait ses anecdotes, je me rendais compte que je n'avais pas de souvenirs. C'était troublant. L'enfance m'avait désertée : je n'avais pas de passé.

Lorsque j'ai eu fini de débarrasser la table, ma mère, elle, avait terminé la bouteille de vin et était plutôt éméchée. Elle gloussait à tout bout de champ.

— Tu veux faire un tour ? ai-je proposé à Evan.

Il s'est levé tandis qu'elle racontait une histoire de coupe de cheveux que j'avais exigée à l'âge de huit ans et qui me donnait l'air d'un garçon.

— Oui, bonne idée, m'a-t-il répondu.

Puis, s'adressant à ma mère :

— Merci pour le dîner.

— Ça m'a fait très plaisir, a-t-elle déclaré avec un sourire affectueux.

Après avoir enfilé mon manteau et noué une écharpe autour de mon cou, je suis sortie avec Evan dans le froid sec de cette fin d'hiver. Même s'il n'avait pas neigé depuis un moment, le sol était encore tout blanc. Les mains dans les poches, je marchais les yeux baissés.

— J'ai bien vu que tu étais gênée, a-t-il dit. Mais ça n'était pas si terrible que ça, je te promets.

— Non, c'était bien, ai-je répondu avec un haussement d'épaules.

C'était en partie vrai : le bavardage nerveux de ma mère ne m'avait pas tellement dérangée. Même accompagné d'une bouteille de vin.

Evan attendait la suite, mais je me suis tue.

— Tu veux bien me dire ce qui te tracasse ?

Avant de répondre, je me suis efforcée de mettre de l'ordre dans mes pensées.

— Je n'ai pas les mêmes souvenirs qu'elle de notre maison.

J'ai marqué un temps d'arrêt.

— Je me rappelle que j'aimais cet endroit, mais je n'ai pas d'images précises. Juste des arbres et du soleil. Ce que je sais, c'est que je m'y sentais en sécurité. Ça ne pouvait donc pas être aussi horrible qu'elle le dit.

Nous nous sommes dirigés vers le parc et avons suivi un petit chemin jusqu'au terrain de jeux. J'ai enlevé la neige d'une balançoire et je me suis assise dessus.

— Jusqu'à ce qu'elle raconte cette histoire, je ne m'étais pas rendu compte qu'il y avait un grand blanc dans ma tête sur cette période.

— Tu étais petite.

— Pas si petite que ça. J'aurais dû me rappeler un événement aussi traumatisant que cette chute.

Evan s'est glissé à côté de moi et m'a regardée pendant que je poussais doucement sur mes pieds pour me balancer. Je fixais la neige, perturbée. J'avais tout verrouillé en moi, les bons souvenirs comme les mauvais, et je n'avais plus grand-chose à quoi me raccrocher.

— Je me souviens d'un truc, ai-je lâché en le regardant avec un sourire.

— C'était quoi ?

— Mon père m'avait fabriqué une balançoire qu'il avait accrochée à un arbre près de la maison.

Je montais si haut que mes pieds pouvaient toucher les branches. La tête en arrière, je fermais les yeux ; c'était une sensation dingue. J'avais l'impression de voler. Je passais des heures dessus.

Il m'a souri tendrement. J'ai laissé la douceur de ce souvenir combler le vide que je sentais en moi.

— J'aimerais pouvoir revenir à ce temps où tout était parfait et où j'étais heureuse, prête à m'envoler.

19

En attendant vendredi

— J'ai tout gâché hier, n'est-ce pas ? a demandé ma mère en remplissant sa tasse de café. Je t'ai mise terriblement mal à l'aise. J'étais nerveuse, et j'ai trop bu, et j'ai raconté trop d'histoires. Je suis désolée, Em. Dis à Evan…

— Mam… Rachel, c'était super. Vraiment.

Elle a levé les yeux sur moi.

— Tu n'avais pourtant pas l'air très bien…

— Pas du tout.

J'ai souri pour la rassurer. Elle m'a lancé un coup d'œil coupable.

— Tu me le jures ?

J'ai hoché la tête.

— Et tu ne m'en veux pas de ne pas venir voir ton match, cet après-midi ?

— Tu dois travailler, je comprends.

— Ça t'embête que je me sois invitée au match d'Evan ? C'était une mauvaise idée ? J'ai très envie de le voir jouer. J'étais encore lucide, quand je lui ai dit ça, tu sais.

— Tout va bien, ai-je répondu en riant. Ça ne me pose aucun problème que tu assistes à son match samedi. Tu peux aussi amener Jonathan, si tu veux.

Elle a baissé les yeux.

— Qu'est-ce qu'il y a ?

— Je ne sais pas très bien ce qui se passe avec lui, a-t-elle murmuré. J'ai l'impression qu'il me cache des choses.

Son visage sombre m'a donné un coup au cœur.

— Est-ce qu'il se confie un peu, quand vous vous retrouvez, la nuit ? m'a-t-elle demandé.

J'ai secoué la tête, ne sachant pas très bien quoi répondre. Mieux valait mentir.

— Vous parlez de quoi ?

À son ton, on aurait dit qu'elle cherchait à avoir des informations sur des secrets dont elle était exclue.

— De pas grand-chose..., ai-je lâché d'un air évasif. Du sport, des pubs, du fait qu'on aimerait réussir à dormir.

— Il t'a dit pourquoi il n'arrivait pas à dormir ?

Elle guettait ma réponse. J'ai haussé les épaules et détourné le regard.

— Il ne me raconte rien, a-t-elle ajouté. On ne parle pas beaucoup de notre vie d'avant. En un sens, c'est mieux, car quand j'y pense, ça me rend malheureuse. Mais d'un autre côté, j'aimerais bien qu'il ait suffisamment confiance en moi pour se confier.

J'ai hoché la tête, incapable d'articuler le moindre mot. J'aurais dû lui dire qu'il partait vivre en Californie. Et qu'il avait, lui aussi, un passé douloureux qu'il avait du mal à partager. Elle avait le droit de savoir qu'elle n'était pas responsable de ça, et qu'il tenait beaucoup à elle. Mais elle se serait alors demandé pourquoi il me confiait ses secrets. À moi, et pas à elle. Et je n'aurais pas su quoi lui répondre. D'autant plus que j'étais moi-même incapable de m'expliquer pourquoi je réussissais à évoquer avec Jonathan des sujets que j'avais jusqu'alors évité d'aborder avec qui que ce soit.

— Je le vois vendredi, a-t-elle annoncé. Je lui proposerai à ce moment-là, pour le match.

— Je suis sûre qu'il n'y a rien de grave, ai-je finalement dit.

La rassurer avec un mensonge me rendait encore plus coupable.

— Bon, il faut que j'y aille, a-t-elle déclaré en regardant l'heure sur le four. Tu m'envoies un texto avec le score, OK ?

J'ai fait un signe de la tête. Tandis que je la voyais sortir de la cuisine, j'ai senti la colère m'envahir. J'en voulais à Jonathan de m'avoir mise dans cette situation. Et de faire souffrir ma mère parce qu'il était incapable de lui dire la vérité. J'ai pris mon portable d'un geste énervé. Il faut que tu lui dises !

J'ai reçu sa réponse en arrivant au lycée : Je suis à New York jusqu'à vendredi. Je vais le faire, promis !

Vivement vendredi.

— Coucou ! ai-je entendu quand j'ai ouvert la porte, ce soir-là. Je suis tellement contente que tu aies gagné !

Ma mère était assise en tailleur dans le canapé, un verre de vin à la main.

— Salut, ai-je répondu en laissant tomber mon sac au pied de l'escalier.

— Ça a l'air de te réjouir, a-t-elle lancé sur un ton ironique en remplissant son verre. Tout va bien ?

— Ouais, ai-je lâché, pas très convaincue.

Je n'étais pas d'humeur à évoquer Analisa. Quand je l'avais vue avec Evan, après le match, j'avais été un peu agacée. Mais quand il m'avait ensuite appris qu'il ne resterait pas avec moi parce qu'il la ramenait chez elle, là, je m'étais sentie franchement blessée. J'avais honte d'être jalouse. D'autant plus qu'il n'y avait pas de raison. Mais j'avais beau essayer de m'en convaincre, chaque fois que je la voyais regarder Evan avec ses grands yeux de biche façon Bambi, mon ventre se nouait.

J'ai donc préféré ne pas aborder le sujet.

— Et toi ? ai-je demandé. Comment ça va ?

— Carrément bien, a-t-elle lancé dans un éclat de rire hystérique.

D'où elle était, elle ne pouvait pas me voir. J'ai fermé les yeux et serré les mâchoires. Elle était saoule. Au lieu de monter dans ma chambre pour faire ma dissertation, comme j'avais prévu, je l'ai rejointe. Peut-être qu'un peu de réconfort la dissuaderait de boire plus ?

— C'était mon meilleur match, ai-je déclaré.

J'ai essayé d'évaluer discrètement à quel niveau d'ivresse elle était. Appuyée contre le dossier du canapé, sa tête a roulé lentement vers moi. Elle a souri en faisant un effort pour fixer son regard. Ouh là, elle était déjà bien partie.

— C'est génial, Emily, a-t-elle marmonné d'une voix pâteuse. J'aurais bien aimé voir ça.

Elle a bu une gorgée de vin et refermé les paupières.

— Désolée d'être dans cet état. Je n'ai pas dîné, alors ça m'a cassée.

J'ai hoché la tête. L'envie me démangeait de lui enlever son verre des mains. Mais elle l'a vidé d'un trait, la tête penchée en arrière pour récupérer la dernière goutte.

— Donne-le-moi, je vais le mettre dans le lave-vaisselle, ai-je proposé.

— Merci, a-t-elle soufflé en me tendant le verre vide.

En entrant dans la cuisine, j'ai vu une deuxième bouteille vide sur le comptoir. Avec un soupir, j'ai posé le verre dans l'évier.

Mon téléphone a vibré. Message d'Evan :

Je peux venir ?

J'ai hésité un instant. Comment lui dire non sans qu'il le prenne mal ? J'essaie de finir ma dissert. On se voit plutôt demain, OK ?

Après un coup d'œil vers la bouteille vide, j'ai appuyé sur la touche « Envoyer ». Je ne voulais pas qu'il voie ça. Qu'il la voie, elle, dans cet état.

OK, a-t-il répondu. Je suis retournée dans le salon.

— Tu dois me trouver pathétique, a-t-elle dit d'une voix à peine compréhensible en se passant la main sur le visage.

Après un silence, elle a ajouté :

— De me mettre dans un état pareil à cause d'un type.

— Non, ai-je répondu calmement.

Elle a ouvert les yeux avec difficulté.

— Tu ne veux pas que je t'aide à monter dans ta chambre ?

— Ouais… Je suis crevée. J'aurais dû manger.

Je lui ai tendu la main pour l'aider à se lever. Au prix d'un grand effort, elle s'est mise debout, mais elle a vacillé un moment avant de se stabiliser.

— Ouh là là, ça tourne, a-t-elle gémi.

Je me suis concentrée sur la montée de l'escalier, veillant à ce qu'elle ne glisse pas ou ne rate pas une marche. C'était le meilleur moyen pour ne pas me laisser envahir par le ressentiment, la colère ou la déception. Une fois dans sa chambre, elle s'est écroulée sur son lit. J'ai enlevé ses chaussures avant de rabattre la couette sur elle. Elle m'a lancé un regard penaud.

— C'est pas à cause de lui, a-t-elle expliqué. C'est pas ça. Je veux dire, je l'aime beaucoup, c'est sûr…

Elle a poussé un soupir et ses yeux se sont remplis de larmes. Sa souffrance m'était presque insupportable.

— Je ne veux pas être seule, a-t-elle murmuré en se tournant de l'autre côté.

À ces mots, mon cœur a chaviré. Elle s'est mise à pleurer, le dos agité de spasmes. J'ai hésité un instant à tendre ma main pour la toucher, pour essayer de l'apaiser. Mais j'ai renoncé. Je suis sortie de la pièce sur la pointe des pieds et j'ai refermé la porte derrière moi.

Les sanglots traversaient la cloison. Encore sous le choc, je me suis laissée glisser à terre et, adossée contre le mur, j'ai ramené mes genoux contre ma poitrine. La colère et la déception avaient cédé la place au chagrin et les larmes coulaient sur mes joues tandis que je l'écoutais pleurer.

J'avais déjà vécu ça. *Nous* l'avions déjà vécu. Durant mon enfance, j'avais passé beaucoup de temps à entendre ses pleurs. Ils me hantaient encore, et ils m'ont poursuivie longtemps, cette nuit-là, pendant que je cherchais le sommeil.

⁂

— Ça va ?

— Mmm ?

Je suis sortie de mon hébétude et j'ai aperçu le visage de Sara qui me dévisageait, derrière la porte grande ouverte de mon casier.

— Ça fait des plombes que tu regardes dans ton casier sans rien prendre. Qu'est-ce qui se passe ?

— Pas beaucoup dormi, ai-je répondu.

Les sanglots de ma mère continuaient de résonner dans ma tête. Des souvenirs enfouis avaient surgi – ces nuits où les crises de nerfs, pleines de colère et de rage, m'obligeaient à me cacher sous les couvertures en tremblant. J'ai secoué la tête pour chasser ces images et revenir à la réalité qui m'entourait. Un couloir bruyant et animé.

— Tu veux venir dormir à la maison ce soir ? a proposé Sara.

J'allais répondre oui, mais je me suis ravisée à la dernière seconde. Jonathan ne reviendrait pas avant le lendemain et je n'étais pas certaine que ça soit une bonne idée de laisser ma mère seule à la maison.

— Plutôt samedi ? ai-je suggéré.

— Ça marche.

Sara a fermé la porte de son casier et s'est dirigée vers la classe. J'ai pris mes livres et je suis allée dans la salle d'informatique pour finir ma dissertation.

Tant bien que mal, j'ai survécu à la journée. En atelier d'arts plastiques, Analisa était encore à côté de moi. J'avais hâte que ce projet s'achève pour qu'Evan récupère sa place.

— Tu restes pour le match d'Evan, ce soir ? m'a-t-elle demandé sur un ton enjoué.

J'ai acquiescé. Sans même faire l'effort de lui retourner la question. Je connaissais déjà la réponse.

— On pourra peut-être s'asseoir à côté ? a-t-elle dit gaiement.

— Peut-être, ai-je répondu du bout des lèvres.

Son sourire arc-en-ciel a mis mon moral en berne. Incapable d'afficher un air joyeux, j'ai gardé la tête baissée pour donner l'impression d'être absorbée par mon travail. Du coup, elle m'a fichu la paix jusqu'à la fin du cours.

Vendredi. LA journée. J'avais ma soirée en tête à tête avec Evan… et Jonathan devait annoncer à ma mère qu'il partait pour la Californie. Mais je préférais ne pas penser à cette partie-là.

Pendant le match d'Evan, j'ai laissé Sara et Jill s'asseoir entre Analisa et moi. Malgré cela, c'était difficile d'ignorer les petits cris et gloussements qu'elle lançait chaque fois qu'il interceptait le ballon ou faisait une passe. Après une réaction particulièrement appuyée, Sara l'a dévisagée avant de me jeter un regard qui en disait long. Elle a ouvert la bouche, prête à faire un commentaire, mais je l'en ai dissuadée d'un froncement de sourcils. En voyant ma tête, elle a eu un petit rire.

— Tu viens avec nous manger une pizza ? a questionné Analisa tandis que nous quittions les gradins.

— J'ai un entraînement, ai-je répondu, pas très emballée par ce « nous » qu'Evan avait évoqué.

— Moi je serai là, ne t'inquiète pas, est intervenue Sara avec un sourire un peu forcé.

— Ah, a lâché Analisa, manifestement déçue. Super.

Dans son dos, Sara s'est tournée vers moi en l'imitant : « Supeeer. »

En riant, je lui ai donné une petite tape sur le bras.

— Ne sois pas méchante.

— Mmm, a-t-elle grogné. Je vais faire un effort pour être gentille, promis.

Sara était la personne la plus facile que je connaisse et, la plupart du temps, les gens l'adoraient. Mais si elle avait décidé que quelqu'un ne lui revenait pas, elle devenait une vraie peste. Même si nous n'avions rien à reprocher à Analisa, pour une raison qui nous échappait, nous n'étions pas dingues d'elle. À vrai dire, j'étais plutôt soulagée de ne pas être la seule à avoir du mal avec cette fille pétillante qui arborait un éternel sourire.

— Evan, tu as été génial ! s'est-elle exclamée avec un enthousiasme débordant.

— Merci.

Quand il m'a vue derrière elle, son regard s'est aussitôt illuminé. Je suis passée devant Analisa et j'ai posé mes lèvres sur les siennes, malgré la sueur qui couvrait son visage. Lorsque je me suis écartée, il a pris une profonde inspiration.

— Merci, a-t-il souri en me pressant la main.

— Il faut que j'aille me préparer pour l'entraînement, ai-je glissé. On se voit demain ?

— Je t'attends dans le hall, a interrompu Analisa.

— OK, a dit Evan en lui lançant un rapide coup d'œil. Je te retrouve dans deux minutes.

Mon regard est passé des boucles blondes d'Analisa au visage d'Evan.

— Je l'emmène, a-t-il expliqué en voyant mon air interrogateur.

Je me suis contentée de hocher la tête. Si j'ouvrais la bouche, je n'étais pas certaine de ce qui en sortirait.

Il s'est penché vers moi et m'a embrassée.

— À demain.

Mon téléphone a vibré au moment où je suis entrée dans le vestiaire.

Je sors avec des copines après le boulot. Suis vraiment désolée pour hier soir. Jonathan revient demain, yes ! Promis, ce soir je me tiens bien !

20

Pas tout à fait « normal »

J'avais la ferme intention de profiter au maximum de ma soirée avec Evan. Rien ne gâcherait ce moment précieux.

Après avoir ouvert la porte de la maison, j'ai grimpé l'escalier quatre à quatre. Au passage, j'ai vaguement remarqué que ma mère avait oublié d'éteindre les lumières sur le palier. Arrivée dans ma chambre, j'ai ôté mes baskets et mes chaussettes et je les ai laissées telles quelles au milieu du tapis. Puis j'ai balancé mon maillot de basket dans le panier. J'avais un vague sentiment de déjà-vu : tout cela me rappelait la soirée où Evan m'avait emmenée au concert. Ne manquait au tableau que l'arrivée surprise de Jonathan.

En culotte et soutien-gorge, je me suis ensuite ruée vers la salle de bains. J'ai ouvert la porte et l'ai aussitôt refermée derrière moi. Et là, je me suis arrêtée net.

— Hé !

Debout devant moi, Jonathan retenait d'une main son pantalon de jogging, interdit.

— Oups, désolée, ai-je bafouillé en croisant mes bras devant ma poitrine d'un geste instinctif, sans bouger de ma place.

La sueur dégoulinait sur son visage, le long de son cou et sur ses pectoraux puissants. Son tee-shirt trempé était roulé en boule à ses pieds. Je suis restée quelques secondes bouche bée, avant de dire :

— Je ne savais pas que tu étais à la maison.

Puis j'ai fait demi-tour pour ouvrir la porte. Au même instant, Evan a crié :

— Em ? je suis là !

J'ai aussitôt refermé la porte.

— Merde, ai-je laissé échapper en appuyant mon front sur le panneau de bois.

Puis j'ai hurlé à mon tour :

— Je suis en retard ! Je descends dans quelques minutes.

— OK, a-t-il répondu.

Sans bouger, j'ai essayé de réfléchir à ce que j'allais faire.

— Aïe…, a soufflé Jonathan, derrière moi. Drôle de situation.

Je me suis tournée pour le regarder droit dans les yeux.

— Tu dois retrouver Evan, c'est ça ? a-t-il commenté d'un ton dégagé, comme si nous n'étions pas l'un en face de l'autre, à moitié nus et ruisselants de sueur.

— Oui ! me suis-je énervée. Comment je vais lui expliquer que tu es sorti de la salle de bains au moment où je suis sous la douche ?

La panique faisait battre mon cœur si fort que j'avais du mal à respirer.

— Ça va aller, a-t-il dit, l'air toujours amusé. Prends ta douche, c'est tout.

— Comment ça ?! ai-je riposté, un peu bruyamment.

Avec horreur, j'ai tendu l'oreille pour essayer de savoir si Evan m'avait entendue. Seul le grincement de la porte d'entrée m'est parvenu.

— Evan ? s'est exclamée ma mère. Comment ça va ? Où est Emily ?

Jonathan a eu un petit rire et je l'ai dévisagé, bouche bée.

— Elle prend sa douche, a répondu Evan à ma mère. Elle a dû être retenue après le match et revenir en retard, j'imagine.

— Emily ! a lancé ma mère.

J'ai entendu les marches de l'escalier craquer sous ses pas.

— Tu as bientôt fini ? a-t-elle demandé.

La poignée de la porte a tourné et la porte s'est entrouverte. Je l'ai vivement repoussée, la claquant au nez de ma mère.

— Hé ! a-t-elle protesté.

— Pardon, mais je vais entrer sous la douche. Tu as besoin de quelque chose ?

— C'est bon, je peux attendre. Tu n'as pas vu Jonathan ? Il aurait dû déjà être arrivé.

— Euh… non, ai-je menti.

J'ai lancé un regard à Jonathan qui avait visiblement du mal à ne pas éclater de rire. Ça m'a mise hors de moi ! J'étais à deux doigts de lui balancer un truc à la figure. « Stop ! » ai-je mimé les sourcils froncés. Il a pouffé de plus belle.

— Ah, d'accord… Et Evan t'attend, au fait.

— Je sais, je me dépêche.

J'ai baissé la tête, les yeux fermés. Je n'avais pas le choix. Après avoir écouté ses pas s'éloigner, j'ai murmuré :

— Bon… Je vais me laver, mais tu restes devant la porte.

— Ne t'inquiète pas, je ne vais pas regarder, a-t-il répondu avec un sourire en coin.

— Très drôle. Il faut qu'on change de place pour que je puisse aller dans la baignoire, s'il te plaît ne rends pas les choses plus difficiles.

La salle de bains était si étroite qu'il a dû se coller contre le lavabo pour me laisser passer. Je me suis avancée de profil, tête baissée et ventre rentré pour ne pas le toucher. J'ai senti son souffle sur mon épaule tandis qu'une odeur de parfum mêlée à la sueur me chatouillait les narines. Malgré mes efforts, sa peau a effleuré la mienne. Il a gloussé et j'ai relevé la tête. Mon visage était à quelques centimètres du sien.

— On devrait arrêter les rencontres improvisées, m'a-t-il taquinée.

Le cœur battant, je me suis dépêchée. J'ai ramassé son tee-shirt et je le lui ai envoyé à la figure, ce qui n'a fait qu'augmenter son hilarité. J'ai attendu qu'il me tourne le dos avant d'entrer dans la baignoire, exaspérée. Après avoir tiré le rideau de douche au maximum, j'ai enlevé mes sous-vêtements. Mon pouls était si rapide que mes mains tremblaient.

Ça a été la douche la plus rapide de ma vie – et je m'y connais, dans ma vie d'avant, elles étaient chronométrées. Une fois rincée, j'ai fermé le robinet et passé une tête par le rideau. Plus de Jonathan en vue. La porte était fermée, mais le verrou n'était pas mis. J'ai attrapé la serviette de bain.

— Jonathan ? s'est étonnée ma mère. Tu étais là tout ce temps ?

Comme j'avais oublié de prendre des vêtements, j'ai enfilé le peignoir de ma mère qui était accroché derrière la porte.

— J'étais sur l'ordinateur d'Emily, a-t-il expliqué d'une voix calme.

Il mentait très bien : pour un peu, je l'aurais cru.

— J'étais en chat vidéo avec le bureau, c'est pour ça que je ne pouvais pas te répondre quand tu m'as appelé.

Sans attendre de voir si ma mère gobait son histoire, je me suis précipitée dans ma chambre. Du coin de l'œil, j'ai aperçu Jonathan qui me regardait. Il m'a semblé voir un léger sourire flotter sur ses lèvres. J'avais les joues en feu.

— C'est bon, je ne suis plus dans la salle de bains ! ai-je crié en fermant la porte de ma chambre.

— Je vais prendre une douche, a dit Jonathan à ma mère. Je n'ai pas eu le temps après mon jogging.

Je me suis séché les cheveux avec le séchoir et j'ai profité de ce moment de répit pour évacuer les mauvaises ondes : les mensonges, le ton suspicieux de ma mère, les battements affolés de mon cœur. *Coincée dans la salle de bains avec Jonathan !* Une fois le séchoir éteint, j'ai entendu la musique dans le salon et le bruit de l'eau dans la douche. Je me suis fait un chignon – la seule coiffure de Sara que j'étais capable d'imiter correctement – et j'ai sorti ma robe du placard. Avec un sourire, j'ai déchiré le plastique qui la protégeait. C'était la tenue idéale pour ce rendez-vous important.

J'ai passé un petit moment devant le miroir pour inspecter sous toutes les coutures ma robe rouge resserrée à la taille. J'ai tiré un peu d'un côté, rectifié le col, effacé un pli du plat de la main : il fallait que ça soit parfait.

Une dernière vérification générale, et je suis sortie de ma chambre. J'entendais ma mère et Evan discuter dans le salon. Elle semblait lui raconter des souvenirs de soirées après des concerts de folie. La main sur la rampe, j'ai descendu l'escalier, accompagnée du bruissement de ma robe. Evan a accouru au bruit de mes pas. Dès qu'il m'a vue, son visage s'est illuminé, ce qui m'a aussitôt apaisée. Une porte a grincé derrière moi. Je ne me suis pas retournée, craignant de m'embraser à nouveau.

— Tu es magnifique, Emily ! s'est exclamée ma mère avec un grand sourire.

— C'est vrai, a confirmé une voix dans mon dos, à peine perceptible.

En l'écoutant, j'ai failli rater une marche. Evan s'est avancé, mais j'ai réussi à me stabiliser.

— Les talons, c'est pas encore ça, ai-je lâché d'un air penaud.

— Je serai toujours là pour te rattraper, a affirmé Evan en me prenant par la main.

J'ai souri : je savais qu'il disait vrai.

— Bonjour mon chéri, a lancé ma mère d'une voix excitée tandis qu'elle montait les marches pour rejoindre Jonathan.

Evan m'a aidée à mettre mon manteau, et quand je me suis retournée pour dire au revoir, ma mère avait passé ses bras autour de Jonathan comme s'il risquait de s'envoler. La main sur l'épaule de ma mère, il nous regardait d'un air détaché.

— Bonne soirée, avons-nous dit tous les deux avant de sortir.

Je me suis précipitée dehors sans même attendre de réponse. J'ai simplement entendu ma mère dire : « Amusez-vous bien ! » avant qu'Evan ne ferme la porte.

— J'adore ça, a-t-il annoncé tandis que nous nous dirigions vers sa voiture.

— Quoi ?

L'image de ma mère, surexcitée, et l'attitude ambiguë de Jonathan continuaient de me trotter dans la tête. Rien à faire, je m'inquiétais pour elle. J'ai chassé ces pensées pour me concentrer sur Evan.

— Te voir descendre les marches, a-t-il répondu les yeux brillants.

Je lui ai souri, le cœur réchauffé.

Il m'a emmenée à un restaurant à quelques kilomètres de là, sur le front de mer. Un serveur nous a installés à une table au bord de l'eau. Les soirées « normales » me plaisaient de plus en plus.

— Qu'est-ce qui s'est passé après le match ? a questionné Evan après avoir commandé les apéritifs.

— J'avais oublié d'éteindre mes phares et ma batterie était à plat. Jill m'a aidée à pousser la voiture. J'aurais dû te prévenir que j'allais être en retard mais je ne pensais qu'à rentrer me changer au plus vite. Désolée…

— C'est pas grave, a-t-il dit gentiment. J'ai parlé avec ta mère en t'attendant. Elle m'a raconté tous ses souvenirs de concerts.

Il a eu un petit rire. Je me suis contentée de hocher la tête : la vie débridée de ma mère ne m'amusait pas beaucoup ; en particulier celle qu'elle avait menée après m'avoir abandonnée.

Le serveur nous a apporté les boissons et nous avons choisi nos plats. Les notes subtiles d'un orchestre de jazz atténuaient les conversations et donnaient une atmosphère intime à la salle. J'avais l'impression que nous étions seuls au monde. La lumière tamisée des bougies soulignait les traits harmonieux du visage d'Evan et se reflétait dans le gris de ses yeux. Il m'a pris la main et l'a pressée tendrement. Le contact de sa peau contre la mienne a déclenché une onde de chaleur dans mon corps. Il m'a fallu quelques instants pour retrouver l'usage de la parole.

— Je ne sais pas grand-chose sur tes copains de Californie, ai-je réussi à articuler. Tu ne veux pas m'en parler un peu ?

— Bien sûr, a-t-il souri.

Il a réfléchi un court moment avant de se lancer :

— En premier, il y a Brent. Il a un peu tendance à surestimer son pouvoir d'attraction sur les filles, mais c'est un type facile à vivre. Sa grande qualité, c'est d'être toujours positif. Ensuite, Ren : c'est le type le plus cool que je connaisse. Il ne vit que par et pour le surf. S'il pouvait, il dormirait sur la plage avec sa planche. Il a le cœur sur la main, même avec les gens qu'il ne connaît pas. Franchement, j'ai de la chance de l'avoir comme ami.

Il s'est interrompu pour boire une gorgée avant de reprendre.

— Il y a aussi TJ. Pas toujours facile à supporter, mais super drôle. Il se retrouve souvent dans des situations qui nous font hurler de rire. Même si on a parfois envie de le balancer à la flotte, c'est un bon pote.

Après un sourire, il a ajouté :

— Et puis Nate. Mon meilleur ami. J'ai une confiance absolue en lui. Pour tout.

L'intensité de son regard lorsqu'il a prononcé ces paroles m'a fait frissonner.

— Sa famille a une résidence secondaire à Santa Barbara, où ils ne vont jamais. Même pas l'été. En général, mes potes s'y retrouvent pour les vacances, à la fin des cours. J'espère qu'on pourra y passer au moins une semaine avant ta rentrée à l'université.

— J'adorerais, ai-je répondu, tandis que le serveur apportait les entrées. J'aimerais…

Ma phrase est restée en suspens, interrompue par un éclat de voix :

— Non, je ne baisserai pas le ton !

Une dispute avait lieu à une table située près de l'entrée. Un homme vêtu d'un costume sombre s'adressait rudement au maître d'hôtel qui, penché vers lui, parlait d'une voix calme. La femme qui était assise en face de l'homme regardait autour d'elle d'un air désolé. Elle a tendu l'addition au serveur et a pris son sac.

— On y va, Roger, a-t-elle supplié. Je voudrais rentrer, maintenant.

Dans la salle, tous les clients s'étaient tus et suivaient le spectacle. J'ai tourné le dos à la scène, pleine de compassion pour cette pauvre femme qui semblait vouloir disparaître sous terre.

— Je crois que je ne comprendrai jamais, ai-je murmuré en secouant la tête.

— Comprendre quoi ? a interrogé Evan.

J'ai levé les yeux, étonnée qu'il m'ait entendue.

— Pourquoi les gens boivent. Ça les rend stupides. Ils finissent par se conduire comme des imbéciles et dire des choses qu'ils regrettent ensuite. Je ne vois pas l'intérêt.

— On peut aussi boire « normalement ». Avec modération, je veux dire.

J'ai hoché la tête. C'est vrai que lorsque Evan buvait, il restait parfaitement maître de lui-même.

— Tu as déjà été saoul ?

Il a éclaté de rire.

— Oui, bien sûr. Et je n'en suis pas fier. Je pense que j'ai dû être à la place de l'imbécile dont tu parles.

— Sérieux ?

Jamais je n'aurais imaginé ça.

— Je ne le suis pas souvent, a-t-il corrigé. D'ailleurs, je crois que ça fait un bail que ça ne m'est pas arrivé. Je n'aime pas trop être dans cet état. Et encore moins le lendemain. Et toi, tu as déjà bu de l'alcool ?

J'ai secoué la tête. Les nombreuses gorgées avalées lors des fêtes de ma mère ne comptaient pas : j'étais trop jeune pour me rendre compte de ce que je faisais.

— Non. Et je crois que je ne boirai jamais. En plus, je ne tiens pas à retrouver sur Facebook une photo de moi en train de faire un truc pas cool. Je me fais déjà assez remarquer comme ça.

Après quelques instants de silence, j'ai lancé, pour changer de sujet :

— Qu'est-ce que tu veux faire, dimanche ?

— Ça te dit d'aller marcher ? a-t-il suggéré. Il ne va pas faire trop froid ; et c'est mieux d'y aller en ce moment, tant qu'il y a encore de la neige, avant qu'elle ne se transforme en gadoue.

— Bonne idée !

L'air pur et le calme de la forêt me semblaient le meilleur remède pour échapper à Weslyn. Il ne me restait plus qu'à survivre au match de basket demain soir, aux côtés de ma mère.

Après le dîner, j'ai proposé à Evan de venir chez moi regarder un film. Nous nous sommes arrêtés en chemin au vidéoclub. Comme je l'avais prévu, lorsque nous sommes arrivés à la maison, il n'y avait personne. Nous nous sommes installés dans le salon sans allumer la lumière. Après avoir enlevé mes chaussures, je me suis blottie contre Evan dans le canapé, et nous avons lancé le film policier.

Au milieu du film, une portière a claqué dans l'allée. J'ai jeté un regard étonné à Evan.

— Ils rentrent tôt.

Au même moment, on a entendu crier. Je me suis crispée en entendant la voix aiguë de ma mère, et Jonathan qui l'appelait. Je ne voulais pas qu'Evan la voie dans cet état. Elle a ouvert la porte brutalement.

— Alors explique-moi. Vas-y. Je t'écoute.

Elle avait quelque chose dans les mains. Evan m'a serrée fort contre lui. Mes muscles étaient tendus à m'en faire mal.

— Dis-moi comment son putain de pull s'est retrouvé dans ta voiture ? a-t-elle assené tandis que Jonathan entrait à son tour.

Ses yeux sont passés de ma mère à nous. J'ai soudain compris : elle tenait à la main mon pull vert – celui que je croyais avoir oublié chez Drew.

— Je pensais qu'il était à toi, a-t-il répondu avec calme en continuant de regarder dans notre direction.

Ma mère a suivi son regard et nous a vus. Elle a écarquillé les yeux et son visage s'est fermé. J'ai essayé d'évaluer son état. Si elle était vraiment saoule, ça risquait de péter.

Elle a brandi le pull vert dans ma direction.

— Tu m'avais dit que tu l'avais oublié chez ton ex.

Ça n'était pas une question, mais une accusation. J'étais incapable de bouger ou de parler. Je sentais qu'Evan m'observait, guettant ma réponse. Jonathan aussi me dévisageait, d'un air coupable et désolé. J'essayais de comprendre la logique de la situation. Comment mon pull avait-il atterri dans sa voiture ?

— Je sais bien qu'il se passe un truc, a lancé ma mère. Je suis pas stupide.

Tandis que nous la fixions, abasourdis, elle a hurlé :

— Allez tous vous faire foutre !

Elle a monté les marches et claqué violemment la porte de sa chambre.

— Je suis vraiment désolé, a lâché Jonathan. On… On a passé une mauvaise soirée et elle n'a pas les idées claires.

Une boule s'est formée dans mon estomac. Il lui avait parlé, forcément. Il lui avait dit qu'il partait, c'est pour ça qu'elle était si mal. Même si cela n'expliquait pas l'histoire du pull… Jonathan a disparu dans la cuisine.

— Tu veux qu'on s'en aille ? a murmuré Evan.

J'ai hoché la tête. Nous nous sommes levés et j'ai mis mes chaussures pendant qu'il s'emparait des manteaux. Il m'a prise par la main et nous sommes sortis. J'avais l'impression d'avoir reçu des coups de couteau dans la poitrine et que mes neurones étaient carbonisés. Impossible de réfléchir. Arrivés devant la voiture, j'ai commencé à stresser. Même si ma mère était saoule, je savais qu'elle souffrait.

Je me suis arrêtée.

— Non, je ne peux pas.

— Comment ça ? m'a demandé Evan, interloqué.

— Il faut que je reste. Elle est mal. Je dois être là pour elle.

— Elle a surtout besoin de se calmer, a-t-il observé.

— C'est vrai. Mais je veux être là si elle a besoin de moi.

Il m'a dévisagée pendant quelques secondes.

— Je ne suis pas certain d'avoir compris ce qui vient de se passer, mais tu ne crois pas qu'il vaut mieux les laisser régler leurs histoires ?

— Elle a besoin de moi, ai-je répété.

C'était la seule chose qui comptait. Je ne pouvais pas m'en aller. L'abandonner.

— Je reste avec toi, a-t-il décrété.

— Non. C'est compliqué. Et totalement inutile que tu assistes à ça. On se voit demain, OK ?

Il n'a rien dit. Il semblait réticent à me laisser gérer seule la situation.

— Ça va aller, je t'assure, ai-je promis avec un faible sourire.

Pour le convaincre, j'ai tenté une autre approche :

— C'est un truc de filles. Elle a des ennuis avec son copain et va avoir besoin de réconfort, tu comprends ?

Il a poussé un soupir en hochant la tête.

— D'accord. Appelle-moi si tu as besoin de quoi que ce soit, surtout. OK ? Même au milieu de la nuit et même si c'est juste pour parler.

J'ai levé la tête pour poser un baiser sur ses lèvres.

— Promis.

Après avoir fait demi-tour, je m'apprêtais à partir quand il m'a attrapée et attirée à lui pour m'embrasser de nouveau. Comme s'il avait peur de me quitter.

— Je t'appelle plus tard, ai-je murmuré.

Il m'a relâchée et je me suis dirigée vers la maison. Après avoir fermé la porte derrière moi, je m'y suis adossée un instant le regard vers l'étage. J'hésitais.

— Elle est ivre, a lancé Jonathan dans l'obscurité de la cuisine. Elle a déjà dû sombrer.

— Super, ai-je marmonné.

Épuisée par le comportement de ma mère, j'ai enlevé mes chaussures et annoncé :

— Je vais me coucher.

Même si j'avais un certain nombre de questions à lui poser, j'étais trop explosée pour revenir sur les événements de la soirée. Cette nouvelle facette de ma mère, chargée de colère et de rancune, me faisait frémir. Je ne désirais qu'une chose : me glisser sous la couette et plonger dans un profond sommeil.

— Elle m'a dit qu'elle m'aimait.

La voix de Jonathan a brisé le silence. J'ai levé les yeux sur lui.

— Elle m'a dit qu'elle m'aimait et je lui ai annoncé que je partais.

Sonnée par cet aveu, je me suis laissée tomber sur la première marche. Il est venu s'asseoir à côté de moi. Je fixais le sol, incapable de prononcer un mot.

— Elle était mal. Elle a voulu savoir depuis combien de temps je lui cachais ça, elle m'a accusé de profiter d'elle. Puis elle a commencé à boire. Beaucoup. Ensuite elle s'est mise à pleurer.

Il s'est tu un instant.

— Quand enfin elle s'est calmée, on a parlé. Et on a conclu qu'on voulait continuer à se voir et qu'on essaierait de maintenir notre histoire jusqu'à mon départ.

Je me suis tournée vers lui.

— Pourquoi tu as fait ça ? ai-je questionné d'une voix sèche.

— Qu'est-ce que tu veux dire ? a-t-il demandé, l'air perdu.

— Tu ne fais qu'empirer les choses.

— Mais non…

— Si, ai-je insisté, hors de moi. Tu vois bien dans quel état ça la met ! Tu ne peux pas lui donner quelque chose et lui dire ensuite qu'elle ne peut plus l'avoir.

— C'est pas du tout ça, a-t-il riposté, d'une voix plus forte.

J'ai enfoui ma tête entre mes mains.

— Je suis désolé, Emma, a-t-il murmuré.

J'étais trop en colère pour l'entendre. Je me suis levée et je suis montée dans ma chambre sans un regard pour lui. Lorsque j'ai allumé la lumière, j'ai eu un choc en apercevant mon pull vert sur mon lit.

En lambeaux.

21

Drame

Le lendemain matin, lorsque je suis sortie de ma chambre, Jonathan n'était pas là. Ma mère non plus. Tant mieux, je n'étais pas encore prête à les voir.

Elle est revenue vers midi, un sac en plastique à la main.

— Excuse-moi pour ce qui s'est passé, a-t-elle glissé en posant le sac sur le canapé, à côté de moi, sans croiser mon regard.

Elle est restée là quelques instants à se tordre les mains. Puis, sans rien dire, elle a fait demi-tour pour monter dans sa chambre. Je l'ai suivie des yeux avant d'ouvrir le sac. Un pull vert. Pas exactement le même. Mais là n'était pas le problème.

À mon tour, j'ai grimpé les marches pour aller à l'étage.

— Merci, ai-je lâché en m'arrêtant à la porte de sa chambre.

Assise sur le lit, elle était en train de plier des vêtements et de les ranger dans les tiroirs de la commode.

— Tu m'en veux ?

Elle semblait si fragile.

— Non, ai-je répondu avec un petit sourire.

— Tu es toujours d'accord pour que je vienne au match, ce soir ?

Elle me dévisageait avec de grands yeux tristes, sa lèvre inférieure tordue en une moue exagérée.

— Oui, ai-je répondu, amusée par son expression – celle d'une petite fille attrapée en train de dessiner sur les murs.

— Super ! a-t-elle réagi en retrouvant une voix gaie et excitée. Et qu'est-ce que tu fais après ?

— Je ne sais pas encore…

Ses brusques changements d'humeur me déconcertaient toujours autant.

— Jill et Casey ont parlé d'une fête, ai-je ajouté, appuyée sur le montant de la porte. Sara est de nouveau à Cornell pour voir Jared. Mais Evan et moi, nous n'avons encore rien décidé.

— Tu peux entrer, m'a-t-elle invitée.

Jusqu'à présent, je n'avais pas eu l'occasion de voir sa chambre : les quelques fois où je l'avais aidée à se coucher, la pièce était plongée dans l'obscurité. L'aménagement et la décoration étaient simples. Face au lit – qui semblait avoir été fait à la hâte –, il y avait une coiffeuse surmontée d'un miroir. Dessus, étaient posés un bol rempli de bijoux, ainsi que des bouteilles de parfum. Une photo dans un cadre a attiré mon attention.

— Je ne sais pas très bien quoi mettre ce soir, a-t-elle soupiré.

— C'est juste un match de basket, un jean suffira, ai-je dit en prenant la photo pour la voir de plus près.

En fait, ça n'était pas une photo, mais un dessin au crayon, très précis, avec des détails et des jeux d'ombres remarquablement réalisés. Je l'ai approché pour lire la signature de l'artiste.

— D'accord, mais j'espère…

Elle s'est interrompue. J'ai aussitôt reposé le cadre, gênée d'avoir touché ses affaires sans lui en demander la permission.

— Tu peux le regarder.

J'ai repris le cadre et observé tour à tour le dessin et ma mère. C'était un portrait d'elle où on la voyait en train de rire. Avant que les rides inquiètes et les cernes sombres ne marquent son visage. Elle rayonnait. Je n'ai pas pu m'empêcher de sourire.

— Tu ne t'en souviens pas ? a-t-elle demandé.

J'ai ouvert de grands yeux étonnés.

— C'est ton père qui a fait ce portrait. Tu n'étais pas encore née. Quand tu étais petite, tu passais ton temps à le regarder.

— Ah oui ?

— Derek faisait aussi des dessins pour toi. Vous étiez assis tous les deux à la table de la cuisine, il te demandait de raconter le moment que tu avais préféré dans ta journée et il te le dessinait. Tu avais tous ses dessins affichés sur les murs de ta chambre. Tu ne te rappelles pas ?

Les yeux fixés sur les lames du parquet, j'ai fouillé ma mémoire à la recherche de ces souvenirs. J'ai entendu un rire, entrevu le visage de mon père, mais aucune image précise ne se formait dans mon cerveau. Frustrée de ne saisir que ces instantanés furtifs, j'ai secoué la tête en fronçant les sourcils.

— Est-ce que tu te souviens de *quelque chose* ? a interrogé ma mère avec précaution.

Elle a examiné avec étonnement mon visage perplexe.

— Tu veux dire que tu ne te rappelles pas… ce que j'ai traversé ? Ni pourquoi tu as dû…

Je n'arrivais pas à suivre son langage crypté. Elle s'est tue et son regard s'est perdu au loin. Probablement dans le passé. Avec un soupir, elle a fermé les yeux. Puis elle s'est ressaisie et a chassé toute trace de douleur de son visage.

— Tu veux qu'on sorte dîner avant le match ? Il est à 19 heures, c'est ça ?

Je l'ai contemplée pendant quelques instants.

— 19 heures, oui, ai-je fini par répondre. Et on peut dîner dehors, pourquoi pas.

J'ai esquissé un vague sourire, encore choquée par ce que j'avais vu passer dans ses yeux. Néanmoins, j'ai préféré ne pas revenir là-dessus. Ne pas poser de questions sur ce dont j'aurais dû me souvenir. Pas aujourd'hui.

— Avant de sortir je vais finir mes devoirs, parce que demain je ne pourrai pas travailler, ai-je prévenu. On va aller marcher, avec Evan. Tu me préviens quand tu es prête ?

— Parfait, a-t-elle répondu en reprenant son rangement.

Après avoir fermé la porte de ma chambre, je me suis assise sur mon lit. J'ai revu l'air stupéfait de ma mère quand elle avait compris que je ne me souvenais de rien. Jusqu'à présent, cette absence de souvenirs ne m'avait pas posé de problème. J'en avais à peine conscience : tout ce qui comptait, c'était l'avenir ; partir de Weslyn. Être en sécurité était mon seul objectif, ma seule obsession. Mais maintenant, je voulais reprendre possession de mon passé. J'avais besoin de connaître les événements. De comprendre ces pans entiers de ma vie qui étaient autant de trous noirs.

J'ai ouvert mon placard et pris les photos cachées sous mes pulls. Avant de les étaler sur la couette, j'ai fermé ma porte à clé. Je craignais la réaction de ma mère si elle découvrait que j'avais gardé toutes les photos qu'elle avait jetées en bas de l'escalier.

Assise sur mon lit, j'ai observé ces images avec minutie. L'une me montrait dans les bras de mon père, juste après ma naissance. Sur une autre, on me voyait installée sur les genoux de mon père qui, assis dans le fauteuil à bascule, était en train de me lire un livre. J'ai passé mes doigts sur les contours de son visage rieur, sur une troisième photo où nous étions en train de jouer au ballon. Il avait l'air si heureux. *Nous* avions l'air si heureux… Ma mère n'était sur aucune de ces photos-là. C'était probablement elle qui tenait l'appareil. Il y en avait d'autres où on les voyait tous les deux, joyeux et amoureux. Je m'attendais à trouver une photo de mariage, mais non. Je me suis dit que ma mère devait les garder ailleurs. Du moins, je l'espérais.

Après avoir examiné en détail toutes ces images, je me suis allongée et j'ai fermé les yeux. J'ai essayé de faire remonter les souvenirs, d'ouvrir le coffre-fort où se cachait mon enfance. Rien à faire. Pas un seul moment de ce passé ne m'est apparu. Avec un soupir, j'ai ramassé les photos et les ai rangées sous mes pulls. Comment pouvais-je renouer avec mon histoire ?

Je suis descendue dans le salon et j'ai allumé la télévision. Mais j'avais du mal à me concentrer. Mes pensées revenaient constamment au fauteuil à bascule. Au moins, je m'en souvenais – c'était déjà un début. J'ai revu la photo de mon père et moi assis dans ce fauteuil et j'ai essayé de me rappeler ce moment. Sans succès.

— Prête ?

Je me suis levée d'un bond. Tout en enfilant son manteau, ma mère m'a dévisagée d'un air étonné.

— À quoi tu pensais ? a-t-elle demandé en étudiant mon expression.

— À rien, ai-je éludé en secouant la tête.

Peut-être était-ce mieux de ne pas se souvenir, finalement.

J'ai remarqué la tenue de ma mère : une mini-jupe en jean sur un legging. Elle avait suivi mon conseil, pour ce qui était du jean. Mais pas tout à fait comme je l'avais imaginé… Je n'avais plus qu'à espérer de la convaincre de s'asseoir dans la section des parents pour éviter les ragots.

Nous sommes allées dîner dans un petit pub très animé.

— Je ne sais pas si Jonathan viendra, a-t-elle confié après avoir commandé une bière.

J'ai observé son visage fatigué, ses traits tirés, pendant qu'elle étudiait le menu.

— J'ai été odieuse, hier soir, a-t-elle ajouté.

— Il m'a dit qu'il partait à l'université de Californie, à l'automne, ai-je répondu. J'imagine que ça a dû être dur pour toi. Je sais à quel point tu tiens à lui.

— C'est vrai que je suis accro, a-t-elle avoué en reposant la carte avec un soupir. Je suis perdue, je ne sais pas quoi faire. Je me dis que je devrais arrêter maintenant cette histoire et passer à autre chose, puisque, de toute façon elle va se terminer. Mais d'un autre côté, comme je sais qu'il va horriblement me manquer, pourquoi ne pas rester encore cinq mois avec lui ?

Elle m'a regardée, guettant ma réaction.

— Qu'est-ce que je dois faire, à ton avis ?

— Fais ce qui te rend le plus heureuse, ai-je suggéré après une hésitation.

— Facile à dire. Dans les deux cas, je vais souffrir… J'espère quand même qu'il va me rejoindre au match. Je me suis excusée un million de fois pour ma conduite hier. Il m'a dit qu'il essaierait d'être là, mais il a un truc à finir pour le boulot, et il n'est pas sûr d'y arriver.

Elle s'est tue un instant avant d'ajouter :

— Je suis désolée de vous avoir accusés de… Tu vois ce que je veux dire…

J'ai bu une gorgée pour masquer ma gêne. Je n'avais pas du tout envie d'évoquer ce moment de la soirée.

— Je sais que vous vous entendez bien, tous les deux. Je vous écoute parler et rire au milieu de la nuit. Parfois, j'ai l'impression qu'il attend le moment où tu te lèves pour descendre. Je sais que j'ai l'air parano en disant ça. Tu es ma fille, et…

— Tu as trop d'imagination, ai-je répliqué, horrifiée par sa jalousie. En plus, je te garantis qu'on ne discute pas de trucs très intéressants. Peut-être que tu devrais le faire parler de ses cauchemars ?

— J'ai essayé.

Le serveur est arrivé avec les burgers. Elle a attendu qu'il reparte pour me demander :

— Il t'en a parlé, à toi ?

J'ai secoué la tête.

— Ces derniers jours, il était distant, a-t-elle poursuivi. C'est vrai que je l'ai poussé à bout. À mon avis, il va rompre avant son départ. Tu sais, on n'a pas couché ensemble depuis plus d'une semaine.

J'ai failli m'étouffer avec mon cheeseburger.

— Désolée, a-t-elle lâché avec une grimace. Ça n'était peut-être pas indispensable, comme information.

— En effet, ai-je confirmé en toussant.

Lorsque nous sommes arrivées au lycée, Jonathan n'était pas là, ainsi que ma mère l'avait prévu. Je n'ai pas trouvé le courage de lui demander de ne pas s'asseoir du côté des élèves quand j'ai vu sa tête au moment où elle a reçu son texto.

— Il est en retard, a-t-elle murmuré en rangeant son portable dans son sac. Je suis sûre qu'il ne va pas venir.

— Peut-être qu'il n'a pas encore fini son boulot ? ai-je dit pour tenter de lui remonter le moral.

Peine perdue : mes mots ont buté contre son silence. Nous avons acheté des boissons au kiosque puis nous sommes dirigées vers les bancs.

— Bonjour, Rachel, ont lancé différentes voix.

— Bonjour, Mark, bonjour, James, a-t-elle répondu avec un grand sourire qui a aussitôt chassé sa morosité.

— D'où tu les connais ? me suis-je exclamée, stupéfaite.

— Où tu crois que j'étais assise quand j'assistais à tes matchs ?

— Ah…

Je n'avais jamais pensé à ça ! D'autres personnes ont continué à la reconnaître et à la saluer. J'étais choquée : elle connaissait davantage d'élèves de mon lycée que moi.

— Salut, Rachel ! a lancé Casey en se précipitant vers nous, Jill sur ses talons. Qu'est-ce que tu fais là ?

— Je suis venue voir Evan, a-t-elle expliqué.

Casey a hoché la tête comme si c'était tout à fait normal.

— Salut, Emma, a dit Jill en s'installant à côté de Casey, qui avait décidé de s'asseoir près de ma mère.

J'ai tout à coup eu le sentiment d'être une étrangère parmi mes amies : visiblement, elles préféraient la compagnie de ma mère à la mienne.

— Où est Jonathan ? a questionné Jill.

Je l'ai regardée en fronçant les sourcils. Ma mère a haussé les épaules sans quitter le terrain des yeux. Lorsque le match a commencé, quelques secondes plus tard, elle s'est jointe aux cris et encouragements des élèves avec un bel enthousiasme. Non seulement j'étais spectatrice du jeu, mais aussi de la popularité de ma propre mère. C'était carrément bizarre.

Au fil du match, elle est devenue de plus en plus déchaînée, lançant des remarques qui faisaient hurler de rire tous ceux qui se trouvaient à proximité. J'ai commencé à trouver ça louche. Quelque chose clochait. Plus elle criait, plus on l'encourageait. Les garçons rappliquaient les uns après les autres. Si je n'avais pas été sa fille, j'aurais été éjectée de ma place.

À la mi-temps, ma mère est allée aux toilettes avec Casey et Jill. Quelques minutes plus tard, je les ai rejointes. En poussant la porte, je les ai trouvées en train de remplir leurs bouteilles de Coca avec la flasque de Rachel. Soudain, tout devenait limpide. J'aurais dû m'en douter.

— Tu devais fermer la porte à clé, Casey, s'est énervée Jill.

— Désolée, a répondu Casey avec un air coupable. Mais c'est juste Emma.

— Tu n'es pas fâchée ? m'a demandé ma mère.

Je les ai observées à tour de rôle, tandis qu'elles attendaient mon verdict. Sans un mot, j'ai secoué la tête et je suis entrée dans les toilettes. Adossée au mur, je les ai écoutées rigoler et parler d'un type mignon qui était assis derrière nous.

— Tu en as pour longtemps ? m'a crié ma mère.

— C'est bon, vous pouvez y aller, ai-je répondu en m'efforçant de prendre une voix assurée.

Pourtant, dans ma tête, c'était le chaos. J'avais surpris ma mère en train d'approvisionner mes amies en alcool pour qu'elles puissent se saouler ensemble. Je n'arrivais pas à y croire. J'ai pris une profonde inspiration pour m'éclaircir les idées.

Priorité absolue : faire en sorte que tout cela ne dégénère pas.

J'ai attrapé mon portable et ai envoyé un texto à Jonathan : Tu viens ou pas ?

S'il ne se pointait pas, ma mère allait continuer à boire. Et plus elle boirait, plus elle serait ingérable. Tout cela pouvait virer au cauchemar absolu.

Mon portable a vibré : En route. Là dans 15 mn.

L'espace d'un instant, j'ai envisagé de l'attendre plutôt que de retourner dans les gradins. Finalement, je me suis rassise à côté de ma mère saoule et de sa clique surexcitée.

Quand Jonathan est apparu en bas des gradins, ma mère s'est levée et a agité les bras dans tous les sens. Il a rejoint notre rangée et s'est faufilé jusqu'à nous. Je me suis écartée pour qu'il puisse s'asseoir entre elle et moi. Avant même qu'il ait eu le temps d'ouvrir la bouche, elle lui a passé les bras autour du cou et l'a embrassé. Il a reculé, surpris.

— Quoi ? a-t-elle protesté tandis qu'il fronçait les sourcils.

— Tu as bu ?

Elle a haussé les épaules avec une grimace.

— Dans un lycée ? Rachel, tu es sérieuse ?

Il n'a même pas essayé de cacher sa colère. Ma mère a levé les yeux au ciel.

— Qu'est-ce qui t'arrive ? Tu es plus marrant que ça, d'habitude.

Elle lui a tourné le dos et a recommencé à rigoler avec les filles.

Jonathan m'a regardée.

— Qu'est-ce qui s'est passé ?

J'ai poussé un soupir.

— Elle a peur que tu ne t'intéresses plus à elle.

— Pourquoi ? Parce que j'avais du travail ?

En guise de réponse, j'ai baissé la tête. Comment faire pour se sortir de ce cauchemar ? Ma mère a pris dans son sac une boîte de comprimés.

— Qu'est-ce que tu fais, ça va pas ? a lancé Jonathan tandis qu'elle en avalait un.

— Bah… Puisque tu n'as pas l'air parti pour être marrant, j'ai besoin d'un petit remontant.

— C'était quoi ? ai-je demandé.

À plusieurs reprises, je l'avais vue prendre ces petites pilules blanches, sans jamais savoir de quoi il s'agissait. Il s'est contenté de secouer la tête d'un air dégoûté et l'a observée sans un mot tandis qu'elle devenait de plus en plus exaltée. Beaucoup de gens la regardaient. J'ai senti l'exaspération de Jonathan monter : il serrait les mâchoires, le cou crispé. Cinq minutes plus tard, sur un ton furieux, il a murmuré :

— Désolé, Emma, mais je ne peux pas. Je ne peux pas faire ça…

Il s'est levé et est passé devant moi.

— Où tu vas ? a hurlé ma mère.

Il ne s'est pas retourné. Atterrée, je l'ai regardé descendre les marches et se diriger vers la sortie.

— Où il va ? a-t-elle répété, paniquée.

— Je ne sais pas, ai-je répondu, mal à l'aise.

— Empêche-le de partir, a-t-elle supplié, au bord des larmes. S'il te plaît, Emily, empêche-le…

Sa voix s'est brisée et j'ai vu ses yeux briller.

— D'accord, j'y vais, ai-je lancé, désespérée. Ne t'inquiète pas.

Jill s'est tournée vers ma mère et son sourire s'est figé.

— Rachel, qu'est-ce qui ne va pas ?

— Aide-la à se calmer, ai-je demandé avant de courir vers la sortie.

Je l'ai aperçu alors qu'il était sur le point de quitter le stade.

— Jonathan !

Il s'est retourné.

— Où tu vas ?

Il a attendu que j'arrive près de lui avant de dire :

— Je ne peux plus continuer, Emma. Je ne veux plus être responsable de ses crises de parano et d'hyperémotivité.

L'air profondément abattu, il a poussé un soupir.

— Ne pars pas, s'il te plaît, ai-je insisté. J'ai trop peur qu'elle fasse une scène et je ne saurais pas comment affronter ça.

Il a hésité. J'avais l'estomac retourné à l'idée de ce que ma mère était capable de faire devant tous les élèves du lycée.

— Tu me quittes, c'est ça ? a lancé ma mère, derrière nous. Je savais que tu me quitterais.

— Rachel, stop ! a-t-il ordonné d'une voix ferme. Pas ici.

— Et pourquoi pas ici ? Qu'est-ce que ça peut faire ? Je sais bien que tu veux plus être avec moi. Tu m'as dit n'importe quoi, hier soir. Tu m'as menti…

— Maman, je te ramène à la maison, suis-je intervenue. Je vais chercher nos manteaux.

— Ne m'appelle pas comme ça, a-t-elle aboyé en avançant d'un pas vacillant vers Jonathan. S'il te plaît, ne me quitte pas. Je ne veux pas te perdre toi aussi.

— Emma va te raccompagner chez toi, a-t-il annoncé en me lançant un coup d'œil. Je te retrouve là-bas et on va parler. OK ?

— Pourquoi je ne peux pas y aller avec toi ? a-t-elle gémi en reniflant.

— Parce que je sais que tu vas vouloir parler dès qu'on sera dans la voiture et je ne veux pas. Je te retrouve chez toi, on sera mieux là-bas pour discuter.

Sans lui laisser le temps de réagir, il est parti. Les larmes ont coulé sur les joues de ma mère. Je me suis forcée à rester calme, malgré la tempête qui déferlait en moi. J'ai envoyé un message à Jill pour lui demander de prendre nos manteaux. Je les récupérerais plus tard.

— Viens, ai-je murmuré à ma mère, sans oser la toucher. On y va.

Elle s'est traînée jusqu'à la voiture, d'un pas chancelant. Durant le trajet, elle a regardé par la fenêtre. J'avais les yeux rivés sur la route pour ne pas voir sa souffrance. Lorsque nous sommes arrivées dans ma rue, la voiture de Jonathan s'y trouvait déjà. Ma mère est sortie et s'est dirigée vers la maison. Quand je l'ai vue monter les marches en vacillant, j'ai hésité. Je n'avais qu'une envie : partir. Surtout ne pas assister à ce qui allait se passer. Mais c'était impossible. Je devais rester. Être là pour elle. J'ai envoyé un message à Evan : J'ai dû raccompagner ma mère à la maison. Désolée de t'avoir raté. Tél moi quand tu peux.

Le froid m'a fait frissonner. J'ai pris mon courage à deux mains et j'ai marché jusqu'à la maison, la mort dans l'âme. À la seconde où j'ai ouvert la porte, j'ai regretté ma décision.

— Mais comment veux-tu qu'on parle si tu continues à boire ? a dit Jonathan.

— C'est bon ! a crié ma mère en jetant par terre son verre de vin. Je ne vais pas boire !

Il y avait du vin et des morceaux de verre partout sur le carrelage. La main sur la poignée de la porte, je suis restée paralysée.

— Rachel ! a-t-il hurlé. Mais c'est quoi ton problème, merde ?!

J'ai refermé doucement la porte derrière moi. Pas assez doucement.

— C'est *elle* mon problème, a lancé ma mère en me montrant du doigt.

Mon sang s'est figé dans mes veines et j'ai écarquillé les yeux en contemplant tour à tour le doigt accusateur de ma mère et la mine écœurée de Jonathan. Je ne comprenais pas. Qu'avais-je fait pour déclencher une telle agressivité ?

— Ne commence pas. Emma n'a rien à voir avec tout ça.

— Pourquoi tu continues à l'appeler comme ça ? a-t-elle aboyé. Son nom est Emily. Elle va t'éloigner de moi. Comme elle l'a fait avec lui.

Tels des poignards, ses mots m'ont atteinte en plein cœur. Même si je ne saisissais pas la raison de son hostilité à mon égard, elle m'accablait. J'étais incapable d'articuler le moindre son, ni pour l'apaiser ni pour me défendre.

— Tu es en plein délire, a lâché Jonathan d'un ton sec. Je ne veux pas entendre plus longtemps un tel ramassis de stupidités.

Il s'est dirigé vers la porte. Soudain, un nouveau bruit de verre brisé a éclaté.

— Mais qu'est-ce que tu fous, Rachel ? Tu vas continuer longtemps, comme ça ?

— Ne pars pas, a-t-elle supplié.

— Ne bouge pas de là ! Tu marches sur des morceaux de verre.

Il est entré dans la cuisine et en est ressorti, ma mère dans les bras. Elle avait la tête posée sur sa poitrine, le visage couvert de larmes.

— Tu vas rester, dis ? a-t-elle marmonné.

Sans même répondre, il l'a portée jusqu'à sa chambre. J'ai poussé un long soupir pour tenter d'éliminer les tensions qui commençaient à crisper chacun de mes muscles. Durant quelques instants, j'ai hésité à les rejoindre pour aider Jonathan à mettre ma mère dans son lit, mais je n'avais pas le courage de me retrouver dans la même pièce qu'elle. J'ai préféré aller dans la cuisine pour mettre un peu d'ordre. Arrivée sur le pas de la porte, je me suis arrêtée pour contempler l'étendue du désastre. J'ai avancé d'un pas prudent pour éviter les flaques de vin et les débris de verre. Au moment où j'attrapais le balai, mon portable a vibré. J'ai vu le nom d'Evan s'afficher quand je l'ai sorti de ma poche. J'ai respiré un bon coup avant de décrocher :

— Salut.

— Coucou. J'ai eu ton texto. Tout va bien ?

— Yep ! ai-je répondu en prenant le ton le plus dégagé possible. Ma mère et Jonathan se sont encore disputés donc j'ai dû la raccompagner à la maison. Elle a fait une grosse crise, comme d'habitude. J'étais dégoûtée de pas t'avoir vu après le match !

— Tu es sûre que ça va ?

— Ouais, tout va bien. Elle a vidé son sac, donc elle ne va pas tarder à aller se coucher.

En lâchant mon mensonge, j'ai senti mon estomac se serrer.

— Je peux te retrouver chez toi un peu plus tard ? ai-je demandé. J'ai vraiment envie de te voir.

J'avais besoin de me retrouver dans ses bras pour évacuer ces émotions qui me consumaient.

— Ah… je…, a-t-il bafouillé.

Dans son dos, quelques voix criaient.

— Tu es prêt ? ai-je entendu.

Une voix de fille, tout près de lui.

— Dans un instant, a-t-il répondu.

Mon cœur a fait un bond. J'avais reconnu la voix.

— J'ai… euh… j'ai promis à Analisa de l'accompagner à la fête de Jeff. C'est sa première soirée et elle ne connaît pas encore beaucoup de monde. Mais je peux peut-être trouver quelqu'un d'autre pour y aller avec elle. Laisse-moi juste…

— Non, c'est bon, ai-je coupé en m'efforçant de prendre un ton léger alors que j'avais l'impression d'avoir reçu un coup sur la tête. Vas-y. De toute façon, je suis naze.

— Tu es sûre ?

— Oui, je t'assure, ça va, ai-je répondu, la gorge nouée. C'était une soirée de dingue et je suis vannée. On se voit demain ?

Ma voix tremblait malgré mes efforts. J'ai fermé les yeux pour retenir les larmes qui menaçaient de couler.

— OK, a-t-il répondu.

J'ai raccroché sans le laisser continuer. Debout, au milieu de la cuisine, le balai à la main, j'ai respiré profondément pour neutraliser les sanglots qui gonflaient ma poitrine. Pendant un moment, je me suis forcée à faire le vide dans mon esprit. Puis j'ai rouvert les yeux et j'ai commencé à nettoyer les dégâts causés par ma mère.

— Je vais t'aider.

Je me suis retournée. Jonathan se tenait dans l'encadrement de la porte. Sans attendre ma réaction, il a pris le seau sous l'évier, l'a rempli d'eau et a versé du détergent dedans. Puis il a passé la serpillière pour nettoyer le vin pendant que je ramassais les morceaux. Nous sommes restés silencieux.

Après être allée jeter le sac plein de verre dans la poubelle dehors, je suis revenue et je me suis laissée tomber sur la première marche de l'escalier. Les coudes sur les genoux, j'ai enfoui mon visage dans mes mains. Je me sentais vidée.

Jonathan a éteint la lumière dans la cuisine et s'est assis à côté de moi.

J'ai levé les yeux.

— Je ne sais pas ce qui s'est passé pour qu'elle ait l'air si… furieuse. Elle m'en voulait de quelque chose. Mais de quoi ?

Il a secoué la tête.

— C'est un truc entre Rachel et moi. Ça n'a rien à voir avec toi.

— Tu vas la quitter, maintenant, c'est ça ? ai-je conclu d'un ton sec.

Il a réfléchi quelques instants avant de répondre.

— Tu veux que je reste ?

Je l'ai dévisagé, pas certaine de comprendre le sens de sa question.

— Si je la quitte, est-ce que ça sera pire pour toi de vivre ici ?

— Ne t'en fais pas pour moi, ai-je répliqué. De toute manière, ça ne doit pas être un critère pour ta décision. Tout le monde y perdrait. Il faut juste qu'elle arrive à t'oublier.

— Je suis désolé, Emma, a-t-il dit d'une voix éteinte.

— Moi aussi, ai-je soufflé.

Il a plongé ses yeux dans les miens. Ils étaient doux et compatissants. J'ai eu du mal à détacher mon regard.

— Je crois que j'ai eu mon plein de psychodrame pour ce soir, je vais aller me coucher, ai-je annoncé en me levant.

— Et moi je dois partir, a-t-il réagi en se mettant debout à son tour.

Arrivée au milieu de l'escalier, je me suis tournée vers lui, tandis qu'il ouvrait la porte.

— Au revoir, Jonathan.

— Je ne te laisse pas tomber, Emma. Si tu as besoin de moi, je suis là.

— Merci, ai-je lâché d'une voix épuisée.

J'ai regardé la porte se fermer sur lui et je suis montée dans ma chambre. Tandis que je me glissais sous la couette, mon portable a vibré. C'était Evan.

J'arrive.

Je suis au lit. On se voit demain.

10 h chez moi ?

OK.

J'ai posé la tête sur l'oreiller. Pas pressée de voir qui que ce soit le lendemain. Même pas Evan.

22

À l'envers

En arrivant dans l'allée des Mathews, j'ai remarqué deux voitures que je ne connaissais pas, à côté de celles de Vivian, Evan et Stuart. Je me suis garée derrière. Même si je bloquais la sortie, ça n'était pas grave : je ne restais que quelques minutes.

J'ai frappé à la porte. Pas de réponse. J'ai frappé à nouveau. Toujours personne. J'ai poussé doucement la porte et balayé la cuisine du regard.

— Bonjour, ai-je lancé en entrant.

Au même moment, j'ai entendu un rire. Je me suis approchée des voix. Une des portes qui donnaient dans le couloir, et que j'avais toujours vue fermée, était grande ouverte. J'ai reconnu la voix d'Evan.

— Tu n'es pas du tout maladroite, disait-il.

— Et il sait de quoi il parle, se moquait son père avec un petit rire.

— Papa ! a protesté Evan sur un ton amusé.

— On ne peut pas faire plus différentes, s'est esclaffé Stuart.

— C'est-à-dire ? a-t-elle demandé.

Analisa, évidemment.

J'ai frappé. La conversation s'est interrompue dès que je suis apparue sur le pas de la porte.

— Bonjour…

J'ai lu l'étonnement sur les visages qui se sont tournés vers moi. Sur la grande table, devant eux, étaient empilés des paquets d'enveloppes.

— Coucou, m'a accueillie Evan avec un large sourire. Il est 10 heures ?

J'ai hoché la tête.

— Désolé, je n'ai pas vu le temps passer. Tu veux nous aider ? J'ai promis à ma mère de finir de remplir ces enveloppes avant de partir. On a presque terminé.

— Euh…, ai-je répondu en dévisageant tour à tour Analisa puis Stuart, qui ne me regardait même pas. Je dois mettre un peu d'ordre dans mes affaires de randonnée. J'ai tout jeté en vrac dans la voiture pour être là à temps. On se retrouve dehors si ça te va.

— OK, super, a répondu Evan après une seconde d'hésitation. Je n'en ai pas pour longtemps.

J'ai fait un petit signe de la tête avant de m'en aller. Visiblement, j'avais interrompu quelque chose, et je ne voulais pas tout gâcher avec ma *maladresse*. Je n'en revenais pas d'avoir entendu Stuart rire, moi qui ne l'avais encore jamais vu sourire.

J'ai fermé la porte de la cuisine derrière moi, contente de ne plus entendre leurs voix. Au lieu d'aller dans ma voiture pour préparer mon sac de randonnée – déjà prêt –, je me suis dirigée vers le garage pour monter dans la salle de jeux. Une fois dans la grande pièce, je me suis affalée dans le canapé, les yeux au plafond.

Quelques instants plus tard, mon portable a vibré. Message de Jonathan.

Comment ça va ce matin ?

Fatiguée. Et toi ?

Pareil. Suis vraiment désolé pour hier soir. Comment elle va ?

Je ne l'ai pas vue.

Je vais lui parler. Et être honnête.

J'ai relu le dernier message – que voulait-il dire par « être honnête » ?

— Ah, te voilà !

Sara venait d'entrer dans la pièce.

— Salut, ai-je lâché en me redressant, étonnée. Qu'est-ce que tu fais là ?

— On vient marcher avec vous.

— Super, ai-je dit sans grand entrain.

Sara m'a lancé un regard méfiant.

— Tu ne veux pas ? Tu préfères être seule avec Evan ?

— Non, ça va…

J'ai eu un petit sourire forcé. L'idée d'avoir de la compagnie ne m'emballait pas.

— Ça a pas l'air, a commenté Sara en s'asseyant à côté de moi. Qu'est-ce qui se passe ? Raconte.

— C'est rien, je suis juste fatiguée. Ma mère et Jonathan se sont disputés, hier soir, et je pensais qu'ils avaient rompu.

— Jill m'a raconté, mais je croyais qu'elle exagérait.

J'ai soupiré. Bien entendu. Jill avait assisté au spectacle, aux premières loges.

— Qu'est-ce qu'elle a dit d'autre ? ai-je demandé, soudain inquiète qu'elle n'ait aussi évoqué l'aspect « alcool » de l'affaire.

— Rien. Pourquoi ? Il y a autre chose ?

— Non, ai-je menti. C'était déjà pas mal pour la soirée.

— C'est pour ça qu'une bonne randonnée te fera le plus grand bien, s'est exclamée Sara en se levant. Respirer le bon air avec ta meilleure amie et ton amoureux, c'est idéal. Et aussi mon amoureux, bien sûr. On a tous besoin de ça.

— C'est vrai, ai-je reconnu avec un sourire – sincère, celui-là.

Nous sommes descendues. Jared était en train de mettre deux sacs à dos dans le coffre de la voiture d'Anna. J'ai ajouté le mien et fait le compte : il y en avait plus que prévu.

— Elle fait quoi là ?!

Sara se tenait devant Evan, à l'entrée du garage, et observait Analisa, tout excitée à côté de lui. En entendant la réaction de Sara, son sourire s'est envolé. Je me suis approchée.

— Mais enfin, Sara…, protestait Evan. Ça fait juste une personne de plus. Quel est le problème ?

J'ai reçu un coup de poing dans le ventre. Evan m'a jeté un coup d'œil implorant. Je me suis composé un air réjoui.

— Analisa, tu viens avec nous, n'est-ce pas ?

— C'est possible ? a-t-elle questionné en nous dévisageant tour à tour, Sara et moi.

Sara m'a fusillée du regard, furieuse de ma trahison. Puis elle s'est tournée vers Analisa avec un sourire mielleux.

— Bien sûr, s'est-elle écriée avec un enthousiasme exagéré. Ça serait super !

J'ai eu du mal à ne pas rire.

— Jared, tu veux bien conduire ? a-t-elle ajouté en tendant les clés. Comme ça, Emma et moi on pourra papoter avec Analisa, entre filles…

Après avoir garé ma voiture de manière à laisser le passage, je suis montée à l'arrière du 4 × 4 d'Anna et nous sommes partis en direction des montagnes du Connecticut. Pendant une heure et demie, Sara a mitraillé Analisa de questions. À sa manière, bien sûr : elle riait et poussait des cris excités lorsqu'elles se découvraient des goûts communs. Elle me jetait des regards ironiques réguliers, genre « cause toujours tu m'intéresses », qui me faisaient sourire.

Une fois arrivés, sacs au dos, nous avons suivi le sentier de randonnée. Analisa a tout de suite rejoint Evan et Jared qui marchaient devant, nous laissant derrière, Sara et moi. Visiblement, elle avait eu sa dose de discussions de filles.

— C'est quoi son problème ? a demandé Sara en observant Analisa glousser, accrochée au bras d'Evan. Elle a l'air plutôt sympa, en fait. C'est juste que… je l'aime pas.

J'ai éclaté de rire. Un peu trop fort : tous les trois se sont retournés pour nous regarder.

— Emma ! a glissé Sara les sourcils foncés. Arrête ! Elle va comprendre qu'on parle d'elle.

Nous avons ralenti le pas pour laisser une distance suffisante entre eux et nous.

— Je suis sûre qu'elle en a déjà conscience.

— Elle est complètement hystérique. On dirait un chiot surexcité.

— Si toi tu la trouves hystérique, il y a en effet un problème.

— Un énorme problème, tu veux dire ! Et si elle touche Evan encore une fois, je pense que je vais intervenir. Ça ne te dérange pas ?

— Si… Mais je croyais que c'était juste de la jalousie mal placée.

— Pas du tout, a-t-elle réagi. Et elle a vraiment intérêt à arrêter de le regarder avec ses grands yeux de merlan frit.

— Sara, t'exagères ! ai-je explosé en riant.

Elle s'est mise à rire aussi.

— Qu'est-ce qu'il y a de si drôle ? a demandé Evan en s'arrêtant pour nous attendre.

— Sara, ai-je lâché comme une évidence.

Evan m'a pris la main et Sara a accéléré le pas pour rejoindre Jared et glisser son bras sous le sien. Analisa, restée seule, a continué à marcher le nez en l'air, feignant de trouver passionnant le spectacle des grands arbres.

En approchant d'un virage, Evan a ralenti l'allure, jusqu'à s'arrêter complètement. Devant nous, les autres avaient disparu.

— Salut, toi, a-t-il souri.

Cette simple phrase a fait s'envoler toute ma jalousie. Il s'est penché et, au contact de ses lèvres, j'ai senti mon cœur pulser comme une basse puissante.

— J'avais envie de ça depuis trop longtemps, a-t-il murmuré.

— Et moi j'attendais depuis trop longtemps que tu le fasses, ai-je soufflé.

— Comment tu te sens, après ce qui s'est passé hier soir ? J'ai entendu dire qu'il y avait eu une dispute.

Il m'a dévisagée avec attention.

— Je pense qu'ils sont sur le point de rompre et la voir souffrir est un calvaire.

— Je sais, a-t-il dit en m'embrassant doucement. C'est bien que tu sois loin de cette tension en ce moment, que tu prennes un peu l'air.

J'ai approuvé d'un hochement de tête. Il m'a caressé la joue, et nous avons repris la marche. J'avais besoin de sa tendresse, de sa présence. Tant pis si Analisa était là.

Il est monté sur un rocher et m'a tendu mon pique-nique.

— Je peux te poser une question ?

— Bien sûr, ai-je répondu en déballant mon sandwich.

— C'était quoi cette histoire de pull, l'autre soir ?

Alors que je m'apprêtais à mordre dans mon sandwich, je me suis arrêtée net. Je n'avais pas pensé à la manière dont Evan avait pu percevoir cet épisode.

— C'était un malentendu.

J'ai avalé une bouchée. Il attendait visiblement que j'en dise plus. Sans même réfléchir, j'ai ajouté :

— Ça n'était pas mon pull.

— Ah, OK, a-t-il lancé.

Rassuré, il a changé de sujet. Tout en mangeant son sandwich, il s'est mis à parler de nos prochains matchs respectifs, la semaine suivante, avant le championnat. Je me suis forcée à continuer de manger. Mentir m'avait coupé l'appétit. Je ne savais pas pourquoi Jonathan avait mon pull, mais, pour une raison obscure, je n'arrivais pas à le dire à Evan.

Nous sommes revenus à la voiture au moment où le soleil se cachait derrière les arbres. Evan et moi étions assis à l'arrière avec Analisa. Je me suis débrouillée pour être au milieu. Même si elle était, en effet, réellement sympathique, c'était évident qu'elle avait un faible pour Evan, et je ne voulais pas jouer avec le feu.

Je me suis blottie contre lui, la tête sur son épaule. Son parfum frais se mêlait à l'odeur des bois qui nous parvenait par la fenêtre ouverte. J'ai fermé les yeux. Il a posé ses lèvres sur mes cheveux et entrelacé ses doigts avec les miens, caressant la paume de ma main. Je me suis endormie, bercée par ce chatouillement délicieux.

Nous marchions sur la plage, ma main dans la sienne. J'ai observé son visage. Sa barbe de trois jours lui donnait plus l'air d'un campeur que celui d'un père qui ramasse des coquillages avec sa fille. Le vent de l'océan ébouriffait ses cheveux. Il affichait un grand sourire, qui dessinait au coin de ses yeux des petites rides rieuses.

Le seau que je tenais à la main se balançait doucement. Mes yeux ont suivi les spectacles qui s'offraient à moi – la course des oiseaux dans le ciel, les vagues qui se brisaient sur les rochers sombres – avant de se poser à nouveau sur le visage de mon père, calme et heureux.

— En voilà un beau, a-t-il dit en se penchant pour ramasser un coquillage blanc nacré. Comment tu le trouves, Emma ?

Il me l'a tendu pour que je puisse l'examiner. J'ai caressé sa surface lisse.

— Il est parfait…

J'ai levé les yeux. Mais il n'était plus là. J'ai regardé tout autour de moi. J'étais seule.

— Emma ? a murmuré une voix douce à mon oreille. Emma… On est arrivés.

J'ai ouvert les yeux d'un coup, paniquée. J'étais toujours dans les bras d'Evan, appuyée sur son épaule, mais la voiture était vide et sombre. Après avoir respiré profondément, je me suis redressée. Nous étions devant chez Sara.

— J'aurais préféré ne pas te réveiller, a soufflé Evan sans me lâcher la main. Tu avais l'air si paisible. Tu n'as pas beaucoup dormi, ces jours-ci, hein ?

— Pas trop, non, ai-je avoué. J'ai dormi pendant tout le trajet ? Ils sont tous partis ?

— Sara et Jared sont à l'intérieur.

Il a fait le tour de la voiture pour m'ouvrir la portière et je suis sortie.

— Tu veux dormir ici ? a demandé Sara quand nous sommes entrés dans la cuisine.

— Avec plaisir. Je dois juste passer chez moi prendre quelques affaires pour demain.

Ces derniers temps, j'avais eu ma dose de psychodrames avec Jonathan et ma mère et je n'avais guère envie d'assister à une énième scène ce soir. J'ai conduit jusqu'à chez moi. Sara me suivait avec sa voiture pour que je puisse laisser la mienne sur place et repartir avec elle. Nous nous sommes garées derrière le pick-up de Jonathan. L'espace d'une minute, j'ai été tentée de rejoindre Sara dans sa voiture et de repartir direct. Mais je devais absolument récupérer mes devoirs.

— Je reviens tout de suite, ai-je lancé à Sara.

Une fois devant la porte, j'ai hésité de nouveau. Je n'entendais aucune voix. Seulement de la musique. Comme il n'y avait pas de lumière au rez-de-chaussée, j'en ai déduit qu'ils devaient être dans la chambre de ma mère.

J'ai respiré un grand coup avant d'ouvrir la porte. L'idée était de prendre mes affaires et de repartir aussi sec. *Monter, prendre les affaires, redescendre. Ni vu ni connu.* J'ai serré les dents en entendant la première marche grincer et je me suis arrêtée net, l'oreille tendue. Une voix caressante sortait des enceintes et flottait à travers la maison. Soudain, j'ai entendu autre chose. Un… grognement ? Je me suis retournée.

Le souffle est devenu plus fort, plus rapide. Quelque chose bougeait sur le canapé. J'ai plissé les yeux pour scruter à travers l'obscurité. Quand j'ai distingué une jambe, j'ai cru défaillir. Je suis restée pétrifiée, incapable de détourner le regard, hypnotisée par ce corps long et musclé. Les muscles de son dos saillaient tandis qu'elle s'y agrippait. Elle avait les yeux fermés et la bouche entrouverte.

Il a laissé échapper un gémissement. Le bruit m'a sortie de ma torpeur et je suis repartie comme une fusée jusqu'à la voiture de Sara. J'ai claqué la portière, tremblant de la tête aux pieds.

— Qu'est-ce qu'il y a ? a-t-elle demandé, inquiète. Où sont tes affaires ?

— Je n'ai pas pu…

J'essayais de retrouver mon souffle. L'image de ces deux corps continuait de flotter devant mes yeux. Impossible de la chasser de mon esprit.

— Ils sont en train de se disputer ?

— Non, ai-je répondu. Justement pas…

— Nooooon ?! a lâché Sara, éberluée. J'y crois pas ! Tu veux dire que tu es arrivée en plein…

Elle a éclaté de rire. Je me suis laissée aller contre le siège.

— Eh ouais, ai-je murmuré. Ce qui veut dire, j'imagine, qu'ils n'ont pas rompu.

Le rire de Sara a redoublé.

Tandis que nous nous éloignions, j'ai lancé un regard sur la maison, derrière moi. Mal à l'aise.

23

LIMITES

— Tu te sens mieux ? a demandé Sara, le lendemain matin, au petit déjeuner.

Ses parents étaient partis au bureau, nous étions toutes les deux.

J'ai poussé un soupir. La position compromettante dans laquelle j'avais surpris ma mère et Jonathan la veille au soir continuait de hanter mes pensées.

— Je ne sais pas comment je vais pouvoir les regarder dans les yeux après ça, ai-je répondu.

Sara a eu un grand sourire : mon traumatisme l'amusait beaucoup.

— Non mais tu te rends compte ? J'ai vu ses fesses. Alors qu'il était sur ma mère. Je crois que je suis bonne pour retourner en thérapie.

— Je parie qu'il a des fesses canon, a commenté Sara, l'air rêveur.

Choquée, je me suis tournée vers elle. Elle est partie dans un fou rire puissant.

— Ça te fait marrer, ai-je lancé en faisant la tête. T'es vraiment une super amie !

— Arrête, a-t-elle lâché en s'efforçant de se calmer. C'est trop drôle, vraiment.

— Surprendre ma mère et son petit ami en train de… C'est tordant, c'est sûr. Mais je te rappelle qu'il était censé rompre. Donc, c'est pas terrible.

— Bah… ils se sont réconciliés. Un couple, ça passe son temps à se disputer et à se rabibocher. Où est le problème ?

— Le problème, c'est qu'il va partir pour l'université de Californie. Et ma mère est amoureuse de lui.

— Elle est au courant ?

— Oui. Mais elle veut rester avec lui jusqu'à son départ.

— Et pourquoi pas ?

À l'évidence, elle ne comprenait pas ce qui me préoccupait.

— Quand il partira, je ne serai plus là, ai-je expliqué.

— Et ça t'inquiète de la laisser seule ?

J'ai hoché la tête en me mordant les lèvres pour retenir mes larmes. Je ne voulais pas qu'elle traverse cette épreuve sans moi.

Avant d'aller au lycée, nous sommes passées chez moi pour que je prenne mes livres. Heureusement, la maison était vide. J'ai également réussi à éviter Jonathan et ma mère à la fin de la journée.

Parfait timing, ai-je pensé, le lendemain matin, lorsque je suis sortie de ma chambre et que j'ai vu la voiture de ma mère s'éloigner dans la rue. Mais tandis que je descendais l'escalier, j'ai entendu la porte du frigidaire se fermer. Pas de chance. D'habitude,

Jonathan n'était pas là quand je partais pour le lycée. Arrivée en bas, j'ai voulu sortir sans qu'il me voie. Au moment où je fermais la porte derrière moi, il a crié :

— Emma !

Je ne me suis pas arrêtée. Je n'avais aucune envie de le voir, et encore moins de lui parler. Il est sorti sur le perron, un café à la main, sa sacoche sur l'épaule. Alors que j'ouvrais ma portière, il a lancé un regard dans ma direction et a paru hésiter. Je suis montée dans ma voiture sans même lever les yeux sur lui. Il a continué jusqu'à son pick-up.

J'ai tourné la clé de contact et… rien.

— C'est une blague, ai-je marmonné avant de réessayer plusieurs fois.

En vain : le moteur ne montrait pas le moindre signe de vie. Je me suis laissée aller contre le dossier, les mains sur le volant, effondrée. Jonathan s'est arrêté à quelques mètres. Je l'ai ignoré. Calée dans mon siège, je récitais toutes les injures de mon répertoire. Un truc pareil, c'était la dernière chose dont j'avais besoin ce matin-là.

Il a cogné contre ma vitre, m'obligeant à la baisser.

— Ça va ?

— Non, ai-je explosé, sans même le regarder. Ma voiture ne démarre pas.

— Je vais t'emmener, a-t-il proposé. Et je m'en occuperai plus tard.

J'ai jeté un coup d'œil à ma montre. Evan et Sara étaient déjà en route pour le lycée. C'était stupide de leur demander de faire un grand détour pour passer me prendre.

— Laisse-moi t'accompagner, a-t-il insisté devant mon hésitation.

— OK, ai-je grommelé.

Je suis sortie de ma voiture et j'ai claqué violemment la portière, énervée. J'ai balancé mon sac par terre, devant le siège passager de son pick-up, avant de monter. J'ai fermé la portière et attaché ma ceinture. Décidée à ne pas lui adresser la parole.

Nous avons roulé un moment sans un mot. Le silence était pesant.

— Est-ce qu'on peut parler ? a-t-il finalement lâché en baissant la radio.

— Non ! ai-je aboyé. Je n'en ai absolument pas envie.

À peine dix secondes plus tard, je me suis tournée vers lui.

— Pourquoi tu lui fais ça, Jonathan ? Je ne comprends pas !

— Je... je sais, a-t-il bafouillé. Je n'ai pas pu rompre. Ça n'aurait fait qu'empirer les choses.

— Donc tu préfères la laisser s'attacher encore plus à toi pour la jeter juste avant de partir ? ai-je riposté, hors de moi. Super !

— Emma, s'il te plaît, ne te fâche pas, a-t-il supplié. Ça n'est pas ce que je veux, je t'assure. Simplement je n'étais... pas prêt.

— Ça n'est pas en repoussant le moment de la rupture que tu vas l'aider, ai-je dit sèchement. Arrête de la surprotéger comme ça !

— Et toi, tu ne la surprotèges pas, peut-être ? a-t-il répliqué.

J'ai ouvert la bouche pour protester, mais aucun son n'est sorti. Je ne comprenais pas à quoi il faisait allusion. Il a poursuivi, d'une voix de plus en plus forte :

— Quand elle pique une crise, tu ranges tout derrière elle. Tu la laisses péter les plombs sans rien dire. L'autre soir, elle t'a pratiquement accusée d'avoir gâché sa vie et tu ne réagis pas. Tu la couves au moins autant que moi.

Je n'ai pas bronché. Le silence s'est étiré pendant plusieurs minutes.

— Je suis désolé, a-t-il finalement déclaré d'une voix plus calme. Je n'aurais pas dû te dire ça.

Ses mots ont lentement cheminé en moi. Une fois arrivé sur le parking du lycée, il s'est garé le long du trottoir. Après avoir coupé le contact et serré le frein à main, il s'est tourné vers moi. Ses yeux bruns me dévisageaient d'un air désolé.

— Et donc tu comptes faire quoi ? ai-je demandé, abattue. À part coucher avec elle.

C'était sorti tout seul.

— Ah…, a-t-il lâché. Tu n'aurais pas dû voir ça. Je suis vraiment désolé…

Le regard rivé au sol, les mâchoires crispées, j'ai senti une vague de chaleur envahir ma poitrine. Ses paroles me perturbaient au-delà du raisonnable.

— Et donc ? ai-je répété.

— Tu as raison, a-t-il répondu d'un ton ferme. Je dois mettre un terme à cette histoire.

Je l'ai dévisagé, pas très convaincue.

— Ça ne serait pas mieux d'attendre après son anniversaire ? a-t-il observé.

J'ai poussé un soupir. Encore un truc auquel je n'avais pas pensé.

— Je ne sais pas.

Nos regards se sont croisés pendant que nous réfléchissions au problème. Jusqu'à ce que je détourne les yeux, gênée.

— Merci de m'avoir accompagnée.

Je me penchais pour prendre mon sac, quand, soudain, je me suis rappelé :

— Mon pull…

— Comment ? a questionné Jonathan.

— Qu'est-ce que tu faisais avec mon pull ?

Il m'a dévisagée un instant, l'air étonné.

— Je l'ai trouvé sur le fauteuil, devant la maison, un matin avant de partir au bureau. Je pensais que c'était à Rachel. J'avais complètement oublié que je l'avais.

— Ah…, ai-je répondu, les joues rouges, honteuse de mon ton accusateur.

Qu'avais-je voulu insinuer ? Toutes ces histoires me mettaient les nerfs à fleur de peau. Alors que j'avais la main sur la poignée, j'ai aperçu Evan, à quelques mètres de là, qui sortait de sa voiture. J'ai souri. Puis Analisa est apparue. Elle fermait la portière, côté passager. Mon sang s'est figé dans mes veines et mon sourire s'est aussitôt envolé. Jonathan a remarqué mon changement d'attitude.

— Ça va ?

Je suis restée immobile, incapable d'articuler un mot.

— Emma ? a-t-il insisté.

— Oui, tout va bien, ai-je dit en ouvrant la portière.

— Attends, a-t-il lancé avant que je ne sorte.

Il a accroché mon regard, avant d'avouer :

— Ça n'est pas pour elle que je reste.

— Emma ? s'est exclamé Evan alors que je m'apprêtais à demander à Jonathan ce qu'il entendait par là.

J'ai hésité un instant. Mais je sentais que je devais partir.

— Merci, ai-je murmuré d'une voix à peine audible.

Je suis sortie et j'ai claqué la portière. Tandis que le pick-up s'éloignait, Evan a froncé les sourcils.

— C'était Jonathan ?

Il a pris ma main et a mêlé ses doigts aux miens.

— Ma voiture n'a pas démarré, ai-je expliqué en essayant d'ignorer Analisa qui se tenait de l'autre côté.

— Tu voudras que je regarde le moteur, tout à l'heure ?

— Ça va aller, merci. Jonathan m'a dit qu'il s'en occuperait.

Evan a hoché la tête tout en suivant des yeux le pick-up.

— Salut, Emma, a gazouillé Analisa en me décochant un de ses sourires éclatants de blancheur.

— Salut, ai-je répondu. Et ta voiture, elle est où ?

— Evan et moi nous faisons un petit travail pour Vivian après les cours. Du coup, c'était plus logique qu'il m'accompagne.

En entendant ses explications, j'ai eu un vertige. Evan l'a remarqué.

— C'est super, ai-je lâché.

Analisa est partie de son côté pour se rendre à son casier pendant qu'Evan me suivait jusqu'au mien.

— Tu es fâchée ? a demandé Evan dès qu'Analisa s'est éloignée.

— Non, ai-je marmonné sans le regarder. Je suis juste énervée à cause de ma voiture.

— Coucou ! a interrompu Sara. Comment ça… ?

Elle nous a dévisagés l'un après l'autre et a ajouté :

— OK… J'ai l'impression que vous n'êtes pas encore opérationnels, ce matin. On se voit plus tard.

Elle a tourné les talons et s'est dirigée vers la classe. Je me sentais incapable de regarder Evan en face sans lui balancer ce que j'avais sur le cœur à propos de lui et Analisa.

— Em, tu ne dois pas…

— Je dois aller en cours, ai-je murmuré en passant rapidement devant lui.

Cette matinée était pourrie. Et elle ne faisait que commencer.

Sara m'attendait un peu plus loin dans le couloir.

— Je vais venir chez toi, ce soir. Il faut qu'on parle de cette histoire d'Analisa.

— D'accord, ai-je accepté, car j'en avais bien besoin.

La journée pourrie a continué : au déjeuner, Analisa s'est carrément installée à notre table. Sara l'a dévisagée et a ouvert la bouche pour dire quelque chose.

— Non, s'il te plaît, ai-je murmuré.

— Tu es sûre ? a-t-elle insisté.

J'ai fait un bref signe de tête au moment où Evan s'asseyait entre Analisa et moi. Il y a eu un silence gêné, qu'elle a fini par rompre.

— Ça a l'air meilleur que le dîner d'hier chez Mme Timmin, non ? a-t-elle lancé dans un éclat de rire. La recette de poulet la plus bizarre que j'aie mangée de ma vie ! Tu aurais dû voir ça, Emma. C'était tout gris. Hein, Evan ?

Je n'ai pas bougé un cil. Je savais qu'il m'observait, mais j'étais paralysée.

— Quel dîner ? a demandé Sara.

Elle m'a lancé un regard pour me faire réagir.

— Un truc, genre repas d'affaires, a lâché Analisa d'une voix tendue, comprenant qu'elle avait peut-être gaffé.

— Et qu'est-ce que tu en as pensé ? ai-je questionné avec un sourire faussement intéressé.

Elle a hésité avant de répondre, ne sachant pas si c'était du lard ou du cochon.

— C'était plutôt sympa, en fait. Stuart et Vivian sont tellement gentils, ils m'ont tout de suite mise à l'aise. Et puis Evan est très sociable et il m'a présentée à beaucoup de gens. Finalement, c'était bien mieux que ce que je craignais et on s'est bien amusés.

Je me suis levée de table et j'ai quitté la cafétéria. Evan m'a rattrapée au moment où j'arrivais dans le hall.

— C'était juste un de ces dîners débiles pour la boîte de mon père, m'a-t-il expliqué d'une voix précipitée.

— OK, ai-je simplement répondu sans m'arrêter.

Je faisais la fière mais, à l'intérieur, j'étais dévastée.

— Em, arrête-toi, a-t-il supplié. S'il te plaît, écoute-moi un instant.

J'ai stoppé net et je me suis tournée vers lui, le regard glacial. Devant mon air dur, il a frémi.

— Ma mère voulait présenter à Laura des collègues de mon père qui pourraient être des clients pour elle, a-t-il expliqué. Analisa est venue avec sa mère, c'est tout. Ça n'a rien de dramatique.

À peine a-t-il fini de parler que je lui ai tourné le dos. La colère qui bouillait en moi anéantissait toute pensée rationnelle. Je ne parvenais pas à réfléchir et j'avais peur, si j'ouvrais la bouche, de dire des choses que je regretterais ensuite.

— En plus, tu détestes ce genre de dîners, a lancé Evan, dans mon dos.

— Toi aussi ! ai-je répliqué sans même me retourner.

Et je l'ai planté là.

— Salut, Emma, a lancé Jill, tandis que je prenais mes livres dans mon casier en ruminant mes pensées. Comment va Rachel ?

Je mourais d'envie de l'envoyer bouler. Qu'elle se mêle de ses oignons ! Mais j'ai pris sur moi.

— Bien.

— On n'en a parlé à personne, de cette histoire d'alcool, m'a-t-elle dit.

Elle parlait tout bas en s'assurant de ne pas être entendue. J'ai écarquillé les yeux, étonnée, tandis qu'elle me dévisageait d'un air compatissant. J'ai soudain percuté : elle savait que ma mère était alcoolique.

— Merci, ai-je lâché en détournant le regard, sentant mes joues s'empourprer.

— On a merdé, Casey et moi, a-t-elle poursuivi. Je suis désolée.

— Ouais, c'est sûr, ai-je murmuré, la gorge nouée.

— Si tu as besoin de parler…, a-t-elle proposé d'une voix qui se voulait réconfortante.

Parler, non. J'avais juste envie de partir en courant.

— On se voit à l'entraînement. Faut que j'aille en cours, là.

— Ouais, bien sûr, a-t-elle répondu, mal à l'aise.

J'ai fui. La tête baissée pour cacher mon visage écarlate.

Les mots de Jill ont fait leur chemin. Ils m'ont forcée à regarder la vérité en face. À sortir du déni. Ma mère avait beau me répéter qu'elle allait bien, ça n'était pas vrai. J'avais tellement envie de la croire que je m'étais convaincue que ça n'était que lorsqu'elle était angoissée ou triste qu'elle buvait trop. Comment avais-je pu m'aveugler à ce point ?

— Salut, les filles ! a lancé ma mère sur un ton joyeux quand nous sommes arrivées.

— Bonjour, Rachel, a répondu Sara en posant son sac au pied de l'escalier avant d'aller dans la cuisine.

Je l'ai suivie avec une certaine appréhension à l'idée de me retrouver face à ma mère. Comme si je la voyais pour la première fois de ma vie. Dès que je suis entrée dans la pièce, j'ai remarqué le verre de vin posé à côté d'elle, sur le comptoir où elle coupait des légumes. J'ai eu un coup au cœur.

Elle a pris le verre et bu une gorgée.

— Tu dînes avec nous ?

— Non, je ne vais pas rester longtemps, a dit Sara. J'ai juste raccompagné Emma.

— D'accord. Jonathan est allé chercher une nouvelle batterie pour ta voiture, Emma.

— Super, ai-je lancé. Bon… On monte dans ma chambre.

— Ah, Sara…, s'est exclamée ma mère tandis que nous sortions de la pièce. Samedi, c'est mon anniversaire. Je vais inviter quelques amis ici et je me suis dit que ça serait sympa pour Emily si tu pouvais venir aussi. On va juste jouer au poker et écouter de la musique.

— Avec plaisir !

— Vraiment ? s'est réjouie ma mère avec un grand sourire. Je suis très contente que tu viennes. Ça va être une soirée sympa !

— J'en suis sûre. Dites-moi si vous voulez que j'apporte quelque chose ou si je peux vous aider.

— Promis !

En voyant son visage s'éclairer, je me suis rendu compte à quel point cette fête comptait pour elle. Avec les événements des derniers jours, nous n'avions même pas eu l'occasion d'en parler. Au-delà des problèmes, ce que je voulais, avant tout, c'était qu'elle soit heureuse.

— Je crois qu'Evan a une table de jeu qu'il pourrait nous prêter pour le poker, ai-je annoncé.

— Ça serait génial ! Merci.

Je lui ai lancé un sourire avant de suivre Sara dans l'escalier. En entrant dans ma chambre, j'ai envoyé un message à Jonathan : Attends que son anniversaire soit passé. Et t'en fais pas pour moi.

Sara s'est installée sur mon lit et j'ai posé mon manteau sur la chaise. Mon portable a vibré. OK. Mais impossible de m'empêcher de m'inquiéter pour toi. J'ai senti mes joues s'enflammer. D'un geste rapide, j'ai glissé mon téléphone dans ma poche.

— Alors…, a commencé Sara. Il faut vraiment que tu parles à Evan. Tu dois lui dire d'arrêter de traîner tout le temps avec elle.

La perspective de la soirée d'anniversaire de ma mère me trottait dans la tête. Je commençais à stresser. À imaginer le pire, avec Evan et Sara pour témoins. Mais peut-être serait-elle juste un peu joyeuse, comme ça lui arrivait parfois ? Elle parlerait beaucoup et très fort. Si cela restait à ce niveau-là, j'étais capable de le supporter.

— Je parle d'Analisa, là ! Qu'est-ce qui t'arrive ? Tu as écouté ce que j'ai dit ?

— Oui, ai-je répondu. Je dois mettre des limites.

— Non, a-t-elle soupiré, exaspérée. C'est Evan qui doit mettre des limites. Il ne peut pas continuer à avoir une fille qui le drague comme une malade et une petite amie qui fait comme si de rien n'était.

— C'est vrai, ai-je approuvé.

Sara m'a fusillée du regard et j'ai compris que ma réponse manquait d'enthousiasme à ses yeux.

— Mais c'est peut-être moi qui réagis de manière disproportionnée ? ai-je suggéré en m'installant sur le lit à côté d'elle.

— Tu plaisantes ? Au lycée, on ne parle que d'eux ! Ils sont allés ensemble à une fête vendredi dernier. Elle est tout le temps fourrée chez lui et il l'accompagne au lycée le matin. Franchement, on dirait plus un…

— C'est bon, j'ai compris, ai-je coupé. Je vais lui parler.

— Tu peux me dire pourquoi j'ai l'impression de devoir te convaincre ? Tu as oublié le choc que tu as eu, à midi, quand elle a raconté le dîner d'hier ?

La piqûre de rappel a fait son effet : j'ai aussitôt serré les dents.

— Je vais avoir une vraie discussion avec lui.

— Parfait, a conclu Sara. Il faut que j'y aille, ma mère m'attend pour dîner. On se voit demain.

Elle a pris ses affaires et a ouvert la porte. Au même moment, Evan est apparu sur le palier. Sara a marqué un temps d'arrêt.

Elle est passée en trombe devant lui et m'a lancé un sourire entendu avant de descendre l'escalier. Il a hésité un instant avant d'entrer dans ma chambre.

— Coucou, a-t-il dit doucement en fermant la porte derrière lui.

— Salut, ai-je concédé d'une voix à peine audible.

Je me suis adossée contre la tête de lit et j'ai posé un oreiller sur mes genoux. Il s'est assis au bord du matelas. La tension entre nous était palpable.

— J'aurais dû t'inviter à ce dîner, a-t-il commencé. Je sais à quel point tu détestes ces trucs, mais j'aurais dû te laisser choisir.

— C'est pas seulement le dîner, ai-je répliqué, le souffle court. Tu passes beaucoup de temps avec elle et… Et je n'aime pas ça. Tout simplement.

— Mais, Em, je ne la vois pas comme tu le penses. Je te jure ! Je la considère plus comme une petite sœur.

— Peut-être que toi tu la vois comme ça, mais pas elle. Ouvre un peu les yeux.

— Je sais, a-t-il soupiré. Je ne m'attendais pas à ça. Je voulais simplement qu'elle se sente à l'aise, qu'elle soit bien accueillie. C'est dur, quand on débarque dans une ville et qu'on est *le* nouveau, au lycée.

Ses mots ont résonné en moi et m'ont adoucie. Il savait de quoi il parlait.

— Evan, tu es la personne la plus attentive aux autres que je connaisse, et c'est pour ça que je t'aime. Mais il faut que tu mettes des limites avec elle.

— Je vais le faire, a-t-il dit en s'approchant. Attends… J'ai bien entendu ? Tu viens de me dire que tu m'aimais ?

Il s'est glissé tout contre moi.

— Oui, ai-je répondu en réprimant un sourire. Ça n'est pas le petit chaperon rouge et ses yeux de biche qui vont…

— Emma ! s'est-il exclamé en haussant les sourcils.

— Désolée, ai-je souri. Elle est sympa. Je voulais juste…

Ses lèvres tendres se sont emparées des miennes avec gourmandise, m'interrompant dans mon élan. Analisa et son sourire enjôleur ont disparu de mes pensées comme par enchantement. J'ai passé mes bras autour de son cou et je me suis serrée contre lui tout en me laissant glisser le long de la tête de lit pour m'allonger sur le dos.

Sa bouche a quitté mes lèvres pour descendre le long de ma gorge, en même temps qu'il s'étendait sur moi. J'ai enroulé mes jambes autour des siennes et il a passé sa main sous mon dos pour coller mon corps contre le sien. Nos gestes devenaient pressants, nos respirations s'accéléraient, nos baisers étaient de plus en plus intenses. Mes mains se sont attardées sur son dos, suivant le tracé de ses muscles. J'ai attrapé le bas de son tee-shirt et je l'ai remonté pour faufiler mes doigts en dessous. Sentir sa peau. La chaleur brûlante de son corps.

La porte s'est ouverte avec un grincement.

— Ta voiture…

Evan s'est levé d'un bond et je me suis redressée aussi vite. Jonathan se tenait devant nous, bouche bée, les yeux écarquillés.

— Désolé, j'aurais dû frapper, a-t-il soufflé avant de refermer la porte.

— C'est toi qui parlais de limites ? a lancé Evan.

— Ouais…, ai-je murmuré, le regard au loin.

24

Joyeux anniversaire

— Est-ce que je dois m'inquiéter ? ai-je demandé tout bas.

Ma mère dansait dans la cuisine en s'occupant des préparatifs.

— Sincèrement ? a glissé Jonathan qui assistait au même spectacle.

Je lui ai lancé un regard angoissé.

— Je crois que oui..., a-t-il avoué.

Mon ventre s'est instantanément noué.

— C'est ce que je redoutais, ai-je soufflé.

— Salut, a lancé Sara sur un ton joyeux en ouvrant la porte d'entrée.

Je me suis tournée vers elle en m'efforçant de faire bonne figure.

— Coucou.

— Sara ! s'est exclamée ma mère en se précipitant vers elle pour la serrer dans ses bras.

— Joyeux anniversaire, Rachel ! a-t-elle répondu en me lançant un regard étonné.

J'ai haussé les épaules en guise de réponse.

— Je vous ai apporté quelque chose, a annoncé Sara en réussissant à se dégager de l'étreinte de ma mère.

Elle a ouvert son sac et sorti un petit cadeau emballé avec soin.

— Tu es adorable ! s'est écriée ma mère en ouvrant le paquet avec empressement.

Elle a sorti un ravissant collier en argent de la boîte en velours et l'a attaché autour de son cou.

— Il est ravissant ! Merci mille fois.

— De rien, Rachel, a dit Sara en enlevant son manteau.

— Tu sais cuisiner, toi ? lui a demandé ma mère. Tu vas pouvoir m'aider.

— Pas vraiment… Ma mère essaie de m'apprendre mais ça n'est pas encore très concluant.

— Mais c'est quoi votre problème, les filles ? a lancé ma mère d'un air dépité.

Elle est retournée dans la cuisine et a commencé à sortir différents produits du frigidaire.

— Je vais faire la leçon à Anna, a-t-elle ajouté. Comment vous allez faire quand vous serez à l'université ?

On a frappé à la porte. Jonathan est allé ouvrir pendant que Sara et moi apportions les bols de chips et de guacamole dans le salon. Jared est entré, une bouteille de vin à la main. Je me suis crispée.

— Bonjour, a dit ma mère avec un sourire.

— Rachel, voici Jared, a déclaré Sara en lui prenant la main.

— Joyeux anniversaire, a-t-il souhaité en tendant la bouteille.

— C'est mon préféré, merci !

— Où est Evan ? ai-je demandé en fermant la porte.

— Il est parti de son côté, a expliqué Jared. Il ne devrait pas tarder.

Tandis que les autres suivaient ma mère dans la cuisine, j'ai préféré attendre dans l'entrée. J'avais trop peur qu'elle ne me mette à contribution.

— Tu es un ami d'Evan ? a demandé ma mère à Jared tout en disposant des tortillas sur une assiette.

— Son frère, a-t-il indiqué, debout dans l'encadrement de la porte.

— Je n'aurais jamais deviné ! a-t-elle réagi en observant ses épaules carrées et ses cheveux blonds.

Elle a éclaté de rire, avant d'ajouter :

— Donc tu sais cuisiner ?

— Pas du tout ! a-t-il avoué en lançant un regard ébahi à Sara. Mon frère et moi sommes très différents. Mais je peux peut-être aider malgré tout ?

— Tu sais faire la Margarita ?

— Ça oui !

— Super, ai-je marmonné dans mon coin.

Au même instant j'ai entendu la porte s'ouvrir. Evan est entré, avec la table de jeu.

— Attends, je vais t'aider, a proposé Jonathan en sortant du salon.

Il a pris la table et Evan l'a suivi, des chaises pliables sous les bras.

— Enfin ! a lancé ma mère. Evan, viens m'aider à préparer les quesadillas, s'il te plaît. Visiblement, nous sommes les deux seuls à savoir cuisiner, ici.

— Jared est doué pour plein d'autres choses ! a protesté Sara.

— Pour les galipettes, peut-être ? a lâché ma mère avec un large sourire.

Jared s'est figé. Sara s'est mise à rigoler et moi je suis restée clouée sur place, horrifiée par la spontanéité tout à fait déplacée de ma mère. Était-elle déjà éméchée, ou même pas ?

Après avoir accroché son manteau, Evan est entré dans la cuisine.

— Qu'est-ce que vous voulez que je fasse ? a-t-il demandé, sans savoir ce qui venait de se passer.

— Retourne-les quand ils sont cuits, a-t-elle précisé en lui donnant la spatule. Tu veux boire quelque chose ?

— Je crois que *moi* j'ai besoin d'un petit verre, est intervenu Jared.

Ma mère a sorti deux verres du placard. Elle a mis des glaçons dedans et les a tendus à Jared pour qu'il les remplisse avec la Margarita qu'il avait préparée.

Elle a levé son verre avec une petite grimace.

— Aux gens doués !

Jared a haussé les sourcils avant de trinquer avec elle.

— Attendez-moi ! a demandé Sara en se servant un verre pour se joindre à eux.

Quand j'ai vu ma mère vider la moitié de son verre d'un trait, j'ai senti mon cœur faire un bond dans ma poitrine. J'ai compris que je devais me préparer au pire.

— Ça va ? m'a questionnée Jonathan en passant devant moi avec les chaises pliables qu'il avait prises sur le perron pour les placer autour de la table.

— Ça ira mieux demain, ai-je murmuré en le suivant pour l'aider.

— Tu peux mettre un peu de musique, Emily, s'il te plaît ? a hurlé ma mère depuis la cuisine.

Quel besoin de crier ? J'entendais parfaitement tout ce qu'elle disait.

— Pas de problème.

J'ai passé en revue la collection de CD sans rien trouver d'adapté à la soirée.

— Tiens, a proposé Jonathan en me donnant son iPod. Il y a une playlist « Fête Rachel ».

— Merci.

J'ai branché le jack de la chaîne sur l'iPod. Quand les notes de la première chanson ont résonné, ma mère a poussé des cris de joie.

— Super, Emily !

J'étais sur le point de lui dire la vérité, mais Jonathan m'a arrêtée.

— Laisse-la croire que c'est toi.

— OK, ai-je répondu avec un haussement d'épaules, sans chercher à comprendre.

Une demi-heure plus tard, six invités sont arrivés, avec des sacs remplis de bouteilles et de chips.

— C'est bien ici, la fête ? a lancé un type avec une grosse barbe, en entrant dans la cuisine.

Quand ma mère l'a vu, elle s'est mise à piailler et lui a sauté au cou, totalement surexcitée.

— Joyeux anniversaire, Rach ! s'est-il exclamé en l'embrassant sur les deux joues.

Elle était déchaînée. Cela me stressait de la voir dans cet état, mais j'ai fait un effort pour me réjouir pour elle et chasser mon inquiétude. C'était quand même son anniversaire.

Nous nous sommes présentés aux invités restés avec nous.

— Emily ! s'est enthousiasmée une dénommée Sharon qui semblait me connaître. Tu as tellement grandi, c'est incroyable !

— Merci, ai-je répondu platement.

Je l'ai observée à la dérobée. Elle avait le visage marqué de quelqu'un que la vie n'a pas épargné et la voix éraillée d'une grosse fumeuse. Ses longs cheveux bruns lui tombaient sur les épaules et ses yeux marron étaient soulignés d'un épais trait d'eye-liner.

— Tu ressembles toujours autant à ton père, a-t-elle ajouté.

— N'est-ce pas ? est intervenue ma mère en lui tendant un verre. Elle n'est pas de moi, je vous le jure !

Elle a éclaté d'un rire joyeux.

— Celle-là, tu ne peux pas me la faire : je te rappelle que c'est moi qui t'ai amenée à l'hôpital le jour de ton accouchement, s'est esclaffée Sharon.

— Je n'étais pas vraiment en état de conduire, a protesté ma mère.

— Le vin y était peut-être pour quelque chose, a répliqué Sharon en riant si fort qu'elle s'est mise à tousser.

Je les ai regardées tour à tour, les sourcils froncés.

— Ne t'inquiète pas, Emily. Elle plaisante ! Prends une bière, Evan, a lancé ma mère. C'est mon anniversaire, ça se fête ! En plus, tu ne vas pas conduire puisque tu restes dormir ici.

Avec un sourire, elle lui a tendu une canette.

— Merci, a-t-il accepté en posant sa main dans mon dos.

Avec ses antennes habituelles, il avait senti ma crispation. Ma mère s'est encore servi un verre.

J'ai fermé les yeux et respiré profondément pour garder mon calme.

— Ça va ? m'a chuchoté Evan à l'oreille.

J'ai accroché un sourire à mes lèvres.

— Je ne suis pas très bonne au poker, ai-je avoué.

— Je t'aiderai. Je vais te donner une antisèche pour l'ordre des combinaisons.

— OK.

J'ai croisé le regard de Jonathan, à l'autre bout de la pièce. L'air sombre, il nous dévisageait tour à tour, ma mère et moi. Il semblait redouter un incident. Ma gorge s'est nouée. Moi aussi, j'avais peur. J'ai détourné le regard, comme pour me débarrasser de ma crainte.

— Poker, maintenant ! a annoncé ma mère en encourageant tout le monde à rejoindre le salon.

Nous nous sommes assis autour des tables et le jeu a commencé. Plus ma mère buvait et moins elle jouait. Elle a fini par décréter que les gains de Jonathan lui reviendraient intégralement et elle s'est levée. Elle passait d'une table à l'autre et intervenait sans cesse dans le jeu. Au bout d'un moment, elle s'est dirigée vers la chaîne, a choisi un morceau sur l'iPod et s'est mise à danser avec l'un ou l'autre des joueurs qu'elle parvenait à entraîner.

Quant à moi, j'essayais tant bien que mal de me concentrer sur la partie. Je n'avais pas la moindre idée de ce que je faisais. Pour savoir si mon jeu était suffisamment intéressant pour parier, je regardais l'antisèche d'Evan. Ma mère avait insisté pour qu'on achète les jetons avec de l'argent, nos mises étaient donc réelles. Ce qui rendait certains des participants très sérieux, alors que nous étions censés être là pour nous amuser.

Au bout d'un certain nombre de Margarita, ma mère était complètement partie. D'un pas chancelant, elle s'est approchée de Jonathan et s'est laissée tomber sur ses genoux, accrochée à son cou.

— Allez, mon cœur, faut que tu paries gros avec un jeu pareil, a-t-elle lancé en lui donnant un baiser sur la joue.

Cette information a incité un des joueurs à se coucher.

— Merci, Rachel, a grimacé Jonathan en plaçant des jetons sur le tapis.

— Faut que tu mettes plus que ça, a-t-elle insisté en avançant quelques jetons supplémentaires. On va la gagner, celle-là.

Elle a tiré la langue à Sara et à l'autre type encore en jeu. Sara s'est esclaffée avant de boire une gorgée de sa Margarita.

— Sara, je t'aime, s'est exclamée ma mère, complètement désinhibée par l'alcool qu'elle avait ingurgité.

— Merci, Rachel, a répondu mon amie avec un sourire. Joyeux anniversaire !

Elle a levé son verre pour trinquer avec ma mère.

— Viens danser avec moi, a-t-elle proposé en quittant les genoux de Jonathan et en prenant Sara par la main.

— Mais je suis en train de jouer, a-t-elle protesté faiblement.

Ma mère l'a forcée à se lever et à abandonner ses cartes sur la table. Puis tenant toujours sa main, elle a fait un tour sur elle-même. Assise à l'autre table, je suivais la scène pendant que Jared mélangeait les cartes.

— T'es pas bavarde, hein ? m'a dit la femme aux cheveux blonds peroxydés qui s'appelait Sally, ou Ally.

— Pas très, ai-je répondu en regardant les cartes que Jared distribuait.

— Et tu bois pas, non plus, hein ? a-t-elle ajouté d'une voix pâteuse, le menton appuyé sur sa main.

— Non.

— Pourtant tu nous faisais boire, quand tu étais petite, a-t-elle lâché.

La main tendue pour prendre mes cartes, j'ai interrompu mon geste.

— Tu étais tellement mignonne, à nous apporter nos bières, a-t-elle poursuivi. Les fêtes de Rachel, c'était toujours les plus réussies.

Je me suis concentrée sur mes cartes. Je sentais les regards d'Evan et de Jared posés sur moi.

— Deux cartes, ai-je demandé en faisant semblant de ne pas être perturbée par ces souvenirs.

Les choses n'avaient pas beaucoup changé, en réalité. À la différence près que je ne buvais plus de bière. Notre vie avait toujours été émotionnellement intense, faite de hauts et de bas. C'était encore plus marqué quand j'étais petite. Les cris et les larmes succédaient aux rires. Il y avait constamment de la musique, et la maison était en permanence pleine de gens. Mais, malgré ce monde autour de moi, j'étais, la plupart du temps, livrée à moi-même. C'est à ce moment-là que j'ai commencé à me concentrer sur l'école et sur le sport. Ma mère ne s'intéressait pas beaucoup à mes résultats scolaires ; en revanche elle avait toujours insisté pour que je fasse du foot et du basket. Même si, évidemment, elle était incapable de m'accompagner aux entraînements et aux matchs.

Mon attention a soudain été attirée par les rires de Sara et de ma mère. Elle s'était cognée contre un meuble et avait fait tomber quelques photos. Sharon les a rejointes, en revenant du perron où elle avait fumé sa énième cigarette.

— Vous travaillez dans quel secteur, Ally ? a questionné Evan en avalant une gorgée de bière.

— Je suis serveuse, a-t-elle répondu en le dévisageant un peu longuement. J'arrive pas à croire que t'es encore au lycée. Mais…

Elle m'a regardée, puis Evan.

— Vous sortez ensemble, tous les deux, c'est ça ?

Il a confirmé d'un signe de tête avant de demander deux cartes à Jared.

— Ça me manque, le lycée, a-t-elle soupiré avant de boire une gorgée.

— N'importe quoi ! s'est exclamée ma mère en se laissant tomber sur la chaise à côté d'Ally. Tu détestais le lycée…

Ally s'est mise à rire, de son rire gras et enroué de fumeuse.

— C'est vrai. Mais avec tout ce qu'on fumait, on s'en sortait pas mal.

— Carrément, s'est esclaffée ma mère.

— Tu te rappelles quand tu avais raconté à M. Hall que tu avais des crampes d'estomac, pour échapper à un contrôle, et qu'on était ensuite allées dans les bois fumer un pétard ?

Ma mère a explosé de rire à ce souvenir. Elle en avait les larmes aux yeux.

Entre deux hoquets hystériques, Ally a ajouté :

— Et la fois où tu avais donné un whisky-Coca à Emily et qu'après on l'a filmée en train de se cogner partout !

Ma mère était partie dans un fou rire incontrôlable : elle était pliée en deux. Le type assis à côté d'Ally a gloussé.

— Je m'en souviens. Vous étiez déchaînées.

Je me suis forcée à rire, comme si je me rappelais aussi l'épisode. Puis j'ai posé mon jeu sur la table et je me suis excusée pour aller aux toilettes. Quand je suis sortie de la salle de bains, je suis tombée nez à nez avec ma mère, qui attendait son tour.

— Emily ! s'est-elle exclamée gaiement. Tu t'amuses bien ?

— Ouais, c'est sympa, ai-je répondu avec un pâle sourire. Et toi ?

— J'essaie, a-t-elle dit en entrant dans la salle de bains. Ça serait mieux s'il arrêtait de te mater.

Sur ces mots, elle a fermé la porte. Je suis restée interdite. De quoi parlait-elle ? Tandis que je me tournais pour descendre l'escalier, Jonathan est apparu.

— Tu fais la queue ? a-t-il demandé.

— Non, ai-je répondu, encore perplexe.

— Qu'est-ce qui se passe ?

J'ai écarté les mains d'un air déconcerté.

— Quoi ? a-t-il insisté.

Au même instant, la porte de la salle de bains s'est ouverte et ma mère est sortie.

— Aaaah, a-t-elle commenté, comme si elle nous avait surpris. Vous voilà, tous les deux. Vous savez que je sais. Faut dire, c'est tellement évident.

Mais vous pourriez au moins attendre d'être en Californie, non ? C'est mon anniv, quand même. Vous êtes pas obligés de faire ça sous mon nez.

— Mais qu'est-ce que tu racontes, Rachel ? a lancé Jonathan avec un rire gêné.

— Peu importe, a-t-elle conclu sans l'écouter. Je m'en fous.

Je l'ai dévisagée, les sourcils froncés.

— Tu ne t'imagines quand même pas qu'il y a quelque chose entre nous ? ai-je insisté.

— Bah… j'sais pas…

Elle a haussé les épaules et descendu l'escalier. Quelques instants plus tard, j'ai fait de même, tandis que Jonathan entrait dans la salle de bains. Durant le reste de la soirée, nous n'avons plus échangé un regard. En tout cas, moi, j'ai évité soigneusement de poser mes yeux sur lui. Je ne voulais pas alimenter les délires alcoolisés de ma mère. Et je n'avais aucune envie qu'elle fasse une quelconque remarque devant Evan.

Petit à petit, les invités ont commencé à partir. Jared et Sara ont été les premiers à lever le camp.

— Je crois que j'étais un peu saoule, m'a chuchoté Sara à l'oreille lorsqu'elle m'a dit au revoir.

— T'inquiète pas, ai-je répondu avec un sourire. On s'appelle demain.

Peu de temps après, d'autres joueurs ont quitté la table.

— Vous allez pas partir, a supplié ma mère.

— Joyeux anniversaire, Rach, a soufflé Ally en la serrant dans ses bras.

Ma mère les a accompagnés dehors puis est revenue dans le salon.

— Qui boit un coup ? a-t-elle demandé à la cantonade.

Sans attendre de réponse, elle a aligné des verres sur la table basse et les a remplis de tequila. Puis elle les a distribués à tous ceux qui restaient. Même à moi. Lorsqu'elle a placé le verre devant moi, j'ai lancé un coup d'œil à Jonathan.

— À l'éternelle jeunesse, a-t-elle déclaré en brandissant son verre. Allez, Evan, faut trinquer.

Il a levé son verre comme les autres et l'a bu avec une grimace. Je n'ai pas touché au mien. Discrètement, Jonathan l'a pris et l'a bu d'un trait avant de le reposer, vide, devant moi.

— Bravo, Emily, m'a félicitée ma mère en ramassant les verres.

Pendant qu'elle était dans la cuisine, Evan s'est penché vers moi et m'a glissé :

— Tu veux rester ou partir ?

Je me suis mordillé la lèvre, hésitante. Le type à la barbe a jeté ses cartes sur la table et s'est levé.

— Je pense que j'ai assez perdu comme ça. Sharon, on y va.

— Non, a-t-elle marmonné, affalée sur le canapé.

— Si, a-t-il dit en se dirigeant vers l'entrée. T'es déjà à moitié endormie… On part.

— Oh non, pas vous ! a lancé ma mère quand elle l'a vu revenir avec les manteaux.

— Vous m'avez ruiné, tous les deux, a-t-il répondu. Joyeux anniversaire, mais ne dépense pas tout d'un coup !

Elle les a accompagnés dehors pour leur dire au revoir. Il ne restait que Jonathan, Evan et moi et je n'avais plus que quelques jetons.

— On arrête là ? a suggéré Jonathan.

— D'ac, ai-je répondu en me levant.

Evan est resté pour aider Jonathan à ranger les jetons dans la mallette et je suis allée dans la cuisine pour mettre un peu d'ordre. Ma mère est arrivée en frissonnant tandis que je rinçais les verres dans l'évier.

— Il y a plus que nous, hein ? a-t-elle dit, dans mon dos. J'ai passé une super soirée !

— Tant mieux, ai-je répondu.

— Je suis désolée pour tout à l'heure. À propos de Jonathan, je veux dire… Parfois je suis vraiment stupide.

Je me suis contentée de hocher la tête.

— Tu te souviens vraiment pas ? a-t-elle demandé soudain.

Sa question tombait comme un cheveu sur la soupe. Je me suis retournée pour la dévisager.

— De quoi ? Des fêtes quand je vivais avec toi ? Si, je m'en souviens.

— Je repensais à ça…, a-t-elle poursuivi sans écouter ma réponse.

Elle s'est laissée tomber sur une chaise. La station debout était probablement difficile pour elle, compte tenu de son état.

— Durant toutes ces années, j'ai revécu cette journée en boucle. Et toi, tu t'en souviens pas.

Elle a posé sur moi un regard vide. Son visage ne montrait aucune émotion. Alors que j'ouvrais la bouche pour lui demander de quoi elle parlait, j'ai soudain compris. Le jour où mon père est mort – c'était à ça qu'elle faisait allusion. J'ai détourné les yeux.

— Tu voulais toujours t'habiller en rose pour ton anniversaire, a-t-elle poursuivi, le regard perdu dans ses souvenirs. Chaque année, il t'achetait une nouvelle robe rose.

J'étais hypnotisée par ses paroles. Incapable de l'arrêter. Mon cœur s'est mis à battre plus vite.

— Tu le guettais par la fenêtre. Tu voulais savoir pourquoi il était en retard. Toutes les deux minutes, tu demandais où il était.

La tristesse a envahi son visage.

— C'est injuste que tu ne te rappelles pas ce jour que je n'arriverai jamais à oublier. Quand est-ce que tu as fêté ton anniversaire pour la dernière fois, Emily ?

Sa question m'a transpercée comme une flèche. J'ai eu un vertige. Tout à coup, je n'étais plus dans la cuisine, chez ma mère, mais devant la fenêtre, dans ma petite robe rose.

— Il devait rentrer tôt du bureau pour accrocher ces stupides lampions dans la cour, a-t-elle raconté d'une voix éteinte.

Je les ai vus, soudain, ces lampions de toutes les couleurs, suspendus aux quatre coins de la cour. Un frisson glacial a couru le long de mon dos. J'étais pétrifiée.

— Il devait passer chercher ton gâteau chez ce pâtissier ridiculement cher qui était en ville. Toujours le même gâteau au chocolat fourré à la fraise.

— Quand est-ce que papa va rentrer ? ai-je demandé en écartant le rideau pour surveiller la rue.

— Il ne devrait pas tarder, a-t-elle dit, comme chaque fois que je posais la question.

Ça n'était pas ma mère. J'ai jeté un coup d'œil derrière moi et je l'ai vue sortir un plat du four.

— Mais il commence à faire nuit et jamais il revient quand il fait nuit, ai-je insisté en continuant de regarder par la fenêtre.

— Toujours rien ? a-t-elle questionné d'une voix inquiète tandis qu'un homme entrait dans la pièce, un téléphone portable à la main.

— Non, a-t-il répondu. Ils m'ont dit qu'il a quitté le bureau depuis longtemps.

L'homme m'était familier, mais je n'arrivais pas à me rappeler pourquoi.

— Rachel ! a-t-il crié.

— Quoi ? a-t-elle répondu depuis l'étage.

— Je pense qu'on devrait passer ce coup de fil.

Elle n'a pas eu le temps de réagir : le portable a sonné. Elle a descendu l'escalier à toute allure tandis que l'homme décrochait.

— Qui est-ce ? a-t-elle interrogé avant même qu'il ait dit « allô ».

L'angoisse que je lisais dans ses yeux me rendait nerveuse. Je ne la quittais pas du regard, incapable de me détourner de son visage inquiet. Puis l'angoisse a laissé la place au désespoir quand l'homme, après avoir raccroché, a prononcé ces mots :

— Il y a eu un accident.

— Tu me l'a pris, a-t-elle murmuré en me regardant droit dans les yeux.

— Rachel ?

La voix de Jonathan résonnait comme s'il était à l'autre bout d'un tunnel.

Les larmes m'ont brouillé la vue. Elle m'a examinée, les yeux plissés :

— Ah, a-t-elle soufflé. Tu te souviens.

Une douleur foudroyante a déferlé à travers mon corps. J'ai voulu crier, mais aucun son n'est sorti de ma bouche.

— Qu'est-ce que tu as fait ? a dit Jonathan sur un ton pressant. Emma, ça va ?

— Qu'est-ce qui se passe, Emma ? a demandé Evan d'une voix angoissée.

J'ai plongé mon regard dans le sien et j'y ai vu de la haine. J'ai frémi. Il fallait à tout prix que je sorte de là. Mais mes jambes refusaient de bouger. Les sanglots ont jailli. Mon corps n'était plus que souffrance. Je devais m'éloigner d'elle, partir. Sans même m'en rendre compte, je me suis retrouvée dehors. Je me suis mise à courir. Mais j'avais beau fuir, la douleur était toujours aussi intense. Elle me brûlait la poitrine. Me déchirait le ventre. M'étouffait.

J'ai couru le plus longtemps possible. À en perdre haleine. Jusqu'au moment où je me suis effondrée sur le sol boueux, les poumons en feu. Et j'ai hurlé. Soudain, tout m'est revenu. Le coup de fil. Les cris de ma mère. Je revivais la scène en spectatrice. Je ne comprenais pas. Ou, plutôt, j'avais peur d'avoir deviné. Il ne reviendrait pas à la maison. Il ne reviendrait plus jamais.

Je ne sais pas combien de temps je suis restée allongée sur le sol froid et humide, dévastée par la tristesse et la souffrance. C'est la caresse d'une main chaude sur ma joue qui m'a ramenée à la réalité.

Il a doucement posé ma tête sur ses genoux, en prononçant des paroles réconfortantes.

— Ça va aller, a-t-il murmuré.

— Ça fait tellement mal, ai-je gémi. Je voudrais que ça s'arrête…

Les larmes coulaient le long de mes joues. Evan m'a prise dans ses bras et m'a portée jusqu'à la voiture. Il m'a installée sur le siège avant et m'a embrassée sur le front. Je me suis roulée en boule et j'ai commencé à trembler. Le froid m'avait pénétrée jusqu'aux os. Le chauffage de la voiture n'a réussi qu'à atténuer faiblement mes frissons. Il a enlevé son manteau et l'a étendu sur moi. J'ai enfoui ma tête en dessous pour sentir son odeur.

Chaque centimètre carré de mon corps était douloureux. Respirer était une épreuve. Emprisonnée dans ma souffrance, j'étais à peine consciente de ce qui se passait. Lorsque la voiture s'est arrêtée, je ne savais pas où nous étions. Je crois qu'Evan avait essayé de me parler, mais je ne comprenais même pas ce qu'il disait. Sa voix me semblait lointaine, inaudible. Quand il m'a sortie de la voiture, j'ai fermé les yeux et posé ma tête contre sa poitrine.

Il m'a ensuite allongée sur son lit. Je n'ai pas bougé. J'ai senti qu'il m'enlevait mes chaussures et mon pantalon. Mes yeux étaient ouverts, mais je ne voyais rien. Je ne pouvais que ressentir. Et j'aurais préféré ne plus en être capable. Je n'arrivais plus à repousser au plus profond de moi mes émotions et mes sensations, comme je l'avais fait durant toutes ces années. Je perdais mon père une nouvelle fois.

J'ai senti la chaleur d'Evan dans mon dos. Il s'est collé contre moi. J'ai pris sa main et l'ai pressée. C'était ma seule connexion avec la réalité.

— Je suis là, Emma, a-t-il murmuré en me tenant tout contre lui. Je ne te laisserai jamais partir.

J'ai pleuré longtemps. J'ai laissé s'exprimer cette douleur, ce tourment qui était verrouillé en moi depuis ce jour terrible, dix ans plus tôt. Aux premières heures de l'aube, l'épuisement l'a emporté sur la peine et j'ai sombré dans un sommeil peuplé de rêves où mon père était bien vivant.

25

Encore et encore

Avant d'ouvrir les yeux, j'ai entendu une musique au loin. Un chant apaisant. J'ai calé ma respiration sur la douce mélodie avant de me décider à émerger. J'ai eu du mal à ouvrir les paupières. Mon corps était raide et douloureux. Je me suis étirée tant bien que mal, quittant la position recroquevillée que j'avais gardée la nuit durant. Evan n'était pas dans la chambre.

Je me suis assise au bord du lit. Je me sentais exsangue. Je me suis rendue dans la salle de bains sans me tourner vers le miroir. Le regard vide que j'y verrais m'était bien trop familier. J'ai fait couler l'eau chaude sur ma peau. Même après une longue douche, je me sentais toujours aussi épuisée. Un tee-shirt et un pantalon de survêtement étaient posés par terre, devant la porte, lorsque je suis sortie. Evan avait vu que je m'étais levée.

J'ai enfilé les vêtements – un peu grands pour moi – et attaché mes cheveux humides avant de retourner dans la chambre. Il m'attendait, adossé contre la tête de lit, la télécommande à la main, en train de zapper d'une chaîne à l'autre. Dès que je me suis glissée sous la couette et pelotonnée contre lui, il a éteint la télévision.

— Comment ça va ? a-t-il demandé en passant son bras autour de moi.

— Ça va, ai-je lâché d'une voix éraillée à force d'avoir sangloté.

Il m'a serrée contre lui avant d'ajouter :

— Tu veux me parler de ce qui s'est passé hier soir ?

J'ai senti ma gorge se serrer et les larmes sont montées.

— Si tu n'as pas envie…

— C'est bon, ai-je coupé d'une voix sourde.

Je me suis assise et j'ai soufflé un bon coup. L'inquiétude assombrissait les yeux gris d'Evan. Je devais lui parler. Expliquer.

— Ma mère dit que je suis responsable de la mort de mon père.

— Comment ça ?

— Il est mort le jour de mon anniversaire. Il rentrait à la maison après avoir acheté mon gâteau.

— Et pourquoi ça serait ta faute ?

— Elle souffre, alors elle cherche un coupable. J'ai gâché sa vie.

— Non, Emma, c'est faux. Ta mère est une adulte, elle devrait savoir que les accidents peuvent arriver. Surtout, ne commence pas à croire que c'est ta faute.

— Je…

Impossible de dire ce qu'il voulait entendre de moi – que je n'étais pas responsable. La culpabilité était la plus forte. Même si je comprenais de quelle vérité il parlait, une autre réalité était là, dévastatrice : c'était à cause de moi qu'il était sur la route à ce moment-là. J'avais perdu la personne que j'aimais le plus au monde et la logique n'avait pas sa place dans cette histoire. J'ai fini par comprendre pourquoi ma mère avait besoin que je sente sa douleur et que je la partage. C'était trop lourd de la garder pour elle. D'être la seule à souffrir à ce point de son absence.

Les yeux perdus au loin, l'esprit traversé par des images de mon père, j'ai parlé.

— Je ne pouvais pas me souvenir de lui. Ça aurait signifié que j'étais consciente de l'avoir perdu. J'aurais alors dû faire mon deuil. J'ai donc tout enfoui. Je n'avais plus aucun souvenir. Jusqu'à hier soir. Et maintenant que ma mémoire se réveille, je souffre.

Les sanglots m'ont interrompue. Evan m'a attirée contre lui et serrée dans ses bras.

— Ça fait si mal que j'ai du mal à respirer.

Les larmes coulaient le long de mes joues.

— J'ai l'impression de tout revivre. Je le ressens dans ma chair comme si c'était arrivé hier, et…

Un sanglot m'a coupé la voix.

— Ça va aller, a murmuré Evan en embrassant doucement mes cheveux. Je comprends.

Je suis restée un moment blottie dans ses bras rassurants. Puis je me suis redressée et j'ai essuyé mes larmes.

— Est-ce qu'on peut rester ici ? ai-je demandé en reniflant.

— Bien sûr, a-t-il répondu en me tendant un Kleenex.

Nous nous sommes allongés sur le lit et j'ai posé ma tête sur sa poitrine, bercée par les battements de son cœur. Il a remonté la couette et m'a entourée avec ses bras, comme un rempart contre la tristesse. Il a éteint la musique et allumé la télévision. Il a choisi un film pour nous, mais je n'ai pas tenu longtemps. Les émotions m'avaient vidée, j'étais épuisée.

Quand j'ai rouvert les yeux, la chambre était plongée dans l'obscurité. Étendu sur le côté, Evan dormait, paisible. J'ai enfoui mon visage dans son tee-shirt pour respirer son odeur avant d'embrasser son cou. Il a bougé et a resserré son étreinte. Mes lèvres ont poursuivi leur chemin sur sa peau chaude. Un sourire est apparu sur son visage, mais il a gardé les yeux fermés. Sous son oreille, j'ai déposé un baiser.

— Mmm…, a-t-il murmuré en ouvrant lentement les yeux.

J'ai continué de déposer des baisers légers le long de sa mâchoire. Il a entrouvert les lèvres pour accueillir les miennes. Tandis que nos bouches s'unissaient, je me suis pressée tout contre lui. Il a glissé ses mains sous mon tee-shirt et laissé ses doigts caresser mon dos. Nos corps mêlés bougeaient à l'unisson. Ses mains chaudes étreignaient ma peau brûlante, déclenchant une onde frémissante à travers mon corps. Nos respirations se sont accélérées. Il a laissé sa main descendre jusqu'au haut de mon jogging et a glissé ses doigts sous l'élastique. J'ai soulevé sa chemise, il a aussitôt relevé la tête pour l'enlever. Les muscles de son torse ont jailli. Fins et puissants. Mes doigts se sont attardés sur ses pectoraux avant de descendre le long de son ventre.

En même temps, mes lèvres suivaient la ligne de son épaule et remontaient le long de son cou.

Alors que je m'apprêtais à enlever mon tee-shirt, il s'est redressé et a cherché mon regard.

— Qu'est-ce qu'il y a ? ai-je demandé, craignant d'avoir mal fait.

— Pas maintenant, a-t-il expliqué. Pas comme ça.

J'ai laissé tomber ma tête sur son épaule.

— OK, ai-je soupiré.

— Tu comprends pourquoi ? a-t-il demandé en me glissant une mèche de cheveux derrière l'oreille.

— Oui, ai-je répondu, incapable de le regarder dans les yeux.

Il avait raison, bien sûr. Nous n'allions pas coucher ensemble pour la première fois juste après une nuit pareille. Mais je voulais être au plus près de lui. J'en avais besoin pour combler le gouffre qui s'était ouvert en moi durant cette nuit de souffrance.

— Tu veux rester dormir ce soir aussi ? a-t-il proposé en posant ses lèvres sur mon front.

— Je dois rentrer à la maison.

— Chez Rachel ? s'est-il étonné. Je ne pensais pas que…

— Il faut que je le fasse, ai-je coupé. Je veux lui parler, maintenant que j'ai compris. Peut-être qu'on peut… renouer. Vraiment.

— Em…

Il a attendu que je lève les yeux sur lui. J'ai vu son air troublé.

— Ça n'est pas ta faute. Peu importe ce qu'elle dit ou pense, il faut que tu saches ça. C'est important. OK ?

— OK, ai-je murmuré en l'embrassant.

Aucune fenêtre n'était allumée, lorsque nous sommes arrivés devant la maison. Mais la voiture de ma mère était garée dans l'allée. Les yeux rivés sur la façade sombre, j'ai hésité un instant avant d'ouvrir ma portière.

— Tu veux que je vienne avec toi ? a demandé Evan.

— Non, c'est pas la peine, ai-je répondu sans quitter la bâtisse du regard. Ça va aller.

— Tu m'appelles tout à l'heure, d'accord ?

— Promis.

Je suis sortie de la voiture, concentrée sur ce qui m'attendait dans cette obscurité. Evan est resté là et m'a suivie des yeux jusqu'à ce que je ferme la porte derrière moi.

J'ai tourné l'interrupteur dans l'entrée, tout les sens en alerte. La maison était inhabituellement silencieuse. J'ai marché jusqu'au salon et regardé par la fenêtre Evan faire marche arrière dans l'allée. J'ai allumé la lumière. La table de jeu était toujours là ; il y avait des bols de chips à moitié pleins et des verres vides un peu partout. J'ai ramassé les vestiges de la fête pour les apporter dans la cuisine.

Après avoir tout rangé et nettoyé, j'ai monté les marches d'un pas lourd. Cela faisait une heure que je rassemblais mon courage pour affronter ce moment. Tandis que j'approchais de sa chambre, je l'ai entendue pleurer. Je me suis arrêtée net, tétanisée. Puis, avant de changer d'avis, j'ai frappé à sa porte. Les sanglots ont cessé.

— Oui ? a-t-elle dit d'une voix à peine audible.

Le cœur battant, j'ai ouvert la porte.

— Coucou, ai-je lâché doucement.

Ma mère était allongée sur son lit, le visage rouge, les yeux gonflés et les cheveux en bataille. Elle portait les mêmes vêtements que la veille au soir.

Je me suis assise sur le bord du lit.

— Je pensais que toi aussi tu m'avais quittée, a-t-elle gémi en attrapant un Kleenex.

— Non. J'avais juste besoin d'un peu de temps.

— Donc tu vas… Tu vas rester ?

— Je reste, oui.

Les sanglots ont repris de plus belle. Elle m'a tourné le dos. Tandis qu'elle pleurait, j'ai réussi à ravaler mes propres larmes. J'ai tendu une main tremblante, hésitant à la toucher. Puis j'ai décidé de faire tomber la barrière qui me protégeait depuis si longtemps. Je me suis ouverte à sa douleur, à la mienne. J'ai accepté d'être sa fille, en posant ma main sur son dos. Sa poitrine s'est soulevée. Je me suis assise à côté d'elle pour lui montrer que je ne l'avais pas abandonnée. Et j'ai attendu qu'elle se calme. Au bout d'un moment, elle s'est apaisée. J'ai ôté ma main lorsqu'elle a roulé sur le dos pour me dévisager de ses yeux rougis.

— Tu veux qu'on regarde un film en mangeant de la glace ? ai-je proposé.

Elle a esquissé un pâle sourire.

— Avec plaisir.

Puis elle s'est redressée et a essuyé ses larmes.

— Je vais prendre une douche, a-t-elle ajouté.

Avant de sortir de la pièce, elle s'est tournée vers moi et a dit :

— Je suis heureuse que tu ne m'aies pas quittée.

J'ai hoché la tête en souriant.

Au moment d'entrer dans la salle de bains, elle a crié :

— Surtout pas une comédie romantique ! Je risquerais de balancer un truc sur la télé.

J'ai éclaté de rire avant d'aller dans ma chambre pour prendre mon porte-monnaie et mes clés. En sortant de la maison, j'ai vu que j'avais des messages sur mon portable. Des textos et des appels manqués de Jonathan et d'Evan, datant de la nuit précédente, où ils s'inquiétaient de savoir où j'étais. J'ai tout effacé.

Une fois arrivée sur le parking de l'épicerie, j'ai trouvé le courage d'appeler Jonathan. Sans savoir ce que j'allais lui dire.

— Salut ! a-t-il répondu dès la première sonnerie. Tu vas bien ?

— Ça va.

— Tu es sûre ? Ça n'avait pas l'air d'aller fort, hier soir.

— Je vais mieux.

— Je ne peux pas croire qu'elle ait fait un truc pareil. Je voulais te suivre, mais Evan était déjà parti et elle a commencé à hurler. Pardon. J'aurais dû y aller quand même.

— Non, ai-je tranché d'un air inquiet, troublée par ses mots. Je comprends.

— Tu es où, là ? Chez Sara ?

— Non, je suis revenue à la maison.

— Sérieux ? s'est-il exclamé, surpris. Pourquoi ?

— Euh…

J'ai hésité un instant, déconcertée par sa réaction.

— Parce qu'elle est ma mère, ai-je expliqué. Et je ne pense pas qu'elle doive traverser ça toute seule.

— Mais ce qu'elle a fait est horrible, Emma. Comment…

Il s'est interrompu. Je l'ai entendu respirer fort.

— Je ne comprends pas que tu puisses faire comme s'il ne s'était rien passé de grave.

— Ça n'est pas exactement ça, ai-je répondu d'une voix faible. C'est juste que je comprends mieux, maintenant.

Il s'est tu un moment avant d'ajouter :

— Je ne peux pas la laisser te traiter comme ça.

— Ça devait arriver, je le savais, ai-je commenté.

Il n'a pas bronché.

— Je dois y aller, ai-je finalement lâché pour rompre le silence qui devenait pesant.

— Appelle-moi, a-t-il dit précipitamment avant que je raccroche. Si tu as besoin de quoi que ce soit, ou même juste pour dire bonjour, tu m'appelles. D'accord ?

Sa voix était inquiète. J'ai attendu un instant avant de répondre.

— Je le ferai, ai-je promis.

Mais j'étais loin d'en être convaincue ; et pas certaine que ce soit une bonne idée.

Quand je suis arrivée à la maison, ma mère était assise dans le canapé, une couverture sur les genoux. Sans son maquillage, elle avait l'air épuisée. Défaite. En me voyant avec un DVD et deux pots de glace, elle a esquissé un sourire. Mais son regard était vide, absent.

Nous avons regardé le film en silence. Jusqu'au moment où elle a déclaré :

— Je peux être une vraie garce, non ?

Que répondre à ça ? Je n'osais pas me tourner vers elle. J'ai continué à manger ma glace sans rien dire, en attendant la suite.

— Je ne sais pas ce qui m'a pris, a-t-elle finalement ajouté.

Je l'ai regardée du coin de l'œil. Elle avait les yeux rivés au sol et semblait perdue dans ses pensées.

— C'est quand je bois trop. Je me mets à dire des choses… Je suis monstrueuse.

— Non, c'est pas vrai, ai-je lancé sans réfléchir.

Elle a posé son regard sur moi. Dans ses grands yeux bleus brillait la culpabilité.

— Je n'avais pas compris ce que tu avais traversé, ai-je soupiré. Je ne savais pas…

— Ça soulage, a-t-elle poursuivi.

J'ai froncé les sourcils. Que voulait-elle dire ?

— L'alcool, a-t-elle précisé. Ça rend la douleur supportable. Je ne suis pas aussi forte que toi. Tu es capable de te déconnecter du monde extérieur, de mettre une distance. Petite, déjà, tu réussissais à faire ça. Tu n'as même pas pleuré à… à son enterrement.

Sa voix s'est brisée. J'ai vu son menton trembler et ses yeux se remplir de larmes.

— Il me manque tellement…

J'ai posé ma glace et passé mon bras autour de ses épaules pour la réconforter. Elle s'est laissée aller contre moi, sa poitrine soulevée par les sanglots. Je l'ai serrée fort dans mes bras.

Je ne sais pas pourquoi, mais je n'ai pas pleuré. Peut-être parce que j'avais eu ma dose de tristesse les jours précédents, et que je m'étais mise à distance, comme elle disait. Je suis restée près d'elle, à la consoler. Mais sans sombrer moi-même. C'était la première fois, me semble-t-il, que je partageais un moment de tendresse avec ma mère et pourtant, je sentais à peine sa présence physique. Comme si j'étais extérieure. Tout sauf *forte*, en tout cas.

Assise à son côté, je lui caressais les cheveux en lui murmurant des paroles douces : c'était normal qu'il lui manque, elle s'en sortirait. Elle a fini par lever la tête et essuyer ses larmes.

— Merci, a-t-elle soufflé avec un pauvre sourire avant de se redresser. Les anniversaires, ça craint, hein ?

Je n'ai pas réagi.

— Je crois que je vais aller me coucher, a-t-elle continué. Je n'ai pas beaucoup dormi, la nuit dernière. Je suis épuisée. On se voit demain matin ?

— D'accord, ai-je répondu en la regardant se lever.

Je l'ai suivie des yeux pendant qu'elle montait l'escalier. Puis je me suis allongée dans le canapé et j'ai tiré la couverture sur moi. Je ne me sentais pas du tout prête à dormir.

Un claquement violent m'a réveillée en sursaut. J'ai tendu l'oreille, mais seul le silence remplissait l'obscurité. Peut-être avais-je rêvé ? Soudain, le même claquement a retenti contre ma porte. Je me suis redressée, le cœur battant à tout rompre. J'avais beau scruter l'obscurité autour de moi, je ne distinguais rien. Je suis restée dans mon lit, tétanisée.

Un cri paniqué a résonné de l'autre côté de la porte. On aurait dit un enfant. Une petite fille, même, affolée. J'ai rejeté ma couette et je suis descendue du lit. J'ai avancé à tâtons, sentant les lames du parquet sous mes pieds. Je n'arrivais pas à comprendre ce qu'elle disait. La peur étouffait ses mots. J'ai cru entendre : « Aidez-moi à sortir ! » Elle avait l'air désespérée, il fallait à tout prix que j'y aille. Les mains tendues devant moi, j'ai cherché la porte. Quand mes doigts ont touché le bois, j'ai senti le panneau vibrer sous les coups qu'elle donnait. Il y a eu un hurlement :

— Sors de là !

J'ai ouvert les yeux. J'étais allongée dans le canapé, la télévision allumée devant moi. Mon cœur cognait contre ma poitrine. La peur que j'avais décelée dans la voix de la petite fille continuait de résonner dans ma tête. Je me suis assise, les mains tremblantes, et j'ai jeté un coup d'œil vers l'escalier, hésitant à monter me coucher. Mais je savais que je n'arriverais pas à dormir. J'ai pris la télécommande et j'ai fait défiler les chaînes. Je n'arrivais pas à chasser ce cri horrifié de mes pensées. Un frisson a couru le long de mon dos. J'ai resserré la couverture autour de mes épaules. Sans même réfléchir, j'ai pris mon portable. J'avais besoin d'écouter une autre voix que celle de la petite fille qui me vrillait le cerveau.

— Tu n'arrives pas à dormir ?

J'ai souri en entendant Jonathan.

— Non, ai-je répondu. Toi non plus ?

— Ben non… Qu'est-ce que tu regardes ?

26

DÉCEPTION

— Et comment va Rachel ?

— Ça va, ai-je dit en suivant du doigt le dessin de ma couette. Ces deux dernières semaines, elle était plutôt calme. Elle a absolument voulu me donner des leçons de cuisine. Un désastre ! Et moi j'ai essayé de lui apprendre à jouer au basket. C'était encore pire !

Il a ri. Je l'ai revue perdre le contrôle du ballon – ça arrivait chaque fois qu'elle levait la tête – et courir après pour tenter de le rattraper.

— On dirait que vous vous en sortez plutôt bien, toutes les deux.

— On essaie. Ça n'est pas toujours facile. Il y a encore souvent des larmes, mais une bonne glace suffit en général à arranger ça.

Je me suis tue un instant avant d'ajouter :

— Tu lui manques.

— Je ne sais pas si c'est *moi*, a-t-il répondu. Ce qui lui manque, à mon avis, c'est d'être avec quelqu'un.

— On va pas se battre, mais quand même, je suis presque sûre que c'est toi…

Il a eu un petit rire : c'était plus fort que moi, il fallait toujours que j'aie le dernier mot.

— C'est dommage que tu n'aies pas gagné le championnat, a-t-il dit. C'était serré, comme match.

— Ouais…, ai-je soupiré.

Les dix jours précédents, je m'étais repassé en boucle les deux dernières minutes du match.

— À cause d'une erreur d'arbitrage, en plus, a-t-il commenté.

— Comment ça ? Tu étais là ?

— Oui, a-t-il avoué. Je voulais connaître la fin de l'histoire.

— En tout cas, l'histoire est terminée, c'est sûr. Ça m'aurait fait plaisir de savoir que tu étais là.

— J'ai pensé que ça serait gênant. Avec Rachel, tout ça…

— Peut-être, en effet, ai-je reconnu. Mais ça fait un bail que je t'ai pas vu.

— C'est vrai. On devrait peut-être faire un truc ensemble un de ces quatre ?

— « Faire un truc », bonne idée ! ai-je taquiné. Je le fais souvent, ça m'éclate.

— Ha ha, très drôle ! Sérieusement : je prends une journée, et tu viens avec moi, faire un *truc* que j'aurai choisi.

— J'attends le truc, ai-je lancé sur un ton railleur.

— Et sinon, c'est le grand soir, aujourd'hui ? a-t-il poursuivi avec un enthousiasme pas très naturel.

— Ne commence pas, ai-je menacé. C'est vraiment une soirée importante.

— Uniquement parce que tu considères que ça l'est. Ce qui doit arriver arrivera, Emma, c'est tout.

— T'es hyper encourageant, merci, ai-je répliqué. Je n'ai pas envie de parler de ça. Sinon, je vais vomir et ça serait dommage pour mon portable. Je ne tiens pas du tout à en changer.

Jonathan a éclaté d'un rire joyeux.

— C'est bon, on n'en parle plus. Mais ne te laisse pas marcher sur les pieds par son père.

— OK.

Plus facile à dire qu'à faire : Stuart Mathews était le type le plus intimidant au monde, j'étais incapable de lui tenir tête. Il me fichait trop la trouille.

— Le suspense est presque insoutenable, a-t-il ironisé sur un ton dramatique. Tu me raconteras.

— Moque-toi ! ai-je protesté. OK, je te tiendrai au courant. Mais ne t'étonne pas si je t'appelle à 3 heures du mat' à cause d'un cauchemar où je me fais écraser par une chaussure géante.

— Pas de problème ! s'est-il esclaffé. Salut, Emma.

Pendant quelques secondes, je suis restée immobile, les yeux rivés sur le « Appel terminé » affiché sur mon écran. J'essayais de trouver le courage d'affronter ce dîner avec les parents d'Evan. Si seulement Jared avait été là. Il avait le chic pour détendre l'atmosphère. Il savait lancer au bon moment la petite phrase qui faisait retomber la tension.

— Comment tu vas t'habiller ? a demandé ma mère, debout dans l'encadrement de ma porte.

J'ai ouvert des yeux ronds. Depuis combien de temps était-elle là ?

— J'avais pensé mettre le pantalon gris avec le chemisier blanc, ai-je répondu en montrant du menton les vêtements accrochés devant le placard.

Le pantalon donnait un air sérieux – c'était le genre de vêtement qu'on porte à un entretien d'embauche. Mais le chemisier en lin blanc était plus fantaisiste et apportait une touche de gaieté.

— Un pantalon ? s'est étonnée ma mère.

— Je vais être tellement stressée que je me sentirai plus à l'aise qu'en jupe ou en robe.

— Ne t'inquiète pas. Je suis sûre que tout va bien se passer.

— Ça se voit que tu n'as jamais rencontré son père, ai-je marmonné.

— Il ne peut pas être pire que ta grand-mère, a répliqué ma mère en levant les yeux au ciel.

Je lui ai lancé un regard surpris. Je ne savais pas que j'avais une grand-mère. Carol et George n'en avaient jamais parlé. Ni ma mère, jusqu'à cet instant. J'avais toujours pensé que mes grands-parents étaient morts avant ma naissance. D'ailleurs, elle en avait peut-être parlé au passé.

Elle n'a pas remarqué mon étonnement. À moins qu'elle n'ait préféré l'ignorer.

— Tu comptes prendre une douche ? Il commence à être tard.

— Ouh là, oui ! ai-je réagi en sautant au bas de mon lit, abandonnant mon portable sur la couette.

Une fois douchée, coiffée et habillée, j'étais prête. Ou, plutôt : j'avais l'air prête. Sara aurait été fière de moi.

— Bonne chance ! m'a lancé ma mère, du haut des marches.

Elle portait une jupe courte et un bustier.

— Tu sors ?

— Je suis en retard, a-t-elle répondu d'une voix éteinte. Pas envie de rester à la maison un jeudi soir. Et puis on est le 1er avril, qu'est-ce qui peut m'arriver de mauvais ?

Beaucoup de choses…

— Bonne soirée, alors.

Elle a fait demi-tour et est repartie dans sa chambre. Je suis restée quelques instants immobile devant le portemanteau. Devais-je m'inquiéter pour elle ? Puis je me suis ressaisie : un problème à la fois. Pour l'instant, je devais me concentrer sur ce qui m'attendait. J'ai pris mes affaires et j'ai filé.

Quand je suis arrivée chez les Mathews, Vivian attendait sur le perron, vêtue d'un long manteau blanc.

— Tu es pile à l'heure, Emily ! a-t-elle dit en sortant une clé de son sac. Evan, on t'attend !

Il est sorti de la maison, l'air très élégant. En apercevant le pantalon qui dépassait de son manteau, j'ai compris qu'il avait mis un costume. Et des chaussures soigneusement cirées. Tout ce que je redoutais.

Les dîners avec les Mathews me rendaient toujours nerveuse : j'avais peur de dire une bêtise ou de faire honte à Evan en ne respectant pas les bonnes manières. Mais ce soir-là, c'était encore pire que d'habitude.

— Tu veux bien prendre le volant, Evan ? a demandé Vivian en lui tendant les clés de sa voiture.

— Bien sûr, a-t-il répondu.

Avant de monter dans la voiture, il est venu vers moi et m'a prise dans ses bras.

— Tu es ravissante. Un peu pâle, mais ravissante. Tu as le droit de respirer, tu sais.

— Pas encore, ai-je murmuré, blottie dans ses bras.

Il a déposé un baiser sur mes cheveux avant de m'ouvrir la portière.

— Je suis très excitée par cette soirée, a annoncé Vivian, tandis que nous roulions. J'espère que ton père ne va pas mettre des heures à arriver.

— Ça ne change rien, qu'il soit là ou pas, a décrété Evan. De toute façon, en dehors de Yale, il n'approuvera aucune université.

— Ne le prends pas comme ça, Evan, a protesté sa mère. Il veut ce qu'il y a de mieux pour toi, c'est normal. Cela lui demandera un peu de temps, mais il finira par accepter ton choix.

— Ouais, quatre ans, a marmonné Evan, suffisamment haut pour que tout le monde l'entende.

— Attends… Tu veux dire que tu sais déjà où tu vas ?

— Je sais déjà où je veux aller, a-t-il corrigé. J'attends juste que ma mère nous dise si j'y vais ou pas. Elle est très forte pour garder un secret, même vis-à-vis de mon père.

— S'il était au courant, ça serait beaucoup moins drôle, a souri Vivian. Ça n'est pas pour rien que je suis la seule à savoir…

Je ne comprenais pas sa stratégie. Pourquoi gardait-elle pour elle les réponses des universités ? Pourquoi un tel suspense ? J'avais envie de hurler : « Dites-le-nous ! » Mais, bien sûr, je ne l'ai pas fait.

Je suis restée assise sur la banquette arrière, immobile et silencieuse. Et respirant à peine.

Dans le restaurant, le maître d'hôtel nous a placés à une table un peu à l'écart. Evan l'a regardé me débarrasser de mon manteau avant d'enlever le sien.

J'ai souri : sous la veste de son costume, il avait mis le tee-shirt de Stanford que je lui avais donné pour Noël.

— Je ne veux pas qu'il y ait de malentendu, a expliqué Evan avec un sourire.

— Très malin, a commenté Vivian, les yeux brillants. Je ne suis pas certaine que ton père appréciera ton style, mais moi j'adore.

— Moi aussi, ai-je ajouté.

Le voir porter ce tee-shirt me donnait confiance. Comme s'il était déjà là-bas avec moi.

Vivian a insisté pour qu'on commande sans attendre Stuart. J'ai choisi le plat qu'elle m'a conseillé, persuadée que je serais incapable d'avaler quoi que ce soit. J'avais l'impression que, quels que soient le choix d'Evan et les réponses des universités, son père aurait le dernier mot. Après tout, c'était lui qui payait.

Puis l'attente a commencé. Vivian lançait sans cesse des nouveaux sujets de conversation, mais cela n'empêchait pas Evan de regarder régulièrement sa montre. Pour ma part, je me contentais d'écouter et de hocher la tête de temps à autre. Plus le temps passait et moins j'osais regarder Evan. Il semblait se crisper un peu plus chaque seconde. Une fois les entrées finies, Vivian s'est levée et nous a demandé de l'excuser un instant. Elle a emporté son portable avec elle.

— Il ne viendra pas, a conclu Evan. Il veut montrer clairement qu'il n'approuve pas ma décision.

J'ai cherché quelque chose de réconfortant à lui dire, sans succès. Son père l'avait lâché à un moment important de sa vie. Sans commentaire. J'ai pris sa main et l'ai pressée fortement. C'était ma manière de lui montrer que j'étais là pour lui.

Vivian est revenue, un sourire tendu sur les lèvres.

— Je crois que ton père ne va pas venir. Je suis désolée. Inutile de faire durer le suspense plus longtemps. Evan, tu as choisi Stanford. Et ils t'ont choisi aussi. Félicitations.

Elle avait beau faire un effort pour se réjouir pour lui, l'attitude de Stuart avait plombé la soirée.

— Merci, a-t-il répondu avec un sourire forcé.

Je lui ai lancé un coup d'œil inquiet, tandis qu'il pressait ma main encore plus fort. À mon tour, j'ai essayé de sourire, en cherchant un peu de réconfort dans le regard de Vivian. Mais je n'y ai vu que de la perplexité. Le choix d'Evan avait divisé la famille, et cela ne se fêtait pas.

Ce soir-là, je suis rentrée chez moi triste et perdue. Ce que je souhaitais le plus au monde m'apparaissait soudain égoïste et injuste. Et je ne savais pas comment arranger les choses.

La maison était plongée dans l'obscurité. J'ai allumé la lumière dans l'entrée, cherchant des signes de la présence de ma mère. Sa voiture n'était pas dans l'allée et son manteau n'était pas là. En voyant l'heure, je me suis rendu compte qu'il était encore tôt, je n'avais pas de raison de m'inquiéter. Pas encore. Je suis montée me changer avant de m'installer dans le canapé pour l'attendre.

J'ai ouvert les yeux et levé la tête. J'ai lu l'heure sur le lecteur de DVD : 3 heures passées. D'un bond, je me suis levée pour m'approcher de la fenêtre. Dans l'allée, il n'y avait toujours que ma voiture. J'ai grimpé l'escalier à toute allure et ouvert la porte de sa chambre. Le lit était fait. Mal fait, mais intact. Elle n'était pas à la maison.

Ne pas paniquer. J'ai pris une profonde inspiration pour chasser le souvenir de la nuit où j'étais allée la chercher avec Jonathan dans ce bar glauque. Peine perdue. Et s'il lui était arrivé quelque chose ? Peut-être qu'elle avait voulu rentrer en voiture ? Tandis que les pensées les plus effrayantes jaillissaient dans ma tête, mon cœur battait de plus en plus fort.

Je suis redescendue dans l'entrée où je suis restée immobile un moment, ne sachant pas quoi faire. Puis, sans même réfléchir, j'ai pris mon portable.

— C'était une chaussure géante ? s'est moqué Jonathan.

— Elle n'est pas rentrée ! Il est 3 heures passées et elle n'est toujours pas à la maison. Peut-être qu'il lui est arrivé quelque chose ? Peut-être que…

— Emma ! a-t-il interrompu. De quoi tu parles ?

— Ma mère, ai-je répondu d'une voix paniquée. Elle n'est pas rentrée…

— Tu l'as appelée ?

Sa question m'a paru soudain si évidente. J'ai fermé les yeux et hoché la tête.

— Non, ai-je soufflé.

— Appelle-la et tu me rappelles après, OK ? a-t-il dit calmement.

— OK.

J'ai raccroché pour composer le numéro de ma mère. Pourquoi n'y avais-je pas pensé avant ?

C'est seulement au bout de la troisième sonnerie que quelqu'un a répondu.

— Allô ? a dit une voix de femme.

— C'est Emily, ai-je annoncé, sans savoir à qui je parlais. Je cherche Rachel.

— Ah…, a grommelé la voix.

Visiblement, je l'avais réveillée.

— Elle est ici, a-t-elle ajouté. Dans le coaltar.

— Euh… Où ça, « ici » ?

— Chez Sharon.

— Désolée, ai-je bafouillé.

— Tu veux lui parler ?

— Non, je la verrai demain matin.

Je me suis affalée dans le canapé, soulagée. Un peu. Puis j'ai rappelé Jonathan.

— Elle est chez Sharon. Excuse-moi d'avoir pété les plombs. J'aurais dû d'abord lui téléphoner, mais je n'avais pas les idées claires.

— Ne t'inquiète pas. Ça va aller ? Tu veux que je vienne ?

J'ai hésité une seconde, surprise par sa proposition.

— Non, c'est gentil. Je vais aller me coucher. J'ai cours, demain.

Après avoir raccroché, je suis montée me glisser dans mon lit. Mais je n'ai pas dormi.

27

Des frontières floues

— Tu as pensé à ton maillot de bain ?

— Comment ?

Je me suis tournée vers Sara. Appuyée contre son casier, elle attendait ma réponse. Une fois de plus, elle m'avait surprise les yeux dans le vague, perdue dans mes pensées. Je me demandais pourquoi je n'avais pas vu ma mère ce matin. J'avais imaginé qu'elle passerait par la maison, pour se changer avant d'aller au bureau. Mais peut-être que Sharon lui avait prêté des vêtements ?

— Tu as apporté ton maillot de bain, hein ? a répété Sara les sourcils froncés. Pour la fête de Jill, ce soir.

— Ouais... Est-ce qu'on reste dormir là-bas ou on retourne chez toi ?

— Je ne sais pas encore, a-t-elle répondu. À tout à l'heure. On se retrouve au déjeuner.

Nous sommes parties chacune vers notre salle.

J'ai traversé la journée comme une somnambule. Les voix n'étaient que de lointains murmures. Je prenais des notes sans vraiment comprendre ce que racontaient les professeurs. J'avais l'impression d'être entourée d'un halo flou et de me déplacer au ralenti. Je m'attendais à ce que Sara ou Evan me fasse des remarques. Mais non. Peut-être qu'ils n'étaient pas surpris de me voir si lointaine, absente. Ils avaient l'habitude. Pourtant, je n'étais pas dans mon assiette.

Je sentais que quelque chose ne tournait pas rond sans parvenir à identifier le problème. J'avais peu dormi et j'étais épuisée, c'est vrai. Mais ça n'était pas ça. J'avais un nœud au ventre. Un peu comme si j'avais oublié d'éteindre le fer à repasser. Mais en pire.

Après les cours, au lieu de rester au lycée pour faire mes devoirs et me changer, j'ai foncé à l'entraînement de foot. Je suis arrivée sur le terrain avec trois quarts d'heure d'avance, les autres filles n'étaient pas encore là. Du coup, j'ai incliné mon siège et je suis restée dans ma voiture à contempler les nuages en me disant que je me mettrais en tenue avec les autres filles, quand elles arriveraient. Mes paupières sont devenues lourdes. Je les ai fermées sans résister : si je m'endormais, de toute manière, le bruit des voitures me réveillerait.

— *Tu as tes chaussures à crampons ?*

— *Oui, ai-je répondu en les attrapant par les lacets.*

— *Tu as tes protège-tibias ?*

— *Oui !*

Je les ai glissés sous mon bras.

— *Tu as ton coach ?*

— *Papaaaaaa ! ai-je ri. Arrête de faire l'idiot !*

— Je voulais juste être sûr que tu avais bien tout, s'est-il moqué. Je m'occupe d'une star du foot, quand même !

Il m'a attrapée et s'est mis à me faire des guilis. Je riais, riais... Puis il m'a donné un gros baiser sur la joue.

— On va gagner, aujourd'hui, ai-je dit fièrement.

— On va surtout bien s'amuser, a-t-il rectifié en me caressant la tête tandis qu'il me portait jusqu'à la voiture.

Dès que nous sommes arrivés sur le terrain, j'ai couru pour rejoindre mes amis pendant que mon père sortait les ballons du coffre. Mais au moment où je m'approchais d'eux, leurs rires se sont tus et le vent s'est levé. Éblouie par le soleil, j'ai regardé autour de moi. Ils étaient tous partis.

— Papa ? ai-je appelé.

Mes cheveux me tombaient devant les yeux. Je les ai écartés pour mieux voir.

— Papa ! ai-je crié, de plus en plus terrifiée.

Je le cherchais partout. Mais j'étais seule.

— Papa ! ai-je hurlé.

— Emma !

J'ai ouvert les yeux et cligné des paupières plusieurs fois, désorientée. Par le pare-brise, je voyais le soleil se coucher derrière les arbres. Quelqu'un frappait à la vitre.

— Tu étais dans ta voiture tout ce temps ? a crié Casey.

Elle était en nage, le visage écarlate. Je suis sortie de la voiture en essayant de calmer les battements de mon cœur.

— Tu as raté l'entraînement.

— Oh non, c'est pas vrai ! ai-je réagi en tentant de chasser de mon esprit les images du cauchemar.

— J'espère que le coach te laissera jouer le match dimanche.

— Il est encore là ? ai-je demandé en balayant du regard le parking désert.

— Non. J'étais sur le point de partir quand j'ai vu ta voiture. Qu'est-ce qui t'arrive ? Tu es malade ?

— Non, ça va. Je suis arrivée en avance, et j'ai dû m'endormir. J'ai dormi tout ce temps ? J'y crois pas…

— Tu vas chez Jill, ce soir ?

— Ouais. Je dois passer chez Sara, d'abord. On se retrouve là-bas, j'imagine.

— OK, a-t-elle répondu avec un petit sourire. Tu viendras à l'entraînement, demain ?

— Et comment !

Le coach était extrêmement strict, car il voulait être sûr de la motivation des joueurs : si on manquait un entraînement, il menaçait de nous remplacer aussi sec. Et j'avais besoin de participer à ce championnat pour valider mon entrée à Stanford.

Quand je suis arrivée chez Sara, elle était dans la cuisine avec Anna, en train de rire tout en mangeant des morceaux de poivron que sa mère découpait. J'ai eu l'impression de tomber comme un cheveu sur la soupe. Je me suis rendu compte que je n'avais même pas frappé, ce que j'étais peut-être censée faire, maintenant que je n'habitais plus là.

— Emma ! s'est exclamée Sara en me voyant. Je pensais à un truc… Est-ce que tu crois que Kyle va amener des amis à la fête, ce soir ?

J'ai aussitôt compris ce qu'elle voulait dire. Et à qui elle pensait.

— J'espère pas…, ai-je lâché.

— Em, ça craint s'il y a Drew. Je vais appeler Jill pour la sonder.

Elle a filé à l'étage, son portable dans la poche de son jean.

— Ça me fait plaisir de te voir, Emma, a commenté Anna en versant dans un saladier les crudités qu'elle avait découpées. J'ai l'impression que ça fait une éternité que tu es partie d'ici. Comment ça se passe, avec ta mère ? J'ai déjeuné avec elle, l'autre jour. Elle avait l'air très heureuse.

— Ah oui ? ai-je dit en essayant de cacher mon étonnement. Ça se passe… bien.

— Je suis vraiment contente. Je parle avec elle plusieurs fois par semaine, donc je suis au courant de tout ce que tu fais. Mais tu nous manques.

Je n'ai pas eu le temps de répondre : la porte d'entrée s'est ouverte et Carl a lancé un « bonjour ! » enjoué.

— Salut, papa, a répondu Sara en descendant l'escalier.

Ils sont entrés ensemble dans la cuisine.

— Coucou, Emma ! a dit Carl en posant sa mallette. Je suis content de te voir. Comment ça va ?

— Super, ai-je répondu, sans même réfléchir.

— J'ai parlé avec ton entraîneur à Stanford, aujourd'hui, et j'ai les infos sur ton hébergement. Je pense qu'on ne devrait pas trop tarder à réserver tes billets d'avion.

— Ah oui, c'est vrai…

Plus que deux mois avant la fin de l'année, en effet.

— Je dors ici, ce soir, ai-je ajouté. On pourra peut-être s'en occuper demain, du coup ?

— Parfait !

Il a déposé un baiser sur la joue d'Anna.

— Je vais me changer avant de manger. Tu as besoin que je fasse quelque chose ?

— Non, merci. Le dîner est prêt. On pourra se mettre à table quand tu descendras.

Dès que Carl s'est éloigné, Sara nous a annoncé :

— Jill m'a dit que Kyle viendrait avec des amis, mais elle ne savait pas qui. Maman, ne commence pas à t'imaginer que ça va être une fête complètement délirante avec plein d'étudiants, je te garantis que ça n'est pas le cas !

— Je veux juste que vous ne fassiez pas n'importe quoi, a prévenu Anna. Appelle-moi si tu as besoin qu'on vienne vous chercher, OK ?

Sara a souri, les yeux brillants.

— Bien sûr, a-t-elle promis.

Je savais ce qu'elle pensait : que cette soirée ressemblerait à toutes les autres, y compris à celle qu'elle avait organisée dans cette maison quelques mois plus tôt. Sans que ses parents ne soient au courant.

Nous sommes arrivées tôt chez Jill, comme elle nous l'avait demandé. Elle voulait notre avis sur sa tenue. Ou, plus exactement, l'avis de Sara. Casey était déjà là. Ainsi que… Analisa. Quand je l'ai vue, j'ai essayé de garder le sourire. Mais, au coup de coude que m'a donné Sara, j'ai compris que je n'avais pas réussi à cacher mon agacement.

— J'avais oublié qu'elle venait, a murmuré Sara. J'ai intérêt à ne pas trop picoler, sinon je risque de lui dire ses quatre vérités.

J'ai souri, curieuse de savoir ce qu'elle lui balancerait avec un verre dans le nez.

— Mais si elle prononce le nom d'Evan une seule fois, saoule ou pas, je ne suis pas sûre de pouvoir me retenir.

— Sara…, ai-je éclaté de rire. Il lui a parlé et ça s'est mieux passé ces dernières semaines.

— C'est vrai, a-t-elle reconnu. D'ailleurs, quand est-ce qu'il arrive ? Et il vient avec qui ?

J'ai sorti mon portable pour voir s'il m'avait envoyé un texto. Il y avait un appel manqué d'un numéro que je ne connaissais pas et un message vocal. J'ai senti mon ventre se nouer.

— Je ne sais plus, ai-je avoué, soudain préoccupée.

— Tu m'as l'air encore plus ailleurs que d'habitude, a remarqué Sara.

— Désolée…

Je m'apprêtais à dire que j'allais aux toilettes pour discrètement écouter le message, lorsqu'un hurlement a retenti.

Nous nous sommes précipitées dans la pièce.

— Tu fais chier ! criait Jill. Tu as renversé du Coca sur le canapé en cuir de papa, j'y crois pas. La fête n'a même pas encore commencé et tu fous déjà le bordel. Barre-toi !

Le visage tout rouge sous ses boucles brunes, un gamin était en train d'essuyer le canapé avec une feuille de papier qu'il avait prise dans l'imprimante – ce qui ne faisait qu'agrandir la tache.

— Arrête ! s'est énervée Jill. C'est encore pire. Ça me saoule que tu sois là. Dégage, maintenant.

Casey est arrivée avec un rouleau de Sopalin.

— Je suis bien contente d'être fille unique, a observé Sara en retenant un fou rire.

À cet instant, ça a fait tilt : c'était le petit frère de Jill. Je me souvenais de l'avoir vu sur une photo de famille, dans la salle à manger.

— Il a quel âge ? ai-je demandé en me dirigeant vers la cuisine.

— Il est en troisième, a répondu Sara. Il a menacé Jill de dire aux parents qu'elle faisait une fête si elle ne le laissait pas venir avec des potes. Elle était hyper énervée. Tu ne te souviens pas ? Elle nous en a parlé, au déjeuner.

— Euh… non. Je devais être ailleurs.

Sara m'a dévisagée, sourcils froncés. Elle voulait probablement me demander si ça allait, mais a renoncé car elle connaissait la réponse.

J'ai regardé l'heure sur mon portable. Qu'est-ce que ma mère pouvait bien faire ce soir ? Je lui avais envoyé un message pour la prévenir que je dormais chez Sara, mais elle n'avait même pas répondu. Quelque chose clochait.

— Je reviens tout de suite, ai-je dit à Sara. Je vais aux toilettes pendant qu'elles sont encore fréquentables.

Une fois dans la salle de bains, j'ai fermé le verrou et écouté ma messagerie. Je ne m'attendais pas du tout à ça : « Bonjour, Emily. C'est Vivian. Est-ce que tu serais libre pour un brunch, dimanche à

11 heures ? Je voudrais te présenter quelqu'un. Tu peux me rappeler à ce numéro. J'attends ton coup de fil. » J'ai regardé l'écran du portable, éberluée.

Moins d'une heure plus tard, la maison était remplie d'élèves de première et terminale ; plus quelques troisième – les copains du frère de Jill. Evan est arrivé avec des amis de son équipe de base-ball. En les voyant, je me suis vaguement rappelé qu'il m'en avait parlé. Je l'ai regardé traverser la foule pour venir vers nous. On le remarquait d'emblée : il faisait une demi-tête de plus que tous les autres. De notre côté, grâce aux cheveux roux de Sara, nous devions aussi être facilement repérables.

— Salut, ai-je dit avec un sourire.

Il s'est penché pour m'embrasser.

— Alors, ça se passe comment ? a-t-il demandé en posant sa main dans mon dos.

— Plutôt cool, m'a devancée Sara. Tu as apporté ton maillot ? Il y a un grand jacuzzi sur la terrasse et Jill nous a donné la permission d'y aller plus tard. Mais on sera très peu nombreux à avoir le droit.

— Ah non, je ne l'ai pas pris. Mais je dois avoir un short dans ma voiture.

— Super ! a lancé une voix pointue, à côté de nous.

Analisa. Je ne l'avais pas vue arriver dans notre coin. Depuis combien de temps était-elle là ?

— Jill t'en a parlé aussi ? s'est étonnée Sara, qui avait du mal à masquer son agacement.

— Yep ! a répondu Analisa, imperturbable. Elle m'a dit qu'on pouvait tenir à vingt, environ. Je suis sûre que les parents de Jill font des fêtes tout le temps.

— C'est ce que j'ai entendu dire, a confirmé Sara.

Puis elle a ajouté, à voix basse :

— J'espère juste qu'ils rajoutent une bonne dose de Javel après.

Je lui ai lancé un regard stupéfait tandis qu'Evan commentait, dans un éclat de rire :

— C'est un peu dégueu, Sara !

Devant ma mine horrifiée, elle a levé les yeux, affligée que j'aie mis aussi longtemps à comprendre son allusion.

— T'as pas intérêt à te défiler, m'a-t-elle menacée. Si j'y vais, tu y vas aussi.

— Génial, ai-je grogné, encore troublée à l'idée de ce qui pourrait se passer dans ce jacuzzi.

Kyle est arrivé avec quelques copains de l'université. Et un fût de bière. Je me suis aussitôt écartée pour laisser passer ceux qui se précipitaient vers l'alcool, et je n'ai pas vu qui l'accompagnait. De toute manière, si Drew était dans le lot, je le saurais bien assez tôt.

J'ai fait de mon mieux pour me montrer sociable. Mais je n'arrêtais pas de regarder mon portable pour voir si ma mère m'avait appelée ou si elle avait envoyé un message. L'envie me démangeait de lui demander où elle était et si tout allait bien, mais j'avais peur qu'elle ne se sente surveillée. Ce qui était le cas.

— Allons mettre nos maillots, a proposé Sara après s'être servi un verre de cocktail.

— Où est Evan ? a-t-elle demandé tandis que nous nous dirigions vers la chambre de Jill.

— Je sais pas, ai-je répondu. Il est parti se chercher un verre, puis j'imagine qu'il est allé dans sa voiture pour prendre son short. Il saura nous retrouver, de toute façon.

Sara a frappé à la porte.

— Qui est-ce ?

— Ouvre, Jill. C'est Sara et Emma.

La porte s'est entrouverte et un visage est apparu dans l'entrebâillement. Sara a levé les yeux au ciel et a poussé la porte pour entrer. Plusieurs filles se trouvaient dans la pièce, en train d'ajuster leur maillot de bain ou de vérifier leur silhouette dans le miroir. Sara a pris son maillot et a commencé à se déshabiller, sans se soucier du regard des autres. J'ai préféré attendre que la salle de bains se libère. Depuis des années, dans les vestiaires, je faisais attention à cacher mes blessures. C'était devenu une habitude dont je n'arrivais pas à me débarrasser.

Avant de quitter la salle de bains, j'ai examiné mon dos une dernière fois pour m'assurer que les marques n'étaient pas trop visibles. Certaines étaient un peu plus foncées – là où la ceinture avait pénétré la chair en profondeur et laissé une cicatrice. Un an après, on les voyait encore. Tant pis, il ferait probablement trop sombre pour qu'on les remarque. En plus, je serais dans l'eau. Je suis sortie, vêtue de mon haut de maillot de bain blanc à pois orange et d'un short par-dessus le bas. Après m'être fait un chignon bien serré de manière à ne pas me mouiller les cheveux, j'ai pris une serviette. Plutôt que d'attirer l'attention en demandant à Sara si on voyait les marques dans mon dos, j'ai préféré enfiler un tee-shirt jusqu'à ce qu'on soit dans la pénombre.

Nous avons suivi Jill jusqu'à une terrasse en bois, à l'arrière de la maison. Dans cette douce nuit d'avril, un nuage de vapeur flottait au-dessus du jacuzzi. Il avait plu une bonne partie de la journée et, sous mes pieds, le bois était humide et froid. Contrairement aux autres filles, je n'avais pas bu d'alcool pour me réchauffer.

Il y avait déjà quatre ou cinq personnes dans l'eau. J'ai reconnu Evan. Et, à côté de lui, bien sûr, Analisa. Prévisible... Mais ça n'était pas le pire. Quand j'ai aperçu Drew, de l'autre côté d'Analisa, je me suis arrêtée net. La fille qui gloussait derrière moi m'est rentrée dedans.

— Désolée, a-t-elle dit en continuant.

— Oh, merde, a lâché Sara. D'où il vient, lui ?

Evan a souri en me voyant. Avant de me lancer un regard interrogateur en remarquant mon air catastrophé. Bon. S'il était capable de surmonter ça, alors qu'il s'était bagarré avec Drew l'année précédente, je devais aussi y arriver. Même si les crampes que je sentais dans mon ventre indiquaient le contraire. Quelle situation pourrie.

Après avoir enlevé mon short et mon tee-shirt, je suis entrée dans le jacuzzi. La chaleur de l'eau a aussitôt éteint mes frissons. J'ai traversé le jacuzzi pour m'installer près d'Evan. Il a passé son bras autour de mes épaules. Je me suis laissée glisser dans l'eau, et des bulles ont remonté le long de mon corps. C'était agréable et relaxant.

— J'aime bien ton maillot, a-t-il murmuré dans le creux de mon oreille.

— C'est vrai que tu ne m'as encore jamais vue en maillot de bain, ai-je souri. En plus, celui-là, c'est la première fois que je le mets.

Durant l'été, nous étions allés quelques fois à la plage, mais j'avais encore la cheville dans le plâtre. Comme je ne pouvais pas aller dans l'eau, j'étais restée en short et tee-shirt.

— Je te garantis que cet été on ira à la plage, a promis Evan.

C'était plus fort que moi : je n'ai pas pu m'empêcher de jeter un coup d'œil à Analisa, qui nous observait. Elle a aussitôt détourné le regard. Un peu plus loin, Drew aussi nous dévisageait, appuyé sur ses coudes, une bière à la main.

— Salut, Emma, a-t-il lancé en levant sa bouteille.

J'ai souri avec un petit signe de la tête puis j'ai regardé ailleurs. Sara était de l'autre côté du jacuzzi et bavardait avec Jill et Natalie. Elle a appelé Analisa pour qu'elle les rejoigne. Impossible de refuser. Je savais que Sara l'avait fait exprès. Heureusement, d'autres personnes sont arrivées et se sont installées entre Drew et Evan.

— Je crois que je vais essayer de convaincre mes parents d'avoir un jacuzzi, a dit Evan en passant sa main sur ma cuisse.

J'ai aussitôt senti mon souffle s'accélérer. Par chance, personne n'avait vu son geste.

— Ils pourraient en construire un à la place de la piscine, où on ne va jamais, a-t-il poursuivi.

— C'est vrai, je ne l'ai jamais vue découverte, ai-je commenté en écartant sa main qui me chatouillait l'intérieur de la cuisse.

J'étais sûrement écarlate. L'avantage du jacuzzi, c'est que ça ne se remarquait pas.

— Evan, ai-je soufflé en pressant sa main.

— Désolé, c'est ton maillot, a-t-il répliqué avec un sourire. C'est trop tentant.

Il s'est penché vers moi pour poser ses lèvres chaudes et humides sur les miennes. Même si c'était bref, j'en ai ressenti les effets à travers tout mon corps. L'espace d'une seconde, j'ai même oublié que nous étions entourés d'autres personnes. Quand j'ai ouvert les yeux, j'ai aperçu Drew par-dessus l'épaule d'Evan. Je me suis aussitôt redressée.

— Après ça, Analisa ne t'espionnera plus, a dit Sara à voix basse.

Je ne m'étais même pas rendu compte qu'elle était venue à côté de moi.

— Vous faites beaucoup de vapeur, par ici, a-t-elle ajouté en riant.

— Tu crois que tout le monde nous a vus ? ai-je demandé, soudain paniquée.

— Non. Uniquement ceux qui n'auraient pas dû regarder.

J'ai laissé la main d'Evan sur mon genou et je me suis retenue de l'embrasser. Pourtant, j'en mourais d'envie, en voyant les gouttelettes d'eau qui coulaient sur ses joues, jusqu'à ses lèvres, puis le long de son menton. Même si on ne discernait pas très bien les gens autour de nous, je ne devais pas oublier que nous n'étions pas seuls.

Il a frotté sa cuisse contre la mienne et mon cœur est reparti de plus belle. Puis il a étreint mon genou avec sa main.

— C'est une torture, a-t-il chuchoté en approchant son visage du mien. Peut-être qu'on devrait partir ? Mes parents ne sont pas à la maison.

Un souffle a gonflé ma poitrine.

— Sérieux ?

— Absolument, a-t-il murmuré, sa bouche tout contre la mienne. Allons-y.

— OK, ai-je répondu, dévorée par l'envie de sentir ses lèvres humides contre les miennes.

— Tu pars en premier. On se retrouve à la porte.

Il s'est écarté et il m'a fallu quelques instants pour reprendre mes esprits. Puis je me suis tournée vers Sara, qui discutait avec une fille.

— Evan et moi, on va partir, ai-je annoncé. Je t'envoie un message si je viens chez toi après, OK ?

— *Si ?* a-t-elle aussitôt réagi, abasourdie. L'eau est trop chaude pour toi ?

— On peut dire ça comme ça, ai-je souri, avant de sortir du jacuzzi.

Je n'ai pas osé me retourner, persuadée qu'on pouvait lire sur mon visage les raisons de mon départ.

— Tu t'en vas ? a questionné Drew, derrière moi, tandis que je m'enveloppais dans ma serviette.

— Il y a un peu trop de monde, ai-je esquivé sans même le regarder.

— Tu as récupéré ton pull, l'autre jour ? Je l'avais laissé sur le perron devant chez toi.

— Ah oui, merci, ai-je marmonné en apercevant Evan qui s'approchait.

Pourvu qu'il n'ait pas entendu… À son tour, Drew l'a remarqué, et a dit :

— C'était cool de te revoir, a-t-il lâché avant de s'éloigner.

Je suis allée dans la chambre de Jill. Après avoir récupéré mes vêtements, je me suis enfermée dans la salle de bains. Mon cœur battait la chamade. J'ai fermé les yeux pour tenter de faire tomber la tension. Peine perdue : j'étais bien trop excitée et nerveuse.

Lorsque j'ai pris mon jean, mon portable est tombé de la poche. Il indiquait un appel en absence et un message vocal. Mon euphorie a disparu quand j'ai vu que c'était ma mère. J'ai écouté le message : « Emily ? Emily, t'es là ? » Sa voix était pâteuse, à peine audible. « T'es avec lui, hein ? En train de... » Puis plus rien. Elle était complètement ivre. J'avais envie de hurler, de pleurer, de disparaître. Je me suis contentée de raccrocher.

Une fois habillée, je suis retournée sur la terrasse pour voir Sara.

— Tu vas dormir ici ? lui ai-je demandé.

— Je crois que oui. Pourquoi ?

— Je pensais prendre ma voiture, ai-je expliqué.

J'avais conduit, pour que Sara puisse boire.

— Pas de problème, a-t-elle répondu. T'oublies pas : tous les détails, hein ?

Je me suis forcée à sourire. Mais je savais déjà qu'il n'y aurait rien de croustillant à raconter. J'ai retrouvé Evan qui m'attendait devant la porte d'entrée avec nos manteaux.

— Changement de plan, ai-je dit, sans réussir à cacher ma déception.

— Qu'est-ce qui se passe ?

— Bah... je me sens pas très bien, en fait, ai-je dit, oppressée par mon mensonge. Je crois que je vais plutôt rentrer chez moi.

Il a froncé les sourcils, à la fois inquiet et déconcerté.

— Comment ça ?

— Euh…, ai-je bafouillé en voyant qu'il ne me croyait pas. J'ai envie d'aller me coucher. Je pense que le manque de sommeil me tape sur le système.

— Mais il y a deux minutes tu étais en pleine forme, a-t-il observé d'un air sceptique. Je ne comprends pas… Il s'est passé quelque chose ?

— Non, ai-je réagi, sur un ton un peu trop précipité. Désolée, je suis simplement fatiguée. OK ?

— Non, pas OK ! a-t-il répliqué. Je vois bien qu'il y a quelque chose. Si tu refuses de m'en parler…

— Evan, je te jure, j'ai juste besoin de rentrer chez moi, ai-je insisté avec un regard suppliant.

Il a hoché la tête, les lèvres pincées.

— On se voit demain ? ai-je dit, le ventre serré en voyant sa mine déconfite.

— Tu m'envoies un texto avant de dormir, s'il te plaît, a-t-il demandé en se penchant pour m'embrasser.

Pendant que je regagnais ma voiture, il est resté debout dans l'entrebâillement de la porte à me regarder. Tous ces mensonges… J'en avais l'estomac retourné. D'autant plus que je sentais bien qu'il ne me croyait qu'à moitié. Demain, absolument, je devrais arranger ça.

Une fois dans la voiture, je me suis concentrée sur ce qui comptait pour l'instant : trouver ma mère. J'ai essayé de l'appeler, mais je suis tombée sur la messagerie. Par où commencer ? D'abord la maison. Ensuite, j'aviserais. Je n'avais pas le numéro de Sharon, mais j'espérais mettre la main dessus dans la chambre de ma mère. Sinon, je ne savais pas vraiment où chercher. Peut-être que Jonathan aurait une idée ?

Je ne lui ai pas téléphoné. Il n'était pas très tard – seulement 23 heures –, mais je préférais me débrouiller toute seule et éviter de le mêler à cette histoire, une fois de plus. Durant tout le trajet, mon cerveau était en surchauffe. Des milliers de pensées me passaient par la tête. Quand j'ai vu sa voiture dans l'allée, je me suis sentie à la fois soulagée et encore plus stressée. En me garant derrière elle, j'ai remarqué que la portière côté conducteur était grande ouverte et que l'avant de la voiture était monté sur la pelouse. Le moteur tournait ! J'ai senti un frisson glacé me parcourir le dos. Le cœur battant à tout rompre, je me suis précipitée et j'ai regardé autour de moi. Ensuite, j'ai coupé le contact et fermé la portière.

C'est à ce moment-là que je l'ai vue. Étendue en haut des marches, immobile, la tête et les bras sur le perron. Je me suis précipitée vers elle. Elle n'avait pas de chaussures, ni même de manteau. Je me suis agenouillée pour voir si elle était blessée. Ses genoux saignaient et elle avait un hématome sur le front. Son haleine empestait l'alcool.

Je me suis assise sur une marche et j'ai soulevé sa tête.

— Maman, il faut que tu te lèves.

J'ai essayé de la mettre sur le dos pour l'aider à se redresser. Elle a poussé un grognement mais n'a pas bougé d'un pouce. Je l'ai prise dans les bras pour l'asseoir.

— Maman ! Rachel !

J'avais haussé la voix.

— Réveille-toi. Tu dois d'abord aller dans la maison. Ensuite, tu pourras dormir autant que tu veux.

Tout en lui parlant, je lui secouais l'épaule. Aucune réaction. J'ai tourné sa tête vers moi. Et là, elle a vomi. Je n'ai même pas eu le temps de m'écarter.

— Merde ! me suis-je exclamée en me levant d'un bond.

Elle s'est à peine réveillée et, après en avoir répandu partout – sur elle, sur moi, sur l'escalier –, elle est retombée dans son demi-coma. J'ai eu un haut-le-cœur. Une chose était sûre : je n'arriverais pas à la porter toute seule. Éventuellement, je pouvais la tirer à l'intérieur. Mais ensuite ? Je n'allais pas la laisser étendue dans l'entrée, baignant dans son vomi.

J'avais atteint ma dernière limite.

28

Poussée à bout

Assise en haut des marches, j'ai attendu l'arrivée de Jonathan. L'idée m'a effleurée de sortir le tuyau d'arrosage pour nous asperger, ma mère et moi, et nettoyer l'escalier, mais je ne savais pas où il se trouvait. Et je n'osais pas la laisser seule pour aller me doucher et me changer.

Lorsque j'ai vu son pick-up apparaître au coin de la rue, j'ai fait un énorme effort pour ne pas fondre en larmes, submergée par la tristesse et la colère. Par la honte, aussi. Quand j'ai remarqué qu'il portait un costume, je me suis sentie encore plus misérable.

— Oh, non…, ai-je murmuré quand il s'est approché. Tu étais à un dîner. Je suis vraiment désolée. Je n'aurais pas dû t'appeler.

— Si, tu as bien fait, a-t-il aussitôt répliqué.

Les mains sur les hanches, il a contemplé le spectacle. La jupe moulante de ma mère était remontée et on voyait sa culotte. Elle avait les genoux en sang et du vomi partout – dans ses cheveux, sur le visage, sur son chemisier… Étendue sur le côté, elle était totalement immobile. À première vue, on pouvait même croire qu'elle ne respirait plus.

J'étais assise à côté d'elle, prostrée, abattue, et imprégnée de vomi. Incapable de bouger. À chaque mouvement, je sentais le liquide froid et humide se répandre davantage. J'étais dégoûtée.

— Mauvaise soirée, on dirait ? a-t-il constaté en hochant la tête.

— Qu'est-ce qui te fait penser ça ?

Il a soupiré avant de demander :

— C'est ouvert ?

— On n'est même pas allées jusque-là, ai-je répondu en lui tendant les clés.

Il a monté les marches et ouvert la porte. Après avoir allumé la lumière, il a disparu, pour réapparaître quelques minutes plus tard, en tee-shirt et en jean.

— Monte et prépare la douche pour elle, a-t-il lancé.

Il m'a regardée, et a ajouté :

— Et pour toi.

Je me suis relevée en frissonnant : mon jean humide collait à mes cuisses.

— N'y pense pas, a conseillé Jonathan en voyant ma tête.

Une fois dans la salle de bains, j'ai étalé une serviette par terre et tiré le rideau de douche. Jonathan est arrivé juste après, ma mère dans les bras. Il l'a installée dans la baignoire. J'ai pris un sac-poubelle pour y mettre ses vêtements au fur et à mesure qu'il les enlevait. Dans d'autres circonstances, j'aurais été gênée de voir ma mère en culotte et soutien-gorge avec Jonathan à mes côtés. Mais là, j'y ai à peine prêté attention. Je ne pensais qu'à une chose : qu'elle soit lavée et couchée, pour pouvoir ensuite faire pareil.

Après l'avoir douchée pour éliminer le vomi et l'odeur, Jonathan l'a portée jusqu'à son lit. Je l'ai aidé à l'allonger sur le côté et j'ai placé un seau à côté d'elle, au pied du lit, au cas où. Même si j'avais peu d'espoir qu'elle songe à s'en servir si elle était de nouveau malade. Durant toute l'opération, elle n'a pratiquement pas bougé. Elle a simplement lâché un grognement de temps à autre.

— C'est bon, a dit Jonathan. Va te laver, maintenant. Je reste avec elle.

Sans un mot, je suis allée dans ma chambre prendre des affaires propres. Une fois dans la salle de bains, j'ai enlevé mes vêtements avec des gestes mécaniques et je les ai fourrés dans le sac-poubelle en me bouchant le nez. Puis je suis restée un long moment sous l'eau chaude pour détendre mon corps endolori. C'est seulement quand j'ai fermé le robinet que je me suis rendu compte que je pleurais : les larmes chaudes coulaient le long de mes joues.

Je me suis assise dans la baignoire, les genoux contre la poitrine, et j'ai sangloté, la tête enfouie dans le creux de mon bras.

— Emma ?

La voix de Jonathan, de l'autre côté de la porte, m'a ramenée à la réalité.

— Tout va bien ? a-t-il demandé.

— Je sors dans une minute, ai-je répondu en m'efforçant d'avoir une voix normale.

Après m'être aspergé abondamment le visage d'eau froide et m'être habillée, j'ai pris le sac-poubelle et je suis sortie. Jonathan était assis en haut des marches. Il avait enfilé sa chemise blanche, mais n'avait pas pris la peine de fermer les boutons.

J'ai essayé de sourire. Sans succès.

— Merci, ai-je murmuré en posant le sac-poubelle par terre. Je suis vraiment désolée d'avoir gâché ta soirée. J'espère que tu n'étais pas à un dîner d'affaires. Ou à un rendez-vous amoureux…

Il a souri gentiment.

— Si je t'ai dit que tu pouvais m'appeler quand tu voulais, c'est que je le pensais vraiment.

Je me suis installée près de la porte de la chambre de ma mère pour pouvoir garder un œil sur elle.

— Qu'est-ce qui s'est passé ? a-t-il demandé le pouce pointé vers la chambre.

— Aucune idée, ai-je soupiré. Elle m'a laissé un message bizarre, mais elle était déjà bourrée. Ces derniers temps, tout allait plutôt bien. On commençait à parler et je ne l'avais pas vue boire depuis un moment. Même pas un verre après le boulot. Elle n'était pas sortie, jusqu'à hier soir. Et aujourd'hui, j'ai senti que quelque chose clochait.

La tête dans les mains, j'ai soupiré.

— Je ne sais plus quoi faire.

— Il faut que tu lui parles, demain. Que tu comprennes ce qui se passe. Elle ne peut pas continuer à te faire subir ça.

J'ai hoché la tête, égarée. Je n'avais pas l'énergie de réfléchir. Je venais de me prendre un mur, et j'étais juste vidée.

Il m'a dévisagée avant d'ajouter :

— Tu devrais aller dormir.

— J'ai peur qu'elle vomisse pendant la nuit et qu'elle s'étouffe.

J'ai jeté un coup d'œil en direction de ma mère. La bouche ouverte, elle ronflait.

— Je vais rester avec elle, a-t-il dit. Je vais m'allonger par terre à côté du lit et je la surveillerai. J'ai le sommeil léger.

— Ça n'est pas à toi de le faire. Je vais m'en occuper.

— Tu es épuisée. Je pense que si tu t'endors rien ne pourra te réveiller.

Il avait raison. J'étais trop fatiguée pour garder les yeux ouverts.

— Merci encore, ai-je soufflé avant d'aller dans ma chambre.

J'ai laissé ma porte ouverte, au cas où. Une fois sous la couette, je me suis endormie en un clin d'œil.

— Emma…

J'entendais sa voix.

— Emma…

Ses doigts ont effleuré ma joue et écarté les cheveux de mon visage.

— Emma, réveille-toi.

J'ai ouvert les yeux et vu Jonathan assis au bord de mon lit.

— Je dois y aller.

Un rapide coup d'œil à mon réveil m'a renseignée : 7 heures passées.

— Il vaut mieux que je ne sois pas là quand elle se réveillera. Elle va passer une sale journée, à mon avis. Tu m'appelles plus tard ?

— OK, ai-je marmonné, la tête dans l'oreiller.

Après avoir entendu l'escalier craquer puis la porte d'entrée s'ouvrir et se refermer, je me suis aussitôt rendormie.

Quand mon portable a vibré, j'ai cru qu'une minute seulement s'était écoulée. J'ai tendu la main pour l'attraper.

— T'es où ? a demandé Casey.

J'ai regardé ma montre : 10 heures passées ! J'étais censée être à l'entraînement de foot. Paniquée, j'ai bondi hors de mon lit, prête à filer sur le terrain. Mais il y avait une bonne demi-heure de route – je n'y serais jamais à temps.

— Je suis malade, ai-je menti en retombant sur mon lit. Désolée.

— Ah, c'est pour ça que tu es partie si tôt de la fête, hier soir ? C'est ce que nous a dit Evan.

— Ouais, ai-je répondu.

Tout compte fait, mon mensonge de la veille me rendait bien service.

— J'aurais dû appeler pour prévenir, mais je suis au fond de mon lit.

Ce qui était vrai, pour le coup.

— Pas de problème, je vais le dire au coach. Faut que j'y aille, sinon il va m'engueuler…

Avant de raccrocher, elle a ajouté rapidement :

— Si tu te sens mieux, pointe-toi pour le match, demain. Tu as peut-être encore une chance de jouer.

Après avoir raté deux entraînements de suite, je pourrais m'estimer heureuse si je jouais la semaine suivante. Mais le lendemain… Peu d'espoir. J'ai poussé un long soupir, les yeux rivés au plafond. Je n'avais jamais manqué une rencontre jusqu'à présent et l'idée de décevoir mon coach et les autres joueuses m'était pénible. J'irais quand même, avec l'espoir que mon mensonge m'aiderait ; et en priant pour que personne n'apprenne la vérité.

Entraînement ou pas, il était temps de me lever. J'ai glissé un coup d'œil par la porte entrouverte de la chambre de ma mère. Elle dormait encore. À côté du lit, j'ai aperçu le seau vide. J'ai aussitôt pensé à ce qui m'attendait dehors, sur le perron et les marches. En plein jour, le spectacle devait être formidable…

J'ai enfilé une paire de baskets et je suis descendue. Au passage, j'ai remarqué que le sac-poubelle n'était plus là. Je l'avais laissé sur le palier en me disant que je le jetterais en partant. Avant de sortir, j'ai rempli un seau d'eau avec du détergent. Puis, prenant mon courage à deux mains, j'ai ouvert la porte d'entrée.

Le perron et l'escalier étaient nickel. Plus aucune trace du désastre de la veille. Puis j'ai vu le tuyau d'arrosage et j'ai compris : Jonathan avait passé le jet avant de partir. Et il avait aussi jeté le sac-poubelle.

Au lieu de retourner me coucher, je me suis allongée dans le canapé, enroulée dans une couverture. Sur mon portable, j'ai vu un texto d'Evan et un appel manqué de Sara. Je leur ai envoyé un message pour leur dire que je les appellerais plus tard. J'avais besoin de réfléchir à ce que je leur raconterais. Pas la vérité. Pas pour l'instant : je n'étais pas prête. J'ai ensuite laissé un message à Vivian pour la remercier pour son invitation et lui dire que je serais ravie de venir au brunch, dimanche. En espérant que, d'ici là, j'aurais récupéré…

Puis je me suis endormie. J'étais si fatiguée que j'avais l'impression que je pourrais dormir trois jours d'affilée.

Un craquement m'a réveillée. J'ai ouvert les yeux et essayé de sortir de ma torpeur. Le soleil de l'après-midi inondait le salon de sa lumière éblouissante. Ma mère avait émergé. Assise sur la dernière marche de l'escalier, elle avait la tête appuyée sur la main, les yeux rouges et gonflés. Je me suis redressée. Elle m'a fait un signe de la main.

— Je n'ai pas envie d'en parler maintenant, a-t-elle grogné en se levant.

— Tu veux quelque chose ?

— Une aspirine et un café. Et que tu me coupes la tête, aussi.

Je l'ai suivie dans la cuisine et je lui ai donné deux aspirines avec un verre d'eau avant de préparer le café. Après avoir avalé les comprimés en faisant une grimace, elle s'est assise à la table et a enfoui la tête dans ses bras. Quelques instants plus tard, j'ai posé une tasse de café devant elle et je me suis assise en face. Elle a bu une gorgée et, à contrecœur, m'a regardée dans les yeux. Elle avait du mal à garder les siens ouverts.

— Tu veux qu'on en parle, c'est ça ?

— Je crois que ça serait bien, oui, ai-je répondu, tendue. Mais avant, je voudrais te demander quelque chose.

— Quoi ?

— Ne conduis plus jamais quand tu as bu, ai-je lâché sur un ton plus dur que ce que j'avais prévu.

Elle a levé la tête, surprise par l'intonation de ma voix.

— Si quelque chose t'était arrivé… À toi ou à quelqu'un d'autre…

Je me suis tue, incapable d'aller au bout de ma phrase. Rien que d'y penser, j'ai eu la chair de poule.

— Promis, a-t-elle murmuré. C'était stupide. Je n'aurais pas dû rentrer en voiture.

— Tu peux toujours m'appeler.

Elle a eu un rire sec.

— Hier soir, sûrement pas ! J'étais trop en colère contre toi pour te demander quoi que ce soit.

— Pourquoi ? ai-je lancé, étonnée.

— Ne fais pas l'innocente, a-t-elle répliqué durement. Je t'ai parfaitement entendue parler avec lui au milieu de la nuit. J'ai aussi vu les textos sur ton portable. Tu peux m'expliquer pourquoi tu discutes avec Jonathan tous les jours ?

Sa colère n'était pas passée : j'ai lu dans son regard qu'elle m'en voulait encore. Mais j'ai aussi vu qu'elle était blessée. J'ai baissé les yeux.

— On parle, c'est tout…, ai-je répondu, ne sachant pas très bien comment expliquer mon lien avec lui. Je ne veux pas que tu souffres.

— Et tu n'as pas imaginé une seule seconde que cela pouvait me faire souffrir ? Emily, j'étais amoureuse de lui. J'ai cru que j'avais enfin trouvé celui qui me permettrait d'avancer. Je savais qu'il devait partir, mais je me disais que, si nous passions l'été ensemble, il me demanderait peut-être de l'accompagner en Californie. Il y sera, toi aussi : je pouvais aller vivre là-bas. Mais…

Sa voix s'est brisée. Elle s'est tue un instant avant de reprendre :

— Mais le soir de mon anniversaire, il semblait plus s'inquiéter pour toi que pour moi. Il s'en fichait que je n'aille pas bien. Toi, tu m'as pardonnée. Pourquoi pas lui ? Savoir que tu continuais de lui parler était douloureux. C'est comme si je ne comptais pas pour toi non plus.

Elle a fermé les yeux. Je l'ai regardée, bouche bée, avec l'impression d'avoir reçu un coup à l'estomac. Puis elle s'est levée, son café à la main, et est sortie de la pièce.

Seule dans la cuisine, j'ai songé à ce qu'elle m'avait confié. Je n'avais pas imaginé que mon amitié avec Jonathan pourrait affecter qui que ce soit dans mon entourage et je n'avais pas cherché à garder cette relation secrète. Enfin... Peut-être que si ? À la réflexion, non seulement je n'en avais parlé à personne, mais je n'avais même pas pensé à ce que cela ferait à ma mère si elle découvrait le lien que j'avais avec lui. Il était le seul à connaître et à comprendre mes zones d'ombre.

Égoïstement, je n'avais pas voulu renoncer à lui.

La tête dans les mains, j'avais du mal à respirer.

— Tu te fous de moi ? a-t-elle hurlé depuis l'étage.

Je me suis précipitée dans l'entrée et je l'ai vue, en haut des marches, brandissant le tee-shirt de Jonathan.

— Il est venu hier soir ? C'est quoi cette histoire, Emily ?

— Je ne pouvais pas te porter toute seule, ai-je lâché d'une voix étranglée. Je ne savais pas quoi faire...

— Je ne te crois pas, a-t-elle sifflé entre ses dents, hors d'elle.

Puis elle m'a tourné le dos. Une vague de panique m'a submergée. Elle ne voulait plus de moi. Elle me rejetait. J'ai monté les marches en courant et j'ai crié :

— Je ne lui parlerai plus jamais, je te promets. Je t'en supplie, ne m'en veux pas. Je te jure que je ne voulais pas te faire souffrir. S'il te plaît…

Ma voix s'est brisée et les larmes m'ont brûlé les yeux. Avant d'entrer dans la salle de bains, elle s'est arrêtée.

— Ça me rend dingue de te voir dans des états comme hier soir, ai-je poursuivi. Je ne veux pas te faire ça. Ne m'en veux plus, par pitié !

La gorge nouée, je l'ai vue faire demi-tour. En apercevant mon visage dévasté, son regard s'est adouci.

— Dis-lui que tu ne veux plus jamais lui parler. OK ?

— OK, ai-je promis.

Les larmes ont coulé sur mes joues, tandis que le poids sur ma poitrine s'allégeait subitement. Elle est entrée dans la salle de bains et a verrouillé la porte. J'ai fermé les yeux en respirant profondément.

Pour affronter ce qui m'attendait, j'allais avoir besoin de forces.

29

Conseil paternel

La maison était silencieuse quand je suis partie, le dimanche matin, pour me rendre au brunch de Vivian. Ma mère avait cherché à m'éviter, j'ai donc quitté les lieux sans la réveiller. Une fois arrivée à l'entrée du golf, le vigile a vérifié mon identité et coché mon nom sur sa liste. J'ai ensuite traversé le gazon en suivant les panneaux indiquant la direction du club-house. Je me suis garée sur le parking, devant un grand bâtiment en pierre avec une large baie vitrée.

Quand je suis arrivée dans le hall d'entrée, Vivian était en train de parler avec un groupe de femmes élégantes. La veille, heureusement, j'avais pris soin de demander à Evan comment m'habiller. Sinon, il ne me serait jamais venu à l'idée de mettre une robe.

— Emily ! s'est exclamée Vivian avec un grand sourire. Tu es ravissante, comme toujours.

— Merci, ai-je répondu timidement.

Puis, se tournant vers les femmes restées en retrait, elle a annoncé :

— Mesdames, je vous présente Emily Thomas, la petite amie d'Evan.

Toutes ont hoché la tête le sourire aux lèvres tout en me détaillant de la tête aux pieds.

— J'ai été ravie de vous voir, a poursuivi Vivian. Veuillez nous excuser.

Elle m'a invitée à la suivre dans la salle à manger.

— Tu es arrivée pile au bon moment, a-t-elle murmuré. Je ne savais pas comment échapper à ce groupe de pimbêches superficielles.

J'ai écarquillé les yeux, interloquée. Elle a eu un petit sourire ironique. Le même qu'Evan. Je l'ai suivie jusqu'à une table placée près de la baie vitrée qui donnait sur la pelouse.

— La femme que je voudrais te présenter sera un peu en retard, a-t-elle expliqué après avoir commandé deux oranges pressées. Ça nous laisse le temps de reparler de l'autre soir.

Mon cœur a fait un bond dans ma poitrine. Peut-être allait-elle m'annoncer qu'Evan n'irait pas à Stanford ?

— Stuart est quelqu'un de très obstiné. Evan aussi. Et quand ils ne sont pas d'accord sur quelque chose, ils restent campés sur leur position sans chercher de solution. En général, Jared ou moi intervenons, car nous sommes plus ouverts d'esprit. Malheureusement, sur le sujet qui nous préoccupe, je ne vois pas comment trouver un terrain d'entente… Stanford est une formidable université et je suis très fière qu'Evan y ait été admis. Mais Stuart a toujours voulu qu'un de ses fils aille à Yale. Jared n'avait pas d'assez bons résultats pour y entrer, malgré les efforts de Stuart pour qu'il y soit accepté.

Evan, lui, a le niveau et les notes exigés. Mais il est convaincu qu'il n'a pas été pris à Yale grâce à ses résultats, et Stuart ne voudra pas avouer s'il a ou non influencé la décision. Je ne l'ai jamais vu aussi contrarié, et j'essaie de comprendre pourquoi.

— C'est à cause de moi.

J'avais parlé si bas que Vivian m'a fait répéter.

— M. Mathews ne m'apprécie pas. Et en choisissant Stanford, Evan me choisit moi.

J'ai laissé mon regard flotter au loin, m'efforçant de calmer la tempête qui me ravageait.

— Qu'est-ce qui te fait croire ça ? a questionné Vivian en fronçant les sourcils.

— Le soir du nouvel an, je l'ai entendu dire à Evan que je n'étais pas bien pour lui et pour son avenir, ai-je avoué, en frissonnant à ce souvenir.

Imperturbable, elle a posé ses yeux bleus sur moi.

— Ça n'a rien à voir avec toi, a-t-elle affirmé d'un ton catégorique. C'est entre mon mari et mon fils et je suis désolée que tu aies pu croire que c'était à cause de toi. Je t'adore, Emily, et rien ne me fait plus plaisir que de savoir que tu rends Evan heureux. Si j'ai souhaité te parler de tout ça, c'était pour m'excuser de l'atmosphère tendue, l'autre soir. Je ne voulais pas que tu prennes le silence de mon mari pour de la méfiance à ton égard.

Elle a serré mes mains dans les siennes, avant d'ajouter :

— Ne t'en fais pas pour tout ça. Je suis sûre que ça va s'arranger.

— Je veux que vous sachiez que je ne ferai jamais quoi que ce soit qui puisse nuire à Evan, ai-je dit avec force. Et je ne me mettrai jamais entre lui et sa famille. Je l'aime, mais je préférerais le quitter plutôt que de le rendre malheureux.

— Je sais, a répondu Vivian en souriant. C'est bien pour ça que je lui souhaite de passer sa vie avec toi.

Mon cœur a fondu et les larmes me sont montées aux yeux. J'ai souri pour ne pas me laisser submerger par l'émotion. Elle aussi avait les yeux brillants. Pour donner un peu de légèreté à ce moment, elle a eu un petit rire. Puis elle s'est levée en voyant une femme se diriger vers elle.

— Ah, vous voilà, l'a-t-elle accueillie d'un ton enjoué.

C'était une grande femme brune et élancée. Avec son élégante robe bleue et son collier de perles, elle avait beaucoup d'allure. Je me suis levée à mon tour pour que Vivian puisse faire les présentations.

— Je vous présente Emily Thomas. Emily, voici le docteur Michelle Vassar, une ancienne élève de Stanford qui faisait partie de l'équipe féminine de basket de l'université.

— Enchantée de faire votre connaissance, Emily, a-t-elle dit en me tendant la main.

— Moi aussi, ai-je répondu.

Nous nous sommes assises, et Vivian a vanté mes résultats scolaires et mes performances sportives pendant cinq bonnes minutes. Jamais quelqu'un n'avait parlé de moi avec autant de fierté. Et j'étais heureuse qu'elle soit la première.

Nous sommes restées longtemps à discuter de Stanford, de l'école de médecine et de la vie professionnelle de Michelle Vassar. J'ai quitté le clubhouse pour me rendre au terrain de foot sur un petit nuage, la tête remplie d'images excitantes. Pour la première fois, je voyais se dessiner mon avenir. Avec des couleurs merveilleuses. Le sourire aux lèvres, je me suis repassé en boucle cette longue conversation.

L'entraîneur m'a laissée sur le banc de touche pendant la première mi-temps. Puis il m'a fait entrer sur le terrain, alors que nous étions menées. Il s'est contenté de dire que, dans la mesure où je n'étais plus malade, je pouvais jouer. Sans évoquer mes absences aux deux derniers entraînements… Je crois surtout que ça l'arrangeait de me réintégrer alors que nous étions en train de perdre. Nous avons remonté le score et fini par l'emporter avec deux points d'avance sur l'équipe adverse. Tout compte fait, c'était bien qu'Evan soit là.

— Tu veux venir à la maison ? a-t-il proposé après le match. Jared et Sara y sont. Ils proposaient qu'on aille au bowling, ce soir.

— Au bowling ?

— Oui, a-t-il répondu avec un sourire. Tu n'as jamais joué ?

J'ai secoué la tête d'un air dépité, ce qui l'a encore plus amusé.

— OK, je viens avec vous, ai-je soupiré.

— Tu lances la boule trop vers la gauche ! s'est exclamée Sara. C'est pour ça qu'elle file direct vers la gouttière.

J'ai tenté de viser plus vers la droite. Pas une grande réussite : je n'ai réussi à faire tomber que deux quilles.

— C'est nul, ai-je grommelé.

— Mais non, c'est normal, c'est la première fois que tu joues, a dit Jared pour me consoler. Il faut que tu essaies de garder ton poignet bien droit pour que la boule ne dévie pas. T'en fais pas, Sara non plus ne joue pas super bien.

Elle lui a tiré la langue et on a éclaté de rire tous les quatre. Quelle chance, de pouvoir décompresser comme ça ! Ces derniers jours, je n'en avais pas eu beaucoup l'occasion.

À son tour, Evan a lancé sa boule. Strike !

— Tu perds rien pour attendre, mon vieux ! a commenté Jared en s'approchant de la piste.

Evan a eu un petit sourire moqueur.

— Et au fait, tu viens à New York ce week-end, avant d'aller à Hawaï pour les vacances de Pâques ? a questionné Jared.

— Pas sûr, a répondu Evan en s'asseyant à côté de moi.

Il a mis son bras autour de mes épaules.

— Tu ne peux vraiment pas venir avec moi ? m'a-t-il demandé pendant que Jared choisissait sa boule.

— À Hawaï ? Impossible ! Je ne peux pas m'offrir un voyage pareil. De toute manière, je dois rester pour le foot. C'est aussi pour ça que je n'accompagne pas Sara en Floride.

— Premièrement, tu n'auras rien à payer, je te l'ai déjà dit. Et deuxièmement, tu es déjà acceptée à Stanford. Tu peux bien rater une semaine.

Il m'a lancé un regard suppliant :

— S'il te plaît…

Avant de changer d'avis, j'ai aussitôt répondu :

— Désolée, mais je ne peux vraiment pas.

— J'ai déjà essayé, Evan, est intervenue Sara avec un petit sourire ironique. Mais je crois qu'elle veut profiter le plus possible de Weslyn.

— Ouais, bien sûr, ai-je riposté avec une moue de dégoût. J'ai tellement hâte de partir !

— À ce propos, a lancé Jared en revenant vers nous après avoir réussi son strike, quand est-ce que vous allez fêter votre entrée à Stanford ?

— Après le bac ? ai-je suggéré.

Inquiète de nature, je préférais avoir en main le papier qui me confirmait l'obtention de mon diplôme.

— Bonne idée ! s'est écrié Evan. On pourrait faire une grande fête dans le jardin, chez moi.

— Génial ! a renchéri Sara avant de lancer sa boule.

— Tu crois que ton père sera d'accord ? ai-je demandé à Evan, sceptique.

— Peu importe, a-t-il lâché en haussant les épaules. Je ne lui laisserai pas le choix.

Jared a fait une moue indiquant qu'il savait très bien ce dont son père était capable. Evan n'a pas semblé plus perturbé que ça. Moi, ça m'a fait frissonner.

— Tu crois que c'est grave, entre Evan et son père ? ai-je demandé à Sara un peu plus tard, lorsque nous étions en voiture.

— C'est à cause de la réaction d'Evan que tu me demandes ça ?

— Bah ouais, ai-je répondu, mal à l'aise. Est-ce que Jared t'en a parlé ?

Elle s'est tue un moment. Comme d'habitude, elle hésitait avant de me confier quelque chose que je ne voulais peut-être pas entendre.

— Vas-y, ai-je insisté.

— J'ai promis à Jared de ne pas en parler. Tu me jures que tu ne diras rien à Evan ?

J'ai levé les yeux au ciel avec un soupir exaspéré.

— C'est bon, ne t'énerve pas, a paré Sara. M. Mathews a menacé de couper les vivres à Evan s'il va à Stanford. Il a dit qu'il pouvait geler son compte en banque et lui confisquer son passeport et sa voiture.

— Juste à cause d'un choix d'université ? me suis-je écriée.

— Tu sais bien que ça n'a rien à voir avec ça.

— Oui, je sais, ai-je soufflé. Je ne peux pas laisser faire un truc pareil.

— Ça n'est pas à toi d'en décider, Emma. C'est à Evan.

30

Un avenir inattendu

Ma mère était incapable de rester longtemps silencieuse. C'était contre sa nature. Elle a donc recommencé à me parler, sans que je sache si elle m'avait réellement pardonnée.

— Je rentrerai un peu tard, ce soir, m'a-t-elle annoncé, pressée comme chaque matin. Tu as entraînement aujourd'hui ?

— Non, ai-je répondu, tranquillement calée dans le canapé avec un bol de céréales.

— Tu pourras te préparer à dîner ? Ou te commander quelque chose ? Je ne pense pas que je serai sortie de réunion à temps pour manger avec toi.

— Je peux aussi aller chez Evan, ai-je proposé en souriant.

— Parfait ! Je préfère savoir que tu prends un vrai repas. Je ferai au plus vite.

Ces derniers jours, elle me tenait au courant de son emploi du temps presque minute par minute. À mon avis, c'était une manière de s'excuser pour le sale moment qu'elle m'avait fait passer le jeudi précédent, quand elle avait pris une cuite chez Sharon, sans me prévenir.

Entre la météo clémente et le fait qu'il ne restait plus que huit semaines de cours avant d'être enfin libres, les élèves de terminale avaient du mal à se concentrer. Les classes étaient plus bruyantes que d'habitude et on sentait une énergie débordante dans les couloirs.

— Ça te dit de sécher la dernière heure ? a suggéré Sara, pendant le déjeuner.

— Je peux pas... Je dois rendre un devoir.

— Et qu'est-ce que tu fais après les cours ? Tu veux venir à la maison ?

— Je n'aurai pas le temps. Je dois faire une lessive : je n'ai plus rien à me mettre. Et ensuite je vais dîner chez Evan.

— Ce week-end, alors ? Je pars pour la Floride lundi, tu pourrais passer le week-end chez moi !

— Bonne idée ! J'ai juste un match samedi, mais au moins on aura du temps ensemble. On en a besoin.

— Carrément ! On a un gros retard : on a des milliards de choses à se dire.

Avant cette discussion, j'avais décidé de mettre Sara au courant de ce qui se passait avec ma mère. Désormais, je ne pouvais plus parler avec Jonathan. Et Sara était ma meilleure amie : elle était censée tout connaître de ma vie. D'ailleurs, le simple fait de savoir qu'on allait passer du temps ensemble me soulageait déjà. Sara, elle, saurait me conseiller.

Après avoir promis à Evan de le retrouver chez lui un peu plus tard, je suis rentrée à la maison.

Sur la route, je sentais l'air doux pénétrer par la fenêtre ouverte. L'hiver rude et froid s'achevait, le printemps montrait le bout de son nez.

En arrivant devant chez moi, j'ai aperçu un homme, debout sur le perron. Un vendeur en porte à porte, à en croire son costume et sa mallette. Mais une fois sortie de la voiture, je me suis rendu compte qu'il portait un chapeau et que son costume était bien élégant. Et puis, le porte-à-porte existait-il encore ?

— Est-ce que je peux vous aider ?

— Tu es Emily Thomas ? a interrogé l'homme en enlevant son chapeau.

Il était grand et mince et ses cheveux gris étaient peignés avec soin.

— Oui, ai-je répondu avec réticence.

— Je m'appelle Charles Stanley. Je suis l'avocat de la famille Thomas. Et l'exécuteur testamentaire de ton père.

— De mon père ? ai-je répété, abasourdie.

— Oui, Derek Thomas. Est-ce qu'on peut parler dans un endroit tranquille ? Rachel doit-elle rentrer bientôt ?

— Non, elle travaille tard aujourd'hui.

J'ai fait un pas.

— Vous avez une carte de visite ou quelque chose comme ça ?

— Oui, bien sûr, a-t-il dit en tirant un étui en argent de sa poche.

Il a pris une carte qu'il m'a tendue. Son nom était gravé en lettres noires. J'ai tourné la clé dans la serrure et je l'ai précédé dans la maison.

— Nous pouvons nous installer dans la cuisine.

— Ça sera parfait.

Il m'a suivie et a posé son chapeau sur la table. Je ne le quittais pas des yeux, craignant qu'il ne disparaisse comme par magie.

— Souhaitez-vous quelque chose à boire ?

— Non, je te remercie, a-t-il dit en s'asseyant.

Il a sorti un dossier de sa mallette. Je me suis installée sur la chaise à côté de lui, les mains légèrement tremblantes.

— J'imagine que tu te demandes qui je suis et ce que je fais ici. Mon nom est Charles Stanley, comme je te l'ai dit. Je représente la famille Thomas depuis le début de ma carrière, principalement pour les questions de biens et de succession.

— Excusez-moi, l'ai-je interrompu, déjà perdue. Vous parlez de « la famille »… C'est-à-dire ?

L'homme a hoché la tête avant de poursuivre.

— Ton père m'a donné l'autorisation de révéler tous les détails, je peux donc tout te dire le concernant. Derek Anders Thomas est le fils de Laura et Nicolas Thomas. Ils vivaient à Lincoln, dans le Massachusetts. Son frère, George Samuel Thomas, est né trois ans après lui. Derek a suivi sa scolarité dans une école privée jusqu'à la terminale puis, après le bac, il est allé à l'université de Cornell, où il a passé un master d'ingénieur architecte.

— À Cornell ? ai-je relevé, surprise de n'en avoir jamais entendu parler.

— En effet. Il a ensuite décidé de retourner vivre dans le Massachusetts, près de ses parents. Il est entré dans la meilleure entreprise d'ingénierie de Boston. C'est là qu'il a rencontré Rachel Walace.

Il s'est interrompu un instant et j'ai cru voir un éclair de sympathie passer dans ses yeux sombres.

— Elle effectuait un remplacement de courte durée comme hôtesse d'accueil. À partir de ce moment-là, je ne peux malheureusement pas prouver ce que je vais te raconter car il ne s'agit pas seulement de faits, mais aussi du récit de ton père et de sa propre opinion. Lorsqu'ils se sont rencontrés pour la première fois, Derek croyait que Rachel était plus âgée. Elle lui avait dit avoir vingt-six ans. Lui, à ce moment-là, en avait trente-deux.

J'ai frémi en entendant ce récit car je savais quel âge avait ma mère à ma naissance.

— Ils sont sortis ensemble, a-t-il poursuivi. Il l'appréciait beaucoup, car elle était différente des femmes de son milieu. Elle était pour lui « une bouffée d'air frais », disait-il. Peu de temps après, il a découvert qu'elle n'avait en réalité que vingt ans. Il a aussitôt rompu. Ton père était un homme pour qui l'intégrité et la confiance étaient des valeurs fondamentales ; et Rachel lui avait menti. Cette rupture l'a anéantie et elle a essayé à plusieurs reprises de le convaincre de revenir sur sa décision. Alors qu'il pensait qu'elle avait enfin renoncé, elle est arrivée un jour en lui annonçant qu'elle était enceinte.

J'ai blêmi, le ventre noué. Je n'étais pas prévue. Non seulement mes parents n'étaient pas mariés, mais ils n'étaient même plus ensemble.

— Ça va, Emma ? a-t-il demandé. Tu veux un verre d'eau ?

— Je vais m'en chercher un, merci, ai-je dit en me levant d'un bond.

J'avais besoin de faire une pause. La vérité sur ma naissance était bien différente de la belle histoire que je m'étais imaginée… Le choc était rude.

Après avoir bu une gorgée, j'ai dit :

— Allez-y, je suis prête.

— Derek a accepté de reprendre la relation et d'être là pour toi. Quelques mois plus tard, il a acheté une maison à Lincoln, où tu as grandi jusqu'à tes sept ans. Après la mort de Derek, Rachel a préféré quitter cet endroit. La maison ne lui appartenait pas, elle faisait partie de la succession. C'est le sujet de ma visite aujourd'hui.

— Un instant, s'il vous plaît, l'ai-je interrompu. Est-ce qu'ils se sont mariés ? Est-ce qu'il l'aimait ? Et les parents de mon père, que sont-ils devenus ? Sont-ils toujours à Lincoln ?

— Je suis désolé, mais je n'ai probablement pas la réponse à toutes tes questions… Non, Rachel et Derek ne se sont jamais mariés. Il prenait soin d'elle et savait qu'elle l'aimait. Mais il m'a avoué qu'il ne lui faisait pas confiance. Elle était jeune et irresponsable et avait tendance à certains excès.

Les lèvres pincées, j'ai secoué la tête. Je savais que, derrière cette formule polie, il exprimait le fait qu'elle était déjà alcoolique. Elle l'avait toujours été. Elle ne buvait pas pour oublier sa douleur ou faire face au présent : cela faisait partie d'elle. Comme les mensonges. Ces récits merveilleux qu'elle m'avait racontés durant toutes ces années. Ce conte de fées à propos d'un mariage qui n'avait jamais existé et d'un amour anéanti par un stupide accident de voiture. Quelle était ma place, dans ses délires ?

J'avais la gorge serrée et les jambes en coton, ma tête allait exploser. J'étais envahie de toutes sortes de sentiments et d'émotions contradictoires.

— Tes grands-parents ont déménagé en Floride avant ta naissance. Ils désapprouvaient le fait que leur fils ait un enfant hors mariage. Surtout ta grand-mère. Ils ont donc coupé les ponts avec Derek et Rachel ; et avec toi, par voie de conséquence. Apparemment, ton grand-père n'était pas sur des positions aussi fermes que sa femme : quand il est mort, il y a quinze ans, il a laissé un héritage considérable à chacun de ses fils, contrairement au souhait de Laura. Cet héritage constitue la base de la succession de ton père.

Il a ouvert le dossier et placé devant moi des papiers couverts de chiffres et de tableaux. Trop bouleversée pour y comprendre quoi que ce soit, je ne voyais que des taches noires.

— Qu'est-ce que c'est ? ai-je glissé en posant mes mains tremblantes sur mes genoux.

— Ceci, Emma, est ton avenir, a-t-il annoncé d'une voix douce. Ton père a fait des investissements sages. Entre ses revenus, la vente de la maison de Lincoln, les indemnités de son assurance-vie et ce dont il a hérité de son père, le montant de ses biens est impressionnant. Tout cet argent te reviendra de droit le jour de tes dix-huit ans, au mois de juin. J'ai décidé de t'en parler avant, car tu devras probablement faire face à des dépenses pour ton entrée à l'université.

J'avais les yeux rivés sur le montant aux nombreux zéros qui figurait au bas de la page.

— Tout ça, c'est à moi ? Je peux donc me payer l'université ?

— Tu peux te payer l'université, des études de médecine, et il te restera encore assez d'argent pour ouvrir un hôpital en Afrique si tu le souhaites.

J'ai levé les yeux sur son visage ridé. Pour la première fois, je l'ai vu esquisser un sourire.

— Je ne comprends toujours pas…, ai-je ajouté. George n'a jamais réclamé d'argent. J'ai pourtant vécu chez lui pendant des années.

— Ce qu'a fait George n'est pas très clair. Tout ce que je sais, c'est qu'il a reçu le même héritage que ton père. Mais je ne suis pas au courant de ce qu'il a décidé d'en faire, ni s'il en a parlé ou non à sa femme.

Il s'est tu quelques instants. Son air grave m'a fait frémir.

— Je ne sais pas comment te dire à quel point je suis désolé de ce que tu as subi lorsque tu habitais chez eux.

Les larmes me sont montées aux yeux. J'ai cligné des paupières pour les chasser.

— Ton père serait fier de ce que tu es devenue, Emma. Tu es forte et intelligente. Et le fait que tu sois dans cette maison, en train d'essayer de recoller les morceaux avec Rachel, prouve que tu as bon cœur.

J'ai hoché la tête et détourné les yeux pour ne pas pleurer devant lui.

— Tu vas continuer à recevoir de l'argent chaque mois. Cette somme augmentera le jour de tes dix-huit ans. Tu ne toucheras la totalité de ton héritage que lorsque tu auras achevé tes études supérieures, ou à tes vingt et un ans. Entre-temps, tu peux me contacter quand tu veux et je prendrai les meilleures dispositions pour que tu aies ce dont tu as besoin, que ce soit un ordinateur, une voiture ou un problème urgent à régler. Ton père m'a fait confiance pour que je t'aide au mieux dans n'importe quelle situation.

— Merci, ai-je murmuré, sans réussir à intégrer ce qu'il me disait.

— Emma…

J'ai levé le regard sur lui. Son visage était impassible, mais ses yeux me dévisageaient avec intensité.

— Tu peux m'appeler à n'importe quel moment et si tu as besoin de quoi que ce soit. Je veux que tu comprennes bien ça. Je sais que tu ne me connais pas encore, mais j'espère réussir à gagner ta confiance, de la même manière que j'avais celle de ton père. Par ailleurs, je te conseillerais de ne pas parler de ma visite à Rachel, ni de ton héritage.

— Il n'a jamais eu confiance en elle, n'est-ce pas ?

— Non, a-t-il répondu simplement. Il t'aimait plus que tout et voulait que tu grandisses avec tes deux parents. Mais il ne lui faisait pas confiance pour les questions d'argent. Ni en ce qui te concernait.

— Comment ça ? ai-je lancé les yeux écarquillés. Qu'est-ce que vous voulez dire par là ?

— Il avait engagé quelqu'un pour s'occuper de toi quand il était au bureau. Il ne voulait pas te laisser seule avec Rachel, car il redoutait son côté impulsif.

Malheureusement, nous n'avons pas eu le temps de mettre en place avant son accident un mode de garde pour le cas où il décéderait. Il essayait de trouver une façon de contourner les droits de la mère pour que, s'il lui arrivait quelque chose, tu puisses être élevée par quelqu'un qui serait plus apte à prendre soin de toi et à t'aimer. Entre-temps, nous avions fait en sorte qu'une partie de ses biens revienne à Rachel, en plus de ta pension mensuelle. La pension que George et Carol ont touchée lorsqu'ils ont eu ta garde. Les choses n'auraient jamais dû se passer ainsi, Emma. Ton père voulait le meilleur pour toi. Je pense qu'il serait heureux de voir que tu t'en es sortie malgré tout.

Mais je donnerais tout pour qu'il soit de nouveau avec moi, avais-je envie de dire. L'émotion qui me consumait était si forte que j'ai eu du mal à croiser son regard. Nous sommes restés un moment silencieux. Puis il a récupéré les papiers et les a rangés dans le dossier. Il me l'a ensuite tendu. Mais j'ai secoué la tête.

— Je pense qu'il vaut mieux que vous le gardiez. J'ai peur qu'elle le voie.

Il a hoché la tête et l'a mis dans sa mallette.

— Tu ferais mieux, dans ce cas, d'enregistrer mon numéro de téléphone et de ne pas garder ma carte.

J'ai pris mon téléphone et sauvegardé son numéro sous les initiales CS.

— Je suis heureux d'avoir enfin fait ta connaissance, Emma, a-t-il dit en se levant. Est-ce que tu as des questions à me poser avant que je parte ?

— Non, ai-je répondu, le cerveau encombré par des milliards de pensées.

— Si c'est le cas, n'hésite pas à m'appeler.

Je l'ai raccompagné à la porte. Il a mis son chapeau et s'est tourné vers moi.

— Fais attention à toi, a-t-il dit.

Je l'ai suivi des yeux tandis qu'il marchait jusqu'à la grande voiture noire qui l'attendait dans la rue. Je n'ai pas été surprise de voir un chauffeur sortir pour lui ouvrir la portière arrière. Après le départ de la voiture, je suis restée immobile, les yeux perdus au loin. Jusqu'au moment où mon portable a vibré, me sortant de mon hébétude. J'ai répondu.

— On sort plus tôt que prévu de l'entraînement, m'a annoncé Evan, tout content.

Son ton joyeux et léger m'a fait sursauter après l'ouragan que je venais de traverser.

— On se retrouve chez moi dans une heure, ça te va ? a-t-il proposé.

Ma lessive. Je l'avais oubliée.

— Dans une heure ? Euh… Oui, OK.

Je me suis dirigée d'un pas mécanique vers la cave, où j'ai trié mes vêtements. Puis je suis montée dans ma chambre et je me suis assise sur mon lit, les yeux dans le vague. Au bout de quelques minutes, j'ai posé mon regard sur le dessin que Jack et Leyla m'avaient envoyé. Je me suis levée pour le prendre et j'ai examiné la femme qui se trouvait avec eux sur la photo. Celle qui avait des cheveux gris. Ma grand-mère.

Je ne ferais jamais partie de cette famille.

Tandis que mes yeux erraient sur ces visages, soudain, j'ai eu le souffle coupé. Comme si j'avais reçu un coup dans le plexus. Je n'avais pas encore intégré tout ce que m'avait raconté Charles, loin de là. Mais une chose était sûre, et cette vérité-là me heurtait comme une gifle.

Je n'aurais pas dû naître.

31

Et si…

Quand je suis arrivée chez Evan, je n'étais pas encore remise de mes émotions. Assis dans la véranda, il lisait. Je me suis garée dans l'allée.

— Salut, ai-je dit en m'installant à côté de lui.

Son odeur m'a aussitôt troublée. À en croire ses cheveux mouillés, il sortait tout juste de la douche.

— Qu'est-ce que tu lis ?

— Rien d'intéressant, a-t-il répondu en fermant le livre et en le posant sur la petite table.

Il m'a entourée de son bras et j'ai posé ma tête sur son épaule, savourant cet instant.

— C'est trop cool, cette semaine, a-t-il murmuré.

Je savais qu'il parlait de la température printanière qui nous permettait de rester dehors en bras de chemise alors que nous n'étions qu'en avril. Mais mes pensées vagabondaient ailleurs et j'ai eu un rire bref.

— Tu ne trouves pas ? a-t-il questionné en me regardant.

— Ah, pardon…, ai-je lâché. Ouais, c'est super d'être dehors comme ça.

— À quoi tu pensais ?

Il me connaissait bien, il avait senti que j'étais ailleurs. Je me suis redressée pour lui faire face. La tête me tournait. Je n'étais pas certaine de réussir à verbaliser ce que j'avais du mal à comprendre, mais je voulais essayer. Je suis restée silencieuse un moment avant d'ouvrir la bouche. Il a attendu patiemment.

— Je réfléchissais à l'effet papillon. Tu sais, quand on dit qu'un simple battement d'ailes d'un papillon peut déclencher une tornade à l'autre bout du monde ? Dans la vie, c'est pareil : un tout petit truc peut modifier radicalement des tas de choses. La cause et les effets. Les choix et les conséquences. Est-ce qu'il y a une raison, ou bien est-ce juste de la chance ? Juste aléatoire. Une personne qui tombe par hasard sur une autre. Ils sortent ensemble, ils couchent ensemble et paf : un bébé. Que ce bébé ait été prévu ou non, que les parents s'aiment ou pas, c'est arrivé et le bébé est là. Mais… Et si tout cela n'aurait jamais dû arriver ?

Evan s'est tu un moment, avant de dire :

— D'où tu sors tout ça ?

— J'ai découvert quelque chose, cet après-midi, et je ne suis pas sûre d'être prête à en parler pour l'instant.

— Est-ce que ça te dit de discuter du sens de la vie en se promenant ? D'ailleurs, on n'est pas non plus obligés de parler. On peut juste marcher. En revanche, je veux absolument te tenir la main. Et ce n'est pas négociable.

— OK, ai-je répondu avec un pâle sourire.

Evan m'a entraînée derrière la maison et nous avons traversé le jardin en direction de la forêt.

Pendant un moment, nous avons marché sans rien dire. Seuls le chant des oiseaux et le souffle du vent dans les arbres accompagnaient nos pas. Malgré cette atmosphère sereine, mon esprit refusait de se calmer.

— Tu veux bien faire quelque chose pour moi ? ai-je demandé, les yeux rivés sur nos pas qui s'accordaient parfaitement.

— Bien sûr.

— On va jouer à « Et si… ». Mais ne prends pas ça au pied de la lettre : ce ne sont que des hypothèses.

— Allons-y, a répondu Evan sur un ton sérieux.

— Et si… et si je n'avais jamais existé ? Comme si je n'étais jamais née.

— Em ! m'a-t-il interrompue, les sourcils froncés.

— On parle d'hypothèses ! ai-je rappelé. Je ne suis pas du tout suicidaire, je te rassure.

— OK, c'est bon. Si tu n'avais jamais existé ? Euh… J'imagine que tu as déjà réfléchi à la question, donc vas-y, raconte.

— Si je n'avais jamais existé, mon père serait encore en vie.

Cette simple phrase m'a fait frissonner et j'ai senti les larmes me monter aux yeux. J'ai baissé la tête.

— Si je n'avais jamais existé, Leyla et Jack vivraient avec leurs deux parents.

Ma voix s'étranglait.

— Si je n'avais jamais existé, ma mère serait peut-être heureuse à l'heure qu'il est.

Evan s'est arrêté. Nous étions arrivés au bout du chemin, juste avant d'entrer dans la prairie.

— Et en ce qui me concerne ? a-t-il interrogé, son regard intense posé sur moi, comme s'il essayait de lire dans mes pensées.

— Eh bien… ton père et toi, vous seriez en bons termes, ai-je lancé avec une gaieté forcée, m'efforçant de retrouver l'esprit « jeu » prévu initialement.

Il s'est esclaffé.

— C'est peu probable. On trouverait une autre raison de se disputer… ou de ne pas se parler.

Nous avons traversé la prairie en silence. Le printemps avait déjà fait son entrée : l'herbe était d'un vert tendre et le ruisseau, nourri par les récentes pluies, coulait avec force le long des pierres.

Evan s'est assis dans l'herbe et je me suis agenouillée à côté de lui, devant l'eau.

— À moi ? a-t-il dit. J'ai quelques réponses à donner à ton « Et si… ».

— Vas-y.

— Tu ne sais pas comment serait ton père s'il était toujours en vie, mais sans toi. J'ai l'impression, moi, qu'il serait loin d'être aussi heureux. J'ai vu son sourire sur la photo qui est dans ta chambre ; le simple fait de te regarder illumine son visage. Tu étais son bonheur, ça saute aux yeux. Tu ne trouves pas que ça aurait été dommage qu'il ne connaisse jamais une telle joie ?

J'ai souri tendrement et posé ma tête sur l'épaule d'Evan tandis qu'il me tenait la main.

— Quant à Leyla et Jack, Carol aurait malheureusement été la même, que tu sois là ou pas. Ça n'est certainement pas toi qui as fait d'elle ce qu'elle est. Et je préfère m'arrêter là.

J'ai levé les yeux et vu sa mâchoire contractée. J'ai pressé sa main pour l'apaiser.

— Pour ce qui est de ta mère, je ne suis pas certain de la comprendre assez pour m'avancer. Peut-être, en effet, que si ton père était encore vivant, cela suffirait à la rendre heureuse. Mais il y a en elle quelque chose de plus sombre. Ça m'a sauté aux yeux le soir de son anniversaire. Je ne sais pas ce qui cloche, mais je ne suis pas convaincu que ça soit lié à toi.

Je n'ai pas eu le courage de le contredire sur ce point. Pourtant, je savais, moi, que j'étais une des raisons de sa souffrance.

— Quant à moi, je ne serais pas du tout le même si tu n'avais pas existé.

J'ai levé la tête et je suis restée immobile, guettant la suite.

— On peut réfléchir au sens de ta vie autant que tu veux, mais sache une chose : tu es le sens de ma vie, la raison de chacun de mes actes. Et je ne changerais ça pour rien au monde.

Un large sourire a éclairé mon visage et j'ai senti une onde de chaleur me parcourir le corps. Une immense bouffée d'amour a gonflé ma poitrine. Je me suis penchée pour poser mes lèvres sur les siennes.

— Et ton père ? ai-je lâché en m'écartant.

Il a eu un sourire narquois.

— Ne t'en fais pas. Ma mère ne le laissera pas s'opposer à Stanford ou à toi. C'est lui qui m'a élevé et qui a fait de moi l'individu que je suis aujourd'hui. Maintenant, il doit accepter cet individu et le laisser mener sa vie. Ce sont mes choix et il va devoir apprendre à vivre avec.

Sa voix était décidée mais calme. Sans aucun ressentiment, contrairement à ce que j'aurais imaginé. J'étais impressionnée par sa retenue et sa maturité.

— Alors ? a-t-il demandé avec un petit sourire. Ta vie a plus de sens, maintenant ?

— Oui, ai-je affirmé avec force. Tu sais donner à une fille le sentiment d'être importante.

— Parfait, a-t-il souri en se penchant à son tour vers moi pour m'embrasser.

Ses paroles m'avaient apaisée et la tempête qui grondait sous mon crâne n'était à présent qu'un faible murmure. Même si j'étais encore troublée par tout ce que j'avais appris un peu plus tôt, je savais qu'être avec Evan était ce qui comptait le plus dans ma vie.

Je me suis allongée sur le dos, la tête sur ses cuisses, et j'ai fermé les yeux.

— J'aime bien cet endroit.

— Moi aussi, a-t-il commenté en jouant avec mes cheveux. C'est joli, le soleil sur ton visage.

Je me suis laissé bercer par le bruit de l'eau qui coulait près de nous en savourant la douceur du soleil. J'aurais aimé pouvoir capturer cet instant pour le garder précieusement, comme un talisman.

— Emma Thomas, est-ce que tu veux bien m'accompagner au bal de promo ?

Je me suis redressée d'un coup.

— C'est… Non… C'est *déjà* le mois prochain ?

Il a hoché la tête.

— Oui, Evan Mathews, je serai très heureuse d'aller au bal de promo avec toi !

Puis j'ai ajouté, paniquée :

— Oh, non… Ça veut dire que je dois me trouver une robe, c'est ça ?

— Ou tu peux y aller toute nue. J'ai entendu dire que le rose était à la mode.

J'ai éclaté de rire.

— Ça te plairait, hein ? ai-je taquiné. Attends… Tu me jures qu'on ne va pas coucher ensemble pour la première fois la nuit du bal de promo ?

Il a écarquillé les yeux.

— Je ne veux pas qu'on soit *le* couple qui a sa première fois cette nuit-là ! me suis-je exclamée.

Cette seule pensée m'a fait frémir. Je ne tenais pas du tout à garder ce souvenir-là de notre première fois. Comme dans un mauvais film.

— Promis, pas ce soir-là, a-t-il affirmé en réprimant un sourire. Peut-être la nuit d'avant, alors ?

— Comment ça ? Mais t'es sérieux ?

Je l'ai dévisagé et il a haussé les sourcils d'un air ingénu.

— Je rêve ! Tu es en train de planifier notre première fois ?

— Pourquoi pas ? Visiblement, l'improvisation ne nous réussit pas trop, alors autant prendre rendez-vous.

— Alors OK pour la nuit avant le bal de promo, ai-je annoncé sur un ton solennel. C'est un rendez-vous officiel.

— Trop hâte, s'est-il exclamé en riant.

Puis il m'a embrassée avec gourmandise.

Lorsque je suis arrivée chez moi, Rachel sortait tout juste de sa voiture. Ça faisait bizarre de la désigner ainsi. *Rachel.* Je me suis répété le mot à plusieurs reprises dans ma tête. Elle avait insisté pour que je l'appelle comme ça. Et c'est sous ce nom que Charles Stanley l'avait évoquée. Quand il avait parlé de mes parents, il avait dit « ton père » et « Rachel ». Il n'a jamais prononcé les mots « ta mère ». Je pense que ça n'était pas un hasard.

— Comment était le dîner ? a-t-elle demandé en m'attendant devant la porte.

— C'était bien. Exactement ce dont j'avais besoin.

— Parfait, a-t-elle lâché, un peu étonnée par ma réponse.

— Tu as mangé ?

Elle a allumé la lumière dans l'entrée et dans le salon.

— Nous avons commandé des repas au bureau.

Elle a enlevé ses escarpins et sorti sa blouse de sa jupe. Je l'ai observée du coin de l'œil pour voir si elle se servirait un verre de vin dans la cuisine, comme cela lui arrivait habituellement. Elle ne l'a pas fait. Elle s'est assise à côté de moi et a fait défiler les chaînes de la télévision avec la télécommande.

Dans ma tête les pensées se bousculaient. Sans même m'en rendre compte, tandis que j'avais les yeux rivés sur l'écran, la question a fusé :

— D'où tu viens ?

— Comment ? a-t-elle réagi en continuant de changer de programme.

Elle ne s'attendait visiblement pas à ma question. J'avais la possibilité de faire comme si je n'avais rien dit, ou de passer à autre chose. Mais je voulais savoir.

— Où est-ce que tu as grandi ?

Elle s'est arrêtée sur une émission consacrée à la pêche. Je me doutais qu'elle ne l'avait pas choisie. Elle avait donc dû m'entendre. Je me suis tournée vers elle et elle m'a regardée comme si elle ne me connaissait pas. Je m'attendais à ce qu'elle ne me réponde pas.

— Dans une petite ville de Pennsylvanie, a-t-elle dit lentement. Pourquoi tu veux savoir ?

— Parce que je ne connais rien de toi, ai-je expliqué franchement. Tes parents vivent toujours là-bas ?

Elle n'a rien répondu. Son regard passait de la télévision à moi, comme si elle hésitait à se lancer dans cette conversation. À l'évidence, elle n'avait pas prévu cet interrogatoire.

— Peut-être que ma mère y est encore, je ne sais pas. Je suis partie de là-bas avec des amis quand j'avais dix-sept ans et je n'y suis pas retournée. Je n'ai jamais connu mon père. C'était un ivrogne et il a quitté la maison quand j'étais petite. Je n'ai aucun souvenir de lui.

— Comment ça se fait que je ne sache rien de tout ça ? ai-je questionné, intriguée.

Je n'étais pas très étonnée de découvrir qu'elle avait eu une enfance difficile. C'était probablement pour cette raison qu'elle ne m'en avait pas parlé.

— Je n'aime pas me retourner sur le passé. Quel intérêt ?

Elle a reporté son attention sur la télévision et recommencé à zapper. Ses mots m'ont paru bien ironiques. Surtout compte tenu de l'incapacité qu'elle avait à dépasser la mort de mon père. Mais peut-être l'avait-elle fait ? Peut-être que mon père n'était qu'une excuse pour se plaindre ? Elle n'avait pas l'air de faire beaucoup d'efforts pour être heureuse. Sauf, peut-être, avec Jonathan ? Et encore... Elle avait quand même saboté leur relation avec ses colères d'alcoolique. Comme si elle préférait se vautrer dans une éternelle tristesse. Je ne comprenais pas pourquoi elle choisissait de vivre ainsi.

— Pourquoi tu n'as même pas essayé de parler de ce qui s'est passé quand j'étais chez Carol et George ?

Son visage s'est décomposé. Ma question l'avait atteinte. Je me suis rendu compte que j'étais allée un peu loin, mais je n'ai pas voulu faire marche arrière.

— D'abord, pourquoi j'étais là-bas ? Pourquoi tu m'as laissée avec eux ?

Cette interrogation m'avait hantée pendant des années. Et dévastée. J'avais toujours cru que c'était à cause de moi, que j'étais trop difficile à gérer. Ne plus être un fardeau m'avait motivée pour devenir irréprochable. Une perfection qui avait laissé des cicatrices.

À présent, je voulais connaître la vérité.

— Je ne t'ai pas laissée, a-t-elle murmuré.

Sa réponse m'a rendue muette. Elle s'est levée et a quitté la pièce pour mettre fin à la discussion. Je l'ai regardée aller dans la cuisine et poser la main sur la porte du frigidaire. Elle est restée immobile un moment. Je devinais son débat intérieur : ouvrir ou non. J'ai attendu. Elle a fini par laisser tomber sa main, l'air désemparé et épuisé.

— Je ne sais pas pourquoi tu veux parler de ça, a-t-elle dit d'une voix tremblante en restant dans l'encadrement de la porte. On ne peut rien changer, donc mieux vaut oublier, OK ?

J'ai étudié ses yeux bleu clair tandis qu'elle promenait son regard autour de la pièce avec nervosité. Puis j'ai hoché la tête.

— Je vais prendre un bain, a-t-elle lancé avant de monter l'escalier.

J'avais toujours eu peur de lui poser des questions. Je ne savais pas d'où m'était venu le courage, soudain, mais j'avais de bonnes raisons de croire que la visite de Charles Stanley n'y était pas étrangère. Je m'étais attendue à ce qu'elle soit en colère, voire qu'elle se mette à hurler. Mais ça n'était pas arrivé. Elle avait simplement semblé tendue et mal à l'aise.

Et peut-être un peu… coupable ?

32

Dans les bois

Cette nuit-là, je n'ai pas dormi. Je m'y attendais. Le portable à la main, j'avais envie d'appeler Jonathan pour qu'il me change les idées. Qu'il me parle du film de S-F débile qu'il avait vu ou de la pub vantant un nouveau coussin génial qui guérissait les mycoses des pieds. C'était difficile de résister, mais j'avais promis, alors je me suis abstenue.

À un moment donné, j'ai entendu la porte de la chambre de Rachel s'ouvrir et le bruit du robinet dans la salle de bains. J'ai regardé l'heure avec étonnement. Il était très tôt. Voulait-elle quitter la maison avant que je ne sois levée ? De nouveau, elle m'évitait. Je n'étais peut-être pas la seule à ne pas avoir fermé l'œil, cette nuit.

J'ai attendu qu'elle claque la porte de la maison avant de sortir du lit. Pendant que je prenais ma douche, j'ai envisagé de m'excuser auprès d'elle pour qu'elle arrête de me fuir. Mais peut-être aurait-elle changé d'avis d'ici ce soir, quand je reviendrais de l'entraînement ? Peut-être, aussi, pouvais-je passer quelques jours chez Sara pour calmer le jeu ?

Et peut-être que je pouvais me dire que je m'en fichais…

Cette dernière pensée était totalement inattendue.

Je ne savais pas d'où elle venait. Cela ne me ressemblait pas. Pourtant, cela faisait bien longtemps que je n'avais pas été aussi sincère.

J'ai enfilé un tee-shirt gris et un jean slim, et je me suis décidée à mettre les Converse roses que je n'avais pas osé arborer plus de deux fois. Elles attiraient trop l'attention à mon goût. La météo avait annoncé plus de 26 °C – du jamais-vu pour un jour d'avril dans le Connecticut.

Après avoir attrapé mon sac à dos et mon sac de foot, je suis sortie de la maison. Tandis que je m'approchais de ma voiture, j'ai vu arriver une moto noire. Elle s'est arrêtée à côté de moi. Le conducteur portait un tee-shirt noir, un jean et des bottes en cuir noir. Son casque intégral lui couvrait la tête et il avait des lunettes miroir. Lorsqu'il a souri, j'ai senti un frisson me parcourir.

— Jonathan ?

— Bonjour ! a-t-il lancé après avoir éteint le moteur. Comment ça va ?

— Euh… bien. Qu'est-ce que tu fais ici ? Je croyais qu'on avait décidé de ne plus se parler. Que c'était la meilleure chose à faire.

— Pas exactement, a-t-il répliqué en enlevant ses lunettes. *Rachel* a décidé qu'on ne devait plus se parler. Et elle a tort.

Je ne savais pas quoi penser, et encore moins quoi dire.

— Viens, on va faire un truc ! a-t-il lancé.

J'ai éclaté de rire : ça sonnait plus comme un ordre que comme une proposition !

— Je dois aller au lycée. Et toi, tu n'es pas au bureau ?

— En cours un jour pareil, ça n'est pas possible ! Et non, je ne suis pas au bureau mais ici. Allez, Emma. Tu es déjà acceptée à Stanford. Ça n'est pas en ratant un jour de cours que tu risques quelque chose.

— Je ne sais pas, ai-je hésité.

J'ai lancé un coup d'œil à la grosse moto noire aux chromes brillants en me demandant si j'avais envie de monter là-dessus.

— Tu étais d'accord pour « faire un truc », alors allons-y. Arrête de réfléchir tout le temps et monte, Emma.

C'était clair : il n'accepterait pas la moindre excuse. Il a remis ses lunettes et démarré. D'un coup de poignet, il a fait vrombir le moteur. J'ai pris une inspiration… et arrêté de réfléchir. J'ai ouvert la portière de ma voiture et lancé mes sacs sur le siège, avant de prendre mes lunettes de soleil et d'enfiler mon sweat-shirt. Quand je me suis retournée, Jonathan m'a tendu un casque noir.

J'ai attaché la mentonnière et mis mes lunettes : parée pour le voyage. Il a enlevé la béquille, je me suis assise tout contre lui. Mes cuisses étaient collées contre les siennes, et mon ventre épousait la forme de son dos. J'ai posé les mains sur sa taille et fermé les yeux, anticipant le départ.

Si mon cerveau avait cessé de fonctionner, mon cœur, lui, battait à plein régime. Surtout, ne pas penser à toutes les raisons pour lesquelles ça n'était pas une bonne idée. Sinon, c'était la panique. Comme le fait qu'un mauvais virage pouvait m'envoyer droit à la morgue.

Lentement, Jonathan a manœuvré l'engin pour faire demi-tour. Puis, après avoir descendu l'allée, il a accéléré pour traverser le quartier. À cet instant, mon cerveau a repris du service et les pensées les plus folles ont jailli. Mais quelle mouche m'avait piquée d'accepter un truc pareil ? Sécher les cours et sauter à l'arrière d'une moto avec l'ex-petit ami de ma mère pour aller Dieu sait où… J'ai regardé Weslyn s'éloigner puis j'ai fermé les yeux pour sentir le vent me balayer le visage et la moto ronronner entre mes jambes. J'ai laissé l'adrénaline sillonner mon corps et décidé de profiter de l'instant. Tant pis pour les conséquences.

Je n'avais pas la moindre idée d'où il nous emmenait. Nous avons roulé un moment sur l'autoroute, en direction de l'ouest. Puis nous sommes sortis et avons suivi une petite route au milieu de la forêt. De temps en temps, grâce à une boîte aux lettres plantée à l'entrée d'un chemin, on devinait l'existence d'une maison cachée dans les arbres.

Il a ralenti l'allure et j'ai enfin pu parler. Ou plutôt crier :

— Où est-ce qu'on va ?

— Je voudrais te montrer quelque chose, a-t-il répondu, le visage tourné vers moi.

Quelques virages plus tard, il a freiné avant d'emprunter un chemin de terre défoncé. Après avoir zigzagué entre les nids-de-poule et les mottes de terre, il est finalement arrivé devant une maison en ruine. Je suis descendue de la moto, les jambes encore tremblantes, et j'ai observé le site avec curiosité. Un incendie avait ravagé la modeste bâtisse, dont il ne restait plus que la structure. Une grande cheminée de pierre se dressait au-dessus de quelques poutres carbonisées. On devinait l'entrée, en dessous d'une poutre traversante qui avait été épargnée par les flammes.

— Pourquoi on est là, Jonathan ? ai-je demandé en me tournant vers lui.

Immobile, il avait les yeux rivés sur les vestiges de la maison. Un sentiment désagréable m'a envahie. Je n'aimais pas cet endroit. Quelque chose de morbide se dégageait de l'ensemble noir, carbonisé. On aurait dit que des fantômes erraient au milieu des décombres et que quelqu'un s'apprêtait à raconter une histoire horrible.

— De quoi as-tu peur, Emma ?

— Comment ? ai-je sursauté, comme s'il avait lu dans mes pensées.

— Qu'est-ce qui t'empêche de dormir la nuit ? D'où viennent tes cauchemars ? Qu'est-ce qui t'inquiète ?

Le malaise qui me tordait le ventre s'est accentué. Je ne voulais pas rester ici. C'était exactement le genre d'endroit qui pouvait déclencher des cauchemars. J'ai frissonné en comprenant où nous étions.

— Tu habitais ici, c'est ça ? ai-je demandé d'une voix à peine audible.

La lueur étrange qui brillait dans ses yeux me troublait. Il a continué à observer chaque centimètre de ce qui restait de la maison, comme s'il cherchait à la reconstruire mentalement.

— Qu'est-ce qui s'est passé ? ai-je ajouté.

— Je m'attendais à réagir autrement. À avoir plus peur, probablement.

Il semblait se parler à lui-même.

— Dans mes rêves, c'est bien plus terrible que ça, a-t-il poursuivi. Les flammes sortent par les fenêtres, une épaisse fumée envahit l'escalier. Et je ne peux pas m'approcher, c'est trop chaud. Ma peau risquerait de fondre.

Il a fait quelques pas vers la maison les bras levés, comme s'il sentait les flammes. Je l'ai regardé vivre en direct son cauchemar. À cet instant précis, il n'était pas là avec moi. Il était quelque part dans son passé, en compagnie de ses fantômes. J'étais incapable de l'aider. Une fois devant les marches du perron, il a tendu les bras devant lui, prêt à reculer si c'était trop chaud. Il a effleuré la pierre et remué la tête.

— J'étais dans les bois, et je voyais le feu ravager la maison. Et ces cris… Je les entends encore. Ils résonnent dans ma tête comme si c'était hier.

— Quoi ? ai-je lâché, soudain oppressée. Quelqu'un est mort dans l'incendie ?

Puis je me suis rappelé.

— Ton père. C'est là qu'il est mort.

— Et aussi ma mère et mon petit frère, a murmuré Jonathan.

Assis sur les marches, la tête baissée, il fixait le sol. Je suis venue m'asseoir près de lui.

— C'est lui qui a mis le feu ?

Il a secoué la tête.

— C'est pour ça que tu m'as amenée ici ? Pour me montrer à quoi ressemblent tes cauchemars ?

— En réalité, c'est pour moi que je l'ai fait, a-t-il avoué en me lançant un coup d'œil. J'ai pensé que nous devions nous confronter ensemble à nos peurs. D'autant plus que nous allons bientôt partir. Nous pourrons tout reprendre à zéro, en laissant la terreur derrière nous. Mais en vérité, je suis surtout en colère.

Il a serré les poings avant de poursuivre :

— La nuit de l'incendie, cet homme m'a tout pris. Et je n'y peux rien. Il est mort, et eux aussi.

Son visage était dur, son regard froid et distant. Soudain, il a enfoui la tête dans ses mains. J'ai à peine entendu ses paroles :

— Ils n'auraient pas dû se trouver dans la maison. Ça n'aurait jamais dû leur arriver. Je continue à entendre leurs hurlements, encore et encore. Ils me rappellent que je ne les ai pas sauvés.

— Ça n'est pas ta faute. Tu ne leur as rien fait. Peut-être est-ce ça que tu dois réussir à faire : te pardonner ?

Il a relevé la tête.

— Me pardonner, a-t-il répété, comme si ces mots lui étaient totalement étrangers.

Il s'est tourné vers moi. L'intensité de son regard montrait qu'il était de nouveau présent.

— Je parie que tu es en train de regretter d'avoir raté l'école, hein ?

Il a esquissé un sourire pour chasser ses visions.

— Allez, on part d'ici et on va faire un truc plus sympa ! a-t-il proposé.

Puis il m'a dévisagée et a ajouté :

— Et toi, de quoi as-tu peur ?

— Oh, non ! ai-je répliqué. Inutile de s'occuper de ça aujourd'hui. Je suis sûre qu'on a mieux à faire.

Sans rien dire, il a continué à attendre jusqu'à ce que je cède.

— Bon… J'ai le vertige.

— D'accord, mais je sais que ça n'a rien à voir avec tes cauchemars, donc ne crois pas que tu vas t'en tirer si facilement, a-t-il prévenu en se dirigeant vers sa moto.

Je suis restée un moment sur les marches, immobile. Je n'étais pas certaine d'avoir envie de traquer mes peurs, même avec Jonathan. Plus exactement : je savais que je n'étais pas prête à le faire. Puis j'ai fini par céder, comme toujours quand j'étais avec lui. Une fois sur la moto, tandis que nous nous éloignions, j'ai vu le passé de Jonathan disparaître derrière les arbres. Je me suis agrippée à lui, le visage caché derrière son dos pour tenter de me préparer à ce qui m'attendait. Difficile.

Au bout d'une vingtaine de minutes, il a quitté la route principale et s'est engagé dans une allée de gravier.

— Où est-ce qu'on est ? ai-je demandé en enlevant mon casque et en ouvrant la fermeture Éclair de mon sweat-shirt.

— Tu vas voir.

Je l'ai suivi le long d'un chemin qui serpentait à travers les bois. Quelques minutes plus tard, j'ai entrevu l'eau d'une cascade étinceler entre les feuilles. À l'ombre des arbres, l'air était plus frais. Le bruit de l'eau s'amplifiait à mesure que nous avancions, jusqu'à ce que nous débouchions sur une clairière. Au bout de la clairière, en contrebas, à environ cinq ou six mètres, on pouvait voir une piscine naturelle dans laquelle la rivière se jetait. Le chemin descendait jusqu'aux rochers qui bordaient l'eau.

— C'est un endroit super pour se baigner, l'été, a expliqué Jonathan.

Je me suis volontiers imaginée en train de lézarder au soleil sur la pierre chaude, plongeant de temps à autre dans l'eau claire pour me rafraîchir. Sans trop m'approcher du bord, je me suis penchée pour mieux voir les pierres aux angles durs qui brillaient au fond de l'eau. Mon pouls s'est mis à battre à toute allure.

— Prête ? a lancé Jonathan, dans mon dos.

J'ai fait volte-face.

— Prête pour quoi ?

La peur m'a saisie d'un coup. Je savais de quoi il parlait.

— Tu ne préfères pas enlever ton jean ? Il risque de te gêner et de t'alourdir. En revanche, à ta place, je garderais mes baskets parce que, à cette hauteur, tu peux te faire mal lorsque tu touches l'eau.

— Tu plaisantes, là ? ai-je lâché vivement.

— J'ai un couteau si tu veux te faire un short dans ton jean, a-t-il poursuivi comme si de rien n'était, sans même relever mon ton paniqué.

— Non ! ai-je crié en reculant pour m'éloigner du bord.

Mais Jonathan m'a bloqué le passage.

— Qu'est-ce que tu fous ? me suis-je exclamée en le regardant d'un air affolé.

Mon cœur battait si fort que j'ai cru qu'il allait sortir de ma poitrine.

— Saute, Emma, a-t-il ordonné d'une voix ferme.

— Jamais de la vie ! C'est dix fois trop haut. Et l'eau n'est même pas assez profonde. Tu ne peux pas me forcer. Je ne le ferai pas.

Je hurlais presque.

— C'est très profond, je te promets, a-t-il répondu, sur le même ton décidé. Soit tu sautes, soit je te pousse.

Il a avancé d'un pas, m'obligeant à me rapprocher du bord. J'ai cherché rapidement autour de moi un moyen de m'échapper. Aucune issue possible.

— S'il te plaît, ne me force pas à faire ça.

— Saute, sinon je vais te pousser, a-t-il répété plus fermement.

À l'évidence, je ne quitterais pas cet endroit autrement qu'en sautant dans l'eau. Je lui ai tourné le dos et je me suis concentrée sur ma respiration. Ma poitrine se soulevait et s'abaissait en rythme. J'ai baissé les yeux et contemplé l'eau, six mètres plus bas. Derrière moi, Jonathan ne disait pas un mot.

J'ai avancé d'un pas. Je me trouvais à une trentaine de centimètres du bord. Comme la tête me tournait légèrement, j'ai levé le regard et je me suis concentrée sur les arbres, de l'autre côté de la rivière. J'ai fermé les yeux. Je sentais mon pouls battre à mes tempes. Mon souffle s'est accéléré et mon ventre s'est crispé. Puis, soudain, une montée d'adrénaline s'est répandue à travers mon corps. Avant qu'elle ne s'évanouisse, j'ai sauté. Pile au moment où la main de Jonathan se posait dans mon dos. J'ai senti un bourdonnement de frayeur et d'excitation mêlées.

La seconde d'après, je pénétrais dans l'eau, saisie par le froid.

D'un battement de pieds, je suis remontée à la surface et j'ai relâché le peu d'air que j'avais pu emmagasiner dans mes poumons. Les muscles tétanisés, j'ai nagé jusqu'au bord. Mon jean ralentissait mes mouvements. Un « splash » bruyant a retenti au moment où un jet d'eau m'a éclaboussée. Je savais que c'était Jonathan, mais j'étais trop obsédée par l'idée de m'extraire de cette eau glaciale pour regarder derrière moi. Je me suis hissée sur un rocher en tremblant comme une feuille. J'ai ramené mes genoux contre ma poitrine, les bras autour des mollets, attendant que le soleil me réchauffe. Jonathan est sorti de l'eau à son tour et s'est installé à côté de moi. Le front posé sur mes genoux, je n'ai rien dit. Mes muscles étaient douloureux à force de trembler.

— Waouh, c'est grave gelé !

Je lui ai lancé un coup d'œil et je me suis aperçue qu'il portait juste un caleçon. J'ai aussitôt détourné le regard, les joues rouges. Les jambes allongées devant lui, en appui sur ses mains, il n'avait pas l'air aussi misérable que moi.

— Le soleil est trop bon ! a-t-il dit.

— Tu peux me prêter ton couteau ? ai-je demandé, consciente que je n'arrivais pas à me réchauffer à cause de mon jean trempé.

— Pour me tuer parce que je t'ai obligée à sauter ?

J'ai eu un petit rire.

— Il est en haut, dans mon jean, a-t-il ajouté.

Comme il n'avait pas l'air de vouloir bouger, je me suis levée et j'ai monté le chemin jusqu'à la clairière. Dans la poche de son pantalon, j'ai pris son couteau. En faisant bien attention, j'ai découpé mon jean autour de ma jambe droite. J'ai aussitôt senti l'air chaud me caresser la peau. Après avoir fait de même avec l'autre jambe, j'ai rangé le canif de Jonathan. Au même instant, mes yeux sont tombés sur lui, allongé sur le rocher, les mains croisées sous la tête et les yeux fermés. Les lignes de son corps, la courbure des muscles de ses bras, de son torse, de ses cuisses – tout était parfait. J'ai aussitôt détourné le regard et contemplé l'eau qui scintillait en dessous de moi.

J'ai attendu l'attaque de panique. Mais non. Aucune angoisse. Pas la plus petite inquiétude. Mon cœur battait plus vite, mais c'était à cause de l'excitation et non de la peur. Et je trouvais ça galvanisant. Je n'ai pas réfléchi une seconde de plus : j'ai sauté. Le frisson de la chute m'a coupé le souffle avant que l'eau glaciale ne s'en charge. Tandis que je nageais, j'ai souri en sentant l'adrénaline irradier dans mon corps. Je me suis accrochée à un rocher pour sortir de la rivière. Après le froid de l'eau, le contact avec la pierre chaude était délicieux. J'ai enlevé mes tennis et mes chaussettes et je les ai posées à côté de moi.

J'ai alors vu Jonathan qui m'observait, un sourire en coin.

— Qu'est-ce qu'il y a ? ai-je demandé.

— Tu n'as plus le vertige.

— Je sais, tu m'as guérie, ai-je riposté sur un ton sarcastique. Tu es content ?

— Ça n'était pas le vertige, ton problème.

J'ai froncé les sourcils. Là, je ne suivais plus.

— À quoi tu pensais quand tu regardais l'eau en bas ? Qu'est-ce qui te passait par la tête ?

— Qu'il était hors de question que je saute.

Il a éclaté de rire.

— En dehors de ça ?

— Que j'allais…

Je me suis interrompue. Il a lu dans mes yeux ce que je n'arrivais pas à dire et qui, soudain, a fait battre violemment mon cœur.

— Emma, de quoi as-tu peur ? a-t-il insisté en me dévisageant avec attention.

— J'ai peur de mourir, ai-je soufflé.

En prononçant ces mots à voix haute, mes yeux se sont remplis de larmes. J'ai cligné des paupières. Jonathan a hoché la tête avec un sourire entendu. Le bruit de la cascade a résonné dans le silence. Nous n'avons pas prononcé une parole. Ni l'un ni l'autre. Nous savions tous les deux d'où venait cette peur et je n'étais pas certaine qu'il existe un remède à cela. Même si *elle* ne pouvait plus me tuer, *elle* ne me laisserait jamais me sentir en sécurité.

33

Conséquences

— Vous voulez une cerise dessus ? a demandé la fille d'une voix aguicheuse.

— Non, ça ira, merci, a répondu Jonathan sans même remarquer le ton.

Je n'ai pas pu m'empêcher de rire. Je me suis assise sur le banc de la table de pique-nique. Jonathan m'a rejointe avec les deux glaces et j'ai entendu glousser derrière lui. Deux des serveuses le suivaient du regard en chuchotant.

— Tu as un fan club, me suis-je moquée en prenant la glace qu'il me tendait. Elles ont dû te reconnaître à cause de LA pub.

— Très drôle, a-t-il répliqué. À quelle heure est ton entraînement, aujourd'hui ?

— À 15 h 30, ai-je répondu en goûtant ma glace.

— OK. On finit ça et on rentre.

La perspective du retour à Weslyn a déclenché une vague d'angoisse. Durant ces dernières heures, je n'y avais pas songé une seule fois. Avant de partir, j'aurais dû envoyer un message à Evan pour le prévenir. Impossible de le faire maintenant car j'avais laissé mon portable dans ma voiture.

— Tu stresses ? a dit Jonathan en voyant mon air tendu.

— Il va falloir que j'explique mon absence, ai-je soupiré.

— À Rachel ? Elle ne sera même pas à la maison.

— Non, à Evan, ai-je rétorqué. Il a dû flipper à mort de ne pas me voir au lycée.

— Ah... Et qu'est-ce que tu comptes lui dire ?

— Je sais pas. La vérité, j'imagine.

— Que tu as passé la journée avec moi ? Et il va bien le prendre ?

— Pourquoi pas ? ai-je réagi, étonnée. Il a confiance en moi. Et puis, toi et moi, on est juste amis...

— Tu as raison, mais si j'étais à sa place, je ne le prendrais pas très bien. Je ne fais pas facilement confiance.

Sa dernière phrase a résonné en moi et, soudain, tout est devenu limpide.

— Tu as du mal à être intime avec quelqu'un, c'est ça ?

— Ouais, je crois..., a-t-il avoué après avoir réfléchi un instant. Personne ne m'a vraiment approché de près. J'imagine que ça me fait peur de...

Il s'est interrompu. J'ai attendu qu'il le dise. Il était à deux doigts de le faire. Puis son regard s'est durci et sa mâchoire s'est crispée. L'occasion était passée : il ne lâcherait pas cette fois. Il s'est levé et a jeté sa glace dans la poubelle avant de se diriger vers sa moto, à l'autre bout du parking.

— Jonathan ! ai-je crié.

Mais il ne s'est pas retourné et n'a pas ralenti le pas.

Sans hésiter, je lui ai couru après.

— Jonathan ! ai-je répété en le rattrapant. Attends…

— Il faut qu'on y aille pour que tu sois à l'heure, a-t-il dit d'un ton sec.

— Regarde-moi, ai-je supplié en le retenant par le bras. S'il te plaît.

Il s'est tourné lentement, les yeux baissés.

— Tu peux me parler, ai-je ajouté.

Mais il n'a pas bronché.

— De quoi as-tu peur ?

— Tu *sais* de quoi j'ai peur.

— Avant aujourd'hui, tu savais que c'était ça ?

Il a levé les yeux. Son regard s'était adouci, mais une souffrance infinie l'assombrissait. Il a secoué la tête. J'ai pris sa main et l'ai pressée doucement. Il a esquissé un pâle sourire. J'ai lâché sa main. Au lieu de s'arrêter à sa moto, il a continué jusqu'à la barrière en bois qui clôturait le parking.

— C'était prévisible, a-t-il murmuré en posant ses mains devant lui. Je n'ai pas eu d'histoire sérieuse après Sadie. Jusqu'à Rachel. Et ça n'aurait pas dû se passer de cette manière. Être une vraie relation, je veux dire. Je suppose que c'est pour ça qu'on n'a pas réussi à rester ensemble après qu'elle m'a dit qu'elle m'aimait. Je ne pouvais pas.

— Tu ne l'aimais pas ?

Il a fait non de la tête.

— Qu'est-ce qui s'est passé avec Sadie ?

Il est resté un moment silencieux, avant de commencer à raconter :

— À la fin de la première, je lui ai demandé si elle voulait sortir avec moi.

Mon cœur a fait un bond dans ma poitrine. Je ne m'attendais pas à une révélation de ce genre.

— Elle a dit non ?

Il a attendu quelques instants avant de répondre.

— Elle a dit oui.

Ses yeux ont plongé dans les miens. La tristesse que j'y ai lue m'a brisé le cœur.

— Deux semaines plus tard, je l'ai surprise avec un autre.

Je n'ai pas su quoi dire. Mais, soudain, tout devenait clair : son incapacité à s'engager et son besoin d'une vie simple et prévisible. Il avait tout simplement peur d'aimer ; et d'être à nouveau anéanti. Cela expliquait aussi son côté impénétrable, qui lui permettait de maintenir une distance.

— J'avais perdu ma mère et mon frère. Sadie était la seule à savoir à quel point ça m'avait dévasté. Mais après ce qu'elle m'a fait, je n'ai plus laissé quiconque s'approcher. Je n'avais plus confiance. Enfin, sauf…

À cet instant, il m'a regardée. J'ai senti mes joues rougir.

— Mais bon, c'est différent, s'est-il aussitôt repris. Toi et moi, on a un lien spécial, c'est pas comme…

Il n'a pas achevé sa phrase.

— Bien sûr, ai-je acquiescé. On se comprend. C'est tout.

— Exactement, a-t-il confirmé avec un sourire. Même si, parfois, on est pathétiques… On a gâché cette journée sublime à combattre nos peurs, tu peux le croire ? Tu ne voudras plus jamais faire quoi que ce soit avec moi !

— Mais bien sûr que si ! ai-je ri. Tant que tu n'essaies pas une nouvelle fois de me guérir.

Après un court silence, il s'est inquiété :

— Dis donc, j'espère que le lycée n'a pas appelé Rachel pour savoir où tu étais passée… Je ne voudrais pas empirer les choses entre vous. Je sais comment elle peut être.

— Je vais gérer, ne t'en fais pas. De toute manière, en ce moment, elle a plutôt tendance à m'éviter.

— Et pourquoi tu tolères ça ? Franchement, je ne suis pas sûr de bien comprendre votre relation.

— Moi non plus, ai-je répondu, sincère.

— Ça lui est déjà arrivé de te dire quelque chose de gentil ? Qu'elle est fière de toi, ou qu'elle t'aime… Ce genre de trucs qu'on dit à sa fille.

— Je n'ai pas envie de parler d'elle, ai-je marmonné en prenant mon casque.

Ce que j'avais appris ces dernières vingt-quatre heures continuait de me travailler et je préférais ne pas penser à elle pour l'instant.

— On devrait peut-être y aller pour que je sois à l'heure à l'entraînement ?

Il a hoché la tête et mis son casque.

Plus Weslyn approchait et plus j'avais du mal à chasser de mon esprit les nombreuses questions auxquelles ma mère n'avait pas répondu. Qu'avait-elle voulu dire en déclarant qu'elle ne m'avait pas laissée à Carol et George ? On m'avait toujours raconté – et je croyais même m'en rappeler – qu'elle avait mis mes affaires dans un grand sac-poubelle et qu'elle m'avait déposée devant leur porte au milieu de la nuit. Si ça n'était pas elle, qui l'avait fait ? Et pourquoi n'était-elle pas venue me chercher ?

Puis la question de Jonathan m'a traversé la tête : m'avait-elle dit une seule fois qu'elle m'aimait ? Je m'en serais souvenue, si ça avait été le cas. Généralement, les mères passent leur temps à répéter à leurs enfants qu'elles les aiment. Même Carol débordait d'amour pour Jack et Leyla, et le leur montrait. Je me souvenais peu de mon enfance, mais j'ai toujours su que mon père m'aimait. Je n'en ai jamais douté une seule seconde. Mais ma mère…

Lorsque nous sommes arrivés dans ma rue, je ne pensais plus qu'à ça. Qui était ma mère pour moi ? Je savais, pour ma part, que c'était la culpabilité qui me poussait à construire une relation avec elle. Mais elle ? Pourquoi essayait-elle d'établir un lien ?

Bien avant d'arriver à la maison, Jonathan a freiné. J'ai levé les yeux et aperçu la voiture de Rachel dans l'allée. Il s'est arrêté le long du trottoir pour que je puisse descendre.

— Ça va aller ? a-t-il demandé d'un air soucieux. Tu veux que je vienne avec toi ?

— Non, ça ne fera qu'aggraver les choses, ai-je répondu en priant pour qu'elle ne soit pas en train de regarder dans notre direction. Tu devrais y aller.

— Sûr ?

J'ai hoché la tête.

— Appelle-moi si tu as besoin de quoi que ce soit, OK ?

— Je vais m'en sortir, ai-je affirmé calmement tandis que la tempête grondait en moi.

Je l'ai regardé s'éloigner. Puis j'ai pris mon courage à deux mains et j'ai marché vers la maison. Rachel était assise sur une chaise, sur le perron. Quand je me suis approchée, elle s'est levée et m'a interpellée :

— Où étais-tu passée ? C'était qui, sur la moto ? Pourquoi tu n'as pas appelé ? Est-ce que tu sais à quel point nous nous sommes inquiétés pendant tout ce temps ?

Les mains sur les hanches, elle criait. J'ai monté les marches l'une après l'autre en préparant mes explications et en espérant qu'elle comprenne pourquoi j'avais eu besoin de m'aérer. Arrivée sur le perron, j'ai posé mon regard sur elle et ouvert la bouche.

— Non… Tu étais avec lui ! m'a-t-elle devancée, les yeux écarquillés. C'était Jonathan, c'est ça ? J'avais donc raison. Il y a quelque chose entre vous, hein ? Comment tu peux me faire une chose pareille ?

J'ai haussé les sourcils, atterrée, et pris une profonde inspiration pour calmer la colère qui montait en moi.

— Ça ne te regarde pas, où j'étais toute la journée et avec qui, ai-je répliqué.

Elle a tressailli, comme sous l'effet d'une gifle.

— Qu'est-ce que tu racontes ? Évidemment que ça me regarde. Je suis ta mère.

— Non, tu n'es pas ma mère, ai-je riposté en sentant mon cœur battre à tout rompre. Tu ne l'as jamais été.

— Pourquoi tu me parles comme ça ? Qu'est-ce qu'il t'a dit ?

— Jonathan n'a rien à voir avec ça. Il s'agit de toi. De toi, encore et toujours. Ce que tu veux, ce que tu ressens, avec qui tu veux être. Est-ce qu'il t'est arrivé une seule fois de penser à moi et à ce que j'ai traversé ? Est-ce que toi, tu te soucies de moi ?

Elle a ouvert la bouche, choquée, incapable d'articuler le moindre son.

— Est-ce que tu te rends compte de ce que j'endure chaque fois que tu bois trop ? Ou que tu disparais dans un bar et que tu réapparais quand ça te chante et avec qui tu veux ?

Face à mon attaque, elle a reculé d'un pas. La colère enflait, se diffusait dans mes veines, explosait dans mon corps. Les larmes qui ont coulé sur ses joues ne m'ont même pas touchée. Ma voix était de plus en plus forte. La fureur avait pris le pouvoir et plus rien ne pouvait m'arrêter.

— Durant toute ma vie, tu n'as jamais pensé qu'à toi ! Est-ce que tu m'aimes, même un tout petit peu ? Tu ne voulais probablement pas de moi. C'est pour ça que tu m'as laissée avec *eux*. Est-ce que tu as la moindre idée de ce qu'elle m'a fait ? Est-ce que tu y as même réfléchi ? Ça supposerait que tu sois capable d'arrêter de penser à toi pendant au moins une minute !

J'ai avancé d'un pas et elle s'est recroquevillée. La peur que j'ai vue dans ses yeux n'a fait qu'amplifier ma rage. Mes mains tremblaient, j'étais incapable de contenir ma rancœur. J'avais l'impression de m'embraser.

J'ai hurlé :

— Je ne sais pas pourquoi je suis ici ! Tu n'es pas une mère et tu ne l'as jamais été ! Je n'ai pas besoin de toi !

J'ai repris mon souffle un instant avant d'enchaîner :

— De toute manière, tu es trop ravagée par la mort de mon père pour te soucier de qui que ce soit. Mais pourquoi est-ce que tu es à ce point obsédée par un homme qui ne t'a jamais aimée ?

La réponse a été aussi violente que la flèche que j'avais décochée. Ma tête est partie sur le côté sous la puissance de la gifle. J'ai tourné mon regard vers Rachel, et ma colère est retombée d'un coup. Elle avait le visage baigné de larmes et semblait prête à s'évanouir. Je tremblais de tous mes membres. Je ne m'étais même pas rendu compte que je pleurais aussi.

— Emma ? a lancé une voix dans mon dos.

Je me suis retournée. Evan montait l'allée.

— Qu'est-ce qui se passe ?

Il avait l'air bouleversé. Lorsqu'il a découvert la marque rouge sur ma joue, son inquiétude s'est muée en colère.

— C'est quoi, ça ? Vous l'avez frappée ?

Il regardait Rachel. Tétanisée, elle n'a pas bronché. Après m'être rapidement essuyé les joues, j'ai descendu les marches.

— Je dois y aller.

— Comment ? a-t-il interrogé, stupéfait. Où étais-tu toute la journée ? Pourquoi tu ne m'as pas appelé ? Et qu'est-ce qui vient de se passer ?

— Je n'avais pas mon portable. Je suis vraiment désolée.

Ma voix tremblait. C'était le contrecoup de ma brutalité.

— Il faut que je parte pour l'entraînement, ai-je ajouté.

— Tu es sérieuse ? Tu n'es pas en état de conduire. Et je voudrais que tu me racontes ce qui est arrivé.

Je me suis arrêtée et je l'ai dévisagé d'un air suppliant.

— Je le ferai, promis. Mais pas maintenant. Je dois y aller. Et toi, tu n'avais pas aussi un match ?

— Si, mais…

— Va à ton match, Evan. Je ne peux pas te parler maintenant, je vais être en retard à l'entraînement.

J'ai lancé un regard vers le perron. Elle était partie.

— Je serai chez Sara pour le week-end. Viens chez elle ce soir, OK ?

Il s'est mis devant moi pour me bloquer la route.

— Je ne te laisse pas partir sans que tu m'aies dit ce qui s'est passé.

— On s'est engueulées, ai-je expliqué en luttant contre la culpabilité qui menaçait.

Ne pas y penser. Sinon, je risquais de m'écrouler.

— S'il te plaît, laisse-moi aller à mon entraînement. Tu peux me suivre si tu n'as pas confiance.

— Mais qu'est-ce que tu racontes ? a-t-il réagi, les sourcils froncés. Ça n'a rien à voir avec la confiance, Emma. J'étais inquiet pour toi. Ces derniers temps tu étais un peu déprimée et hier tu as commencé à demander si tu devais exister ou pas.

Du coup, j'avais peur qu'il te soit arrivé quelque chose. Que tu…

Il n'a pas pu finir sa phrase. Une expression douloureuse a déformé son visage.

— Je suis vraiment désolée de t'avoir fait subir ça, ai-je murmuré. J'avais juste besoin de m'échapper pour la journée, de réfléchir à certaines choses. J'aurais dû t'appeler. Excuse-moi, Evan.

Je n'avais qu'une envie : le toucher, le prendre dans mes bras, me blottir contre lui. Mais je n'osais pas. J'avais peur, s'il me repoussait, de ne pas être capable de le supporter.

— OK, a-t-il grommelé, sans faire un geste vers moi.

Puis il m'a dévisagée en hochant la tête, comme pour se convaincre d'accepter mes explications.

— Vas-y. Je te retrouve ce soir chez Sara.

Il a fait demi-tour et s'est dirigé vers sa voiture sans un mot. À mon tour, j'ai marché jusqu'à ma voiture. Comme un automate. Le cerveau vide. Sans rien ressentir. J'avais seulement besoin de partir d'ici, de me vider la tête. Et je savais que courir derrière un ballon pendant deux heures me calmerait. Tandis que jc m'éloignais, je l'ai vu dans le rétroviseur, debout près de sa portière ouverte, en train de me regarder partir.

Du revers de la main, j'ai essuyé mes larmes. Puis j'ai agrippé le volant. C'était ma faute. Tout était ma faute. Maintenant, j'avais deux heures pour savoir comment réparer les dégâts.

34

Confessions

— Mais qu'est-ce qui se passe, Emma ? s'est écriée Sara, à l'autre bout du fil. Qu'est-ce qui t'est arrivé ? Où avais-tu disparu aujourd'hui ?

Je me suis assise dans ma voiture, en nage. À la fois pour me changer les idées et pour me punir, j'avais donné le maximum pendant l'entraînement. Désormais, j'étais prête.

— Je sais, j'ai fait n'importe quoi, ai-je répondu, essoufflée. Et maintenant, tout le monde m'en veut. Je sors juste de l'entraînement. Je passe chez moi prendre quelques affaires pour le week-end et j'arrive, OK ? Je te promets que je vais tout te raconter.

— T'as intérêt ! a-t-elle répliqué, laissant clairement entendre qu'elle voulait la version intégrale des faits. À tout à l'heure, alors.

Quand j'ai raccroché, j'ai vu un message de Jonathan : Ça va ?

Quelques gros dégâts à réparer, ai-je répondu.

J'ai quitté le parking et pris la direction de la maison, sans savoir si Rachel serait là ou non. Par prudence, je préférais envisager les deux hypothèses.

Mon portable a vibré. C'est ma faute. Je peux essayer de lui expliquer si tu veux. Suis vraiment désolé. Fâchée ?

En arrivant dans l'allée, j'ai répondu : Pas ta faute. Je savais ce que je faisais. Pas fâchée mais besoin de temps pour arranger les choses. On se parle bientôt.

Je m'apprêtais à ouvrir la portière quand le portable a sonné. J'ai senti mon cœur battre plus fort en décrochant.

— Salut, a dit Evan, si bas que je l'entendais à peine.

— Je passe chez moi pour prendre quelques affaires pour le week-end. Je serai bientôt chez Sara.

— Je pense que je ne vais pas venir chez Sara.

J'ai fermé les yeux, comme si j'avais reçu un coup dans la poitrine.

— Pourquoi ? ai-je soufflé.

— Moi aussi, j'ai besoin d'un peu de temps pour réfléchir, a-t-il expliqué sur un ton posé.

Les larmes me sont montées aux yeux.

— Emma… Tu n'as pas été honnête avec moi. Je ne sais pas ce qui se passe ni pourquoi tu ne peux pas me raconter. Ce que je sais, en revanche, c'est que tu as eu des problèmes avec ta mère. Je l'ai compris la fois où nous étions chez Sara et où elle a appelé en plein milieu de la nuit. J'ai aussi vu à quel point elle était fâchée pour cette histoire de pull vert. J'ai également remarqué ce qu'elle t'a fait le soir de son anniversaire, et je sais que c'est à cause d'elle que tu es partie de la soirée chez Jill. Plus ce qui est arrivé aujourd'hui.

J'avais du mal à respirer. J'étais ravagée par ce qu'il disait.

— Tu m'exclus, Emma. De nouveau. Je ne peux pas… Si je fais partie de ta vie, tu dois m'inclure dans tout ce qui se passe. Le bon comme le mauvais.

Nous sommes restés silencieux un moment. La culpabilité me tordait le ventre et j'étais incapable d'articuler une parole.

— Je reviens samedi prochain. On parlera à ce moment-là.

— Evan…, ai-je supplié.

Mais il avait déjà raccroché. J'ai ravalé mes larmes et enfoui ma douleur au plus profond de moi. Je ne pouvais imaginer passer une semaine sans lui parler. Je suis sortie de la voiture et je me suis traînée jusqu'à la maison. Rachel pouvait bien me dire ce qu'elle voulait, à présent, je m'en fichais. Rien ne pourrait être aussi violent que le silence d'Evan. Cette journée avait pourtant si bien commencé, avec son air d'été précoce. Il faisait encore très doux et une odeur de feu flottait dans l'air. Le jour le plus sublime de l'année finissait en cauchemar.

La porte d'entrée n'était pas fermée à clé, mais les lampes étaient éteintes. Derrière les rideaux, les dernières lumières du crépuscule projetaient des ombres sur le sol. Je me suis dirigée vers l'escalier en songeant que, après tout, nous avions peut-être besoin de temps, les uns et les autres. J'ai décidé de prendre mes affaires en vitesse sans chercher à voir Rachel.

— J'ai essayé, a-t-elle murmuré depuis le salon.

Je me suis retournée.

— J'ai vraiment essayé de t'aimer. Je le souhaitais sincèrement.

Je me suis approchée. Sa voix pâteuse indiquait clairement son état. J'étais trop dévastée pour que ses mots me blessent, et je voulais les entendre. Un peu de lumière filtrait par la fenêtre, mais le canapé était dans le noir. Rachel était allongée dessus, la tête posée sur l'accoudoir. Sur la table basse, il y avait une bouteille de vodka à moitié vide et un verre plein de glaçons. Rachel a attrapé la bouteille et rempli le verre à ras bord. Puis elle l'a porté à ses lèvres et en a bu une large rasade avant de le reposer sur la table.

Debout, dans l'encadrement de la porte, je la regardais. J'avais de sérieux doutes sur la capacité de la vodka à éteindre sa souffrance. Au contraire, il me semblait plutôt que l'alcool amplifiait ses émotions. Et libérait ses secrets et ses pensées les plus intimes… J'attendais. Sa vérité sortirait, une fois de plus.

— Je pensais qu'il m'aimerait plus, grâce à toi. Il était si heureux, quand tu es née. Mais tu l'as éloigné de moi. Tu me l'as pris.

Elle a bu une nouvelle gorgée avant de poursuivre :

— Tu ne peux pas me les prendre tous, Emily.

Je n'étais pas sûre de saisir. Puis, soudain, j'ai compris. Mon père… et Jonathan. Elle pensait qu'il m'avait préférée à elle.

— Pourquoi ils m'aimaient pas ? Pourquoi je leur ai pas suffi ?

La voix étranglée, elle a monté le ton.

— Pourquoi toi ?

Avec difficulté, elle a levé la tête pour me dévisager. Sous ses paupières lourdes, la lueur qui brillait ne faisait aucun doute : de la haine.

— Toi..., a-t-elle répété en remuant la tête. T'aurais jamais dû naître.

Alors que je me croyais hors de portée, ses paroles m'ont atteinte en plein cœur. Je me suis appuyée contre le chambranle de la porte.

— Sharon qui t'a laissée. Pas moi.

De nouveau, je ne comprenais plus rien. Jusqu'à ce qu'elle précise :

— Je t'ai pas laissée. J'étais à l'hôpital. Pris trop de médocs.

Elle articulait de plus en plus difficilement, abrutie par la vodka.

— Ils avaient dit que je pourrais pas... T'avoir... Je voulais pas... Je pouvais pas...

Au prix d'un gros effort, elle a ajouté :

— Pouvais pas t'aimer.

J'ai eu un vertige et l'air m'a manqué. Elle a avalé une autre gorgée et a failli reposer le verre à côté de la table. Puis elle a laissé tomber sa tête sur le canapé et a fermé les yeux. Je suis sortie de la pièce. Avant de monter l'escalier, je me suis arrêtée. J'ai fait demi-tour. Quelque chose clochait. Paniquée, j'ai balayé le salon du regard. Où était-il ? Qu'en avait-elle fait ?

Puis je me suis rappelé l'odeur de brûlé que j'avais sentie devant la maison et j'ai couru vers la porte arrière. Je me suis précipitée dehors, si vite que j'ai failli rater une marche. Au milieu de la cour se consumait un tas de braises, encore rouges. Seuls quelques bouts rescapés des flammes reposaient dans les cendres. Tout le reste était parti en fumée. Elle avait brûlé le fauteuil à bascule. Je me suis affalée sur les marches et j'ai contemplé les cendres fumantes. Mon seul souvenir d'enfance venait de disparaître.

Après quelques minutes, je me suis relevée et je suis retournée dans la maison. Anéantie. Comme si on avait aussi brûlé mon cerveau et mon âme. Les yeux brouillés par les larmes, je me suis dirigée vers l'escalier, sans même un regard vers le salon. Une fois dans ma chambre, sans même réfléchir, j'ai mis des affaires dans un sac. La tête vide. Après avoir fermé le sac et éteint la lumière, je suis redescendue, la main sur la rampe car mes jambes me portaient à peine.

Au moment de tourner la poignée de la porte d'entrée, j'ai eu un instant d'hésitation. Je me suis retournée et j'ai scruté l'obscurité du salon. Je ne la voyais pas. Mais je l'entendais respirer. Comme hypnotisée, j'ai marché jusqu'au fauteuil et je me suis assise en face d'elle, bras croisés. Je l'ai observée et écoutée respirer.

Je savais. J'avais toujours su qu'elle ne m'aimait pas. Pourquoi avais-je cru pouvoir changer cela ? Même après tout ce temps, cela ne changerait jamais. Durant presque toute ma vie, elle avait été à peine capable de s'occuper de moi. Alors m'aimer... Mais elle, pourquoi avait-elle continué à essayer ? Elle était venue à mes matchs. Elle m'avait écrit des lettres. Pourquoi ? Probablement pour me convaincre qu'elle avait tenté de m'aimer. Mais elle n'avait pas réussi. Et je ne la croyais plus.

Mes yeux sont tombés sur le verre de vodka. Un anti-douleur ? Vraiment ? Je me suis penchée, j'ai pris le verre et je l'ai monté à mon nez. Mes mâchoires se sont crispées. J'ai posé les lèvres sur le bord du verre et basculé la tête en arrière pour avaler une grande gorgée. J'ai aussitôt toussé, avec une grimace de dégoût. L'alcool est descendu le long de ma gorge en répandant sa chaleur avant d'incendier mon ventre vide. J'ai frissonné. C'était immonde. Je me suis pincé le nez et j'ai bu encore. Jusqu'à vider le verre. Je voulais que ça marche. Que ça calme ma douleur.

J'ai regardé le verre vide et mes yeux se sont remplis de larmes. Qu'avais-je fait ? Prise de nausée, je me suis forcée à respirer profondément. J'ai secoué la tête, épouvantée. Puis j'ai reposé sèchement le verre sur la table et je me suis levée. La simple vue de la bouteille de vodka m'a rendue ivre de colère. Je voulais hurler. Je l'ai attrapée et serrée si fort que j'ai cru qu'elle allait se briser dans ma main. Folle de rage, je l'ai jetée à travers la pièce. Elle s'est fracassée contre le mur.

La poitrine soulevée par les sanglots, j'ai pris mon sac et je suis sortie en claquant la porte derrière moi.

Je n'ai plus aucun souvenir du trajet jusqu'à chez Sara. D'ailleurs, je n'aurais pas dû conduire. J'avais les yeux embués par les larmes et la tête me tournait. En arrivant devant chez elle, j'ai fait un effort pour reprendre mes esprits. Heureusement, Anna et Carl ne semblaient pas à la maison.

Je n'étais même pas arrivée sur le perron que Sara ouvrait déjà la porte.

— Où étais-tu ? Je…

Elle s'est arrêtée net. En voyant son air atterré, j'ai compris que mon état était encore pire que ce que je croyais. Elle m'a laissée entrer et j'ai baissé les yeux en passant devant elle. Puis, sans un mot, j'ai monté l'escalier jusqu'à sa chambre. J'ai lâché mon sac par terre et je me suis assise au bord du lit. Sara est venue à côté de moi et a attendu que je parle.

Au bout de quelques minutes, j'ai poussé un soupir et je me suis lancée :

— Je n'aurais pas dû vivre.

— Comment ça ? a demandé Sara, imperturbable.

— Elle m'a tuée, Sara. J'étais morte. Pourquoi je suis encore là ?

Je parlais d'une voix sourde, les larmes aux yeux.

— Emma, ne pense pas à des trucs pareils !

— Je ne veux pas me sentir aussi mal. Cette souffrance insoutenable. Je n'aurais pas dû vivre ça. J'étais censée être morte.

Une larme a coulé le long de ma joue.

— Dis-moi ce qui s'est passé, a supplié Sara. Je ne comprends plus rien.

J'ai fermé les yeux et respiré profondément pour m'éclaircir les idées.

— Ma mère m'a dit qu'elle ne m'avait jamais désirée et que c'était à cause de moi que mon père ne l'aimait pas. Il m'a tout laissé…

J'ai observé ses grands yeux bleus. Un voile de tristesse assombrissait son regard habituellement si lumineux. J'ai détourné les yeux, incapable de supporter le spectacle de sa douleur.

— Comment ça, il t'a tout laissé ? a-t-elle questionné sur un ton impatient.

— Un avocat est venu me voir hier. Mon père avait préparé un important héritage pour moi. L'avocat m'a dit ce qui s'était réellement passé entre mes parents : ils ne se sont jamais mariés et mon père est resté avec ma mère uniquement pour moi. Elle m'en veut. Pire, elle me hait. Je suis presque sûre qu'elle a essayé de se suicider à cause de tout ça.

— Qu'est-ce que tu racontes ? s'est exclamée Sara, qui n'arrivait pas à suivre.

— C'est pour ça que je me suis retrouvée chez Carol et George. Elle était à l'hôpital parce qu'elle avait avalé des médicaments. Je pense qu'elle voulait en finir.

Je parlais sans réfléchir, les mots se bousculaient dans ma tête. Je n'arrivais plus à penser normalement ni à éprouver la moindre émotion.

— Quand est-ce qu'elle t'a dit tout ça ?

— Tout à l'heure. J'aurais dû t'en parler plus tôt, te raconter ce qui se passait avec… avec son alcoolisme. Mais je pensais que je pouvais m'en sortir toute seule. Faire face. Et l'aider à régler le problème. Mais non, je ne peux pas.

— Ça n'est pas ta faute, m'a-t-elle assuré en me prenant la main.

Ses paroles ont résonné en moi. Je me suis rappelé ce que j'avais dit à Jonathan, un peu plus tôt dans la journée, sur la nécessité de se pardonner à soi-même. La culpabilité était un sentiment dévastateur. Comment Jonathan avait-il réussi à vivre avec durant toutes ces années ?

— Je n'en peux plus. Je ne peux plus endurer ça.

— Endurer quoi ? a murmuré Sara en m'aidant à me glisser sous la couette.

— Toute cette souffrance, ai-je marmonné, les yeux brillant de larmes.

— Tu n'as pas à le faire, Emma, les choses vont s'arranger. Tu n'as pas à traverser ça toute seule. Je suis là. OK ?

Elle s'est allongée sur la couette à côté de moi et m'a caressé doucement les cheveux.

— Tu ne vas plus souffrir, je te le promets.

Ces derniers mots m'ont bercée tandis que je fermais les yeux.

35

Tout le monde souffre

Contrairement à ce que je pensais, cette nuit-là j'ai dormi comme une souche. Il était 10 heures passées quand j'ai ouvert les yeux. À côté de moi, le lit de Sara était vide. Je suis restée un moment sous la couette avant de me décider à me lever. Je n'en avais guère envie… Une fois debout, je suis allée directement dans la salle de bains. Après la longue journée d'hier, je n'avais même pas pris de douche et j'en avais bien besoin.

Tandis que l'eau chaude ruisselait sur ma peau, je me lavais avec des gestes mécaniques, l'esprit vide. Les émotions et les pensées semblaient m'avoir désertée. En sortant de la salle de bains, drapée dans une serviette, j'ai été tentée de retourner me coucher. Mais Sara avait déjà fait mon lit et, allongée dessus, elle lisait un magazine.

— Coucou, a-t-elle lancé avec un grand sourire. Tu as faim ? Ma mère a fait des pancakes.

J'ai haussé les épaules et commencé à m'habiller, sans même me préoccuper de cacher mes cicatrices.

De toute manière, Sara les avait déjà vues. Elle avait même vu bien pire.

— Alors tu étais où, hier, au lieu d'être au lycée ? a-t-elle demandé d'un air détaché tout en continuant de feuilleter son journal.

— Avec Jonathan, ai-je avoué d'une voix éteinte.

Elle a levé la tête :

— Comment ? Tu étais avec Jonathan ? Mais… euh… qu'est-ce que vous avez fait ?

— Une virée à moto.

Elle a attendu, mais je n'ai rien ajouté. Je ne pouvais pas raconter grand-chose de plus sans révéler les secrets de Jonathan. Et ça, c'était hors de question.

— Qu'est-ce qui se passe entre vous ? a-t-elle questionné. Est-ce que j'ai des raisons de m'inquiéter ?

— Non, on s'entend bien, c'est tout. Il comprend ce que j'endure.

— Qu'est-ce que tu entends par « ce que j'endure » ?

Elle avait l'air préoccupé. À sa place, je l'aurais aussi été.

— Les humeurs de Rachel, tout ça…, ai-je lâché d'un air vague. On parle. Il est sorti avec elle, alors il voit de quoi je parle. Et c'est ce qui fait qu'on est devenus amis.

— OK, a commenté Sara. Tu as expliqué tout ça à Evan ?

— Je n'ai pas réussi, ai-je soupiré en m'asseyant sur le lit. J'ai complètement foiré. Et il m'en veut tellement qu'il a refusé de me voir avant son départ.

Le souvenir de ce terrible coup de fil m'a serré la poitrine.

— C'est vrai qu'il a flippé comme un malade quand tu n'es pas venue au lycée, hier, a-t-elle avoué. Et comme tu ne répondais pas au téléphone, j'ai cru qu'il allait péter un câble. Il m'a demandé le numéro de Rachel et je le lui ai donné. Même si elle ne pouvait pas être d'une grande aide. Tu aurais dû l'appeler ou lui envoyer un texto pour le rassurer.

— Je sais, ai-je soufflé, désespérée. J'avais laissé mon portable dans la voiture. Mais j'espérais qu'on trouverait un moment pour que je puisse lui expliquer. Je ne voulais vraiment pas l'inquiéter.

— Qu'est-ce que tu comptes faire avec Rachel ?

Je suis restée un moment sans rien dire.

— Je ne peux plus vivre chez elle.

Malgré mes efforts, ma voix a tremblé.

— Je comprends, a-t-elle affirmé. Tu veux venir avec moi en Floride, la semaine prochaine ?

— Impossible, ai-je répondu sans même réfléchir. Il faut que je reste là à cause du foot.

— Je me doutais que tu me dirais ça. Donc j'ai parlé à ma mère et finalement je vais partir jeudi avec mon père plutôt que lundi avec elle. Pour rester ici, avec toi.

— Merci, ai-je lâché avec un pâle sourire. Moi aussi, j'ai envie de ça.

C'était la stricte vérité. J'avais besoin d'être avec mon amie la plus chère, qui ne me jugeait pas et n'était pas fâchée contre moi.

— Tu peux m'en dire un peu plus sur ce qui s'est passé hier soir ? a-t-elle interrogé gentiment. Je n'ai pas tout compris, mais tu avais l'air tellement mal que j'ai préféré ne pas t'embêter avec ça.

— À propos de quoi ?

— Cet avocat. Qui est-ce ? Et qu'est-ce qu'il t'a raconté ?

Je lui ai fait un compte rendu de la visite de Charles Stanley : ses révélations sur mes parents, mes grands-parents, et sur mon héritage.

— Waouh ! s'est-elle exclamée. C'est dingue ! C'est là que doivent être Leyla et Jack, non ? En Floride, avec leur grand-mère.

— J'imagine, oui.

— Emma… Tu m'as dit que ta mère avait probablement fait une tentative de suicide. Qu'est-ce qui te fait croire ça ?

Devant mes yeux, les images de ma mère sont repassées – allongée sur le canapé, parlant avec difficulté, avouant des choses qu'une mère ne devrait jamais dire. La violence de ses mots était comme autant d'épingles me transperçant le cœur. Au milieu de son discours incohérent, elle avait mentionné le fait que ça n'était pas elle qui m'avait laissée chez Carol et George, mais Sharon. Elle était à l'hôpital parce qu'elle avait avalé trop de médicaments. J'ai répété tout ça à Sara, en lui précisant que, d'après moi, elle avait fait une overdose.

— Peut-être était-ce un accident ? a-t-elle suggéré.

J'ai haussé les épaules d'un air sceptique. La mort de mon père l'avait détruite, je la soupçonnais d'avoir fait ça volontairement. Je me suis souvenue des paroles dures que je lui avais lancées à la figure et la honte m'a glacé le sang. Même si ses sentiments à mon égard étaient défaillants, je n'aurais jamais dû lui dire ça. C'était trop cruel.

Anna nous a appelées dans l'escalier : les pancakes étaient prêts. Je n'avais pas très faim, mais j'ai quand même accompagné Sara en bas. À la manière dont Anna m'a regardée quand je suis entrée dans la cuisine, j'ai compris que Sara lui avait tout raconté. Après ce qui s'était passé l'an dernier, je savais qu'elle préférait ne rien cacher à ses parents pour ce qui me concernait. Je ne lui en voulais pas, mais je n'étais pas certaine d'être capable d'aborder ces sujets avec Anna, pour l'instant.

Mais Anna n'était pas le genre de mère a écarter les problèmes d'un revers de la main. Après le petit déjeuner, quand Sara est montée prendre sa douche, elle est venue s'asseoir à côté de moi dans le canapé, devant la télé. J'ai éteint. Et attendu qu'elle me parle.

— Parfois, les gens souffrent plus qu'ils ne peuvent le supporter, a-t-elle commencé. Et ils n'arrivent pas toujours à demander de l'aide. Ils sont tellement embourbés dans leur douleur qu'ils finissent par faire souffrir aussi leur entourage. J'espère que ça n'est pas ton cas.

Je n'ai pas répondu. Mais elle s'y attendait.

— Je sais que tu as des engagements et que tu ne peux pas venir avec nous en Floride. Nous t'aiderons à arranger les choses à notre retour.

Anna a posé sa main sur la mienne. Elle était chaude et douce. J'ai tenté un sourire mais n'ai réussi qu'à esquisser une vague grimace. Après qu'elle a été sortie de la pièce, ses paroles ont continué de résonner dans ma tête. J'ai pensé à Evan et à tout ce qu'il avait subi à cause de moi ; et je me suis demandé si j'étais celle qui souffrait ou celle qui faisait souffrir.

— Je veux l'appeler, ai-je dit à Sara tandis que nous nous installions dans le snack du centre commercial.

Elle avait réussi – par quel miracle ? – à m'entraîner avec elle pour faire du shopping.

— Ça fait seulement un jour, a-t-elle observé. Laisse-lui un peu de temps.

— Je veux m'excuser, ai-je précisé en jouant avec les frites dans mon assiette. Je ne lui demande pas de me pardonner, j'ai juste besoin qu'il sache à quel point je me sens minable.

— Je ne suis pas certaine que ça soit ça qu'il attende, Emma.

Elle avait raison. Plus que des excuses, Evan désirait que je lui fasse confiance et que je me livre davantage. C'est ce qu'il avait toujours souhaité. Il rêvait d'être celui vers qui je me tourne quand quelque chose clochait dans ma vie. Il voulait être… Jonathan.

J'étais incapable de me rappeler à quel moment Jonathan avait pris cette place : la première personne que j'appelais à l'aide quand j'étais désespérée. Quand je n'arrivais pas à dormir, ou quand je ne pouvais pas porter Rachel dans son lit, ou quand j'avais besoin de m'échapper. Il connaissait des aspects de moi qu'Evan avait toujours demandé à découvrir.

— Pourquoi est-ce qu'il veut absolument savoir ? ai-je dit à voix haute. Pourquoi a-t-il envie d'être au courant de ce qui est mauvais, du fait que je souffre ou que ma mère ne m'a jamais aimée ? C'est plus important pour lui que de me savoir heureuse et en sécurité.

— C'est pas du tout ça, Emma, a protesté Sara. Evan veut connaître tout de toi : ce qui est bon, ce qui est mauvais et ce qui est atroce. Même si c'est vrai qu'il ne doit pas s'enfuir dès qu'il est blessé, tu ne peux pas le laisser à l'écart de tes problèmes. En cherchant à le protéger, tu l'exclus de ta vie.

— Je n'étais pas certaine qu'il comprenne, ai-je avoué.

— Alors que Jonathan oui ? a-t-elle complété.

J'ai opiné.

— Donne-lui la possibilité de le faire, a-t-elle conclu.

Mon portable a vibré. J'ai regardé l'écran. Puis Sara, les yeux écarquillés.

— Qui est-ce ?

— Rachel… Tu crois que je dois répondre ?

Sara a haussé les épaules avec une moue dubitative. J'ai laissé sonner. Rachel a enchaîné avec un texto : Où tu es ?

Je l'ai montré à Sara.

— Elle ne sait pas que tu es chez moi ?

— Je ne me souviens plus si je l'ai prévenue. Peut-être qu'elle a oublié, aussi… Mais qu'est-ce que ça peut lui faire ?

— Je sais pas…

J'ai décidé de lui répondre : Chez Sara.

OK, a-t-elle écrit.

J'ai hoché la tête, perplexe.

— Allez, on oublie ça ! a lancé Sara en se levant. On va plutôt essayer de trouver nos robes pour le bal de promo.

En voyant mon air atterré, elle a ajouté :

— T'inquiète pas. D'ici là, il t'aura pardonnée. Allez, viens, on va bien se marrer !

Elle m'a mise debout de force et a commencé sa prospection. Elle passait d'un magasin à l'autre, surexcitée, et sortait des robes toutes plus délirantes les unes que les autres pour me faire rire. Ça a marché. Comme elle l'avait prévu.

⁂

Telle une rock-star, Sara a bondi sur le canapé, les bras levés en signe de victoire. Pendant ce temps, reprenant les paroles qui s'échappaient des enceintes, je chantais à tue-tête en plaquant des accords sur la guitare.

Soudain, du coin de l'œil, j'ai entrevu un mouvement. Je me suis tournée. Anna se tenait sur le palier et criait :

— Emma !

Je me suis relevée et j'ai posé la guitare tandis que Sara descendait du canapé pour couper le son. J'avais encore la musique dans les oreilles quand Anna m'a lancé :

— Ta mère est au téléphone.

Je l'ai dévisagée, stupéfaite.

— Elle s'inquiétait, a-t-elle précisé. Mon portable est en bas, dans ma chambre.

J'ai échangé un regard avec Sara avant de suivre sa mère dans l'escalier. Lorsque je suis entrée dans sa chambre, j'ai aperçu une valise, ouverte sur son lit. Anna partait dans une heure. Elle a pris son portable et me l'a tendu, avant de quitter la pièce, en fermant la porte derrière elle.

— Salut, ai-je dit prudemment.

— Emily ? a répondu Rachel, visiblement soulagée. Tout va bien ? Je ne savais pas que tu restais là-bas pendant tout le week-end. Je n'avais aucune nouvelle de toi…

— Mais pourtant…

— Tu m'avais prévenue ? m'a-t-elle coupée d'une voix tendue. Excuse-moi, j'ai dû oublier.

— Qu'est-ce qui t'arrive ? Pourquoi tu t'inquiètes pour moi, tout à coup ?

— Ah… tu m'en veux encore, a-t-elle soupiré. Je suis désolée d'avoir réagi comme ça. Je ne comprends pas comment j'ai pu m'imaginer que tu voulais me blesser. J'étais super mal, tu sais. Tu es très en colère ?

Je suis restée scotchée. Incapable de parler. Cette femme était folle, ou quoi ? Même si elle ne se rappelait pas ce qu'elle m'avait dit ce soir-là, parce qu'elle était trop saoule, elle n'avait quand même pas pu oublier ce que moi je lui avais balancé ? Ni à quel point je l'avais blessée ?

— Emily ?

— Je suis là, ai-je lâché d'un ton neutre. Je reste chez Sara cette semaine. De toute manière, c'est les vacances, donc… je reste là.

J'avais prévu de lui annoncer que je partais de chez elle, mais je n'ai pas réussi.

— D'accord, a-t-elle répondu d'une voix éteinte. Donc je te vois la semaine prochaine, c'est ça ?

— Ouais, ai-je soufflé avant de raccrocher.

Je suis remontée dans la chambre de Sara.

— Alors ? a-t-elle aussitôt lancé.

J'étais trop choquée pour lui répondre.

— Emma ! a-t-elle insisté. Qu'est-ce qu'elle voulait ?

— Pas la moindre idée, ai-je murmuré.

Je me suis assise à côté d'elle pour lui raconter la scène.

— Donc elle ne se souvient plus de rien ? a-t-elle commenté d'un air sceptique. J'y crois moyen, Em. À mon avis, c'est ce qu'elle veut que tu penses pour que tu restes chez elle.

— Mais pourquoi elle ferait une chose pareille ? Elle ne tient même pas à moi.

— Je sais pas… Peut-être que tu devrais parler avec elle ?

— Je devrais en finir avec elle, tu veux dire. Mais franchement, avoir une scène de rupture avec sa propre mère, c'est carrément déprimant.

— Elle ne peut pas continuer à se servir de toi comme d'un punching-ball émotionnel. Tu vas lui pardonner combien de fois, comme ça ? Elle va finir par te démolir complètement.

Sara avait raison. Dans quelques jours, Rachel se saoulerait de nouveau et recommencerait à m'attaquer. Mais pourquoi souhaitait-elle me garder près d'elle si elle n'avait pas voulu que je naisse ? Quelque chose m'échappait dans sa logique.

— Je viendrai avec toi, a déclaré Sara. Je ne vais pas te laisser y retourner toute seule.

⁂

Le lendemain soir, après mon match, Sara m'a emmenée chez Rachel. Lorsque nous nous sommes garées derrière sa voiture, je ne savais toujours pas ce que j'allais lui dire.

— Tu peux m'attendre là, ai-je proposé en détachant ma ceinture, le cœur battant.

— Pas question, a-t-elle répliqué. Je t'accompagne à l'intérieur.

Tandis que nous nous dirigions vers la maison, j'ai essayé de neutraliser mon angoisse. Peine perdue : j'étais au bout du rouleau, dépourvue de toute volonté. Arrivées devant la porte, j'ai vu qu'elle était verrouillée. J'ai sorti ma clé de mon sac pour l'ouvrir.

À peine franchi le seuil, nous nous sommes arrêtées net. Devant nous, c'était le chaos. Des gobelets en plastique traînaient dans toutes les pièces. Des bouteilles vides jonchaient le sol, ainsi que des cartons à pizzas et des bols pleins de chips. Des odeurs de fumée froide, de bière et de pizza flottaient dans l'air. De quoi donner la nausée. C'était dix fois pire qu'après la soirée anti-Saint-Valentin chez Sara.

— J'ai comme l'impression que Rachel a fait une fête, a commenté Sara en avançant avec précaution au milieu des vestiges.

— C'est quoi, ce bordel ? ai-je marmonné, choquée.

J'ai grimpé les marches quatre à quatre en m'attendant à trouver ma mère dans sa chambre – Dieu sait dans quel état. Mais non, la pièce était vide. Au moment de faire demi-tour pour redescendre, je me suis immobilisée, bouche bée :

— Non, j'y crois pas !

La porte de ma chambre était ouverte et mon lit défait.

— C'est pas vrai ! me suis-je exclamée en secouant la tête. Elle a laissé…

Je n'ai même pas réussi à finir ma phrase.

Sara m'a rejointe sur le palier.

— Je ne peux plus vivre ici, c'est mort, ai-je soupiré.

— Ah… parce que tu espérais encore ? a-t-elle lancé.

— Non, ai-je protesté. C'est juste que…

— Que tu vis dans le déni, a achevé Sara sèchement. Em, ouvre les yeux et regarde la vérité en face. Elle ne changera pas.

— Je sais…

J'avais beau l'affirmer, j'avais du mal à l'accepter. Je me suis laissée tomber sur la première marche de l'escalier et je me suis enfoui la tête dans les bras. La lueur d'espoir qui avait germé la veille après mon échange avec Rachel s'était envolée dès l'instant où j'avais ouvert la porte.

Sara s'est assise à côté de moi et m'a donné un léger coup d'épaule.

— Désolée d'avoir été un peu brutale, mais c'est parce que je ne veux plus que tu souffres. Elle ne te mérite pas.

Les yeux embués, j'ai hoché la tête. Sara avait raison : je ne pouvais pas avoir une relation saine avec Rachel. Je devais renoncer. Mais la déception était amère. Abandonner n'était pas dans mes habitudes. Cela ne m'était encore jamais arrivé. Je sentais, au fond de moi, subsister l'idée qu'elle pouvait changer. Je l'ai chassée avant qu'elle ne prenne trop d'importance.

— On y va, ai-je déclaré en me levant.

Au même instant, la porte s'est ouverte et Rachel est apparue. Elle riait en tenant par la taille un grand type blond. Puis elle a levé les yeux et nous a vues.

— Ah… Je croyais que tu n'étais pas là cette semaine.

— En effet, ai-je répondu en passant devant elle sans même la regarder. Je repasserai la semaine prochaine pour prendre mes affaires.

— Qu'est-ce que tu veux dire, Emily ? a-t-elle crié dans mon dos. Ne sois pas fâchée. Je rangerai tout, je te promets.

Sans même me retourner, je suis montée dans la voiture de Sara. J'ai attendu que Rachel ne puisse plus me voir pour fondre en larmes. Maintenant, je savais : elle ne m'avait jamais aimée et ne m'aimerait jamais. Même si, comme le prétendait Sara, elle ne me méritait pas, c'était douloureux à accepter.

36

Agitée

— Je pensais justement à toi. Insomnie ?

— Non, ai-je répondu doucement.

— J'attendais demain pour te téléphoner. Je ne voulais pas te réveiller…

— On est déjà demain, ai-je fait remarquer avec une pointe d'ironie.

— Si on veut, a-t-il ri. Je suis content que tu m'appelles.

— J'avais peur que tu ne veuilles plus entendre le son de ma voix.

— Au contraire, Emma ! C'est quand je n'ai pas de tes nouvelles que je m'inquiète.

— Je suis vraiment désolée de ne pas t'avoir parlé de ce qui se passait avec ma mère. Je veux le faire. Je veux tout te raconter.

— On discutera de tout ça quand je reviens, OK ? Pour l'instant, je veux juste être sûr que tu vas bien.

— Ça va mieux.

— Avec un coup de fil à 2 heures du matin, c'est évident, a lancé Evan un sourire dans la voix.

— Maintenant que je t'ai parlé, je vais pouvoir dormir.

— Moi aussi.

— Tu m'appelleras quand même demain ? ai-je demandé en m'efforçant de ne pas paraître trop désespérée.

— Bien sûr ! D'ici là, essaie de dormir.

— OK, ai-je murmuré.

Juste avant de raccrocher, j'ai lâché :

— Evan…

— Oui ?

— Je t'aime.

— Moi aussi.

Lorsque je me suis réveillée le lendemain matin, j'avais peur d'avoir rêvé. Cette conversation n'était plus qu'un doux murmure dans ma tête. Presque irréel. J'ai poussé un soupir de soulagement quand j'ai vu son numéro s'afficher dans le journal d'appels de mon portable. Un coup de fil à 2 h 11 du matin : je n'avais rien inventé.

— Waouh ! s'est exclamée Sara en entrant dans la chambre. J'ai une hallucination ou tu es vraiment en train de sourire ? Est-ce que, pour une fois, tu aurais fait un rêve agréable ?

— Euh… non, ai-je avoué. Mais j'ai parlé avec Evan, hier soir.

— Ah oui ? Et de quoi ?

— Rien de spécial. Il était tard. Mais il m'a promis qu'il m'appellerait aujourd'hui.

— Super ! Ça lui va pas d'être fâché contre toi. Il est pathétique quand il est comme ça.

— N'importe quoi ! Il n'est pas du tout pathétique.

Avec un sourire, Sara a ouvert la porte de son dressing.

— J'ai tellement hâte d'être à dans deux mois, ai-je soupiré, allongée sur le dos. Est-ce que tu viendras cet été à Santa Barbara avec Evan et moi ? Je pense que Jared connaît les types chez qui on va.

Pas de réponse.

— Sara ?

Elle a sorti la tête de son dressing en faisant la grimace. Comme elle ne me regardait pas dans les yeux, j'en ai déduit qu'elle me cachait quelque chose.

— Qu'est-ce qu'il y a ?

Elle s'est laissée tomber sur son lit, l'air désolé. Je me suis redressée, paniquée.

— J'ai décidé de ne pas aller aux Beaux-Arts de San Francisco.

Je l'ai dévisagée en ouvrant des yeux grands comme des soucoupes. Notre projet avait toujours été d'intégrer toutes les deux une université en Californie. Elle avait été acceptée aux Beaux-Arts et moi à Stanford : c'était idéal.

— Je vais à Parsons, a-t-elle lâché.

— À New York ?

J'ai accusé le coup en silence. Depuis que je connaissais Sara, je n'avais jamais été séparée d'elle. Je n'arrivais même pas à l'imaginer. J'ai compris : Parsons était plus près de chez elle… et de Jared. Et c'était une des plus prestigieuses écoles de stylisme au monde. Je sentais que Sara guettait ma réaction. J'ai fini par lever la tête, les yeux pleins de larmes mais le sourire aux lèvres.

— Tu vas me manquer. Mais je suis terriblement contente pour toi.

Son expression inquiète a cédé la place à un sourire radieux.

— C'est vrai ? a-t-elle lancé en s'asseyant sur mon lit. Tu n'es pas fâchée ?

— Fâchée ? Je ne vais pas te mentir : c'est sûr que je suis hyper triste qu'on ne soit pas ensemble, mais c'est vraiment bien pour toi. Parsons est une excellente école et tu mérites d'y aller.

Elle m'a serrée dans ses bras et j'ai enfoui mon visage dans ses cheveux. Nous sommes restées un moment sans bouger. Une larme a coulé le long de ma joue. Je ne pouvais pas imaginer ma vie sans elle. D'une voix tremblante, elle m'a murmuré à l'oreille :

— Je viendrai en Californie cet été et je resterai jusqu'à la rentrée.

Nous nous sommes détachées l'une de l'autre à contrecœur. Les larmes brillaient dans ses yeux.

— On se verra à toutes les vacances. Et je t'enverrai des e-mails et des textos et je te skyperai tous les jours. Ça sera presque comme si j'étais avec toi. Et tu auras Evan, de toute manière, tu ne seras pas toute seule.

— Je sais. On restera toujours amies.

— Non, on sera toujours *sœurs* ! a-t-elle corrigé en essuyant ses larmes. Et puis les deux prochains mois vont être géniaux. Entre le bal de promo, la remise des diplômes et toutes les fêtes de fin d'année, on va s'éclater ! Emma, je sais que ça craint pour toi en ce moment, mais tu vas voir, tout va s'arranger. Surtout que tu vas revenir habiter avec moi. Pour l'instant ça semble difficile à croire, mais tu vas dépasser tout ça. Comme toujours. Et tu vas peut-être même apprécier tes deux derniers mois au lycée.

J'ai tenté un sourire et frotté mes yeux du revers de la main. Beaucoup d'émotions d'un coup. J'avais perdu ma mère – de nouveau. Et maintenant Sara… ma sœur – comme j'étais fière d'elle. Tout allait si vite. Je n'avais plus qu'à espérer que les choses ne changeraient pas trop.

— C'était rapide, dis donc, a observé Sara quand je suis revenue dans la cuisine.

Après avoir guetté son appel toute la journée, je venais enfin de parler avec Evan. Je me suis assise à côté d'elle.

— Il voulait juste me faire un petit coucou, ai-je expliqué en me servant de spaghettis. Ses copains l'attendaient pour aller faire du surf.

— Il est encore un peu distant, non ?

— Un peu, oui, ai-je admis en enroulant les pâtes autour de ma fourchette d'un geste distrait.

— Il revient dans quelques jours, a-t-elle dit pour me réconforter. C'est jamais facile, au téléphone. Je suis sûre que ça ira mieux quand il sera là.

— J'espère…

J'ai poussé un soupir en repensant à ma conversation avec lui – peu de paroles et beaucoup de silences. Tant que je ne me serais pas livrée, nous n'aurions pas grand-chose à nous dire. Plus que la distance géographique, ce qui nous plombait, c'était de ne pas avoir suffisamment parlé ces deux derniers mois. Surtout moi, évidemment.

— Qu'est-ce qu'on fait, ce soir ? a lancé Sara pour me changer les idées.

— Mais tu ne dois pas te lever à l'aube pour aller à l'aéroport ?

— On peut quand même regarder un film et se coucher tôt, a-t-elle suggéré. D'ailleurs, ça ne te fera pas de mal non plus de dormir un peu…

Sara me connaissait par cœur. Un coup d'œil lui suffisait pour comprendre que je n'avais pas eu une vraie nuit de sommeil depuis longtemps.

— Ça va aller, si tu restes ici toute seule ?

— Je pensais demander à Casey si je pouvais dormir chez elle. On pourrait aller au foot ensemble, comme ça. Evan revient samedi, ça ne sera donc que pour deux nuits.

— Bonne idée. Mais tu as l'air bien sûre de ton coup en pensant que tu dormiras chez lui samedi soir. Tu penses qu'il va te pardonner ?

J'ai haussé les épaules.

— J'espère le convaincre…

— Waouh, Em, a-t-elle gloussé. Je déteins sur toi, on dirait.

— N'importe quoi ! Je n'ai pas l'intention de coucher avec lui juste pour qu'il me pardonne. De toute manière, on ne couchera pas ensemble avant le mois prochain.

— T'es sérieuse ? Tu veux dire que c'est *planifié* ?

— Bah oui, ai-je avoué en rougissant. On couchera ensemble la nuit avant le bal de promo.

Elle a éclaté de rire.

— Non, mais j'y crois pas ! Vous me tuez, tous les deux. Tu peux m'expliquer où est le romantisme, là-dedans ?

— On voit que tu ne le connais pas, ai-je répliqué sans réfléchir.

Quand j'ai vu la tête de Sara, je suis devenue écarlate. Je me suis empressée d'ajouter :

— Bon, quel film on va regarder ?

J'ai fermé les yeux et je me suis concentrée sur la respiration régulière de Sara, à côté de moi, en espérant que cela m'aide à m'endormir. J'étais capable de prévoir chacune de ses inspirations et expirations. Puis, soudain, son souffle s'est arrêté. J'ai attendu. Rien. J'ai ouvert les yeux et je me suis tournée sur le dos. J'ai eu un choc lorsque j'ai aperçu la silhouette près de mon lit.

— Sara ? Ça ne va pas ?

Elle n'a pas bougé. Peut-être était-elle somnambule ? Je me suis redressée.

— Sara ?

Quand mes yeux se sont habitués à l'obscurité, je me suis rendu compte que ça n'était pas elle. J'ai donné un coup de pied pour repousser la couverture, rien à faire, elle continuait de se resserrer autour de moi. Puis je n'ai plus rien vu. J'étais prise au piège sous la couverture, dans le noir. J'ai voulu écarter les draps. Impossible. J'étais ligotée. À ce moment-là, elle a refermé ses mains autour de mon cou.

Je me suis débattue, à moitié étranglée. J'avais beau tenter de la repousser, son étreinte était de plus en plus forte. Je roulais désespérément ma tête de gauche à droite pour m'échapper. En vain.

— Tu ne mérites pas de vivre, a-t-elle sifflé.

J'ai attrapé ses poignets pour la forcer à lâcher prise.

— Tu m'as déjà tuée ! ai-je hurlé.

Quand je me suis réveillée, mes mains enserraient ma gorge. J'avais le souffle haletant et mon cœur cognait si fort dans ma poitrine que j'ai cru qu'elle allait exploser. La chambre était plongée dans l'obscurité et j'ai entendu Sara respirer dans le lit à côté du mien. Je suis sortie de la pièce. Le sommeil ne reviendrait pas de sitôt, je le savais, et il était exclu que je reste allongée dans mon lit à regarder le plafond.

Encore tremblante, je me suis assise sur le canapé du salon. L'espace d'un instant, j'ai songé à appeler Evan. Mais je n'avais pas envie de subir, pour la seconde fois de la journée, une conversation étrange. J'ai allumé la télévision et baissé le son pour ne pas réveiller Sara. J'ai zappé jusqu'à tomber sur une pub pour un chiffon en microfibre capable de nettoyer une voiture, un ordinateur ou un bateau, juste avec de l'eau et « sans laisser la moindre trace ». J'ai failli éclater de rire. Après avoir écouté le topo pendant une minute, j'ai attrapé mon portable.

— J'ai vu la pub dont tu m'avais parlé, ai-je lancé dès qu'il a décroché.

— « Un peu d'eau, et le tour est joué », a-t-il répondu aussitôt en souriant. Je me demandais si tu dormais mieux…

— Pas vraiment. Et toi ? Tu es un peu sorti, ces derniers jours ?

— Non. Tu es où ?

— Chez Sara.

— Bravo ! Tu ne vas pas retourner là-bas, j'espère ?

— Non. Certaines choses ne peuvent pas être réparées.

— Comme je n'avais pas de nouvelles de toi, j'ai pensé qu'Evan t'avait peut-être demandé de ne plus me parler.

Sa remarque m'a étonnée.

— Il n'est pas là en ce moment. On n'a pas encore eu l'occasion de discuter.

— Ah… Mais alors, tu ferais peut-être mieux de ne pas m'appeler ?

— Pourquoi ? On est amis, non ? Evan a des amies filles, aussi. De toute façon, ça n'est pas à cause de toi qu'il y a une distance entre nous en ce moment.

Il a hésité un instant avant de dire :

— Tu veux me raconter ?

— Non, ai-je murmuré.

Après un moment de silence, il a proposé :

— Tu veux qu'on aille se balader, de nouveau ?

Très vite, il a ajouté :

— Pas de rochers, cette fois, promis !

J'ai ri avant de répondre :

— Oui, super ! On peut faire un truc demain, si tu veux. J'ai un entraînement dans l'après-midi, mais après je suis libre.

— Parfait. Je rentrerai du bureau vers 18 heures. On pourrait…

Il s'est interrompu un instant avant de poursuivre :

— On pourrait dîner ensemble, par exemple. J'ai des choses à te raconter.

— Ah oui ? ai-je réagi, intriguée. Dîner, ça marche. Tu m'enverras un message pour me dire où on se retrouve ?

— OK. À demain.

J'ai raccroché, le sourire aux lèvres ; mon cœur battait plus vite que d'habitude.

37

En plein cauchemar

— Tu m'avais pourtant dit que tu ne savais pas jouer, m'a taquinée Jonathan tandis que nous quittions la salle de billard pour rejoindre la nuit fraîche.

— Mais c'est la vérité, ai-je répliqué en rabattant ma capuche sur la tête pour me protéger de la pluie. Tu joues encore plus mal que moi, c'est tout.

— Merci, a-t-il protesté en faisant la moue. Et qu'est-ce qu'on fait, maintenant ? Tu dois retourner chez ton amie ?

J'ai sorti mon portable. Casey m'avait promis de m'envoyer un message quand elle quitterait la fête pour rentrer chez elle. Pour le cas – plus qu'envisageable – où elle aurait oublié, je lui ai écrit pour lui demander où elle était.

— Je pense qu'elle est toujours là-bas. Ça t'ennuie si je reste encore un peu avec toi ?

— Bien sûr que non ! Aussi longtemps que tu veux. Sauf que je ne vois pas très bien ce qu'on peut faire, en dehors d'aller dans un bar…

— J'aimerais bien que tu me fasses écouter le groupe dont tu m'as parlé, si ça te va.

— Euh… ouais, OK.

— Mais si tu n'as pas envie d'aller chez toi, on peut faire autre chose, ai-je ajouté, gênée par son hésitation.

— Non, c'est parfait. Pour être franc, comme personne ne vient chez moi, j'essayais juste de me rappeler si ce n'était pas trop le bazar.

— Ah bon ? Pourquoi tu n'invites jamais personne ?

Il a haussé les épaules.

— Je ne sais pas… En général, je préfère retrouver les gens dehors. Mais c'est bon, on y va.

Au bout de la rue, je voyais briller l'eau du fleuve.

— Donc Rachel n'est jamais venue.

— Non. J'avais besoin de garder un espace qui ne soit qu'à moi, pour faire un break de temps en temps. Mais elle me l'a souvent demandé, tu peux me croire.

J'imaginais volontiers à quel point elle devait être frustrée et énervée de ne pas connaître l'endroit où il vivait. Puis je me suis souvenue qu'il disparaissait régulièrement pour quelques jours ; si elle avait su où le trouver, elle ne l'aurait jamais laissé s'éclipser ainsi.

Une fois arrivée près de l'eau, nous avons longé le quai en direction du port.

— Pourquoi est-ce que tu es resté ? ai-je demandé.

— Comment ? a-t-il réagi, un peu perdu. Avec Rachel, tu veux dire ?

— Oui. Tu aurais pu la quitter bien plus tôt. Qu'est-ce qui fait que tu es resté ?

— Je croyais qu'on était d'accord pour ne pas parler d'elle ou d'autres sujets déprimants, a-t-il répondu en évitant la question.

Nous nous sommes arrêtés devant un vieil immeuble en brique blanche.

— C'est vrai, ai-je dit.

Tandis qu'il introduisait sa clé dans la serrure, j'ai observé le bâtiment décrépit d'un air méfiant.

— Ne te fie pas à la façade, c'est bien mieux dedans, a-t-il expliqué.

Après avoir ouvert la porte, il a allumé la lumière et un magnifique escalier en acier brossé est apparu, qui menait à l'étage.

— Waouh, en effet ! me suis-je exclamée en découvrant le vaste espace au design moderne, en haut de l'escalier.

C'était un très grand loft, recouvert d'un parquet ancien magnifique, avec une hauteur sous plafond d'au moins six mètres et des poutres apparentes. Face à la porte, au milieu d'un pan de mur en brique rouge, une série de fenêtres atelier donnaient sur l'eau.

— C'est juste sublime !

— J'ai eu de la chance de trouver cet endroit, a-t-il reconnu.

Je me suis approchée des fenêtres pour regarder les quelques bateaux amarrés dans le port. Un peu plus loin sur le quai, un immense hangar abritait d'autres bateaux qui attendaient que les températures montent pour retourner en mer.

— Tu veux boire quelque chose ?

Il était dans la partie cuisine américaine – un plan de travail en inox, des placards en bois et un comptoir en marbre.

— Non merci, ça va.

Il a sorti une bière du frigidaire et s'est approché de la longue table noire posée contre le mur. Je me suis installée dans le canapé, près de la fenêtre, qui permettait d'avoir une vue d'ensemble de la pièce. Recouvert d'un tissu beige, d'un design aux lignes épurées, il était plus confortable qu'il n'avait l'air. Une fois assise, j'ai découvert qu'il y avait une grande mezzanine, au-dessus de la cuisine américaine. Un escalier métallique menait à ce que je supposais être sa chambre. De là où j'étais, je ne pouvais pas voir l'espace en question.

L'appartement était incroyablement bien rangé et propre. Presque trop… La pièce était extrêmement dépouillée : en dehors des meubles, il n'y avait rien. Pas de tableau, pas de décoration. Rien de personnel. Peut-être avait-il emménagé depuis peu.

— Tu vis ici depuis combien de temps ?

— Depuis que j'ai passé mon bac, a-t-il répondu en cherchant dans son iPod le groupe dont il m'avait parlé.

— Deux ans, donc ? ai-je insisté en balayant la pièce des yeux.

— À peu près, oui.

Les accords d'une guitare sèche ont retenti, bientôt accompagnés d'une douce voix de femme.

— C'est un peu minimaliste, je sais. Je suis nul en déco. Je ne saurais même pas par où commencer.

— Tu n'as pas des copines qui pourraient t'aider ?

— Avoir des filles comme copines, ça amène souvent des complications. Donc non, je n'en ai pas.

— Comment ça, des complications ?

— Parfois elles veulent aller plus loin, et… ça devient *compliqué*, a-t-il expliqué en haussant les épaules.

— Ah bon…

— Tu vois ce que je veux dire ? a-t-il interrogé en s'asseyant dans le fauteuil, à côté du canapé. Ça t'est déjà arrivé ?

— À moi ?

J'ai hésité un instant avant de poursuivre.

— En fait oui. Avec Evan. Au début, on était juste amis, mais ça n'a pas marché.

— J'ai plutôt l'impression que vous n'avez jamais été vraiment amis, a-t-il observé en voyant mon visage s'empourprer.

— Probablement pas, en effet. Mais je vois quand même de quoi tu parles. Depuis quelque temps, il traîne pas mal avec une fille qui est censée être une copine, mais dont je suis certaine qu'elle flashe sur lui. Comme tu dis, c'est compliqué.

— Ça ne te pose pas de problème qu'il ait des amies filles, n'est-ce pas ? Toi, tu m'as moi.

— Non, ça m'est égal. Mais toi et moi, c'est différent. On n'est pas *compliqués*.

— Tu as raison, on est juste paumés, a-t-il riposté en haussant les sourcils.

J'ai éclaté de rire. Puis, après avoir enlevé mes chaussures, j'ai replié mes jambes sur le canapé. Mon portable a vibré. Je l'ai sorti de ma poche.

Encore à la fête. Tu veux venir ? C'est top.

J'ai grimacé en lisant le message de Casey. Non merci.

— C'est ton amie ? a interrogé Jonathan. Tu dois partir ?

— Non, elle est toujours à cette fête.

— Tant mieux.

J'ai levé les yeux de mon portable, étonnée. Le regard baissé, il jouait avec sa bouteille de bière.

— J'aime vraiment ce morceau, ai-je dit pour changer de sujet. La mélodie est superbe.

— Ouais, c'est juste un gars et une fille. Ils sont assez incroyables.

J'ai écouté leurs voix résonner en chœur. Elles parlaient pour nous. J'ai fermé les paupières et je me suis laissée bercer par les paroles.

— Emma ? a appelé Jonathan.

J'ai ouvert les yeux avec difficulté. Je m'étais probablement assoupie.

— Ça va ? s'est-il inquiété.

— Désolée, je suis juste crevée.

Je me suis redressée et j'ai secoué la tête.

— Tu es sûre que ça va ? a-t-il répété en m'examinant avec attention.

J'ai détourné les yeux pour échapper à l'intensité de son regard.

— Je n'ai pas beaucoup dormi ces derniers jours.

— Et pas assez mangé, non plus, je crois.

— Ça se voit tant que ça ? ai-je glissé d'un air coupable.

— Ah oui, a-t-il confirmé en hochant la tête.

— C'était un peu une semaine de dingue, aussi…

— C'est le moins qu'on puisse dire. On avait promis de ne pas en parler, mais on peut le faire, si tu en as besoin. Je suis vraiment désolé de tout ce qui s'est passé. C'est en partie ma faute.

— Pas du tout ! Ça n'a rien à voir avec le fait que j'ai raté l'école et passé la journée avec toi. Il s'agit de la réalité que je ne voulais pas voir, c'est tout.

— Comment ça ?

— Elle ne m'aime pas. Elle ne m'a jamais aimée. Et ça ne changera jamais.

Il n'a pas répondu. Nous sommes restés un moment silencieux.

— Et toi ? a-t-il fini par demander.

Je lui ai lancé un regard étonné.

— Qu'est-ce que tu ressens pour elle ? a-t-il précisé d'une voix douce.

J'ai plongé mes yeux dans les siens en réfléchissant à sa question.

— Je ne sais pas. J'ai toujours cru que je l'aimais. C'est ma mère. Mais… Je ne sais pas.

— Et si tu pensais à elle comme à n'importe quelle personne, et non comme à ta mère, qu'est-ce que tu dirais ?

— Que je ne l'aime pas, ai-je répondu du tac au tac. À première vue, elle a l'air marrante et gentille, mais quand tu la connais mieux, tu te rends compte qu'elle est égoïste et manipulatrice. Et instable, aussi. Donc, en fait, je ne l'aime pas non plus.

J'ai baissé les yeux en prononçant ces derniers mots.

— Ça craint, ai-je ajouté dans un souffle.

— On ne peut pas s'empêcher de sombrer dans les trucs déprimants.

— C'est parce qu'on sait tous les deux de quoi il s'agit. Ça n'est pas facile de parler de ça avec d'autres, parce qu'ils ne comprennent pas. Ils ne savent pas ce que ça fait que d'être détesté par ceux qui sont censés vous aimer.

Pour me reposer un peu avant de partir, je me suis allongée. L'humeur sombre a profité de ma lassitude pour s'installer en moi.

— Ça te fait quoi, à toi ? a-t-il questionné.

J'ai posé mes yeux sur lui en laissant échapper un rire bref.

— Ça me rend idiote.

— Pourquoi tu dis un truc pareil ?

Le regard perdu au loin, j'ai cherché les mots pour expliquer ce qui me paraissait de plus en plus évident, maintenant que les pièces du puzzle s'étaient enfin assemblées dans ma tête.

— Tout ce temps, j'ai préféré fermer les yeux, ne pas affronter la vérité, en me disant que j'étais assez forte pour endurer. Accepter de voir les choses en face, c'était admettre qu'elle me détestait. Mais personne n'est capable d'une chose pareille. On ne peut pas vivre avec l'idée que quelqu'un, près de vous, ne rêve que d'une chose : que vous n'ayez jamais existé.

Je me suis arrêtée un instant pour reprendre ma respiration.

— Du coup, j'ai tout enfoui. J'ai choisi de ne pas voir. Je n'ai pas appelé à l'aide. Au contraire, j'ai même convaincu tout le monde qu'il n'y avait pas de problème. Ils ne savent pas. Personne ne sait quelle est réellement la situation, parce que je refuse de le dire.

Je me suis tue avant de répéter :

— C'est pour ça que je dis que ça me rend idiote.

Jonathan avait prêté une oreille attentive à mes confidences. J'étais épuisée. Ma tête était aussi lourde que mon cœur et les yeux me brûlaient. J'avais l'impression de me détacher de la réalité qui m'entourait.

— Comment tu y arrives ? a-t-il demandé.

Sa voix me semblait lointaine. J'ai fait un effort pour me concentrer. Sans succès.

— Comment tu réussis à endurer tout ça ?

— En ne ressentant rien, ai-je murmuré.

Après toutes ces années de pratique avec Carol, ça, j'étais capable de l'expliquer.

— Je me déconnecte. Et si c'est vraiment terrible, je bloque tout. Rien ne passe. Je ne me rendais même pas compte que je faisais ça, jusqu'au moment où ma mère m'a montré quelque chose que j'avais oublié.

Les yeux mi-clos j'ai ajouté :

— Elle pense que je suis forte parce que j'enfouis tout au fond de moi. Mais ça me rattrape toujours. La nuit.

J'ai senti qu'il étendait une couverture sur moi. J'ai ouvert les yeux. Il était assis sur la table basse, devant moi, et me souriait en me tendant un oreiller. Je me suis relevée un instant pour qu'il le glisse sous ma tête avant de m'allonger de nouveau.

— Désolée, ai-je chuchoté. Je suis tellement fatiguée.

— Je sais. Tu peux dormir ici si tu veux.

— Je vais juste me reposer un peu avant de partir.

Je luttais pour garder mes paupières ouvertes. Il s'est levé.

— Jonathan ?

Il a approché son visage du mien.
— Oui ?
— Tu crois que tu pourras de nouveau aimer quelqu'un ? ai-je soufflé en fermant les yeux.
— Je pense que oui, a-t-il dit en écartant une mèche de cheveux de ma joue.
En sentant sa main sur ma peau, j'ai frissonné.
— Je te verrai dans mon sommeil.
Dans un ultime accès de conscience, j'ai ouvert les yeux une dernière fois et l'ai vu s'éloigner.
— Qu'est-ce que tu as dit ?
— Que je te verrai demain matin. Dors.
— Je vais juste me reposer un peu, ai-je marmonné avant de sombrer.

Je me suis réveillée en train de hurler, paniquée.
— Emma ? a crié Jonathan.
Ses pas ont résonné dans l'obscurité tandis qu'il descendait rapidement l'escalier métallique. Il m'a fallu quelques instants avant de le distinguer dans le noir.
— Tout va bien. Tu as juste fait un cauchemar.
— Je n'en peux plus, ai-je lâché d'une voix tremblante, en larmes. Je suis épuisée.
— Je sais, a dit Jonathan d'une voix douce en s'asseyant à côté de moi et en passant son bras autour de mes épaules.
Un sanglot m'a échappé et j'ai essuyé mes yeux avec ma manche.
— Je ne sais pas quoi faire pour que ça s'arrête…
Il m'a dévisagée d'un air tendre.
— Est-ce que tu peux me donner un verre d'eau, s'il te plaît ?

Pendant qu'il allait dans la cuisine, je me suis enveloppée dans la couverture. Il a allumé une lumière. J'ai regardé autour de moi.

— Tu n'as pas de télévision ?

— Si, elle est dans ma chambre, a-t-il répondu en montrant la mezzanine. Tu as besoin de te changer les idées ?

— Carrément. Je n'arrive pas à chasser cette image d'elle en train d'essayer de me tuer.

— Tu ne peux pas la laisser avoir le contrôle sur toi. Tu es plus forte que ça, Emma.

Il m'a tendu le verre d'eau et s'est assis.

— Tu te souviens de ce qui s'est passé cette nuit-là ? Ou tu as aussi enfoui ça ?

— J'étais morte, ai-je lâché. Donc je ne me rappelle plus rien.

J'ai senti sa main chaude se poser sur la mienne. Cela m'a réconfortée, mais mon cœur s'est emballé. J'ai retiré ma main pour la poser sur le verre. Il a fait mine de ne pas remarquer.

— Emma…

Il s'est penché pour me regarder bien en face tandis que je buvais.

— Tu veux dormir mieux ?

— Qu'est-ce que tu as encore derrière la tête ? ai-je demandé d'un air méfiant.

— Tu me fais confiance ?

— Tu vas encore essayer de me guérir ?

— Je crois que ça peut marcher. En tout cas, ça va t'aider. Tu me laisses faire ?

J'ai réfléchi un moment avant de répondre. Devant son regard suppliant, j'ai capitulé. Non sans le menacer au préalable :

— Si ça ne fonctionne pas, je te jure que je t'appellerai chaque fois que je ferai un cauchemar !

— Ça marche ! Allez, mets ton manteau.

— Comment ça ? ai-je réagi, stressée. On part ?

— Tu croyais quoi ? Que j'allais t'hypnotiser ?

J'ai fait la moue avant d'enfiler mes chaussures pendant qu'il attrapait mon manteau.

— Et comment se passe ton entraînement pour le triathlon ? ai-je demandé pour briser le silence, tandis que nous montions dans son pick-up.

— T'es sérieuse, là ? a-t-il éclaté de rire.

— Quoi ? ai-je protesté. J'ai besoin de parler ! J'ai comme l'impression qu'on retourne à Weslyn. Et si l'idée est d'aller là où je pense, alors il vaut mieux trouver un sujet de conversation avant que je te fasse faire demi-tour.

— OK. L'entraînement se passe bien. Je n'ai pas fait beaucoup de vélo, ces derniers temps, à cause de la pluie, mais quand même…

— Laisse tomber, ça ne m'aide pas du tout, l'ai-je interrompu. Désolée, j'ai vraiment envie que tu me racontes ça, mais là, je crois que je suis au bord de la crise cardiaque.

— Respire, Emma. Lentement. Compte jusqu'à cinq à chaque inspiration et expiration.

Facile à dire. Mon cœur avait enclenché la vitesse supérieure et respirer tout court était déjà une épreuve.

— Attends ! me suis-je exclamée soudain. Comment tu connais le chemin ?

— À Weslyn, il suffit de demander, les gens sont toujours ravis de parler. Ne t'inquiète pas, tu ne risques rien. Je te le promets.

Pour ne pas voir défiler les rues, j'ai enfoui mon visage dans mes mains. J'avais de plus en plus envie de sauter de la voiture.

— Tu viens ? a-t-il dit à un moment donné.

J'étais tellement angoissée que je ne m'étais même pas rendu compte que nous nous étions arrêtés.

— Je ne peux pas, ai-je murmuré, incapable de relever la tête.

— Tu vas y arriver, m'a-t-il encouragée. Je suis là, tout va bien se passer.

J'ai posé mes mains tremblantes sur mes cuisses. Les yeux toujours fermés, j'ai essayé de chasser la panique qui me submergeait.

— Je ne vais pas réussir à sortir, ai-je balbutié.

Il est descendu du pick-up. Je suis restée seule dans l'obscurité, tétanisée par la peur. Il a ouvert ma portière et j'ai senti sa main chaude prendre la mienne.

— Tu peux le faire.

J'ai ouvert les yeux et plongé mon regard dans le sien.

— Viens, Emma.

Je me suis concentrée sur son visage, confiant et rassurant, et j'ai agrippé sa main comme une bouée de sauvetage. Je me sentais soudain infiniment petite et fragile.

— Regarde-moi, a-t-il ordonné tandis que je posais un pied par terre. Ne pense à rien d'autre.

Incapable de prononcer le moindre mot, j'ai obéi en silence. Je ne le quittais pas du regard, puisant dans son air solide la force nécessaire pour faire un pas, puis un autre.

— Maintenant, ferme les yeux, a-t-il conseillé. Je vais te guider.

Mes genoux ont vacillé. Il m'a soutenue en tenant fermement mes épaules.

— Pourquoi on fait ça ? ai-je chuchoté en sentant les larmes chaudes sur mes joues.

— Parce que j'arrive à dormir, a-t-il répondu dans le creux de mon oreille.

— Qu'est-ce que tu as dit ?

Sa réponse m'avait distraite un instant de mon angoisse. Je me suis tournée vers lui, intriguée.

— Je ne sais pas si c'est parce que j'ai affronté le truc ou parce que je l'ai partagé avec toi, mais depuis, je dors bien mieux. Et j'aimerais que ça soit pareil pour toi.

D'un geste doux, il a essuyé mes larmes.

— Vas-y. Regarde devant toi.

À contrecœur, j'ai posé mes yeux sur la maison. J'avais l'impression d'avoir une chape de plomb sur la poitrine. La tête m'a tourné, je me suis appuyée contre lui.

— C'est ici que ça s'est passé, a-t-il chuchoté en m'entourant les épaules. Ici que tu es morte.

J'ai hoché la tête, la vue brouillée par les larmes.

— Tu te rappelles, maintenant ?

Après avoir cligné des yeux, j'ai vu la façade grise, en contrebas, derrière les arbres. Un panneau À VENDRE était planté dans le minuscule jardin, devant la maison. Elle me paraissait beaucoup plus petite que dans mon souvenir. J'ai laissé mon regard errer sur les fenêtres sombres derrière lesquelles il y avait eu tant de souffrance.

— C'était où, exactement ? a-t-il questionné à voix basse.

— Dans ma chambre.

Mon regard s'est dirigé sur le côté de la maison. Il m'a prise par la main et m'a emmenée plus près. À chaque pas, je sentais mon pouls s'accélérer. Il m'a guidée le long de la barrière en bois qui bordait le jardin voisin.

— Où ? a-t-il répété.

J'ai indiqué la deuxième fenêtre.

— Là…

Je me suis mise à trembler violemment. Comme si, de l'autre côté de la vitre, j'entendais sa voix. « *Je ne vais pas perdre ma famille à cause de toi.* » Un frisson glacial m'a parcouru le dos.

— Qu'est-ce qui t'est arrivé, Emma ? a-t-il interrogé en me tenant fermement par la main.

Enveloppée par l'obscurité de la nuit, le cauchemar m'a assaillie.

Les poignets attachés.

— Je ne pouvais pas bouger, ai-je murmuré.

Le tissu qui recouvrait mon visage.

— Et je ne pouvais pas voir.

Jonathan a passé son bras autour de mes épaules et m'a serrée contre lui.

J'étouffais sous son poids.

— Je voulais m'échapper, mais c'était impossible. Et soudain… ses mains…

J'ai touché ma gorge, j'avais l'impression de sentir ses mains de fer.

— Je me suis débattue. Beaucoup. J'avais mal…

Ma respiration s'est accélérée tandis que mon corps me semblait transpercé de coups de couteau.

— Ma cheville…

J'ai fermé les yeux.

Des claquements. Des cris.

— Et puis… j'ai abandonné.

Un sanglot a soulevé ma poitrine. J'ai baissé la tête. Les larmes coulaient.

— Non, Emma. Tu n'as pas abandonné. Tu es là.

— Je ne veux plus être là, ai-je soufflé.

— OK, a-t-il chuchoté dans mon oreille. On y va.

J'ai fait demi-tour sans même un regard vers lui. Il m'a laissée partir. J'ai marché jusqu'au pick-up, les yeux rivés au sol, la poitrine oppressée. Je venais de revivre en direct un de mes cauchemars. Et je ne souhaitais qu'une chose : en sortir au plus vite.

38

Dissimulation

— Bonjour.

Assis sur une chaise devant moi, une couverture sur les genoux, Jonathan souriait.

J'ai cligné des yeux à plusieurs reprises, le temps que mon cerveau reprenne du service.

— Tu as passé la nuit là ?

— La matinée, tu veux dire, s'est-il moqué. En tout cas, tu as dormi.

— Et toi, non ? ai-je demandé en me redressant.

Il s'est contenté de hausser les épaules avec un petit sourire.

— Ne crois pas que tu m'as guérie ! C'est pas parce que j'ai dormi quelques heures que les cauchemars ont disparu. On verra ce soir si tu mérites une médaille.

— T'es vraiment la reine de la mauvaise foi ! a-t-il ri.

— C'est ça, ouais. Comme si j'allais me forcer à passer une mauvaise nuit pour avoir raison.

— Ça n'est pas ce que je voulais dire…

— Ton canapé n'est pas hyper confortable.

— Il n'est pas prévu pour ça. Je t'ai proposé mon lit.

Je n'ai pas relevé. Sa proposition m'avait plus gênée qu'autre chose. J'ai enfilé mes chaussures et attrapé mon portable. Il y avait des messages de Casey, et une réponse qui n'était pas de moi.

— Merci d'avoir répondu à Casey.

— Je ne voulais pas qu'elle s'inquiète. Elle croit que c'est toi qui lui as écrit. Je ne pense pas que ça soit la peine que tu lui racontes où tu étais.

Heureusement, Casey n'était pas du genre curieuse : j'échapperais peut-être à un interrogatoire.

— Je dois passer chez Rachel prendre ma tenue pour le match de demain, ai-je grommelé en mettant mon manteau.

Jonathan m'a dévisagée d'un air inquiet.

— Elle doit déjà être partie au travail, l'ai-je rassuré. Et toi, d'ailleurs, tu ne vas pas être en retard ?

— Je travaille à la maison, aujourd'hui. Dis-moi, ça te dérange si je viens voir le match demain ? Ça m'amuserait d'assister à un championnat interlycées.

— Euh… non. Je t'enverrai un message pour te dire où on joue. Je ne m'en souviens plus.

J'allais partir, lorsqu'il a lancé :

— Emma…

J'ai hésité avant de me retourner. Adossé contre le plan de travail, les cheveux en bataille, il me regardait. Son tee-shirt épousait les lignes parfaites de son corps – ses bras et son torse musclés. En le détaillant ainsi, j'ai eu un flash : j'avais l'impression d'avoir devant moi un mannequin posant pour une pub. Il avait un magnétisme indéniable.

— J'aime bien ça, a-t-il dit. Nous deux. La façon dont on parle. Je n'ai jamais discuté comme ça, avant. Même avec Sadie. J'avais besoin… de ça, de toi. Maintenant tu es là, et je te remercie.

Mes yeux rivés aux siens, j'ai eu la chair de poule.

— Moi aussi, ça me plaît, ai-je avoué d'une voix faible.

Il a souri.

Tout à coup, je n'étais plus convaincue que ça soit une bonne idée qu'il vienne voir mon match. Quelque chose avait changé. Comme si la fragilité que j'avais montrée pendant la nuit nous avait rapprochés.

Quand je suis arrivée dans la rue de Rachel, j'ai ralenti, au cas où. Je me suis arrêtée net en apercevant sa voiture dans l'allée et j'ai aussitôt passé la marche arrière. Un nouvel affrontement était la dernière chose dont j'avais envie. Pas plus que d'une discussion surréaliste où elle prétendrait que tout allait bien. Tant pis, je repasserais plus tard.

Une fois chez Casey, comme je m'y étais attendue, elle ne m'a posé aucune question. Étant donné ma courte nuit, j'étais un peu dans le brouillard durant la journée. Mais elle n'a pas semblé s'en apercevoir. J'avais pensé retourner chez Rachel dans la soirée, en espérant qu'elle serait de sortie, un vendredi soir, mais je n'ai même pas tenu jusque-là.

Alors que je m'apprêtais à me glisser sous la couette, mon téléphone a vibré. J'ai répondu sans même regarder qui appelait.

— Allô ?

— Salut, a lancé Evan.

Mon cœur a fait un bond en reconnaissant sa voix.

— Coucou, ai-je répondu gaiement. Comment ça va ?

— Bien, a-t-il dit, l'air un peu surpris par mon ton joyeux. Je suis en transit à l'aéroport de Los Angeles et je voulais t'entendre. C'était dur de ne pas te parler.

— Carrément dur, ai-je soufflé. Quand est-ce que tu arrives ?

— Demain après-midi. Je pourrai venir te voir en rentrant de l'aéroport ?

— Est-ce qu'on peut plutôt se retrouver chez toi ? Tes parents seront là ?

— Ma mère sera peut-être à la maison mais pas mon père, je crois. On se retrouve chez moi, alors. Je devrais être là entre 14 h 30 et 15 heures.

— Parfait !

— J'aurais dû t'appeler, Emma, excuse-moi, a-t-il ajouté rapidement.

— Tu avais besoin de temps. Je comprends, je l'ai bien mérité.

— Non, c'était injuste de te faire subir ça. On se voit demain, alors, OK ?

Après avoir raccroché, j'étais partagée entre l'euphorie et l'appréhension. Il m'avait manqué à un point inimaginable et j'étais heureuse de le retrouver. Mais je savais aussi ce qui m'attendait quand je serais face à lui. À l'idée de la longue discussion pénible que j'allais affronter, je me suis écroulée dans le lit et j'ai sombré aussitôt dans un lourd sommeil.

⁂

Durant le trajet, j'ai senti l'angoisse monter. Je priais pour qu'elle ait passé la nuit ailleurs. Peu importe où, et chez qui, du moment qu'elle ne soit pas à la maison.

— Merde, ai-je lâché en apercevant deux voitures dans l'allée, celle de Rachel et une Chrysler bleu foncé.

Je me suis garée le long du trottoir et j'ai fermé un instant les yeux, les mains agrippées au volant. Je me suis concentrée sur mon plan – entrer, foncer dans ma chambre attraper mon maillot, redescendre aussi sec – et je suis sortie en laissant les clés sur le contact. C'était clair : si elle s'avisait de m'adresser la parole, je ne lui répondrais même pas. J'ai hésité un instant devant la porte, croyant avoir entendu crier. J'ai tendu l'oreille. Rien. Alors je suis entrée.

Je me suis arrêtée, horrifiée. Ses gémissements m'ont glacé le sang. Dans le salon, un homme bourrait ma mère de coups de poing. Allongée sur le sol devant le canapé, elle se protégeait la tête avec ses mains. À chaque coup, elle poussait un nouveau cri de douleur.

— Qu'est-ce que vous faites ?! ai-je hurlé sans même réfléchir.

Je ne pensais qu'à une chose : l'empêcher de continuer. Pourtant, il faisait bien deux têtes de plus que moi, il avait l'air d'un boxeur enragé.

— C'est pas tes affaires, a grogné le type. Fous le camp !

— Emily, a supplié ma mère en essayant de se redresser.

J'ai eu un choc en voyant le sang couler de son nez et son œil droit bleu et gonflé. Alors qu'elle tentait de se mettre debout, il s'est tourné vers elle et a levé son poing droit.

— Non ! ai-je crié.

Le coup a projeté ma mère sur la table basse, où elle a atterri lourdement. Étendu dans une curieuse position, son corps est resté inerte. Je me suis précipitée vers elle, mais il m'a interceptée d'un geste, m'envoyant au sol sans le moindre effort.

— Tu veux vraiment t'en mêler ? a menacé le type, au-dessus de moi.

J'ai rampé pour me mettre à l'abri et il s'est penché, tout près de mon visage. Je sentais son souffle puissant. Ses yeux durs se sont plantés dans les miens.

— C'est une affaire entre Rachel et moi. Un conseil : pour la dernière fois, te mêle pas de ça.

Mon corps était tendu à l'extrême, préparé à recevoir ses coups. Mais il a fait demi-tour et est parti en claquant la porte derrière lui. Lentement, je me suis mise à genoux et je me suis approchée de la table basse.

— Maman ? ai-je lancé en l'entendant bouger. Tu m'entends ?

Elle a poussé un grognement et entrouvert son œil valide.

— Il est parti ?

— Oui, ai-je confirmé en l'aidant à se redresser.

Chaque mouvement lui arrachait un gémissement. J'avais les larmes aux yeux.

— Tu peux te lever ? Il faut que je t'amène à l'hôpital.

— Je crois que mon poignet est cassé, a-t-elle gémi en montrant son bras gauche.

— Doucement, ai-je conseillé d'une voix calme alors que je tremblais de la tête aux pieds.

— Je suis vraiment désolée…

Je l'ai consolée comme j'ai pu, mais elle n'arrêtait pas de pleurer.

— Maintenant, tu vas essayer de te mettre debout, ai-je dit en la soutenant par la taille.

Une fois assise au volant, j'ai respiré profondément pour reprendre mes esprits et me rappeler où se trouvait l'hôpital.

— Ça va aller, ai-je murmuré pour moi-même. Tout va s'arranger.

Je me suis tournée vers ma mère, qui continuait de sangloter, et je lui ai lancé d'une voix ferme :

— Tout va s'arranger !

Alors que nous approchions de l'hôpital, ses pleurs se sont calmés. Elle reniflait de temps à autre.

— Ça va mieux ? ai-je demandé sans quitter la route des yeux.

— Je suis désolée, a-t-elle répété dans un sanglot.

— Comment tu te sens ? Tu peux voir un peu, avec ton œil ? Est-ce que tu as mal autre part ?

— Non, ça va, a-t-elle murmuré en essuyant le sang sur son visage avec sa manche.

— C'était qui, ce type ?

Elle s'est contentée de hocher la tête.

— Rachel, qui était ce type ? ai-je répété. Pourquoi il t'a fait ça ?

Après un profond soupir, elle a glissé :

— Je lui devais de l'argent.

J'ai froncé les sourcils.

— De l'argent pour quoi ?

Pas de réponse. Je n'ai pas insisté. J'ai essayé de me rappeler à quoi il ressemblait, pour pouvoir répondre aux questions de la police. Mais en dehors de sa tête glauque et de sa carrure impressionnante, je ne me souvenais pas de grand-chose. Puis, soudain, j'ai percuté. J'ai compris pourquoi ma mère devait de l'argent à un individu aussi louche.

— C'est ton dealer, ai-je lancé d'une voix sourde.

Elle n'a pas bronché. Les yeux rivés sur la route devant moi, j'ai senti la rage monter. Je n'arrivais même pas à la regarder. Mes mains agrippaient le volant si fort que les articulations étaient devenues toutes blanches.

Nous sommes arrivées devant l'entrée des urgences de l'hôpital.

— Donne-moi ton portable.

— Pourquoi ? a-t-elle demandé d'un ton plaintif.

— Je vais appeler Sharon pour lui dire de venir te chercher, ai-je répliqué d'une voix où grondait la colère. D'ailleurs, tu ferais mieux de rester chez elle le temps de régler tes affaires.

— Emily, ne pars pas…

— Pas question que je reste ici avec toi, ai-je assené froidement. Je vais retourner à la maison te préparer un sac. Je le laisserai devant la porte pour que Sharon passe le prendre.

— Tu ne dis rien, OK ? a-t-elle lâché dans un sanglot.

Je me suis tournée vers elle avec une grimace de dégoût. Elle n'osait quand même pas me demander de mentir pour elle ?

— S'il te plaît, a-t-elle supplié. Je vais leur raconter que j'ai été agressée par un type qui s'est enfui avant que j'aie eu le temps de le voir.

Son œil droit était presque fermé et elle avait du sang séché sous le nez. Les larmes ruisselaient sur son visage. Mais je ne ressentais aucune pitié. Au contraire : la voir ainsi me supplier de la couvrir me la rendait encore plus détestable.

— Ne t'en fais pas, ai-je sifflé entre mes dents. Je ne vais pas raconter à la police que ton dealer t'a frappée parce que tu lui devais de l'argent. Il l'a dit lui-même, d'ailleurs : c'est pas mes affaires.

Avec un dernier sanglot, elle est sortie de la voiture, en laissant son portable sur le siège. Dès qu'elle a refermé la portière, j'ai redémarré et je suis partie sans me retourner. Tandis que je rejoignais la route principale, l'onde de choc m'a rattrapée et les larmes me sont montées aux yeux. La colère a été la plus forte et j'ai réussi à ne pas pleurer. Mais mon corps était secoué d'un violent tremblement.

Je me suis garée dans une rue calme et j'ai pris son téléphone. Après avoir laissé un message à Sharon, mon portable a vibré. J'ai respiré un bon coup avant de décrocher.

— Emma ? a dit Jonathan d'une voix tendue. Tout va bien ? Où es-tu ?

J'ai fermé les yeux, effondrée. Il était déjà sur le terrain de foot.

— J'ai… euh… je suis allée prendre mon maillot à la maison, ai-je expliqué d'une voix faible.

— Qu'est-ce qui se passe ? a-t-il demandé. Tu es où, là ?

— J'ai dû amener Rachel à l'hôpital, ai-je lâché en m'efforçant de garder un ton calme. Jonathan…

Je me suis mordu les lèvres. La colère perdait du terrain et j'étais sur le point de craquer. J'ai fermé les yeux très fort, luttant contre les larmes.

— Mais tu vas bien ? a-t-il insisté.

— Oui…

J'ai inspiré à fond pour dissiper la boule que j'avais dans la gorge.

— Il y avait un type chez elle qui cherchait de l'argent. Il l'a frappée assez violemment.

— Comment ça ? Est-ce qu'il s'en est aussi pris à toi ? Tu es blessée ?

— Non, moi ça va. Mais elle, elle est dans un sale état.

Une larme a coulé le long de ma joue.

— OK, j'arrive. Dis-moi où tu es.

— Je vais chez Rachel. Je dois lui préparer un sac, elle va rester quelques jours chez Sharon.

— Tu ne devrais pas retourner là-bas, Emma.

— Le type est parti, ai-je murmuré en essuyant ma joue du revers de la main.

— N'entre pas dans la maison tant que je ne suis pas là, a-t-il ordonné d'un ton ferme avant de raccrocher.

J'ai repris la route, luttant tant bien que mal contre les larmes, la colère et l'angoisse. Pour neutraliser mes émotions, je me suis concentrée sur ma conduite. Le temps d'arriver sur place, j'avais repris le contrôle. Jonathan n'était pas encore arrivé.

La porte était restée ouverte après notre départ précipité. J'ai balayé la rue du regard pour m'assurer qu'il n'y avait pas d'autre voiture. Rien à signaler.

Le dealer ne reviendrait pas, j'en étais convaincue. Je suis entrée et j'ai attendu quelques instants en tendant l'oreille. La maison était silencieuse, j'ai donc continué mon chemin et monté l'escalier. Mais au moment d'entrer dans la chambre de Rachel, il m'a semblé entendre le parquet craquer. J'ai fait volte-face, le cœur battant. Fausse alerte.

Avec un soupir, je suis repartie vers sa chambre. Au moment de franchir le seuil, j'ai aperçu du coin de l'œil que la porte de ma chambre était ouverte. Quelque chose clochait. J'ai changé de direction et je me suis approchée sur la pointe des pieds. De loin, j'ai vu sur le sol la petite boîte en velours bleu qui contenait le collier qu'Evan m'avait offert. Elle était censée être cachée sous mes pulls, dans le tiroir du haut.

Il était revenu.

— Non !

Je me suis ruée vers ma chambre et je l'ai percuté. Encore sous le choc, j'ai reculé pendant qu'il sortait de la pièce, un sourire narquois sur les lèvres. J'ai compris qu'il allait me frapper. Comme il avait frappé ma mère. Je m'apprêtais à m'enfuir lorsque j'ai vu, dans sa main, briller le collier.

— Nooooon ! ai-je hurlé.

Sans même réfléchir, je me suis jetée sur lui pour le prendre. Mais il a saisi ma main avant que je ne l'atteigne et m'a repoussée.

— Tu aurais mieux fait de m'écouter, a-t-il grogné.

L'éclair que j'ai aperçu dans ses yeux m'a fait frissonner. Je connaissais ce regard. J'ai levé les mains pour me protéger. Trop tard. Le coup m'a projetée au sol. Une violente douleur a irradié le long de ma mâchoire et ma vue s'est brouillée. J'ai essayé de me relever. Il fallait à tout prix que je l'empêche de partir. J'ai attrapé sa manche. Il s'est retourné et a éloigné sa main pour mettre le collier hors de portée.

— Ne le prenez pas ! ai-je crié. Je vais vous payer. S'il vous plaît, ne le prenez pas…

Il a eu un rire mauvais et m'a repoussée d'un coup sec, m'envoyant contre le mur.

— Mais tu te prends pour qui ? a-t-il sifflé.

Son poing s'est abattu sur moi. Pendant quelques instants, tout a tourné autour de moi. Je voulais absolument me redresser, mais son talon s'est écrasé violemment contre mes côtes. J'ai poussé un hurlement et je me suis laissée tomber par terre avant de me rouler en boule, incapable de respirer.

— Emma ! ai-je entendu crier en bas de l'escalier.

Je ne pouvais pas émettre le moindre son. Impossible de le prévenir. J'ai entendu des bruits sourds et des halètements. Recroquevillée sur le sol, j'ai fini par relever la tête : Jonathan avait plaqué le type contre le mur et le bourrait de coups de poing dans le ventre.

Je me suis redressée avec peine et adossée au mur en me tenant le côté. Chaque inspiration était atrocement douloureuse. J'ai voulu prendre mon téléphone dans ma poche, mais il n'y était pas. J'ai regardé par terre, autour de moi. Pas de portable. Mes yeux sont alors tombés sur le collier. Le diamant brillait à mes pieds. Je l'ai ramassé et l'ai serré fort dans ma main.

Jonathan continuait de frapper le type. Un coup dans le menton, un autre dans la tempe, encore un dans la mâchoire. Quand il s'est écroulé sur le sol, Jonathan l'a pris par le col de sa chemise et l'a remis sur pied avant de lui décocher un nouveau direct en plein visage. L'autre ne tenait plus debout. Il vacillait, ses bras ballant le long du corps. Jonathan ne s'est pas calmé pour autant, il enchaînait les coups sans répit.

— Jonathan ! ai-je crié en voyant le visage du type se couvrir de sang.

Mais il était comme possédé : je voyais les tendons de son cou se crisper tandis qu'il lançait ses poings sur la tête de son adversaire. Le type avait le nez et la bouche en sang, mais la fureur de Jonathan semblait ne jamais devoir s'apaiser. Je me suis dirigée vers lui et j'ai tiré sur son bras qui maintenait le type plaqué contre le mur.

— Jonathan !

Il a tourné la tête. Son visage était déformé par la rage. Dans ses yeux noirs brillait une dureté effrayante et sa bouche était tordue dans un rictus de haine. J'ai reculé d'un pas, le souffle coupé. Au bout de quelques instants, il a semblé me voir enfin et son regard s'est adouci. La violence qui l'habitait a disparu comme par miracle. Mais c'était trop tard. J'étais tétanisée. Horrifiée par ce que j'avais vu. Lorsqu'il a compris mon épouvante, il a eu une grimace douloureuse. Il a laissé le type glisser au sol et s'est redressé, sans me quitter une seconde des yeux.

— Emma..., a-t-il prononcé dans un souffle.

J'ai secoué la tête, choquée par cette métamorphose monstrueuse qui m'était apparue – son expression presque inhumaine. Mes yeux se sont posés sur le visage tuméfié et rouge sang du dealer. Étendu par terre, il ne bougeait pas. Je n'arrivais même pas à savoir s'il respirait.

— Emma, regarde-moi, a ordonné Jonathan d'une voix calme. Pas lui, mais moi.

J'ai détourné les yeux de ce spectacle terrifiant pour me concentrer sur Jonathan.

— Continue de me regarder. Est-ce que ça va ?

Il a tendu le bras pour me toucher la joue.

— Tu as…

J'ai reculé vivement et il a écarté sa main pleine de sang. D'un geste mécanique, j'ai porté mes doigts à ma bouche avant de les contempler. Du sang, là aussi. Je n'ai pas compris tout de suite que c'était le mien. Mais lorsque j'ai passé ma langue à l'intérieur de ma lèvre, j'ai senti un goût métallique, ainsi que l'entaille que mes dents avaient faite dans la chair. J'étais trop choquée pour sentir la douleur. J'avais l'impression d'être dans un film au ralenti. Je ne pouvais pas penser. À peine respirer. Je restais là, figée, à fixer Jonathan, son air inquiet et sa figure zébrée de sang.

— Est-ce qu'il est… ? ai-je murmuré, les yeux baissés sur le corps immobile.

— Ne le regarde pas, a lancé Jonathan en faisant un pas vers moi.

Sans me toucher, il m'a guidée vers l'escalier.

— Qu'est-ce qui t'a pris ? Tu avais l'air… fou de rage.

L'éclair intense qui a traversé son visage m'a fait frissonner.

— Je suis désolé que tu aies vu ça. Mais il t'a fait du mal, et je ne laisserai personne te faire du mal.

Sa voix était posée et déterminée.

— Assieds-toi là, a-t-il ajouté.

En me tenant à la rampe, je me suis posée lentement sur la première marche. Mes pensées étaient toujours aussi confuses. Je revoyais le sang, les coups de poing et le visage abîmé du dealer. Mais pire que tout : la colère froide et impitoyable de Jonathan.

Il s'est assis à côté de moi et a nettoyé ma figure avec une serviette humide. Je le regardais sans le voir. Son visage était propre et doux. Il semblait calme, malgré la manière inquiète dont il m'observait. Comme s'il avait peur que je ne m'écroule.

Lorsque le tissu a effleuré ma bouche, j'ai reculé vivement la tête.

— On va mettre de la glace dessus.

Il m'a fixée de ses yeux sombres et a ajouté d'une voix douce :

— Ne bouge pas de là et regarde droit devant toi, OK ?

J'ai hoché la tête. Tout me semblait irréel. À tel point que je me demandais si je n'avais pas rêvé. Mais, soudain, une vive douleur dans les côtes m'a rappelé que j'étais bel et bien réveillée. Le goût du sang dans ma bouche l'a confirmé.

J'ai entendu Jonathan soulever le corps inerte. J'ai fermé les yeux lorsqu'il l'a traîné dans l'escalier. À chaque respiration, la douleur me vrillait le ventre. Je me concentrais dessus. Cela m'évitait de penser à ce qui se passait à quelques mètres de moi.

— Emma.

J'ai ouvert les yeux. Il se tenait devant moi.

— Il faut que tu prennes ta voiture et que tu me suives. Tu vas y arriver ?

J'ai sondé son visage, redevenu alerte.

— Où va-t-on ?

— Ne t'en fais pas pour ça. Contente-toi de me suivre.

Son regard a fouillé le mien, cherchant mon assentiment. J'ai hoché la tête, puis je me suis levée. J'ai laissé échapper un gémissement.

— Ça va ? a-t-il demandé, paniqué, en me prenant par le bras pour m'aider. Où est-ce que tu as mal ?

— Ça va aller, ai-je soufflé en me dégageant.

Je ne voulais pas qu'il me touche. La rage animale que j'avais vue en lui continuait de me hanter.

J'ai vu la voiture de Jonathan garée à côté de la Chrysler bleu foncé, dans l'allée. La mienne était un peu plus loin. J'ai marché dans sa direction. Chaque pas me coûtait. Une fois assise sur mon siège, j'ai démarré. Puis j'ai attendu, le regard perdu au loin. Quelques instants plus tard, la Chrysler est passée devant moi. Je l'ai suivie. J'étais dans un état second, les yeux rivés sur la plaque d'immatriculation. Je tenais mon bras droit contre mes côtes douloureuses, et, dans mon poing serré, le diamant. Nous avons roulé un moment avant d'arriver devant le bar miteux où nous avions, une nuit, récupéré Rachel dans un état lamentable. Nous étions en plein jour, mais il y avait quand même quelques voitures garées sur le parking sordide. Jonathan est descendu de la Chrysler. Je l'ai vu essuyer la poignée de la portière avec un chiffon avant de me rejoindre et de s'asseoir à côté de moi.

— Vas-y, a-t-il ordonné.

J'ai fait demi-tour pour retourner chez Rachel. Nous sommes restés silencieux durant tout le trajet. Je me suis rangée derrière le pick-up de Jonathan et j'ai coupé le contact. Mais je n'ai pas bougé de mon siège.

— Est-ce qu'il est mort ? ai-je murmuré en me tournant vers lui.

— Non, a-t-il affirmé. Il a besoin d'aller à l'hôpital, c'est sûr, mais il n'est pas mort. Quelqu'un va le voir et s'en occuper.

— Est-ce qu'il va porter plainte ?

— Non. Tu n'as plus à avoir peur de lui, je te garantis. Il va vous laisser tranquilles.

Il était sûr de lui. Moi pas.

Je suis sortie de la voiture et nous avons marché vers la maison. Lorsqu'il m'a tenu la porte pour me laisser passer, j'ai vu les jointures de ses doigts écorchées jusqu'au sang.

— Ta main..., ai-je lâché.

— Ne t'inquiète pas pour ça. Il faut qu'on mette de la glace sur ton visage pour que ça dégonfle plus vite.

— Tu dois aussi t'occuper de ta main. Je crois qu'on a des pansements en haut.

Je suis montée à la salle de bains, sans m'arrêter devant les taches de sang sur le sol. Dans l'armoire à pharmacie, j'ai trouvé un désinfectant, de la crème cicatrisante et une bande. J'ai pris sa main et passé en douceur un coton avec du désinfectant sur les plaies. Tandis que j'examinais les blessures avant de mettre la crème, il a retiré sa main.

— Ça va aller, a-t-il dit.

— Jonathan…, ai-je supplié en levant mon regard sur lui.

Je me suis arrêtée net quand je me suis rendu compte à quel point nos visages étaient près l'un de l'autre. Ses yeux sombres m'hypnotisaient. J'étais incapable de faire le moindre geste. Il a levé la main et, du bout des doigts, a effleuré mon visage abîmé. Mon cœur s'est emballé, un frisson m'a parcourue. Il s'est penché vers moi. J'ai retenu mon souffle, perdue dans l'intensité de son regard. Lorsque j'ai fermé les yeux, j'ai senti ses lèvres se poser sur les miennes. Mon poing s'est serré violemment et la pointe du diamant s'est enfoncée dans ma paume. Je me suis écartée, le souffle court, et il m'a dévisagée, les sourcils froncés. Je me suis précipitée hors de la pièce.

— Emma ! a-t-il crié d'une voix paniquée. Emma, s'il te plaît !

J'ai dévalé les marches et je me suis ruée dehors.

39

Respire pour moi

— Evan ? ai-je lancé en ouvrant la porte de la cuisine.

J'ai balayé la pièce du regard en tendant l'oreille. Rien. Je n'entendais que le bruit de ma respiration précipitée.

— Evan ? ai-je répété sur un ton pressant tandis que je longeais le couloir.

— Emma ?

Lorsqu'il m'a vue, il a écarquillé les yeux, horrifié.

— Mais qu'est-ce qui t'est arrivé ? s'est-il exclamé.

L'inquiétude que j'ai vue briller dans le bleu de ses iris m'a tétanisée. J'ai ouvert la bouche, l'ai refermée, j'étais incapable d'articuler le moindre son. Son visage a blêmi lorsque je suis tombée à genoux en me tenant les côtes. En sentant son bras autour de mes épaules, j'ai fermé les yeux et je me suis laissée aller contre lui. Je n'ai pas pleuré. Je n'ai pas prononcé une parole. J'essayais juste de respirer. Il m'a bercée, ses lèvres pressées contre ma tempe, tandis que je tremblais.

— Emma, qu'est-ce qui s'est passé ? a-t-il murmuré dans le creux de mon oreille.

Abandonnée à son étreinte, je suis restée silencieuse. Je n'arrivais pas à chasser de mes pensées le visage défiguré et couvert de sang du type ; ni l'expression de haine de Jonathan tandis qu'il cognait ; ni la dureté de son regard lorsqu'il s'est tourné vers moi, puis le choc quand il a vu ma terreur. Ni sa caresse sur ma joue. Ni ses lèvres sur les miennes.

J'ai relevé vivement la tête, le souffle haletant, cherchant Evan.

— Emma, a-t-il soufflé en plongeant ses yeux dans les miens. Personne ne te fera de mal, maintenant. OK ?

J'ai hoché la tête, le menton tremblant. Les larmes ont brûlé mes yeux. Mais je ne pleurais toujours pas. Impossible. Je devais tenir. Résister. Rester forte.

— Tu peux te mettre debout ? a-t-il demandé.

J'ai fait non de la tête. Appuyée contre sa poitrine, j'écoutais les battements de son cœur.

— Tu n'arrêtes pas de trembler. Dis-moi ce qui t'est arrivé, s'il te plaît.

J'avais l'impression d'avoir la tête sous l'eau, les poumons bloqués. Le visage enfoui contre sa chemise, j'ai respiré son odeur pour y puiser de la force.

— Evan ? a lancé Vivian d'une voix étonnée. Pourquoi tu… Emily ? Mais qu'est-ce qui s'est passé ?

— Je ne sais pas, a répondu Evan.

J'ai senti sa main douce et chaude me caresser la joue et j'ai ouvert les yeux. Son regard bleu m'observait d'un air inquiet.

— On va s'occuper de toi.

Je me suis mordu la lèvre pour réprimer un gémissement avant de refermer les paupières. Evan m'a serrée contre lui en passant sa main dans mes cheveux. J'ai entendu les talons de Vivian résonner sur le parquet pendant qu'elle parlait.

— Je pense que ça sera tout pour aujourd'hui. Merci pour ton aide, Analisa. Et si tu peux dire à ta mère qu'on repousse ce rendez-vous à un autre jour, s'il te plaît.

Evan s'est écarté pour examiner mon visage. J'ai baissé les yeux en croisant son regard troublé.

— Je vais chercher de la glace.

Il s'est levé pour partir, mais, prise de panique, j'ai agrippé son bras.

— Non, pas maintenant, ai-je supplié.

— D'accord, ne t'inquiète pas, a-t-il aussitôt répondu en me prenant contre lui.

— De quoi as-tu besoin ? a demandé Vivian, derrière lui.

— De la glace, s'il te plaît.

— Tu crois qu'il faut l'amener à l'hôpital ?

— Je ne sais pas. Elle n'a pas prononcé plus de trois mots, depuis qu'elle est là.

— Emma ? m'a interpellée Vivian.

J'ai ouvert les yeux, en l'entendant m'appeler par mon surnom pour la première fois.

— Qu'est-ce qui t'est arrivé, ma chérie ?

Ses grands yeux bleus guettaient ma réponse.

— Il a essayé de le prendre, ai-je soufflé d'une voix faible.

— Prendre quoi ?

J'ai sorti ma main blottie entre Evan et moi et j'ai ouvert mes doigts un à un pour montrer le collier.

Je l'ai entendue pousser un léger cri en voyant ma paume rouge de sang. J'avais serré si fort que la pierre avait fait une entaille profonde. J'ai replié mes doigts.

— Qui était-ce ? a-t-elle interrogé.

— Je ne sais pas. Il était dans ma chambre quand je suis arrivée à la maison.

Elle a hoché la tête et s'est relevée.

— Je vais appeler la police.

— Non ! me suis-je exclamée en me tournant vers elle.

Mais mon mouvement un peu vif a déclenché une violente douleur dans le thorax. J'ai poussé un cri, pliée en deux.

— Où est-ce que tu as mal ? a questionné Evan d'une voix inquiète.

Les larmes se sont mises à couler sur mes joues.

— Laisse-nous regarder, s'il te plaît, a-t-il insisté.

Je me suis redressée et j'ai soulevé ma chemise. À l'endroit où sa chaussure avait frappé, il y avait un large hématome. Evan a ouvert la bouche, horrifié. J'ai détourné le regard, incapable d'affronter sa réaction.

— Je ne veux pas aller à l'hôpital…

— Dans ce cas, j'appelle Michelle, a répliqué Vivian. Nous irons à son bureau, et la police nous rejoindra là-bas.

À son ton, j'ai compris qu'il n'y avait pas de discussion possible. Elle s'est penchée vers moi et a posé sa main sur ma joue.

— On va s'occuper de toi, Emma. Laisse-nous faire.

Quand je me suis regardée dans le miroir, en sortant de la douche, je me suis fait peur. Ma mâchoire droite était rouge vif et ma lèvre inférieure était enflée. Le sang ne coulait plus, mais une coupure était visible, à l'endroit où les dents avaient transpercé la peau. J'ai ouvert le tube de crème pour en appliquer sur les blessures. J'espérais que ce serait efficace, comme l'avait annoncé le docteur Vassar. Il était hors de question que je me montre au lycée avec cette tête.

J'ai retenu mon souffle pour enfiler le tee-shirt d'Evan. Le simple fait de lever les bras était un supplice. Quatre à six semaines : c'était le délai nécessaire pour que mes deux côtes fracturées soient guéries. Je n'avais plus qu'à souhaiter que la douleur s'estompe plus vite. Respirer était une torture.

Alors que je m'apprêtais à entrer dans la chambre d'amis, je me suis arrêtée en apercevant Evan marcher de long en large, les mains sur la tête. Il ne m'avait pas vue. Les sourcils froncés, la mine sombre, il semblait tourmenté. Il s'était montré calme durant toute la journée, me réconfortant et me consolant au mieux, restant près de moi lorsque le docteur Vassar m'avait examinée. Pendant que la police me posait des questions, il avait écouté en silence en me tenant la main. Il m'avait soutenue pendant cette journée éprouvante, sans dire un mot.

Mais, à présent, il semblait s'effondrer. Il respirait fort en se tordant nerveusement les mains. Le découvrir dans cet état m'a paralysée. Il s'est arrêté net lorsqu'il a levé la tête et vu que je l'observais. Il a aussitôt essayé de se reprendre et de faire bonne figure, mais sa mâchoire crispée trahissait son anxiété.

— Evan…, ai-je murmuré.

J'ai lu dans ses yeux une tristesse infinie. Sa douleur m'a glacé le cœur. Nous sommes restés immobiles un moment.

— Je m'étais juré de ne plus jamais laisser quelqu'un te faire du mal, a-t-il lâché d'une voix sourde.

— Mais…, ai-je commencé.

Incapable de parler, je me suis aussitôt interrompue.

— Cette nuit-là, quand tu étais allongée dans cette maison, brisée, respirant à peine, je m'étais promis de toujours t'aimer et que personne ne te toucherait plus.

Je me suis assise sur le lit, le regard rivé au sol, essayant de comprendre. Il s'est agenouillé devant moi. Je manquais d'air.

— Tu étais là ? ai-je articulé avec peine.

J'avais toujours refusé de savoir ce qui s'était passé cette nuit-là. Et il ne m'avait jamais raconté.

— Je savais que je ne pourrais pas te convaincre de partir, donc je suis resté, a-t-il dit en hochant la tête. J'ai attendu dans ma voiture pour être sûr qu'il ne t'arriverait rien. Mais je me suis endormi. Et quand je me suis réveillé, elle était là.

— Oh, non…, ai-je murmuré.

— George était dans ta chambre. Il essayait de l'arrêter. Mais il n'a pas réussi. Je suis entré, pour la faire partir, mais…

À ce souvenir, il s'est tu et a fermé les yeux. J'ai vu son visage blême, sa poitrine qui se soulevait.

Il cherchait son souffle pour poursuivre. Je ne voulais pas entendre la suite. Il n'était pas censé être là, dans mon cauchemar. Mais j'étais trop bouleversée pour l'empêcher de parler.

— Je n'en croyais pas mes yeux. Ce qu'elle t'avait fait… Elle t'avait attachée au lit et scotché la bouche. Tu pleurais. Les larmes inondaient ton visage. Mais tu ne respirais plus…

— Evan…, ai-je soufflé.

J'ai posé ma main sur sa joue. Chacun de ses mots déclenchait une onde douloureuse dans mon corps.

— Tu n'aurais pas dû assister à ça…, ai-je glissé.

Il a levé les yeux sur moi, l'air malheureux.

— J'étais censé te protéger, Emma, a-t-il ajouté d'une voix étranglée. Mais je ne l'ai pas fait.

Face à son visage défait, j'ai compris que ces images continuaient de le hanter.

— Tu étais si pâle, a-t-il poursuivi, les yeux embués. Et tu ne bougeais plus. Alors, j'ai respiré pour toi.

Je lui ai lancé un regard stupéfait.

— Je t'ai suppliée de respirer. Pour moi. Je suis resté à côté de toi, à attendre que tu respires en même temps que moi. Encore et encore. Et puis… tu l'as fait.

Son aveu m'a laissée sans voix. Il a cligné des yeux pour chasser ses larmes.

— Je m'étais juré…

— Evan ! Ça n'est pas ta faute.

Je n'arrivais même pas à imaginer ce qu'il avait traversé cette nuit-là. Ensuite, durant presque une année, il avait dû garder pour lui ces images traumatisantes.

— Je suis désolée, ai-je murmuré.

— Non, Emma…

— Mais tu n'étais pas censé…, ai-je bégayé.

Je ne trouvais pas les mots pour lui expliquer qu'il n'aurait pas dû endurer ça. C'était moi et moi seule qui avait décidé de rester. C'était mon silence, mon déni et ma décision qui m'avaient mise dans cette situation.

— Je n'étais pas censé quoi ? J'étais censé prévenir la police, ou en parler, bien plus tôt. Bien avant cette nuit-là. Maintenant, je le sais. Et je dois vivre avec. Et je veux t'aimer et te protéger. Toujours.

Ses paroles m'ont chavirée. Je ne parvenais plus à retenir mes sanglots. Il a posé sa tête sur mes genoux et m'a entourée de ses bras. Je ne voulais pas lui faire de mal. Pourtant, c'était le cas. Et, encore maintenant, mes choix pouvaient le faire souffrir. Je le voyais dans ses yeux.

Il est resté avec moi, cette nuit-là. Nous étions allongés sur le côté, face à face, nos mains entremêlées. J'avais du mal à respirer à cause de mes côtes fracturées et l'expression douloureuse sur son visage me brisait le cœur.

— Tu veux bien me parler de Rachel ? a-t-il demandé à voix basse. Et aussi me dire pourquoi tu as passé la journée avec Jonathan ?

— Tu es au courant ?

— Bien sûr. Raconte-moi ce qui s'est passé avec elle.

J'ai poussé un soupir avant de raconter, d'une voix mécanique :

— Je pensais qu'elle changerait. Mais non. Quand elle buvait, j'étais convaincue que c'était à cause de moi. Parce que je lui rappelais mon père. Je voulais l'aider. Mais elle a continué à boire. Et ça a été de pire en pire. Chaque fois, elle m'agressait plus durement. Et enfin… Elle ne m'aime pas. Elle ne m'a jamais aimée.

Evan me caressait tendrement la joue pendant que je parlais.

— Et Jonathan ?

J'ai cligné des yeux, craignant qu'il ne puisse lire en moi.

— Il sait à quel point elle est instable, donc il comprend. C'est devenu… un ami. Nous sommes partis nous promener, ce jour-là, pour échapper à Rachel. Ça n'était pas prévu. Il voulait être là pour moi, c'est tout.

Difficile d'en dire plus : je voyais qu'il essayait de comprendre mais que c'était douloureux. J'ai préféré garder la suite pour moi.

— Maintenant, c'est moi qui suis là pour toi, a-t-il murmuré en m'embrassant la main. Tu peux fermer les yeux, à présent. Je ne partirai pas.

J'ai obéi.

Mais j'ai mis longtemps à m'endormir.

⁂

Quand je me suis réveillée, la chambre était inondée de lumière, et Evan n'était plus là. Sara, en revanche, se tenait à côté de moi.

— Coucou, a-t-elle dit avec un grand sourire. Tu as bien dormi !

— Ah oui ? ai-je répondu, étonnée.

Je pensais ne pas avoir fermé l'œil de la nuit. Avec précaution, je me suis redressée pour lire l'heure sur le réveil. Presque midi.

— Qu'est-ce que tu fais là ? Je croyais que tu rentrais demain.

— Jared a appelé, a-t-elle expliqué. J'ai sauté dans le premier avion.

— Tu n'as pas…

— Ne commence pas, Emma ! Tu sais bien que je suis prête à tout, pour toi. Y compris me retrouver assise à côté d'un type qui passe tout le vol à renifler.

Elle avait beau rire, j'ai bien vu qu'elle était au bord des larmes.

— Merci, ai-je soupiré, émue. Où est Evan ?

— Dans la cuisine, en train de préparer le déjeuner.

Elle s'est approchée et a examiné ma joue, en prenant soin de ne pas la toucher.

— Tu vas avoir besoin d'une bonne couche de maquillage, on dirait. Je vais pouvoir t'aider !

— C'est sûr, ai-je approuvé avec un pâle sourire.

En grimaçant, j'ai placé un oreiller derrière mon dos pour m'installer le plus confortablement possible. Elle a froncé les sourcils en voyant mon air crispé.

— Ah, j'ai ça pour toi, a-t-elle annoncé en me tendant une poche de glace. Evan m'a donné des ordres stricts.

Je l'ai posée sur ma blessure. Elle a ouvert la bouche pour dire quelque chose, puis s'est ravisée. Le front plissé, elle a tendu l'oreille, avant de se lever pour ouvrir la porte. Je l'ai observée, intriguée par son manège. Puis, à mon tour, j'ai entendu…

On aurait dit que quelqu'un m'appelait. Sara est sortie en vitesse et je me suis levée pour la suivre. Je n'arrivais pas à reconnaître la voix, mais c'était bel et bien mon nom qui résonnait.

— Je sais qu'elle est là, a lancé la voix étouffée. Emma !

Quand je suis arrivée dans le couloir, Sara se tenait devant la porte d'entrée, ouverte.

— Ne la laisse pas sortir, a commandé Evan depuis le perron.

— Qu'est-ce qui se passe ? ai-je demandé.

Mon cœur s'est mis à battre plus vite quand j'ai vu l'expression hostile sur le visage d'Evan.

Sara a fermé la porte. J'entendais Evan continuer à parler sur un ton dur :

— Elle va bien. Tu n'as aucune raison d'être là.

Je suis allée dans le salon pour regarder par la fenêtre. Jonathan était dehors, dans l'allée. Mes jambes sont devenues molles comme du coton et mon cœur s'est figé dans ma poitrine. Les poings serrés, il affichait un visage fermé. Hostile.

— Laisse-moi juste la voir, Evan, a-t-il insisté en avançant d'un pas. Dis-lui que je suis là, au moins.

— Pourquoi il est venu ? a questionné Sara, derrière moi.

— Pour s'assurer que je vais bien, je suppose, ai-je répondu en rougissant.

Face à la fermeté d'Evan, je voyais que Jonathan menaçait de perdre patience. Pour éviter que la situation ne dégénère, je me suis dirigée vers la porte.

— Où tu vas ? est intervenue Sara.

— Il veut juste savoir si je vais bien, ai-je répété, tandis que mon pouls s'accélérait.

J'ai ouvert la porte. Evan s'est retourné, étonné.

— Emma, non…

— Ne t'inquiète pas, ai-je dit d'un ton calme. Il veut simplement être sûr que ça va.

Quand je suis passée devant lui, je l'ai senti se raidir. Mais il ne m'a pas barré la route. Lorsque je me suis approchée de Jonathan, son visage s'est instantanément adouci et il a souri.

— Hé, salut, a-t-il dit gentiment.

Je me suis arrêtée devant lui.

— Salut, ai-je répondu. Qu'est-ce que tu fais ici ?

— J'ai essayé de t'appeler. J'étais mort d'inquiétude. Tu es partie si vite après…

Il s'est interrompu et j'ai cru défaillir en me rappelant ce à quoi il faisait allusion.

— Je ne savais pas dans quel état tu étais. J'avais besoin de te voir.

— Ah… J'aurais dû t'appeler, désolée.

Je sentais le regard d'Evan sur nous et je me doutais que Sara devait être à côté de lui.

— Comment tu te sens ? Où est-ce que tu es blessée ?

— Ça va aller, ai-je lâché doucement.

— Je t'ai fait peur, n'est-ce pas ? a-t-il murmuré d'une voix faible.

Finalement, j'ai plongé mes yeux dans les siens. La souffrance qu'ils exprimaient était vertigineuse.

— Je te promets que je ne ferai plus jamais ça. Je suis vraiment désolé, Emma.

Incapable de parler, je me suis contentée de hocher la tête.

— Tu comptes pour moi. Je ne pourrai pas…

Après avoir lancé un regard vers Evan, il a laissé sa phrase en suspens et a ajouté :

— Il est au courant ?

— Euh…, ai-je bafouillé. Je ne lui ai pas dit grand-chose, en fait. J'ai simplement raconté que c'était n'importe quoi avec Rachel. Et je n'ai pas dit à la police que tu étais là. J'ai expliqué que j'étais tombé sur le type en entrant chez moi et que je ne me rappelais plus à quoi il ressemblait.

— OK, donc il ne sait rien. Ni tes cauchemars, ni tes peurs, ni…

J'ai fait non de la tête en baissant les yeux d'un air coupable. La tension était palpable. Je retenais ma respiration. Il a tendu la main pour me toucher le bras, mais j'ai reculé vivement.

— Je sais, a-t-il soupiré. Je n'aurais pas dû te mettre dans cette situation.

J'ai levé les yeux sur lui. Son regard était assombri par le remords.

— S'il te plaît, Emma, ne me laisse pas tomber.

Les mots se sont bousculés dans sa bouche, inattendus. Je suis restée sans voix.

— S'il te plaît, a-t-il répété.

— Non, mais j'ai besoin de temps, ai-je murmuré.

— Je comprends… Je vais partir. Mais tu m'appelleras, quand tu seras prête ?

J'ai acquiescé en fuyant son regard. Puis j'ai fait demi-tour, la tête basse, accablée par la culpabilité. Je suis passée devant Evan et Sara. Debout sur le perron, ils n'avaient pas perdu une miette de la scène, mais n'avaient rien pu entendre. Sara m'a suivie dans la maison tandis qu'Evan est resté dehors jusqu'au départ de Jonathan.

— Mais comment il sait où tu habites ? a demandé Sara à Evan quand il nous a rejointes.

— Aucune idée, a-t-il répondu en me suivant des yeux.

— C'est pas difficile de trouver ce genre d'information, à Weslyn, ai-je observé. Il suffit de poser la question.

Ils m'ont dévisagée avec étonnement.

— Et c'était quoi, le problème ? a enchaîné Sara alors que je quittais la pièce. Il n'avait pas l'air bien du tout.

— Il était là-bas, a répondu Evan à ma place.

J'ai senti mon ventre se serrer. Comment était-il au courant ?

— Qu'est-ce que tu racontes ? a lancé Sara en se tournant vers Evan.

Puis son regard est passé sur moi. J'ai baissé les yeux. Il ne lui en fallait pas plus pour comprendre.

— Donc il y était. Pourquoi ?

— Pourquoi as-tu menti à la police ? a questionné Evan.

J'ai soupiré avant de me lancer :

— Le type qui m'a agressée était le dealer de ma mère et je ne voulais pas que la police le sache.

Je les ai regardés tour à tour, guettant leur réaction. Ils avaient l'air stupéfaits, mais calmes.

— Elle lui devait de l'argent, alors il l'a cognée assez violemment. Lorsque je suis passée prendre mon maillot pour le match, elle était dans un sale état. J'ai dû l'emmener à l'hôpital. Jonathan l'a su et il ne voulait pas que je retourne seule à la maison. Mais j'étais convaincue que le type était parti. J'avais tort…

Je me suis interrompue un instant pour réfléchir à la manière dont j'allais raconter la suite.

— Il a débarqué à la maison et il s'est battu avec le type.

— C'est ce que j'ai pensé en voyant ses mains, a observé Evan. En fait, il t'a défendue ?

J'ai levé la tête, choquée par le ton de sa voix. J'ai confirmé d'un battement de paupières et son visage s'est assombri. Jonathan avait réussi là où lui avait échoué : me protéger.

— Et pourquoi il est venu ici ? a lancé Sara pour dissiper la tension.

— Je me suis enfuie, ai-je expliqué rapidement.

Impossible de leur avouer que Jonathan avait tabassé le type peut-être à mort. Hors de question, aussi, de leur dire *pourquoi* j'avais quitté la maison précipitamment.

— Il voulait juste savoir si j'allais bien, ai-je répété.

— C'est tout ? a insisté Evan sur un ton sceptique.

Craignant qu'il n'ait décelé ce qu'il y avait entre nous, je me suis sentie rougir. Puis j'ai hoché la tête, incapable de soutenir son regard.

— Tu m'as expliqué que Jonathan et toi étiez amis et que tu pouvais lui parler de Rachel. J'ai compris. Mais pourquoi j'ai l'impression qu'il en sait plus que moi ?

Au fur et à mesure qu'il parlait, sa voix devenait plus forte. Il s'énervait. J'ai ouvert la bouche pour prendre la défense de Jonathan, mais je me suis interrompue en voyant son air de défi.

— Et puis il est venu jusqu'ici… La manière dont il te regardait…

Il a laissé échapper un soupir et a ajouté, en baissant la voix :

— Je suis désolé, Emma, mais je n'ai pas confiance en ce type.

Il avait peut-être raison.

40

Pure vérité

J'avais beau essayer de ne pas y penser, les images me hantaient. La façon dont son regard, habituellement doux et tendre, était devenu dur et froid. Dans l'obscurité de ses yeux, la colère et le dégoût avaient remplacé la souffrance et le tourment. Je n'arrivais pas à comprendre comment cet homme qui, au cœur de la nuit, riait avec moi devant des pubs, était capable de fracasser quelqu'un à coups de poing. J'ai frissonné à ce souvenir et ai serré le coussin contre moi.

— À quoi tu penses ?

J'ai tourné la tête. Evan se tenait dans l'encadrement de la porte. Le jeu d'ombre et de lumière du soleil soulignait le dessin parfait de son visage. Son regard bleu acier, lui, ne cachait aucun secret. Mes idées noires se sont instantanément envolées.

— Coucou ! ai-je lancé gaiement. Comment c'était, au lycée ?

J'ai fermé le livre qui était sur mes genoux et je l'ai posé sur la table à côté de moi.

— Comme d'hab', a-t-il lâché en haussant les épaules.

Il s'est assis et a soulevé mes jambes pour les allonger sur ses genoux.

— Et toi, ta journée ?

— J'ai aidé à mettre les lettres sous enveloppes. Passionnant.

Il a éclaté de rire avant de se pencher vers moi et d'effleurer du bout des doigts la blessure sur ma mâchoire. Elle était en voie de disparition, Dieu merci ! Puis il s'est rapproché et m'a embrassée tendrement.

— Tu n'étais pas censé être à l'entraînement ? me suis-je soudain rappelé.

— L'entraîneur avait un rendez-vous, donc c'est reporté à demain.

— Un samedi ?

— Malheureusement…

— Ah, zut… Je m'étais dit qu'on aurait pu aller récupérer mes affaires, demain. Anna a embauché des types pour transporter les meubles ce week-end, donc je dois tout emballer avant qu'ils viennent.

— Rachel est rentrée ?

— Aucune idée. J'espère que non. Je n'ai pas eu de nouvelles d'elle, mais je n'en attends pas vraiment.

— Tu veux qu'on y passe cet après-midi ?

Un frisson m'a glacé le sang rien qu'à l'idée de retourner dans cette maison. Je savais que je devais le faire, mais je pensais avoir un peu plus de temps pour m'habituer à cette perspective.

— Ça marche, ai-je finalement répondu.

Après tout, il n'y avait aucune façon de m'y préparer.

— Tu n'es pas obligée, a réagi Evan en remarquant mon angoisse. Je peux y aller avec Sara après son entraînement. Elle voulait nous aider, justement.

— C'est bon, ai-je affirmé. Je peux le faire. Je vais envoyer un message à Sara pour lui dire de nous retrouver là-bas quand elle aura fini.

— Tu es sûre ? Et si Rachel est là ?

Je ne savais pas comment lui expliquer que ça n'était pas à cause de Rachel que j'avais peur d'entrer dans cette maison. C'était à cause des traces de sang sur le sol. La police n'était pas revenue me voir après avoir fouillé la maison, ce qui signifiait probablement que Jonathan avait bien nettoyé derrière lui. Mais je voyais encore le sang partout. Même les yeux fermés.

— Ça va aller, ai-je répété.

Il s'est levé et m'a tendu la main pour m'aider à me mettre debout.

— Je me demande dans quel état je vais trouver ma chambre, ai-je songé tout haut tandis que nous roulions dans les rues de Weslyn.

— Pourquoi tu n'y es pas allée avec la police pour voir s'il n'avait rien volé ?

— Parce que je sais que non, ai-je répondu.

La seule chose qu'il avait essayé de prendre était autour de mon cou.

— Tu crois qu'il va revenir ? a-t-il questionné en me dévisageant.

J'ai secoué la tête et laissé flotter mon regard par la fenêtre pour tenter de chasser les images qui défilaient devant mes yeux. J'ai revu le geste de Jonathan, lorsqu'il avait essuyé la trace de ses empreintes sur la portière. Pourvu qu'il ait fait preuve du même soin quand il avait nettoyé la maison.

J'étais trop absorbée dans mes réflexions pour envisager la possibilité de me retrouver face à ma mère. Quand nous sommes arrivés dans l'allée, sa voiture était là. En approchant de la maison, nous avons entendu de la musique. Elle était donc bien à l'intérieur. Evan s'est arrêté au bas des marches et s'est tourné vers moi.

— Tu es sûre ? On n'est pas obligés.

Le ventre noué, j'ai confirmé d'un hochement de tête. Il a ouvert la porte. J'ai respiré un bon coup avant d'entrer. Je ne l'ai même pas cherchée du regard. J'ai monté les marches et traversé le palier pour entrer dans ma chambre, sans un coup d'œil vers l'endroit où avait reposé le corps inerte du type. Quand Evan a fermé la porte derrière nous, mon cœur battait si fort que j'ai cru que j'allais m'évanouir. Nous sommes restés immobiles, aux aguets. La musique continuait de jouer dans la cuisine. Alors que j'étais en train de me dire que notre visite se passerait peut-être sans encombre, j'ai entendu la porte claquer, sous ma chambre. Rachel devait être dans le jardin derrière la maison. Evan m'a dévisagée. J'ai haussé les épaules pour paraître détachée. Puis, soudain, j'ai vu Evan écarquiller les yeux :

— Oh, Emma ! a-t-il lancé.

J'ai regardé la chambre, horrifiée.

— Qu'est-ce que… ?

Tout était sens dessus dessous. Le matelas était au pied du lit. Les tiroirs du bureau avait été vidés et jetés par terre. Les vêtements jonchaient le sol. Seules les photos accrochées au mur et la pile d'affaires sur l'étagère supérieure de l'armoire étaient intactes.

— Mon ordi n'est plus là, me suis-je exclamée, décomposée.

Je me suis approchée du bureau et j'ai aperçu le disque dur, par terre. Je me suis accroupie pour le prendre.

— Il me reste ça. Je crois que je n'ai plus qu'à m'en racheter un…

— Je crois aussi, a commenté Evan.

Puis, les sourcils froncés, il a ajouté :

— Mais tu m'avais dit qu'il n'avait rien pris ?

— C'est le cas, ai-je confirmé. Ça doit être elle. Ou peut-être un de ses invités.

J'ai poussé un soupir devant l'étendue du désastre.

— Bon, on s'y met.

Evan a ouvert la valise ainsi qu'un grand sac. Il a ramassé les vêtements qui traînaient et les a empilés pour que je puisse les mettre dans le sac. Pas question de les plier : le plus vite on en aurait terminé, le mieux ce serait.

La musique s'est subitement tue. Nous nous sommes regardés en silence. Puis Rachel a crié :

— Emily, tu es là ?

Elle avait dû voir ma voiture dans l'allée.

— Qu'est-ce que je fais ? ai-je murmuré, affolée.

Je me sentais incapable de l'affronter.

— Elle sait que tu es là. Tu n'es pas obligée de répondre. Tu peux aussi dire simplement « oui » et c'est tout.

— Emily ?

J'ai fermé les yeux et crié :

— Oui, je suis là !

Nous avons attendu, figés. Mais elle n'a rien dit. Evan a pris une pile de vêtements et l'a fourrée dans le sac. Il voyait ma panique monter à vue d'œil et s'activait pour aller le plus vite possible. De mon côté, j'essayais de me calmer : elle s'en fichait de moi, je pouvais finir tout ça sans nécessairement la croiser. Sauf que ça n'était pas vrai. Les choses n'étaient pas si simples.

— Tu n'es pas obligée de lui parler, m'a glissé Evan en devinant les raisons de mon air sombre. On s'en va, c'est tout.

J'ai hoché la tête et, l'esprit ailleurs, j'ai entassé des affaires dans le sac qui était déjà plein à craquer. Evan a réussi à fermer la valise puis le sac.

— Je vais les mettre dans la voiture puis rapporter les boîtes et l'autre sac. Ça devrait suffire pour ce qui reste à emporter. Ensuite, on y va.

Il a hésité un instant.

— Ça va aller, pendant que je ne suis pas là ?

— Oui, ai-je murmuré.

Sans bouger, je l'ai écouté descendre l'escalier. Par la porte entrouverte, j'ai entendu Rachel lui dire :

— Evan ! Je ne savais pas que tu étais là aussi. Qu'est-ce que tu fais ?

Elle semblait surprise. J'ai senti mon corps se crisper au son de sa voix.

— Je prends ses affaires, a-t-il répondu en sortant de la maison.

— Emily, qu'est-ce qui se passe ? a-t-elle crié d'un ton inquiet.

Je n'ai pas bronché, en priant pour qu'elle n'insiste pas.

— Emily ! a-t-elle lancé, plus fort. Mais qu'est-ce que tu fabriques ?

J'ai fermé les yeux et serré les dents. La colère montait en moi. Ses pas ont résonné dans l'escalier. Je me suis concentrée pour garder mon sang-froid, puis je suis sortie de ma chambre.

— Je t'avais dit que je viendrais chercher mes affaires.

Mes mains tremblaient, mais ma voix était calme. Elle a eu l'air étonnée. Je suis restée en haut des marches, impassible. Une ombre bleutée cernait son œil droit et son bras gauche était dans une attelle. À la manière dont elle se tenait à la rampe, j'ai compris qu'elle avait probablement d'autres blessures. Elle n'a pas semblé remarquer celles qu'affichait mon visage. Cela ne m'a pas surprise.

— Tu m'abandonnes ? a-t-elle gémi.

Mon pouls s'est emballé tandis que la fureur a jailli en moi.

— Je t'abandonne ? ai-je sifflé à travers mes dents serrées. *Moi*, je t'abandonne ?

Les larmes ont brillé dans ses yeux.

— S'il te plaît, ne me laisse pas, a-t-elle supplié.

Evan est apparu derrière, sur le pas de la porte. Dès que je l'ai aperçu, je me suis concentrée sur lui pour tenter de chasser la rage qui me gagnait. Il a lancé un coup d'œil en direction de ma chambre.

J'ai hoché la tête et, sans un regard pour elle, j'y suis retournée. Il est entré quelques secondes plus tard et a fermé la porte.

— Qu'est-ce qui s'est passé ?

J'arpentais la pièce de long en large, excédée.

— J'y crois pas. Elle délire !

— Mais qu'est-ce qu'elle a dit ?

— Comment peut-elle s'étonner du fait que je parte ? ai-je lâché, hors de moi.

— Emma…

— Elle n'a même pas fait de commentaire sur ma blessure. Elle se fout complètement de ce qui m'est arrivé.

— Emma ! s'est-il exclamé en se plantant devant moi.

Je me suis arrêtée. Il a posé ses mains sur mes épaules.

— Elle n'a plus aucune importance.

Les lèvres pincées, j'ai baissé la tête.

— Tu as raison. Désolée.

— Je sais que c'est dur, a-t-il murmuré en m'attirant contre lui. On n'est pas obligés de rester.

— Ça va aller. On a presque fini.

Il a déposé un baiser sur mes lèvres avant de me relâcher.

— On va faire vite, OK ?

Pendant que nous nous dépêchions d'emballer mes affaires, il régnait dans la maison un silence pesant. J'avais beau essayer de ne pas penser, de me déconnecter de la réalité – rien à faire. Je n'y arrivais pas. Je ne parvenais pas à étouffer la colère qui grondait en moi tandis que je l'entendais me dire que je l'abandonnais.

— Mais tu trembles ? a remarqué Evan en me prenant la main.

— Désolée, elle me met dans une telle rage…

— On ferait peut-être mieux d'y aller maintenant.

— OK, ai-je dit en balayant la pièce du regard. On a pratiquement fini, de toute manière.

Il a mis le sac sur son épaule et ramassé les cartons que j'avais remplis.

— Je reviendrai prendre le dernier.

En jetant un ultime coup d'œil circulaire, j'ai eu un coup au cœur : quelque chose manquait.

— Tu viens ? a demandé Evan en ouvrant la porte.

— Je descends dans une minute, ai-je répondu en parcourant la pièce du regard. Je vérifie juste un truc.

— Alors attends-moi, je reviens tout de suite.

Je me suis accroupie pour regarder sous le bureau et le lit et j'ai ensuite soulevé le tapis. La photo de mon père et moi avait disparu. Qui pouvait-elle intéresser, en dehors d'*elle* ? Elle avait pris la seule chose qui me restait de mon père. Une fureur intense m'a envahie. Je n'ai pas attendu Evan. Je ne l'ai pas non plus rejoint à la voiture. Dans la cuisine, j'ai aperçu Rachel. Assise, elle coupait des tomates en écoutant la radio.

— Tu veux rester dîner ? a-t-elle proposé avec un sourire quand je suis entrée dans la pièce.

— C'est quoi ton problème ? ai-je lancé sèchement.

— Pardon ? a-t-elle réagi, choquée. J'ai pensé que tu voudrais peut-être dîner là. Pour qu'on parle.

— Qu'on parle de quoi ? ai-je répliqué. Du fait que tu ne voulais pas de moi ? Que mon père te manque et que c'est ma faute s'il est mort ? Ou que ton dealer nous a cognées comme un malade parce que tu as de gros problèmes ? Ouais, super discussion, c'est sûr ! Sans moi, merci.

— Pourquoi tu te conduis comme ça ? a-t-elle questionné calmement en se levant pour aller vers l'évier.

— Tu plaisantes ? me suis-je écriée. Tu es complètement tarée !

Elle a pris un tube de médicaments, a versé quelques comprimés dans sa main et les a avalés avec un verre d'eau.

— Ah… Et tu es aussi complètement shootée.

— Mais non, ce sont des médicaments pour mon poignet, s'est-elle défendue. Mais qu'est-ce que ça peut te faire ? Tu me laisses. Tu t'en fiches, de moi.

Sa voix s'est brisée. J'ai senti un nœud dans ma gorge. Il y a encore quelques jours, la voir dans cet état m'aurait démolie et j'aurais tout donné pour la réconforter. Plus maintenant. La pitié n'a même pas eu le temps de germer en moi.

— Tu as raison : je me fiche complètement de ce qui peut t'arriver, ai-je confirmé d'une voix glaciale. Exactement comme toi tu te fiches de ce qui peut m'arriver. Tu peux avaler le tube entier, je m'en fous.

— Je ne comprends pas…, a-t-elle glissé tandis que les larmes coulaient le long de ses joues. Je vais faire un effort, je te promets. Mais ne me laisse pas seule. S'il te plaît, Emily. Je regrette, vraiment.

— Non, tu n'es pas désolée du tout ! ai-je hurlé, si fort qu'elle a sursauté.

J'ai baissé la voix et articulé chacun de mes mots :

— La seule chose que tu regrettes, c'est le fait que je sois née. Mais peut-être que tu ne te souviens même pas de me l'avoir dit, un de ces nombreux soirs où tu étais saoule ? Ça t'arrange bien d'oublier le mal que tu me fais, hein ? Chaque fois un peu plus. Et j'ai été assez bête pour te laisser continuer. Plus maintenant. C'est fini. Tu ne m'as jamais désirée et je n'ai jamais demandé à vivre. Surtout pas cette vie-là. À partir de maintenant, tu peux considérer que je suis morte. Tu ne me verras plus jamais.

Rachel s'est laissée tomber sur le carrelage en sanglotant. J'ai tourné les talons et quitté la pièce. La fureur pulsait dans chaque cellule de mon corps. Elle m'aveuglait. J'ai failli percuter Evan en sortant de la maison. Il avait assisté à la scène et se tenait sur le perron, pétrifié. Il a fui mon regard lorsque je suis passée devant lui. J'ai couru jusqu'à la voiture en tremblant de la tête aux pieds, étranglée par les sanglots.

Il s'est précipité vers moi et m'a attrapé le bras.

— Je ne peux pas, ai-je lancé en le repoussant. Je veux partir d'ici. S'il te plaît, il faut qu'on parte.

Je suis montée dans la voiture et j'ai fermé les yeux pour empêcher les larmes de couler. Je hoquetais, oppressée par les pleurs et par la colère. Il s'est assis au volant et a sorti les clés de sa poche.

— Je ne veux plus jamais la voir, ai-je explosé. Je ne peux plus…

— Je sais, a coupé Evan en démarrant. Essaie de te calmer, Emma. Respire.

Tandis que nous nous éloignions de la maison, ma rage s'est estompée et la honte m'a envahie en repensant à ce dont il avait été témoin. J'ai baissé la tête.

— Excuse-moi. Je ne sais pas ce qui m'a pris. J'ai pété les plombs.

— Je ne t'ai jamais vue dans un état pareil, a-t-il dit. Toi qui es tellement verrouillée, d'habitude. C'était violent, mais je comprends, tu es à bout.

Je me sentais misérable.

— J'ai été horrible avec elle. Pire que ça même. Je n'ose pas imaginer ce que tu as dû penser de moi…

— C'était choquant, c'est vrai, a-t-il avoué en me lançant un rapide coup d'œil. Tu étais… comme enragée. Mais après tout ce qu'elle t'a fait subir, c'est compréhensible. Sauf quand tu dis que tu n'as jamais voulu de cette vie-là… Ça m'a vraiment dérangé.

— J'étais hyper mal, ai-je murmuré. Tu sais bien que je ne le pense pas.

— J'espère, a-t-il répliqué en me lançant un regard inquiet.

— Où va-t-on ? ai-je demandé soudain en découvrant qu'il ne suivait pas la route qui menait chez lui.

— Dans un endroit qui va t'aider.

— Au lycée ? me suis-je exclamée en reconnaissant la rue.

Il a souri en guise de réponse. Je l'ai dévisagé, étonnée, pendant qu'il se garait sur le parking.

— Je ne comprends pas…

— Fais-moi confiance et viens, a-t-il lâché en sortant de la voiture.

Les bâtiments étaient presque déserts. Seules quelques voix résonnaient de temps à autre dans les couloirs. En arrivant au deuxième étage, Evan s'est tourné vers moi et m'a dit :

— Ferme les yeux.

— T'es sérieux ?

Je ne me sentais pas d'humeur à jouer au jeu des surprises.

— Ça n'est pas ce que tu crois, a-t-il assuré.

Je me suis exécutée avec un soupir. Il m'a prise par la main et m'a guidée le long des couloirs. À un moment donné, nous nous sommes arrêtés et il m'a lâché la main. J'ai entendu un bruit de clé dans une serrure.

— Garde les yeux fermés, a-t-il ordonné en reprenant ma main pour me faire avancer.

J'ai aussitôt reconnu l'odeur familière qui flottait dans l'air.

— Respire, Emma, a-t-il chuchoté. Tout va bien.

— Comment tu savais ? ai-je demandé, submergée par l'émotion.

J'ai inspiré profondément pour m'imprégner de ce parfum qui m'apaisait chaque fois que je me trouvais dans cette pièce. Puis j'ai ouvert les yeux. Evan me dévisageait d'un air tendre.

— Parce que je te connais.

J'ai fermé de nouveau les paupières pour savourer les effluves de peinture, de colle et de vernis de l'atelier. À chaque inspiration, la sombre colère qui irriguait mes veines se dissipait un peu plus. Je me suis approchée d'Evan et puis serrée contre lui.

— Merci.

Il m'a enveloppée avec ses bras et a posé un baiser sur mes cheveux.

— Accroche-toi à la vie, Emma. Tu es bien plus forte que tu ne le crois.

J'ai levé le visage vers lui, les yeux brillants. Il s'est penché et la chaleur de ses lèvres sur les miennes m'a aidée à trouver une certaine sérénité.

41

Pouvoir de suggestion

— Où es-tu ? a lancé Sara quand j'ai répondu au téléphone.

Oups ! Nous avions complètement oublié de lui dire que nous étions partis de chez Rachel.

— On retourne chez Evan. J'ai dit ses quatre vérités à Rachel, c'était atroce, alors on est partis. Tu es chez elle ?

— Ouais. Tu as tout pris ?

J'ai réfléchi un instant, puis je me suis rappelé :

— Il reste un carton, mais on pourra le récupérer une autre fois.

— Puisque je suis là, autant que je l'embarque, non ? a-t-elle proposé.

— Je te préviens, Rachel doit être dans un sale état. J'ai été un peu dure, pour être honnête…

— Je suis sûre qu'elle l'a bien cherché, a-t-elle répliqué. Je m'en fiche, je ne fais que passer. Je monte, je prends la boîte et je repars aussi sec.

— Comme tu veux. Appelle-moi si besoin, sinon tu nous retrouves directement chez Evan.

Il m'a dévisagée d'un air surpris quand j'ai raccroché.

— Elle va y aller ?

— J'ai bien l'impression…

— Waouh ! Ça va donner.

Alors que nous arrivions chez Evan, mon portable a vibré.

— Aïe…, ai-je marmonné en lisant le nom de Sara sur l'écran.

— Emma, il faut que tu reviennes, a-t-elle dit d'une voix pressante dès que j'ai décroché.

— Qu'est-ce qui se passe ? ai-je répondu, tétanisée.

— C'est Rachel… Elle ne bouge plus. L'ambulance va arriver, mais… Oh, non !

— Sara ?

J'ai guetté une réponse, mais il n'y avait que le silence. J'ai écarté le portable de mon oreille et vu que la communication avait été coupée.

— On doit y retourner, ai-je lancé à Evan.

Je ne m'étais pas rendu compte qu'il avait déjà fait demi-tour. Dès qu'il avait entendu ma voix inquiète, il avait rebroussé chemin. Il a immédiatement accéléré.

— Qu'est-ce qu'elle a dit ?

— Que Rachel ne bougeait plus et qu'elle avait appelé une ambulance. Et puis, ça a coupé. Si quelque chose est arrivé à Sara…

Toutes sortes d'idées fusaient dans mon cerveau. Peut-être que le dealer était revenu ? Ou peut-être qu'il avait envoyé quelqu'un pour récupérer son argent ? Je ne tenais pas en place. Evan avait beau rouler deux fois plus vite que la vitesse autorisée, je le pressais pour qu'il accélère encore. Lorsque nous avons enfin tourné dans ma rue, j'avais les poumons en feu à force de bloquer ma respiration. Devant la maison, il y avait une ambulance, un camion de pompiers et deux voitures de police, gyrophares allumés.

— Oh, non…, ai-je soufflé.

Je suis sortie de la voiture les jambes en coton.

— Sara ! ai-je hurlé en me ruant vers la porte.

Un policier m'a arrêtée et m'a demandé si je connaissais les gens qui vivaient là. Au lieu de l'écouter et de lui répondre, je regardais partout pour tenter d'apercevoir Sara. J'ai failli m'évanouir quand j'ai vu l'équipe médicale sortir précipitamment de la maison pour prendre une civière dans l'ambulance.

— Qu'est-ce qui se passe ? ai-je crié. S'il vous plaît, dites-moi comment elle va ? Sara !

— Emma ? l'ai-je entendue me répondre.

Sa voix semblait venir de l'entrée. Je me suis élancée, mais le policier a aussitôt tendu le bras pour m'empêcher de passer.

— Vous devez rester dehors jusqu'à ce qu'on l'ait évacuée, mademoiselle.

— Comment ça ? me suis-je exclamée, morte d'angoisse.

Au même instant, l'équipe médicale et les pompiers ont franchi la porte en portant le brancard.

— Non…, ai-je murmuré, les yeux pleins de larmes.

C'est alors que j'ai aperçu sur la civière une chevelure brune, et non les cheveux roux de Sara. La civière est passée sous mon regard abasourdi.

Allongée dessus, un masque à oxygène sur le visage, il y avait Rachel. Je l'ai suivie des yeux pendant que les infirmiers la portaient dans l'ambulance.

— Emma ! a lancé Sara en sortant de la maison en courant, les joues rouges et ruisselant de larmes.

Je me suis précipitée pour la serrer dans mes bras. Elle ne pouvait pas s'arrêter de sangloter.

— Je l'ai trouvée dans sa chambre, a-t-elle expliqué en hoquetant. La porte était ouverte et elle était là, étendue par terre. À côté d'elle, il y avait des comprimés et une bouteille de vodka. Elle ne bougeait plus. Puis elle a arrêté de respirer.

Elle s'est interrompue, pleurant de plus belle.

— J'ai fait ce que j'ai pu, Emma…

— Ça va aller, ai-je dit doucement, le cœur brisé de la voir aussi malheureuse.

Puis, petit à petit, la réalité m'a rattrapée, et je me suis entendue répéter « ça va aller », sans savoir réellement à qui je m'adressais. Le temps semblait suspendu, une sorte de pénombre m'entourait, comme si je me trouvais au fond d'un tunnel. Les officiers de police nous ont demandé d'entrer pour nous poser quelques questions. J'ai répondu sur un ton mécanique, sans avoir conscience de ce que je racontais. J'avais l'impression de planer et je ne devais pas être très cohérente. Ils ont parlé d'ambulance et d'hôpital. Je hochais la tête, sans comprendre.

— Merci, a dit Evan.

Puis les policiers ont regagné leurs voitures. Dehors, il y avait des gens qui regardaient.

Des voisins qui étaient venus contempler mon cauchemar. Car c'était de ça qu'il était question : un cauchemar infini. Qui recommençait sans cesse. Qui ne me laissait pas en paix.

Autour de moi, des voix résonnaient. J'ai essayé de me concentrer sur les visages.

— On doit y aller, Emma, a dit Evan, à côté de moi.

J'ai hoché la tête. Elle était si lourde.

— Tu viens avec nous ?

C'était à Sara qu'il posait la question. Mais je continuais de remuer la tête, comme un pantin désarticulé.

— Emma ? a murmuré Sara en me prenant la main. Elle va s'en sortir. C'est obligé.

Qui ? ai-je failli demander. Puis, de nouveau, la réalité m'a frappée en plein cœur. Avant d'atteindre mon cerveau embrumé.

— Non, ai-je dit soudain d'un ton ferme. Je ne veux pas aller à l'hôpital.

Evan et Sara m'ont regardée, ahuris.

— Comment ça ? a lancé Sara. Ta mère vient juste de faire une overdose de médocs et…

— Je sais, ai-je répliqué. Je ne veux pas la voir.

— Tu n'as pas envie de savoir si elle va bien ? a questionné Evan.

— Non, ai-je répondu. Ni la voir ni savoir comment elle va. Elle a fait ça à cause de moi. Pour me faire du mal. Je ne la laisserai pas faire. Elle n'y arrivera pas.

— De quoi tu parles, Emma ? est intervenue Sara.

Evan m'a regardée droit dans les yeux.

— Tu es sûre ?

J'ai hoché la tête. Il m'a examinée un moment en silence.

— OK, a-t-il conclu. On n'est pas obligés d'y aller.

— Mais qu'est-ce que tu racontes, Evan ? Et si elle…

— Tu n'étais pas là tout à l'heure, Sara, a-t-il coupé. Ça n'est pas une bonne idée d'aller à l'hôpital. On va te raccompagner. C'était une drôle de soirée pour toi aussi.

— Je ne comprends pas…, a protesté Sara les yeux écarquillés.

— Je t'expliquerai, a lâché Evan. Emma, on y va.

Je me sentais encore dans un état second. J'ai pris sa main et je me suis laissée guider. Sara et lui ont éteint les lumières et il a attrapé ma clé pour fermer la porte. Puis nous sommes allés jusqu'à la voiture. Sara s'est installée sur la banquette arrière pendant que je montais à l'avant. Nous avons roulé en silence jusqu'à chez elle. Ou peut-être est-ce moi qui ne les ai pas entendus parler.

Lorsque nous sommes arrivés, Anna était dans tous ses états. La police l'avait appelée pour l'informer. Evan s'est chargé de lui raconter les événements. Il était le seul en état de lui faire un récit cohérent. La douleur dans mes côtes s'était réveillée. Et pas seulement dans mes côtes : j'avais mal partout. Et je n'avais pas envie de parler. Ni d'écouter. Je ne rêvais que d'une chose : disparaître sous ma couette. J'ai dû attendre qu'Anna et Carl aient fini de poser des questions pour pouvoir enfin monter.

Evan s'est allongé à côté de moi et il a attendu que je sois endormie avant de partir. Au milieu de la nuit, Sara est venue me rejoindre dans mon lit, car elle n'arrivait pas à trouver le sommeil. Le mien était tout aussi perturbé : je ne cessais de me réveiller.

— Je lui ai dit de le faire, ai-je murmuré, en la voyant les yeux ouverts, dans la lumière de l'aube.

Elle a haussé les sourcils, essayant de comprendre.

— Je lui ai dit que je m'en foutais. Qu'elle pouvait s'enfiler le tube de comprimés si elle voulait. Et elle l'a fait.

— Mais tu ne l'as pas forcée à le faire. Ça n'est pas ta faute, Emma !

— Je ne suis même pas sûre que je l'en aurais empêchée, ai-je avoué.

— Ne dis pas ça. Tu l'aurais fait.

— Je la déteste, Sara, ai-je lâché, les larmes aux yeux. Tu ne peux pas imaginer à quel point je la déteste. Je ne voulais pas la voir, parce que je m'en fous si elle meurt.

Ma voix s'est brisée.

— Je ne te crois pas, Emma, a-t-elle répondu, ses grands yeux brillant de larmes. Tu es en colère, c'est sûr. Mais je ne pense pas que tu souhaites sa mort.

Je n'ai rien dit. Nous sommes restées silencieuses, ressassant chacune dans notre coin nos tourments. Je me sentais coupable de ce que Sara avait subi à cause de l'égoïsme de ma mère. Mais à aucun moment je ne regrettais ce que j'avais dit à Rachel. Je me foutais royalement que ma mère soit morte ou vivante.

⁂

Au lieu d'aller attendre Sara et sa mère dans la maison vide, j'ai continué à conduire. Je savais où j'allais, mais je ne savais pas pourquoi ni ce qui m'attendrait là-bas. J'ai sonné à sa porte avec le vague espoir qu'il ne soit pas là. Mon cœur a bondi quand la porte s'est ouverte.

— Emma ? s'est étonné Jonathan dès qu'il m'a vue. Qu'est-ce qui s'est passé ?

— Est-ce que je peux entrer un moment ?

— Bien sûr !

Il s'est écarté pour me laisser passer. J'ai monté l'escalier et je me suis assise dans le canapé. Il s'est installé sur une chaise, devant moi, et m'a dévisagée d'un air inquiet.

— Rachel a fait une tentative de suicide, hier soir, ai-je annoncé d'une voix atone.

Il a baissé les yeux en hochant lentement la tête, puis il a posé son regard sur moi et a dit :

— Tu ne dois pas te sentir coupable.

J'ai froncé les sourcils, étonnée par sa réaction.

— Tu ne dois pas te sentir coupable de ne pas l'avoir aidée.

À peine a-t-il eu fini sa phrase que les larmes me sont montées aux yeux et que ma gorge s'est serrée. Voilà pourquoi j'étais venue ici : parce qu'il me comprenait.

— Je me déteste. Comment ai-je pu faire ça ? C'est ma mère, quand même…

— Non, a-t-il répliqué d'une voix douce. Elle ne s'est jamais comportée comme une mère, Emma. C'est normal que tu la détestes.

J'ai caché mon visage dans mes mains et éclaté en sanglots. À chaque spasme, j'avais mal aux côtes. Mais cette douleur me semblait infiniment moins violente que ma tristesse. Jonathan s'est assis à côté de moi et a passé son bras autour de mes épaules.

— Tu n'as rien fait de mal, Emma. C'était sa décision et sa responsabilité. Tu ne l'as pas poussée à le faire.

— Mais je lui ai dit que je m'en fichais. Et j'ai souhaité sa mort. Pour ne plus qu'elle me fasse souffrir. C'est horrible ! Je suis vraiment…

— Non ! a-t-il coupé en m'obligeant à poser ma tête sur son épaule. Elle n'a pas arrêté de te faire du mal. Tu as fait ce que tu as pu, et même plus. Maintenant, tu dois te protéger et t'en aller.

Je pleurais si fort que j'avais du mal à reprendre ma respiration. Le visage enfoui dans son cou, je me suis laissée aller pendant qu'il me réconfortait en me caressant le dos. Quand enfin j'ai réussi à me calmer, je me suis rendu compte que je n'étais pas censée être là, dans son canapé, ma tête posée sur son épaule. Je me suis redressée et j'ai essuyé mes larmes.

Et j'ai senti ses lèvres sur les miennes.

J'ai sauté sur mes pieds en secouant la tête.

— Je ne peux pas.

Jonathan m'a lancé un regard étonné.

— Je ne comprends pas…

Il a plongé ses yeux dans les miens. Mon cœur s'est serré. Je me sentais misérable et démunie.

— Je ne peux pas, ai-je répété.

— Tu devrais te demander pourquoi tu ne peux pas, a-t-il dit calmement en détournant le regard. C'est parce que tu ne ressens rien ? Si tu es ici, c'est que tu éprouves quelque chose. Tu ne peux pas le nier.

J'ai fermé les yeux, perdue. Pourquoi étais-je venue le voir ? J'avais cru que c'était parce qu'il comprendrait. Mais j'aurais aussi bien pu l'appeler. Je n'étais pas obligée de l'avoir en face de moi, en chair et en os. La plus grande confusion régnait dans mon esprit.

— Tu as eu une semaine très intense, a-t-il murmuré en me fixant de ses grands yeux sombres. Tu ferais mieux d'attendre que tout rentre dans l'ordre. Et de retrouver tes marques. OK ?

Je n'ai rien répondu. Je n'étais pas certaine de saisir le sens de ses paroles.

— On a ce lien incroyable, toi et moi, a-t-il expliqué. Je ne me sens pas capable d'y renoncer. Et toi ?

Il avait raison, et je le savais. J'ai baissé la tête sans un mot.

— Ça va aller, Emma. Je te le promets. On va s'en sortir.

— D'accord, ai-je lâché dans un souffle.

Après un soupir, j'ai ajouté :

— Je dois y aller.

— Je sais.

Je me suis dirigée vers l'escalier, les jambes tremblantes. Arrivée en haut des marches, je me suis tournée vers lui.

— Merci, Jonathan. Merci de me comprendre.

— Je serai toujours là pour toi.

Il a souri tendrement. J'ai descendu les marches d'un pas incertain. Je ne me sentais guère mieux qu'en arrivant. À vrai dire, je ne savais pas ce que je ressentais. Une fois de plus.

42

Se tenir à quelque chose

Tu m'as demandé pourquoi je restais alors que j'avais toutes les raisons de partir. Je restais pour toi. J'ai tout de suite été attiré par toi, sans même m'en rendre compte. Je serai toujours là pour toi, Emma.

J'ai cru remarquer son pick-up bleu sur le parking. Je me suis penchée pour mieux voir, gênée par un groupe d'élèves qui étaient plantés là.

— Qu'est-ce que tu regardes ? a demandé Sara en s'arrêtant.

Elle marchait devant moi et venait de s'apercevoir que je n'étais plus à côté d'elle. À ce moment-là, les élèves ont bougé et je me suis rendu compte que j'avais mal vu. J'ai accéléré le pas pour la rejoindre.

— Rien, ai-je répondu.

Elle m'a lancé un regard intrigué. J'ai esquissé un sourire pour la convaincre que tout allait bien.

— Tu sais ce qui serait top ? a-t-elle lancé, une lueur dans les yeux.

— Non, quoi ? ai-je questionné, un peu inquiète.

— Ça serait de se prévoir une petite virée ! s'est-elle exclamée. Pour passer un bon moment et se changer les idées.

Au même instant, j'ai aperçu Evan ; il nous attendait.

— Je suis pas contre, ai-je avoué en soupirant.

Les événements des derniers jours m'avaient perturbée. En particulier ma visite à Jonathan. Tout comme le texto qu'il m'avait envoyé le lendemain et que je relisais plusieurs fois par jour. Me changer les idées et ne plus être obsédée par ces pensées : j'en rêvais.

— Pas contre quoi ? a dit Evan en attrapant la conversation au vol, en même temps qu'il me prenait la main.

— Une virée ! a déclaré fièrement Sara. Juste nous quatre.

— Quatre ? me suis-je étonnée.

— Jared, a-t-elle précisé. On pourrait faire ça vendredi, non ? Il va faire super beau, normalement, et il sera là, pour l'anniversaire d'Evan. On peut aller à la plage.

— Peut-être pas suffisamment beau pour aller à la plage, quand même, a-t-il observé.

— Pas grave ! a répliqué Sara, surexcitée. On n'est pas non plus obligés de se mettre en maillot de bain. On peut pique-niquer, et puis faire des châteaux de sable, et jouer au ballon et tout ça ! Ne commence pas à me pourrir mon plan, Evan !

Il a éclaté de rire et levé les bras pour faire mine de se protéger.

— C'est bon, on dit vendredi ! a-t-il lancé. Ça va être super !

— Et comment !

Lorsque nous sommes arrivés devant nos casiers, Evan s'est penché pour m'embrasser.

— Tu passeras me voir après mon match, ce soir ? m'a-t-il murmuré à l'oreille.

— Bien sûr, ai-je répondu.

Puis je l'ai regardé s'éloigner en souriant. Tandis que je prenais mes livres, mon cœur frémissait encore au souvenir de son souffle contre mon oreille.

— Je ne crois pas que vous pourrez attendre le bal de promo, a dit Sara avec un sourire en coin. Tous les deux, vous avez grave *besoin* de baiser.

— Sara ! ai-je protesté en regardant autour de moi, paniquée à l'idée que quelqu'un ait pu l'entendre.

— Je donne mon avis, c'est tout, a-t-elle répliqué.

Les joues en feu, j'ai levé les yeux au ciel avant de fermer mon casier.

— Je vais prendre ma douche, a déclaré Evan en se garant devant chez lui.

— OK, je t'attends dans la grange, ai-je répondu en ouvrant la portière.

Tandis que je montais l'escalier, mon téléphone a vibré. Je m'apprêtais à appuyer sur « Ignorer l'appel » pour la troisième fois aujourd'hui quand j'ai vu qu'il y avait un message.

Parle-moi, Emma. S'il te plaît.

Je suis restée un moment à fixer le téléphone. Son insistance m'oppressait. Depuis dimanche, je n'avais pas arrêté de penser à lui. Mais je n'arrivais pas à définir ce que j'éprouvais, et cette incertitude m'effrayait. Je craignais, si j'entendais sa voix, d'être submergée par les émotions. Mais je ne pouvais pas non plus faire la morte indéfiniment. Pour lui… comme pour moi.

Je me suis assise et j'ai composé le numéro.

— Salut, a-t-il répondu dès la première sonnerie.

— Salut, ai-je lancé, le cœur battant à tout rompre. Désolée de ne pas avoir appelé plus tôt.

— C'est moi qui suis désolé d'avoir insisté, mais c'est dur de ne pas t'entendre.

— Je sais. Pour moi aussi c'est dur.

— J'ai même eu peur. Je me disais que tu n'avais peut-être plus besoin de moi. Maintenant que Rachel n'est plus dans les parages et que…

— Non, c'est pas ça ! Je voulais t'appeler, te parler, mais… je ne savais pas quoi te dire. Ce que tu attendais de moi.

— Je veux juste que tu sois sincère, Emma, c'est tout.

Il y a eu un silence, pendant lequel j'ai essayé de comprendre ce qu'il me demandait. Puis il a enchaîné :

— Et tu as bien dormi, depuis ?

J'ai eu un rire léger.

— Plutôt pas mal, j'avoue. Peut-être que tu m'as guérie ? Et toi ? Encore des cauchemars ?

— Pas souvent.

— Donc tu as plutôt bien dormi, toi aussi, ai-je conclu.

— Pas vraiment, non, a-t-il admis. J'avais peur de rater ton appel, alors je me réveillais souvent.

— Ah, désolée, ai-je répété.

— C'est bon, ne t'en fais pas. Et quand est-ce que je peux te voir ? Il faudrait qu'on parle. J'ai plein de choses à te dire, mais pas au téléphone.

— Euh…, ai-je bafouillé, en proie à une panique soudaine. Je ne suis pas sûre que…

Le bruit de la porte, en bas de l'escalier, m'a fait sursauter.

— Il faut que j'y aille, ai-je lancé précipitamment. Il y a quelqu'un qui arrive.

— Emma, attends !

J'ai écouté, les yeux rivés sur l'escalier, m'attendant à voir surgir Evan d'une seconde à l'autre.

— Nos conversations me manquent. Le fait de pouvoir partager avec toi ce que personne d'autre ne comprend. Je ne veux pas perdre ça. Je ne veux pas te perdre.

— Moi non plus, ai-je murmuré.

La porte a grincé une nouvelle fois et j'ai ajouté rapidement :

— On va parler, promis. Mais là je dois vraiment te laisser.

J'ai raccroché et je me suis affalée dans le canapé. L'entendre m'avait bouleversée. Nos échanges me manquaient. Mais dès l'instant où il m'avait embrassée, j'avais compris que notre relation ne serait plus la même. À aucun moment je n'avais souhaité en arriver là. Et cela m'effrayait. Après toutes ces nuits passées à rire et discuter, à se confier à l'autre comme à personne, je ne pouvais pas nier qu'il y avait quelque chose entre nous. Je l'avais senti dès la première nuit où nous nous étions retrouvés dans le salon. Nos existences traumatisées et nos cauchemars récurrents nous avaient immédiatement rapprochés. C'était presque instinctif.

Mais j'étais également convaincue qu'autre chose le maintenait ainsi éveillé. Quelque chose que lui-même ne parvenait pas à affronter et qui nourrissait cette fureur, prête à jaillir à chaque instant. Cette rage que j'avais vue à l'œuvre et dont le seul souvenir me faisait frissonner. J'ai fermé les paupières pour tenter d'évacuer les centaines de pensées qui s'agitaient sous mon crâne. Ainsi que les images qui me perturbaient – son regard sombre et intense, ses paroles douces et rassurantes, ses lèvres chaudes…

— Emma ?

J'ai ouvert les yeux. Devant moi se tenait… Analisa. Je ne l'avais pas entendue monter les marches. Elle me regardait, les lèvres pincées. Rien à voir avec l'Analisa gaie et papillonnante de d'habitude. J'ai froncé les sourcils devant son air sérieux. L'espace d'une seconde, je me suis demandé si elle m'avait écoutée lorsque j'étais au téléphone. À cette idée, j'ai rougi.

— Evan est sous la douche, ai-je annoncé du ton le plus dégagé possible.

— Je sais, a-t-elle répondu. C'est toi que je voulais voir. Pour te parler.

J'ai retenu mon souffle.

— Tu sais, je n'ai raconté à personne ce que j'ai vu, a-t-elle lâché en avançant de quelques pas.

J'ai écarquillé les yeux, sans comprendre à quoi elle faisait allusion.

— La nuit où tu as été blessée, a-t-elle expliqué. J'étais dans la maison en train d'aider Vivian.

Ah, ça… J'ai hoché la tête pour lui indiquer que je voyais de quoi elle parlait.

— C'est là que j'ai compris à quel point il t'aimait, a-t-elle ajouté.

Le cœur serré, j'ai regardé mon portable, posé là, comme un rappel de ma culpabilité. Je l'ai rangé dans ma poche pour ne plus le voir.

— J'avais espéré que ça ne soit pas le cas, car tu n'es pas la personne la plus facile à aimer, a-t-elle poursuivi. On a l'impression que tu es en permanence déprimée.

Sa phrase a claqué comme une gifle. Je ne m'attendais pas à une franchise aussi brutale.

— Tu peux me dire où tu veux en venir ? ai-je questionné froidement.

Mon ton n'a pas semblé la troubler.

— Je me rendais bien compte qu'il faisait très attention à toi, mais je pensais qu'il ne t'aimait peut-être pas *vraiment*. Jusqu'à cette nuit, où je l'ai vu te tenir la main, absorber ta souffrance comme si c'était la sienne. Prêt à tout pour te protéger, pour que tu ailles bien.

J'ai baissé les yeux et je me suis mordu la lèvre.

— Ce que j'ai à dire est simple : Evan est l'homme le plus extraordinaire que je connaisse et tu as intérêt à le mériter.

Elle a tourné les talons et descendu l'escalier. Au même moment, j'ai entendu la porte s'ouvrir et la voix d'Evan résonner :

— Salut, Analisa.

— Salut, a-t-elle répondu d'une voix enjouée, à mille lieues du ton menaçant qu'elle venait d'utiliser avec moi.

J'étais encore sous le choc quand Evan est entré dans la pièce.

— Tout va bien ? m'a-t-il demandé, les sourcils froncés. Il s'est passé un truc entre vous ?

J'ai fait non de la tête et esquissé un pâle sourire.

— Non, elle prenait juste de mes nouvelles.

— Ah, c'est sympa de sa part… Ça ne te pose plus de problème que je sois ami avec elle, n'est-ce pas ?

— Non, au contraire. C'est bien d'avoir une amie aussi attentionnée.

Il m'a lancé un regard étonné.

— Tant mieux, a-t-il conclu.

Puis avec un large sourire, il a ajouté :

— J'ai quelque chose à te montrer !

En voyant la lueur d'excitation briller dans ses yeux, j'ai souri à mon tour :

— C'est quoi ?

— Viens, a-t-il répliqué, la main tendue pour m'inviter à me lever.

— Ferme les yeux, a-t-il ordonné.

— Je suis vraiment obligée ?

Il a laissé échapper un rire léger.

— Non, tant pis.

Il m'a emmenée derrière la maison. Je ne savais pas du tout à quoi m'attendre, jusqu'à ce qu'il me conduise au pied du gros chêne qui se trouvait au fond du jardin. Une joie intense a illuminé mon visage.

— Evan, c'est pas vrai ! me suis-je exclamée.

— Je voulais que tu aies quelque chose de solide à quoi te tenir. Quelque chose qui te rappelle ton père mais aussi qui te montre que tu seras toujours là avec moi.

Je me suis tournée vers lui, un sourire radieux sur les lèvres.

— Merci ! Elle est magnifique !

J'ai levé mon visage vers lui et je me suis mise sur la pointe des pieds pour l'embrasser. Au contact de ses lèvres douces et chaudes, un frisson délicieux m'a traversée.

— Tu ne veux pas l'essayer ? a-t-il dit en s'écartant après quelques secondes.

— Et comment ! ai-je répondu en m'approchant de la balançoire. C'est toi qui l'as fabriquée ?

J'ai attrapé les cordes et je me suis hissée pour m'asseoir, puis je me suis penchée en arrière pour prendre de l'élan.

— De A à Z ! a-t-il annoncé fièrement. Mais je ne sais pas si l'assise est suffisamment stable…

— C'est juste parfait, ai-je décrété en lançant mes pieds en l'air pour prendre de la vitesse.

Chaque poussée me propulsait un peu plus près des branches de l'arbre et je savourais, grisée, cet envol. J'ai fermé les yeux pour sentir l'air me piquer les joues et, plus je montais, plus je sentais ce délicieux petit pincement au ventre – celui de la crainte mêlée à l'excitation. J'avais une boule dans la gorge et, derrière mes paupières fermées, je sentais les larmes monter. Une émotion intense m'étreignait le cœur, un bonheur aigu et une nostalgie poignante. Les images défilaient à toute allure dans ma tête. J'ai ouvert les yeux et cherché Evan du regard. Appuyé contre l'arbre, les bras croisés, il m’observait. Une larme a coulé sur ma joue en voyant son air heureux.

Je savais combien il m’aimait et j’avais conscience de ne pas le mériter. Mais j’étais certaine d’une chose : c’était lui que j’aimais. Pour toujours.

43

Spontanéité

— C'est une journée idéale pour la plage ! ai-je lancé sur un ton ironique tandis que nous marchions face au vent glacial.

— Oh, c'est pas si abominable, a protesté Sara, une pile de couvertures dans les bras. Il y a quand même du soleil.

Je portais un sac plein de nourriture et un autre rempli de « jeux de plage » choisis par les garçons. Nous avons étalé une grande couverture sur le sable et posé la glacière et les sacs aux quatre coins pour qu'elle ne s'envole pas.

J'ai ensuite marché jusqu'au bord de l'eau pour observer les vagues qui roulaient sur le sable, les bras serrés autour de ma poitrine pour me protéger du vent. Evan est venu me rejoindre et, après m'avoir prise par l'épaule, il m'a chuchoté à l'oreille :

— Ça te dit qu'on se mette sous une couverture ?

Je me suis tournée vers lui les yeux plissés :

— Tu ne serais pas en train de me faire une proposition indécente, toi ?

— Je crois bien que si, a-t-il répondu avec un sourire innocent.

Il est allé chercher une des couvertures et s'est assis sur le sable, puis il a écarté les bras et je me suis lovée entre ses genoux. Il a refermé la couverture sur nous. La température de mon corps est montée en flèche.

— C'est beaucoup mieux comme ça, ai-je commenté.

— Vous exagérez, il fait pas si froid que ça ! a lancé Sara en secouant la tête.

— Vous savez ce qui serait top, là tout de suite ? a demandé Jared. Un bon chocolat chaud.

— Oh, oui ! me suis-je écriée avec enthousiasme.

— Pas de chance, je n'en ai pas pris, a répliqué Sara.

— Vous voulez qu'on aille en acheter ? a proposé Evan.

— Non, tu me tiens chaud ! ai-je protesté.

— C'est bon, j'ai compris, a soupiré Sara. On y va.

Elle s'est levée et, avec Jared, est partie en direction des baraques en bois qui bordaient le front de mer. Evan a resserré son étreinte tandis que j'observais, hypnotisée, le rythme lancinant des vagues. Je sentais sur mes joues les chauds rayons du soleil.

— On est pas mal, non ? m'a glissé Evan au creux de l'oreille.

— C'est sûr, ai-je murmuré. Tant que tu ne bouges pas d'ici…

Je me suis blottie tout contre lui.

— Je suis en train d'organiser notre future nuit, ça va être juste parfait !

— Ah oui ? ai-je réagi, comprenant très bien de quoi il parlait. Et tu comptes t'en occuper tout seul ? Peut-être que j'aimerais bien participer, aussi…

— OK, on n'a qu'à couper le week-end en deux. Je m'occupe du vendredi et toi du samedi.

— Ça marche. Et je peux te garantir que ma nuit sera plus réussie que la tienne.

— Mais c'est pas un concours ! a-t-il protesté dans un éclat de rire.

— Eh bien si, justement. Attends un peu de me voir avec ma robe pour le bal de promo.

— C'est sûr que pour ma nuit ça sera plus simple : tu ne porteras rien du tout. Et je te garantis que je vais remporter le concours !

Je lui ai donné un coup de coude dans les côtes et il a poussé un petit cri avant de m'obliger à basculer la tête en arrière pour m'embrasser. Ses joues étaient chaudes contre mon nez froid. J'ai passé mes bras autour de son cou et il a rabattu la couverture par-dessus nos têtes, nous plongeant dans le noir. J'ai senti le sable crisser sous moi pendant que je m'allongeais. Il s'est ensuite étendu à côté de moi, glissant sa jambe entre les miennes. Je l'ai attiré, cherchant ses lèvres. Quand sa bouche s'est emparée de la mienne et que nos langues se sont mêlées, un frisson m'a parcourue. Il a glissé sa main sous mon pull et m'a caressé le ventre, affolant mon cœur.

J'ai glissé mes doigts dans ses cheveux bouclés. Abandonnant mes lèvres, sa bouche est descendue le long de ma gorge en déposant sur ma peau des baisers savoureux. J'ai cru que mon cœur allait s'arrêter de battre, je respirais difficilement. Son corps, tout contre le mien, était tendu à l'extrême et je sentais la chaleur de son souffle haletant dans mon cou. À un moment donné, il s'est écarté de moi. Dans l'obscurité, je ne pouvais pas voir son visage.

— Qu'est-ce qu'il y a ? me suis-je inquiétée tandis qu'il rejetait la couverture sur le côté et que le soleil m'éblouissait.

— J'avais cru les entendre, a-t-il murmuré en rabattant de nouveau la couverture sur nous.

Il s'est penché pour m'embrasser. Avant de replonger dans une ardeur incontrôlable, je l'ai interrompu :

— Ils ne vont probablement pas tarder.

Ce petit intermède m'avait fait prendre conscience que nous nous trouvions au milieu de la plage, offrant un curieux spectacle aux promeneurs qui pouvaient passer par là.

— Mmm, a-t-il grogné en soulevant la couverture à contrecœur.

Je me suis redressée pour m'attacher les cheveux. Pendant ce temps, allongé sur le sable, Evan me caressait le dos.

— Deux semaines, a-t-il soupiré.

— On n'est pas obligés d'attendre. Ni de le planifier.

— Mais j'ai déjà tout prévu, je peux patienter deux semaines de plus.

— Tu es drôle, ai-je souri.

— Pourquoi ?

— Tu me fais rire, avec tes surprises. Tu veux donner l'impression d'être hyper spontané, mais en fait, tu organises tout à l'avance. Et Sara dit que c'est moi qui manque de naturel !

— Je peux être tout à fait spontané, s'est-il défendu.

— OK ! Alors on n'a qu'à coucher ensemble maintenant.

— Ici ? s'est-il exclamé en jetant un regard alentour.

La plage était pratiquement déserte car il faisait beaucoup trop froid pour s'y promener. Mais il y avait quand même quelques illuminés qui marchaient le long du rivage.

— Tu veux qu'on fasse l'amour, là tout de suite ?

Il guettait ma réaction pour savoir si j'étais sérieuse. J'ai capitulé.

— Non, c'est bon. C'était pour te montrer que j'avais raison.

— Tu verras que je peux être imprévisible, a-t-il répété.

— Le principe de la spontanéité, c'est de ne pas la planifier, me suis-je moquée.

— Et voilà ! a annoncé Sara en arrivant près de nous.

Elle a posé sur la couverture le plateau avec les chocolats chauds.

— Finalement, il fait plutôt bon, quand on marche.

— Merci d'être allés les chercher, ai-je dit en prenant un chocolat. Moi, je préfère rester sous la couverture.

Jared a lancé un regard à Evan.

— Un petit foot ?

— Et comment ! a-t-il accepté en se levant après m'avoir donné un baiser.

J'ai resserré la couverture autour de mes épaules en frissonnant.

— Tu es complètement décoiffée, a remarqué Sara. Qu'est-ce que vous avez fabriqué, tous les deux, pendant qu'on n'était pas là ?

— On s'est tenu chaud, ai-je répondu en sentant mes joues rougir tandis que je buvais une gorgée de chocolat.

Nous avons regardé un moment les garçons courir après le ballon, sans rien dire.

— Tu es sûre qu'Evan ne se doute de rien, pour demain ?

— Certaine, a assuré Sara. Il croit qu'il va passer la journée à marcher avec son frère.

— Parfait.

— Je pense que ça va marcher.

— J'espère…

En songeant à ce que j'avais prévu pour son anniversaire, j'ai senti une légère appréhension m'étreindre. Nous avons continué à suivre leur match.

— Emma, si jamais tu as envie d'aller voir ta mère à l'hôpital, je viens avec toi, a proposé soudain Sara.

— Non, je ne veux pas la voir, ai-je répondu en secouant la tête. Hors de question.

— Pas de problème.

Puis, après un court silence, elle a ajouté :

— Ça va, Em ?

Au ton de sa voix, j'ai senti qu'elle était inquiète.

— Ça va aller… On ne peut pas dire que je m'ennuie, c'est sûr.

Elle a eu un rire bref.

— C'est vraiment une réponse tordue.

Sa remarque m'a fait penser à Jonathan et mon cœur s'est serré. Je ne lui avais pas parlé depuis mon appel passé chez Evan. Nous avions simplement échangé quelques messages. Je savais que, tôt ou tard, je devrais l'affronter. Une fois de plus, il me demanderait d'être honnête, mais je n'étais pas certaine qu'il soit prêt à entendre la vérité. Et j'avais peur de la lui dire.

Sara a pris une couverture et s'est enveloppée dedans. Les garçons sont revenus vers nous, rouges et hirsutes. Evan s'est glissé sous ma couverture.

— Oh, mais tu es gelé ! me suis-je exclamée en m'écartant de lui.

— Je sais, a-t-il répliqué en se collant contre moi. Et j'ai besoin que tu me réchauffes.

J'ai poussé un cri quand il a glissé sa main glaciale sous mon pull.

— C'est bon, a admis Sara en soupirant. On n'a qu'à aller chez moi où il fait plus de 20 °C et où on peut se baigner sans mourir de froid !

— Merci ! ai-je lancé en sautant sur mes pieds.

Je ne rêvais que d'une chose : ne plus sentir le souffle de cet horrible vent ! Après avoir emballé toutes nos affaires, nous avons regagné la voiture.

— Tu veux venir chez moi, plutôt ? a glissé Evan tandis que nous étions assis à l'arrière de la voiture. J'avais envie de passer un peu de temps seul avec toi, comme demain je pars toute la journée avec Jared.

J'ai hoché la tête sans oser le regarder en face. J'avais trop peur qu'il ne devine que mon sourire cachait quelque chose.

Lorsque je suis arrivée chez Evan, il m'attendait dans le jardin, assis sous le chêne.

— J'ai l'impression d'avoir passé l'après-midi à me geler, ai-je dit en m'asseyant sur la balançoire. Je suis sûre qu'ici il a fait beau tout le temps.

— La journée n'est pas terminée, a observé Evan. On peut encore en profiter.

— Qu'est-ce que tu entends par là ?

— Pourquoi tu ne passerais pas la nuit ici ? Il va faire doux, on pourrait dormir dehors.

— Camper, tu veux dire ?

— Encore mieux, oui ! Je crois que j'ai une tente dans le garage. Si on la plante dans la clairière, loin des lumières, on aura un ciel magnifique. Qu'est-ce que tu en penses ?

— Evan, est-ce que tu avais prévu tout ça ? ai-je dit avec un sourire accusateur.

— Non, je te jure ! s'est-il exclamé en riant.

— C'est *spontané*, alors ? me suis-je moquée.

Avec un sourire, il a intercepté la balançoire pour m'embrasser.

— Tu veux bien rester ici cette nuit, s'il te plaît ? a-t-il murmuré.

— Oui, ai-je répondu, les yeux fermés, chavirée par son souffle chaud sur mon visage.

J'ai tendu mes lèvres pour un autre baiser. Il ne s'est pas fait prier et s'est attardé longtemps sur ma bouche. À tel point que j'ai cru que j'allais tomber de la balançoire. Au bout de quelques minutes, il a fini par s'écarter.

— Viens, a-t-il soufflé en me prenant la main pour m'aider à descendre.

Nous sommes allés dans le garage pour prendre les sacs de couchage et la tente, ainsi que de quoi faire un feu. Ensuite, dans la cuisine, Evan a préparé des sandwichs et des boissons. Il a souri en me voyant attraper un paquet de marshmallows. Nous avons chargé tout le matériel dans le coffre de la voiture.

— J'aime quand tu es spontané, ai-je déclaré tandis que nous roulions à travers bois en direction de la clairière.

Nous avons monté la tente tandis que le soleil se couchait derrière les arbres, puis Evan a pris une pelle et creusé un trou pour faire un feu. Pendant ce temps, j'ai arrangé l'intérieur de la tente.

— Tu as apporté un matelas gonflable ? me suis-je exclamée en prenant les sacs de couchage dans le coffre.

— J'ai pensé que ça serait plus confortable, a-t-il expliqué. Je sais que tu as encore un peu mal.

— Merci, ai-je souri.

Alors que le ciel s'embrasait avec les derniers rayons du soleil, Evan a allumé le feu. La douceur de l'air indiquait que l'été n'était plus très loin. J'avais hâte ! Il a étendu une épaisse couverture sur le sol, devant le feu, pour que nous puissions nous asseoir.

— J'adore cet endroit, ai-je dit avec un grand sourire.

— Moi aussi. Est-ce que Sara sait que tu passes la nuit ici ?

— J'ai oublié de la prévenir ! Et j'ai laissé mon portable dans ma voiture… Tu as le tien ?

— Non, il est resté dans ma chambre. Tu veux qu'on retourne à la maison pour l'appeler ?

— Pas la peine. Elle sait que je suis avec toi, donc elle va me couvrir. Anna et Carl ont confiance en toi.

— Ils auraient peut-être moins confiance s'ils savaient qu'on va dormir ensemble, ce soir !

Après le dîner, je me suis allongée sur la couverture. Les étoiles brillaient par centaines, maintenant que la nuit était tombée.

— Quand on regarde le ciel et qu'on voit l'immensité de l'univers, on a l'impression que tout est possible.

— C'est vrai, a commenté Evan en s'étendant à côté de moi.

— Tu veux que je te dise un truc ?

Puis, sans attendre sa réponse, j'ai enchaîné :

— J'ai passé ma vie à me projeter dans un futur qui n'est toujours pas là et à fuir un passé qui me rattrapait sans cesse. Je ne me souviens pas d'avoir une seule fois pris le temps de m'arrêter pour me concentrer sur l'instant présent.

— Et qu'est-ce qui t'empêche de te libérer de ton passé, maintenant ?

J'ai réfléchi un moment.

— Je n'ai pas pardonné.

— Et moi, tu m'as pardonné ?

J'ai tourné mon visage vers lui, les sourcils froncés.

— Qu'est-ce que j'aurais à te pardonner ?

Il a plongé ses yeux dans les miens.

— De ne pas t'avoir raconté ce qui s'était passé cette nuit-là.

— Mais je ne voulais pas le savoir, donc tu as fait ce que tu pensais être le mieux pour moi.

J'ai de nouveau laissé flotter mon regard au loin, dans le ciel constellé d'étoiles. Seul le bruit des criquets troublait le silence.

— Evan ?

— Oui ?

— Est-ce que tu peux m'expliquer quelque chose que je ne comprends toujours pas ?

— Je vais essayer.

— Comment ma cheville s'est-elle cassée ?

Il est resté un moment sans parler. Les yeux fixés sur une étoile, j'attendais.

— Elle avait un marteau. Je l'ai vu sur le lit, à côté de ton pied.

Sa voix était grave, presque étouffée. J'ai fermé les yeux. Les mots s'étranglaient dans ma gorge.

— C'est pour ça que tu n'as pas pu participer au projet en arts plastiques ? Et que tu as quitté la salle sans rien dire ?

J'ai pris sa main. Elle était chaude, et crispée. J'ai entremêlé mes doigts aux siens, il les a serrés fort.

— Je te pardonne, ai-je murmuré. Maintenant, à toi de me pardonner.

— Quoi ?

— Le fait de ne pas t'avoir écouté. D'être restée là-bas alors que Sara et toi m'aviez suppliée de ne pas le faire. De vous avoir demandé de ne rien dire à personne. De ne pas avoir demandé de l'aide. De…

— Ça suffit, a-t-il coupé.

Au fur et à mesure que j'énumérais toutes ces raisons, mon cœur s'était mis à battre violemment. Evan a posé un baiser sur ma main puis il a roulé sur le côté pour me faire face. Ses yeux brillaient, tellement il était ému.

— Je te pardonne, a-t-il dit tout bas.

Ma gorge s'est serrée et j'ai lutté pour retenir mes larmes.

— Je te pardonne, évidemment, a-t-il répété d'une voix tremblante en me caressant le visage tandis qu'une larme coulait le long de sa joue.

J'ai voulu parler, mais les mots n'ont pu franchir mes lèvres.

— Maintenant, Emma, il faut que tu te pardonnes à toi-même.

Les larmes ont perlé le long de mes cils. Je n'ai pas eu le temps d'ouvrir la bouche pour répondre : ses lèvres avaient pris possession des miennes. Ce baiser remplaçait tous les discours. Il a déclenché en moi une émotion inédite. Je me suis approchée de lui et il m'a entourée de ses bras, son corps collé contre le mien. Le battement de son cœur résonnait dans ma poitrine et pulsait jusqu'au bout de mes doigts. Tandis que ses lèvres glissaient sur les miennes, j'ai senti le sel de nos larmes imprégner notre baiser. Lovée contre lui, j'aurais voulu être plus proche encore, m'incruster en lui pour que nos deux corps n'en forment plus qu'un. J'avais besoin de le toucher, de le sentir, de le goûter.

Je me suis écartée un instant, le temps de passer mon pull par-dessus ma tête. Ses mains chaudes parcouraient fiévreusement mon dos, explorant chaque centimètre de ma peau. À peine avais-je enlevé mon pull que ma bouche cherchait avidement la sienne. Nos respirations étaient haletantes, nos gestes pressés. À son tour, il a ôté sa chemise. Ses muscles fermes ont fait frémir ma peau nue. Nos corps brûlaient d'impatience, le désir enflammait nos regards et nos étreintes.

Evan m'a fait rouler sur le dos et ses lèvres sont descendues le long de ma gorge. Chaque baiser sur ma peau incendiait un peu plus ma poitrine. Une vague de chaleur m'a transpercée. Nous avons retiré en vitesse nos derniers vêtements. Je croyais connaître son corps par cœur, mais je découvrais un nouveau continent, une nouvelle intimité. La douceur de ses caresses et de ses baisers me bouleversait. Le rythme de ma respiration se précipitait, j'éprouvais des sensations nouvelles. J'avais l'impression que mon esprit flottait tandis que mon corps se tendait contre le sien. J'ai pris sa main et serré ses doigts, puis j'ai cherché sa bouche, le souffle court. J'ai poussé un soupir avant de me laisser tomber sur la couverture.

Il a fouillé dans sa poche et déchiré l'emballage avant de se pencher vers moi et de plonger son regard dans le mien. J'ai retenu ma respiration.

— Tu veux ? a-t-il soufflé.

— Oui, ai-je murmuré en l'encerclant avec mes jambes.

J'ai fermé les yeux, confiante. Chavirée par le désir, son infinie douceur et ses gestes tendres. Tandis qu'il accélérait le rythme, j'ai posé les mains sur son dos et je me suis agrippée à lui. Au-dessus de moi, ses lèvres entrouvertes, il ne me quittait pas des yeux. J'ai soulevé la tête, cherchant sa bouche, mêlant ma langue à la sienne. Après quelques instants il s'est écarté légèrement pour respirer. Et me fixer de son regard intense. Il lisait en moi. Ma vulnérabilité. Mon amour et mon désir. Des frissons ont parcouru ma peau tandis qu'une tempête d'émotions soulevait ma poitrine. J'ai laissé courir mes lèvres sur son torse moite, goûtant à sa sueur salée. Il a fermé les yeux et nos corps se sont tendus comme un arc, avant de retomber en douceur. Il a posé sa tête sur mon épaule et nos respirations se sont apaisées.

— Je ne te fais pas mal ? a-t-il demandé. Aux côtes, je veux dire.

J'ai secoué la tête : j'avais complètement oublié leur existence.

— J'aime écouter ton cœur, a-t-il dit en me tenant la main. Il bat si vite.

Il a levé la tête pour me regarder.

— Tu n'as pas froid ?

J'ai fait non.

— Tu peux parler ?

J'ai de nouveau remué la tête. Il a souri avant de m'embrasser puis il s'est écarté. L'air frais de la nuit m'a fait frissonner et il a attrapé la couverture pour la rabattre sur nous. Nous avons roulé chacun sur le côté pour nous faire face.

— Ça va ? a-t-il demandé, une lueur inquiète dans le regard.

— Oui, ai-je répondu avec un large sourire, ce qui l'a rassuré.

Puis je me suis mise à rire.

— Qu'est-ce qu'il y a de si drôle ? s'est-il étonné.

— J'adore la spontanéité.

Il a ri à son tour et, posant ses lèvres sur les miennes, il a soufflé :

— Je t'aime, Emma.

44

À LA FIN

Le soleil m'a réveillée tôt, le lendemain matin. Mais le chant des oiseaux et la lumière éblouissante étaient une douce invitation à profiter de cette nouvelle journée.

J'ai souri en sentant son souffle chaud sur ma nuque. Son bras reposait sur mon ventre. Je me suis reculée pour me blottir contre lui et son étreinte s'est aussitôt resserrée. En sentant sa peau contre mon dos, une onde de chaleur m'a envahie. Mon souffle s'est accéléré tandis que je me lovais avec délice. Le rythme de sa respiration s'est modifié et j'ai compris qu'il était réveillé. Sa main a effleuré mon ventre avant de glisser le long de ma hanche. Même si le contact de ses doigts ranimait en moi la flamme du désir, mon corps était encore sous le choc de ce qu'il avait découvert cette nuit et je savais que je n'étais pas prête à recommencer tout de suite.

Je me suis avancée pour prendre le sac et j'ai fouillé dans la poche avant. J'ai sorti un paquet de chewing-gums.

— Tu en veux ? ai-je proposé en en glissant un dans ma bouche.

— Oui, merci.

J'ai ensuite roulé vers lui.

— Joyeux anniversaire, ai-je murmuré en posant mes lèvres sur les siennes.

— Merci, a-t-il souri. Merci pour ce cadeau idéal…

J'ai rougi. Il m'a caressé la joue puis a écarté une mèche de cheveux de mon visage.

— Tu es si belle, a-t-il dit dans un souffle.

Avec son doigt, il a suivi le contour de ma bouche, avant de m'embrasser.

— Je t'aime, ai-je chuchoté en me perdant dans l'abîme de ses yeux bleus qui me contemplaient, cherchant à percer le mystère de mes pensées.

Il m'a attirée à lui et entourée de ses bras. J'ai fermé les yeux pour savourer l'odeur de sa peau.

— Est-ce qu'on doit bientôt partir ?

— On ne va pas trop tarder.

Mon estomac s'est mis à gargouiller, j'ai posé ma main dessus.

— J'ai comme l'impression que tu as faim, a-t-il remarqué avec un sourire.

— OK, on se lève, ai-je accepté à contrecœur.

Je me suis redressée en tirant le sac de couchage autour de moi.

— C'est la première fois que je dors toute nue, tu sais, ai-je avoué.

Il a eu un rire léger.

— Et je parie que tu n'as jamais fait griller des marshmallows toute nue.

Il a déposé un baiser sur mon épaule.

— Gagné ! Tu as une idée de l'heure ?

— Non, mais je suis sûr que Jared est déjà en train de me chercher partout.

— Ah oui, c'est vrai que vous partez en randonnée, ai-je dit en souriant intérieurement à l'idée de la surprise qui l'attendait.

J'ai soulevé les sacs de couchage avant d'ajouter :

— Tu sais où sont nos vêtements ?

— Je pense qu'ils sont restés dehors.

— Ah…

J'ai ouvert la porte de la tente et une brise fraîche s'est engouffrée. L'herbe était encore couverte de rosée matinale. J'ai aperçu nos affaires, entassées près de la couverture. J'ai grimacé : l'idée de fouler l'herbe froide et mouillée avec mes pieds nus ne me tentait qu'à moitié.

— J'y vais, a proposé Evan.

— Non, c'est bon, ai-je soupiré en m'enveloppant dans le duvet.

J'ai fait un aller-retour éclair et jeté le tas de vêtements dans la tente avant de me ruer dedans.

— Ouh, ça gèle, dehors ! me suis-je exclamée en frissonnant tandis qu'Evan faisait le tri.

— Mauvaise nouvelle : les fringues sont un peu humides, a-t-il prévenu.

Il a enfilé rapidement son jean.

— Super, ai-je grommelé en sentant le contact désagréable du pull sur ma peau.

— Comment ça va ? a demandé Evan doucement pendant que nous nous habillions. Tu te sens bien ?

— Je me sens… différente, ai-je lâché, ne sachant pas comment décrire cet état « post-première fois ».

Il m'a regardée en fronçant les sourcils.

— Mais je me sens aussi hyper bien, ai-je ajouté, en toute sincérité.

Lorsque nous sommes entrés, Jared attendait Evan dans la cuisine. Il nous a dévisagés l'un après l'autre. Je n'osais même pas imaginer de quoi nous avions l'air, avec nos vêtements froissés et humides et nos cheveux en bataille. Il a haussé les sourcils avant de retourner à son bol de céréales.

— On part dans vingt minutes, a-t-il informé.

— Mais où t'étais passée ? s'est exclamée Sara quand je l'ai appelée depuis ma voiture. J'ai essayé de te joindre un milliard de fois !

— J'étais avec Evan, ai-je expliqué, étonnée par sa réaction.

— Ça, j'avais compris. Mais j'avais absolument besoin de te parler. Ma mère a un dîner à la maison, ce soir.

— Comment ça ? ai-je lancé, effondrée. Mais ça bouscule tout notre programme !

— C'est bien pour ça que je voulais qu'on discute, a-t-elle répliqué. Viens chez moi et on va trouver une solution.

— OK, ai-je répondu.

À peine ai-je raccroché que mon portable a vibré. Ma batterie était presque à plat. C'était bien le dernier de mes soucis.

Quand je suis arrivée chez les McKinley, Anna se trouvait dans le salon en compagnie d'une femme vêtue d'un tailleur. Ensemble, elles regardaient des papiers. Elle s'est levée en me voyant. J'avais espéré pouvoir monter en douce, certaine que mon expression me trahirait.

— Emma, je suis vraiment désolée pour ce soir. J'étais au courant pour la fête chez Evan, mais je n'avais pas compris que tu avais prévu de dîner ici avant.

— Oh, ça va aller, ne vous en faites pas, ai-je répondu rapidement en montant les marches. On va trouver une solution.

— Si tu veux l'emmener dans un bon restaurant, je serais ravie de vous l'offrir.

— C'est très gentil, merci beaucoup ! Mais je vais me débrouiller.

En entrant dans la chambre de Sara, je l'ai vue en train de fouiller dans un carton plein de décorations.

— J'ai une idée, s'est-elle écriée en se levant. Tu peux…

Elle s'est arrêtée net.

— Nooooon, j'y crois pas. Ça y est, tu as couché avec lui !

Je me suis sentie devenir écarlate. Mais je n'ai pas pu réprimer un sourire radieux.

— C'est pas vrai ! a-t-elle éclaté de rire.

Puis elle m'a bombardée de questions :

— Tu as eu mal ? Tu as… euh… saigné ? Tu te sens comment ?

— Bah…, ai-je bredouillé, gênée par son interrogatoire. Juste un peu… non… oui… et…

Les joues en feu, j'ai souri de nouveau. Pas besoin de répondre à la dernière question : mon air réjoui parlait pour moi.

— C'est dingue ! a-t-elle poursuivi. J'arrive pas à y croire ! Tu verras, ça sera de mieux en mieux, je te garantis.

Elle a poussé un profond soupir avant d'ajouter :

— Je suis super frustrée : on n'a même pas le temps que tu me racontes tout, avec les *détails*.

— Je t'en ai déjà dit bien plus que ce que j'imaginais.

J'ai préféré taire le fait que j'avais vécu le moment le plus extraordinaire de ma vie et que je ne voyais pas comment ça pouvait être mieux.

— Alors, c'est quoi ton idée ? ai-je demandé.

— Tiens, voilà une liste de courses. Tu vas les faire maintenant. Ensuite tu reviendras ici prendre ta douche et je te coifferai avant de partir.

Elle a annoncé le programme d'une traite, sans prendre la peine de respirer.

— Jill, Casey et… Analisa (elle a fait une grimace en prononçant son nom) doivent me rejoindre dans deux heures et on ira chez les Mathews pour faire la déco. Tu peux apporter ta robe avec toi là-bas et te changer juste avant qu'Evan n'arrive, à 19 heures. Ça te laisse le temps de faire quelques essayages.

— OK, mais c'est où « là-bas » ?

Elle a hésité un instant avant de lâcher :

— Decatur Street. Chez ta mère.

— Sérieux ?

Elle me proposait de préparer un dîner romantique dans la maison où j'avais vu un type se faire tabasser à mort et où ma mère avait tenté de se suicider ?

— Jamais de la vie ! ai-je répliqué.

— Désolée, mais il n'y a pas vraiment le choix si tu tiens à lui préparer un dîner. Sinon, tu dois l'emmener au restaurant. Mais, Emma, c'est juste une maison. Aucun risque qu'elle soit là : elle est en cure pour au moins six mois. Il n'y aura personne.

— Tu te fous de moi, ai-je râlé.

J'avais passé la semaine à organiser ce dîner, en réfléchissant à tous les détails. Nous étions censés avoir un repas en amoureux, sur la terrasse de chez Sara, au-dessus de la piscine, pendant que Sara et Jared s'occupaient d'aménager la grange chez Evan pour la fête. C'était mon tour de lui faire une surprise.

J'ai envisagé d'annuler la préparation du dîner pour l'emmener au restaurant. Mais ce qui me réjouissait le plus, c'était d'imaginer sa tête quand il découvrirait que j'avais cuisiné pour lui. Je n'avais pas envie d'y renoncer à cause d'un simple problème technique.

— OK, ai-je cédé. Je préparerai le dîner là-bas. Mais où est-ce qu'on va manger ? Pas dans cette cuisine, c'est l'endroit le moins romantique au monde.

— Et pourquoi pas dans l'arrière-cour ? a-t-elle suggéré.

J'ai secoué la tête. L'idée de me retrouver à côté des cendres de mon fauteuil me donnait la nausée.

— Sinon, je peux peut-être déplacer la table de la cuisine dans la véranda ? Combien de personnes vont venir ? ai-je demandé tandis que nous descendions l'escalier.

— Toutes ! Tu m'as chargée des invitations, donc tout le monde vient, évidemment !

— Mais tu t'en es occupée hier ? On pensait que seulement la moitié pourrait...

C'était ce qui était prévu – prévenir les gens à la dernière minute pour éviter toute fuite.

— Eh bien on s'est trompées ! À mon avis, c'est parce que la fête est chez Evan et que peu de gens sont déjà allés là-bas.

— Pas faux. Mais ça veut dire qu'il va y avoir un monde fou ?

— Eh oui ! a-t-elle souri. Ils seront là à 20 heures, donc vous devez arriver à 20 h 30.

— OK, ai-je répondu, en sentant l'angoisse me nouer le ventre.

Comme prévu, je suis partie de chez Sara avec un brushing impeccable et la robe rose suspendue à l'arrière de ma voiture. Je me repassais en boucle la liste des choses à faire en arrivant à la maison :

Déménager la table de la cuisine dans la véranda. Laver et éplucher les fruits et la salade. Faire la marinade pour la viande et mettre l'ensemble au frigidaire. Préparer les brownies et les mettre au four avant de me changer. Après, les derniers préparatifs : dresser la table, allumer les bougies et… ah, oui ! sortir les brownies du four.

Je pouvais le faire. Ça allait être parfait ! Malgré la trouille qui faisait trembler mes mains, tout se déroulerait comme prévu. J'ai regardé mon portable, en priant pour que la batterie ne lâche pas avant que Sara m'appelle pour me dire qu'Evan était en route.

Pour le convaincre de venir ici, nous l'avions prévenu qu'une surprise l'attendait. Sara avait pour mission de me l'envoyer après qu'il se fut changé chez lui, et Jared devait s'assurer qu'il ne s'approcherait pas de la grange. J'imaginais sans mal sa réaction en apprenant où il était censé me retrouver… Entre le moment où Sara me préviendrait et l'arrivée d'Evan, je devais compter environ vingt minutes.

J'étais en train de mélanger la pâte pour les brownies en relisant pour la centième fois la recette au dos du paquet pour être sûre de ne rien oublier, lorsque mon portable a sonné. J'ai senti mon ventre se contracter. Pourvu qu'il ne soit pas en avance sur le programme !

J'ai essuyé mes doigts pleins de chocolat avant de prendre le téléphone.

— Allô ?

— Emma ? a répondu Jonathan.

Mon cœur a fait un bond dans ma poitrine. Sans me laisser le temps de réagir, il a enchaîné :

— Où es-tu ?

Après avoir respiré un bon coup, j'ai dit, du ton le plus dégagé possible :

— Je suis à Decatur Street malheureusement. C'est le seul endroit où…

— Emma, a-t-il interrompu. Il y a…

Un signal sonore a résonné dans mon oreille en même temps que la sirène du détecteur de fumée s'est déclenchée.

— Merde ! me suis-je exclamée.

J'avais complètement oublié que le four dégageait autant de fumée.

— Ne quitte pas ! ai-je lancé à Jonathan. Je ne t'entends plus.

J'ai posé le portable et agité un torchon pour dissiper la fumée près du détecteur jusqu'à ce que la sirène s'arrête.

— Saloperie de four, ai-je marmonné en montant sur l'évier pour ouvrir la fenêtre.

Puis j'ai repris mon portable.

— Désolée, ai-je dit.

Pas de réponse. J'ai écarté le téléphone : noir. Plus de batterie.

— Super ! Alors que tout se passait si bien…

J'ai ouvert la porte d'entrée pour aérer. Heureusement que nous devions dîner dehors ! Sara allait essayer de m'appeler d'une minute à l'autre, et je ne pourrais même pas répondre. Quelle idiote d'avoir oublié mon chargeur !

Tandis que je remontais la fermeture Éclair de ma robe, j'ai fermé les yeux pour me calmer. Il fallait à tout prix que je me détende pour régler les derniers détails.

Je suis sortie de la salle de bains, énervée de ne pas avoir de miroir en pied pour vérifier une dernière fois que tout était en ordre et que je n'avais pas de trace de chocolat malvenue. J'ai descendu quelques marches et je me suis immobilisée en entendant une portière claquer. Il était tôt, et je n'étais pas prête.

— C'est pas vrai, ai-je grommelé en me précipitant en bas de l'escalier pour trouver mes chaussures.

— Emma ?

Je me suis figée, le cœur battant à tout rompre. Incapable d'articuler le moindre mot.

Jonathan a haussé les sourcils en me voyant.

— Waouh ! Tu es magnifique !

— Merci, ai-je soufflé.

Puis il a écarquillé les yeux en regardant le four, tandis qu'une délicieuse odeur de chocolat envahissait la pièce.

— Tu es en train de *cuisiner* ?

— Euh… je n'appellerais pas ça comme ça, ai-je répondu avec un rire nerveux. C'est juste des brownies.

— C'est pour Evan ?

Il avait l'air troublé par ce constat.

— C'est son anniversaire, ai-je expliqué d'une voix faible. Et… Et toi, qu'est-ce que tu fais là ?

Il est resté un moment silencieux.

— Je dois te parler. C'est important.

Alors qu'il se dirigeait vers le salon, le minuteur a sonné. J'ai sorti le moule d'un geste distrait avant d'éteindre le four. Je me fichais de savoir à quoi ressemblaient ces brownies, maintenant. L'air perplexe et déçu de Jonathan me préoccupait davantage. Je me suis contentée de poser les gâteaux sur la grille avant de le rejoindre dans le salon.

Les bras croisés, il regardait par la fenêtre.

— Qu'est-ce que tu as à me dire ? ai-je demandé.

— Je comprends pourquoi tu es encore avec lui, a-t-il commencé, en se tournant vers moi. Il est très attentionné et c'est un type bien. Ça ne me plaît pas pour autant.

Je ne m'attendais pas à un discours de ce genre. J'ai senti mes jambes vaciller et j'ai dû m'asseoir.

— Emma… Toi et moi, on a un lien incroyable. Tu l'as toi-même reconnu.

Il s'est interrompu, guettant une réponse de ma part. Je me suis contentée d'un léger hochement de tête.

— Nous avons une telle confiance l'un en l'autre que nous nous livrons des secrets que nous n'avions jamais révélés avant. Je sais que je peux tout te dire. C'est la première fois que ça m'arrive. Est-ce que tu as déjà parlé à Evan de tes cauchemars et de tes peurs ?

J'ai baissé la tête, sans un mot. Il avait raison, et je le savais. Il était le seul à connaître ma face obscure. Je n'avais jamais partagé avec Evan cet aspect sombre de ma vie.

— J'ai été dans la même situation que toi : je croyais que Sadie était la bonne personne. Mais les autres ne nous comprennent pas. Ils ne le peuvent pas, car ils n'ont pas traversé nos épreuves. Toi et moi, on est pareils. Alors... j'attendrai. Je ne vais pas t'obliger à choisir, car je sais que tu finiras par t'en rendre compte. J'attendrai parce que je t'aime, et je t'ai promis d'être là pour toi. Toujours.

Je n'arrivais plus à respirer. L'air avait déserté mes poumons, tandis que ses mots tournoyaient dans ma tête.

— C'est pour ça que tu es là ? ai-je articulé avec difficulté. Pour me dire que tu m'attendras ?

Il s'est approché pour s'asseoir dans le fauteuil en face de moi. Il a posé ses coudes sur ses cuisses. Son visage était tout près du mien. Je savais qu'il voulait me toucher. Quand j'ai reculé légèrement, j'ai vu ses mains se crisper.

— Non, ça n'est pas pour ça que je suis venu, a-t-il avoué en détournant les yeux. Je n'avais pas l'intention de te dire que je t'aimais.

Il a pris une profonde inspiration. Son air troublé m'a perturbée.

— Alors, pourquoi ? ai-je répété.

J'ai aussitôt regretté ma question. Je ne voulais pas savoir. Plus exactement : j'avais peur de savoir.

— J'ai eu une visite de la police, aujourd'hui, a-t-il déclaré.

Un sentiment de vide m'a aussitôt envahie, comme si mon sang s'était figé dans mes veines.

— Comment ça ? Pourquoi ?

— Ils ont trouvé des empreintes sur la voiture et ont fait le lien avec moi.

— Attends… Quelle voiture ?

J'ai soudain compris et, le visage blême, j'ai lancé :

— Oh, non ! Mais pourquoi… ?

Je n'ai pas achevé ma phrase, comprenant soudain.

— Il est mort.

— Oui, a lâché Jonathan en me dévisageant avec attention.

— Non ! Oh, non, c'est pas possible !

Je secouais la tête, désespérée.

— Mais tu te rends compte de ce qu'on a fait, Jonathan ?

— Toi, tu n'as rien fait du tout, a-t-il répliqué fermement. Il était en train de te frapper, Emma. Il ne t'arrivera rien, je te le promets.

— Je ne peux pas croire qu'il soit mort, ai-je murmuré, les yeux dans le vide, choquée. Et pourquoi on ne dirait pas la vérité à la police ?

— Nous avons dissimulé des choses, a-t-il expliqué. J'ai nettoyé toutes les traces dans la maison. Ils ne m'ont pas accusé de quoi que ce soit. Pour l'instant, ils me posent des questions, c'est tout. Et j'ai parlé à un avocat. Il semblerait qu'ils n'aient pas beaucoup d'éléments pour me poursuivre.

— Qu'est-ce que tu leur as dit ? ai-je interrogé, paniquée.

— Que j'avais remarqué cette voiture à une fête chez Rachel, la veille. Et que je m'étais arrêté à côté, à un moment donné où je parlais avec elle, et que j'avais dû toucher la voiture sans le faire exprès.

J'ai hoché la tête lentement. Dans mon cerveau fusaient des centaines de pensées et d'images : ce que nous avions fait, nos mensonges, le foutoir dans lequel était la maison, ce que nous risquions si la police découvrait la vérité. Mais, surtout, je ne pouvais chasser le souvenir du corps démoli que nous avions abandonné sur le parking. Un frisson glacial a couru le long de mon dos.

— Tu dois juste t'en tenir à cette version : tu n'as jamais vu le visage du type qui est venu cambrioler. Comme ça, ils ne pourront pas établir le fait qu'il est venu ici après la fête.

— D'accord, ai-je soufflé, perdue dans mes pensées.

Quelque chose ne me paraissait pas clair, mais je n'arrivais pas à l'identifier. Après avoir réfléchi un instant, j'ai saisi ce qui me chiffonnait :

— Mais pourquoi ils avaient tes empreintes dans leurs fichiers ?

Son visage s'est décomposé. J'ai vu dans ses yeux sombres une détresse profonde qui m'a serré le cœur.

— Qu'est-ce que tu as fait, Jonathan ? ai-je insisté, pétrifiée, sans le quitter du regard.

— Je voulais t'en parler avant, mais j'attendais d'être sûr que tu puisses l'entendre. Moi-même, j'ai du mal à vivre avec ça, alors j'avais peur que tu…

— Dis-moi de quoi il s'agit, ai-je supplié.

Il s'est levé et s'est mis à arpenter la pièce de long en large, la tête baissée. Je l'ai observé, guettant avec angoisse ses paroles. Au bout de quelques instants, alors que je pensais qu'il continuerait de se taire, il s'est arrêté devant la fenêtre.

— Ils ont pris mes empreintes après l'incendie.

J'ai froncé les sourcils. Quel rapport ? Puis, soudain, j'ai pâli :

— Non ! me suis-je exclamée, la main sur la poitrine.

Il a planté ses yeux dans les miens.

— Il faut que tu comprennes : ils n'auraient pas dû être à la maison. Ils étaient partis à un tournoi de basket. Mais Ryan a été malade. Je croyais que mon père était seul à la maison.

J'étais incapable d'articuler un son. Tétanisée. Horrifiée.

Il a vu mon visage et détourné le regard, puis il s'est remis à marcher d'un bout à l'autre de la pièce.

— Quand j'ai emménagé sur le campus de l'université, mon père a commencé à s'en prendre à Ryan. Je ne pouvais pas laisser faire ça. Il n'était pas aussi costaud que moi. Je devais le protéger.

— C'était ta famille, ai-je murmuré, épouvantée.

Il s'est immobilisé.

— Comment tu as pu… ?

Les mots m'ont manqué. J'ai enfoui mon visage dans mes mains. Tandis que les images de la maison calcinée défilaient dans mon esprit, mes yeux se sont remplis de larmes. Mon sang s'est glacé lorsque je me suis imaginé leurs hurlements tandis qu'ils essayaient désespérément d'échapper aux flammes.

— Tu ne peux pas savoir à quel point je me hais.

En relevant la tête, j'ai aperçu ses yeux sombres. Un abîme de souffrance.

— Ils n'auraient pas dû être à la maison, a-t-il répété d'une voix sourde. Je ne me le pardonnerai jamais. Mais je voulais que tu saches la vérité.

J'ai fermé les yeux pour tenter de comprendre ce qui l'avait poussé à vouloir tuer son propre père. Puis je me suis rappelé à quel point j'avais rêvé que Carol soit morte. Jamais je n'aurais fait une chose pareille. La tuer… Mais peut-être que si ? Et n'avais-je pas aussi pleuré sur l'épaule de Jonathan en souhaitant que ma mère meure ? Après l'avoir moi-même encouragée à en finir en avalant une boîte de comprimés ? Était-ce vraiment si différent ?

— Je ne sais pas quoi penser, ai-je avoué en me passant les mains sur le visage tandis qu'une larme coulait le long de ma joue.

— Je m'en doute, a-t-il soupiré. Ça fait beaucoup, je suis désolé.

J'ai sursauté en entendant la porte d'entrée. J'ai tourné la tête. Evan se tenait dans l'encadrement, et nous regardait tour à tour.

— Qu'est-ce qui se passe ?

J'ai essuyé ma larme. Il a écarquillé les yeux, étonné. Puis inquiet.

— Qu'est-ce que tu lui as fait ?

J'ai ouvert la bouche pour répondre, mais Jonathan s'est planté devant moi.

— Ça n'a rien à voir avec toi, a-t-il assené d'une voix sèche. Toute sa vie ne tourne pas seulement autour de toi.

— Qu'est-ce que ça veut dire ? a lancé Evan sur le même ton.

— Jonathan, s'il te plaît, ai-je supplié, effrayée à l'idée de ce qu'il allait dire.

— Quelque chose est arrivé à Rachel ? a demandé Evan sans le quitter des yeux.

— Non, a tranché Jonathan. C'est entre Emma et moi. Tu n'es pas le seul à qui elle se confie. Tu n'as pas besoin d'être au courant de tout.

J'ai voulu intervenir, mais Evan m'a devancée :

— Et elle se confie à toi ?

— Oui, en effet, a déclaré Jonathan.

— Evan…, ai-je interrompu aussitôt.

— Laisse-le m'expliquer, a-t-il répliqué.

Son ton cassant m'a fait tressaillir.

— Elle me parle de choses que tu ne peux pas comprendre, a expliqué Jonathan froidement.

— Jonathan, je t'en prie.

Il a fait un pas vers Evan. J'étais au bord du désespoir, mais ni l'un ni l'autre ne semblait prêt à m'écouter.

— Et qu'est-ce que je ne pourrais pas comprendre exactement ? a poursuivi Evan, la mâchoire crispée.

Jonathan s'est avancé un peu plus. J'ai essayé de m'interposer pour faire retomber la tension. Peine perdue. Mon cœur battait si fort que j'ai cru qu'il allait jaillir hors de ma poitrine.

— Peu importe, a-t-il rétorqué. De toute façon, ça ne te regarde pas.

J'ai vu l'air exaspéré d'Evan face au dédain de Jonathan. Les muscles de son bras se sont contractés tandis qu'il serrait le poing.

— Evan, laisse-moi t'expliquer, ai-je lancé, paniquée.

— Je préfère que ce soit lui, a-t-il coupé.

Jonathan a eu un petit sourire ironique.

— Tu veux vraiment te faire du mal, hein ? Pas de problème. Je n'ai pas l'intention de te la prendre, ne t'inquiète pas.

— Alors quoi ? Vas-y. Raconte-moi ce qu'elle t'a confié et ce qu'elle ne veut pas me dire.

Jonathan a haussé les épaules.

— Je lui donne ce que tu ne peux pas lui offrir. Ça n'est pas ta faute. Simplement, tu ne peux pas comprendre. Et moi, si.

Evan a plissé le front comme s'il venait de recevoir une gifle. Jonathan jouait un jeu dangereux. Je le savais.

— Laisse tomber, Jonathan.

— Je suis là pour elle quand les cauchemars la tiennent éveillée toute la nuit. C'est moi qu'elle appelle quand elle a besoin de se plaindre de Rachel. Elle me confie des secrets que tu ne veux pas entendre, parce qu'elle a confiance en moi. Et elle sait que je la protégerai toujours.

J'ai poussé un cri en voyant Evan frapper Jonathan en pleine mâchoire. Je me suis précipitée vers lui pour l'aider à retrouver son équilibre.

— Tu ne sais même pas ce que ça veut dire, la protéger ! a explosé Evan.

Jonathan s'est essuyé la bouche du revers de la main, laissant une traînée de sang sur sa peau. Puis il s'est rué sur Evan, le plaquant contre le mur.

— Non ! ai-je hurlé en me jetant entre eux.

Les coups ont commencé à pleuvoir, ponctués de gémissements et de halètements. Leurs gestes étaient si rapides que je ne trouvais pas le moyen de m'interposer. Ils étaient comme deux fauves, s'acharnant dans un combat sans répit. Il m'était impossible d'intervenir sans recevoir un coup. Je n'existais même plus. J'avais beau crier, les supplier d'arrêter, ils ne m'entendaient pas. Je tournais autour d'eux, tremblant de la tête aux pieds, les joues ruisselant de larmes. J'avais du mal à respirer, chaque assaut m'atteignait en plein cœur.

Tout était ma faute. J'étais la seule responsable de ce torrent de haine et de frustration qui se déversait devant moi. Parce que je ne pouvais pas leur donner ce qu'ils voulaient ni à l'un ni à l'autre. Parce que j'avais besoin d'eux, l'un comme l'autre. Tandis qu'ils se battaient comme des sauvages, j'implosais. La même force qu'ils déployaient l'un contre l'autre se déchaînait en moi.

J'ai entrevu le visage d'Evan, la trace sombre qui cernait son œil ainsi que le sang qui coulait sur sa joue m'ont coupé le souffle. Je ne pouvais plus supporter ce spectacle.

— Jonathan, arrête ! ai-je hurlé comme une possédée en lui attrapant le bras.

Sans même remarquer ma présence, il s'est libéré d'un geste brutal. Son coude a atterri dans ma mâchoire, me projetant en arrière. Je me suis écroulée avec un gémissement. Alors que je touchais le sol, Evan m'a vue tomber.

— Emma !

Profitant de cette seconde de distraction, Jonathan lui a décoché un direct dans la tempe.

— Non ! ai-je crié.

La tête d'Evan est violemment partie en arrière et a heurté le mur. Jonathan lui a sauté dessus, l'a saisi par le col avant de lui envoyer un nouveau coup en pleine figure. Une brusque montée d'adrénaline m'a fait oublier ma douleur. Je me suis relevée d'un coup et j'ai bondi devant Evan. Le corps tendu à l'extrême, plaquée contre lui, j'ai fermé les yeux en attendant que le poing de Jonathan s'abatte sur moi.

Rien.

Derrière moi, j'ai senti Evan glisser lentement vers le sol. Je me suis retournée pour le retenir. Mais son corps inerte était trop lourd et il est tombé de tout son poids, sa tête cognant brutalement le parquet. Je me suis aussitôt agenouillée, terrifiée.

— Evan !

Penchée au-dessus de lui, j'examinais son visage couvert de sang.

— Evan, tu m'entends ?

Je l'ai pris par les épaules pour tenter de l'étendre sur le dos.

— Laisse-moi jeter un œil, a dit Jonathan, à côté de moi.

Il s'est accroupi et a tiré sur son bras pour l'allonger.

— Ne le touche pas ! me suis-je exclamée en me plaçant devant Evan. Ne t'approche même pas !

— Emma, a-t-il lâché d'une voix étouffée.

Il a posé sa main sur mon dos. Je lui ai envoyé un violent coup de coude qui l'a fait reculer d'un bond.

— Même pas en rêve ! ai-je menacé, ivre de rage, en plantant mes yeux dans les siens, comme des couteaux.

— Emma, s'il te plaît, a-t-il supplié d'une voix brisée par l'émotion, tandis que le sang coulait sur sa joue. Je ne voulais pas faire ça. Je ne sais pas ce qui m'a pris, j'ai pété les plombs. Je suis désolé…

— Non, tu n'es pas désolé, ai-je répliqué. Tu n'es bon qu'à ça. Nous ne sommes bons qu'à ça. Faire du mal aux autres.

Les mots avaient jailli comme le feu dans la bouche du dragon. Tandis que je criais, je sentais tous les muscles de mon corps contractés. Je me suis effondrée sur Evan en sanglotant.

— Nous avons détruit tant de gens, ai-je gémi en caressant son visage défiguré, qui restait immobile sous mes doigts.

Jonathan s'est décomposé et les larmes ont brillé dans ses yeux.

— Ne dis pas ça, a-t-il lâché dans un souffle. C'est nous qui avons souffert, Emma.

J'ai eu un rire sec.

— Non. Avec nos mensonges permanents, nous sommes aussi destructeurs qu'eux. On fout en l'air la vie des autres.

Il a ouvert la bouche pour m'interrompre, mais je l'en ai empêché d'une réplique assassine.

— Et toi, tu as tué. Tu es un monstre, comme ton père.

Il a blêmi. Comme si je lui avais planté un couteau dans le cœur.

— C'est la colère et la souffrance qui nous ont réunis. Pas l'amour.

Je continuais sans même lui laisser le temps de se défendre. Mes phrases fusaient comme des flèches empoisonnées.

— Je ne t'aime pas, ai-je sifflé, sans prêter attention à ses yeux qui me suppliaient d'arrêter. Personne ne t'aimera jamais, Jonathan.

Ses épaules se sont affaissées et il a fait quelques pas, en chancelant, avant de s'écrouler sur le sol. Terrassé. Le dégoût irriguait mes veines et je l'ai contemplé tandis qu'il subissait mes assauts.

— Surtout, ne m'attends pas. Je n'ai pas besoin de toi. Je ne veux pas de toi et ça ne changera jamais. Sors de ma vie, et je ne raconterai à personne ce que tu as fait.

Il a fermé les yeux et laissé basculer sa tête sur sa poitrine. Je lui ai tourné le dos, incapable de supporter plus longtemps ce spectacle. Tandis que les larmes roulaient sur mes joues, j'ai caché ma honte derrière mes paupières. À cause de mes secrets et de mes mensonges, je détruisais ceux que j'aimais. Mes mots étaient aussi meurtriers que les coups de Jonathan. Je ne méritais pas plus que lui d'être aimée.

J'ai tressailli lorsque la porte d'entrée a claqué dans mon dos. Il était parti. Plus jamais je ne le reverrais. Les sanglots m'ont aussitôt brûlé les poumons et la gorge. J'aurais voulu hurler, mais je me suis simplement penchée au-dessus du corps inanimé d'Evan. J'ai posé mes mains sur son torse et il a légèrement bougé. La poitrine soulevée par de profonds spasmes, je luttais contre la douleur. Mais je savais qu'elle avait gagné la partie et qu'elle ne me quitterait plus désormais.

Il a poussé un gémissement. C'était un supplice de le voir dans cet état. Je ne savais pas quoi faire ni comment l'aider. J'arrivais à peine à respirer.

— Emma ? a-t-il marmonné en clignant des paupières.

— Evan…, ai-je laissé échapper. Je suis tellement désolée.

J'ai approché mon visage ruisselant de larmes et posé ma bouche sur la sienne. Pendant quelques secondes, j'ai laissé mes lèvres retrouver le goût de sa peau. Les yeux fermés, je me suis enivrée de son odeur familière avant de m'écarter.

— Je ne sais pas si tu me pardonneras un jour, mais je ne veux pas détruire aussi ta vie, ai-je glissé dans un souffle.

Dans ma poitrine, mon cœur battait difficilement tandis que mon rêve se brisait en mille morceaux.

— Je t'aime, ai-je murmuré.

Après avoir reposé doucement sa tête sur le sol, je me suis levée. Mes jambes avaient du mal à me porter et c'est d'un pas hésitant que je me suis dirigée vers la porte. Puisant dans mes dernières forces, je l'ai ouverte et je suis partie.

— Emma !

Son cri a résonné derrière moi, déchirant l'obscurité qui régnait désormais dans mon cœur.

Épilogue

Sans un mot, je me suis assise à côté de Sara sur la banquette arrière. Carl a reculé dans l'allée pour rejoindre la route. Durant tout le trajet, j'ai regardé par la fenêtre. La conversation d'Anna et Carl résonnait au loin comme un murmure. Sara n'a même pas essayé de me parler. Une fois arrivé au dépose-minute de l'aéroport, Carl a sorti les valises du coffre pendant qu'Anna m'attendait sur le trottoir.

— Dès que tu seras installée dans la résidence universitaire, je t'enverrai les affaires qui restent, a-t-elle dit avec un gentil sourire.

D'un geste tendre, elle a écarté une mèche de cheveux qui me tombait devant les yeux.

— J'espère que tu vas changer d'avis, Emma. Ta place est aux côtés des autres bacheliers pour la cérémonie de remise des diplômes.

J'ai esquissé un pâle sourire. Elle cherchait simplement à me réconforter, mais plus rien ne m'atteignait. L'émotion que je lisais sur son visage ne me touchait pas. J'étais comme absente à moi-même, imperméable aux sentiments. Tout avait été brisé en moi. Désormais, un vide abyssal m'habitait.

— Je dois y aller, ai-je répondu en empoignant mon sac à dos.

Anna m'a donné mon billet et m'a serrée dans ses bras.

— Si tu as besoin de quoi que ce soit, surtout, tu téléphones, a-t-elle insisté.

J'ai hoché la tête en silence.

— Le conseiller d'orientation va te contacter pour les derniers examens que tu dois passer, a précisé Carl en m'apportant ma valise et mon sac.

— Merci, ai-je lâché.

— N'oublie pas que nous sommes toujours là pour toi, a-t-il répété avant de monter dans la voiture.

Appuyée contre le 4 × 4, Sara n'a pas bougé. J'ai attendu quelques instants, sans grand espoir : depuis que j'avais pris mon billet, deux jours plus tôt, elle ne m'avait plus adressé la parole. Pourquoi le ferait-elle maintenant ? J'ai tourné les talons et je me suis dirigée vers le comptoir d'enregistrement en tirant ma valise derrière moi.

— Emma ! a soudain crié Sara en courant pour me rattraper.

Soulagée, j'ai fermé les paupières et me suis arrêtée pour l'attendre.

— Ne fais pas ça, Em, a-t-elle supplié, les yeux brillants. Ça n'est pas comme ça que les choses devaient se passer.

Même sa voix désespérée ne m'a pas ébranlée. Je lui ai souri d'un air rassurant.

— Ça va aller, ne t'en fais pas.

— Emma, s'il te plaît !

— On se voit dans quelques semaines, OK ? ai-je répondu simplement.

Les lèvres pincées, elle a hoché lentement la tête. Puis elle m'a attrapée par les épaules et a lancé, dans un dernier souffle :

— Tu commets la plus grande erreur de ta vie. Ne fais pas ça. Tu vas le regretter, crois-moi.

Je me suis dégagée en douceur, et j'ai conclu, d'un ton éteint :

— On se voit bientôt.

Puis j'ai fait demi-tour et je suis repartie.

Après avoir sorti la clé de la porte, j'ai laissé tomber mon sac à dos sur le lit. J'ai ensuite ouvert le petit réfrigérateur pour prendre de l'eau, en m'efforçant d'ignorer la présence de Lyle dans la pièce. Pas facile. Je me suis figé sur place en apercevant le carton sur son lit. Sans aucune gêne, il fouillait dedans.

— Mais qu'est-ce que tu fous ? me suis-je exclamé, hors de moi, en claquant la porte du frigo.

— Je cherchais un tee-shirt, s'est-il défendu mollement.

Ça n'était pas la première fois qu'il regardait dans mes affaires. Mais là, il avait dépassé les bornes.

— C'est pas là-dedans que tu vas en trouver un, ai-je répliqué d'un ton furieux. Donne-moi ça.

Je lui ai arraché les photos qu'il tenait à la main.

— Détends-toi, Evan, a-t-il protesté en s'affalant sur son lit. C'est qui cette fille ? Elle est canon !

— C'est pas tes affaires, ai-je aboyé en posant les images dans le carton, au-dessus de mon appareil photo, auquel je n'avais pas touché depuis mon arrivée.

Après un instant d'hésitation, j'ai sorti l'enveloppe carrée. Tandis que je passais mes doigts sur le nom de ma mère, un frisson glacial a couru le long de mon dos. La lettre, à l'intérieur, avait tout fait basculer. Je n'avais même pas eu besoin de la lire. Peu importait son contenu, le simple fait qu'elle ait écrit à ma mère m'avait dissuadé de la suivre et obligé à rester sur la côte Est tandis qu'elle partait pour la Californie. Sans la moindre explication. Sans même un au revoir. Cette lettre avait changé ma vie, et pourtant, je n'en avais pas lu le moindre mot.

En la rangeant, je suis tombé sur une photo où elle riait. Son rire illuminait son regard et plissait le coin de ses yeux. Dans ces moments-là, elle ressemblait encore plus au portrait de son père. J'ai secoué la tête pour me ressaisir : penser à elle ne servait à rien d'autre qu'à me torturer. Elle était partie en me laissant ici. Je devais avancer.

Juste avant de refermer le couvercle, je me suis rendu compte qu'il manquait quelque chose. En balayant la chambre du regard, j'ai aperçu le tee-shirt sur le dossier de la chaise de Lyle.

— Tu te fous de moi ! me suis-je énervé en l'attrapant.

— Tout ça pour un tee-shirt de Stanford…, s'est-il défendu en levant les yeux au ciel.

— Si tu touches encore une fois à mes affaires, je te pète la main, l'ai-je menacé.

Le regard rivé sur son cahier, il n'a pas bronché. Mais je savais qu'il m'avait entendu, car son visage avait changé de couleur. J'ai plié le tee-shirt et je l'ai rangé par-dessus la photo. Puis j'ai déposé le carton dans mon placard, à côté des autres.

— Je pige pas…, a-t-il marmonné. C'est quoi, ton problème avec ces cartons ?

J'ai fermé la porte du placard et tenté d'évacuer les questions – ces hypothèses qui me renvoyaient à l'incertitude de mon existence.

— Je ne sais pas encore si je vais rester.

Remerciements

Si l'écriture est une aventure solitaire, il n'en va pas de même pour la publication. Nombreuses sont les personnes qui jouent un rôle crucial tout au long du processus – celles qui prodiguent un soutien moral et des paroles encourageantes ; celles qui, lors de leur lecture, sont désespérées en voyant la fin du roman approcher ; et celles qui questionnent chaque phrase, chaque mot du texte, pour obtenir un résultat parfait. Je parviens à créer, seule sur ma petite île, car je suis entourée d'un vaste océan d'amis que j'aime et qui m'émerveillent à chaque instant.

En premier lieu, je souhaite remercier celle qui m'a assistée, Elizabeth, pour son infinie patience et son intelligence. Mieux que nul autre, elle a su polir mes phrases jusqu'à leur donner l'éclat d'un diamant. Nous sommes si complémentaires que mes mots deviennent les siens et réciproquement. Sa bonté d'âme est inégalable.

Faith, la voix de la raison : quand je doute, elle est toujours là pour me proposer sa perspicacité et son honnêteté précieuses. Je la suis les yeux fermés, même sur les chemins les plus sombres, car je sais qu'elle m'amènera au bon endroit, saine et sauve.

Emily, mon rayon de soleil, celle vers qui je me tourne quand j'ai besoin de me rappeler à quel point le monde est merveilleux. Celle qui me remet dans le droit chemin quand je m'égare. Elle est ma boussole, grâce à elle je ne me perdrai jamais.

Courtney, mon amie au regard aussi éclatant que son sourire, capable de me faire rire pendant des jours avec ses blagues. Grâce à son état d'esprit, avec elle, je me sens prête à conquérir le monde !

Amy, si brillante et si modeste – je suis heureuse de l'avoir eue dans notre équipe, car elle a su donner à cette histoire ce petit plus qui l'a rendue exceptionnelle.

L'équipe formidable du Trident Media Group, qui a cru en moi, et plus particulièrement ma merveilleuse agente, Erica Silverman.

Tim Ditlow, qui a été séduit par ma voix, ainsi que l'équipe éditoriale d'Amazon Publishing, qui a su l'améliorer.

Ils ne sont que quelques-uns à avoir lu toutes les versions de *Ma raison d'espérer*, depuis le premier état du manuscrit jusqu'au texte final. Mais ils étaient nombreux à m'écouter, à m'encourager et à me féliciter tout au long du périple. Merci à tous !

Et enfin, je voudrais remercier mes lecteurs, qui me soutiennent et m'accompagnent depuis *Ma raison de vivre*. Votre enthousiasme est la meilleure des motivations et des inspirations : je continuerai d'écrire pour être lue par vous !

Inspirez,
expirez,
pour savoir
comment se termine
l'histoire d'Emma et Evan,

découvrez
Ma raison de respirer

Ouvrage composé par
Facompo

Imprimé en Espagne par Liberdúplex
S29281/04

#lisez! engagé
www.lisez.com

Pour plus d'information :

Imprimé sur du papier issu de forêts gérées durablement.

PKJ • www.pocketjeunesse.fr
POCKET JEUNESSE

92, avenue de France – 75013 Paris